Reader's Digest
Auswahlbücher

Reader's Digest Auswahlbücher

Verlag DAS BESTE
Stuttgart · Zürich · Wien

Inhalt

Ein Schrei in der Nacht

Eine Kurzfassung
des Buches von

MARY HIGGINS CLARK

Ins Deutsche übertragen von
Hans-Joachim Becker

Illustrationen von John Thompson

Bei ihrer Arbeit in einer New Yorker Galerie lernt Jenny MacPartland den gutaussehenden und überaus talentierten Maler Erich Krüger kennen, und bald schon hängt der Himmel für sie voller Geigen, denn der wohlhabende Künstler bittet sie, seine Frau zu werden. Überglücklich folgt sie ihm mit ihren beiden kleinen Töchtern auf seine Farm in Minnesota.

Aber es dauert nicht lange, da fühlt Jenny sich in dem einsamen Farmhaus zunehmend unbehaglich. Plötzlich zeigt sich Erich mißtrauisch und unberechenbar. Warum verschwindet er tagelang im Wald, um in einer versteckt liegenden Hütte seine Bilder zu malen? Was bedeutet die verborgene Schiebetür hinter Jennys Bett, und welches Geheimnis birgt das Grab drüben auf dem Hügel?

Als es zu einer Reihe unerklärlicher Zwischenfälle kommt, weicht Jennys Besorgnis blankem Entsetzen. Ein Mann ertrinkt im nahe gelegenen Fluß, ein anderer gerät unter die Hufe eines tobenden Pferdes – und immer tiefer versinkt Jenny im Strudel des Unheils, aus dem keine Rettung möglich scheint.

PROLOG

IN DER Morgendämmerung machte sich Jenny auf die Suche nach der Hütte. Die ganze Nacht hatte sie kein Auge zugetan, hatte regungslos in dem großen Himmelbett gelegen, erdrückt fast von der lastenden Stille des Hauses. Obwohl sie seit Wochen wußte, daß es vergeblich war, wartete sie immer noch auf das um Nahrung bettelnde Geschrei des Babys. Ihre Brüste waren noch gefüllt, waren bereit, den Hunger des Kleinen zu stillen.

Schließlich knipste sie die Nachttischlampe an. Das Licht brach sich in der Kristallschale auf der Frisierkommode. Die kleinen Stücke Fichtennadelseife in der Schale warfen einen gespenstisch grünen Farbton auf den antiken Silberspiegel und die Bürsten, die ebenfalls dort lagen.

Sie stand auf und zog sich warme Unterwäsche, die sie unter ihrem Skianzug zu tragen pflegte, und die dünne Nylonwindjacke an. Um vier Uhr hatte sie das Radio eingeschaltet. Der Wetterbericht hatte für das Gebiet um Granite Place in Minnesota keine Änderung vorhergesagt; die Temperatur betrug um diese Zeit minus siebzehn Grad, bei böigem Wind aus nördlicher Richtung.

Doch das war unwichtig. Nichts war mehr wichtig – außer ihrem Plan, den sie sich in den schlaflosen Stunden zurechtgelegt hatte. Sie würde versuchen, die Hütte zu finden, selbst wenn sie draußen erfrieren sollte. Irgendwo in diesem Wald voller Ahornbäume und Eichen und dichtstehender Nadelbäume mußte sie sein. Einmal war Erich ohne seinen Schlüssel zur Hütte gegangen. Vierzig Minuten später war er wieder dagewesen und hatte ihn geholt. Das bedeutete, daß die Hütte vom Waldrand aus in etwa zwanzig Minuten zu Fuß zu erreichen war.

Er hatte sie nie dorthin mitgenommen. „Bitte, versteh doch, Jenny", hatte er fast flehend gesagt. „Jeder Künstler braucht einen Ort, an dem er ganz für sich sein kann."

Sie hatte nie versucht, die Hütte zu finden. Den Arbeitern auf der Farm war es streng verboten, den Wald zu betreten. Selbst Clyde

Toomis, der seit über fünfunddreißig Jahren als Verwalter auf der Farm war, behauptete, nicht zu wissen, wo die Hütte stand.

Der schwere, verharschte Schnee würde es erlauben, daß sie sich auf Langlaufskiern auf die Suche machte. Sie würde also keine deutliche Spur hinterlassen, aber sie mußte aufpassen, daß sie sich nicht verirrte. Bei ihrem jämmerlichen Orientierungssinn konnte es leicht geschehen, daß sie im Kreis herumlief. Jenny entschloß sich, einen Kompaß, einen Hammer, Nägel und farbige Stoffreste mitzunehmen. Den Stoff konnte sie an Bäumen befestigen und so ihren Weg markieren.

Ihr Skianzug hing im Schrank unten in der Diele. Sie setzte Kaffeewasser auf und stieg in die Montur. Dann riß sie das Blatt für Freitag, den 5. Februar, vom Kalender über dem Wandtelefon, zerknüllte das Papier und starrte auf das Kalenderblatt für Samstag, den 6. Februar. Sie fröstelte. Es war jetzt dreizehn Monate her, seit sie Erich in der Galerie zum ersten Male begegnet war. Nein, nicht möglich. Das lag schon eine ganze Ewigkeit zurück. Sie fuhr sich mit der Hand über die Stirn.

Ihr langes, kastanienbraunes Haar war während der Schwangerschaft dunkler geworden. Es war jetzt fast schwarz und fühlte sich spröde und leblos an, als sie es unter die wollene Skimütze stopfte. Der von Muscheln eingefaßte Spiegel neben der Küchentür wirkte in dem großen Raum mit den schweren eichenen Deckenbalken ein wenig fehl am Platz. Sie sah hinein. Dunkle Schatten lagen um ihre Augen, aus denen jeglicher Glanz gewichen war. Mit geweiteten Pupillen starrten sie aus dem Spiegel zurück. Ihre Wangen waren eingefallen. Sie war viel zu dünn, hatte seit der Geburt des Babys zuviel Gewicht verloren. Achtundzwanzig war sie jetzt. Es schien ihr, als sähe sie wenigstens zehn Jahre älter aus. Wenn doch nur das Gefühl der Betäubung verginge. Wenn nur das Haus nicht so still wäre, so schrecklich, so furchtbar still.

Sie nahm die Thermosflasche vom Regal und goß Kaffee hinein. Dann suchte sie Kompaß, Hammer, Nägel und Stoffreste zusammen. Nachdem sie alles in einem Rucksack verstaut hatte, band sie sich einen Schal vors Gesicht, zog die Langlaufschuhe und dicke, pelzgefütterte Fäustlinge an und öffnete die Tür.

Gegen den scharfen, beißenden Wind war der Schal vor ihrem Gesicht lächerlich wirkungslos. Das Muhen der Kühe, das aus dem Stallgebäude herüberdrang, klang für sie wie dumpfes Wehklagen – seufzende Laute voll tiefer Trauer. Die Sonne ging auf und sandte ihr gleißendes Licht über das schneebedeckte Land; eine unendlich ferne Göttin, grell in ihrer rotgoldenen Schönheit, die gegen die bittere Kälte nichts ausrichten konnte. Die Silhouetten von einigen Männern, die auf dieser großen Farm arbeiteten, zeichneten sich gegen den Horizont ab.

Ihre Langlaufbretter standen draußen neben der Küchentür. Jenny trug sie die Stufen der Verandatreppe hinunter und schnallte sie an. Sie war froh, daß sie im vergangenen Jahr gut Skilaufen gelernt hatte.

Als sie sich endlich auf den Weg machte, war es kurz nach sieben. Sie nahm sich vor, nie länger als dreißig Minuten in eine Richtung zu laufen. Die Suche begann sie an dem Punkt, an dem Erich immer im Wald verschwunden war. Nachdem sie eine Zeitlang so gut wie möglich geradeaus gelaufen war, wandte sie sich nach rechts, legte etwa dreißig Meter zurück, wandte sich erneut nach rechts und lief wieder in Richtung auf den Waldrand zu. An den Stellen, an denen sie die Richtung geändert hatte, nagelte sie einen Stoffetzen an einen Baum.

Um elf Uhr kehrte sie zum Haus zurück, zog sich trockene Sachen an, aß ein wenig Suppe und machte sich gleich anschließend wieder auf den Weg.

Um fünf Uhr nachmittags, im letzten Schein des schräg einfallenden Sonnenlichts, war sie halb erfroren und wollte fürs erste aufgeben, entschloß sich dann aber doch, wenigstens noch über den nächsten kleinen Hügel zu laufen. Und dahinter lag sie: die kleine, mit Baumrinde gedeckte Blockhütte, die Erichs Urgroßvater 1869 gebaut hatte. Jenny starrte hinüber und biß sich auf die Unterlippe. Ein Gefühl bodenloser Enttäuschung überfiel sie. Die Rouleaus im Innern waren heruntergezogen; das Haus sah verriegelt aus, machte den Eindruck, als habe sich seit einiger Zeit niemand mehr darin aufgehalten. Schnee bedeckte den Schornstein, und drinnen brannte kein Licht. Hatte sie wirklich etwas anderes zu hoffen gewagt? Hatte sie geglaubt, die Hütte bewohnt vorzufinden, mit rauchendem Schornstein und hell erleuchteten Fenstern?

Die Schrift auf dem Blechschild an der Tür war verblaßt, aber noch lesbar: ZUTRITT STRENGSTENS VERBOTEN. ZUWIDERHANDLUNG WIRD GERICHTLICH VERFOLGT. Darunter der Name, Erich Fritz Krueger, und die Jahreszahl 1903.

Jenny dachte nicht mehr an die Kälte. Sie lief auf ihren Skiern zum nächsten Fenster hinüber, zog den Hammer aus dem Rucksack und schlug die Scheibe ein. Vorsichtig, um sich an den scharfen Glaszacken nicht zu verletzen, griff sie durch das Loch nach innen, öffnete die Verriegelung und stieß das Fenster auf. Dann befreite sie sich von den Skiern und kletterte über die niedrige Fensterbank ins Innere.

Die Hütte bestand aus einem einzigen Raum von rund fünfundzwanzig Quadratmetern. Neben einem gemauerten, offenen Kamin an der Nordwand waren Holzscheite fein säuberlich aufgeschichtet. Ein ausgebleichter Orientteppich bedeckte den Fußboden fast völlig. In einem Halbkreis um den Kamin standen eine samtbezogene Couch mit hoher Rückenlehne und dazu passende Stühle. Vor den Fenstern an der Vorderseite befand sich ein langer Eichentisch mit Sitzbänken. Links führte eine Treppe steil nach oben. Auf einem Regal daneben lagen Stapel ungerahmter Ölgemälde und Zeichnungen.

Die Wände waren über und über mit Bildern behängt. Wie betäubt ging Jenny von einem zum anderen. Die Hütte war das reinste Museum. Selbst im schwachen Dämmerlicht war die auserlesene Schönheit der Ölgemälde, Aquarelle sowie Kohle- und Federzeichnungen zu erkennen. Erich hatte seine besten Arbeiten bis jetzt noch gar nicht ausgestellt. Was würden die Kritiker erst sagen, wenn sie diese Meisterwerke zu Gesicht bekamen?

Einige der Bilder an den Wänden waren schon gerahmt. Das waren sicher diejenigen, die er ausstellen wollte: das Reh, den Kopf lauschend geneigt, bereit, jeden Moment im Dickicht zu verschwinden; das Kalb, das gerade bei der Mutter trinken will; das Feld voll blühender Luzerne, reif zur Ernte. Selbst in ihrem Elend wurde Jenny vom Zauber dieser zarten Gemälde gefangengenommen. Für einen Augenblick vergaß sie völlig, warum sie hierhergekommen war.

Schließlich beugte sie sich über die ungerahmten Bilder auf dem Regal. Und wieder überkam sie grenzenlose Bewunderung. Die unglaubliche Ausdruckskraft des Künstlers, Erichs einzigartige Fähigkeit, Landschaften, Menschen und Tiere mit gleicher Meisterschaft . . .

Und dann sah sie es! Sie verstand es nicht und wühlte sich hastig durch die anderen Gemälde und Zeichnungen auf dem Regal. Es war überall das gleiche.

Sie rannte zur Wand hinüber, von einem Bild zum nächsten. Dann stürzte sie, ohne zu wissen, was sie tat, die Treppe hinauf nach oben.

Unter der Dachschräge mußte Jenny den Kopf einziehen, um die Bodenkammer betreten zu können.

Als sie sich wieder aufrichtete, sprang ihr von der Rückwand her eine alptraumhaft grelle Farbkombination ins Auge. Betroffen starrte sie ihr eigenes Bild an. Ein Spiegel?

Nein. Das gemalte Gesicht bewegte sich nicht, als sie darauf zuging. Das Dämmerlicht, das durch ein schmales Fenster auf die Leinwand fiel, wirkte wie ein geisterhaft ausgestreckter Finger.

Sie starrte auf die Leinwand, unfähig, den Blick davon loszureißen. Jede groteske Einzelheit nahm sie in sich auf. Sie fühlte, wie ihre Züge sich in hoffnungsloser Angst verzerrten, und hörte das hilflos wimmernde Geräusch, das in ihrer Kehle aufstieg. Endlich zwang sie ihre tauben Finger, das Bild zu packen und von der Wand zu reißen.

Minuten später glitt sie, das Bild unterm Arm, wie von Furien gehetzt auf ihren Skiern von der Hütte weg. Der Wind blies jetzt stärker, nahm ihr den Atem, übertönte ihren verzweifelten Schrei. „Helft mir!" schrie sie. „Bitte, bitte, helft mir doch!"

Der Wind riß ihr den Schrei von den Lippen und verstreute ihn über den dunkler werdenden Wald.

Erstes Kapitel

Die Ausstellung der Bilder Erich Kruegers, des erst unlängst entdeckten Künstlers aus Minnesota, war fraglos ein Riesenerfolg. Die Vernissage hatte um vier Uhr nachmittags begonnen, aber neben Kritikern und geladenen Gästen hatten sich schon den ganzen Tag über Neugierige in der Galerie gedrängt, angelockt von dem großartigen Ölgemälde im Schaufenster „Erinnerung an Caroline".

Jenny kümmerte sich um die Kritiker und Presseleute, stellte ihnen Erich Krueger vor, hielt hie und da einen Schwatz mit einem Kunstsammler und achtete darauf, daß Appetithäppchen herumgereicht und Sektgläser nachgefüllt wurden.

Die junge Frau hatte bereits einen anstrengenden Tag hinter sich; es war schon losgegangen, kaum daß sie die Augen aufgeschlagen hatte. Beth, die normalerweise so fügsam war, hatte sich dagegen gesträubt, in den Kinderhort zu gehen.

Auch Tina, ihre Zweijährige, war quengelig gewesen. Sie bekam gerade Zähne und hatte in der Nacht immer wieder geweint und nach Jenny gerufen.

Außerdem war New York in dieser Januarwoche ein einziger

Alptraum. Vor ein paar Tagen hatte ein Schneesturm den Verkehr zum Erliegen gebracht, und noch immer herrschte jeden Morgen ein heilloses Chaos auf den Straßen. Als Jenny die Kinder endlich abgeliefert und sich zur anderen Seite Manhattans durchgekämpft hatte, war sie fast eine Stunde zu spät zur Arbeit gekommen.

Mr. Hartley, der Galeriebesitzer, kam ihr zornig entgegengestürmt. „Heute geht aber auch alles schief, Jenny. Nichts ist fertig. Ich warne Sie; ich brauche jemanden, auf den ich mich verlassen kann."

„Es tut mir leid, Mr. Hartley." Jenny hängte ihren Mantel in den Wandschrank. „Wann erwarten Sie Mr. Krueger?"

„Gegen eins." Jenny hatte den Eindruck, als blicke ihr Chef, ein kleiner Mann um die Sechzig, ständig mißbilligend drein. „Mr. Krueger hat gestern abend angerufen und darauf bestanden, daß wir das Bild seiner Mutter ins Schaufenster stellen, obwohl es unverkäuflich ist. Es ist übrigens merkwürdig, Jenny. Sie hätten ihm für dieses Bild als Modell dienen können."

„Meinen Sie? Na ja, manchmal gibt es Zufälle ... Trotzdem, wir sollten jetzt rasch die restlichen Bilder aufhängen."

Schnell und bestimmt machte sie sich ans Werk und half ihrem Chef, die Ölbilder, Aquarelle, Skizzen und Kohlezeichnungen sinnvoll anzuordnen.

„Sie haben ein gutes Auge, Jenny", sagte Mr. Hartley. Jetzt, da das letzte Bild an seinem Platz hing, war er sichtlich besserer Stimmung. Ob er wohl noch so freundlich sein würde, wenn sie ihm sagte, daß sie nicht bis zum Ende der Vernissage bleiben konnte?

Die Galerie öffnete um elf Uhr ihre Pforten. Das Bild im Fenster zog sofort Passanten an, die auf der 57sten Straße daran vorüberkamen. Von ihrem Schreibtisch aus beobachtete Jenny die Leute, die draußen stehenblieben und das Bild betrachteten. Viele von ihnen kamen anschließend in die Galerie, um auch die anderen Ausstellungsstücke zu sehen. Und nicht wenige fragten Jenny: „Haben Sie für das Bild draußen Modell gesessen?"

Jenny verteilte Ausstellungskataloge mit einigen Angaben zu Erich Krueger:

> Vor zwei Jahren erwarb sich Erich Krueger mit seiner ersten Ausstellung über Nacht einen klangvollen Namen in der Welt der Kunst. Der Künstler aus Granite Place in Minnesota malt bereits seit seinem fünfzehnten Lebensjahr, wurde aber nur durch einen Zufall entdeckt, da er es vorzog, sich in Stille und Abgeschiedenheit seinem Werk

zu widmen. Inzwischen waren seine Bilder in vielen namhaften Galerien zu sehen, u. a. in Minneapolis, Chicago, Washington und San Francisco.

Mr. Krueger lebt auf einer großen Farm, die sich seit vier Generationen im Besitz der Familie befindet. Er ist vierunddreißig Jahre alt und ledig.

Jenny betrachtete sein Foto auf der Rückseite des Katalogs. Und außerdem sieht er blendend aus, dachte sie.

Um halb zwölf kam Mr. Hartley zu ihr herüber. „Alles in Ordnung?" fragte er.

„Ja, alles läuft bestens", sagte Jenny. „Und Lee ist auch gerade gekommen", fügte sie hinzu. Lee war ihre Assistentin, eine Halbtagskraft.

„Gut. Sagen Sie Lee, ich werde kurz vor eins zurück sein und mit Mr. Krueger zum Lunch gehen. Sie machen am besten jetzt schon Mittagspause, Jenny."

Er ging rasch hinaus, und sie sah ihm nach. Im Augenblick war nicht viel los. Sie wollte sich das Bild im Schaufenster gern noch einmal in aller Ruhe ansehen. Ohne sich damit aufzuhalten, ihren Mantel anzuziehen, schlüpfte sie durch die Tür nach draußen.

Die junge Frau auf dem Gemälde saß in einem einfach gezimmerten Schaukelstuhl auf einer Veranda und betrachtete den Sonnenuntergang. Sie hatte sich einen dunkelgrünen Umhang um die schmalen Schultern gelegt. Der Wind zauste ihr Haar und blies kleine schwarze Strähnen hoch.

Ich glaube, ich weiß, was Mr. Hartley meint, dachte Jenny; die hohe Stirn, die großen Augen, die vollen Lippen – all das erinnerte sehr an ihre eigenen Züge.

Das Holzgeländer der Veranda war weiß gestrichen. Ein kleiner Junge, dessen Umrisse sich dunkel gegen den purpurroten Himmel abhoben, lief über ein freies Feld auf die Frau zu. Verharschter Schnee ließ die durchdringende Kälte der kommenden Nacht schon ahnen. Die Gestalt im Schaukelstuhl saß bewegungslos da; ihr trauriger Blick hing wie gebannt am Sonnenuntergang. Das ganze Gemälde vermittelte den Eindruck schneidender Kälte.

Jenny fröstelte. Ihr Rollkragenpullover war ein Weihnachtsgeschenk ihres geschiedenen Mannes. Kevin war am Heiligen Abend unvermutet in ihrer Wohnung aufgetaucht und hatte ihr den Pullover gebracht. Und für jedes der Mädchen hatte er eine Puppe dabei. Er hatte kein Wort darüber verloren, daß er bisher keinen Unterhalt gezahlt hatte und ihr außerdem noch über zweihundert Dollar schuldete, die er sich im Lauf der Zeit „geliehen" hatte. Der Pullover war von minderer Qualität und bei weitem nicht so warm, wie er aussah. Aber er war wenigstens neu, und sein Türkiston brachte ihr goldenes Medaillon an der zierlichen Halskette gut zur Geltung.

Sie sah erneut das Bild an und bewunderte das Geschick und die Beobachtungsgabe des Malers. „Wunderschön", murmelte sie, „wirklich wunderschön." Dabei trat sie unwillkürlich einen Schritt zurück, rutschte auf dem glatten Bürgersteig aus und spürte, wie sie mit jemand zusammenstieß. Starke Hände packten sie an den Ellenbogen und hielten sie fest.

„Stehen Sie bei der Kälte immer ohne Mantel auf der Straße herum und führen Selbstgespräche?" sagte jemand halb amüsiert, halb verärgert.

Jenny fuhr herum. „Bitte entschuldigen Sie. Habe ich Ihnen weh getan?" Dann wurde ihr plötzlich klar, daß sie den Mann vor sich hatte, dessen Foto den Ausstellungskatalog zierte. Mußte ich denn ausgerechnet Erich Krueger über den Haufen rennen? dachte sie. Zerknirscht streckte sie die Hand aus. „Bitte, verzeihen Sie, Mr. Krueger. Ich habe mir das Porträt Ihrer Mutter angesehen und war ganz in Gedanken versunken. Es ist . . . es ist einfach faszinierend. Aber bitte, kommen Sie doch herein. Ich bin Jenny MacPartland. Ich arbeite in der Galerie."

Er sah sie an, und sein Blick ruhte einen Moment nachdenklich auf ihrem Gesicht. Sie wußte nicht, was sie tun sollte, und stand nur stumm da.

„Jenny." Er lächelte und sagte noch einmal: *„Jenny.* Es hätte mich nicht im geringsten überrascht, wenn Sie mir gesagt hätten . . . Aber lassen wir das."

Er war ein gutaussehender Mann, etwa einsfünfundsiebzig groß, mit ebenmäßigen Gesichtszügen, die von ausdrucksvollen blauen Augen beherrscht wurden. Durch sein lockiges blondes Haar zogen sich einzelne silbrige Strähnen. Er hatte die schmale Nase und den sinnlichen Mund der Frau auf dem Gemälde. Ein Kaschmirmantel und ein seidener Schal vervollständigten seine elegante Erscheinung.

Er sah, daß sie vor Kälte zitterte. „Sie frieren ja, Jenny. Kommen Sie." Er nahm ihren Arm und geleitete sie in die Galerie zurück.

Sie führte ihn durch die Ausstellung und sah ihm zu, wie er einige

Male ein Bild zurechtrückte, das nicht absolut gerade hing. Als der Rundgang beendet war, nickte er, offensichtlich zufrieden.

Jenny warf einen Blick auf die Uhr über der Tür. Es war fast zwölf. „Wenn es Ihnen recht ist, Mr. Krueger, können Sie es sich jetzt in Mr. Hartleys Büro gemütlich machen. Er hat für Sie beide für ein Uhr im China-Restaurant einen Tisch reservieren lassen. Es kann nicht mehr lange dauern, bis er kommt. Ich gehe nur rasch ein Sandwich essen."

Erich Krueger half ihr in den Mantel. „Mr. Hartley wird wohl allein speisen müssen", sagte er. „Ich bin hungrig und würde gern mit Ihnen essen gehen. Oder sind Sie verabredet?"

„Nein, ich wollte nur schnell zu der Snackbar an der Ecke."

„Wie wär's denn mit dem China-Restaurant? Da wird bestimmt auch ohne Reservierung noch ein Tisch frei sein."

Sie ging unter Protest mit, weil sie wußte, daß Mr. Hartley wütend sein würde. Allmählich mußte sie um ihren Arbeitsplatz fürchten. Sie kam viel zu oft zu spät. In der vergangenen Woche hatte sie zwei Tage zu Hause bleiben müssen, weil Tina die Grippe hatte. Doch ihr war klar, daß ihr keine Wahl blieb; sie durfte die Einladung von Erich Krueger nicht ausschlagen.

Im Restaurant war tatsächlich noch ein Tisch frei. Sie bestellten beide eine Frühlingsrolle und ein chinesisches Gemüsegericht, dann forderte er sie auf: „Erzählen Sie mir von sich, Jenny MacPartland."

Sie lächelte. „Welche Angaben zu meiner Person würden Sie besonders interessieren? Geburtsort, Alter, Beruf?"

„Nein, nein", antwortete er ernst. „Ich möchte *wirklich* etwas über Sie erfahren."

„Also gut. Ich bin eine sogenannte alleinerziehende Mutter – obwohl ich kaum dazu komme, meine beiden Töchter zu *erziehen*. Die beiden sind noch klein; Beth ist dreieinhalb, und Tina ist gerade zwei geworden. Wir haben eine Wohnung in einem älteren Haus in der 37sten Straße. Seit fünf Jahren arbeite ich bei Mr. Hartley."

„Wie haben Sie das geschafft, trotz der Kinder die ganze Zeit zu arbeiten?"

„Ich hab mir bei ihrer Geburt jeweils ein paar Wochen frei genommen."

„Und warum haben Sie danach wieder arbeiten müssen?"

Jenny zuckte die Achseln. „Das hängt mit Kevin MacPartland zusammen. Ich habe ihn in meinem letzten Jahr am College kennengelernt. Ich studierte Kunstgeschichte, und Kevin war für eine kleine Rolle an einem unbedeutenden Theater engagiert worden. Nana hat mich gewarnt, aber ich habe natürlich nicht auf sie gehört."

„Nana?"

„Meine Großmutter. Sie hat mich zu sich genommen, als ich ein Jahr alt war. Wie auch immer – Nana hatte recht. Kevin ist kein schlechter Kerl, aber er ist, sagen wir mal ... ein Leichtgewicht. Er konnte sich nicht daran gewöhnen, plötzlich Verantwortung tragen zu müssen. Kurz nach Tinas Geburt ist er ausgezogen. Wir sind inzwischen geschieden."

„Zahlt er Unterhalt für die Kinder?"

„Ein Schauspieler verdient im Durchschnitt lächerliche dreitausend Dollar im Jahr. Für den Augenblick muß ich Ihre Frage mit Nein beantworten."

„Sie wollen doch nicht etwa sagen, daß Sie ganztags gearbeitet haben und daneben auch noch Ihre Kinder versorgen mußten."

„Sie waren tagsüber bei meiner Großmutter. Sie ist vor einem Vierteljahr gestorben." Jenny spürte einen Kloß in ihrem Hals. „Ich möchte jetzt nicht darüber sprechen."

Er legte seine Hand auf die ihre. „Verzeihen Sie, Jenny. Ich bin wirklich nicht immer so schwer von Begriff."

Sie brachte ein mühsames Lächeln zustande. „Jetzt sind aber Sie an der Reihe. Erzählen Sie mir alles über sich, was nicht im Ausstellungskatalog steht."

„Einverstanden. Ich war ein Einzelkind", begann er. „Als ich zehn Jahre alt war, ist meine Mutter durch einen Unfall auf der Farm ums Leben gekommen ... genau an meinem zehnten Geburtstag. Mein Vater ist vor zwei Jahren gestorben. Die Farm wird jetzt von einem Verwalter geleitet. Ich verbringe die meiste Zeit in meinem Atelier."

„Es wäre jammerschade, wenn Sie das nicht täten", sagte Jenny. „Sie malen, seit Sie fünfzehn sind. Ist Ihnen nicht irgendwann aufgegangen, wie gut Sie sind?"

Erich zuckte die Achseln. „Ich könnte jetzt behaupten, ich hätte die Malerei lediglich als Hobby betrieben, aber das wäre nicht ganz ehrlich. Meine Mutter hat auch gemalt. Ich fürchte, sie war nicht besonders gut, aber ihr Vater war recht bekannt. Er hieß Everett Bonardi."

„Ach ja?" rief Jenny erstaunt. „Seine Bilder haben mir schon immer gefallen. Aber warum steht von alldem nichts im Ausstellungskatalog?"

„Wenn meine Bilder gut sind, werden sie für sich selbst sprechen. Ich hoffe, daß ich ein wenig vom Talent meines Großvaters geerbt habe. Mutter hat nur aus Freude am Zeichnen Skizzen angefertigt, trotzdem war mein Vater schrecklich eifersüchtig auf ihre ‚künstlerischen Aktivitäten‘. Ich glaube, als sie ihn ihrer Familie in San Francisco vorgestellt hat, wurde er dort wie ein Bauerntölpel aus der tiefsten Provinz behandelt. Er hat sich später revanchiert und Mutter ständig in den Ohren gelegen, sie solle ihre Begabung lieber für etwas Nützliches einsetzen; zum Beispiel für Stickereien oder Patchworkdecken. Dennoch hat er sie geradezu vergöttert. Aber ich habe immer gewußt, daß er es nur sehr ungern gesehen hätte, wenn ich mich ‚der Malerei‘ gewidmet hätte. Für ihn war das ‚reine Zeitvergeudung‘. Also habe ich es vor ihm verborgen gehalten."

Erich sah sie forschend an. „Jenny", sagte er plötzlich, „Sie waren gewiß verwundert über meine Reaktion bei unserer Begegnung vorhin. Sie sehen Caroline tatsächlich verblüffend ähnlich. Sie war etwa so groß wie Sie. Ihr Haar war dunkler, und ihre Augen waren leuchtend grün. Ihre Augen sind blau, mit einer leichten Andeutung von Grün. Sie sind ebenso schlank wie sie. Mein Vater hat sich immer Sorgen gemacht, weil er befürchtete, sie könne zu dünn werden. Er hat sie ständig gebeten, mehr zu essen. Und ich ertappe mich dabei, wie ich Sie ermahnen möchte, Ihren Teller leer zu essen. Sie haben ja nicht einmal richtig angefangen. Darf ich Ihnen trotzdem noch ein Dessert bestellen?"

„Ja, gerne. Wenn ich dann auch reichlich spät zur Galerie zurückkomme. Mr. Hartley wird sich ohnehin schon seine spärlichen Haare raufen, weil Sie angekommen sind, als er nicht im Büro war. Und außerdem muß ich ausgerechnet heute abend früher gehen, was ihn auch nicht gerade zu Freudentänzen hinreißen wird."

„Sie haben heute abend etwas vor?"

„Ungeheuerliche Dinge! Meine beiden Kleinen abholen zum Beispiel. Sie sind in der Kindertagesstätte an der Ecke 49ste Straße/ Second Avenue. Wenn ich zu spät dort ankomme, wird eine gewisse Mrs. Curtis wieder ganz aus dem Häuschen sein." Jenny zog die Augenbrauen hoch, spitzte die Lippen und flötete wie Mrs. Curtis: „Wir schließen gewöhnlich um fünf, obwohl ich für alleinstehende Mütter schon mal eine Ausnahme mache, Mrs. MacPartland. Aber halb sechs ist das Äußerste! Und machen Sie sich bitte erst gar nicht die Mühe, mir von verpaßten Bussen oder von dringenden Telefonaten

kurz vor Geschäftsschluß zu erzählen. Sie haben um siebzehn Uhr
dreißig hier zu sein, ist das klar?"

Erich lachte. „Und ob. Erzählen Sie mir von Ihren Töchtern."

„Oh, nichts lieber als das", sagte sie. „Natürlich sind sie intelligent
und hübsch und drollig und –"

„Und sie konnten mit sechs Monaten laufen und mit neun Monaten
sprechen", ergänzte Erich. „Man hat mir erzählt, das habe meine
Mutter immer von mir behauptet."

Der wehmütige Ausdruck, der dabei über sein Gesicht huschte, gab
ihr einen Stich. „Bestimmt war es so", sagte sie.

Er lachte. „Ganz sicher war es *nicht* so."

Beim Dessert sprachen sie über ihre Jugendzeit und über Jennys
Ehe. Als sie wieder in die Galerie kamen, wartete Mr. Hartley bereits.
Beunruhigt nahm Jenny die leichte Zornesröte auf seinen Wangen
wahr und bewunderte gleich darauf, wie geschickt Erich ihn
besänftigte. „Sie sind sicher mit mir der Meinung, daß kein Mensch
das Zeug essen kann, das einem im Flugzeug vorgesetzt wird. Und
weil Mrs. MacPartland gerade Mittagspause machen wollte, habe ich
sie darum gebeten, mich ihr anschließen zu dürfen. Ich habe lediglich
zur Gesellschaft eine Kleinigkeit gegessen und freue mich darauf, mit
Ihnen zum Lunch zu gehen. Außerdem möchte ich Ihnen sagen, daß
Sie meine Bilder hervorragend plaziert haben."

Mr. Hartley fing prompt an zu strahlen. Jenny dachte an die
Frühlingsrolle, das Gemüse und das nahrhafte Dessert, das Erich
verspeist hatte, und sagte scheinbar ganz ernst: „Mr. Hartley, ich
habe Mr. Krueger die große Reistafel empfohlen. Bitte sorgen Sie
doch dafür, daß er sie bestellt."

Erich zog eine Augenbraue hoch, und als er an Jenny vorbeiging,
sagte er leise: „Sie werden noch von mir hören, Madame!"

Hinterher tat es ihr leid, daß sie ihm, einer plötzlichen Laune
folgend, diesen kleinen Streich gespielt hatte. Schließlich kannte sie
ihn kaum. Woher kam dann aber dieses Gefühl geistiger Harmonie?
Er war so sanft und verständnisvoll, und doch konnte man unter der
Oberfläche schlummernde Kräfte ahnen.

Den ganzen Nachmittag herrschte reger Betrieb in der Galerie, und
Jenny hielt Ausschau nach den wichtigen Kunstsammlern, die zur
Vernissage geladen worden waren; viele würden ein wenig eher
kommen, um sich in Ruhe die Ausstellung anzusehen. Kurz bevor die
Galerie für das allgemeine Publikum geschlossen wurde, kam Mr.

Hartley vom Restaurant zurück. Erich Krueger sei in sein Hotel gegangen, um sich für den Empfang umzuziehen, berichtete er Jenny. Jetzt, um siebzehn Uhr, war der Empfang in vollem Gange. Als Jenny Erich Krueger mit den Gästen bekannt machte, wurde er häufig gefragt: „Ist das die junge Dame, die Ihnen für ‚Erinnerung an Caroline' Modell gesessen hat?"

Erich schien die Frage gerne zu hören. „Ich glaube es langsam selbst", antwortete er.

Mr. Hartley beschränkte sich darauf, neu ankommende Gäste zu begrüßen. Seinem seligen Lächeln konnte Jenny entnehmen, daß die Ausstellung ein Bombenerfolg zu werden versprach. Es war offensichtlich, daß die Kritiker auch von dem Menschen Erich Krueger beeindruckt waren. Jenny ging, als Alison Spencer, die elegante junge Kunstkritikerin der Zeitschrift *Artnews*, ihn mit Beschlag belegte.

Es war bereits höchste Zeit, sich auf den Weg zum Kinderhort zu machen, aber etwas in ihr sträubte sich dagegen, jetzt weggehen zu müssen. Als Nana noch lebte, war Jenny abends gerne nach Hause gegangen. Aber seit dem Tod der Großmutter war alles entsetzlich kompliziert geworden. Jetzt mußte Jenny zum Hort hetzen, die Kinder dort abholen, mit dem Bus nach Haus fahren und die Kleinen mit Keksen bei Laune halten, während sie rasch eine Mahlzeit zubereitete.

Als sie gerade nach ihrem Mantel greifen wollte, wurde sie noch von einem der wichtigsten Sammler in ein Gespräch verwickelt. Um halb sechs konnte sie endlich entwischen. Sie überlegte, ob sie sich von Erich verabschieden sollte, aber er unterhielt sich noch immer mit Alison Spencer. Außerdem war es ihm sicher ziemlich gleichgültig, ob sie ging oder blieb. Mach dir nichts draus, ermahnte sie sich selbst und verließ unauffällig die Galerie.

JENNY war vom Laufen ganz außer Atem, als sie um Viertel vor sechs an der Tür von Mrs. Curtis' Kinderhort klingelte. Die streitbare Dame baute sich vor Jenny auf und holte tief Luft: „Mrs. MacPartland! Wir haben einen schrecklichen Tag hinter uns. Tina hat ununterbrochen geschrien. Und zur Krönung des Ganzen hat Beth auch noch in die Hose gemacht. Man sollte es nicht für möglich halten!"

„Sie ist doch längst schon sauber", hielt Jenny ihr entgegen. „Wahrscheinlich haben sich die Kinder nur noch nicht an die neue Umgebung gewöhnt."

„Das wird auch gar nicht mehr nötig sein. Ihre Kinder sind mir zu anstrengend; die brauchen ja eine Aufsichtsperson für sich allein . . . "

Jenny hörte sich Mrs. Curtis' Attacken nicht weiter an. Beth und Tina saßen auf einer abgewetzten Couch in einer Nische der düsteren Diele, die von Mrs. Curtis großspurig als Spielecke bezeichnet wurde. Jenny fragte sich, wie lange sie dort wohl schon in ihren Wintersachen herumsaßen. Ein Gefühl großer Zärtlichkeit stieg in ihr auf, und sie drückte die beiden Kinder fest an sich. „Hallo, Maus", sagte sie zu Beth und zu Tina gewandt: „Hallo, Glöckchen." Tinas Wangen waren tränenfeucht. Liebevoll strich Jenny den Mädchen das Haar aus der Stirn. Sie hatten beide Kevins braune Augen und sein dunkles, rötliches Haar geerbt.

„Sie hat Angst gehabt", berichtete Beth und zeigte auf Tina. „Hat 'weint und 'weint."

Tinas Unterlippe zitterte. Sie streckte die Ärmchen nach Jenny aus.

„Und Sie kommen schon wieder zu spät", sagte Mrs. Curtis anklagend.

„Es tut mir leid", murmelte Jenny abwesend. Sie nahm Tina hoch. Beth, die offenbar fürchtete, zurückbleiben zu müssen, rutschte von der Couch.

„Sie können Ihre beiden Mädchen noch bis Freitag hierherbringen; man ist ja kein Unmensch", sagte Mrs. Curtis. „Aber danach ist Schluß!"

Ohne sich zu verabschieden, öffnete Jenny die Tür und trat in die Kälte hinaus.

Es war jetzt dunkel, und der Wind war schneidend kalt. Tina schmiegte den Kopf an Jennys Hals. Beth versuchte, ihr Gesicht in Jennys Mantel zu verbergen. „Ich hab nur einmal die Hose naß 'macht", sagte sie.

Jenny lachte. „Ach, mein Mausekind! Gleich sind wir im warmen Autobus."

Aber drei überfüllte Busse hielten erst gar nicht. Schließlich gab Jenny auf, beugte sich zu Beth hinunter und hob sie auch hoch. „Ich kann laufen, Mami", protestierte Beth. „Ich bin schon groß."

„Das weiß ich doch", sagte Jenny besänftigend. „Aber wir kommen schneller voran, wenn ich dich trage. Und jetzt haltet euch gut an mir fest. Gleich geht der Marathonlauf los." Sie sind nicht schwer, sagte sie sich, als sie sich auf den langen Heimweg machte. Sie sind deine Kinder. Aber wie soll ich bloß bis zum nächsten Montag einen neuen

Kinderhort für die beiden finden? Ach, Nana, du fehlst uns so sehr!

Jemand faßte neben ihr Tritt. Verwirrt blickte Jenny auf, als Erich ihr Beth aus dem Arm nahm. Ihre kleine Tochter starrte den Fremden an und verzog den Mund. Er schien zu ahnen, daß sie gleich losheulen würde, und lächelte sie an. „Keine Angst. Wenn ich dich trage, können wir mit Mami und Tina um die Wette laufen", sagte er in verschwörerischem Ton.

„Aber –", wollte Jenny protestieren.

„Sie werden mir doch gewiß erlauben, daß ich Ihnen helfe, Jenny", sagte er.

„Ich bin Ihnen natürlich dankbar, Mr. Krueger, aber –"

„Würden Sie bitte aufhören, mich Mr. Krueger zu nennen, Jenny? Warum haben Sie mich denn nicht aus den Fängen dieser nervtötenden Tante von *Artnews* befreit? Ich habe die ganze Zeit gehofft, Sie würden kommen und mich erlösen. Als mir klar wurde, daß Sie gegangen waren, habe ich mich an den Kinderhort erinnert. Die schreckliche Frau dort hat mir gesagt, Sie seien bereits fort, aber sie hat mir wenigstens Ihre Adresse gegeben. Ich habe dann beschlossen, zu Ihrer Wohnung zu gehen und bei Ihnen zu klingeln. Plötzlich sehe ich vor mir eine gutaussehende junge Frau, die Hilfe braucht, und da bin ich also."

Statt sich müde und deprimiert zu fühlen, war Jenny plötzlich über alle Maßen glücklich.

„Müssen Sie sich jeden Abend so abrackern?" fragte er.

„Normalerweise nehmen wir den Bus", erwiderte Jenny. „Aber heute waren alle Busse so voll, daß keiner von ihnen gehalten hat."

Als sie vor ihrer Wohnung in dem Häuserblock zwischen Lexington- und Park Avenue angekommen waren, wollte sie sich von Erich verabschieden, doch er mochte sich nicht wegschicken lassen. „Ich bringe Sie noch rein", sagte er.

Zögernd ging sie vor ihm her über den Flur in ihre kleine Wohnung. Für das abgenutzte Sofa aus zweiter Hand hatte sie neue Bezüge aus einem fröhlichen, gelborange Stoff genäht; ein dunkelbrauner Teppich bedeckte den größten Teil des zerkratzten Parkettbodens; an den Wänden, von denen die Farbe abzublättern begann, hingen Chagall-Drucke; die Gitterbetten der Mädchen standen in einem winzigen Ankleidezimmer neben dem Bad.

Beth und Tina sprangen im Wohnzimmer umher, offensichtlich froh, wieder herumlaufen zu können. Beth rannte zu Jenny hin. „Ich bin sehr froh, daß wir zu Hause sind, Mami", sagte sie. Sie sah Tina an. „Und Tina ist auch froh."

Jenny lachte. „O Maus, da habt ihr recht." Und zu Erich gewandt, fuhr sie fort: „Die Wohnung ist zwar nicht gerade groß, aber es gefällt uns hier."

„Das kann ich verstehen. Es ist sehr hübsch."

„Na ja, sehen Sie nur nicht zu genau hin", sagte Jenny. „Die Hausverwaltung hat das Gebäude langsam verkommen lassen. In einem halben Jahr werden das hier alles Eigentumswohnungen, da wollen sie natürlich vorher nicht mehr viel Geld reinstecken."

„Werden Sie diese Wohnung kaufen?"

Jenny begann Tina aus ihrem Schneeanzug zu pellen. „Da müßte ich erst in der Lotterie gewinnen. Wir werden halt so lange bleiben, bis man uns auf die Straße setzt, und uns dann etwas anderes suchen."

Erich beugte sich zu Beth hinunter. „Jetzt ziehen wir erst einmal das schwere Winterzeug aus." Während er sie von den mollig warmen Sachen befreite, fuhr er zu Jenny gewandt fort: „Ich habe mich übrigens bei Ihnen zum Abendessen eingeladen, Jenny. Wenn Sie allerdings schon etwas vorhaben, müssen Sie mich rauswerfen. Wenn nicht, sollten Sie mir sagen, wo der nächste Supermarkt ist."

Sie sahen einander an. „Also, was meinen Sie?" fragte er. „Supermarkt oder Rausschmiß?"

Ehe Jenny antworten konnte, zog Beth ihn am Hosenbein. „Du kannst mir was vorlesen", lud sie ihn ein.

„Dann ist ja alles klar", sagte Erich entschlossen. „Ich bleibe. Deine Mami wird gar nicht mehr gefragt."

Er will wirklich bleiben, dachte Jenny. Er möchte wirklich gern mit uns zusammensein. „Wir müssen nicht unbedingt noch einkaufen gehen", meinte sie. „Jedenfalls nicht, wenn Sie Hackbraten mögen."

Sie goß ihm ein Glas Wein ein und ging nach nebenan, um die Kinder zu baden und zu füttern. Anschließend bereitete sie das Abendessen zu, und er saß mit den Mädchen auf dem Sofa und las ihnen eine Geschichte vor. Während sie den Tisch deckte und einen Salat zubereitete, sah sie aus den Augenwinkeln zu den dreien hinüber. Die Mädchen hatten sich an Erich gekuschelt, und er las ihnen mit den entsprechenden stimmlichen Mätzchen die Geschichte von den drei Bären vor. „Das war toll", verkündete Beth, als er geendet hatte. „Fast so schön wie bei Mami."

Er sah Jenny an, zwinkerte ihr zu und lächelte triumphierend.

Nachdem die Kinder im Bett waren, setzten sich Jenny und Erich an den Eßtisch, von wo man auf den Garten an der Rückseite des Hauses sehen konnte. Dort lag der Schnee noch weiß und dick, und hohe Tannen verdeckten fast völlig die Sicht auf die angrenzenden Gebäude.

„Sehen Sie", sagte Jenny. „Landleben inmitten der Großstadt. Wenn die Mädchen abends im Bett sind, sitze ich oft hier bei einer Tasse Tee und stelle mir vor, daß ich in einem schönen Haus am Waldrand wohne."

Es klingelte an der Tür. Erich sah verdrießlich drein. Jenny biß sich auf die Unterlippe. „Es ist sicher Fran von oben", versicherte sie. „Sie ist Stewardeß und hat gerade mal wieder mit einem Freund Schluß gemacht. Sie schaut fast jeden Abend bei mir rein."

Doch es war Kevin. Jennys ehemaliger Mann stand im Türrahmen, jungenhaft gut aussehend mit seinem gebräunten Gesicht, dem teuren Skipullover und dem lässig um den Hals geknoteten langen Wollschal. Er kam ins Zimmer und küßte sie flüchtig. Es war ihr peinlich, weil sie wußte, daß Erich zusah.

„Kinder schon im Bett, Jen?" fragte Kevin. „Schade, ich hatte gehofft, ich könnte sie noch sehen. Oh, du hast Besuch." Sein Tonfall veränderte sich, wurde förmlich, fast britisch unterkühlt. Er muß immer schauspielern, dachte Jenny. Sie machte die beiden Männer miteinander bekannt.

„Riecht gut bei dir, Jen", sagte Kevin und musterte die Schüsseln auf dem Tisch. „Ist ja ein toller Hackbraten." Er nahm sich ein Stück. „Ausgezeichnet. Warum habe ich dich bloß entkommen lassen?"

„Ein schlimmer Fehler", sagte Erich mit eisiger Stimme.

„Kann man wohl sagen", bestätigte Kevin leichthin. „Tja, ich bin zufällig hier vorbeigekommen und habe mir gedacht, ich schau einfach mal rein. Was meinst du, Jenny, könnte ich dich wohl draußen eine Sekunde allein sprechen?"

Sie wußte, was er sagen würde. Vor ein paar Tagen hatte sie ihr Gehalt bekommen. Sie nahm ihre Handtasche mit in die Diele und hoffte, daß Erich es nicht bemerkt hatte. „Kev, ich habe absolut nicht –"

„Jen, ich hab mich Weihnachten für dich und die Kinder ein wenig verausgabt. Meine Miete ist fällig, und der Hauswirt rennt mir die Bude ein. Ich brauche nur dreißig Dollar. In einer Woche oder so kriegst du's zurück."

„Dreißig Dollar! Kevin, das geht nicht."

„Jen, ich brauch das Geld *dringend*."

Zögernd nahm sie ihr Portemonnaie aus der Handtasche. „Kevin, wir müssen mal miteinander reden. Ich glaube, ich werde bald meinen Job verlieren."

Er nahm ihr rasch das Geld aus der Hand, stopfte die Scheine in die Hosentasche und wandte sich zum Gehen. „Danke, Jen."

Sie kehrte ins Wohnzimmer zurück. Erich war dabei, den Tisch abzuräumen. Er nahm die Schüssel mit dem übriggebliebenen Hackbraten und trug sie zum Abfalleimer.

„He, Moment!" rief Jenny protestierend. „Das können die Kinder morgen abend essen."

„Nicht nachdem dieser Schauspieler eben darin herumgerührt hat!" sagte er und ließ die Reste in den Abfalleimer gleiten. „Wieviel haben Sie ihm gegeben?"

„Dreißig Dollar. Er wird's mir zurückzahlen."

„Sie lassen es zu, daß er hier reingeschneit kommt, Sie küßt, Witze darüber macht, daß er Sie verlassen hat, und dann mit Ihrem sauer verdienten Geld verschwindet?"

„Er kann seine Miete nicht zahlen."

„Machen Sie sich doch nichts vor, Jenny. Wie oft zieht er diese Masche ab? Immer kurz nachdem Sie Ihr Gehalt kriegen, habe ich recht?"

Sie lächelte müde. „Nein, im letzten Monat hat er einmal ausgesetzt", sagte sie.

„Jenny, lieben Sie Kevin MacPartland noch?"

Sie war so verblüfft, daß sie lachen mußte. „Du lieber Himmel, nein!"

„Warum geben Sie ihm dann so einfach Geld?"

„Vielleicht aus einem falschen Gefühl der Verantwortung heraus. Weil ich Angst habe, daß er das Geld tatsächlich für die Miete braucht. Ich weiß es nicht."

„Jenny, ich muß morgen schon sehr früh nach Hause fliegen. Aber ich kann am Wochenende wieder hier sein. Haben Sie Freitag abend Zeit?"

Er wollte sie wiedersehen. Wieder überkam sie jenes unbändige Glücksgefühl, das sie empfunden hatte, als er auf dem Heimweg plötzlich neben ihr aufgetaucht war. „Ich habe nichts vor. Einen Babysitter werde ich schon finden."

„Und am Samstag? Meinen Sie, die Kinder würden gern in den Zoo gehen? Anschließend könnten wir alle zusammen zu Mittag essen."

„Es würde ihnen riesigen Spaß machen. Aber Erich, Sie sollten wirklich nicht –"

„Es tut mir nur leid, daß ich nicht in New York bleiben kann. Aber ich habe in Minneapolis eine wichtige geschäftliche Besprechung. Oh, gestatten Sie . . .?" Er hatte das Fotoalbum auf dem Cocktailtischchen entdeckt.

„Bitte, wenn Sie möchten. Es ist nicht sonderlich aufregend."

Sie tranken Wein, als er das Album durchblätterte. „Da werde ich am Kinderheim abgeholt", erklärte sie. „Ich war ein Adoptivkind. Das da sind meine neuen Eltern."

„Ein nett aussehendes junges Paar."

„Ich kann mich nicht an sie erinnern. Ich war zweieinhalb Jahre alt, als sie bei einem Autounfall ums Leben kamen. Danach gab es für mich nur noch Nana."

„Ist das hier ein Bild Ihrer Großmutter?"

„Ja. Sie war zweiundfünfzig, als sie mich zu sich nahm. Ich weiß noch, wie ich einmal – ich war damals in der ersten Klasse – mit langem Gesicht von der Schule heimkam, weil die anderen Kinder Bilder für den Vatertag malten und ich keinen Vater hatte. Nana tröstete mich: ,Hör zu, Jenny', sagte sie, ,ich bin deine Mutter, dein Vater, deine Großmutter und dein Großvater. Ich bin alles, was du brauchst. Mal mir eine Karte zum Vatertag!'"

Erich legte ihr den Arm um die Schultern. „Kein Wunder, daß sie Ihnen so fehlt", sagte er. Als sie zu den Hochzeitsbildern kamen, legte Erich das Album beiseite. „Es ist spät geworden", meinte er. „Sie sind sicher müde."

An der Tür nahm er ihre Hände und zog sie an die Lippen. „Glauben Sie an das Schicksal, Jenny?"

„Was geschehen soll, wird geschehen. Daran glaube ich wohl."

„Das genügt mir." Die Tür fiel hinter ihm ins Schloß.

ZUM ersten Mal seit Nanas Tod stand Jenny am nächsten Morgen nicht mit schwerem Herzen auf. Erich kam zurück. Sie würde ihn wiedersehen.

Im Lauf des Vormittags rief Erich sie in der Galerie an. „Ich bin gerade in Minneapolis angekommen. Wo wollen Sie Freitag abend essen, Jenny?"

„Das ist mir ganz gleich."

„Suchen Sie ein Restaurant aus, in das Sie immer schon einmal gehen wollten ..., ein Restaurant, in dem Sie noch nie mit einem anderen waren."

„Die Restaurants unten in Greenwich Village gefallen mir."

„Waren Sie schon mal im Lutèce?"

„Um Himmels willen, bei meinen Finanzen, nein."

„Gut. Dann werden wir am Freitag dort essen. Und Jenny ... ich habe veranlaßt, daß Sie und die Kinder ab morgen von einem Wagen mit Chauffeur abgeholt werden; er wird um Viertel nach acht bei Ihnen sein und die Mädchen in den Kinderhort und Sie zur Galerie bringen. Abends wird er Sie um zehn nach fünf wieder abholen."

„Erich, das geht doch nicht."

„Jenny, *bitte*. Ich mache mir Sorgen, wenn ich daran denke, daß Sie sich bei diesem Wetter mit den Kindern abschleppen müssen. Ich habe übrigens auch Mrs. Curtis angerufen. Sie wird die Kinder behalten."

Wie in Trance brachte Jenny den Rest des Tages hinter sich. Am Abend schaute Fran, die Stewardeß, die oben im vierten Stock wohnte, bei ihr vorbei. Als Jenny ihrer Freundin von Erich erzählte, platzte diese fast vor Neugier. „Und am Freitag geht ihr aus. Toll! Ich pass' auf die Kinder auf. Ich würde ihn zu gern kennenlernen. Vielleicht hat er einen Bruder oder einen flotten Cousin oder einen gut erhaltenen Studienfreund."

Jenny lachte. „Fran, er wird sich wahrscheinlich eines Besseren besinnen. Sicher wird er mich anrufen und absagen."

„Wird er nicht." Fran schüttelte heftig den Kopf. „Ich hab da so ein Gefühl."

Die Tage schlichen träge dahin. Endlich war es Freitag.

Erich holte sie um halb acht ab. Jenny trug ein elegantes Kleid aus schwarzer Seide, das noch aus finanziell besseren Zeiten stammte. Der raffinierte Schnitt betonte dezent ihre Figur, und ihr goldenes Medaillon hob sich hell leuchtend von der schwarzen Seide ab. Ihr Haar hatte sie in zwei kunstvolle Zöpfe geflochten.

„Sie sehen wunderbar aus, Jenny", begrüßte sie Erich, der einen dunkelblauen Anzug mit feinen Nadelstreifen trug.

Sie rief Fran an und bat sie herunterzukommen. Fran musterte Erich mit unverhohlener Bewunderung, und Jenny bemerkte das amüsierte Funkeln in seinen Augen. Tina und Beth waren völlig hingerissen von den Puppen, die er ihnen mitgebracht hatte.

Erich hatte eine Limousine mit Chauffeur gemietet. Jenny ließ sich in die Polster sinken, und er griff nach ihrer Hand. „Sie haben mir gefehlt, Jenny. Das waren die längsten vier Tage meines Lebens."

„Sie haben mir auch gefehlt." Es stimmte zwar, aber sie wünschte, es hätte nicht so inbrünstig geklungen.

Im Restaurant sah sie sich um und erkannte einige Prominente an den Nachbartischen. Der Kellner schenkte Champagner ein.

„Warum lächeln Sie, Jenny?" fragte Erich.

„Ich fühle mich wie nach einem Überschallflug, der einen in eine völlig andere Welt befördert hat."

Erich nickte und sah auf ihr goldenes Medaillon. „Dieses Medaillon habe ich schon bei unserer ersten Begegnung an Ihnen bemerkt, Jenny. Es ist wunderschön. Hat Kevin es Ihnen geschenkt?"

„Nein. Es hat Nana gehört."

Er beugte sich über den Tisch und ergriff ihre Hand. „Das freut mich. Jetzt sehe ich es erst richtig gern."

In fließendem Französisch besprach er mit dem Oberkellner das Menü. Sie fragte Erich, wo er die Sprache gelernt habe.

„Im Ausland. Ich bin viel herumgekommen. Bis mir eines Tages klar wurde, daß ich mich am glücklichsten und am wenigsten einsam fühlte, wenn ich auf der Farm war und malen konnte. Aber die letzten paar Tage ist es mir ziemlich mies gegangen."

„Warum?"

„Ich habe mich nach Ihnen gesehnt."

AM SAMSTAG gingen sie in den Zoo. Erich widmete sich den beiden Mädchen mit beinahe unerschöpflicher Geduld. Er trug sie abwechselnd auf den Schultern umher, beantwortete tausend Fragen und ging auf ihr Betteln hin dreimal mit ihnen ins Affenhaus zurück.

Beim Mittagessen schnitt er Beths Portion in mundgerechte Häppchen, während Jenny Tina half. Obwohl Jenny heftig protestierte, bestand er darauf, daß die Mädchen sich in einem Spielwarengeschäft ein Kuscheltier aussuchten, und es schien ihn nicht im geringsten zu stören, daß Beth eine kleine Ewigkeit brauchte, bis sie schließlich ihre Wahl getroffen hatte.

„Sind Sie sich ganz sicher, daß Sie nicht doch sechs Kinder auf Ihrer Farm in Minnesota haben?" fragte Jenny ihn, als sie nach draußen gingen. „Eine solche Engelsgeduld mit Kindern kann nicht angeboren sein."

„Aber ein Mensch mit solcher Geduld hat mich aufgezogen."

„Ich wollte, ich hätte Ihre Mutter gekannt."

„Und ich wollte, ich hätte Ihre Großmutter gekannt."

„Mami", fragte Beth, „warum siehst du so glücklich aus?"

AM SONNTAG erschien Erich mit einem großen Schlitten, und sie fuhren zusammen zu einer Rodelpartie in den Central Park.

Am Abend ging er mit Jenny essen. Beim Kaffee wurden sie beide schweigsam. Schließlich sagte er: „Das waren zwei wunderschöne Tage, Jenny."

„Ja." Sie blickte aus dem Fenster über die Stadt. „New York kann so schön sein", sagte sie.

„Würde es dir sehr fehlen?"

„Fehlen?"

„Minnesota ist auf eine ganz andere Art schön."

Sie blickte ihn wieder an. Er griff nach ihrer Hand, und ihre Finger verschränkten sich ineinander. „Jenny, ich weiß, daß das alles sehr rasch geht, aber es ist richtig so. Wenn du darauf bestehst, komme ich ein halbes Jahr lang jedes Wochenende nach New York und werbe um dich. Ein Jahr lang, wenn es sein muß. Aber ist das wirklich nötig?"

„Erich, du kennst mich doch kaum!"

„Ich habe immer gewußt, wonach ich suche, und ich war ganz sicher, daß ich es erkennen würde, wenn es mir begegnet. Geht es dir nicht ganz genauso?"

„Ich habe auch einmal geglaubt, meine Gefühle für Kevin seien echt."

„Jenny, du tust dir selbst unrecht. Du hast mir gesagt, er sei der erste Mann gewesen, für den du etwas empfunden hast. Du warst damals noch sehr jung."

Sie dachte nach. „Vielleicht hast du recht."

„Du solltest auch an die Mädchen denken, Jenny. Du versäumst die schönsten Jahre mit ihnen. Die Kinder wären glücklich, wenn sie dich den ganzen Tag um sich haben könnten. Und ich glaube, sie könnten auch mit mir glücklich sein. Heirate mich, Jenny. Bald."

Vor einer Woche hatte sie ihn noch nicht gekannt. Sie spürte die Wärme seiner Hand, sah die Liebe, die aus seinen Augen leuchtete, und wußte, daß er das gleiche in ihren Augen lesen konnte.

Und sie hatte nicht den geringsten Zweifel, wie ihre Antwort ausfallen würde.

Später saßen sie bis zur Morgendämmerung in ihrer Wohnung und redeten. „Ich möchte die Mädchen adoptieren, Jenny. Ich werde die Papiere von meinen Anwälten vorbereiten lassen. Dieser MacPartland muß nur unterschreiben."

„Ich glaube nicht, daß er die Kinder aufgeben wird."

„Da bin ich anderer Ansicht. Ich möchte nicht, daß Beth und Tina sich wie Außenseiter fühlen, wenn wir beide einmal Kinder haben. Ich möchte deinen Mädchen meinen Namen geben. Ich werde ihnen ein guter Vater sein. Auf jeden Fall ist es wohl das beste, wenn ich mich allein mit Kevin treffe, Liebes."

Die ganze Woche fragten Tina und Beth, wann Mr. Krueger denn endlich wiederkomme. Als er am Freitag abend in die Wohnung kam, flogen sie ihm in die Arme. Sie quietschten selig, als er sie an sich drückte, und Jenny stiegen Freudentränen in die Augen.

Beim Abendessen in einem exquisiten Restaurant berichtete er von seinem Treffen mit Kevin an diesem Nachmittag. „Er führt sich auf wie ein Spielverderber, Liebes. Er will weder dich noch die Kinder, aber er will auch nicht, daß ein anderer sie bekommt. Doch ich habe ihn davon überzeugt, daß es für die Mädchen so am besten ist. Es wird allerdings ein halbes Jahr dauern, bis die Adoption rechtskräftig wird. Laß uns am zweiten Februar heiraten; das ist dann fast genau einen Monat nach unserer ersten Begegnung."

Noch ehe sie ihm antworten konnte, setzte er hinzu: „Ach ja, fast hätte ich das hier vergessen." Er öffnete seinen Aktenkoffer, den er zu ihrer Überraschung mit an den Tisch gebracht hatte. „Wollen mal sehen, ob der Ring paßt." Es war ein großer, funkelnder Diamantring. Als Erich ihn an ihren Finger steckte, starrte Jenny sprachlos auf die makellose Schönheit des wertvollen Edelsteins. „Ich habe mich entschlossen, Mutters Ring nicht neu fassen zu lassen", sagte Erich. „Er ist tatsächlich wie für dich gemacht."

„Er ist wunderschön, Erich."

„Und, Liebes, laß uns dies hier auch rasch erledigen." Er zog ein Bündel Papiere aus dem Aktenkoffer. „Als meine Anwälte die Adoptionspapiere ausfertigten, haben sie gleich diesen Ehevertrag aufgesetzt."

„Diesen . . . was?" fragte Jenny. Sie war immer noch ganz in den Anblick des Verlobungsrings versunken. Es war kein Traum. Es war Wirklichkeit. Sie würde Erich heiraten.

„Ich bin nun mal ein . . ., nun ja, ein wohlhabender Mann. Meine

Anwälte waren gar nicht erfreut, daß ich mich, wie sie meinen, Hals über Kopf in eine Ehe stürzen will. In dieser Vereinbarung über Gütertrennung wird lediglich festgehalten, daß beide Partner auf Vermögensforderungen verzichten, falls die Ehe vor Ablauf von zehn Jahren wieder aufgelöst werden sollte."

Sie war bestürzt. „Wenn wir uns trennen, dann will ich sowieso nichts von dir, Erich."

„Ich würde eher sterben, als daß ich dich verlieren wollte, Jenny. Dies ist nur eine bedeutungslose Formalität." Er legte die Papiere neben ihren Teller. „Ich habe auch für die beiden Kinder je ein Treuhandkonto eröffnet. Sie werden erben, wenn sie einundzwanzig sind. Das wird rechtsgültig, sobald die Adoption unter Dach und Fach ist. Außerdem habe ich bestimmt, daß du im Falle meines Todes die Alleinerbin bist."

Sie warf einen Blick auf das erste Blatt und war entsetzt über das juristische Kauderwelsch. „Erich, ich will das nicht alles lesen", sagte sie. „Wo soll ich unterschreiben?"

„Ich habe die Stellen angekreuzt, Liebes."

Rasch kritzelte Jenny ihren Namen auf die Papiere. Erichs Anwälte befürchteten offenbar, daß sie ihn seines Geldes wegen heiraten wollte. Sie konnte es ihnen nicht verdenken, aber es bereitete ihr doch ein leichtes Unbehagen.

Er steckte die Papiere wieder in den Aktenkoffer. „Was für eine schrecklich unromantische Sache", seufzte er. „Aber es mußte sein. Was wünschst du dir zur goldenen Hochzeit, Jenny?"

„Darby und Joan."

„Wie bitte?"

„Es sind Royal-Doulton-Porzellanfiguren. Ein altes Ehepaar, das glücklich und zufrieden auf einer Bank sitzt. Ich hab die beiden immer sehr gemocht."

Als Erich am nächsten Morgen in die Wohnung kam, brachte er ein Geschenkpaket mit. Die beiden Figuren waren darin.

Mehr noch als der Ring bestärkten sie Jenny in ihrer Zuversicht, Jahre voll Glück und Geborgenheit vor sich zu haben.

„EHRLICH, ich weiß das zu schätzen, Jen. Mit dreihundert Mäusen bin ich fürs erste aus dem Schneider."

„Na ja, wir haben dieses Zeug schließlich gemeinsam zusammengetragen. Da steht dir die Hälfte des Geldes zu, Kevin."

Sie standen in der ausgeräumten Wohnung. Jenny hatte das Mobiliar für nicht ganz sechshundert Dollar verkauft. Ohne die Möbel und den Teppich wurde nur allzu deutlich, wie schäbig die kleine Wohnung im Grunde gewesen war. Nur Jennys elegante, neue Koffer standen jetzt noch im Wohnzimmer.

Sie musterte Kevin kühl, bemerkte die leichte Rötung an seinen Augenrändern. Wahrscheinlich ist er verkatert, dachte sie.

„Du siehst reizend aus, Jen", sagte er.

Sie trug ein Komplet aus blauer Seide. Bei einem seiner Besuche hatte Erich darauf bestanden, für sie und die Kinder neue Garderobe zu kaufen. Sie hatte sich zunächst dagegen gesträubt, war aber überstimmt worden.

„Schau mal", hatte er ihr entgegengehalten, „wenn die Rechnungen kommen, bist du doch längst meine Frau." Danach hatte sie ihre anfänglichen Bedenken überwunden.

„Wo sind die Mädchen?" fragte Kevin. „Ich würde ihnen gern auf Wiedersehen sagen."

„Fran macht einen Spaziergang mit ihnen. Erich und ich werden sie nach der Trauung abholen. Fran und Mr. Hartley essen mit uns zu Mittag. Anschließend fahren wir direkt zum Flughafen."

„Jen, ich glaube, du hast das alles ein wenig überstürzt. Du kennst diesen Krueger doch erst seit einem Monat."

„Wenn man seiner Gefühle sicher ist, genügt das. Und wir wissen beide, was wir tun."

„Schön und gut, aber *ich* bin immer noch nicht sicher, daß ich wirklich meine Kinder aufgeben will."

Jenny versuchte, ihre Verärgerung zu verbergen. „Kevin, du hast die Adoptionspapiere unterschrieben. Du hast dich nie um die Kinder gekümmert. Du zahlst keinen Cent Unterhalt."

„Was werden sie empfinden, wenn ihnen eines Tages klar wird, daß ich sie weggegeben habe?"

„Dankbarkeit. Für die Chance, bei einem Vater sein zu dürfen, der sie haben will. Ich selbst bin ja ein Adoptivkind, und ich werde denen, die mich zur Adoption freigaben, ewig dankbar sein. Bei Nana aufwachsen zu dürfen war das Beste, was mir passieren konnte."

„Das mag schon sein. Trotzdem kann ich Erich Krueger nicht ausstehen. An dem Mann ist irgend etwas –"

„Kevin!"

„Na gut, ich geh ja schon. Du wirst mir fehlen, Jen. Ich liebe dich immer noch." Er nahm ihre Hände in die seinen. „Und meine Kinder liebe ich auch."

Dritter Akt, Vorhang, dachte Jenny. Im Parkett wischen sich die Leute verstohlen ein paar Tränen ab.

„Jen, ich habe gute Aussichten, beim Guthrie-Theater in Minneapolis anzukommen. Wenn's klappt, besuche ich dich."

„Besuch mich bitte nicht, Kevin!"

Es klingelte an der Tür. „Das wird Erich sein", sagte Jenny nervös. „Verflixt noch mal, ich wollte nicht, daß er dich hier sieht." Sie öffnete die Tür. Erich hatte einen großen Geschenkkarton unterm Arm. Man sah ihm an, wie wenig ihm Kevins Anwesenheit behagte. „Kevin hat nur mal kurz hereingeschaut", beteuerte Jenny rasch. „Wiedersehen, Kevin."

Die beiden Männer starrten einander schweigend an. Dann beugte sich Kevin zu Jenny und küßte sie auf den Mund. „Nochmals besten Dank", sagte er betont herzlich. „Ich seh dich in Minnesota, Herzchen."

Zweites Kapitel

„WIR überfliegen soeben Green Bay in Wisconsin. Unsere Flughöhe beträgt neuntausend Meter; wir werden um siebzehn Uhr achtundfünfzig auf dem Twin Cities Airport landen. Die Temperatur in Minneapolis beträgt minus dreizehn Grad Celsius. Ich hoffe, Sie hatten einen angenehmen Flug."

Erich legte seine Hand auf die von Jenny. „Hattest du einen angenehmen Flug?"

Sie lächelte ihn an. „Einen sehr angenehmen sogar." Sie sahen beide auf den Ehering seiner Mutter, den Jenny jetzt am Finger trug.

Beth und Tina waren in ihren Sitzen eingeschlafen. Sie lagen aneinandergekuschelt, das Haar zerzaust und die neuen grünen Trägerkleidchen schon ein wenig zerknittert.

Trotz ihres Glücksgefühls war Jenny immer noch wütend auf Kevin. Sie hatte gewußt, daß er schwach und verantwortungslos war, aber sie hatte in ihm eigentlich immer einen im Grunde gutmütigen Menschen gesehen. Vermutlich war er aber doch ein Spielverderber. Es war ihm gelungen, einen Mißklang in ihren Hochzeitstag zu bringen.

Nachdem Kevin gegangen war, hatte Erich gefragt: „Warum hat er sich bedankt? Hast du ihn nach Minnesota eingeladen?"

Sie hatte zu erklären versucht, was vorgefallen war.

„Du hast ihm Geld gegeben?" hatte Erich ungläubig gerufen. „Wieviel schuldet er dir eigentlich an Unterhaltszahlungen, und wieviel Geld hast du ihm bis jetzt geliehen?"

„Aber ich brauche das Geld nicht, und die Möbel haben zur Hälfte ihm gehört."

„Oder wolltest du nur sichergehen, daß er sich ein Flugticket leisten kann, um dich zu besuchen?"

„Erich, wie kannst du so etwas glauben?"

„Verzeih mir, Jenny. Ich gebe zu, ich bin eifersüchtig. Ich kann den Gedanken, daß er dich je berührt hat, kaum ertragen. Ich will nicht, daß er in Zukunft auch nur in deine Nähe kommt."

„Wird er auch nicht. Das kann ich dir versprechen. Ich bin so froh, daß er die Adoptionspapiere unterschrieben hat."

„Geld besitzt eine große Überzeugungskraft."

„Erich, du hast ihn doch nicht etwa dafür bezahlt?"

„Zweitausend Dollar. Tausend pro Kind. Überaus preiswert, wenn wir ihn damit losgeworden sind."

„Er hat dir seine Kinder verkauft." Jenny hatte versucht, sich ihre Verachtung nicht anmerken zu lassen.

„Ich habe es dir nicht sagen wollen, aber ich möchte verhindern, daß du für ihn noch einen Funken Mitleid empfindest . . . Und nun wollen wir ihn vergessen, Liebes. Dieser Tag gehört uns. Willst du dir nicht dein Hochzeitsgeschenk ansehen?"

Es war ein Blackglama-Nerzmantel. „Oh, Erich."

„Na los, probier ihn an."

Er fühlte sich wohlig weich und warm an. „Paßt genau zu deinem Haar und zu deinen Augen", hatte Erich festgestellt. Er hatte die Arme um sie gelegt. „Ich habe letzte Nacht schlecht geschlafen – ich hasse Hotels. Als ich bei dir geklingelt habe, hatte ich nur einen Gedanken: Heute abend wird Jenny bei mir sein. Und dann mußte ich einen Augenblick später mit ansehen, wie Kevin MacPartland dich küßt. Doch genug davon, laß uns jetzt gehen. Diese Wohnung deprimiert mich."

Sie hatte nicht einmal Zeit gehabt, sich ein letztes Mal umzusehen, so schnell hatte er sie hinausgedrängt und war mit ihr zur Trauung gefahren.

Sie landeten eine Minute früher in Minneapolis als im Flugplan vorgesehen. „Ich bin nie über Pennsylvania hinausgekommen", sagte Jenny lachend und sah sich um. „Ich hatte mir vorgestellt, wir würden mitten in der Prärie landen."

Erich hörte nicht zu. „Ich hatte Joe angewiesen, uns abzuholen", sagte er.

„Joe?"

„Einer meiner Leute von der Farm. Er ist nicht gerade der Klügste, aber er kann ausgezeichnet mit Pferden umgehen und ist ein guter Chauffeur. Ah, da kommt er ja."

Jenny sah einen ordentlich gekleideten, strohblonden jungen Mann mit großen Augen und rosigen Wangen, der auf sie zugerannt kam. Er blieb vor Erich stehen, und ihr fiel auf, daß der Farmarbeiter schrecklich besorgt aussah.

„Es tut mir leid, daß ich mich verspätet habe, Mr. Krueger. Die Straßen sind ziemlich glatt."

„Wo steht der Wagen?" fragte Erich schroff. „Ich bringe meine Frau und die Kinder hin; anschließend können wir beide uns um das Gepäck kümmern."

„Ja, Mr. Krueger." Der junge Mann wirkte jetzt noch verängstigter. „Es tut mir wirklich leid, daß ich mich verspätet habe."

„Aber um Himmels willen!" rief Jenny. „Wir sind zu früh gelandet; eine Minute zu früh." Sie streckte die Hand aus. „Ich bin Jenny."

Er schüttelte ihr die Hand so vorsichtig, als fürchtete er, ihr weh zu tun. „Ich bin Joe Ekers, Mrs. Krueger. Alle freuen sich schon auf Sie. Man hat viel über Sie gesprochen."

„Das kann ich mir denken", sagte Erich kurz angebunden und zog Jenny am Arm mit sich fort. Ihr wurde klar, daß Erich sich über sie ärgerte. Vielleicht hätte sie zu Joe nicht so freundlich sein sollen.

Vor dem Flughafengebäude ließ Erich sie und die Mädchen im Fond seines kastanienbraunen Cadillac Platz nehmen und ging eilig davon, um Joe mit dem Gepäck zu helfen.

Ein paar Minuten später bogen sie mit dem Wagen auf die Schnellstraße ein. „Bis zur Farm müssen wir fast drei Stunden fahren", sagte Erich zu Jenny. „Warum lehnst du dich nicht einfach an mich und machst ein wenig die Augen zu?" Er schien sich beruhigt zu haben, die kurze Verstimmung war offenbar vergessen.

Sie ließen die Lichter der Schnellstraße hinter sich und fuhren weiter ins Land. Die Straßen wurden schmaler, die Landschaft war topfeben.

Jenny lehnte den Kopf an Erichs Schulter und murmelte: „Weißt du was? Ich bin tatsächlich müde."

Wie gut es tat, sich an ihn zu lehnen. Er hatte vorgeschlagen, die offizielle Hochzeitsreise zu verschieben. „Wenn die Mädchen sich richtig eingelebt haben, suchen wir uns jemand, der sich um sie kümmert, und machen eine Reise." Sie fragte sich, wie viele andere Männer wohl so rücksichtsvoll gewesen wären.

Was für ein Gefühl der Freiheit es sein mußte, morgens aufzuwachen und zu wissen, daß man nicht zur Arbeit hetzen mußte. Nur bei den Kindern zu sein, sich ihnen widmen zu können, richtig zu widmen, und nicht nur mit letzter Kraft für ihr körperliches Wohl zu sorgen. Und eine verheiratete Frau zu sein . . .

Sie spürte, wie Erich ihre Wange streichelte. „Aufwachen, Liebes. Wir sind gleich zu Haus."

„Was? Oh! Bin ich denn eingeschlafen?" Sie richtete sich auf.

„Sieh mal aus dem Fenster. Das Mondlicht ist so hell, daß du alles erkennen kannst." In seiner Stimme schwang Begeisterung mit. „Bei dem Zaun dort beginnt unsere Farm. Da vorne sind die Unterstände, in denen wir im Winter die Rinder füttern. Gleich hinter der nächsten Kurve kannst du das Haus sehen. Es steht auf dem kleinen Hügel dort drüben."

Jenny drückte das Gesicht an das Wagenfenster. Von einigen Bildern Erichs wußte sie, daß ein Teil des Hauses mit rötlichem Klinker verblendet war. Aber auf das, was sie jetzt sah, war sie nicht vorbereitet: auf eine geradezu herrschaftliche Villa. Das Haus war rund fünfundzwanzig Meter lang und hatte drei Stockwerke. Aus den hohen, eleganten Fenstern im Erdgeschoß fiel helles Licht. Die schneebedeckten Felder davor glänzten silbern im Mondschein und ließen das Haus noch eindrucksvoller wirken.

„Erich! Es ist prachtvoll. Warum hast du denn nichts davon gesagt?"

„Ich wollte dich überraschen. Ich habe Elsa, unserer Putzfrau, eingeschärft, sie solle auf jeden Fall für dich die Festbeleuchtung einschalten."

Jenny erkannte in dem Haus den Hintergrund zu „Erinnerung an Caroline". Selbst der Schaukelstuhl stand noch da und wurde von einem Windstoß sanft hin- und herbewegt.

Der Wagen bog nach links ab, fuhr an einem Schild mit der Aufschrift KRUEGER-FARM vorbei und steuerte dann durch ein offenes

Tor. Zur Rechten begann der Wald. Die Bäume mit ihren kahlen Zweigen standen wie Skelette gegen den Himmel. Der Wagen folgte der Auffahrt und hielt vor einer breiten Steintreppe.

Ein Oberlicht erleuchtete eine schwere, über und über mit Schnitzereien verzierte Doppeltür. Joe öffnete beflissen die Wagentür. Erich legte ihm rasch Tina in die Arme. „Bringen Sie die Mädchen ins Haus, Joe", befahl er.

Er nahm Jenny bei der Hand, zog sie im Laufschritt die Treppe hinauf und stieß die Tür auf. Dann blieb er stehen und sah ihr in die Augen. „Ich wünschte, ich könnte dich jetzt malen", sagte er. „Ich könnte das Bild dann ‚Heimkehr' nennen. Dein langes, dunkles Haar; deine Augen, die mich so zärtlich ansehen . . . Du liebst mich doch, Jenny, nicht wahr?"

„Ich liebe dich, Erich", sagte sie leise.

„Versprich mir, daß du mich nie verlassen wirst."

„Erich, wie kannst du so etwas bloß denken? Ausgerechnet jetzt."

„Bitte, versprich es mir, Jenny."

„Ich werde dich nie verlassen." Sie legte die Arme um ihn. Er braucht mich so sehr, dachte sie. Seit sie sich kannten, hatte die Einseitigkeit ihrer Beziehung sie bekümmert – daß er der Gebende war und sie die Nehmende. Sie war dankbar für die Erkenntnis, daß auch sie etwas zu geben hatte.

Er hob sie hoch und nahm sie auf seine Arme. Jetzt lächelte er. Als er sie ins Haus trug, küßte er sie auf den Mund; zögernd erst und dann immer leidenschaftlicher. „Oh, Jenny!"

In der Eingangshalle setzte er sie wieder ab. Der Raum war mit glänzendem Parkett ausgelegt; von der Decke hing ein kristallener Kronleuchter. Eine Treppe mit reichverziertem Geländer führte in den ersten Stock hinauf. Überall an den Wänden hingen Erichs Gemälde, die er mit breitem Pinselstrich in der rechten unteren Ecke signiert hatte. Einen Augenblick lang war Jenny sprachlos.

Joe kam mit den Mädchen herein. „Rennt nicht so, hört ihr?" ermahnte er sie, ehe er ging. Doch die beiden waren jetzt munter und ganz versessen darauf, die neue Umgebung zu erkunden. Als Erich ihnen das Haus zeigte, hörte Jenny aufmerksam zu, behielt aber stets die Mädchen im Auge. Das große Wohnzimmer lag links von der Eingangshalle. Zu beiden Seiten einer Couch mit hoher Rückenlehne standen verzierte, auf Elektrizität umgestellte Öllampen. Über der Couch hing das von der Ausstellung zurückgeschaffte Gemälde

„Erinnerung an Caroline". Im Schein einer Deckenlampe wirkte das Gesicht der porträtierten Frau lebendiger, als dies im grellen Licht der Galerie der Fall gewesen war. Es kam Jenny so vor, als trete ihre Ähnlichkeit mit Caroline hier noch deutlicher zutage. Die Frau auf dem Bild schien sie anzusehen. „Es ist fast wie eine Ikone", flüsterte Jenny. „Ich habe das Gefühl, daß sie mir mit den Blicken folgt."

„Das Gefühl habe ich immer", bestätigte Erich. „Ganz besonders, wenn ich an diesem Platz stehe." Er stand jetzt neben einem Ohrensessel. „Meinst du, sie blickt wirklich her?"

Ein Rosenholzspinett übte auf die Kinder eine unwiderstehliche Anziehung aus. Sie kletterten auf die samtbezogene Klavierbank und klimperten auf den Tasten herum. Jenny sah, wie Erich zusammenzuckte, als Tina mit der Schnalle ihres Schuhs an einem Bein der Bank entlangschrammte. Schnell hob sie die protestierenden Kinder herunter. „Kommt, wir wollen mal sehen, was es noch alles gibt", schlug sie vor.

Das Eßzimmer war mit einem Tisch und zwölf Stühlen ausgestattet. An der Wand dahinter hing eine Patchworkdecke. Sie bestand aus lauter Sechsecken und war mit Blumenmotiven bestickt. Die kunstvolle Decke brachte eine fröhliche Note in die strenge Schönheit des Zimmers. „Meine Mutter hat sie gemacht", erklärte Erich. „Da siehst du ihre Initialen."

Sie gingen an der großen Bibliothek vorbei und kamen in eine riesige Küche. Genau in der Mitte des Raumes standen ein runder Eichentisch und passende Stühle. Der gewaltige gußeiserne Ofen an der rechten Wand sah aus, als könne er das ganze Haus heizen. In einer Kiste neben dem Ofen lag Feuerholz. Eine Couch und ein dazu passender Lehnstuhl standen genau im rechten Winkel zueinander. Ebenso wie in den anderen Räumen, die Erich ihnen bisher gezeigt hatte, war alles mit größter Sorgfalt aufgeräumt. Überall herrschte peinlichste Ordnung. „Jetzt sehen wir uns nur noch rasch unsere Schlafzimmer an", sagte Erich. „Wir können die Schloßbesichtigung ja morgen fortsetzen."

Er legte den Arm um Jenny, als sie die Treppe hinaufgingen. Das eheliche Schlafzimmer war ein imposanter Eckraum, der nach vorn hinausging. Auf dem großen Himmelbett lag eine dunkelrote Tagesdecke aus Brokat; eine Farbe, die in den Vorhängen und im Baldachin über dem Bett wiederkehrte. Links auf der Frisierkommode stand eine Kristallschale, gefüllt mit kleinen Stücken Fichtennadelseife. Rechts davon lag ein silberner Handspiegel mit Initialen. Er hatte einmal Erichs Urgroßmutter gehört; in die Schale waren Carolines Anfangsbuchstaben eingraviert. Sie stammte aus Venedig.

„Caroline hat nie Parfüm benutzt, aber sie liebte den Duft von Fichtennadeln", sagte Erich.

Die Seife. Das war es also, was ihr beim Betreten des Zimmers aufgefallen war – dieser leichte, alles überlagernde Duft nach Fichtennadeln.

„Schlafen Tina und ich hier, Mami?" fragte Beth.

Erich lachte. „Nein, Maus. Du und Tina, ihr schlaft weiter hinten am Flur. Aber wollt ihr nicht erst mein Zimmer sehen? Es ist gleich nebenan."

Jenny folgte ihm. Sie erwartete, in ein typisches Junggesellenzimmer zu kommen. Wie Erich wohl sein eigenes Zimmer eingerichtet haben mochte? Alles, was sie bisher gesehen hatte, schien er geerbt zu haben.

Er stieß die Tür zum Nebenzimmer auf. Das Deckenlicht brannte bereits. Jenny sah ein schmales Bett mit einem bunten Patchwork-Überwurf darauf. In einem halb geöffneten Pult erblickte sie Bleistifte, Malkreiden und Zeichenblöcke. In einem Bücherregal stand ein vielbändiges Jugendlexikon. Das Nachttischchen zierte eine Baseballtrophäe, und rechts an der Wand lehnte ein Hockeyschläger.

Es war das Zimmer eines zehnjährigen Jungen!

„Seit Mutters Tod habe ich hier nicht mehr geschlafen", sagte Erich wie zur Erklärung. „Als ich klein war, habe ich immer gern im Bett gelegen und zugehört, wie sie in ihrem Zimmer herumgegangen ist. An dem Tag, an dem das Unglück geschah, konnte ich einfach nicht hierher zurückkommen. Danach sind Vater und ich in andere Zimmer weiter hinten umgezogen. Dort sind wir dann geblieben."

„Willst du damit sagen, daß in diesem und im Schlafzimmer nebenan seit fast fünfundzwanzig Jahren niemand mehr geschlafen hat?"

„Richtig. Aber eines Tages wird unser Sohn dieses Zimmer bewohnen, Schatz."

Jenny war froh, als sie wieder nach unten gehen konnte. Trotz der fröhlichen Patchworkdecke und der warmen Ahornmöbel hatte Erichs Jugendzimmer etwas Beunruhigendes.

Beth zog sie ungeduldig am Rock. „Mami, wir sind hungrig."

„Oh, Maus, entschuldige. Komm, wir gehen in die Küche." Beth rannte den langen Flur entlang, und ihre kleinen Füße machten erstaunlich viel Lärm. Tina rannte der Schwester nach.

„Langsam, Kinder!" rief Erich.

„Und faßt nichts an", mahnte Jenny, die sich an das Spinett im Wohnzimmer erinnerte.

Der Kühlschrank war wohlgefüllt. Jenny wärmte Milch für Kakao und machte belegte Brote. „Ich habe Champagner für uns", sagte Erich.

„Ich melde mich, sobald ich die beiden versorgt habe", antwortete Jenny lächelnd und nickte mit dem Kopf zu den Mädchen hinüber.

In diesem Moment klingelte es. Erich blickte finster drein, aber als er die Tür zur Veranda öffnete, trat ein Ausdruck freudiger Überraschung auf sein Gesicht. „Mensch, Mark! Nichts wie rein mit dir."

Der Besucher füllte den Türrahmen fast aus. Sein Kopf mit dem windzerzausten, dunklen Haar stieß beinahe oben an. Große, braune Augen beherrschten das markante Gesicht. „Jenny", rief Erich, „das hier ist Mark Garrett. Ich hab dir schon von ihm erzählt."

Mark Garrett, der Tierarzt, seit frühester Jugend Erichs bester Freund. „Mark ist für mich wie ein Bruder", hatte Erich ihr gesagt.

Jenny streckte ihm die Hand entgegen und spürte seinen kräftigen, vertrauenerweckenden Händedruck.

„Ich war ja schon immer der Meinung, daß du einen guten Geschmack hast, Erich", sagte Mark. „Willkommen in Minnesota, Jenny."

Sie mochte ihn auf Anhieb. „Ich bin froh, daß ich hier bin."

„Tut mir leid, daß ich so hereinplatze", bemerkte Mark zu Erich gewandt. „Aber du solltest es von mir hören. Baron hat sich heute nachmittag eine Sehne gezerrt. Er lahmt."

Erich hatte Jenny auch von seinem Pferd Baron erzählt. „Ein Vollblut. Nervös, widerspenstig, aber ein bemerkenswertes Tier."

„Sind Knochen gebrochen?" Erichs Stimme klang sehr beherrscht.

„Ganz sicher nicht."

„Was ist passiert?"

Mark zögerte einen Augenblick und sagte dann: „Die Stalltür war offen, und er ist entwischt. Beim Versuch, einen Stacheldrahtzaun zu überspringen, ist er gestrauchelt."

„*Die Stalltür war offen?*" wiederholte Erich und betonte jedes Wort. „Wer hat sie denn offengelassen?"

„Niemand will es gewesen sein", erwiderte Mark. „Joe schwört, daß er sie heute morgen nach dem Füttern hinter sich zugezogen hat."

Joe. Der Chauffeur. Deshalb hat er so verängstigt ausgesehen, dachte Jenny.

„Ich habe Joe gesagt, er soll nicht mit dir darüber reden, ehe ich dich gesehen habe", fuhr Mark fort. „In ein paar Wochen ist Baron wieder auf dem Damm. Ich nehme an, Joe hat die Tür nicht fest genug zugezogen, als er den Stall verlassen hat. Aber er wäre nie mit Absicht nachlässig. Er liebt das Tier."

„Offenbar passiert bei ihm und seiner Familie nie etwas *mit Absicht*", stieß Erich hervor. „Trotzdem richten sie stets aufs neue Unheil an. Wenn Baron lahm bleibt . . ."

„Das ist nicht zu befürchten. Ich habe die Schwellung gekühlt und das Bein bandagiert. Warum siehst du nicht mal rasch nach ihm? Dann wirst du gleich beruhigt sein."

„Das ist wohl das beste." Erich holte einen Mantel aus dem Einbauschrank in der Küche. Er schien seine Wut nur mühsam unterdrücken zu können.

„Also, Jenny, nochmals herzlich willkommen", sagte Mark. „Es tut mir leid, daß ich gleich schlechte Nachrichten bringen mußte." Als die Tür hinter den beiden Männern ins Schloß fiel, hörte Jenny Marks tiefe, ruhige Stimme: „Jetzt reg dich bitte nicht auf, Erich."

Erst nach einem warmen Bad und einer Gutenachtgeschichte gaben die Kinder Ruhe. Auf Zehenspitzen schlich die erschöpfte Jenny aus ihrem Zimmer. Es gab keine Gitterbettchen, deshalb hatte sie die beiden Betten zusammengeschoben. Das eine stand an der Wand, und vor das andere hatte sie zur Vorsicht eine Truhe gerückt. Das zuvor säuberlich aufgeräumte Zimmer war jetzt das reinste Katastrophengebiet. Jenny hatte auf der Suche nach den Pyjamas und Tinas Schmusedecke sämtliche Koffer durchwühlt.

Jetzt war sie zu müde, als daß sie noch ordentlich hätte auspacken mögen.

Erich stand vor der Tür, als sie aus dem Zimmer trat. Sie sah, wie sich seine Miene beim Anblick des Durcheinanders verdüsterte.

„Lassen wir's einfach so, Erich", sagte sie müde. „Ich weiß, es sieht furchtbar aus, aber ich räume morgen auf."

Es schien ihr, als ringe er um einen gleichmütigen Ton. „Ich fürchte, ich kann nicht zu Bett gehen und das alles so lassen", erwiderte er.

Mit erstaunlicher Geschwindigkeit verstaute er Socken und Unterwäsche in Schubladen und räumte die Kleider und Pullover in den
Schrank. Jenny gab den Versuch, ihm dabei zu helfen, schnell auf.
Wenn die Kinder aufwachen, werden sie stundenlang wach bleiben,
dachte sie, war aber zu müde, um zu protestieren. Als er fertig war,
sah das Zimmer ordentlich aus, und die Kinder waren nicht
aufgewacht. Jenny zuckte die Achseln. Sie wußte, daß sie ihm
eigentlich dankbar sein mußte, wurde aber das Gefühl nicht los, daß
die ganze Aufräumaktion wahrhaftig nicht so dringend gewesen wäre;
noch dazu in ihrer Hochzeitsnacht!

Auf dem Flur legte Erich die Arme um sie. „Ich weiß, Schatz, es war
ein langer Tag. Ich lasse dir ein Bad einlaufen. Ich schlage vor, du
steigst in die Wanne, und ich besorge Champagner und Kaviar."

Jenny sah lächelnd zu ihm auf. „Manchmal glaube ich fast, ich
träume das alles."

Sie lag mit geschlossenen Augen im heißen Badewasser und genoß
die luxuriöse Länge und Tiefe der Wanne, die noch auf altmodischen
bronzenen Klauenfüßen stand. Das heiße Wasser tat ihr gut, und sie
entspannte sich.

Ihr kam jetzt zu Bewußtsein, daß Erich es sorgfältig vermieden
hatte, ihr das Haus zu beschreiben. Wie hatte er doch gesagt? „Seit
Carolines Tod ist nicht viel verändert worden." Hieß das, daß es in all
den Jahren nie nötig gewesen war, etwas zu ersetzen? Oder sorgte
Erich mit fast religiösem Eifer dafür, daß alles unangetastet blieb, was
ihn an seine Mutter erinnerte? Ihr Lieblingsduft hing immer noch im
großen Schlafzimmer.

Sein Vater hatte nicht recht daran getan, Erichs Jugendzimmer
unverändert zu lassen, so, als sei mit Carolines Tod in diesem Haus die
Zeit stehengeblieben. Der Gedanke beunruhigte sie. Denk an Erich
und dich, sagte sie sich. Vergiß die Vergangenheit. Denk daran, daß
ihr jetzt zusammengehört.

Ihr Herz schlug schneller. Sie freute sich darauf, das wunderschöne
Nachthemd anzuziehen, das sie von ihrem letzten Gehalt gekauft
hatte; ein sündhaft teures Kleidungsstück, aber schließlich war es auch
für ihre Hochzeitsnacht bestimmt.

Plötzlich gut gelaunt, stieg sie aus der Wanne, ließ das Wasser
ablaufen und griff nach dem Handtuch. Der Spiegel über dem
Waschbecken war beschlagen. Sie begann, ihn trockenzuwischen.
Inmitten all des Neuen spürte sie den Drang, sich anzusehen. Als der

Spiegel wieder klar war, blickte sie hinein und sah darin nicht sich selbst, sondern Erich, der hinter sie getreten war. Er hatte die Tür so geräuschlos geöffnet, daß sie ihn nicht gehört hatte. Sie fuhr herum und hielt instinktiv das Handtuch vor sich.

„Erich, du hast mich erschreckt!" rief sie.

„Ich dachte, du möchtest vielleicht dein Nachthemd, Liebes", sagte er.

Er hielt ihr ein tief ausgeschnittenes, meergrünes Satinnachthemd hin.

„Erich, ich habe ein neues Nachthemd. Hast du das hier für mich gekauft?"

„Nein", erwiderte Erich. „Es hat Caroline gehört." Er lächelte seltsam, seine Augen schimmerten feucht. Fast flehend sagte er: „Bitte, Jenny, trag es heute nacht. Mir zuliebe."

Gleich danach war er aus dem Badezimmer verschwunden. Jenny stand lange Zeit regungslos an der Tür. Ich mag das Nachthemd einer Toten nicht tragen, sagte sie sich in stiller Auflehnung. Der Satinstoff in ihren Händen fühlte sich weich und schmiegsam an. Vielleicht paßt es mir nicht, hoffte sie. Doch als sie es übergestreift hatte, wurde deutlich, daß es saß, als sei es ihr auf den Leib geschneidert worden. Sie blickte in den Spiegel. Sie war schlank genug für die geraffte Taille und die schmal geschnittenen Hüften. Und zweifellos stand es ihr sehr gut. Aber ich will es trotzdem nicht tragen, dachte sie. Es gab ihr das unbestimmte Gefühl, nicht mehr sie selbst zu sein.

Sie wollte es gerade wieder über den Kopf ziehen, als es leise an die Tür klopfte. Sie öffnete. Erich trug einen grauen Seidenpyjama und einen dazu passenden Morgenrock. Im Schlafzimmer brannte nur noch die Lampe auf dem Nachttisch. Erichs blondes Haar schimmerte golden.

Der dunkelrote Brokatüberwurf lag nicht mehr auf dem Bett; die Bettdecke war zurückgeschlagen. Am Kopfende waren spitzenbesetzte Kissen aufgestellt.

Erich hielt zwei gefüllte Champagnergläser in den Händen. Er gab ihr eins. Sie gingen in die Mitte des Zimmers, und er berührte ihr Glas leicht mit dem seinen. „Kennst du das Gedicht, das mit dem Vers ‚Jenny ließ mich nie allein' beginnt und endet?" fragte er.

„Ich bin nicht sicher."

Langsam und mit leiser Stimme zitierte er die Strophe des Liebesgedichts:

„Und sind auch Jahre schon vergangen,
die mir Einsamkeit beschert,
mein Leben hat erst angefangen,
da ich mit Jenny heimgekehrt.
Jenny ließ mich nie allein,
brachte Lachen, Sonnenschein."

Jenny spürte, wie ihr die Tränen in die Augen stiegen. Dies war ihre
Hochzeitsnacht. Mit diesem Mann, der ihr soviel Liebe geschenkt
hatte und den sie so sehr liebte – mit diesem Mann war sie verheiratet.
Was spielte es da für eine Rolle, welches Nachthemd sie trug! Es war
eine solche Kleinigkeit, und sie konnte ihm damit eine Freude machen.
Sie prosteten einander zu, und sie wußte, daß sie ebenso glücklich
aussah wie er. Als er ihr das Glas aus der Hand genommen und
abgesetzt hatte, kam sie voller Freude in seine Arme.

Lange nachdem Erich eingeschlafen war – den Kopf auf ihrem Arm,
das Gesicht in ihrem Haar vergraben –, lag Jenny noch wach. Sie war
so an den Straßenlärm gewöhnt, der zu den nächtlichen Geräuschen
ihrer New Yorker Wohnung gehört hatte, daß sie die absolute Ruhe
dieses großen Zimmers noch nicht verarbeiten konnte.

Ich bin so glücklich, dachte sie. Ich wußte nicht, daß man überhaupt
so glücklich sein kann. Erich war ein schüchterner, zärtlicher und
rücksichtsvoller Liebhaber. Sie hatte immer den leisen Verdacht
gehabt, es müsse eigentlich noch tiefere Gefühle geben als die, die
Kevin in ihr geweckt hatte. Sie hatte sich nicht geirrt.

Sie versank in einen traumlosen Schlaf. Das erste Tageslicht kroch
ins Zimmer, als sie spürte, wie Erich sich regte und leise das Bett
verließ.

„Erich."

„Schatz, ich wollte dich nicht wecken. Ich schlafe nie länger als ein
paar Stunden. Gleich gehe ich raus zur Hütte und male ein wenig.
Gegen Mittag bin ich wieder da."

Als sie fast wieder eingeschlafen war, spürte sie, wie er sie zuerst auf
die Stirn und dann auf die Lippen küßte. „Ich liebe dich", murmelte sie
schlaftrunken.

DAS Zimmer war in helles Licht getaucht, als sie wieder erwachte.
Rasch lief sie zum Fenster und zog das Rouleau hoch. Sie blickte
hinaus und sah Erich im Wald verschwinden.

Die Landschaft sah aus wie auf einem seiner Gemälde. Die Äste der

Bäume waren mit Rauhreif bedeckt. Weit hinten auf den Feldern konnte sie ein paar Rinder erkennen.

Sie sah zur Porzellanuhr auf dem Nachttisch hinüber. Acht Uhr. Die Mädchen würden bestimmt jeden Augenblick aufwachen. Barfuß rannte sie aus dem Schlafzimmer hinaus auf den Flur. Als sie an Erichs Jugendzimmer vorbeikam, warf sie einen Blick hinein und blieb dann stehen. Der Überwurf lag am Fußende, Kissen und Decke waren zerwühlt. Sie ging ins Zimmer und berührte das Laken. Es war noch warm. Erich hatte ihr gemeinsames Schlafzimmer verlassen und war hierhergekommen. Warum?

Er ist es gewohnt, allein zu schlafen, dachte sie. Er hatte wahrscheinlich Angst, daß er unruhig schlafen und mich aufwecken würde. Aber er hat doch gesagt, er habe hier nicht mehr geschlafen, seit er zehn Jahre alt war.

Sie hörte Schritte und gleich darauf Rufe: „Mami, Mami!"

Rasch ging Jenny auf den Flur hinaus und breitete die Arme aus. Beth und Tina rannten zu ihr.

„Mami, wir haben dich gesucht", sagte Beth vorwurfsvoll.

„Ist schön hier", zwitscherte Tina.

„Wir haben ein Geschenk bekommen!" rief Beth.

„Ein Geschenk? Was ist es denn, mein Schätzchen?"

„Ich auch", krähte Tina. „Danke, Mami."

„Es lag auf dem Kissen", erklärte Beth.

Jenny stockte einen Augenblick der Atem. Sie starrte die Kinder an. Beide hielten sie ein kleines, rundes Stück Fichtennadelseife in der Hand.

Sie zog den Kindern die neuen roten Latzhosen und gestreifte T-Shirts an. „Ab heute gibt's keine Mrs. Curtis", sagte Jenny bestimmt.

„Keine Mrs. Curtis", bestätigte Beth glücklich.

Jenny schlüpfte rasch in ein Paar Hosen und einen Pullover, und dann gingen sie zusammen nach unten. Die Putzfrau war gerade gekommen. Sie war dürr, hatte dabei aber erstaunlich kräftige Arme und Schultern. Ihre kleinen Augen blickten sehr skeptisch in die Welt. Ihr Haar hatte sie in einen straffen Knoten zusammengedreht. Sie sah aus wie jemand, der selten lächelt.

Jenny streckte ihr die Hand entgegen. „Sie müssen Elsa sein. Ich bin –" Beinahe hätte sie „Jenny" gesagt, erinnerte sich aber noch rechtzeitig daran, wie verärgert Erich gewesen war, als sie Joe

anscheinend allzu freundlich begrüßt hatte. „Ich bin Mrs. Krueger."
Sie stellte die beiden Mädchen vor.

Elsa nickte und sagte dann: „Ich sorg hier im Haus für Ordnung."

„Das sehe ich", bestätigte Jenny. „Das Haus ist wunderbar
gepflegt."

„Sagen Sie Mr. Krueger, daß ich den Fleck auf der Eßzimmertapete
nicht gemacht habe. Vielleicht hatte er selbst Farbe an den Händen."

„Ich habe gestern abend keinen Fleck bemerkt."

„Ich zeig's Ihnen."

Auf der Tapete am Fenster war tatsächlich ein winziger Fleck. Jenny
sah ihn sich genau an. „Du liebe Güte, da braucht man ja eine Lupe,
um den zu sehen."

Elsa ging ins Wohnzimmer, um Staub zu wischen, und Jenny und
die Mädchen frühstückten in der Küche. Als sie fertig waren, zog
Jenny den Kindern Schneeanzüge an. „Jetzt gehen wir auf Entdek-
kungsreise", sagte sie.

Sie ging mit Tina und Beth ums Haus herum und übers freie Feld.
Sie stiefelten durch den knirschenden Schnee, bis das Haus fast ihren
Blicken entschwunden war. Als sie auf die schmale Landstraße
zugingen, die die Ostgrenze der Farm markierte, bemerkte Jenny ein
eingezäuntes Stück Land und erkannte, daß sie auf den Familienfried-
hof gestoßen war. Durch den weißen Lattenzaun konnte man ein
halbes Dutzend Grabsteine erkennen.

„Ich will reingehen, Mami", sagte Beth.

Jenny öffnete eine Pforte, und sie betraten den Friedhof. Langsam
ging Jenny von einem Grabstein zum anderen und las die eingemeißel-
ten Inschriften. Erich Fritz Krueger, 1843–1913, und Gretchen
Krueger, 1847–1915: Erichs Urgroßeltern. Zwei kleine Mädchen:
Martha, 1875–1877, und Amanda, 1878–1890. Erichs Großeltern,
Erich und Olga Krueger. Ein Kleinkind, Hans, das nur acht Monate
gelebt hatte. So viel Schmerz, dachte Jenny, so viel Trauer. In einer
Generation haben sie zwei Mädchen verloren, in der nächsten einen
kleinen Jungen. Wie werden Menschen mit solchen Schicksalsschlä-
gen fertig? Der nächste Grabstein, Erich John Krueger, 1915–1978:
Erichs Vater.

In der Südecke des umzäunten Geländes, ein wenig abseits von den
anderen Gräbern, stand ein weiterer Stein. Jenny wurde klar, daß sie
gerade den gesucht hatte. Die Inschrift lautete: Caroline Bonardi
Krueger, 1924–1956.

Erichs Vater und Mutter waren nicht Seite an Seite beerdigt worden. Warum wohl nicht? Die anderen Grabsteine waren verwittert. Dieser hier sah aus, als sei er erst kürzlich gereinigt worden. Ging Erichs Liebe zu seiner Mutter so weit, daß er auch noch besondere Sorgfalt auf die Grabpflege verwandte? Jenny empfand plötzlich eine unerklärliche Angst. Sie versuchte zu lächeln. „Kommt, ihr beiden, gehen wir noch auf den Hügel dort drüben", sagte sie. „Dann kehren wir um."

Doch als sie oben angekommen waren, sah Jenny zu ihrer Überraschung vor sich, am Fuß des Hügels, ein altes Farmhaus. Dies mußte das ursprüngliche Haus der Kruegers sein, in dem laut Erich der Verwalter Clyde Toomis mit seiner Frau wohnte.

„Wer wohnt da?" fragte Beth.

„Leute, die für deinen neuen Vati arbeiten."

Als sie noch so dastanden und zum Haus hinübersahen, ging die Eingangstür auf. Eine Frau kam heraus und winkte ihnen. „Sieht so aus, als würden wir gleich eine Nachbarin treffen", sagte Jenny.

Zuerst glaubte sie, die Frau sei schon recht alt. Doch als sie näher kam, wurde ihr klar, daß sie erst auf die Sechzig zuging. Ihr braunes, mit Grau durchsetztes Haar trug sie nachlässig hochgesteckt. Die Gläser ihrer randlosen Brille ließen ihre traurigen graublauen Augen ungewöhnlich groß erscheinen. Sie steckte in einem langen, unförmigen Pullover und in ausgebeulten Hosen. Der Pullover unterstrich sogar noch, wie mager sie war. Und doch war zu erkennen, daß sie einmal hübsch gewesen sein mußte. Als Jenny der Frau ihren Namen nannte, starrte diese sie an.

„Genau wie Erich gesagt hat", raunte sie mit leiser, nervöser Stimme. „‚Wart nur ab, bis du Jenny kennenlernst, Rooney', hat er gesagt. ‚Du wirst glauben, Caroline vor dir zu haben.'"

Impulsiv streckte Jenny ihr beide Hände entgegen. „Und Erich hat mir von Ihnen erzählt, Mrs. Toomis. Wie lange Sie schon hier wohnen. Ich habe gehört, Ihr Mann ist der Verwalter der Farm. Ich habe ihn noch nicht kennengelernt."

Die Frau ging nicht darauf ein, sondern bat sie, mit ins Haus zu kommen. „Sie sind aus New York?" fragte sie.

„Ja, das stimmt."

„Wie alt sind Sie?"

„Siebenundzwanzig."

„Arden, unsere Tochter, ist genauso alt. Clyde hat gesagt, sie ist nach New York gegangen. Haben Sie sie vielleicht mal dort gesehen?" fragte sie gespannt.

„Ich fürchte, nein", antwortete Jenny. „Aber New York ist ja so groß. Wo arbeitet Ihre Tochter denn? Wo wohnt sie?"

„Ich weiß es nicht. Arden ist vor zehn Jahren fortgelaufen. Sie hätte nicht fortlaufen sollen. Hätte getrost sagen können: ‚Mama, ich möchte gern nach New York!' Ich habe ihr nie etwas abgeschlagen. Ihr Vater war immer ein wenig streng. Sie hat wohl gewußt, daß er sie so jung nicht gehen lassen würde. Aber sie war ein gutes Mädchen. Ich habe nicht gewußt, daß es sie so sehr nach New York gezogen hat. Ich dachte, sie wäre glücklich bei uns."

Die Frau wirkte wie in einen Traum versunken; als erklärte sie etwas, das sie schon sehr oft erklärt hatte. „Sie war unsere Einzige. Sie war ein so hübsches Baby. Und so lebhaft, ein quietschvergnügtes Kind."

Beth und Tina drängten sich an Jenny. Der traurig leiernde Ton der Frau machte ihnen angst.

Ihr einziges Kind, dachte Jenny. Und sie hat seit zehn Jahren nichts von ihr gehört. Ich würde verrückt werden.

„Das ist sie." Rooney zeigte auf ein gerahmtes Foto an der Wand des Wohnzimmers. „Ich habe sie selbst fotografiert. Zwei Wochen bevor sie uns verlassen hat."

Auf dem Foto sah Jenny einen drallen, lächelnden Teenager mit lockigem, blondem Haar. „Wirklich traurig", sagte sie.

„Nein, nein, es ist schon in Ordnung. Und bitte sagen Sie Erich nicht, daß ich von Arden gesprochen habe. Clyde hat gesagt, Erich kann es nicht mehr ertragen, daß ich ständig über Arden und Caroline rede. Er hat gesagt, deshalb hat Erich mich nach dem Tod seines Vaters nicht mehr das Haus putzen lassen. Ich hab das Haus immer gut in Schuß gehabt. Clyde und ich sind hergekommen, als John und Caroline geheiratet haben. Caroline war immer sehr zufrieden mit mir. Und selbst nach ihrem Tod habe ich immer alles für sie in Ordnung gehalten; so als ob sie jeden Augenblick hereinkommen könnte. Aber kommen Sie doch in die Küche. Ich habe Krapfen gebacken, und der Kaffee muß gleich fertig sein."

Jenny konnte frisch aufgebrühten Kaffee riechen. Sie setzten sich alle an den weißlackierten runden Tisch in der freundlichen Küche. Tina und Beth machten sich über die gezuckerten Krapfen her und tranken Milch dazu.

„Ich weiß noch, wie Erich so alt war wie Ihre Kinder", sagte Rooney. „Ich habe oft Krapfen für ihn gebacken. Ich war der einzige Mensch, bei dem Caroline ihn gelassen hat, wenn sie mal einkaufen gegangen ist. Ich habe nie einen kleinen Jungen gekannt, der seine Mutter mehr geliebt hat. Oh, Sie sehen ihr aber wirklich ähnlich. Ganz bestimmt."

Sie griff nach der Kaffeekanne und goß Jenny eine zweite Tasse ein. „Und Erich ist so gut zu uns gewesen. Er hat zehntausend Dollar für Privatdetektive ausgegeben. Die sollten herausfinden, wo Arden ist."

Ja, dachte Jenny, das sieht Erich ähnlich.

Die Küchenuhr schlug zwölf. Jenny sprang auf. Erich war gewiß schon zu Hause. Sie hatte großes Verlangen, bei ihm zu sein. „Wir müssen leider wieder los, Mrs. Toomis. Ich hoffe, Sie besuchen uns bald einmal."

„Sagen Sie ruhig Rooney zu mir. Das sagen hier alle. Und kommen Sie wieder mal vorbei. Ich hab gern Besuch."

Ein Lächeln huschte über ihr Gesicht. Einen Augenblick lang verschwand der traurige Ausdruck daraus, und Jenny wußte, daß ihre Vermutung richtig gewesen war: Rooney Toomis war einmal sehr hübsch gewesen.

Rooney bestand darauf, daß sie die restlichen Krapfen mitnahmen. „Die schmecken auch noch heute nachmittag." Sie seufzte, als sie ihnen die Tür aufhielt. „Ich glaube, jetzt muß ich mal sehen, wo Arden bleibt." Ihre Stimme nahm wieder den leiernden Tonfall an.

Strahlender Sonnenschein brachte die schneebedeckten Felder zum Glitzern. Als Jenny und die Kinder wieder oben auf dem Hügel standen, konnten sie das Haus sehen. Das Rot der Klinker leuchtete im Sonnenlicht. Unser Zuhause, dachte Jenny.

An der Küchentür angelangt, flüsterte Jenny den Kindern zu: „Wollen wir uns reinschleichen und Vati überraschen?"

Die Mädchen nickten eifrig.

Behutsam drehte Jenny den Türknauf. Das erste, was sie hörte, war Erichs Stimme. Sie kam aus dem Eßzimmer und klang mit jedem Wort schriller. „Wie können Sie sich unterstehen, mir ins Gesicht zu sagen, ich hätte diesen Fleck verursacht? Es ist doch wohl sonnenklar, daß Sie die Tapete beim Staubwischen mit einem schmutzigen Lappen berührt haben. Ist Ihnen eigentlich bewußt, daß ich jetzt das ganze Zimmer tapezieren lassen muß? Wissen Sie, wie schwierig es sein wird, genau dieses Muster zu bekommen?"

„Aber, Mr. Krueger –", wollte Elsa protestieren, doch er schnitt ihr das Wort ab.

„Entschuldigen Sie sich sofort dafür, daß Sie mir die Schuld zuschieben wollten. Entweder Sie entschuldigen sich, oder Sie verlassen auf der Stelle dieses Haus und kommen nie wieder her."

Lastende Stille. „Mami", flüsterte Beth verängstigt.

„Pssst", machte Jenny. War es möglich, daß Erich sich über den winzigen Fleck auf der Tapete so aufregte? Halt dich da raus, warnte sie eine innere Stimme.

Als sie Elsa mürrisch „Bitte entschuldigen Sie, Mr. Krueger" sagen hörte, stieß Jenny die Tür auf und rief: „Erich?"

„Hallo, Liebes!" Erich kam in die Küche geeilt. Er wirkte entspannt. „Gerade habe ich Elsa gefragt, wo du bist. Schade, daß du ohne mich spazierengegangen bist. Ich wollte dich eigentlich auf die Besichtigungstour mitnehmen." Er schloß sie in die Arme und rieb seine Wange zärtlich an der ihren.

„Wir sind bloß über die Felder gestromert. Du glaubst gar nicht, wie herrlich es ist, nicht alle paar Meter an einer Ampel stehenbleiben zu müssen."

„Ich muß dir die Weiden zeigen, auf denen sich die Stiere herumtreiben." Erich lächelte. „Um die solltest du einen großen Bogen machen. Glaub mir, da sind Verkehrsampeln vorzuziehen." Er bemerkte den Teller in ihrer Hand. „Was hast du denn da?"

„Von Mrs. Toom", sagte Beth.

„Mrs. Toomis", korrigierte Erich sie. „Jenny, du wirst mir hoffentlich nicht erzählen, daß du in Rooneys Haus warst."

„Sie hat uns hereingebeten", sagte Jenny. „Es wäre sehr unhöflich gewesen –"

„Sie winkt jedem, der vorbeigeht. Rooney ist psychisch schwer gestört, und wenn du dich auf sie einläßt, wird sie sich wie eine Klette an dich hängen. Ich habe Clyde sagen müssen, er solle sie von diesem Haus fernhalten. Selbst nachdem ich sie in Pension geschickt hatte, hat sie hier manchmal noch herumgewerkelt. Sie tut mir leid, Jenny, aber es war wirklich kein Vergnügen, in der Nacht aufzuwachen und sie unten herumlaufen zu hören oder sie sogar in meinem Zimmer zu finden." Er wandte sich Beth zu. „Auf geht's, Maus. Runter mit dem Schneeanzug." Er hob sie hoch und setzte sie zu ihrer Freude auf den Kühlschrank.

„Ich auch, ich auch", bettelte Tina.

„Ich auch, ich auch", äffte er sie vergnügt nach. „So macht's doch Spaß, sich die Schuhe auszuziehen", rief er und zog den Kindern die kleinen Winterstiefel von den Füßen.

„Mami hat gesagt, du bist jetzt unser Vati", krähte Beth.

„Das hat Mami gesagt?" Erich hob die Mädchen vom Kühlschrank und lächelte Jenny an. „Danke, Mami."

Elsa kam mit hochrotem Kopf in die Küche. „Ich bin oben fertig, Mr. Krueger. Haben Sie noch etwas für mich zu tun?"

„Oben?" fragte Jenny rasch. „Ich habe Sie bitten wollen, die Betten der Kinder nebeneinander stehenzulassen, Elsa. Die Mädchen machen gleich einen Mittagsschlaf."

„Ich habe Elsa angewiesen, das Zimmer wieder so herzurichten, wie es war", sagte Erich.

„Aber auf den hohen Betten können sie so nicht schlafen", wandte Jenny ein. „Wir müssen ihnen Kinderbetten kaufen." Ihr kam eine Idee. „Erich, können die Mädchen nicht in deinem früheren Zimmer ihren Mittagsschlaf halten? Das Bett ist ziemlich niedrig."

Erich schüttelte unwillig den Kopf. „Gut, daß wir darauf zu sprechen kommen, Jenny", sagte er in strengem Ton. „Ich wollte dich ohnehin noch fragen, warum du den Kindern erlaubt hast, mein Zimmer zu benutzen? Ich dachte, ich hätte mich deutlich genug ausgedrückt. Das Zimmer soll nicht bewohnt werden. Elsa hat mir gesagt, heute morgen habe sie das Bett zerwühlt vorgefunden."

Jenny holte hörbar Atem.

Ihr war nie der Gedanke gekommen, daß Tina und Beth heute früh, ehe sie aufgewacht war, in Erichs Zimmer gegangen sein könnten. „Es tut mir leid", stammelte sie.

„Schon gut, Schatz. Laß die Mädchen heute mittag in den Betten schlafen, die sie letzte Nacht benutzt haben. Wir werden sofort zwei Jugendbetten für sie bestellen."

Die Mädchen aßen einen Teller Suppe, dann brachte Jenny sie auf ihr Zimmer.

Als sie die Vorhänge zuzog, sagte sie: „Hört mal, ihr zwei, ihr klettert mir nicht wieder in andere Betten, wenn ihr nachher aufwacht, verstanden?" Sie küßte sie zärtlich. „Versprecht es mir. Ich möchte nicht, daß ihr Vati Kummer macht."

„Aber Mami!" protestierte Beth. „Wir sind heute morgen nicht in dem Bett gewesen."

ALS Jenny wieder in die Küche kam, war Elsa gegangen. Erich stand am Herd und schlug Eier in die Pfanne. Sie legte die Arme um ihn und flüsterte: „Wie wär's, wenn du mich unsere erste gemeinsame Mahlzeit auf der Krueger-Farm zubereiten ließest? Du kannst uns unterdessen von dem Champagner eingießen, den wir gestern abend nicht mehr trinken konnten."

Er küßte sie aufs Haar. „Gestern nacht war wunderschön für mich, Jenny. Für dich auch?"

„Es war wundervoll."

„Ich habe heute morgen nicht viel zustande gebracht. Die ganze Zeit habe ich an dich denken müssen."

Er machte im Ofen ein Feuer an, und sie saßen aneinandergekuschelt auf der Couch davor, tranken Champagner und aßen Spiegeleier auf Toast. „Weißt du", sagte Jenny, „beim Spaziergang heute früh ist mir aufgegangen, welch lange Geschichte diese Farm hat. Allein schon die Grabstätten bringen einem das sehr deutlich zu Bewußtsein."

„Du warst bei den Gräbern?" fragte Erich leise.

„Ja, du hast doch nichts dagegen?"

„Dann hast du auch Carolines Grab gesehen?"

„Ja."

„Und du hast dich wahrscheinlich gefragt, warum sie und mein Vater nicht nebeneinander beerdigt sind wie die anderen?"

„Stimmt, ich war ein wenig überrascht."

„Caroline hat meinem Vater gesagt, sie wolle einmal an der Südseite des Friedhofs begraben werden; dort, wo die Kiefern Schutz bieten. Es war ihm nie recht, aber er hat ihren Wunsch respektiert. Ehe er starb, hat er mir gesagt, er sei stets davon ausgegangen, einmal neben seinen Eltern begraben zu werden. Ich war der Meinung, daß man beider Wunsch respektieren müsse. Caroline wollte stets mehr Freiheit, als mein Vater zu geben bereit war. Ich glaube, hinterher hat es ihm leid getan, daß er sich über ihre Leidenschaft fürs Malen lustig gemacht hat. War es denn so wichtig, ob sie nun malte oder Patchworkdecken nähte? Er war im Unrecht. *Absolut im Unrecht!*"

Er schwieg und starrte den Ofen an. Jenny schien es, als habe er sie vergessen. „Sie aber auch!" flüsterte er.

Ein Schauer überlief sie, als ihr bewußt wurde, daß Erich zum ersten Mal hatte durchblicken lassen, daß es zwischen seinem Vater und seiner Mutter nicht zum besten gestanden hatte.

Drittes Kapitel

JENNY gewöhnte sich rasch an den neuen Lebensrhythmus, den sie als überaus angenehm empfand. Erich ging gewöhnlich schon bei Tagesanbruch zu seinem Atelier in der Hütte und kam gegen Mittag zurück. Sie selbst frühstückte um acht Uhr mit den Mädchen, und um zehn, wenn die Sonne schon ein wenig wärmte, zogen sie sich Wintersachen an und gingen spazieren. Jeden Tag wurde ihr aufs neue bewußt, wieviel ihr früher dadurch entgangen war, daß sie die Kinder nur so kurze Zeit gesehen hatte.

An den Vormittagen, an denen Erich nicht zur Hütte ging, saß er mit Clyde Toomis im Büro der Farm über den Abrechnungen. Der Verwalter war ein stämmiger Mann um die Sechzig, mit einem wettergegerbten, faltigen Gesicht und dichtem, grauem Haar; er gab sich sehr sachlich, fast abweisend.

Als Erich ihm Jenny vorstellte, fragte Clyde: „Glauben Sie, daß es Ihnen hier gefallen wird?"

„Es gefällt mir jetzt schon", erwiderte sie lächelnd.

„Für Stadtmenschen ist es aber schon eine Umstellung", sagte Clyde. „Komisch. Die Mädchen vom Lande sehnen sich nach der Stadt; die Mädchen aus der Stadt behaupten, das Landleben zu lieben." Sie fragte sich im stillen, ob er dabei an seine Tochter dachte. So war es wohl, sagte sie sich, als er hinzufügte: „Meine Frau freut sich riesig, daß Sie mit den Kindern da sind. Wenn sie anfängt, Sie unangemeldet zu besuchen, lassen Sie es mich nur wissen. Rooney will bestimmt niemand lästig werden, aber manchmal vergißt sie sich halt."

Jenny meinte, einen gewissen Trotz aus seinen Worten herauszuhören. „Der Besuch bei Ihrer Frau hat mir Freude gemacht", versicherte sie ihm.

Gleich wurde er weniger abweisend. „Das ist gut", sagte er. „Sie sucht nach einem Schnittmuster, damit sie Ihren Mädchen Trägerröcke schneidern kann. Ist Ihnen das recht?"

„Aber natürlich." Jenny hatte das Gefühl, daß Rooney lediglich einsam war.

Jeden Tag nach dem Mittagessen, wenn die Kinder schliefen, schnallten Jenny und Erich sich Langlaufskier an und gingen auf Entdeckungsreise. Elsa hatte angeboten, während dieser Zeit auf die

Kinder zu achten. Jenny kam es so vor, als wolle sie sich damit dafür entschuldigen, daß sie Erich bezichtigt hatte, die Tapete im Eßzimmer beschmutzt zu haben.

Und dennoch fragte sich Jenny, ob Elsa mit ihrer Behauptung nicht doch im Recht gewesen war. Wenn Erich zum Mittagessen nach Haus kam, hatte er häufig Farb- oder Kohleflecken an den Händen. Und wenn er etwas Unordentliches bemerkte – etwa einen nicht ganz gleichmäßig geöffneten Vorhang oder ein Stück Nippes, das nicht exakt am angestammten Platz stand –, dann rückte er es zurecht. Erich war mehr als ordentlich; er war ein Pedant. An einer bestimmten Starre in Haltung und Gesichtsausdruck lernte sie sehr bald abzulesen, wenn ihm etwas gegen den Strich gegangen war.

Das Eßzimmer war inzwischen frisch tapeziert. Als der Tapezierer und sein Gehilfe ins Haus gekommen waren, hatten sie zunächst nur ungläubig den Kopf geschüttelt. „Hat er allen Ernstes für ein Heidengeld acht Doppelrollen gekauft, um genau dieselbe Tapete zu kleben, die er schon an der Wand hat?"

„Mein Mann weiß schon, was er will."

Als die Männer fertig waren, sah das Zimmer genauso aus wie vorher.

Abends setzten Jenny und Erich sich am liebsten in die Bibliothek, um zu lesen, Musik zu hören oder sich zu unterhalten. Erich erzählte ihr vom Unfall seiner Mutter. „Caroline und ich waren in den Kuhstall gegangen, um nach dem neugeborenen Kalb zu sehen. Es wurde entwöhnt, und Caroline fütterte es mit einer Milchflasche. Die Tränke – das Ding, das wie ein Badezuber aussieht – war voll Wasser. Auf dem Gang war es glitschig, und Caroline rutschte aus. Im Fallen versuchte sie, irgendwo einen Halt zu finden. Dabei bekam sie ein Lampenkabel zu fassen. Sie stürzte rücklings in die Tränke und riß die Lampe mit sich. Der Idiot von einem Elektriker – es war übrigens Joes Onkel – hat damals im Stall neue Leitungen gelegt und hatte die Lampe an einen Nagel gehängt. In Sekundenschnelle war alles vorbei."

„Ich habe nicht gewußt, daß du dabei warst."

„Ich spreche nicht gern darüber. Luke Garrett, Marks Vater, war gerade hier. Er hat Wiederbelebungsversuche angestellt, aber es war hoffnungslos. Und ich habe dabeigestanden und mich an den Hockeyschläger geklammert, den sie mir gerade zum Geburtstag geschenkt hatte. Lange Zeit habe ich diesen Schläger gehaßt. Dann habe ich ihn als ihr letztes Geschenk schätzengelernt." Er küßte Jenny auf die Stirn. „Jetzt, da ich dich habe, ist alles wieder gut. Bitte, versprich es mir."

Sie wußte, was er hören wollte. Eine Welle von Zärtlichkeit durchflutete sie, und sie flüsterte: „Ich werde dich nie verlassen."

„Du willst mich nur loswerden", neckte Erich sie. „Ich mag nicht vier Tage von dir getrennt sein." Eine Galerie in Atlanta hatte eine Ausstellung seiner Gemälde geplant. Am 23. Februar sollte der Eröffnungsempfang stattfinden, und Erich war damit beschäftigt, die Bilder zusammenzustellen.

„Natürlich will ich dich loswerden", ging Jenny auf sein Geplänkel ein. „Oh, Erich, das ist wunderschön!" rief sie und deutete auf eines der Ölgemälde. „Man glaubt, die Knospen an den Bäumen müßten jeden Moment aufbrechen."

„Du hast ein gutes Auge, Schatz." Erich legte ihr den Arm um die Schultern. „Sag mir, daß ich dir fehlen werde, Jenny."

„Du wirst mir sehr fehlen." Jenny seufzte. Seit ihrer Ankunft vor fast zwei Wochen hatte sie nur mit einer Handvoll Erwachsener gesprochen: mit Clyde, Joe, Elsa, Rooney und Mark. Elsa gab sich wortkarg, fast stumm. Rooney, Clyde und Joe waren auch nicht gerade die besten Gesellschafter. Und mit Mark hatte sie sich seit jenem ersten Abend erst einmal unterhalten.

Nachdem sie schon eine Woche auf der Farm verbracht hatte, war ihr schließlich aufgefallen, daß das Telefon nie läutete. „Wenn ich nicht ausnahmsweise einen bestimmten Anruf im Haus erwarte, laufen alle Gespräche übers Büro", hatte Erich erklärt.

„Und wenn niemand im Büro ist?"

„Dann ist auf Anrufbeantworter geschaltet."

„Aber warum denn, Erich?"

„Liebes, ich kann es nicht ausstehen, von einem ständig klingelnden Telefon hin und her gejagt zu werden. Wenn ich mal verreist bin, wird Clyde die Gespräche ins Haus durchstellen, damit ich dich anrufen kann."

Jenny wollte ihm klarmachen, wie nachteilig diese Regelung war, ließ die Sache dann aber doch fürs erste auf sich beruhen. Später, wenn sie hier in der Gegend Freunde gefunden hatte, war immer noch Zeit, Erich zu einer Änderung der Telefonschaltung zu bewegen.

Er hatte die Bilder für die Ausstellung zusammengetragen. „Jenny, mir ist da etwas eingefallen", sagte er. „Es ist höchste Zeit, daß ich mich mit dir einmal in der Öffentlichkeit blicken lasse. Möchtest du am Sonntag mit mir in die Kirche gehen?"

„Ich glaube, du kannst Gedanken lesen." Sie lachte. „Gerade habe ich gedacht, wie nett es wäre, ein paar deiner Freunde kennenzulernen."

Am nächsten Sonntag gingen sie mit den Kindern zum Gottesdienst nach Granite Place. Die Kirche war alt und nicht sehr groß. In den zarten, kunstvollen Glasfenstern brach sich das Licht der Wintersonne und fiel blau und grün, golden und rot auf das Allerheiligste. Das Fenster über dem Altar, das die Anbetung des Jesuskindes durch die Heiligen Drei Könige zeigte, war besonders schön. Jenny las die Inschrift: „In liebendem Gedenken an Caroline Bonardi Krueger, gestiftet von Erich Krueger."

Sie zupfte ihn am Ärmel. „Du hast das Fenster gestiftet?"

„Ja. Im vergangenen Jahr, als der Altarraum renoviert wurde."

Während der Predigt flüsterte Erich ihr zu: „Du bist wunderschön, Jenny. Alle Leute starren dich und die Mädchen an."

Nach dem Gottesdienst stellte er sie Pastor Barstrom vor, einem schmächtigen Mann in den Sechzigern mit einem gütigen Gesicht. „Wir heißen Sie und Ihre beiden Mädchen herzlich willkommen", begrüßte er sie. „Erich hat mir viel von Ihnen erzählt, als er mich neulich im Pfarrhaus besucht hat. Sie haben einen sehr großzügigen Mann. Ihm verdanken wir es, daß unsere neue Altentagesstätte so schön und gemütlich ist. Ich kenne Erich, seit er ein Junge war, und wir freuen uns jetzt alle mit ihm."

„Ich freue mich auch sehr." Jenny lächelte.

„Die Frauen unserer Kirchengemeinde treffen sich am Donnerstag abend. Vielleicht kommen Sie auch? Wir möchten Sie gern ein wenig näher kennenlernen."

„Sehr gern", erwiderte Jenny.

„Ich glaube, wir gehen jetzt besser, Liebes", sagte Erich. „Andere Leute wollen auch noch mit dem Pastor sprechen."

„Ja, natürlich."

Als sie ihm die Hand reichte, sagte der Pastor: „Es muß schwer für Sie gewesen sein, in so jungen Jahren Witwe zu werden, Jenny. Sie und Erich haben wirklich alles Glück der Welt verdient."

Erich zog sie am Ellenbogen fort. Ihr blieb keine Zeit, dem Pastor zu antworten. Als sie im Wagen saßen, sagte sie entrüstet: „Erich!

Du hast mich bei Pastor Barstrom doch nicht etwa als Witwe ausgegeben?"

Erich fuhr los. „Jenny, Granite Place ist nicht New York", betonte er. „Die Leute hier waren schon schockiert, als sie erfuhren, daß ich dich vier Wochen nach unserer ersten Begegnung geheiratet habe. Eine junge Witwe kann wenigstens auf Mitgefühl rechnen; eine geschiedene Frau aus New York dagegen gilt als äußerst zwielichtig. Und außerdem habe ich nie gesagt, du seist Witwe. Ich habe Pastor Barstrom erzählt, daß du deinen Mann verloren hast. Den Rest hat er sich selbst zusammengereimt."

„Na schön, du hast nicht gelogen. Aber im Grunde habe ich für dich gelogen, weil ich ihm nicht widersprochen habe", sagte Jenny. „Erich, wenn ich am Donnerstag zu dem Frauenkreis gehe, muß ich Pastor Barstrom die Wahrheit sagen."

„Am Donnerstag bin ich nicht zu Hause."

„Das weiß ich. Darum glaube ich ja, daß es schön wäre hinzugehen. Ich möchte die Leute hier gern kennenlernen."

„Willst du etwa die Kinder allein lassen?"

„Natürlich nicht. Aber wir werden doch sicher jemand auftreiben können, der auf sie aufpaßt."

„Du wirst doch die Kinder nicht einfach einem wildfremden Menschen anvertrauen wollen, oder?"

„Pastor Barstrom könnte mir sicher jemand empfehlen."

„Jenny, warte bitte noch. Engagiere dich nicht zu früh. Und sag Pastor Barstrom nicht, daß du geschieden bist. Wie ich ihn kenne, wird er von sich aus das Thema nicht wieder anschneiden."

„Aber warum willst du denn nicht, daß ich mich mit den Frauen treffe?"

Erich wandte sich ihr zu und blickte sie an. „Weil ich dich so sehr liebe, daß ich dich nicht mit anderen Leuten teilen mag. Ich werde dich mit niemand teilen, Jenny."

AM 21. FEBRUAR sagte Erich ihr, er habe etwas zu erledigen und werde nicht pünktlich zum Mittagessen zurück sein. Als er wiederkam, war es fast halb zwei Uhr nachmittags. „Komm mit rüber zum Stall!" rief er. „Ich habe eine Überraschung für dich." Sie nahm eine Jacke vom Haken und lief mit Erich aus dem Haus.

Im Stall wartete Mark Garrett und grinste spitzbübisch. „Darf ich Ihnen die neuen Mieter vorstellen?" sagte er.

In den Boxen bei der Tür standen zwei Shetlandponys. Ihre Mähnen und Schweife waren dicht und glänzend, ihr kupferfarbenes Fell schimmerte. „Mein Geschenk für Beth und Tina", erklärte Erich stolz. „Ich hab mir gedacht, wir nennen sie Maus und Glöckchen. Dann können unsere beiden Mädchen nie die Namen vergessen."

Er ging weiter zur nächsten Box. „Und dies ist ein Geschenk für dich."

Beim Anblick der braunen Morgan-Stute, die sie freundlich ansah, verschlug es Jenny die Sprache.

„Sie ist ein Klassepferd", sagte Erich triumphierend. „Vier Jahre alt, aus bester Zucht, zutraulich."

Jenny hob die Hand, um der Stute den Hals zu tätscheln, und freute sich, daß das Tier nicht zurückscheute. „Wie heißt sie denn?" fragte sie.

„Der Züchter hat sie ‚Feuervogel' getauft. Er behauptet, sie sei sanft und zart, besitze aber auch viel Feuer und Mut."

„Sanft und mutig", flüsterte Jenny. „Eine schöne Kombination. Erich, da hast du mir eine riesige Freude gemacht."

Er sah zufrieden aus. „Die Weideflächen sind zum Reiten noch zu sehr gefroren", sagte er. „Aber wenn ihr Mädels euch schon mal mit den Pferden anfreundet und sie jeden Tag besucht, dann könnt ihr nächsten Monat vielleicht schon mit dem Reitunterricht beginnen. Doch wie wär's, wenn wir jetzt zum Mittagessen gingen?"

Jenny wandte sich impulsiv Mark zu. „Es wäre schön, wenn Sie mal zum Abendessen kämen, sobald Erich aus Atlanta zurück ist. Natürlich können Sie gerne noch jemand mitbringen."

„Gute Idee", stimmte Erich ihr zu. „Lade doch Emily ein, Mark. Sie hat schon seit langem ein Auge auf dich."

„Na, jetzt schlägt's dreizehn. Sie hat schon seit langem ein Auge auf *dich*", entgegnete Mark. „Aber gut, ich werde sie fragen. Emily kann es kaum erwarten, Sie kennenzulernen, Jenny."

Jenny lächelte sehnsüchtig. „Ich kann es auch kaum erwarten, ein paar Leute kennenzulernen."

EHE Erich abreiste, drückte er sie zärtlich an sich. „Du wirst mir sehr fehlen, Jenny. Vergiß nicht, abends die Türen abzuschließen."

„Ist gut. Mach dir um uns keine Sorgen."

„Ich werde dich jeden Abend anrufen, Liebes."

An diesem Abend saß Jenny im Bett und las. Im Haus war es absolut still. Erich mußte jetzt schon in Atlanta sein. Er würde gewiß bald anrufen.

Als das Telefon läutete, griff sie erwartungsvoll nach dem Hörer. „Hallo, Liebling", sagte sie.

„Was für eine nette Begrüßung, Jen."

Es war Kevin.

Jenny setzte sich so jäh auf, daß das Buch von der Bettdecke glitt und auf den Boden polterte. „Kevin, wo bist du?"

„In Minneapolis. Im Guthrie-Theater. Ich habe hier vorgespielt."

„Das ist ja großartig, Kevin." Sie bemühte sich um einen überzeugenden Tonfall.

„Na, mal sehen, was dabei rauskommt. Wie geht's denn dir, Jen?"

„Sehr, sehr gut."

„Und den Kindern?"

„Denen geht's einfach prima."

„Ich werd mal rüberkommen und sie besuchen. Bist du morgen zu Haus?" Er schien leicht angetrunken zu sein und hörte sich etwas bissig an.

„Bitte nicht, Kevin!"

„Ich will meine Kinder sehen, Jen. Wo ist dieser Krueger?"

Eine innere Stimme warnte Jenny davor zuzugeben, daß Erich vier Tage lang fort sein würde. „Er ist im Moment nicht hier."

„Sag mir, wie ich zu dir rauskomme. Ich leihe mir einen Wagen."

„Kevin, Erich wird fuchsteufelswild. Du hast kein Recht herzukommen."

„Ich habe das Recht, meine Kinder zu sehen. Die Adoption ist noch nicht durch. Ein Wink von mir, und schon ist das Ganze geplatzt. Außerdem will ich mich nur davon überzeugen, daß Tina und Beth glücklich sind. Also, wie komme ich zu euch raus?"

Jenny krampfte die Hand um den Hörer und spürte, wie ihre Handflächen feucht wurden. Sie konnte sich nur zu gut vorstellen, was die Leute im Ort tuscheln würden, wenn Kevin aufkreuzte. Ihm war zuzutrauen, daß er jedem sogleich erzählte, er sei mit ihr verheiratet gewesen. „Kev", sagte sie fast flehend, „komm nicht her. Du wirst uns alles verderben. Die Mädchen und ich, wir sind hier sehr glücklich. Ich war immer anständig zu dir. Wenn du mich um Geld gebeten hast, habe ich dir nie etwas abgeschlagen."

„Das weiß ich doch, Jen." Seine Stimme hatte jetzt den vertraulichen, schmeichelnden Ton, den sie nur zu gut kannte. „Und weil du gerade von Geld sprichst: Ich bin zur Zeit ziemlich abgebrannt, und du bist stinkreich. Wie wär's, wenn du mir den Rest der Moneten geben würdest, die du für die Möbel gekriegt hast?"

Jenny atmete auf. Er wollte lediglich Geld. Das würde alles erheblich leichter machen. „Wohin soll ich es schicken?" fragte sie.

„Ich hole es mir ab."

Ein Schauer überlief sie bei der Erinnerung an Erichs zornige Miene, als er am Tag der Hochzeit Kevin bei ihr angetroffen hatte. Kevin durfte nicht in dieses Haus kommen; nicht einmal in diesen Ort. In Raleigh, dreißig Kilometer entfernt, gab es ein Restaurant in der Nähe des Supermarkts, in dem sie einmal eingekauft hatten. Ein anderer Treffpunkt fiel ihr nicht ein. Sie sagte Kevin, wie er dort hinkommen konnte, und verabredete sich mit ihm für den nächsten Tag um ein Uhr mittags. Nachdem er aufgelegt hatte, sah sie mit Schrecken Erichs Anruf entgegen. Sollte sie ihm sagen, daß sie mit Kevin verabredet war? Wenn sie es verschwieg und er es später herausfand, würde alles nur um so schlimmer werden.

Als Erichs Anruf kam, wußte sie immer noch nicht, was sie tun sollte. Seine Stimme klang nervös. „Du fehlst mir. Ich hätte nicht hierherkommen sollen, Liebes. Haben die Mädchen heute abend nach mir gefragt?"

„Natürlich." Sie mußte es ihm einfach sagen. „Erich . . ."

„Ja, Liebes?"

Sie zögerte. Plötzlich stand ihr ganz deutlich vor Augen, wie erstaunt Erich reagiert hatte, als sie zugegeben hatte, Kevin die Hälfte des Möbelgeldes gegeben zu haben. Und wie er angedeutet hatte, sie habe ihrem Exgatten möglicherweise das Geld für ein Flugticket nach Minnesota zukommen lassen wollen. Nein, sie konnte ihm nicht sagen, daß sie sich mit Kevin treffen würde. Es war unmöglich. „Ich . . . ich liebe dich sehr, Erich. Ich wünschte, du wärst hier."

„Oh, Schatz, mir geht's genauso. Gute Nacht."

Sie konnte keinen Schlaf finden. Sie stand auf und sah nach den Mädchen. Beide schliefen fest. Jenny küßte sie sanft auf die Wangen. Sie sahen so zufrieden aus. Jenny dachte daran, wie glücklich sie darüber waren, ihre Mutter den ganzen Tag für sich zu haben; sie dachte an ihre überschäumende Freude, als Erich ihnen die Ponys gezeigt hatte. Sie schwor sich im stillen, sich von Kevin ihr neugefundenes Glück nicht zerstören zu lassen.

ZWEITSCHLÜSSEL zu allen Gebäuden und Fahrzeugen wurden in der Bibliothek aufbewahrt. Dort hingen auch die Schlüssel für den Cadillac. Jenny steckte sie ein, bereitete den Kindern früh ihr Mittagessen und brachte sie nach oben zum Mittagsschläfchen. „Ich muß rasch eine Besorgung machen", erklärte sie Elsa. „Um zwei Uhr bin ich wieder zurück."

Die Landstraßen waren an manchen Stellen noch vereist, aber die Schnellstraße war völlig frei. Zwanzig Minuten vor eins kam sie am Restaurant an. Zu ihrer Überraschung war Kevin bereits dort. Vor ihm auf dem Tisch stand eine fast leere Weinkaraffe. Sie nahm ihm gegenüber Platz. „Hallo, Kev." Er wirkte abgespannt und übernächtigt. Ob er zuviel trank?

Er griff nach ihrer Hand. „Jenny, du hast mir gefehlt. Die Kinder auch."

Sie zog die Hand zurück. „Gibt's etwas Neues vom Guthrie-Theater?" fragte sie.

„Ich bin ziemlich sicher, daß sie mich nehmen. Es ist aber auch höchste Zeit. Am Broadway ist kein Job zu kriegen. Und wenn ich hier bin, habe ich es auch nicht so weit zu dir und zu den Kindern. Jen, vielleicht haben wir einen Fehler gemacht. Laß es uns noch einmal miteinander versuchen."

„Du mußt verrückt sein, Kev. Hör zu, Erich würde sich schrecklich aufregen, wenn er wüßte, daß ich mich mit dir treffe. Du hast bei eurer letzten Begegnung nicht gerade den besten Eindruck auf ihn gemacht."

„Ich war von ihm auch nicht sonderlich angetan. Hält mir da einen Fetzen Papier unter die Nase und droht, du würdest mich auf Unterhalt verklagen und mir den letzten Cent abnehmen, wenn ich nicht unterschreibe."

„Ich weiß nur, daß Erich dir zweitausend Dollar gegeben hat."

„Das war bloß ein Darlehen."

Sie war hin- und hergerissen zwischen einem Gefühl des Mitleids für Kevin und der abstoßenden Erkenntnis, daß er die Mädchen immer als Faustpfand benutzen würde, um nicht aus ihrem Leben verschwinden zu müssen. Sie öffnete ihre Handtasche. „Kev, ich muß wieder los. Hier hast du die gewünschten dreihundert Dollar. Bitte, setz dich in Zukunft nicht mehr mit mir in Verbindung; versuch auch nicht, die Kinder zu sehen. Wenn du es tust, bereitest du uns allen nur Ärger."

Er steckte die Geldscheine in seine Brieftasche. „Weißt du was, Jen?" sagte er. „Ich habe ein ungutes Gefühl, was dich und die Kinder angeht. Ich kann es nicht erklären, aber es ist so."

Jenny stand auf. Im nächsten Augenblick stand Kevin neben ihr und zog sie an sich. „Ich liebe dich immer noch, Jenny." Sein Kuß war grob und fordernd.

Sie konnte sich nicht losreißen, ohne großes Aufsehen zu erregen. So dauerte es wenigstens eine halbe Minute, ehe sein Griff sich lockerte und sie einen Schritt zurücktreten konnte. „Laß uns in Frieden", zischte sie. „Ich bitte dich und ich *warne* dich. Laß uns in Frieden."

Sie wäre fast mit der Kellnerin zusammengestoßen, die hinter ihr stand und ihre Bestellung aufnehmen wollte. An einem Tisch am Fenster saßen zwei Frauen und starrten zu ihr her.

Als Jenny hastig das Restaurant verließ, fiel ihr ein, warum eine der Frauen ihr bekannt vorgekommen war. Sie hatte am Sonntag morgen in der Kirche auf der anderen Seite des Mittelgangs gesessen.

NACH jenem ersten Abend rief Erich nicht mehr an. Jenny fühlte sich unbehaglich und legte sich allerhand Gründe dafür zurecht. Erich war eben ein Mensch, der nicht gerne telefonierte. Aber er hatte doch jeden Abend anrufen wollen. Sollte sie versuchen, ihn im Hotel zu erreichen? Immer wieder entschloß sie sich dazu, ging auch zum Telefon hin, doch jedesmal behielten ihre Bedenken die Oberhand.

Warum rief er denn nicht an? Er fehlte ihr sehr.

Erich wollte am Siebenundzwanzigsten wieder zu Hause sein. Joe sollte ihn vom Flughafen abholen. Statt mit Joe nach Minneapolis zu fahren, würde sie auf der Farm bleiben und ein gutes Abendessen zubereiten.

Als Erich die Tür öffnete, flog sie in seine Arme. Er drückte sie an sich. „Du hast mir so gefehlt", sagten sie wie aus einem Munde.

Er umarmte die Mädchen, fragte, ob sie auch brav gewesen seien, und reichte danach jedem der beiden ein bunt verpacktes Paket. Er lächelte nachsichtig, als sie vor Entzücken über die neuen Puppen laut quietschten.

Sie hatte in dem großen alten Ofen in der Küche ein Feuer gemacht; auf dem Tisch waren eine Karaffe Wein und eine kleine Auswahl an Käse bereitgestellt. Sie nahm Erich bei der Hand und führte ihn zur Couch hinüber. Lächelnd goß sie Wein in ein Glas und reichte es ihm.

„Willkommen zu Hause." Sie setzte sich neben ihn und wandte sich ihm so zu, daß ihre Knie die seinen berührten. Sie trug eine bezaubernde grüne Seidenbluse und kleingemusterte braungrüne Tweedhosen. Sie wußte, daß Erich sie darin besonders gern sah. Ihr offenes Haar fiel weich auf ihre Schultern. Erich musterte sie wohlgefällig. „Du bist eine sehr schöne Frau, Jenny. Und so fein hast du dich gemacht."

„Schließlich kommt mein Ehegemahl nicht jeden Abend von einer weiten Reise zurück. Ich glaube, ich werde mich jetzt mal ums Abendessen kümmern." Bevor sie sich erhob, küßte sie ihn. „Ich liebe dich", flüsterte sie.

Während sie einen gemischten Salat zubereitete und anschließend eine Sauce hollandaise anrührte, erzählte Erich Beth und Tina vom Peachtree-Hotel in Atlanta, wo die Fahrstühle aus Glas sind und außen am Gebäude hochfahren. Er versprach, sie eines Tages dorthin mitzunehmen.

„Mami auch?" fragte Tina.

Jenny drehte sich lächelnd um, doch das Lächeln verging ihr, als Erich sagte: „Wenn Mami mitkommen will."

Sie hatte einen Rinderbraten gemacht. Erich griff zwar herzhaft zu, aber er trommelte nervös mit den Fingern auf die Tischplatte und gab nur kurze, mißmutige Antworten auf Jennys Fragen nach seinen Erlebnissen. Nach einer Weile sprach Jenny nur noch mit den Kindern. „Habt ihr Vati erzählt, daß ihr auf den Ponys gesessen habt?"

Beth legte die Gabel aus der Hand und sah Erich an. „Es hat Spaß gemacht. Ich hab ‚Hü' gesagt, aber Maus ist stehengeblieben."

„Hab auch ‚Hü' gesagt", piepste Tina.

„Wo waren die Ponys?" fragte Erich.

„In ihren Boxen", sagte Jenny hastig. „Joe hat die Mädchen nur ganz kurz auf den Pferden sitzen lassen."

„Joe ist zu eigenmächtig", schimpfte Erich. „Ich will dabeisein, wenn die Mädchen auf die Ponys gesetzt werden. Ich möchte sichergehen, daß er gut auf sie achtgibt. Weiß ich denn, ob er nicht ebenso unvorsichtig ist wie sein dämlicher Onkel?"

„Erich, das Unglück liegt jetzt schon so lange zurück."

„Wenn ich dem Trunkenbold begegne, kommt es mir vor, als sei es gestern gewesen. Und Joe hat mir gesagt, daß sein Onkel wieder hier ist."

War Erich deshalb so gereizt? „Beth, Tina. Wenn ihr mit dem Essen fertig seid, dürft ihr gehen und noch ein wenig mit euren neuen Puppen spielen." Als die Kinder außer Hörweite waren, fragte Jenny: „Ich habe den Eindruck, daß dich etwas belastet, Erich. Handelt es sich um Joes Onkel, oder ist da noch etwas anderes?"

Erich griff über den Tisch nach ihrer Hand. „Nein, Joes Onkel ist der Grund dafür. Und außerdem glaube ich, daß Joe wieder mit dem Wagen in der Gegend herumkutschiert ist. Es sind wenigstens sechzig Kilometer mehr auf dem Tacho. Natürlich bestreitet Joe, gefahren zu sein, aber er hat den Wagen im Herbst schon einmal ohne Erlaubnis benutzt. Er hat dich doch nicht etwa irgendwohin gefahren?"

Für einen Moment rang sie um Fassung. „Nein."

Nun mußte sie ihm von Kevin erzählen. Es ging nicht an, daß Erich glaubte, Joe habe ihn belogen. „Erich, ich –"

Er unterbrach sie. „Und dann regen mich auch die blödsinnigen Galerien auf. Vier Tage lang mußte ich dem Schwachkopf in Atlanta immer wieder klarmachen, daß ‚Erinnerung an Caroline‘ unverkäuflich ist. Ich will das Bild ausstellen, aber . . ." Er schwieg. Als er wieder zu sprechen begann, wirkte er ruhiger. „Ich werde jetzt wieder mehr malen, Jenny. Es ist dir doch recht? Das bedeutet, daß ich mich drei oder vier Tage hintereinander in der Hütte verkriechen muß."

Bestürzt dachte Jenny daran, wie endlos lang ihr die letzten Tage vorgekommen waren. Sie bemühte sich um einen gleichmütigen Ton. „Natürlich, wenn es sein muß."

Als sie die Mädchen zu Bett gebracht hatte und zurückkam, saß Erich in der Bibliothek. Er hatte Tränen in den Augen. „Verzeih mir, Jenny. Ich bin ganz einfach deprimiert. Du hast mir so gefehlt. Und nächste Woche ist Mutters Todestag. Jedes Jahr kommt es mir wieder so vor, als sei es erst gestern geschehen. Als Joe mir auf der Heimfahrt gesagt hat, sein Onkel sei wieder da, war das für mich wie ein Schlag ins Gesicht. Dann kamen wir zu der Stelle, von wo man unser Haus sieht, und die Fenster waren hell erleuchtet. Ich hatte solche Angst gehabt, das Haus dunkel und leer vorzufinden; und ich habe die Tür geöffnet, und da warst du und hast dich gefreut, mich zu sehen. Ich hatte befürchtet, daß ich dich während meiner Abwesenheit vielleicht verloren hätte."

Jenny ließ sich vor ihm auf die Knie nieder und strich ihm das Haar aus der Stirn. „Du kannst dir ja nicht vorstellen, wie sehr ich mich nach dir gesehnt habe!" sagte sie.

Er brachte sie mit einem Kuß zum Schweigen.

Als sie nach oben ins Schlafzimmer gegangen waren, griff Jenny nach einem ihrer neuen Nachthemden, hielt dann aber inne. Zögernd öffnete sie die Kommode, in der das meergrüne Nachthemd lag, und streifte es über. Das Oberteil fühlte sich zu eng an. Na, vielleicht ist das die Lösung, dachte sie. Das lästige Ding wird mir zu klein.

Später, kurz vor dem Einschlafen, wurde ihr bewußt, daß Erich nur mit ihr schlief, wenn sie dieses Nachthemd trug.

Viertes Kapitel

AM NÄCHSTEN Morgen machten Jenny und die Mädchen nach dem Frühstück wie gewohnt einen Spaziergang. Für Beth und Tina waren die Ponys zur Hauptattraktion der Farm geworden. Joe war schon im Stall. „Guten Morgen, Mrs. Krueger." Ein Lächeln ging über sein gutmütiges Gesicht. „Hallo, Kinder."

Die Ponys waren fabelhaft gepflegt. Ihre dichten Mähnen und Schweife waren sorgfältig gebürstet und glänzten. „Ich hab die Ponys gerade für euch gestriegelt", sagte Joe. „Habt ihr Zucker mitgebracht?"

Sie nickten, und er hob die Mädchen nacheinander hoch, damit sie den Tieren die Zuckerwürfel geben konnten.

In diesem Augenblick wurde die Stalltür aufgestoßen. „Ja, wen haben wir denn da?" Die Stimme klang rauh, als wären die Stimmbänder zu sehr beansprucht. Der Mann war zwischen fünfzig und sechzig Jahre alt. Seine Augen waren blutunterlaufen, ihr leicht verschwommener Ausdruck verriet den Gewohnheitstrinker. Neben der pummeligen Frau an seiner Seite wirkte er erschreckend dünn. Er starrte Jenny an, dann kniff er nachdenklich die Augen zusammen. „Wir sind hergekommen, weil wir gehofft haben, Sie zu treffen! Sie müssen die neue Mrs. Krueger sein, von der wir schon so viel gehört haben. Ich bin Josh Brothers, Joes Onkel. Und dies ist meine Schwester Maude Ekers, Joes Mutter. Wir wohnen nur knapp einen Kilometer von hier an der Straße dahinten."

Maude schüttelte Jenny herzlich die Hand. „Freut mich, Sie kennenzulernen, Mrs. Krueger. Mein Joe spricht ständig von Ihnen. Er hat recht: Sie sind wirklich hübsch. Und Sie sehen tatsächlich aus wie Caroline!"

Josh Brothers war der Elektriker, der an Carolines Tod schuld war.

Jenny wurde augenblicklich klar, daß Erich furchtbar wütend werden würde, wenn er von dieser Begegnung erfuhr.

Josh wandte sich zu seiner Schwester um. „Ich kann verstehen, warum Erich sie geheiratet hat. Ich könnte schwören, daß Caroline hier vor uns steht. Ich nehme an, Sie haben von dem Unfall gehört?" fragte er Jenny.

„Ja, das habe ich."

„Die Krueger-Version – nicht meine." Josh schickte sich an, eine Geschichte zu erzählen, die er ganz offenbar schon oft wiederholt haben mußte. Seine Stimme klang plötzlich, als wende er sich an ein größeres Publikum. „Obwohl sie sich von ihm scheiden lassen wollte, war John verrückt nach Caroline –"

„*Scheiden?*" unterbrach ihn Jenny. „Erichs Mutter und Vater wollten sich *scheiden* lassen?"

Ein Ausdruck von Gerissenheit kam in die trüben Augen. „Oh, hat Erich Ihnen das nicht erzählt? Er tut gern so, als sei nichts davon wahr. Die Leute hier haben sich ganz schön das Maul zerrissen, als Caroline auf das Sorgerecht für ihr einziges Kind verzichtet hat, das kann ich Ihnen sagen. Wie auch immer – am Tag des Unglücks habe ich im Kuhstall gearbeitet, und Caroline und Erich kamen rein. An jenem Nachmittag wollte sie endgültig abreisen. Es war Erichs Geburtstag, und er hielt seinen neuen Hockeyschläger in der Hand und heulte wie ein Schloßhund. Sie schickte mich mit einer Handbewegung weg; deshalb habe ich die Lampe über den Nagel gehängt. Ich habe noch gehört, wie Caroline gesagt hat: ‚So wie dieses Kälbchen seine Mutter verlassen muß . . .‘ Ich hab dann die Tür hinter mir zugemacht, damit sie sich voneinander verabschieden konnten, und gleich darauf begann Erich panisch zu schreien. Luke Garrett hat noch Mund-zu-Mund-Beatmung versucht, aber wir wußten alle, daß es keinen Zweck mehr hatte. Caroline hat ja im Sturz noch nach dem Kabel gegriffen und die Lampe mit sich gerissen. Der Stromstoß ist durch sie hindurchgegangen . . . War natürlich nichts mehr zu machen."

„Nun hör schon auf, Josh", sagte Maude barsch.

Jenny starrte Josh an. Warum hatte Erich ihr verschwiegen, daß seine Eltern in Scheidung lagen und daß Caroline ihn und seinen Vater verlassen wollte? Kein Wunder, daß Erich solche Angst hatte, sie zu verlieren.

Tief in Gedanken versunken, holte sie die Mädchen, murmelte einen Gruß und verließ den Stall. Joe kam ihr nach. Verschüchtert und furchtsam sprach er Jenny an: „Mr. Krueger wird sehr ungehalten sein, wenn er hört, daß Sie meinen Onkel getroffen haben und daß er soviel geredet hat."

„Ich werde nicht darüber sprechen, Joe; bestimmt nicht", beruhigte sie ihn. Wenn ich hier doch nur einen Freund hätte, dachte Jenny. Jemand, mit dem man reden kann.

„Mrs. Krueger", sagte Joe leise, „Sie sehen aus, als ginge es Ihnen nicht gut. Regen Sie sich doch bitte über meinen Onkel nicht auf."

„Keine Sorge. Aber würden Sie mir wohl einen Gefallen tun, Joe?"

„Was immer Sie wollen."

„Wenn Mr. Krueger nicht in der Nähe ist, sagen Sie doch bitte Jenny zu mir. Sonst kommt es noch so weit, daß ich hier meinen eigenen Namen vergesse."

„In Gedanken nenne ich Sie schon immer Jenny."

„Na, großartig!" Jenny lachte. Es ging ihr schon wieder besser. Sie beobachtete Joe aus den Augenwinkeln. Der Ausdruck schwärmerischer Verehrung auf seinem Gesicht war unverkennbar.

Du lieber Himmel, dachte sie. Wenn er mich in Erichs Gegenwart je so ansieht, ist der Teufel los!

Als sie sich dem großen Haus näherten, kehrte Joe um und ging zum Stall zurück. Jenny meinte, am Fenster des Büros der Farm eine Bewegung wahrgenommen zu haben. Auf dem Rückweg von der Hütte schaute Erich oft dort vorbei.

Sie ging mit den Mädchen rasch in die Küche und machte überbackenen Käsetoast und Kakao. Nach der Mahlzeit brachte sie die Kinder nach oben zum Mittagsschlaf. Die beiden schliefen sofort ein. Jenny zog sich eine Jacke an, trat ins Freie und schlenderte zum Büro hinüber. Clyde saß hinter seinem großen Schreibtisch. „Erich ist nicht zum Mittagessen gekommen", sagte sie. „Ich habe gedacht, er ist vielleicht noch hier."

Clyde sah sie verwundert an. „Er hat nur kurz hier reingeschaut, nachdem er sich im Haus ein paar Sachen geholt hatte. Er sagte, Sie wüßten, daß er vorhat, in der Hütte zu bleiben und zu malen."

Wortlos wandte sich Jenny zum Gehen. Ihr Blick fiel auf den Korb für die eingehenden Briefe. „Clyde, falls Post für mich kommt, während Erich in der Hütte ist, lassen Sie sie mir dann bitte bringen?"

„Na klar. Sonst habe ich Ihre Post einfach immer Erich mitgegeben."

Sie war schon fast einen Monat hier und hatte noch keine Post erhalten, obwohl sie an Fran und Mr. Hartley geschrieben hatte. „Ich fürchte, er hat's vergessen." Sie spürte, wie ihr das Sprechen schwerfiel. „Wieviel ist denn gekommen?"

„Vorige Woche ein Brief und ein paar Postkarten."

„Gut." Jenny sah zum Telefon hinüber. „Und Anrufe?" fragte sie.

„Letzte Woche hat jemand von der Kirche wegen eines Treffens im Frauenkreis angerufen. Und die Woche davor hatten Sie einen Anruf aus New York. Hat Erich Ihnen das denn nicht ausgerichtet?"

„Er muß es im Trubel vor seiner Abreise vergessen haben", murmelte Jenny. „Danke, Clyde."

Langsam ging sie zum Haus zurück. *Ich werde dich mit niemandem teilen, Jenny.* Erich hatte das bitterernst gemeint. Wer hatte aus New York angerufen? Kevin? Um ihr zu sagen, er werde nach Minnesota kommen? Und wenn, warum hatte Erich sie dann nicht gewarnt?

Wer hatte geschrieben? Mr. Hartley? Fran? Ich muß etwas unternehmen. Ich kann das nicht hinnehmen, dachte Jenny.

Sie ging ins Haus. Elsa war in der Küche und wollte gerade gehen. „Die Mädchen schlafen noch", sagte die Putzfrau. „Morgen kann ich auf dem Weg hierher einkaufen. Ich habe den Zettel."

„Den Zettel?"

„Ja, den Einkaufszettel. Als Sie heute morgen draußen waren, ist Mr. Krueger gekommen. Er hat gesagt, ich soll von jetzt an einkaufen."

„Das ist doch Unsinn. Das kann ich selbst machen, oder Joe kann mich fahren."

„Mr. Krueger hat gesagt, er nimmt die Autoschlüssel mit."

„Ach ja? Danke, Elsa."

Als die Tür hinter der Frau ins Schloß gefallen war, merkte Jenny, daß sie zitterte. Hatte Erich die Schlüssel mitgenommen, um sicherzugehen, daß Joe den Wagen nicht benutzte? Ahnte er womöglich, daß sie selbst ihn benutzt hatte? Nervös sah sie sich in der Küche um. In ihrer Wohnung hatte sie sich immer auf die Hausarbeit gestürzt, wenn sie sich über etwas aufgeregt hatte; das wirkte stets beruhigend auf sie.

Aber in diesem Haus hier gab es kein Stäubchen wegzuwischen. Jedes Zimmer wirkte unpersönlich, kalt, vollgestellt. Wenn dies auch ihr Haus sein sollte, mußte es Erich doch freuen, wenn darin ein wenig von ihrem eigenen Geschmack zum Ausdruck kam.

Der runde Eichentisch und die Stühle standen genau in der Mitte der

Küche. Wenn man Tisch und Stühle ans Fenster rückte, war der Weg
zur Anrichte erheblich kürzer, und es war sicher schön, bei den Mahlzeiten auf die Felder hinaussehen zu können. Kurz entschlossen zog
Jenny den Tisch ans Fenster.

Ein Flickenteppich, der im Zimmer der Mädchen gelegen hatte,
war auf den Dachboden gebracht worden. Sie beschloß, den Teppich
neben dem großen Ofen auszubreiten und die Couch, den dazu
passenden Lehnstuhl und einen Ohrensessel aus der Bibliothek darauf
zu plazieren. So konnte sie in der Küche eine gemütliche Sitzecke
schaffen.

Voller Energie und Ideen ging sie ins Wohnzimmer, lud sich einen
Stapel der überall herumstehenden Nippsachen auf die Arme und
verstaute das Zeug in einem Schrank. Unter mühseligem Recken
gelang es ihr, die schweren Gardinen abzunehmen, die Wohnzimmer
und Eßzimmer verdunkelten und den Blick nach draußen versperrten.
Im Wohnzimmer stellte sie einen Mahagonitisch dorthin, wo die
Couch gestanden hatte, und umgekehrt. Als sie fertig war, wirkte der
Raum freundlicher, einladender.

Dann stieg sie hinauf zum Dachboden, fand auch den Flickenteppich, konnte ihn aber nicht allein tragen. Interessiert sah sie sich um.
Ein kleiner Kosmetikkoffer aus Leder mit den Initialen C.B.K. weckte
ihre Neugier. Sie zog ihn hervor und öffnete ihn.

Diverse Toilettenartikel – Cremes, Make-up und Fichtennadelseife – lagen in einem Fach wie auf einem Tablett ausgebreitet. Unter
dem Kosmetikfach steckte ein kleines, in Leder gebundenes Notizbuch. Jenny schlug es auf. Dem Datum auf den Blättern zufolge war es
fünfundzwanzig Jahre alt.

Sie las die erste Eintragung: „2. Januar, 10 Uhr: Gespräch m. Erichs
Lehrer." Gespannt blätterte sie weiter: „8. Januar: Abendessen. Luke
Garrett, Meiers, Behrends. 2. Februar, 9 Uhr: Amtsgericht." Ob das
wegen der Scheidung war? fragte sich Jenny. „22. Februar: Hockeyschläger für E. bestellen. 8. März: E. G-tag." Das alles war mit
blauer Tinte geschrieben. Für die letzte Eintragung hatte die Schreibe-
rin einen anderen Füllhalter benutzt. „7 Uhr: Flug Nr. 241 Minneapolis–San Francisco." Ein Ticket für diesen Flug war mit einer
Heftklammer an der Notizbuchseite befestigt; darunter steckte ein
kurzer, von Hand geschriebener Brief.

Auf dem Briefkopf ein gedruckter Name: EVERETT BONARDI.
Carolines Vater, dachte Jenny. Rasch überflog sie die wenigen Zeilen:

Liebe Caroline. Deine Mutter und mich überrascht es nicht, daß Du John verlassen willst. Wir machen uns große Sorgen um Erich, aber nachdem wir Deinen Brief gelesen haben, meinen wir auch, daß er am besten bei seinem Vater bleibt. Wir wußten ja nichts von den wahren Umständen. Wir freuen uns darauf, Dich bei uns zu haben. Alles Liebe.

Jenny faltete den Brief, steckte ihn wieder ins Notizbuch und schloß den Deckel des Kosmetikkoffers. „Wir wußten ja nichts von den wahren Umständen." Was hatte Everett Bonardi damit gemeint?

Langsam stieg sie die Treppe hinunter. Die Mädchen schliefen noch, das rötliche Haar auf den Kopfkissen ausgebreitet. Voll Zuneigung betrachtete Jenny ihre schlafenden Töchter.

„Sind sie nicht süß?" flüsterte ihr jemand ins Ohr, und ein dünner, knochiger Arm legte sich ihr um die Taille. Jenny fuhr herum, zu erschrocken, als daß sie hätte schreien können. „O Caroline", sagte Rooney Toomis seufzend, ihre Augen feucht und in die Ferne gerichtet. „Wir lieben unsere Babys, nicht wahr?"

Obwohl ihr der Schreck in den Gliedern saß, gelang es Jenny, die Frau aus dem Zimmer zu bugsieren, ohne daß die Mädchen erwachten. Rooney ging folgsam mit nach unten.

„Wie wär's mit einer Tasse Tee?" schlug Jenny vor, wobei sie sich um einen normalen Tonfall bemühte.

Rooney trank schweigend ihren Tee und starrte die ganze Zeit aus dem Fenster. „Arden hat diesen Wald immer geliebt", sagte sie. „Sie ist ständig auf Bäume geklettert. In dem da drüben" – Rooney zeigte auf eine Eiche mit mächtigen Astgabeln – „hat sie gesessen und die Vögel beobachtet."

Als sie sich zu Jenny umwandte, war ihr Blick klarer. „Sie sind nicht Caroline", sagte sie verwirrt.

„Nein, ich bin Jenny."

Rooney seufzte. „Es tut mir leid. Es ist wohl etwas über mich gekommen; einer meiner Anfälle. Ich dachte, ich hätte mich verspätet. Dachte, ich hätte verschlafen. Caroline hat es nichts ausgemacht, wenn ich mal zu spät zur Arbeit kam, aber ihr Mann, Mr. Krueger, war immer so genau. Und da bin ich nach oben gegangen, um die Betten zu machen", erklärte Rooney. „Dann habe ich Caroline gesehen. Nein, ich will sagen, ich habe *Sie* gesehen." Sie sah verängstigt aus. „Ich sollte gar nicht hier sein. Sie werden doch Erich oder Clyde nichts erzählen, nicht wahr?"

„Natürlich nicht."

„Sie sind wie Caroline. Schön, freundlich und nett. Ich hoffe, Ihnen stößt nichts zu. Zum Schluß konnte Caroline es kaum erwarten, hier wegzukommen. ‚Rooney', hat sie oft gesagt, ‚ich habe so ein Gefühl, daß etwas Schreckliches passieren wird. Und ich bin so hilflos.'" Rooney erhob sich und wandte sich zum Gehen.

„Sind Sie ohne Mantel gekommen?" fragte Jenny.

„Ich glaube, ja."

„Moment mal." Jenny holte ihren Steppmantel aus dem Schrank in der Diele. „Ziehen Sie den an. Es ist kalt draußen. Sehen Sie, er paßt wie angegossen."

Rooney blickte sich unsicher um. „Wenn Sie wollen, helfe ich Ihnen, den Küchentisch wieder an seinen Platz zu stellen, ehe Erich kommt", meinte sie.

„Ich habe nicht vor, den Tisch zu verrücken. Er bleibt, wo er ist."

„Caroline hat ihn auch mal ans Fenster gestellt, aber John hat gesagt, sie wolle nur mit den Männern auf der Farm kokettieren."

„Und was hat Caroline dazu gesagt?"

„Nichts. Sie hat ihren grünen Umhang genommen und hat sich draußen auf den Schaukelstuhl gesetzt. Genau wie auf dem Bild. Einmal hat sie mir erzählt, daß sie gern da sitzt und nach Westen blickt, weil dort ihre Eltern und Geschwister wohnen. Sie hatte große Sehnsucht nach ihnen." Rooney sah an sich herunter. „Der Mantel ist hübsch. Er gefällt mir."

„Bitte behalten Sie ihn", sagte Jenny. „Seit ich hier bin, habe ich ihn kaum getragen."

„Darf ich dafür den Mädchen Trägerröcke schneidern?"

„Aber natürlich, gern. Und, Rooney – ich möchte gern, daß wir Freunde sind."

Das Warten zermürbte sie. War Erich verärgert? War er so in die Malerei vertieft, daß er sich völlig von der Außenwelt abkapselte? Sollte sie es wagen, in den Wald zu gehen, die Hütte zu suchen und ihn zur Rede zu stellen?

Nein, das ließ sie besser bleiben.

Die Tage kamen ihr endlos lang vor. Selbst die Kinder wurden unruhig. „Wo ist Vati?" fragten sie ständig. Erich war in der kurzen Zeit schon sehr wichtig für sie geworden.

Wenn nur Kevin nicht wiederkommt, flehte sie insgeheim. Wenn er uns nur in Frieden läßt.

Sie beschäftigte sich vor allem im Haus. In einem Zimmer nach dem anderen stellte sie Möbel um; manchmal rückte sie nur einen Stuhl oder einen Tisch an einen anderen Platz, ein anderes Mal veränderte sie die Anordnung radikal. Widerwillig half Elsa ihr dabei, die letzten schweren Vorhänge abzunehmen und auf den Dachboden zu bringen.

Die Umgebung der Farm wirkte grau und bedrückend. Jenny sagte sich, sobald der Frühling da war, würde das satte Grün der Wiesen und Bäume gewiß wunderschön sein. Doch jetzt machte sie der Anblick der gefrorenen Erde, der kahlen Felder und des bedeckten Himmels frösteln.

Die einsamen Abende wollten kein Ende nehmen. Damals in New York hatte sie, nachdem die Mädchen im Bett waren, oft noch eine Tasse Tee getrunken und in einem Buch gelesen. Die Bibliothek auf der Farm war ausgezeichnet. Doch obwohl sie bis spät in die Nacht las, lag Jenny danach oft lange Zeit wach und sank erst gegen Morgen in einen unruhigen Dämmerschlaf. Ihr ganzes Leben lang hatte sie nur die Augen schließen müssen, und schon war sie fest eingeschlafen. Jetzt wachte sie häufig aus wirren Alpträumen auf, in denen schemenhafte, unheilverkündende Gestalten sie in Angst und Schrecken versetzten.

Am 7. März, nach einer besonders unruhigen Nacht, machte sie sich auf die Suche nach Joe und fand ihn im Büro. Seine unverhohlene Freude über ihren Besuch stimmte sie gleich fröhlicher. „Joe, ich möchte heute mit dem Reitunterricht beginnen", sagte sie.

Zwanzig Minuten später saß sie auf der Stute und versuchte angestrengt, Joes Anweisungen in die Tat umzusetzen.

Die Sache machte ihr einen Heidenspaß. Sie vergaß die Kälte, den beißenden Wind und die Tatsache, daß ihr Rücken zu schmerzen begann. Leise redete sie auf Feuervogel ein. „Hab ein bißchen Geduld mit mir, altes Mädchen. Mir kommt das alles noch fremd vor, weißt du."

Nach einer Stunde hatte sie das Gefühl, daß ihr Körper sich im gleichen Takt mit dem des Pferdes bewegte. Sie entdeckte Mark, der sie beobachtete, und winkte ihm zu. Er kam zu ihr herüber.

„Sie machen keine schlechte Figur", sagte er. „Sitzen Sie zum ersten Mal im Sattel?"

„Ja. Zum allererersten Mal." Mark hielt das Pferd am Zügel, und Jenny stieg geschickt aus dem Sattel.

„Sie haben Ihre Sache echt gut gemacht", bescheinigte ihr Joe.

„Danke, Joe. Können wir morgen den Unterricht fortsetzen?"

„Jederzeit, Jenny."

Mark begleitete sie zum Haus zurück. „Joe ist einer Ihrer großen Verehrer."

„Er ist ein guter Reitlehrer, und ich glaube, Erich wird sich freuen. Er weiß nämlich noch nicht, daß ich mit den Reitstunden begonnen habe."

„Das glaube ich kaum", erwiderte Mark trocken. „Er hat Sie nämlich eine ganze Weile beobachtet."

„Beobachtet?"

„Ja, vom Waldrand aus. Fast eine halbe Stunde lang. Ich dachte, er wollte Sie vielleicht nicht nervös machen."

„Und wo ist er jetzt?"

„Er ist kurz im Haus gewesen und hat sich dann wieder auf den Weg zur Hütte gemacht."

„Erich war im Haus?" Das muß sich blödsinnig anhören, dachte Jenny, als ihr bewußt wurde, wie erstaunt ihr Ausruf geklungen hatte.

Mark blieb stehen, faßte sie am Arm und blickte sie forschend an. „Was ist los, Jenny?" fragte er.

„Erich ist seit seiner Rückkehr aus Atlanta in der Hütte", gestand sie ihm. „Es ist halt ein wenig einsam für mich. Ich bin daran gewöhnt, beschäftigt zu sein und einen Haufen Leute um mich zu haben, und jetzt ... komme ich mir ziemlich überflüssig vor."

„Sie werden sehen, nach seinem Geburtstag morgen wird alles besser", sagte Mark. „Und seien Sie auf der Hut, Jenny. Erich findet diesen Tag immer noch besonders schrecklich."

„Aber Mark, der Unfall liegt jetzt fünfundzwanzig Jahre zurück! Da ist es doch wahrhaftig an der Zeit, daß Erich sich mit dem Tod seiner Mutter abfindet!"

Mark schien seine Worte sorgfältig zu wählen. „Rühren Sie nicht daran, Jenny", mahnte er. „Bei solchen Gelegenheiten ist Erich auch mir gegenüber schon äußerst grob geworden. Sobald er seine Depressionen überwunden hat, ist er wieder der alte: intelligent, begabt, großzügig und freundlich. Seien Sie geduldig mit ihm. Wenn sein Geburtstag überstanden ist, renkt sich alles wieder ein. Übrigens, wollen Sie immer noch, daß Emily und ich zum Abendessen kommen?"

„Natürlich. Wie wär's mit dem Dreizehnten? Da liegt Erichs Geburtstag lange genug hinter uns."

Er lächelte flüchtig, drückte ihr die Hände und ging. Seufzend betrat Jenny das Haus. Elsa wollte gerade gehen.

„Mr. Krueger hat Ihnen etwas aufgeschrieben." Elsa zeigte auf einen verschlossenen Umschlag auf dem Tisch. Als die Putzfrau gegangen war, riß Jenny den Umschlag auf. Nur ein Satz in Erichs ausgeprägter Handschrift stand auf dem Briefbogen: „Du hättest mit dem Reiten auf mich warten sollen!"

Ihr wurde plötzlich sterbenselend. Das kann doch nicht sein Ernst sein, dachte sie. Er läßt mich nicht zum Frauenkreis der Kirche gehen. Ich darf den Wagen nicht benutzen. Und jetzt soll ich nicht einmal reiten, während er weg ist.

Erich, verdirb nicht alles, dachte sie in stillem Protest. Du kannst dich nicht zum Malen verkriechen und von mir erwarten, daß ich untätig hier herumsitze und Stunde um Stunde deiner Rückkehr entgegenfiebere. Du darfst nicht so eifersüchtig sein, daß ich mich fürchte, offen mit dir zu reden. Du mußt dir diese selbstsüchtige Liebe abgewöhnen, wenn du nicht willst, daß unser Glück allmählich in die Brüche geht.

Der Nachmittag schlich quälend langsam dahin. Um sich die Zeit zu vertreiben, setzte sie sich mit den Mädchen ans Spinett und zeigte ihnen, wie man bestimmte Töne anschlägt. Dann ließ sie die Kinder nach Herzenslust herumklimpern, ging zur Küchentür und öffnete sie. Der Schaukelstuhl wiegte sich sanft im Wind. Ohne auf die Kälte zu achten, stand Jenny auf der Veranda und bewunderte den Sonnenuntergang. Eine Bewegung am Waldrand erregte ihre Aufmerksamkeit. Sie starrte hinüber. Jemand beobachtete sie; eine schattenhafte Gestalt, fast verdeckt vom dicken Stamm der Eiche, auf die Arden immer geklettert war.

„Ist dort jemand?" rief Jenny laut. Sie ging die Stufen hinab und auf den Wald zu.

Erich trat hinter der Eiche hervor und lief mit ausgebreiteten Armen auf sie zu.

„ABER Liebes, ich habe doch nur Spaß gemacht. Hast du etwa tatsächlich geglaubt, es wäre mir Ernst damit?"

Verwirrt sah Jenny Erich an. Sie waren allein in der Küche; die Mädchen hatten früh zu Abend gegessen. Er schüttelte amüsiert den Kopf. „Ich kann es eigentlich kaum glauben, daß du den Satz auf dem Zettel ernst genommen hast, Jenny." Er lachte. „Ich dachte, es schmeichelt dir, wenn ich so tue, als sei ich eifersüchtig auf Joe. Verlier nur jetzt nicht deinen Sinn für Humor, Schatz. Du warst immer für einen Scherz zu haben, das hat mir von Anfang an gefallen." Er nahm sie in die Arme und schmiegte seine Wange an die ihre. „Hmmm, du fühlst dich gut an."

Kein Wort über die Tatsache, daß sie einander länger als eine Woche nicht gesehen hatten. Und ganz gleich, was er sagte, der Brief war doch kein Scherz gewesen. Er gab ihr einen Kuß. „Ich liebe dich, Jenny."

Einen Augenblick lang stand sie stocksteif. Sie hatte sich geschworen, daß sie alles zur Sprache bringen würde – seine ständige Abwesenheit, die Eifersucht, die Sache mit ihrer Post. Diese Dinge mußten endgültig bereinigt werden, doch sie wollte jetzt keinen Streit anfangen. Erich hatte ihr gefehlt. Plötzlich kam ihr das ganze Haus wieder freundlich vor. Mark hat recht, dachte sie. Ich muß Geduld haben, muß ihm Zeit lassen.

Beim Abendessen herrschte eine festliche Stimmung. Jenny servierte Spaghetti *alla carbonara,* und Erich holte eine Flasche Chablis aus dem Weinkeller. „Es fällt mir von Mal zu Mal schwerer, in der Hütte zu arbeiten, Jenny", sagte er. „Besonders wenn ich daran denke, was für phantastische Mahlzeiten mir entgehen. Ich bin nicht gern von meiner Familie getrennt."

„Und von deinem Zuhause", ergänzte Jenny. Dies schien eine gute Gelegenheit, auf die neu angeordneten Möbel hinzuweisen. „Du hast noch gar nicht gesagt, wie dir gefällt, was ich in den Zimmern verändert habe."

„Ich brauche immer eine Weile, um mir ein Urteil zu bilden", sagte er beiläufig. „Mal abwarten, wie's auf mich wirkt."

Das ließ sich ja besser an, als sie erhofft hatte. Sie stand auf, ging um den Tisch herum und schlang die Arme um seinen Hals. „Ich hatte schon befürchtet, du wärst vielleicht verärgert."

NACHDEM sie die Kinder zu Bett gebracht hatte, ging sie wieder nach unten. Erich hatte Kaffee aufgebrüht und stellte die Kanne gerade auf ein Tablett. „Setzen wir uns ins Wohnzimmer", schlug er vor, „damit ich mir genauer ansehen kann, was du verändert hast."

Sie saßen auf der Couch, und Jenny zeigte ihm, wie die schönen Stücke im Zimmer besser zur Geltung kamen, weil sie einige Möbel umgestellt und störende Nippsachen weggeräumt hatte.

„Wo hast du denn das alles hingetan?"

„Die Vorhänge liegen auf dem Dachboden. Die kleinen Zierfiguren sind dort drüben im Schrank. Meinst du nicht auch, daß das Wohnzimmer jetzt viel heller und freundlicher wirkt?"

„Mag sein."

Sie wußte nicht, was er wirklich dachte. Sie war sehr nervös, ihr war übel.

In der Küche läutete das Telefon. „Bitte geh du hin, Jenny."

„Es ist ja doch nicht für mich", wandte sie ein.

„Da bin ich gar nicht so sicher. Clyde hat mir berichtet, letzte Woche seien jede Menge Anrufe gekommen, aber der Betreffende habe jedesmal gleich wieder aufgelegt. Offenbar wollte er nicht auf den Anrufbeantworter sprechen. Ich habe Clyde gesagt, er solle heute abend durchstellen."

Sie ging vor ihm her in die Küche. Das Telefon läutete immer noch. Ehe sie den Hörer abnahm, wußte sie schon, daß es Kevin war, der anrief.

„Jenny, ich kann kaum glauben, daß ich endlich zu dir durchgekommen bin. Dieser verflixte Anrufbeantworter! Wie geht's dir denn?" Kevin hörte sich an, als sei er bester Laune.

„Mir geht's gut." Sie spürte, wie Erich sie ansah. „Was willst du?" *Würde Kevin von ihrem Treffen sprechen?* Wenn sie doch nur Erich davon erzählt hätte.

„Ich will dir eine gute Nachricht bringen. Stell dir vor, Jen, das Guthrie-Theater hat mich fest engagiert."

„Das freut mich für dich", sagte sie in gezwungenem Ton. „Aber ich möchte nicht, daß du mich anrufst, Kevin. Ich verbiete dir, mich anzurufen. Erich steht neben mir, und es ärgert ihn sehr, daß du mit mir Verbindung aufnimmst."

„Hör mal schön zu, Jen, ich rufe an, sooft ich will. Sag Krueger, daß er sich die Adoption abschminken kann. Ich werde das Verfahren stoppen. Du kannst das Sorgerecht haben, Jen, und ich zahle Unterhalt. Aber die Kinder sind MacPartlands, und das bleiben sie auch. Wer weiß, vielleicht kommen sie eines Tages noch ganz groß raus – die berühmten Töchter eines begabten Schauspielers! Oh, jemand ruft nach mir. Ich melde mich bald wieder. Tschüs!"

Jenny legte den Hörer auf. „Kann er das Adoptionsverfahren stoppen?" fragte sie.

„Er kann's versuchen, aber es wird ihm nichts nützen." Erichs

Augen blickten kalt, sein Ton war eisig. „Jenny, ich habe dir immer schon gesagt, daß es ein Fehler war, diesen Schmarotzer zu unterstützen. Wenn du ihn wegen der Unterhaltszahlungen alle zwei Wochen vor den Kadi geschleppt hättest, wärst du ihn schon vor zwei Jahren los gewesen."

Wie gewöhnlich hatte Erich recht. „Aber ich weiß, es ist nicht deine Schuld, daß MacPartland dich belästigt", fuhr er fort. „Darum sollte ich eigentlich auch nicht wütend auf dich sein."

„Wenn du wütend bist, wird alles nur um so schwerer für mich."

Sein Blick war jetzt freundlich, sein Gesichtsausdruck besorgt und zärtlich. „Es wird schon alles gut werden. Laß mich nur erst einmal die nächsten paar Tage hinter mich bringen. Dann geht es mir bestimmt besser. Vielleicht bin ich um diese Zeit immer so deprimiert, weil meine Mutter mir kurz vor ihrem Tod versprochen hat, sie werde an meinem Geburtstag im März immer hiersein. Versuch bitte, mich zu verstehen; versuch, mir zu verzeihen, wenn ich dir weh tue. Ich meine es nicht bös, Jenny. Ich liebe dich."

Sie hielten einander eng umschlungen. „*Bitte,* Erich", bat Jenny flehentlich, „versuche mit der Vergangenheit abzuschließen. Das Unglück liegt fünfundzwanzig Jahre zurück. Du siehst sie immer noch als eine junge Frau, deren Tod tragisch war. Das war er auch, aber nun ist es vorbei! Das Leben muß weitergehen. Unser Leben. Laß mich an deinem Leben teilhaben. Lade Freunde ein. Nimm mich zu deiner Hütte mit. Kauf mir einen Kleinwagen, damit ich Besorgungen machen kann, wenn du malst. Dann könnte ich auch mal eine Galerie besuchen oder mit den Kindern ins Kino gehen."

„Du willst dich mit Kevin treffen können, stimmt's?"

Jenny löste sich von ihm und wandte sich ab. Das Gefühl der Übelkeit, das sie vorhin verspürt hatte, kam wieder. „Ich geh jetzt zu Bett, Erich. Mir ist elend."

Er folgte ihr nicht hinauf zum Schlafzimmer.

Wieder einmal würde sie allein zu Bett gehen müssen. Der Geruch nach Fichtennadeln, der immer im Zimmer hing, schien heute abend stärker zu sein. Kam es ihr nur so vor, weil sie sich unwohl fühlte? Sie legte sich ins Bett und versuchte einzuschlafen. Doch kurz darauf hörte sie Schritte auf der Treppe zum Dachboden. Erich? Was wollte er dort? Ein paar Minuten später hörte sie ihn wieder herunterkommen. Er mußte etwas hinter sich herziehen. Alle paar Schritte hörte sie einen dumpfen Aufschlag.

Sie wollte gerade aufstehen und nachsehen, als aus dem Erdgeschoß Geräusche zu ihr heraufdrangen. Möbel wurden gerückt.

Natürlich, dachte sie. Erich hatte den Karton mit den Gardinen vom Dachboden geholt. Und jetzt stellte er die Möbel um.

Als Jenny am nächsten Morgen nach unten kam, sah sie, daß die Gardinen wieder hingen. Jeder Tisch, jeder Stuhl, jedes Stück Nippes stand am alten Platz; Vasen, Lampen und Schemel waren wieder genau da, wo sie früher gestanden hatten.

Diese völlige Zurückweisung ihrer Wünsche und Vorstellungen schockierte sie.

Der Tag versprach wieder kalt und düster zu werden. Ein heftiger Wind pfiff ums Haus. Der achte März – Erichs fünfunddreißigster Geburtstag, Carolines fünfundzwanzigster Todestag! War Caroline an jenem letzten Morgen ihres Lebens tief betrübt gewesen, weil sie im Begriff war, ihr einziges Kind zu verlassen? Oder hatte sie voller Ungeduld die Stunden gezählt, die sie noch in diesem Haus verbringen mußte?

Fröstelnd ging Jenny wieder nach oben. Im Flur sah sie, daß die Tür zu Erichs Jugendzimmer geschlossen war. Sie horchte. Kein Laut war zu hören. Langsam drückte sie die Klinke nieder und betrat das Zimmer.

Erich lag zusammengerollt auf dem Bett unter der Patchworkdecke mit dem fröhlichen Muster. Sein Gesicht hatte er an ein Stück meergrünen Stoffes geschmiegt. Sie beugte sich über ihn. Erich hatte sich an das Nachthemd seiner Mutter gekuschelt.

Jenny und die Kinder waren fast mit dem Frühstück fertig, als Erich nach unten kam. Er wollte nicht einmal eine Tasse Kaffee und trug bereits einen seiner dicken Parkas. „Stell keine Möbel mehr um, Jenny", sagte er. „Es hat mir nicht gefallen, wie du's gemacht hast."

„Das habe ich mir fast gedacht", entgegnete Jenny ruhig.

„Heute habe ich Geburtstag." Seine Stimme klang hell, jung, wie die Stimme eines Knaben. „Liebst du mich, Jenny?"

„Ja."

„Und du wirst mich nie verlassen?"

„Ich würde dich nie verlassen wollen."

„Das hat Caroline auch gesagt, genau dieselben Worte." Er blickte sinnend vor sich hin. Dann sah er sie an. Er lächelte. „Liebling, ich habe eine Idee. Laß uns heute abend zusammen ausgehen; nur wir beide. Ich werde Rooney und Clyde bitten, bei den Kindern zu bleiben."

„Oh, Erich, das wär schön!" Wenn er an diesem besonderen Tag mit ihr zusammensein wollte ... Ein erster Schritt, dachte sie. Ein gutes Zeichen.

„Ich werde uns im ‚Groveland Inn' für acht Uhr einen Tisch reservieren lassen, Schatz. Dort gibt es das beste Essen weit und breit."

Groveland Inn, das Restaurant, in dem sie sich mit Kevin getroffen hatte! Jenny spürte, wie die Farbe aus ihrem Gesicht wich.

Fünftes Kapitel

„HEUTE abend heißt es rasch ins Körbchen für euch zwei", sagte sie zu Beth und Tina. „Vati und ich gehen aus."

„Ich auch", verkündete Tina.

„Nichts da", sagte Jenny und umarmte sie. „Ausnahmsweise gehen Vati und ich mal allein aus." Eigentlich war es kein Wunder, daß die Mädchen erwarteten, mitgenommen zu werden. In den vergangenen vier Wochen war sie nur selten mit Erich fort gewesen, und jedesmal hatte er darauf bestanden, die Kinder dabeizuhaben. Wie viele Stiefväter waren wohl so rücksichtsvoll?

Sie nahm sich mit ihren Vorbereitungen für den Ausgehabend viel Zeit. Nach einem entspannenden heißen Bad fühlte sie sich besser. Vielleicht ging es ihr in letzter Zeit so mies, weil sie nicht genug Bewegung hatte. Es waren nicht nur die Nerven. Als sie zum Schlafzimmer ging, überfiel sie erneut ein Gefühl der Übelkeit. Unvermittelt blieb sie stehen. Mein Gott, war es denn möglich?

So hatte sie sich damals gefühlt, als Beth unterwegs war.

Sie war schwanger!

Deshalb war ihr das verhaßte Nachthemd zu eng geworden. Schwanger. Vielleicht war sie deswegen auch manchmal so deprimiert. Heute abend konnte sie Erich sagen, sie glaube, ein Kind zu erwarten. Was für ein wunderbares Geburtstagsgeschenk. Er wünschte sich so sehr einen Sohn, der die Farm erben sollte. *Erichs Sohn.*

Sie wählte sorgfältig ihre Garderobe aus und entschied sich für ein feines Seidenkleid, das sie bisher noch nie getragen hatte.

Erich kam ins Zimmer, als sie ihre Medaillonkette zuhakte. „Jenny, du hast dich extra für mich feingemacht. Das Kleid steht dir phantastisch."

Sie nahm sein Gesicht zärtlich in beide Hände. „Ich mache mich immer extra für dich fein."

Sie hielt den hochgeschlagenen Mantelkragen mit der Hand zu, als sie das Restaurant betraten.

„Bitte, hier entlang." Die Inhaberin führte sie auf den Tisch zu, an dem Jenny mit Kevin gesessen hatte. Jenny hielt den Atem an, aber glücklicherweise rauschte die Frau weiter und führte sie zu einer Nische am Fenster. In einem Sektkübel auf dem Tisch stand bereits eine Flasche Champagner bereit.

Jenny war bei ihrem letzten Besuch hier so angespannt gewesen, daß sie gar nicht wahrgenommen hatte, wie schön das Restaurant war. Jetzt beeindruckte sie die angenehme Atmosphäre: der dunkelrote Teppich, die Möbel im klassischen Stil, das gedämpfte Licht und der offene Kamin, in dem ein Feuer brannte.

Als ihre Gläser gefüllt waren, prostete Jenny Erich zu. „Herzlichen Glückwunsch zum Geburtstag, Schatz."

„Danke."

Schweigend nippten sie am Champagner.

Erich trug ein dunkelgraues Tweedjackett, eine schmale schwarze Krawatte und eine anthrazitfarbene Hose. Die flackernde Kerze auf dem Tisch verlieh seinem Haar einen goldenen Schimmer. Er griff nach ihrer Hand.

„Ist das Restaurant nicht fabelhaft! Es macht mir Freude, dir Orte zu zeigen, an denen du noch nie gewesen bist."

Ihr Mund war wie ausgetrocknet.

„Ich glaube, deshalb habe ich dir gestern auch den Zettel dagelassen. Du hattest recht, Liebes, ich hab nicht nur Spaß gemacht. Ich war tatsächlich eifersüchtig, als ich mit angesehen habe, wie Joe dir Reitunterricht gegeben hat. Ich wollte dabeisein, wenn du zum ersten Mal auf Feuervogel sitzt."

„Aber Erich", protestierte Jenny, „ich dachte, es wäre dir recht, nicht mit meinen jämmerlichen ersten Reitversuchen belästigt zu werden."

„Ach Jenny, ich glaube, du neigst ein wenig zur Ungeduld. Mit dem Haus war es ähnlich, nicht wahr, Schatz? Du kommst an, und in knapp vier Wochen versuchst du, die ganze Einrichtung des Hauses, seine Atmosphäre mit all den wertvollen Erinnerungen vollkommen umzukrempeln. Aus einem ländlichen Farmhaus soll plötzlich eine moderne Großstadtwohnung werden? Darf ich mir zum Geburtstag etwas wünschen, Liebes? Nimm dir ein wenig Zeit und finde heraus, wer ich bin ... wer wir sind. Bitte versteh, daß ich keineswegs übermäßig streng bin. An jenem ersten Abend in deiner New Yorker Wohnung konntest du nicht begreifen, warum ich so erstaunt war, daß du MacPartland Geld gegeben hast; an unserem Hochzeitstag war es ähnlich. Aber diese Sache geht uns immer noch nach, stimmt's?"

Und wie! dachte Jenny. Wenn du das wüßtest ...

„Und jetzt, mein Schatz, wollen wir nicht mehr davon reden. Freuen wir uns auf ein gutes Essen. Ich trinke darauf, meinen Geburtstag mit einer so schönen Frau feiern zu dürfen."

Als sie wieder zu Haus waren, zog sie bewußt das meergrüne Nachthemd an. Sie hatte Erich noch nicht erzählt, daß sie vermutlich schwanger war. Es hatte sie zu sehr aufgewühlt, daß er mit seinen Bemerkungen über Kevin der Wahrheit so nahe gekommen war. Wenn sie im Bett lagen und er sie in den Armen hielt, würde sie es ihm sagen.

Doch er blieb nicht bei ihr. „Tut mir leid. Ich muß jetzt einfach allein sein. Erwarte mich nicht vor Donnerstag zurück."

Sie wagte nicht, dagegen aufzubegehren. „Vergiß bitte nicht, daß Mark und Emily am Freitag abend zum Essen kommen."

„Ich werd's nicht vergessen." Er ging, ohne sie zum Abschied zu küssen.

Und wieder war sie in dem großen Schlafzimmer allein und versank in den unruhigen, traumerfüllten Schlaf, der ihr langsam zur Gewohnheit wurde.

Für das Abendessen mit den Gästen holte Jenny das feine Porzellan hervor, das von den Kruegers nur zu besonders festlichen Anlässen benutzt worden war. Mark und Emily würden um acht Uhr kommen. Jenny merkte, daß sie sich darauf freute, Emily Hoover kennenzulernen; sie hoffte, sie würden einander mögen.

So etwas Ähnliches sagte sie auch zu Erich. „Das bezweifle ich", meinte er. „Es hat nämlich mal eine Zeit gegeben, da haben die Hoovers mit dem Gedanken geliebäugelt, mich zum Schwiegersohn zu bekommen. Roger Hoover ist Direktor der Bank in Granite Place und weiß, wieviel ich wert bin."

„Bist du je mit Emily ausgegangen?"

„Ein paarmal. Aber sie hat mich nicht weiter interessiert. Ich habe halt auf die ideale Frau gewartet."

Nachdem sie Beth und Tina zu Bett gebracht hatte, zog Jenny eine weiße Seidenbluse mit Spitzenmanschetten und einen bunten, langen Rock an.

Erich hatte den Teetisch im Wohnzimmer zur Bar umfunktioniert. Als Jenny das Zimmer betrat, musterte er sie lange. „Was du da trägst, gefällt mir, Jen –" Das Läuten der Türglocke unterbrach ihn.

Mark führte Emily herein und machte sie mit Jenny bekannt. Emily war um die Dreißig, feingliedrig, mit großen, wißbegierigen Augen und dunkelblondem Haar, das den Kragen ihrer gutgeschnittenen braunen Samtjacke berührte. Sie musterte Jenny unverhohlen von Kopf bis Fuß. „Ihnen ist doch hoffentlich klar, daß ich sämtlichen Leuten im Ort haarklein von Ihnen berichten muß, nicht wahr? Sie alle platzen vor Neugier. Meine Mutter hat mir eine Liste mit zwanzig Fragen mitgegeben, die ich unauffällig ins Gespräch einstreuen soll. Sie haben sich bis heute aber auch ziemlich rar gemacht, Jenny."

Ehe Jenny etwas erwidern konnte, legte Erich ihr den Arm um die Taille und sagte: „Wenn wir ein paar Wochen auf Hochzeitsreise gegangen wären, hätte sich niemand etwas dabei gedacht. Aber – wie Jenny mal gesagt hat – nachdem wir uns entschlossen haben, vorerst in den eigenen vier Wänden zu bleiben, ist ganz Granite Place verschnupft, weil wir in unserem Wohnzimmer keine Volksfeste veranstalten."

Das habe ich nie gesagt! dachte Jenny hilflos.

Mit einem Cocktail in der Hand sah Emily sich um. „Sie haben noch nichts verändert, wie?" fragte sie. „Ich weiß nicht, ob Erich es erwähnt hat, aber ich bin Innenarchitektin. Ich an Ihrer Stelle würde mich von den Gardinen trennen. Sie sind zwar schön, nehmen Ihnen aber die wunderbare Aussicht."

Jenny wartete darauf, daß Erich sie verteidigte. „Offenbar ist Jenny da ganz anderer Meinung", sagte er leichthin.

Das ist unfair, Erich, dachte Jenny wütend.

„Na ja, ich bin nicht zufrieden, wenn ich nicht ständig etwas umräumen kann", fuhr Emily ungerührt fort. „Aber vielleicht ist das bei Ihnen anders, Jenny. Stimmt es, daß Sie eine Künstlerin sind?"

„Nein, ich habe lediglich Kunst und Kunstgeschichte studiert", erklärte Jenny. „Später habe ich in einer Galerie in New York gearbeitet. Dort habe ich Erich kennengelernt."

„Das habe ich gehört. Ihre Blitzheirat hat hier ziemlichen Wirbel gemacht. Wie gefällt Ihnen denn das Landleben im Vergleich zu New York?"

„Natürlich vermisse ich meine Freunde. Es fehlt mir, daß ich nicht mehr auf Bekannte stoße, die mir sagen, wie groß doch die Kinder geworden sind. Aber sobald" – sie sah Erich an –, „sobald unsere Flitterwochen offiziell vorüber sind, hoffe ich, mich in der Gemeinde engagieren zu können."

„Sag das deiner Mutter, Emily", schlug Mark vor.

Danke, daß du mich unterstützt, dachte Jenny. Sie entschuldigte sich und ging in die Küche. Sie trug die Speisen auf, zündete die Kerzen an und bat zu Tisch. Erich schnitt den Braten an. „Von einem unserer jungen Ochsen", verkündete er stolz. „Stört dich das auch nicht, Jenny?"

Er hänselte sie. Die anderen schienen es nicht zu bemerken. „Denk nur, Jenny", fügte er in demselben neckenden Ton hinzu, „das ist ein Teil von dem jungen Ochsen, der dir auf der Weide aufgefallen ist. Erinnerst du dich noch? Du hast gesagt, er sähe so traurig aus. Na ja, damit ist es nun vorbei. Jetzt ißt du ihn."

Emily prustete los. „Erich, du bist wirklich gemein. Weißt du noch, wie du Arden mit solchen Neckereien zum Weinen gebracht hast? Die arme Arden hat Tiere über alles geliebt. Mit sechzehn hat sie sich strikt geweigert, Fleisch zu essen. Sie hat gesagt, das sei barbarisch, und wenn sie groß sei, wolle sie Tierärztin werden. Aber sie hat sich dann wohl eines anderen besonnen. Ich war auf dem College, als sie durchgebrannt ist."

„Rooney hofft immer noch, daß sie eines Tages zurückkommt", bemerkte Mark.

„Du ißt ja gar kein Fleisch, meine Liebe", sagte Erich.

Eine zornige Aufwallung verlieh Jenny den Mut, ihm über den Tisch hinweg in die Augen zu sehen. „Und du ißt ja gar kein Gemüse, mein Bester", gab sie zurück.

Er blinzelte ihr zu. Er machte tatsächlich nur Spaß. „Gewonnen!" sagte er lächelnd.

Das Läuten der Haustürglocke jagte ihnen allen einen Schrecken ein. Erich runzelte die Stirn. „Wer kann denn das . . ." Er beendete den

Satz nicht und blickte Jenny an. Sie wußte, was er dachte. Bitte, laß es nicht Kevin sein, betete sie, als sie zur Tür ging.

Ein schwergewichtiger Mann von etwa sechzig Jahren in einer ausgebeulten Lederjacke stand draußen. „Mrs. Krueger?"

„Ja?" Sie hätte laut jubeln mögen vor Erleichterung. Es war nicht Kevin.

„Mein Name ist Gunderson, ich bin der hiesige Bezirkssheriff. Darf ich einen Moment reinkommen?"

„Aber bitte, natürlich. Ich rufe nur meinen Mann."

Erich kam rasch in die Eingangshalle. Der Sheriff begrüßte ihn mit deutlich erkennbarem Respekt. „Tut mir leid, daß ich stören muß, Mr. Krueger, aber ich muß Ihrer Frau ein paar Fragen stellen."

„Sie wollen mir ein paar Fragen stellen?" Schon als sie das sagte, ahnte Jenny, daß dieser Besuch etwas mit Kevin zu tun hatte.

„Kommen Sie doch rein, und trinken Sie eine Tasse Kaffee mit uns", schlug Erich vor.

„Vielleicht möchte Ihre Frau lieber unter vier Augen mit mir sprechen, Mr. Krueger."

Jenny bemerkte, daß ihre Handflächen und ihre Stirn schweißnaß waren. „Ich sehe keinen Grund, warum wir uns nicht am Tisch unterhalten sollten", murmelte sie hilflos. Sie ging ins Eßzimmer voran und holte die Kaffeetassen aus dem Schrank. Während Emily den Sheriff begrüßte, tauschte Jenny einen kurzen Blick mit Mark, von dem eine wohltuende Ruhe ausging.

„Mrs. Krueger, kennen Sie einen gewissen Kevin MacPartland?"

„Ja." Ihre Stimme bebte.

„Wann und wo haben Sie ihn das letzte Mal gesehen?"

Sie steckte die Hände in die Rocktaschen, ballte sie zu Fäusten. Natürlich mußte es herauskommen. Aber warum denn auf diese Weise? O Erich, es tut mir so leid, dachte sie. „Am vierundzwanzigsten Februar in einem Restaurant in Raleigh."

„Kevin MacPartland ist der Vater Ihrer Kinder?"

„Er ist mein früherer Mann und der Vater meiner Kinder." Sie hörte, wie Emily schockiert Luft holte.

„Wann haben Sie das letzte Mal mit ihm gesprochen?"

„Er hat mich am Abend des siebenten März gegen neun Uhr angerufen. Ist ihm etwas zugestoßen?"

Der Sheriff sah sie aus zusammengekniffenen Augen an. „Am Montag nachmittag, dem neunten März, wurde Kevin MacPartland im Guthrie-Theater angerufen. Er hat dort gesagt, seine frühere Frau wolle ihn wegen der Kinder sprechen. Er hat sich von einem seiner Kollegen einen Wagen geliehen und ist gegen halb fünf losgefahren. Am nächsten Morgen wollte er zurück sein. Das war vor vier Tagen, und seitdem hat man nichts mehr von ihm gehört. Haben Sie ihn herbestellt?"

„Nein."

„Darf ich Sie fragen, warum Sie sich überhaupt mit Ihrem früheren Mann in Verbindung gesetzt haben? Wir waren hier bisher alle der Meinung, Sie seien verwitwet."

„Kevin wollte die Mädchen sehen", erklärte Jenny. „Er hat gesagt, er wolle die Adoption verhindern." Sie war selbst überrascht, wie tonlos ihre Stimme klang. Hatte Kevin sein Verschwinden vorgetäuscht, um sie in Schwierigkeiten zu bringen? Hoffte er, ihre Ehe zerstören zu können?

„Und was haben Sie ihm gesagt?"

„Ich habe ihm gesagt, er solle uns in Frieden lassen."

„Mr. Krueger, haben Sie von dem Treffen gewußt? Oder von dem Anruf am siebenten März?"

„Von dem Treffen habe ich nichts gewußt. Aber von dem Anruf. Ich war hier, als er kam."

„Waren Sie am Abend des neunten März mit Ihrer Frau zusammen?"

„Nein, ich habe die Nacht in der Hütte verbracht."

„Hat Ihre Frau das vorher gewußt?"

Für einen Augenblick herrschte Totenstille im Zimmer. Jenny antwortete als erste. „Natürlich habe ich es gewußt."

„Und Sie sind ganz sicher, daß Sie Ihren früheren Mann nicht gebeten haben, Sie während Mr. Kruegers Abwesenheit zu besuchen?"

„Ich würde ihn niemals einladen hierherzukommen." An den Gesichtern ringsum sah sie, daß niemand ihr glaubte.

„Mrs. Krueger, warum sollte Ihr früherer Mann seinen Kollegen erzählen, Sie hätten ihn angerufen? Warum hätte er lügen sollen?"

„Kevin hat auch schon früher manchmal gesagt, er müsse sich mit mir treffen, wenn er eine seiner Freundinnen versetzen wollte; das angebliche Treffen mit mir diente ihm nur als Alibi." Das Mißtrauen, das ihr entgegenschlug, brachte sie fast zum Verstummen. Mit großer Mühe fuhr sie fort: „Aber etwas stimmt hier doch nicht. Kevin hat kürzlich erst einen Vertrag am Guthrie-Theater bekommen. Eine solche Chance würde er nie leichtfertig aufs Spiel setzen. Sheriff, Sie müssen ihn finden. "

„Ich werde eine Vermißtenmeldung rausgeben, Mrs. Krueger. "

„Ich danke Ihnen, Sheriff. "

Er ging.

Mark und Emily brachen ein paar Minuten später auf. Jenny und Erich brachten sie zur Tür. Sie konnte sich gut vorstellen, wie Emily ihrer Mutter genüßlich die Neuigkeiten überbringen würde: „Sie ist gar keine Witwe ..., das war ihr Exmann, den sie im Restaurant geküßt hat ..., und jetzt ist er verschwunden ... Der Sheriff scheint zu glauben, daß sie lügt ... Armer Erich ... "

Mark half Emily in den Mantel und zog den seinen an.

„Schön, daß ihr gekommen seid", verabschiedete Erich sie. „Tut mir leid, daß der Abend ein so unangenehmes Ende gefunden hat. " Er hatte den Arm um Jenny gelegt und küßte sie auf die Wange. „Da seht ihr, was passiert, wenn man eine Frau mit Vergangenheit heiratet. "

Sein Ton klang amüsiert. Emily lachte. Marks Miene blieb unbewegt. Als die Tür hinter ihnen zugefallen war, ging Jenny wortlos die Treppe hinauf.

Als sie sich schlafen legten, sagte Erich: „Ich muß schon sagen, du siehst angegriffen aus, Jenny. Ich wußte nicht, daß MacPartland dir noch so viel bedeutet. Aber vielleicht habe ich es doch geahnt; vielleicht hat es mich deshalb nicht einmal sonderlich überrascht, daß du dich heimlich mit ihm getroffen hast. "

Sie bemühte sich, ihm alles zu erklären, aber sie mußte sich eingestehen, daß ihre Rechtfertigungsversuche reichlich fadenscheinig klangen. Schließlich, als sie schon fast eingeschlafen war, legte er den Arm um sie. „Ich bin dein Mann, Jenny", sagte er. „Was immer auch geschehen mag – ich halte zu dir, solange du mir die Wahrheit sagst. "

Als Jenny nach dem Frühstück eine zweite Tasse Tee trank, ließ sie das leise Klicken des Türschlosses herumfahren. Rooney kam herein.

„Habe ich Sie erschreckt?" Rooneys Augen waren ausdruckslos.

„Rooney, die Tür war abgesperrt! Da können Sie nicht einfach hier eindringen. Woher haben Sie eigentlich den Schlüssel?"

„Ich muß ihn wohl gefunden haben. "

„Wo denn? Meiner ist schon seit über einem Monat verschwunden. "

„Habe ich vielleicht Ihren gefunden?"

Ach ja, klar, dachte Jenny. „Ich habe Ihnen doch einen Mantel geschenkt", erklärte sie. „Der Schlüssel war in der Tasche." Gott sei Dank habe ich Erich noch nicht gesagt, daß ich ihn verloren habe. „Geben Sie ihn mir bitte zurück?" Sie streckte die Hand aus.

Rooney blickte sie verstört an. „Ich habe nicht gewußt, daß ein Schlüssel in der Manteltasche war. Wir haben Ihren Mantel zurückgebracht."

„Davon weiß ich gar nichts."

„Clyde hat ihn selbst hergebracht. Ich habe Sie danach schon wieder mit dem Mantel gesehen."

„Im Schrank hängt er aber nicht", widersprach Jenny. Na, und wenn schon, dachte sie. „Darf ich bitte mal Ihren Schlüssel sehen, Rooney?"

Rooney zog einen schweren Schlüsselbund aus der Tasche. An jedem der vielen Schlüssel hing ein Schildchen: STALL, BÜRO, VORRATSKAMMER . . .

„Rooney, sind das nicht Clydes Schlüssel?"

„Wahrscheinlich."

„Sie müssen sie wieder an ihren Platz hängen. Clyde wird böse, wenn Sie seine Schlüssel nehmen." Ich sollte Clyde raten, sie zu verstecken, dachte Jenny und sah die Frau mitleidig an. Mehr als drei Wochen waren seit dem Besuch des Sheriffs vergangen; sie hatte Rooney nicht besucht, sie war sogar darauf bedacht gewesen, ihr aus dem Weg zu gehen.

„Setzen Sie sich, und trinken Sie eine Tasse Tee mit mir", drängte Jenny. Jetzt erst bemerkte sie, daß Rooney ein in braunes Packpapier eingewickeltes Paket unter dem Arm trug. „Was haben Sie denn da?"

„Sie haben gesagt, ich darf den Mädchen Trägerröcke nähen. Sie haben's versprochen."

„Klar, hab ich. Lassen Sie mal sehen."

Zögernd wickelte Rooney zwei blaue Cordröcke aus dem Papier. Sie waren sauber genäht; die erdbeerförmigen Taschen waren rot und grün bestickt. Die Röcke würden den Mädchen ausgezeichnet passen.

„Rooney, die sind ja goldig!" rief sie. „Sie können wunderbar nähen."

„Schön, daß sie Ihnen gefallen. Ich wollte Ihnen eigentlich vorher den Stoff zeigen, aber als ich an dem Abend hergekommen bin, gingen Sie gerade aus dem Haus, und ich wollte Sie nicht aufhalten."

Aus dem Haus? Am Abend? Das konnte eigentlich kaum stimmen, dachte Jenny. Aber sie ging nicht weiter darauf ein. Sie war froh, daß Rooney ihr Gesellschaft leistete. Diese letzten Wochen waren ihr schier endlos vorgekommen. Unaufhörlich hatte sie sich gefragt, was Kevin zugestoßen sein mochte. Ob er verunglückt war? Bis heute jedenfalls hatte man nicht die geringste Spur von ihm gefunden.

Sie fühlte sich elend. Sie sollte Erich sagen, daß sie schwanger war. Sie sollte zum Arzt gehen. Aber erst mußte die Sache mit Kevin geklärt sein. Erst dann wollte sie Erich von dem Baby erzählen; die freudige Nachricht sollte nicht von einer gespannten, feindseligen Atmosphäre überschattet werden.

Jenny sah Rooney freundlich an. „Ich habe schon immer schneidern lernen wollen. Meinen Sie, Sie könnten es mir beibringen?"

Rooneys Miene hellte sich auf. „O ja, sehr gern", entgegnete sie eifrig. „Ich kann Ihnen Nähen, Stricken und Häkeln beibringen, wenn Sie wollen. Ich komme wieder, sobald ich etwas Wolle und Garn besorgt habe", versprach sie. „Dann wird es wieder wie früher. Ich habe all das auch Caroline beigebracht."

Rooneys Besuch hatte Jenny ein wenig das Gefühl der Einsamkeit genommen. Sobald die Mädchen heute ihren Mittagsschlaf beendet hatten, würde sie mit ihnen einen Besuch bei Maude Ekers, der Mutter von Joe, machen, beschloß sie.

Aber als Jenny später bei der Frau in der Küche saß, merkte sie, daß etwas nicht stimmte. Maude Ekers kam ihr heute sehr zurückhaltend, fast feindselig vor. Schon ihre Begrüßung war weniger herzlich gewesen als bei ihrer ersten Begegnung, und Jenny hatte gezögert, ins Haus zu gehen.

„*Lassen Sie meinen Joe in Ruhe, Mrs. Krueger!*" platzte Maude plötzlich heraus. „Er ist ein einfacher Junge, und ich habe schon genug Kummer mit ihm, weil mein feiner Bruder ihn jeden Abend in die Kneipen und Bars schleppt. Joe himmelt Sie sowieso schon genug an. Vergessen Sie bitte nicht, wer Sie sind."

Jenny stand auf.

Beth und Tina taten es ihr nach, hielten einander verängstigt bei der Hand. „Was wollen Sie damit sagen?" fragte Jenny.

„Ich glaube, das wissen Sie ganz genau. Mein Bruder hat durch den Unfall im Stall damals sein Leben ruiniert. John Krueger war der Meinung, Josh sei unvorsichtig gewesen, weil Caroline ihm den Kopf verdreht hatte. Joe ist mein ein und alles. Ich habe nur noch ihn. Ich kann keine Unfälle oder Schwierigkeiten mehr gebrauchen." Jetzt überstürzten sich ihre Worte förmlich. „Und noch etwas: Es geht mich vielleicht nichts an, aber ich halte es für eine große Dummheit, daß Sie Ihrem Exmann erlauben, hier herumzuschleichen."

„Was reden Sie denn da?"

„Ich bin wirklich keine Klatschbase, und bisher habe ich auch noch keinem Menschen davon erzählt, aber Ihr Ehemaliger war hier – ich glaube, es war am neunten März – und hat nach dem Weg gefragt. Zu den Verschwiegenen gehört er ja nicht gerade. Er hat sich vorgestellt und damit angegeben, daß Sie ihn eingeladen haben. Ich habe ihm gesagt, wie er zu Ihrem Haus kommt, aber Sie dürfen mir glauben, daß es mir kein besonderes Vergnügen bereitet hat."

„Sie müssen sofort Sheriff Gunderson anrufen und ihm mitteilen, was Sie wissen", sagte Jenny, bemüht, sich ihre Erregung nicht anmerken zu lassen. „Kevin ist an jenem Abend nicht bei uns angekommen. Der Sheriff sucht nach ihm. Kevin ist seither als vermißt gemeldet."

„Er ist gar nicht dagewesen?" Maude sprach jetzt lauter.

„Nein. Bitte, rufen Sie sofort Sheriff Gunderson an."

Kevin war in Maudes Haus gewesen!

Er hatte ihr gesagt, sie, Jenny, habe ihn angerufen.

Maude hatte ihm den Weg zur Krueger-Farm gewiesen. Mit dem Auto brauchte man höchstens drei Minuten dorthin.

Und Kevin war nicht angekommen!

ERICH war nicht zu Hause, als Jenny mit den Mädchen zurückkehrte. Ich bin froh, daß er nicht hier ist, dachte sie. So würde sie sich wenigstens nicht verstellen müssen. Bis er heimkam, hatte Maude sicher schon den Sheriff verständigt.

„Was wünschen die beiden Damen zum Abendessen?" fragte sie.

„Würstchen!" rief Beth mit Nachdruck.

„Schokoladeneis?" fügte Tina hoffnungsvoll hinzu.

„Prima Idee", meinte Jenny lachend. Erich hatte neuerdings viel Zeit allein mit den Mädchen verbracht. Er hatte sogar angefangen, sie *meine* Kinder zu nennen. Nicht *unsere* Kinder, nur *meine*. Und Jenny hatte das Gefühl gehabt, daß ihre Töchter ihr langsam entglitten. Aber heute abend war das nicht so.

In einem Anfall von Kühnheit erlaubte sie den Kindern, ihre Teller mit hinüber zur Couch zu nehmen. Die drei saßen eng aneinanderge-kuschelt, aßen Würstchen, tranken Saft und sahen sich im Fernsehen einen Märchenfilm an. Noch vor dem Ende war Tina bereits auf Jennys Schoß eingeschlafen. Beth döste ebenfalls, den Kopf an Jennys Schulter gelehnt. Sie trug beide Kinder nach oben.

Nachdem sie die Mädchen zugedeckt hatte, ging sie durch sämtliche Räume im Erdgeschoß und sah nach, ob noch irgendwo Licht brannte. Im Eßzimmer blieb sie vor Carolines Patchworkdecke stehen, die an der Wand hing. Caroline hatte malen wollen und war mit sanftem Druck und spöttischen Bemerkungen von ihrem Wunsch abgebracht worden. Statt dessen hatte sie sich „nützlicheren Dingen" zugewandt. Es hatte elf Jahre gedauert, bis sie sich entschloß zu gehen. Hatte auch sie das Gefühl gehabt, nicht hierherzugehören? Jenny stieg langsam die Treppe hinauf und fragte sich, ob Caroline sich auch so hilflos und eingesperrt gefühlt hatte.

Als Jenny früh am Morgen erwachte, mußte sie sich übergeben. Hatte das mit ihrer Schwangerschaft zu tun, oder war ihr deshalb so elend, weil Kevins Verschwinden sie nervös machte? Weil sie fürchtete, ihm könnte etwas zugestoßen sein?

Am späten Vormittag kam Sheriff Gunderson. „Mrs. Krueger, gestern abend hat Maude Ekers mich angerufen. Ich habe mich nicht gleich mit Ihnen in Verbindung gesetzt, weil ich erst mal überprüfen wollte, wohin Kevin MacPartland vielleicht gefahren sein könnte, wenn er nicht hierhergekommen ist. Dabei ist mir eingefallen, daß ein Ortsunkundiger leicht das Tor zur Farm verfehlen kann, wenn er, statt nach links abzubiegen, weiter dem Weg folgt, der zum Fluß hinabführt."

Der Fluß! O mein Gott, dachte Jenny. War es möglich, daß Kevin die Abzweigung verpaßt hatte und weitergefahren war? Vielleicht war er ziemlich schnell gefahren und die Uferböschung hinuntergestürzt? Die Straße war so dunkel dort unten.

„Und leider muß ich Ihnen sagen, daß sich meine Vermutung bestätigt hat", fuhr der Sheriff fort. „Wir haben nahe am Ufer, halb im Wasser, einen neuen weißen Buick gefunden. Der Wagen ist völlig mit Eis überkrustet, und dichtes Unterholz hat ihn den Blicken zufällig vorbeikommender Spaziergänger entzogen. Wir haben den Wagen inzwischen geborgen."

„Was ist mit Kevin?" Sie wußte, was Gunderson antworten würde.

„Im Wagen war die Leiche eines Mannes, Mrs. Krueger. Der

Beschreibung nach müßte es sich um Kevin MacPartland handeln. Die Kleidung, in der er zuletzt gesehen wurde, stimmt auch. Der Führerschein in der Tasche des Toten gehört MacPartland. Wir brauchen Sie so bald wie möglich zur Identifizierung der Leiche. Ich würde Ihnen raten, sich einen Anwalt zu nehmen."

„Warum denn?" Sie hatte große Mühe, die Wörter herauszubringen.

„Weil es eine gerichtliche Vorverhandlung zur Feststellung der Todesursache geben wird, bei der unangenehme Fragen gestellt werden."

„Ich kann Ihnen bereits jetzt alle Fragen beantworten."

„Besitzen Sie einen langen, auberginefarbenen Steppmantel?"

„Ja. Das heißt, nein. Nicht mehr. Ich habe ihn verschenkt."

„Wissen Sie noch, wo Sie ihn gekauft haben?"

„Ja, im New Yorker Kaufhaus Macy."

„Neben der Leiche wurde ein Damenmantel gefunden. Ein auberginefarbener Steppmantel mit einem Etikett von Macy. Wir müssen Sie bitten, sich ihn anzusehen und uns zu sagen, ob es sich dabei um den Mantel handelt, den Sie angeblich verschenkt haben."

DIE Vorverhandlung fand eine Woche darauf statt. Immer wieder mußte Jenny dieselben Fragen beantworten.

„Mrs. Krueger, ich habe hier eine Kopie der Telefonrechnung der Krueger-Farm für den Monat März. Mit dem Datum vom neunten März wird ein Anruf beim Guthrie-Theater festgehalten. Bleiben Sie immer noch dabei, diesen Anruf nicht getätigt zu haben?"

„Ja, dabei bleibe ich."

„Ist dies Ihr Mantel, Mrs. Krueger?"

„Ja, das ist der, den ich verschenkt habe."

„Verfügen Sie über einen Hausschlüssel?"

„Ja, aber ich habe ihn verlegt oder verloren. Er war möglicherweise in der Manteltasche", beteuerte sie dem Staatsanwalt.

Der hielt einen Schlüssel hoch, der an einem Ring mit ihren Initialen hing. Erich hatte ihr den Schlüssel gegeben. „Diesen Schlüssel hat Kevin MacPartland in der Hand gehalten."

„Das ist unmöglich", sagte Jenny schockiert.

Clyde Toomis wurde in den Zeugenstand gerufen. Hier aussagen zu müssen war ihm sichtlich unangenehm. „Ich habe meiner Frau gesagt: ,Du hast deinen eigenen Wintermantel.' Ich habe ihr Vorwürfe gemacht, weil sie den Steppmantel angenommen hat. Ich habe ihn dann selbst wieder zur Farm zurückgetragen und in den Schrank in der Diele gehängt, gleich nachdem meine Frau mit dem Mantel nach Haus gekommen war."

„Hat Mrs. Krueger davon gewußt?"

„Ich kann mir nicht vorstellen, daß sie's nicht bemerkt hat. So groß ist der Schrank auch wieder nicht, und ich habe den Mantel direkt neben den Skianzug gehängt, den sie immer trägt." Dann kam Erich an die Reihe. Die Fragen waren knapp und respektvoll. „Mr. Krueger, waren Sie am Abend des neunten März zu Hause? . . . Wußte Ihre Frau, daß Sie an diesem Abend vorhatten, in Ihrer Hütte zu arbeiten? . . . Wußten Sie, daß Ihre Frau mit ihrem ersten Mann in Verbindung stand?"

Erich antwortete ganz nüchtern, fast unbeteiligt. Kein einziges Mal sah er dabei zu Jenny hinüber.

In seinem Schlußwort berichtete der Untersuchungsrichter von einer Beule an der rechten Schläfe des Toten. Sie könne vom Sturz über die Uferböschung herrühren, genausogut könne sie dem Verstorbenen aber auch schon vorher beigebracht worden sein.

Als offizielle Todesursache wurde „Tod durch Ertrinken" festgehalten. Doch Jenny wußte, welches Urteil die Leute gesprochen hatten. Im günstigsten Fall galt sie als eine Frau, die sich heimlich mit ihrem früheren Mann getroffen hatte.

Im schlimmsten Fall galt sie als Mörderin.

IN DEN drei Wochen nach der Verhandlung liefen die Mahlzeiten mit Erich jeden Abend nach einem bestimmten Schema ab. Er sprach sie nie direkt an, sondern immer nur die Mädchen. „Bitte doch Mami, die Brötchen rüberzureichen", sagte er zum Beispiel in einem freundlichen und liebevollen Ton, der einen arglosen Zuhörer leicht über die Spannung hinweggetäuscht hätte, die zwischen Jenny und ihrem Mann lag.

Wenn sie die Mädchen zu Bett brachte, wußte sie nie, ob er noch zu Hause sein würde, wenn sie aus dem Kinderzimmer nach unten kam. Blieb er aber da, dann schlief er in dem Zimmer am Ende des Flurs, das sein Vater so viele Jahre bewohnt hatte.

Eines Abends kam Jenny wieder nach unten und traf Erich in der Küche an, wo er am Tisch saß und Kaffee trank. „Jenny", sagte er, „wir müssen mal miteinander reden."

„Erich, du ahnst nicht, wie leid mir diese Geschichte tut. Ich weiß, wie bedrückend das Gerede der Leute für dich sein muß. Ich kann dir für das Vorgefallene keine logische Erklärung geben."

„Dein Mantel."

„Ich weiß nicht, wie er in den Wagen gekommen ist."

„Jenny, ich möchte dir so gern glauben, aber ich kann es nicht. Wenn du MacPartland hierherbestellt hast, dann wolltest du ihn vielleicht wirklich nur warnen, uns in Ruhe zu lassen. Damit kann ich leben. Aber ich kann nicht mit der Lüge leben. Gib zu, daß du ihn eingeladen hast, und ich vergesse die ganze Sache. Ich kann mir vorstellen, was passiert ist. Du wolltest ihn nicht ins Haus lassen und bist deshalb mit ihm zum Fluß runtergefahren. Du hast ihn gewarnt, und du hattest deinen Hausschlüssel in der Hand. Vielleicht hat er nach dir gegriffen. Du hast dich gewehrt, und er hat dir den Schlüssel entrissen. Du bist aus dem Mantel geschlüpft und aus dem Wagen geflüchtet. Vielleicht ist er vorwärts gefahren, statt rückwärts. *Jenny, das alles ist durchaus verständlich.* Aber sag mir die Wahrheit. Sieh mich bloß nicht mit deinen großen Kinderaugen an. Spiel nicht das Unschuldslämmchen. Gib zu, daß du gelogen hast, und ich verspreche dir, daß ich die Sache nie wieder erwähnen werde. Wir lieben einander so sehr. Sie ist doch noch vorhanden, all diese Liebe."

Wenigstens war er absolut ehrlich. „Es wäre fast leichter, das zu sagen, was du von mir hören willst", murmelte sie. „Aber Nana konnte Lügner nicht ausstehen. Sie hat selbst die üblichen kleinen Notlügen verachtet. ‚Jenny', sagte sie immer, ‚wenn dich jemand einlädt und du willst nicht mit ihm ausgehen, sag einfach: Nein, danke – sag nicht, daß du Kopfschmerzen hast oder noch Hausaufgaben machen mußt. Die Wahrheit ist für alle das beste.'"

„Es geht hier nicht um harmlose Spielereien", sagte Erich.

„Ich gehe jetzt zu Bett, Erich." Sie erhob sich. „Gute Nacht." Er antwortete nicht, obwohl sie betont langsam zur Tür ging, um ihm Gelegenheit zu einer Antwort zu geben.

Sie schlief rasch ein. Die Erschöpfung lag wie eine schwere Last auf ihr, drängte sie in quälende Träume ... Sie war im Wald, wanderte ziellos umher, suchte. Geängstigt streckte sie den Arm aus, hielt die Hand über sich, um sich gegen die Bäume zu schützen, die auf sie einzustürzen schienen – und berührte die Haut eines Menschen.

Für einen Moment spürten ihre Finger die Wölbung einer Stirn, die weiche Haut eines Augenlids. Lange Haare strichen über ihre Wange.

Sie biß sich auf die Unterlippe, um den Schrei zu unterdrücken, der sich ihr entringen wollte, setzte sich jäh auf und tastete nach dem Schalter der Nachttischlampe. Sie knipste die Lampe an und sah sich gehetzt um. Niemand war da. Sie war allein im Zimmer.

Zitternd, mit wild pochendem Herzen, ließ sie sich wieder in die Kissen sinken.

Ich werde verrückt, dachte sie. Ich verliere den Verstand! Den Rest der Nacht ließ sie das Licht brennen, und als sie endlich einschlief, drang schon das erste Tageslicht ins Zimmer.

Jenny erwachte bei hellem Sonnenschein und erinnerte sich sogleich wieder an den Alptraum. Sie war in Schweiß gebadet. Es war so echt gewesen, so als habe sie wirklich ein Gesicht berührt. Litt sie etwa an Halluzinationen?

Sie duschte, rollte die Haare im Nacken zu einem Knoten zusammen und zog Jeans und einen dicken Pullover an. Die Mädchen waren noch nicht wach. Wenn sie sich nicht aufregte, konnte sie vielleicht das Frühstück runterkriegen, ohne daß ihr Magen rebellierte. Sie hatte in den letzten drei Monaten bestimmt zehn Pfund verloren. Das konnte für das Baby einfach nicht gut sein.

Als sie gerade den Teekessel aufsetzte, sah sie Rooney unterm Fenster vorbeigehen. Diesmal klopfte sie an. „Ich mußte Sie sehen, Jenny!" sagte sie ungewöhnlich bestimmt. „Ich habe Ihnen weh getan."

„Wie könnten Sie mir denn weh tun? Setzen Sie sich, Rooney. Kaffee oder Tee?"

Rooney stiegen Tränen in die Augen. „Seit Sie hier sind, geht es mir soviel besser. Eine junge, hübsche Frau, mit der man sich unterhalten, der man das Nähen beibringen kann. Es hat mich so froh gemacht. Und ich kann es Ihnen kein bißchen verdenken, daß Sie sich mit ihm getroffen haben. Mit einem Krueger lebt es sich nicht leicht. Und ich wollte auch nie darüber sprechen; niemals wollte ich das."

„Worüber wollten Sie nicht sprechen, Rooney?"

„Gestern abend hatte ich mal wieder einen meiner Anfälle. Sie wissen doch, wie ich dann rede und rede. Dabei habe ich Clyde auch gesagt, daß ich an jenem Montag abend nach Carolines Todestag hergekommen bin, um Ihnen den blauen Cordstoff zu zeigen und zu sehen, ob Ihnen die Farbe gefällt. Es war schon spät. Fast zehn Uhr. Ich dachte, ich sehe nur mal nach, ob in der Küche noch Licht brennt.

Und da sind Sie in den weißen Wagen gestiegen. Ich hab Sie einsteigen sehen. Ich hab gesehen, wie Sie mit ihm zum Fluß runtergefahren sind, aber ich schwöre Ihnen, Jenny, ich habe es keinem erzählen wollen. Ich könnte Ihnen nicht weh tun."

Jenny legte einen Arm um die zitternde Frau. „Ich weiß, daß Sie mir nicht weh tun würden." Vielleicht habe ich Kevin doch angerufen, dachte sie. Ich war damals so erregt, daß ich es vergessen haben könnte. Bin ich mit ihm weggefahren? Nein, das glaube ich nicht. Das *kann* ich nicht glauben.

„Clyde hat gesagt, es wär seine Pflicht, es Erich und dem Sheriff zu sagen", schluchzte Rooney. „Jenny, ich werde für Sie lügen. Mir ist alles egal."

„Rooney", sagte Jenny sanft, „bleiben Sie ruhig, und hören Sie mir gut zu. Ich war an jenem Abend im Bett. Ich habe Kevin nicht gebeten herzukommen. Es ist keine Lüge, wenn Sie dem Sheriff sagen, Sie seien ein wenig durcheinander gewesen. Das kann ich Ihnen versprechen."

Rooney seufzte. „Jetzt könnte ich eine Tasse Kaffee gebrauchen. Ich mag Sie gern, Jenny."

AM SPÄTEN Vormittag kamen sie zusammen ins Haus, der Sheriff und Erich.

„Sie wissen, warum wir hier sind, Mrs. Krueger", sagte Gunderson.

Erich sah nicht verärgert aus, eher traurig. „Rooney will zwar offenbar ihre Aussage zurücknehmen", erzählte er, „aber wir konnten dem Sheriff die Information nicht vorenthalten." Er kam zu Jenny herüber, nahm ihr Gesicht in die Hände und strich ihr eine Haarsträhne aus der Stirn. „Liebes, wir sind deine Freunde. Sag die Wahrheit."

Jenny griff nach seinen Händen und machte sich los. Sie hatte das Gefühl, sonst ersticken zu müssen.

„Ich habe die Wahrheit gesagt", beharrte sie.

„Mrs. Krueger, haben Sie manchmal Probleme mit Ihrem Gedächtnis, Schwierigkeiten, sich zu konzentrieren, oder dergleichen?" fragte der Sheriff. Seine Stimme klang nicht unfreundlich.

„Ich habe nach einem Autounfall mal eine Gehirnerschütterung gehabt. Aber nach kurzer Zeit war alles wieder wie vorher."

„Mrs. Krueger, ist es nicht so, daß Sie Kevin MacPartland immer noch geliebt haben? Sie haben Ihre Gefühle in aller Öffentlichkeit in einer Weise gezeigt, die zwei Gäste des Groveland Inn sehr peinlich berührt hat."

Jenny hätte fast laut losgelacht. „Kevin hat mir einen Kuß aufgezwungen, als ich gehen wollte. Ich war daran etwa so stark beteiligt wie ein Stück Holz, das in einen Schraubstock geklemmt wird."

„Vielleicht sollte ich anders fragen, Mrs. Krueger: Hat Sie das Auftauchen Ihres Exgatten nicht sehr beunruhigt? Stellte er nicht eine Bedrohung für Ihre Ehe dar?"

„Was wollen Sie damit sagen?"

„Anfangs haben Sie Mr. Krueger glauben machen wollen, Sie seien verwitwet. Mr. Krueger ist ein wohlhabender Mann. Er will Ihre Kinder adoptieren. MacPartland hätte Ihnen alles verderben können."

Jenny wollte erwidern, aus den Adoptionspapieren gehe deutlich hervor, daß Kevin sie längst unterschrieben hatte, und außerdem habe Erich vor der Heirat von Kevin gewußt.

Doch wozu sollte das gut sein? Erich hatte es schon schwer genug; da mußten seine Freunde und Nachbarn nicht auch noch wissen, daß er ihnen eine Lüge aufgetischt hatte. Sie ging einer direkten Antwort aus dem Weg.

„Mein Mann und ich waren uns vollkommen einig. Wir wollten nicht, daß Kevin herkommt und die Kinder unnötig aufregt."

Sie sah Erich an, dessen Miene sich zusehends verfinsterte. „Ich glaube, es ist nun genug, Sheriff", sagte er mit Nachdruck. „Unsere Ehe ist durch nichts zu gefährden. Schon gar nicht durch Kevin MacPartland; ganz gleich, ob er nun lebendig ist oder tot. Wir alle wissen, daß Rooney schwer gestört ist. Meine Frau bestreitet, in dem Wagen gesessen zu haben. Wollen Sie etwa trotzdem ein Verfahren gegen sie einleiten? Wenn nicht, wäre ich Ihnen dankbar, wenn Sie sie nicht weiter belästigen würden."

Der Sheriff nickte. „Schon gut, Mr. Krueger. Aber ich muß Sie warnen. Es besteht die Möglichkeit, daß der Fall wieder aufgerollt wird."

„Dem werden wir in aller Ruhe entgegensehen."

In gewisser Weise hatte er sie in Schutz genommen. Jenny mußte sich gestehen, daß es sie überraschte, mit welcher Gelassenheit er alles hinnahm. Sollte er sich mit ihrem schlechten Ruf abgefunden haben? Erich begleitete den Sheriff hinaus zum Wagen.

Sie mußte dringend an die frische Luft. Sie ging nach oben, wo die

Mädchen spielten, und sagte zu ihnen: „Kommt, wir gehen spazieren."

Das Wetter war frühlingshaft. „Dürfen wir reiten?" fragte Tina.

„Jetzt nicht", widersprach Beth energisch. „Vati hat gesagt, er reitet mit uns."

„Will aber Glöckchen Zucker geben", bettelte Tina.

„Klar, gehen wir zum Stall", sagte Jenny. Einen Augenblick lang träumte sie davon, wie schön alles sein könnte. Wäre es nicht wundervoll, wenn Erich mitkäme, und sie würden an einem schönen Tag wie diesem zusammen ausreiten?

Joe war im Stall und hatte eine traurige Miene aufgesetzt. Seit Maude Ekers' Warnung, ihren Sohn in Ruhe zu lassen, war sie Joe bewußt aus dem Weg gegangen. „Wie geht's?" fragte sie.

„Gut. Ich wohne jetzt bei meinem Onkel im Ort."

„Sie wohnen nicht mehr bei Ihrer Mutter? Warum denn nicht?"

„Weil es mich ganz krank gemacht hat, als ich gehört habe, was sie Ihnen alles an den Kopf geworfen hat. Ich habe ihr gesagt, wenn Sie behaupten, daß Sie diesen Kevin damals nicht gesehen haben, dann deshalb, weil es nötig war. Ich habe ihr gesagt, daß Sie freundlich zu mir waren. Wenn meine Mutter sich um ihre eigenen Angelegenheiten gekümmert hätte, dann gäbe es hier auch nicht soviel boshaftes Gerede. Die Leute im Ort lachen hinter vorgehaltener Hand über Sie und Mr. Krueger. Sie sagen, da sieht man mal wieder, was passiert, wenn einer sich von einem geldgierigen Weibsbild aus New York den Kopf verdrehen läßt."

„Bitte, Joe. Ich habe hier schon genug angerichtet. Ihre Mutter ist sicher sehr besorgt. Gehen Sie wieder nach Hause, Joe."

„Unmöglich, Mrs. Krueger ... Jenny. Obwohl ich sonst gern alles für Sie tun würde."

„Komm, Mami." Beth wollte weiter und zerrte an ihr. Jenny rührte sich nicht vom Fleck. Hatte Joe nicht gerade etwas Merkwürdiges gesagt?

Dann fiel es ihr wieder ein. „Joe, warum haben Sie Ihrer Mutter gesagt, es sei vielleicht *nötig,* daß ich leugne, Kevin gesehen zu haben?"

Ein wenig verlegen vergrub Joe die Hände in den Hosentaschen und vermied es, sie anzusehen. Fast flüsternd erklärte er dann: „Jenny, Sie müssen sich mir gegenüber nicht verstellen. Ich war zufällig in der Nähe. Ich hatte Angst, daß ich vielleicht die Tür an Barons Box nicht richtig zugemacht hätte. Den Wagen habe ich gesehen, als ich gerade die Abkürzung durch den Obstgarten nahm. Der weiße Buick fuhr vor, die Haustür ging auf, und Sie kamen aus dem Haus gerannt. Ich habe Sie einsteigen sehen, aber ich schwöre Ihnen, daß ich zu niemandem ein Sterbenswörtchen sagen werde. Ich . . . liebe Sie, Jenny."

Sechstes Kapitel

ERICH kam ins Haus, als die untergehende Sonne ihre letzten Strahlen über die Felder sandte. Jenny war zu der Überzeugung gelangt, daß es auf jeden Fall Zeit war, ihm von dem Baby zu erzählen. Er hatte aus der Hütte ungerahmte Ölbilder mitgebracht, die er im Mai in San Francisco ausstellen wollte.

„Wie findest du sie?" fragte er. Weder seiner Stimme noch seinem Verhalten war anzumerken, daß an diesem Vormittag erst die heikle Befragung durch Sheriff Gunderson stattgefunden hatte.

„Sie sind wundervoll, Erich." Soll ich ihm erzählen, was Joe gesagt hat? Soll ich noch warten? Wenn ich einen Arzt aufsuche, kann ich vielleicht herausfinden, ob schwangere Frauen zuweilen unter Gedächtnisstörungen leiden.

„Willst du mit nach San Francisco kommen, Jenny?"

„Laß uns später darüber sprechen."

Er nahm sie in die Arme. „Hab keine Angst, Schatz. Ich beschütze dich. Als Gunderson dich heute gepiesackt hat, ist mir klargeworden, daß du mein ein und alles bist; ganz gleich, was in jener Nacht geschehen ist. Ich brauche dich."

„Erich, ich bin so durcheinander."

„Warum, Liebes?"

„Weißt du, ich kann mich nicht daran erinnern, mit Kevin fortgefahren zu sein. Ist es möglich, daß ich es vergessen habe? Rooney würde bestimmt nicht lügen."

„Nur keine Sorge. Sie ist keine verläßliche Zeugin. Wenn sie es wäre, würde Gunderson den Fall sofort wieder aufrollen."

„Du meinst, wenn sich andere Zeugen melden, die angeben, daß sie mich in den Wagen steigen sahen, kommt es zu einer erneuten gerichtlichen Vernehmung, und ich werde vielleicht eines Verbrechens angeklagt?"

„Es ist müßig, auch nur ein Wort darüber zu verlieren. Es gibt keine anderen Zeugen."

O doch, dachte Jenny. Ob wohl jemand mit angehört hatte, was Joe ihr am Morgen gesagt hatte?

Als sie später oben im Schlafzimmer waren, sagte Erich: „Zieh Carolines Nachthemd an, Liebes."

„Das geht nicht."

„Geht nicht? Wieso?"

„Es paßt mir nicht mehr. Ich kriege ein Baby."

Erich jauchzte vor Freude. „Mein Schätzchen! O Jenny, deshalb siehst du in letzter Zeit so mitgenommen aus. O mein Liebes. Wird es ein Junge?"

„Ganz bestimmt!" Jenny lachte, genoß den seltenen Augenblick gemeinsamer Freude. „Er hat mir in den drei Monaten schon mehr zu schaffen gemacht als beide Mädchen damals während der gesamten Schwangerschaft."

„Wir müssen dich sofort zu einem guten Arzt bringen. *Mein Sohn!* Wär's dir recht, wenn wir ihn Erich nennen? Das ist bei uns Tradition."

„Genauso will ich es haben."

Jetzt, da sie eng an ihn geschmiegt im Bett lag, war alles Mißtrauen zwischen ihnen vergessen. „Jenny, wir werfen das Leid über Bord. Du solltest jetzt nicht reisen. Aber wenn ich aus San Francisco zurück bin, geben wir eine große Party. Wir werden es den Leuten zeigen, werden eine richtige Familie sein. Im Sommer ist dann auch die Adoption durch. O Jenny, ich liebe dich, ich liebe dich so sehr."

„Erich, als ich das Gefühl hatte, wir hätten uns voneinander entfernt, da bin ich fast verrückt geworden."

„Ich weiß . . . Jenny?"

„Ja, Erich?"

„Ich kann es kaum erwarten zu sehen, wem das Baby ähnlich sieht."

„Mmmm, ich hoffe, daß es aussieht wie du . . . genau wie du."

„Du glaubst nicht, wie sehr ich das auch hoffe!" Gleich darauf war er eingeschlafen.

Auch sie glitt langsam in den Schlaf hinüber, doch plötzlich hatte sie ein Gefühl, als habe man ihr eiskaltes Wasser ins Gesicht geschüttet: Erich konnte doch unmöglich daran zweifeln, daß er der Vater des Babys war. Oder . . .?

Drei Tage später brachte er sie zu einem Arzt in Granite Place. Dr. Elmendorf gefiel ihr auf den ersten Blick. Er war etwa Anfang Fünfzig, klein und kahlköpfig, mit klugen Augen.

„Sie haben Zwischenblutungen gehabt, Mrs. Krueger?"

„Ja, aber das war auch bei den vorigen Schwangerschaften so, und ich hatte damals keine gesundheitlichen Probleme."

„Haben Sie damals auch soviel Gewicht verloren?"

„Nein."

„Waren Sie schon immer blutarm?"

„Nein."

„Sie müssen wieder zu Kräften kommen. Als allererstes werde ich Ihnen Vitamintabletten verschreiben. Außerdem: Nicht schwer heben, schieben oder ziehen. Sie brauchen viel Ruhe."

Erich stand neben ihr. „Ich werde mich schon um sie kümmern, Herr Doktor."

„Noch etwas: Ich glaube, es wäre gut, wenn Sie sich des Geschlechtsverkehrs enthielten; wenigstens für die nächsten paar Wochen und vielleicht sogar während der ganzen Schwangerschaft, falls die Zwischenblutungen nicht aufhören. Oder ist das ein zu großes Problem?"

„Nichts ist ein zu großes Problem, wenn es dazu beiträgt, daß Jenny ein gesundes Kind bekommt."

JETZT im Mai war es draußen endlich warm geworden. Die Nachmittage brachten häufig kurze Regengüsse. Das fruchtbare Land wurde satt und grün, und auf den Feldern blühte die Luzerne. Selbst das Haus wirkte freundlicher bei dem schönen Wetter. So schwer die Gardinen auch waren – den zarten Windhauch, der den Duft von Iris und Veilchen ins Haus trug, konnten sie doch nicht fernhalten.

An den Vormittagen stand Jenny stets vom Bett auf, öffnete die Fenster und atmete tief den Duft der Blumen ein, der den durchdringenden Geruch nach Fichtennadeln beinahe überdeckte.

Die Tabletten, die sie gegen morgendliches Erbrechen bekommen hatte, halfen überhaupt nicht. Sie wurde immer noch von Übelkeit gequält. Erich bestand darauf, daß sie das Bett hütete. Er brachte ihr Tee und Zwieback.

Er blieb jetzt jede Nacht im Haus. „Ich will nicht, daß du hier allein bist, Liebes. Und die Vorarbeiten für San Francisco sind ohnehin abgeschlossen." Er würde am 23. Mai abreisen.

Jetzt nahm Erich die Mädchen an den Vormittagen mit in den Stall und ließ sie auf den Ponys reiten. Nach dem Mittagsschlaf spielten die Kinder draußen auf den Wiesen. Jenny saß dann auf der Veranda, strickte an einem Pullover oder nähte Flicken für eine Patchworkdecke und sah den Mädchen zu. Rooney kam regelmäßig zu Besuch. Sie hatte das Material für die Patchworkdecke – einen Beutel Flicken und einen Ballen dunkelblauen Baumwollstoff – auf dem Dachboden hervorgekramt; Überbleibsel aus längst vergangenen Tagen. „John Krueger hat den blauen Stoff gekauft; ich sollte daraus Vorhänge für das hintere Schlafzimmer machen, als er dort eingezogen ist. Ich habe ihm gesagt, sie wären wahrscheinlich zu dunkel. Er hat nicht gern zugegeben, daß ich recht hatte, aber nach ein paar Monaten mußte ich sie wieder abnehmen. Dann habe ich die genäht, die jetzt dort hängen."

Erich benutzte jenes Schlafzimmer. „Jenny, du schläfst sehr unruhig. Du schläfst wahrscheinlich besser allein."

Sie hätte eigentlich dankbar sein müssen, war es aber nicht. Die Alpträume wiederholten sich regelmäßig. Wieder und wieder hatte sie das Gefühl, in der Dunkelheit ein Gesicht zu berühren und lange Haare an ihrer Wange zu spüren.

Sie wagte nicht, ihm davon zu erzählen. Er würde denken, sie sei verrückt geworden.

Am Tag vor Erichs Abreise nach San Francisco schlug er vor, sie solle mit ihm zum Stall gehen. „Es wäre mir lieb, wenn du während meiner Abwesenheit dort bist, solange die Mädchen reiten", sagte er. „Mit Joe bin ich gar nicht mehr zufrieden."

„Warum nicht?"

„Ich habe gehört, daß er jede Nacht mit seinem Onkel auf Zechtour geht. Josh Brothers ist nicht gerade das beste Vorbild. Wenn du je den Eindruck hast, daß Joe verkatert ist, dann laß die Mädchen nicht mit ihm ausreiten. Vielleicht muß ich ihn sogar bald rauswerfen."

Als Jenny und Erich ankamen, war Mark im Stall. Seine gewöhnlich so ruhige Stimme klang erregt. „Wissen Sie nicht, wie gefährlich es ist, Rattengift in der Nähe der Hafervorräte liegenzulassen? Wenn da nun etwas ins Futter gerät! Die Pferde bekämen rasende Schmerzen und würden durchdrehen. Was ist denn in letzter Zeit los mit Ihnen, Joe? Wenn das noch einmal vorkommt, werde ich Erich raten, Sie zu entlassen. Die Kinder reiten jeden Tag auf den Ponys. Und wenn Baron von dem Gift etwas abkriegt, zertrampelt er jeden, der in seine Nähe kommt."

Erich ging zu den beiden Männern hinüber. „Was ist denn hier los?"

Mit hochrotem Kopf und den Tränen nahe, gab Joe zu: „Als es

gestern zu regnen anfing, habe ich die Kiste mit Rattengift hier reingezogen und dann vergessen."

„Sie sind entlassen", sagte Erich ungerührt.

Joe sah Jenny an. War es lediglich ein flehentlicher Ausdruck, oder war etwas anderes auf seinen Zügen zu lesen? Sie war sich nicht sicher.

Sie trat zu Erich, nahm seine Hand. „*Bitte,* Erich. Joe hat sich soviel Mühe mit den Kindern gegeben. Er zeigt eine Engelsgeduld mit ihnen. Er würde ihnen sehr fehlen."

Erich sah sie lange schweigend an. „Wenn es dir so viel bedeutet . . .", meinte er schließlich. Dann wandte er sich wieder Joe zu. „Der kleinste Fehler, Joe, auch nur die geringste Nachlässigkeit" – er sah zu der Kiste mit Rattengift hinüber –, „und es ist endgültig Feierabend! Klar?"

„Jawohl, Sir. Vielen Dank, Sir. Danke, Mrs. Krueger."

Am Tag der Abreise nach San Francisco beschloß Erich, mit dem Cadillac zum Flughafen zu fahren und den Wagen im Parkhaus zu lassen. „Oder hast du vor, ihn zu benutzen, mein Schatz?"

War die Frage so harmlos gemeint, wie sie klang? Als er das letzte Mal fort gewesen war, hatte ihr der Wagen ermöglicht, sich mit Kevin zu treffen. „Ich brauche ihn nicht", sagte sie kleinlaut. „Elsa kann alles Nötige mitbringen."

„Wenn du dich nicht wohl fühlst, wird Clyde dich zum Arzt fahren. Ich rufe dich an, sobald ich in meinem Hotel bin; gegen zwanzig Uhr Ortszeit. Hier ist es dann rund zwei Stunden später."

An diesem Abend lag sie im Bett und wartete. Kurz vor zehn klingelte das Telefon. Rasch hob sie den Hörer ab. „Hallo?"

Die Leitung war tot. Nein, es war doch etwas zu hören.

„Hallo?" Sie spürte, wie sie zu zittern begann.

„Jenny?" flüsterte jemand.

„Wer ist da?"

„Jenny, bist du allein?"

„Wer spricht denn dort?"

„Hast du schon einen neuen Freund aus New York bei dir, Jenny?"

„Was reden Sie denn da?"

Die Stimme überschlug sich plötzlich, war ein hämisches, haßerfülltes Keifen und Kreischen, vollkommen unkenntlich. „Hure, Mörderin! Verschwinde aus Carolines Bett! Hau sofort ab!"

Sie knallte den Hörer auf die Gabel. O Gott, hilf mir doch.

Angsterfüllt preßte sie die Hand gegen die Wange und spürte ein nervöses Zucken unter ihrem Auge.

Das Telefon läutete. Ich werde nicht abnehmen. Auf keinen Fall. Fünfmal, sechsmal. Es hörte auf. Es begann von neuem. Erich! dachte sie. Es war zweiundzwanzig Uhr. Sie griff nach dem Hörer.

„Jenny!" Erichs Stimme klang besorgt. „Was ist denn los? Ich habe vor ein paar Minuten angerufen, und es war besetzt. Dann hat niemand abgenommen. Geht es dir gut? Wer hat angerufen?"

„Ich weiß es nicht. Der Anrufer hat sich nicht zu erkennen gegeben." Sie selbst schrie jetzt fast; ihre Stimme klang hysterisch, ähnlich wie die, die sie gerade gehört hatte. „Denk dir, was passiert ist!" Schluchzend berichtete sie. „Wer kann mir nur solche Vorwürfe machen? Wer haßt mich so sehr?"

„Liebes, bitte beruhige dich."

„Aber wer, Erich, wer?"

„Denk mal darüber nach, Schatz. Es war natürlich Rooney."

„Aber wieso denn? Rooney mag mich."

„Gut möglich, daß sie dich mag, aber Caroline hat sie geliebt. Sie will Caroline wiederhaben. Und wenn sie einen ihrer Anfälle hat, sieht sie dich als Eindringling. Liebling, ich habe dich vor ihr gewarnt. Bitte weine nicht. Alles kommt wieder in Ordnung. Ich werde immer für dich dasein."

Im Lauf einer langen, schlaflosen Nacht setzten die Krämpfe ein, stechende Schmerzen im Unterleib. Um acht Uhr morgens rief sie Dr. Elmendorf an. „Ich glaube, es ist das beste, Sie kommen her, damit ich Sie untersuchen kann", meinte er.

Clyde war schon sehr früh zu einer Viehauktion gefahren und hatte Rooney und Joe mitgenommen. Sie rief Mark an und bat ihn, sie zum Arzt zu fahren.

Er willigte sofort ein. „Kein Problem. Allerdings müßten Sie anschließend hier warten, bis ich die Praxis schließe; vorher kann ich Sie nicht wieder nach Haus bringen. Moment mal. Das kann auch mein Vater besorgen. Er ist gerade aus Florida zurückgekommen. Er wird fast den ganzen Sommer bei mir bleiben."

Marks Vater, Luke Garrett. Jenny freute sich darauf, ihn kennenzulernen.

Mark holte sie um halb zehn ab. Sein Chrysler Kombi hatte schon einige Jahre auf dem Buckel, und im Wageninnern herrschte ein fröhliches Durcheinander. Zum ersten Mal war Jenny richtig allein mit Mark. Ich möchte wetten, selbst die Tiere wissen instinktiv, daß er ihnen helfen kann, dachte sie. Und das sagte sie ihm auch.

Er lächelte. „Schön wär's. Und ich hoffe, daß Dr. Elmendorf auf Sie die gleiche Wirkung hat. Er ist ein guter Arzt, Jenny. Sie können ihm vertrauen."

Während sie an den ausgedehnten Weideflächen der Krueger-Farm vorbeifuhren, sagte Mark: „Ich weiß nicht, ob Sie schon gehört haben, daß Joe wieder zu seiner Mutter zieht. Maude ist eine patente Frau. Sie wird ihn fest an die Kandare nehmen. Joe hat sich in letzter Zeit viel geprügelt. Jeder weiß, daß er Sie glühend verehrt, Jenny. Und deshalb wird er in den Kneipen ständig gehänselt."

„Wird Erich mir je verzeihen, daß ich all dieses Gerede ausgelöst habe? Es zerstört unsere Ehe." Sie war selbst überrascht, daß sie sich Mark so anvertraute.

„Jenny ..." Mark schwieg lange. Dann sagte er: „Ich kann Ihnen gar nicht beschreiben, wie sehr Erich sich verändert hat, seit er Ihnen zum ersten Mal begegnet ist. Er ist immer ein Einzelgänger gewesen. Ich bezweifle, daß sein Vater ihn als kleinen Jungen auch nur ein einziges Mal in die Arme genommen hat. Caroline dagegen war ganz anders: sie war liebevoll und zärtlich, und bei ihr hat Erich sich immer geborgen gefühlt. Können Sie sich vorstellen, wie schlimm es für Erich gewesen sein muß, als er erkannte, daß sie ihn verlassen wollte? Kein Wunder, daß er sich über Ihren früheren Mann so aufgeregt hat, Jenny. Geben Sie ihm Zeit. Das Getratsche wird sich legen. In ein paar Wochen werden sich die Leute über etwas anderes das Maul zerreißen."

„Wenn Sie's so sagen, hört es sich einfach an."

„Einfach ist es nicht, aber vielleicht auch nicht so schwierig, wie Sie denken."

Er setzte sie vor der Arztpraxis ab. „Ich bleibe im Wagen und hole ein wenig Pflichtlektüre nach. Bei Ihnen wird's wohl nicht lange dauern."

Dr. Elmendorf redete nicht um die Sache herum. „Solche Schmerzen zu diesem Zeitpunkt gefallen mir gar nicht. Haben Sie sich überanstrengt?"

„Nein."

„Sie haben noch mehr Gewicht verloren."

„Ich kann einfach nichts essen."

„Dem Baby zuliebe müssen Sie's versuchen. Milch mit Haferflokken, Eiscreme, irgendwas – nur sehen Sie zu, daß Sie etwas in den Magen bekommen. Und ruhen Sie sich soviel wie möglich aus. Machen Sie sich wegen irgend etwas große Sorgen?"

Ja, Herr Doktor, wollte sie sagen. Ich mache mir Sorgen, weil ich nicht weiß, wer hinter diesem verrückten Anruf steckt. Ist Rooney kränker, als ich angenommen habe? Und was ist mit Maude? Sie kann die Kruegers nicht leiden, vor allem mich nicht. Wer sonst weiß noch, daß Erich nicht da ist?

„Sie können mir ruhig sagen, wenn Sie etwas auf dem Herzen haben", ermunterte sie der Arzt.

„Vielen Dank. Eigentlich ist alles in Ordnung."

Sie stieg wieder zu Mark in den Wagen. Er legte das Buch, in dem er gelesen hatte, auf den Rücksitz und ließ den Motor an. Er ist so groß, dachte sie, von ihm geht so viel Ruhe aus. Sie erzählte ihm, was der Arzt gesagt hatte.

„Jenny", fragte er, als sie losfuhren, „haben Sie keine Freundin oder Cousine oder irgendeinen Menschen, der herkommen und ein paar Wochen bei Ihnen verbringen kann? Sie scheinen hier so allein zu sein. Ich glaube, so ein Besuch könnte Sie auf andere Gedanken bringen."

Fran aus New York, dachte Jenny. Wie schön wäre es, wenn sie hierherkäme. Sie dachte an die lustigen Abende, die sie zusammen verbracht hatten und an denen Fran sich über ihren jeweils neuesten Freund ausgelassen hatte. Aber Erich konnte Fran nicht ausstehen. Und keiner von Jennys übrigen New Yorker Freunden konnte es sich leisten, fast vierhundert Dollar für einen Flug auszugeben. Sie alle hatten einen Beruf und eine Familie. „Nein", sagte sie, „ich kenne niemanden, der herkommen könnte."

Die Garretts wohnten am Ortsrand von Granite Place in einem großen, weißgestrichenen Haus mit schwarzen Fensterläden und einer breiten Veranda an der Vorderseite.

An den Wänden im Wohnzimmer standen bis an die Decke reichende Bücherregale. Marks Vater saß in einem Sessel und las. Auch er war hochgewachsen, mit breiten Schultern und einem dichten weißen Haarschopf. Er blickte auf, als Mark und Jenny hereinkamen. Seine Augen hatten denselben leicht amüsierten Ausdruck, der Jenny schon an Mark aufgefallen war. Er musterte Marks Begleiterin sichtlich überrascht.

„Sie müssen Jenny Krueger sein. Kein Wunder, daß Erich –" Er vollendete den Satz nicht. „Ich hatte gehofft, Sie kennenzulernen, als ich im Februar hier war."

„Sie waren im Februar hier?" Jenny drehte sich zu Mark um. „Warum haben Sie Ihren Vater nicht mal mitgebracht?"

Mark zuckte die Achseln. „Erich hat uns mehr oder minder zu verstehen gegeben, daß Sie häusliche Flitterwochen verleben."

Mark verschwand in der Küche, um eine Erfrischung zu holen, und Jenny setzte sich zu Luke Garrett. Er lächelte. „Wie geht's?"

Jenny spürte, daß er es ehrlich meinte. „Wie weit wissen Sie Bescheid?" fragte sie.

„Meinen Sie den Unfall? Die Vernehmung vor Gericht?"

„Genau. Sie sind also informiert. Nun ja, ich kann es den Leuten nicht mal verdenken, daß sie das Schlimmste vermuten. Mein Mantel war im Wagen. Kevin hatte meinen Schlüssel in der Hand. Eine Frau hat an jenem Nachmittag von unserem Anschluß aus das Guthrie-Theater angerufen. Ich denke immer noch, daß es für alles eine plausible Erklärung geben muß und daß alles wieder ins Lot kommt, wenn ich diese Erklärung finde."

Mark kam mit einem Tablett zurück. Der Tee und der verlockend aussehende Marmorkuchen erinnerten Jenny an bessere Zeiten, als Nana sie noch umsorgt hatte. Sie hatte Mühe, die Tränen zu verbergen, die ihr in die Augen stiegen.

„Sie sind hier nicht sehr glücklich, nicht wahr, Jenny?" fragte Luke.

„Ich habe erwartet, daß ich mich hier wohl fühlen kann. Und es wäre auch möglich", erwiderte Jenny ehrlich.

„Genau das hat Caroline auch geglaubt", sagte Luke leise.

Ein paar Minuten später mußte Mark in seine Tierarztpraxis, und Luke fuhr Jenny nach Haus. Er war schweigsam und seltsam abwesend, und nach ein paar vergeblichen Versuchen, ein Gespräch in Gang zu bringen, schwieg Jenny ebenfalls.

Als Luke den Wagen durch das offene Tor und hinüber zum Eingang an der Westseite lenkte, sah sie, wie sein Blick auf dem Schaukelstuhl ruhte. „Das Problem ist, daß sich hier nie auch nur das Geringste verändert", sagte er unvermittelt. „Wenn man beispielsweise ein dreißig Jahre altes Foto vom Haus zur Hand nähme, wäre kein Unterschied zu diesem Anblick hier festzustellen. Nichts hinzugefügt, nichts umgestellt. Vielleicht hat deshalb jeder das Gefühl, daß Caroline noch da sei. Es ist, als könnte jeden Augenblick die Tür aufgerissen werden und sie kommt herausgelaufen und drängt einen, doch zum Abendessen zu bleiben. Nachdem ich von Marks Mutter geschieden war, ist Mark oft hier gewesen. Caroline war wie eine zweite Mutter für ihn."

„Und für Sie?" fragte Jenny. „Was hat sie Ihnen bedeutet?"

Als Luke sie ansah, las sie plötzlich Schmerz in seinen Augen. „Alles, was eine Frau einem je bedeuten kann", antwortete er und räusperte sich gleich darauf, als fürchte er, zuviel von sich offenbart zu haben.

Als sie aus dem Wagen stieg, sagte Jenny: „Versprechen Sie mir, daß Sie mit Mark zum Essen kommen, sobald Erich wieder da ist."

„Sehr gern." Sie ging schon die Stufen zur Veranda hinauf, als er sie beim Namen rief.

Sie drehte sich um. Luke sah sie wehmütig an. „Verzeihen Sie mir bitte. Aber Sie sehen Caroline so verblüffend ähnlich. Seien Sie vorsichtig."

ERICH wollte am dritten Juni aus San Francisco zurück sein. Er rief am Abend vorher an. „Jenny, es war schrecklich ohne dich. Ich würde alles dafür geben, wenn es dir besserginge. Wie fühlst du dich?"

„Ganz gut."

„Ißt du besser?"

„Ich versuche es. Wie ist die Ausstellung gelaufen?"

„Sehr gut. Einige namhafte Kunsthändler haben mehrere Ölbilder gekauft."

„Prima! Wann kommst du zurück?"

„Ich komme gegen elf Uhr vormittags in Minneapolis an; dann müßte ich zwischen zwei und drei zu Haus sein. Ich liebe dich sehr, Jenny."

An diesem Abend kam ihr das Schlafzimmer weniger bedrohlich vor. Vielleicht kommt tatsächlich alles wieder ins Lot, dachte sie. Wie Mark ganz richtig gesagt hat – der Klatsch wird sich legen. Zum ersten Mal seit Wochen schlief sie traumlos und tief.

Am nächsten Morgen saß sie mit Tina und Beth am Frühstückstisch, als der Lärm losbrach; das wilde, panikerfüllte Wiehern eines Pferdes, vermischt mit dem markerschütternden Schreien eines Menschen, der unerträgliche Schmerzen litt.

„Mami!" Beth rutschte von ihrem Stuhl und rannte zur Tür.

„Bleibt hier!" befahl Jenny. Sie stürzte aus dem Haus und lief auf den Stall zu, aus dem der Lärm zu kommen schien. Clyde kam aus dem Büro gerannt, ein Gewehr in der Hand. „Zurück, Mrs. Krueger, zurück!" brüllte er.

Sie beachtete ihn nicht. Joe! Es war Joe, der da schrie.

Er kauerte in der Box, mit dem Rücken an der Wand, und versuchte verzweifelt, den Hufen des tobenden Pferdes auszuweichen. Baron bäumte sich auf, die Augen gespenstisch verdreht, und trommelte mit den scharfkantigen, beschlagenen Vorderhufen. Joe blutete aus einer Wunde am Kopf; seinen rechten Arm schien er nicht mehr bewegen zu können. Jenny mußte mit ansehen, wie der junge Mann zu Boden sank und Barons Vorderhufe auf seine Brust niedergingen.

„O mein Gott!" Sie weinte, betete. Jemand stieß sie zur Seite.

„Nicht bewegen, Joe! Ich schieße." Als das Pferd wieder hochstieg, drückte Clyde ab. Der Schuß peitschte durch den Raum, und gleich darauf ertönte ein schrilles, wahnwitziges Wiehern. Baron stand einen kurzen Augenblick hoch aufgerichtet wie das Denkmal eines sich aufbäumenden Pferdes, dann knickten seine Hinterbeine ein, und er stürzte zu Boden.

Joe lag eng an die Boxenwand gepreßt und wurde so von dem massigen Leib des Tieres nicht getroffen. Er atmete keuchend, mit glasigem Blick. Sein Arm war grotesk verrenkt.

„Rühren Sie ihn nicht an, Clyde!" rief Jenny. „Rasch, rufen Sie einen Krankenwagen!" Sie kniete an Joes Seite nieder, strich ihm über die Stirn, wischte ihm das Blut aus dem Gesicht.

Der Krankenwagen fuhr vor, und weißgekleidete Sanitäter kamen in den Stall gerannt. Dann lag Joe mit aschfahlem Gesicht und geschlossenen Augen auf der Trage. „Ich glaube, er stirbt", raunte einer der Männer.

Joe schlug die Augen auf und sah Jenny an. Seine Stimme klang erstaunlich klar. „Ich würde nie erzählen, daß ich gesehen habe, wie Sie an dem Abend in den Wagen gestiegen sind", sagte er leise. „Keinem Menschen."

Der Krankenwagen raste davon. Das Geheul seiner Sirene zerschnitt die friedliche Stille des Sommermorgens.

Ein paar Stunden später kehrte Erich von seiner Reise zurück. Er charterte sofort ein Flugzeug, ließ Joe zu einem Spezialisten in die Mayo-Klinik in Rochester fliegen und sorgte dafür, daß Schwestern angeheuert wurden, die sich nur um Joe zu kümmern hatten. Dann ging er in den Stall, hockte sich neben Baron hin und streichelte gedankenverloren den schlanken, schönen Kopf des toten Tieres.

Mark hatte bereits den Inhalt des Futtereimers in seinem Praxislabor untersucht. Das Ergebnis: In den Hafer war strychninhaltiges Rattengift gemischt. Später fuhr Sheriff Gunderson vor. „Mrs. Krueger, ein halbes Dutzend Leute haben mit angehört, wie Joe gesagt hat, er habe Sie an jenem Abend in den Wagen steigen sehen. Was hat er wohl damit gemeint?"

„Ich weiß nicht, was er gemeint hat."

„Mrs. Krueger, Joe behauptet, er habe das Gift und den Hafer miteinander verwechselt. Ich glaube nicht, daß er einen derart idiotischen Fehler begangen hat. Sonst müßte man an seinem Verstand zweifeln."

„Und was wollen Sie damit sagen?"

„Ich kann im Moment noch gar nichts sagen, Mrs. Krueger."

Die Operation an Joes Brustkorb war erfolgreich verlaufen, doch er würde die Klinik nicht vor Ende August verlassen können. Maude Ekers war in eine möblierte Wohnung in der Nähe des Krankenhauses gezogen. Jenny wußte, daß Erich für alle Kosten aufkam.

Erich arbeitete jetzt weniger in der Hütte und mehr auf der Farm mit Clyde und den Männern. Als sie ihn nach dem Grund fragte, antwortete er: „Ich bin nicht in der richtigen Stimmung zum Malen."

Ihr gegenüber war er freundlich, aber reserviert. Stets fühlte sie sich von ihm beobachtet. Ungefähr einmal pro Woche pflegte Sheriff Gunderson hereinzuschauen; angeblich nur, um einen Schwatz zu halten. „Wie war das doch an dem Abend, als Kevin MacPartland hier war, Mrs. Krueger?" Oder er stellte Vermutungen an: „Joe ist schwer in Sie verknallt, stimmt's? Da fühlt er sich doch bestimmt als Ihr Beschützer. Möchten Sie mir vielleicht etwas anvertrauen, Mrs. Krueger?" Glaubte der Mann etwa im Ernst, daß sie Barons Futter vergiftet hatte?

Während der folgenden Wochen wurde sie das Gefühl nicht mehr los, daß des Nachts jemand bei ihr im Zimmer war. Das gespenstische Erlebnis lief stets nach demselben Schema ab: Sie träumte, daß sie im Wald war; es roch nach Fichtennadeln; etwas kam auf sie zu, beugte sich über sie; sie streckte schützend den Arm aus und berührte langes Haar, das Haar einer Frau. Dann hörte sie ein Seufzen. Sie knipste das Licht an und mußte feststellen, daß sie allein im Zimmer war.

Bei ihrem nächsten Besuch in Dr. Elmendorfs Sprechstunde erzählte sie dem freundlichen Arzt endlich von diesem Traum. „Ich glaube, es hat etwas mit Caroline zu tun und damit, daß die Leute ihre Gegenwart noch immer zu spüren meinen", fügte sie hinzu.

„Es hat den Anschein, als spiele Ihnen Ihre Phantasie einen Streich. Möchten Sie, daß ich Sie mal zu einem Psychotherapeuten schicke?" fragte Dr. Elmendorf.

„Nein. Wahrscheinlich bin ich wirklich nur überspannt."

Ein paar Nächte lang ließ sie das Licht brennen, bis sie eingeschlafen war, und knipste es erst aus, wenn sie später noch mal aufwachte. Das Bett stand rechts von der Tür, mit dem Kopfende gegen die rechte Wand. Sie fragte sich, ob Erich das Bett für sie wohl zwischen die Fenster an der Wand gegenüber schieben würde. Dort war es heller, und wenn sie nicht schlief, konnte sie hinausschauen.

Doch sie wußte, wie wenig Erich für Änderungen übrig hatte. Es war besser, den Wunsch erst gar nicht zu äußern.

Eines Morgens fragte Beth: „Mami, warum hast du nichts gesagt, als du in mein Zimmer gekommen bist?"

„Wann meinst du?"

„Heute nacht."

„Ich war heute nacht nicht in deinem Zimmer, Maus."

„Doch, Mami!"

War sie eine Schlafwandlerin?

Der August zog ins Land und mit ihm die heißen Nachmittage. Dann kamen die ersten kühlen Abende, und in den buntbelaubten Wäldern kündete sich der Herbst an.

Mitte September lud Erich Luke und Mark Garrett zum Abendessen ein. Er erzählte ihr ganz beiläufig davon. „Luke geht bald wieder nach Florida, wo er bis Weihnachten bleibt. Ich habe ihn viel zu selten gesehen. Emily kommt auch mit."

Es war der erste gesellige Abend auf der Farm, seit jenem Dinner, als Sheriff Gunderson mit der Nachricht von Kevins Verschwinden hereingeplatzt war. Jenny freute sich darauf, Luke und Mark wiederzusehen. Sie wußte, daß Erich die Garretts regelmäßig besuchte. Er nahm dann immer Tina und Beth mit. Sie wurde gar nicht erst um ihr Einverständnis gefragt. Er verkündete einfach: „Ich werde dir heute nachmittag mal wieder die Mädchen vom Leib halten. Ruh dich gut aus, Jenny."

Die Garretts und Emily kamen gemeinsam an. Jenny gewann den Eindruck, daß sich zwischen Mark und Emily zarte Bande entwickelt hatten. Nach dem Essen saßen die beiden nebeneinander auf der

Couch im Wohnzimmer. Während sie sich unterhielten, legte Emily ihre Hand auf Marks Arm. Vielleicht sind sie verlobt, dachte Jenny.

Emily bemühte sich sichtlich, liebenswürdig zu sein. Sie erzählte Jenny vom Erntefest in Granite Place. „Die Leute freuen sich schon Wochen vorher darauf, und man trifft dort eine Menge alter Bekannter", sagte sie. „Und alle Welt hat sich darüber ausgelassen, wie reizend Ihre Kinder sind, Jenny."

„*Unsere* Kinder!" Erich lächelte. „Oh, übrigens, es wird euch freuen zu hören, daß die Adoption inzwischen rechtskräftig ist. Die Mädchen sind jetzt auch vor dem Gesetz richtige Kruegers." Seit wann wußte Erich das schon?

Luke Garrett war sehr schweigsam. Er saß im Ohrensessel. Nach einiger Zeit wurde Jenny klar, warum. Von dort konnte man Carolines Porträt am besten sehen. Lukes Blick kehrte immer wieder zu dem Gemälde zurück.

Um zehn Uhr gingen die Gäste nach Haus. Erich schien mit dem Verlauf des Abends sehr zufrieden zu sein. „Sieht ganz so aus, als würden Mark und Emily sich bald verloben", meinte er. „Das wird Luke freuen. Er drängt Mark schon lange, endlich sein Junggesellendasein zu beenden."

IM OKTOBER wurde es von einem Tag zum anderen erheblich kälter. Ein schneidender Wind fegte die Blätter von den Bäumen, und das Gras verlor seine grüne Farbe. Die Nächte brachten den ersten Frost. Die Ölheizung war jetzt ständig in Betrieb.

Jenny ging nur selten aus dem Haus. Sie litt unter häufigen Wadenkrämpfen und hatte Angst hinzufallen. Rooney kam jeden Nachmittag und half ihr, die Ausstattung für das Baby herzurichten. Sie zeigte Jenny die Wiege der Kruegers, die mit Laken verhängt in einer Ecke auf dem Dachboden stand. „Ich werde einen neuen Baldachin dafür nähen", versprach Rooney. Die Arbeit schien sie aufzuheitern, und manchmal war sie tagelang völlig klar.

„Die Wiege werde ich in Erichs früheres Zimmer stellen", sagte Jenny zu ihr. „Ich will die Mädchen nicht umquartieren, und die anderen Schlafzimmer sind zu weit entfernt. Da müßte ich befürchten, daß ich das Baby nachts nicht höre."

„Das hat Caroline auch gesagt", pflichtete Rooney ihr bei. „Sie wissen doch sicher, daß Erichs Zimmer früher Teil des großen Schlafzimmers war; so eine Art Alkoven. Caroline hat die Wiege und die Wickelkommode dort aufgestellt, aber John wollte das Baby nicht in seinem Schlafzimmer dulden. Er hat gesagt, das fehle noch, daß er dauernd auf Zehenspitzen herumschleichen müsse. Daraufhin haben sie die Zwischenwand eingezogen."

„Die Zwischenwand?"

„Hat Erich Ihnen das nicht gesagt? Ihr Bett stand früher links von der Tür, zwischen den Fenstern. Da, wo es jetzt steht, ist diese Zwischenwand. Hinter dem Kopfende des Bettes befindet sich eine verborgene Schiebetür."

„Zeigen Sie's mir mal, Rooney."

Sie gingen nach oben in Erichs früheres Zimmer. „Von Ihrer Seite aus können Sie die Schiebetür wegen dem Bett natürlich nicht öffnen", erklärte Rooney. „Aber sehen Sie mal. Hier." Sie zeigte auf einen in die Wand eingelassenen Griff. „Schauen Sie, wie leicht das geht." Geräuschlos glitt ein Teil der Wandtäfelung zur Seite. „Caroline hat das so einbauen lassen, damit man die beiden Räume trennen konnte, wenn Erich größer war. Clyde und Josh Brothers haben die Arbeiten ausgeführt."

Jenny stand in der Öffnung hinter dem Kopfteil ihres Bettes. Sie erinnerte sich an das Gefühl, nicht allein im Zimmer zu sein, an ein Gesicht und langes Haar. Wenn Rooney ihr Haar nicht in einem Knoten trug, war es gewiß ziemlich lang. Jenny fragte scheinbar beiläufig: „Gehen Sie manchmal nachts in dieses Zimmer, Rooney? Wollen Sie vielleicht ab und zu nach mir sehen?"

„Ich glaube nicht." Rooney brachte ihren Mund nahe an Jennys Ohr und flüsterte: „Clyde würde ich nichts davon sagen, weil er nur glauben würde, daß ich verrückt bin – aber ich habe in letzter Zeit ein paarmal Caroline nachts auf der Farm herumgeistern sehen. Einmal bin ich ihr bis zum Haus gefolgt, und sie ist die Hintertreppe hinaufgegangen. Deshalb sage ich mir: Wenn Caroline zurückkommen kann, kommt vielleicht meine Arden auch bald wieder."

Siebentes Kapitel

Das Deckenlicht im Kreißsaal war sehr grell. Es schmerzte ihr in den Augen.

„Das Baby wiegt gut viereinhalb Pfund", verkündete die Hebamme. „Es dürfte ruhig etwas größer sein, aber das ist trotzdem ein ganz passables Gewicht. Und Sie haben recht gehabt, Mrs. Krueger. Es ist ein Junge."

Jenny wollte noch etwas sagen, glitt aber in einen erschöpften Halbschlaf. Erich, mit Maske und Kittel versehen wie die Ärzte und Schwestern, betrachtete sie. Die Hebamme hielt einen kleinen, schlaffen Säugling im Arm. Alle beugten sich besorgt darüber. „Sauerstoff!"

Dann hörte sie Erich entsetzt flüstern: „Er hat Haare wie die Mädchen. *Rote Haare!*"

Danach versank sie in einen tiefen Schlaf. Am Morgen kam ein Kinderarzt zu ihr ins Zimmer. „Ich bin Dr. Bovitch. Die Lungen des Kindes sind noch nicht voll entwickelt. Der Junge ist gefährdet, aber ich glaube, daß er durchkommen wird. Allerdings haben wir ihn letzte Nacht vorsorglich taufen lassen."

„Ist er denn so krank? Ich möchte ihn sehen."

„Sie dürfen ihn sicher bald sehen. Wir müssen ihm bisher noch Sauerstoff geben. Kevin ist ein sehr hübsches Baby, Mrs. Krueger."

„Kevin?"

„Ja, Kevin Krueger! Ehe der Krankenhauspfarrer ihn getauft hat, hat er sich bei Ihrem Mann erkundigt, wie Sie das Kind nennen wollen."

Erich kam mit einem Armvoll roter Rosen zu ihr herein. „Jenny, Jenny, sie haben gesagt, das Baby kommt durch! Ich war so verzweifelt heute nacht. Ich dachte, es sei hoffnungslos."

„Warum hast du ihnen gesagt, er soll Kevin heißen?"

„Liebes, sie waren zunächst der Meinung, er werde wohl kaum länger als ein paar Stunden leben. Ich habe gedacht, wir heben uns den Namen Erich für einen Sohn auf, der am Leben bleibt. In der ganzen Aufregung ist mir nur der Name Kevin eingefallen."

„Ändere ihn!"

„Natürlich, Schatz. Auf seiner Geburtsurkunde wird Erich Krueger stehen."

Als das Baby fünf Tage alt war, wurde sie aus dem Krankenhaus entlassen. Die nächsten drei Wochen ging sie täglich zum Stillen wieder hin.

In der letzten Novemberwoche durfte sie das Baby endlich mit nach Haus nehmen. Draußen lag Schnee, und es war bitter kalt. Der Wind pfiff ums Haus und versetzte die kahlen Zweige der Bäume in ständige Bewegung.

Die Mädchen waren außer sich vor Freude über ihren kleinen Bruder und bettelten darum, ihn halten zu dürfen. Jenny saß neben ihnen auf der Couch und sorgte dafür, daß sie sich abwechselten. „Sachte, sachte. Er ist doch noch so winzig."

Das Baby machte ihr Sorgen. Es schlief zuviel; es war so blaß.

Jenny hatte Erich nach der Tür zwischen seinem früheren Zimmer und dem großen Schlafzimmer gefragt. „O Jenny, das hatte ich völlig vergessen." Er rückte das Himmelbett an die gegenüberliegende Wand zwischen die Fenster. Sie ließ die Schiebetür offen, und die Wiege wurde in dem kleineren Zimmer aufgestellt. So konnte sie das Baby jederzeit hören.

Aber als der Junge fünf Wochen alt war, hatte er einhundertundfünfzig Gramm Gewicht verloren. Der Kinderarzt sah besorgt drein. „Ihr Sohn hat einen Fehler an der Herzklappe. Er muß operiert werden, aber das Risiko ist noch zu groß."

„Ist die Operation gefährlich?"

„Jede Operation birgt ein gewisses Risiko in sich. Aber die meisten Babys überstehen sie ganz gut."

Dann waren es nur noch wenige Tage bis Weihnachten. Beth und Tina schrieben Wunschzettel für den Weihnachtsmann, und Erich stellte in der Küche einen riesigen Tannenbaum auf. Die Mädchen halfen ihm, den Baum zu schmücken. Jenny sah zu und hielt das Baby auf dem Arm. Sie wollte ihn immer bei sich haben. „So schläft er besser", erklärte sie Erich. „Er fühlt sich immer so kalt an. Sein Kreislauf ist zu schwach."

„Manchmal glaube ich fast, daß du dich nur noch für ihn interessierst", sagte Erich halb im Spaß. „Tina, Beth und ich fühlen uns fast schon überflüssig."

Er nahm die Mädchen mit zum Nikolaus in ein großes Einkaufszentrum.

„Ihre Wunschzettel hättest du sehen müssen!" sagte er zu Jenny, als sie wieder zu Haus waren. „Die beiden wünschen sich fast nur Spielzeugwiegen und Babypuppen."

Luke Garrett war zu den Feiertagen wieder nach Minnesota gekommen. Er, Mark und Emily kamen am ersten Weihnachtstag zu Besuch. Emily wirkte nicht sonderlich glücklich. Sie zeigte Jenny eine modische Lederhandtasche. „Ein Geschenk von Mark. Ist sie nicht wunderschön?"

Jenny fragte sich, ob sie vielleicht einen Verlobungsring erwartet hatte.

Luke bat darum, das Baby mal halten zu dürfen. „Ein süßer kleiner Kerl."

„Und er hat zweihundertunddreißig Gramm zugenommen", verkündete Jenny stolz. „Hast du doch, nicht wahr, mein kleiner Spatz?"

„Nennen Sie ihn immer Spatz?" fragte Emily.

„Nun ja, Erich klingt ein bißchen gewaltig für ein solch zartes Kerlchen. Da muß er erst hineinwachsen."

Sie sah lächelnd auf. Erich verzog keine Miene. Mark, Luke und Emily blickten einander verwirrt an. Natürlich! Sie hatten wahrscheinlich die offizielle Geburtsanzeige des Standesamts in der Zeitung gelesen; einen Tag nachdem das Baby geboren war. Dort war der Junge als Kevin Krueger verzeichnet gewesen. Aber hatte Erich es ihnen denn nicht erklärt?

Emily beeilte sich, das peinliche Schweigen zu überspielen. „Ich glaube, er wird dieselbe Haarfarbe haben wie die Mädchen", sagte sie.

„Oh, ich bin sicher, daß er blond wird wie Erich." Jenny lächelte. „Laßt ihm nur ein halbes Jahr Zeit." Sie nahm ihn Luke wieder ab. „Du wirst genauso aussehen wie dein Vati, nicht wahr, Spatz?"

„Ebendas habe ich von Anfang an gesagt!" warf Erich ein.

Jenny spürte, wie ihr das Lächeln gefror. Hatte sie richtig gehört? Meinte er tatsächlich...? Sie sah von einem Gesicht zum anderen. Emily räusperte sich höchst verlegen und mied ihren Blick. Luke starrte vor sich hin, und Mark hatte eine steinerne Miene aufgesetzt. Erich lächelte das Baby freundlich an.

Es konnte keinen Zweifel mehr geben: Erich hatte den Namen auf der Geburtsurkunde nicht geändert.

NACHDEM das Baby eingeschlafen war, saß sie noch lange an seiner Wiege. Sie hörte, wie Erich mit den Mädchen nach oben kam und leise mit ihnen redete. „Weckt nicht das Baby auf. Ich gebe Mami einen Gutenachtkuß für euch. War das nicht ein wunderschönes Weihnachtsfest?"

Schließlich ging sie nach unten. Erich hatte die Geschenkkartons zugemacht und war dabei, sie wieder ordentlich unter den Baum zu legen. Er trug das neue Samtjackett, das sie für ihn aus einem Katalog bestellt hatte.

„Jenny, das Jackett ist wunderschön! Ich hoffe, du hast dich auch über mein Geschenk gefreut." Er hatte ihr eine weiße Nerzjacke gekauft.

Dann sagte er, ohne auf ihre Antwort zu warten: „Die Mädchen waren selig, daß sie die kleinen Wiegen bekommen haben, nicht wahr?"

„Erich, welcher Name steht auf der Geburtsurkunde des Babys?"

„Sein richtiger Name. Kevin."

„Du hast mir versprochen, du würdest das ändern."

„Ach, weißt du, mir ist klargeworden, daß das ein schrecklicher Fehler gewesen wäre."

„Warum?"

„Jenny, hat es nicht schon genug Gerede über uns gegeben? Was glaubst du wohl, was die Leute hier sagen würden, wenn wir hingingen und den Namen des Babys änderten? Sie würden versuchen, den Grund herauszufinden. Damit hätten wir ihnen Gesprächsstoff für die nächsten zehn Jahre geliefert."

„Erich", sagte sie angsterfüllt, „ist das Baby kränker, als ich weiß? Glaubst du noch immer, es wird nicht durchkommen, und hebst deshalb deinen Namen für einen gesunden Jungen auf? Bitte, Erich, sag es mir!"

„Nein, Jenny, ganz bestimmt nicht." Er kam zu ihr und blickte sie zärtlich an. „Liebes, es wird alles gut. Bitte hör auf, dir Sorgen zu machen. Das Baby wird immer kräftiger."

Sie mußte ihn noch etwas fragen. „Erich, du kannst doch nicht im Ernst glauben, daß Kevin der Vater des Kindes ist. Oder?"

Er sah sie verächtlich an. „Jenny, ob du wohl jemals aufhören wirst, mich falsch zu verstehen?" brauste er auf. „Ich bin gut zu dir gewesen. Ich habe dich und die Kinder aus einer erbärmlichen Wohnung geholt und habe euch dies schöne Zuhause gegeben. Ich habe dir Schmuck und Kleider und Pelze gekauft. Du hättest haben können, was du dir nur wünschst. Und doch hast du es zugelassen, daß Kevin MacPartland sich mit dir in Verbindung setzt und einen Skandal heraufbeschwört. Ich bin sicher, daß es hier in der Gegend kein einziges Haus gibt, in dem die Leute sich nicht Abend für Abend bei Tisch über uns das Maul zerreißen. Ich verzeihe dir, aber du hast kein Recht, auf mich wütend zu sein und alles, was ich sage, in Frage zu stellen."

Er hielt sie schmerzhaft an den Schultern gepackt. Etwas Furchteinflößendes ging von ihm aus. Verwirrt blickte sie ihn an.

„Erich", sagte sie bemüht freundlich, „wir sind beide sehr müde.

Wir stehen seit langem unter einer großen Belastung. Ich glaube, du solltest wieder anfangen zu malen. Ist dir eigentlich bewußt, wie selten du seit der Geburt des Babys in der Hütte gewesen bist? Geh gleich morgen früh los. Aber zieh dich warm an; es ist dort jetzt wahrscheinlich sehr kalt."

„Woher weißt du denn, daß es dort kalt ist? Wann warst du dort?" fragte er mißtrauisch.

„Erich, du weißt doch genau, daß ich noch nie dort gewesen bin."

„Woher weißt du es dann?"

„Pssst, hör mal!" Vom Schlafzimmer oben drang Geschrei herunter.

„Es ist das Baby." Jenny rannte die Treppe hinauf, Erich folgte ihr. Das Baby strampelte wie wild. Sein Gesicht war naß.

„Sieh doch, Erich, er weint richtige Tränen." Zärtlich beugte sie sich über das Kind und nahm es hoch. „Ist ja gut, mein Spatz. Ich weiß, daß du Hunger hast. Erich, er wird kräftiger."

Hinter sich hörte sie die Tür ins Schloß fallen. Erich war gegangen.

Er mochte sagen, was er wollte – sie glaubte, daß er nicht sicher war, der Vater des Jungen zu sein. Das durfte nicht für immer zwischen ihnen stehen, sie konnte damit nicht leben.

ERICH hatte einen Zettel auf den Küchentisch gelegt. „Ich folge Deinem Rat. Werde ein paar Tage in der Hütte bleiben und malen."

Beim Frühstück schob Tina ganz unvermittelt ihre Haferflocken beiseite und fragte: „Mami, warum hast du nichts gesagt, heut nacht, in meinem Zimmer?"

Jenny dachte erneut an die Möglichkeit, daß sie schlafwandelte. Im Traum hatte sie eine Taube aus dem Zimmer der Mädchen verjagt. Aber war sie tatsächlich dort gewesen?

In den letzten paar Monaten hatten sich zu viele rätselhafte Vorfälle ereignet. Wenn sie Dr. Elmendorf das nächste Mal aufsuchte, würde sie mit ihm darüber sprechen. Vielleicht sollte sie sich wirklich in psychotherapeutische Behandlung begeben.

Am späten Nachmittag kam Rooney auf einen Sprung vorbei. Sie und Clyde hatten den Weihnachtstag mit Maude und Joe verbracht. „Joe geht's schon viel besser", berichtete Rooney. „Nächsten Monat nehmen sie ihm das Stützkorsett ab."

„Das freut mich aber."

„Jenny, darf ich jetzt den Kleinen holen?"

„Natürlich. Ich mache inzwischen sein Breichen fertig."

Ein paar Minuten später war Rooney wieder da und hielt den in eine Decke gehüllten Jungen vorsichtig im Arm. Sie sah besorgt aus. „Ich glaube, er hat Fieber", sagte sie.

Um fünf Uhr kam Dr. Bovitch. „Es ist wohl das beste, wenn ich ihn mit in die Klinik nehme", meinte er.

„Bitte nicht!" Jenny konnte das Zittern in ihrer Stimme nicht ganz verbergen.

Der Kinderarzt zögerte. „Wir können zur Not auch bis zum Morgen warten. Das Problem ist, daß bei Kleinkindern das Fieber sehr rasch steigen kann. Andererseits begeistert mich der Gedanke, mit dem Kleinen in die Kälte hinauszugehen, auch nicht gerade. Also schön. Warten wir ab, wie's ihm morgen früh geht."

Rooney blieb da und machte ihnen das Abendessen. Jenny fröstelte. „Geben Sie mir doch bitte mein Umhängetuch, Rooney." Sie legte es sich um die Schultern und hüllte auch das Baby darin ein.

„Du meine Güte!" Rooneys Gesicht war aschfahl.

„Was haben Sie denn, Rooney?"

„Es ist bloß, weil . . . das Umhängetuch . . . dieses Grün . . ., einen Moment lang war es wie das Gemälde von Caroline." Dann raunte Rooney ihr zu: „Clyde läßt mich abends nicht mehr allein aus dem Haus. Ich habe ihm gesagt, ich hätte Caroline ziemlich oft gesehen. Da ist Clyde furchtbar wütend geworden."

Jenny erschauerte. Rooney hatte in letzter Zeit einen so normalen Eindruck gemacht. Kurz vor der Geburt des Babys hatte Rooney zum letzten Mal erwähnt, Caroline gesehen zu haben. Seither nicht mehr. Sie rückte an Jenny heran und flüsterte ihr ins Ohr: „O Jenny, glauben Sie mir doch, daß sie hier ist. Caroline ist zurückgekommen. Ich kann das auch verstehen, Sie nicht? Sie will natürlich ihr Enkelkind sehen."

DIE nächsten vier Nächte stellte Jenny die Wiege neben ihr Bett. Ein schwaches Nachtlicht ermöglichte ihr, nach dem Baby zu sehen, wann immer sie aus unruhigem Schlaf erwachte.

Der Arzt kam jeden Morgen. „Wir müssen aufpassen, daß das Baby keine Lungenentzündung bekommt", meinte er. „Bei Kleinkindern kann eine Erkältung in wenigen Stunden auf die Lungen schlagen."

Der Gedanke, daß sie möglicherweise im Schlaf umherging, ließ Jenny keine Ruhe. Lief sie des Nachts tatsächlich draußen herum? Aus der Entfernung sah sie bestimmt wie Caroline aus, besonders wenn sie das grüne Tuch um die Schultern gelegt hatte. Wenn sie schlafwandelte, dann erklärte dies Rooneys Behauptung, Caroline gesehen zu haben. Ebenso die Fragen der Mädchen, warum sie nachts an deren Bett nicht geredet habe; und auch Joes feste Überzeugung, sie sei in Kevins Wagen gestiegen.

Am Morgen des Silvestertages lächelte der Arzt und sagte: „Ich glaube, er hat die Erkältung überstanden. Sie sind eine gute Krankenschwester, Jenny. Jetzt müssen Sie sich aber selbst erst einmal erholen. Lassen Sie ihn wieder in seinem Zimmer schlafen. Nehmen Sie ihn nachts nur hoch, wenn er gefüttert werden will."

Nachdem sie ihn um zehn Uhr abends noch einmal gestillt hatte, legte Jenny den Jungen in die Wiege und rollte ihn in sein Zimmer. Das Baby sah sie aus seinen blauen Augen ernst an. Auf seinem Kopf zeigten sich mehr und mehr helle, blonde Härchen. Sie nahm ihn hoch und drückte ihn lange an sich, roch den feinen Duft von Babypuder. „Du riechst so gut", flüsterte sie, als sie ihn hinlegte und zudeckte. „Gute Nacht, mein kleiner Spatz."

Sie ließ die Schiebetür nur einen Spaltbreit offen und ging zu Bett. In weniger als zwei Stunden begann das neue Jahr.

Als sie erwachte, flutete das Sonnenlicht ins Zimmer. Die kleine Porzellanuhr auf dem Nachttisch zeigte fünf Minuten vor acht.

Das Baby hatte die Nacht durchgeschlafen, war nicht einmal um sechs Uhr zum Stillen aufgewacht. Sie sprang wie elektrisiert aus dem Bett, öffnete die Schiebetür und rannte zur Wiege hinüber. An der rechten Seite der kleinen Nase hob sich eine blaue Ader dunkel gegen die blasse Haut ab. Das Baby hielt die Arme über den Kopf gereckt; die gespreizten Finger an seinen kleinen Händen sahen so starr aus.

Das Baby atmete nicht.

SPÄTER konnte sie sich nur noch daran erinnern, daß sie geschrien hatte. Daß sie barfuß losgerannt war, mit dem Baby im Arm; barfuß über den Schnee, hinüber zum Büro. Erich, Clyde, Luke und Mark waren dort. Mark riß ihr das Baby aus den Händen und begann sofort mit Mund-zu-Mund-Beatmung.

„Dem Kleinen war nicht mehr zu helfen", sagte Dr. Bovitch später. „Er war ein sehr krankes Kind. Eine Operation hätte er wahrscheinlich nicht überlebt. Es ist vielleicht das beste so."

„Unser kleiner Junge", klagte Erich. *Mein* kleiner Junge, dachte sie erbittert. Du hast ihm deinen Namen nicht geben wollen.

Kevin Krueger wurde neben den drei anderen Kindern beigesetzt, die die Kruegers in früheren Generationen verloren hatten. Jenny sah zu, wie der kleine Sarg in das Grab hinabgelassen wurde. An jenem ersten Morgen auf der Farm hatte sie die Grabsteine angesehen und sich gefragt, wie jemand den Verlust eines Kindes ertragen konnte. Jetzt trauerte sie selbst um ein Baby.

Sie weinte. Erich legte ihr den Arm um die Schultern. Sie machte sich los.

Hintereinander gingen sie zum Haus zurück: Mark, Luke, Clyde, Emily, Rooney, Erich, Jenny. Erich führte sie alle ins Wohnzimmer. Mark faßte Jenny am Ellenbogen. „Trinken Sie das, Jenny", forderte er sie auf. „Es wird Sie wärmen."

Der Cognac brannte in der Kehle; wie betäubt setzte sie sich hin.

„Sie zittern ja", stellte Mark fest.

Das hörte Rooney. „Ich hole Ihr Umhängetuch." Nicht das grüne, dachte Jenny. Nicht das Tuch, in das ich das Baby gewickelt habe. Doch Rooney legte es ihr um die Schultern und packte sie behaglich darin ein. Luke ließ den Blick nicht von ihr. Sie wußte, warum. Sie versuchte, das Tuch von den Schultern gleiten zu lassen.

Erich hatte Tina und Beth erlaubt, ihre Puppen mit ins Wohnzimmer zu bringen. Die Kinder sahen verängstigt aus. „Sieh mal, Mami", sagte Tina. „Der liebe Gott wird Baby im Himmel zudecken." Liebevoll zog sie die kleine Bettdecke über ihre Puppe.

Im Zimmer herrschte Grabesstille.

Dann sagte Beth mit heller, klarer Stimme: „So hat die Frau" – sie zeigte auf das Ölgemälde – „das Baby zugedeckt ... nachts, als der liebe Gott es in den Himmel geholt hat." Langsam, bedächtig streckte sie die Arme aus und drückte ihrer Puppe die Hände aufs Gesicht.

Jenny hörte einen erstickten Aufschrei. War er aus ihrem Mund gekommen? Alle starrten jetzt das Gemälde an und blickten dann fast gleichzeitig zu ihr hin. Vor diesen Blicken, in denen eine unausgesprochene Frage brannte, gab es kein Entrinnen.

„O nein, nein!" Rooney sprach in einem merkwürdig singenden Tonfall. „Caroline würde dem Baby niemals weh tun!" Sie wandte sich an Jenny. „Sehen Sie, genau wie ich gesagt habe. Caroline ist zurückgekommen. Vielleicht wußte sie, daß das Baby krank war, und wollte helfen."

„Bring sie raus, Clyde", sagte Erich in einem Ton, der keinen Widerspruch zuließ.

Clyde faßte Rooney beim Ellenbogen. „Komm mit! Und sei endlich still!"

Rooney machte sich los. „Sagen Sie ihnen, daß ich Caroline oft gesehen habe, Jenny. Sagen Sie ihnen, daß ich nicht verrückt bin."

Jenny wollte aufstehen, aber ihre Beine versagten ihr den Dienst. Sie versuchte zu sprechen, fand aber keine Worte.

Rooneys Augen waren jetzt weit aufgerissen. „Ich hab sie gesehen. Manchmal, wenn Clyde eingeschlafen ist, schleiche ich mich aus dem Haus, weil ich mit ihr reden will. Ich wette, sie weiß, wohin Arden gegangen ist. Und ich habe Caroline hier im Haus gesehen. Einmal habe ich sie am Fenster im Zimmer des Babys erkannt. Sie stand im Mondlicht, es war beinahe so hell wie am Tag. Wenn sie doch nur mit mir sprechen würde. Wenn Caroline hier ist, kommt vielleicht auch Arden zurück, nicht wahr?"

Rooney lief durch das Zimmer zu Jenny hin. Sie sank auf die Knie und barg ihr Gesicht in Jennys Schoß. „Vielleicht kommt auch das Baby wieder. Wär das nicht schön?" Ihr zerbrechlicher Körper zitterte.

Jenny faßte sie sanft an den schmalen Schultern. „Das Baby kommt nicht zurück, Rooney", flüsterte sie. „Und Caroline und Arden auch nicht. Beth hat geträumt."

„Natürlich hat sie geträumt", sagte Mark ungehalten.

Luke und Clyde halfen Rooney auf. „Sie braucht ein Beruhigungsmittel", meinte Luke. „Ich fahre mit Ihnen zum Krankenhaus, Clyde." Er sah selbst nicht gesund aus.

Emily und Mark blieben noch ein wenig länger. Emily startete ein paar halbherzige Versuche, sich mit Erich über dessen Malerei zu unterhalten.

„Im Februar habe ich eine Ausstellung in Houston", erzählte Erich. „Ich werde Jenny und die Mädchen mitnehmen. Ein Tapetenwechsel wird uns allen sicher guttun."

Mark saß neben Jenny. Von ihm ging etwas Wohltuendes aus. Sie spürte sein aufrichtiges Mitgefühl, und das half ihr.

Nachdem er und Emily gegangen waren, raffte sich Jenny dazu auf, den Mädchen Abendessen zu machen und sie ins Bett zu bringen. Unten wartete Erich mit einem Glas Brandy auf sie. „Trink das, Jenny. Es wird dir helfen, dich zu entspannen." Er zog sie neben sich auf die Couch. Sie wehrte sich nicht. Er fuhr ihr mit der Hand durchs Haar. Früher hatte sie diese Geste als besonders zärtlich empfunden.

„Jenny, du hast doch gehört, was der Arzt gesagt hat. Das Baby hätte die Herzoperation ohnehin nicht überstanden."

Sie wartete darauf, daß das Gefühl der Betäubung nachließ. Versuch nicht, es mir leichter zu machen, Erich, dachte sie. Nichts, was du sagen kannst, ist von Bedeutung.

„Jenny, ich mache mir Sorgen. Ich werde dich natürlich beschützen. Aber Emily ist eine Klatschbase. Inzwischen weiß bestimmt schon die ganze Gegend, was Beth gesagt hat." Er drückte sie an sich. „Gott sei Dank ist Rooney keine verläßliche Zeugin, und Beth ist noch so klein."

Sie versuchte, sich loszumachen. Er hielt sie fest. Seine Stimme war so freundlich, so einschmeichelnd sanft. „Jenny, ich habe schreckliche Angst um dich. Alle Leute haben gesagt, wie sehr du Caroline ähnlich siehst. Sie werden erfahren, was Beth gesagt hat. O mein Liebes, kannst du dir nicht denken, was sie sagen werden?"

Bald würde sie aufwachen und wieder in ihrer alten Wohnung sein. Nana würde dort sein und sagen: „Jenny, du hast schon wieder im Schlaf geredet. Du hast sicher schlecht geträumt, Kind."

Doch sie war nicht in ihrer Wohnung. Sie war in diesem kalten, riesigen Haus, das einem Museum glich, und hörte Erichs unfaßbare Andeutung, die Leute könnten glauben, sie habe ihr eigenes Kind umgebracht.

„Das Schlimme ist, daß du tatsächlich im Schlaf umhergeirrt bist, Jenny. So ist es leicht möglich, daß du im Zimmer des Babys warst, ihm vielleicht übers Gesicht gestreichelt hast. Beth hat nicht verstanden, was sie gesehen hat. Du selbst hast Dr. Elmendorf erzählt, daß du Halluzinationen hattest. Er hat mich deswegen angerufen."

„Er hat dich angerufen?"

„Ja. Er hat gesagt, du weigerst dich, einen Psychiater aufzusuchen."

Jenny starrte an ihm vorbei auf die Gardinen. Das Gewebemuster erschien ihr wie ein Spinnennetz. Halluzinationen. War das Gesicht über ihrem Bett nur Einbildung gewesen? Und der Eindruck, daß lange Haare über ihre Wangen strichen? Hatte sie sich das all die Nächte nur eingebildet?

„Erich, ich bin völlig durcheinander. Ich weiß nicht mehr, was Wirklichkeit ist und was nicht. Ich muß hier raus. Ich nehme die Mädchen mit."

„Jenny, du bist viel zu erregt. Du kannst das nicht tun – allein schon um der Mädchen willen. Vergiß nicht, daß sie ebenso meine Kinder sind wie deine."

„Ich bin ihre Mutter, ihre leibliche Mutter!"

„Glaub mir, Jenny, wenn du je versuchen solltest, mich zu verlassen, wird man mir das Sorgerecht für die Kinder zusprechen. Oder glaubst du vielleicht, ein Richter würde sie dir überlassen? Bei dem Ruf, den du in Granite Place hast?"

„Aber sie gehören mir! Der Kleine war dein Sohn, und du wolltest ihm nicht einmal deinen Namen geben. Die Mädchen gehören mir, und du willst sie haben. Warum?"

„Weil ich dich will. Ganz gleich, was du getan hast, ganz gleich, wie krank du bist – ich will dich. Caroline war bereit, mich zu verlassen. Aber du, Jenny, würdest deine Kinder nie verlassen. Deshalb werden wir für immer zusammenbleiben. Ich teile von heute an wieder das Bett mit dir. Wir ziehen einen Schlußstrich unter alles, was geschehen ist. Ich werde für dich dasein und dir helfen, wenn du wieder schlafwandeln solltest. Ich werde dich beschützen. Wenn sie anfangen, wegen dem Tod des Babys hier herumzuschnüffeln, werde ich einen Rechtsanwalt für dich kommen lassen."

Er zog sie von der Couch hoch. Hilflos ließ sie es geschehen, daß er sie die Treppe hinaufgeleitete.

„Morgen stellen wir die Möbel im Schlafzimmer wieder um. Alles wird wie früher", sagte er. „Denk einfach, das Baby sei nie geboren worden."

Er verstand sie nicht! Sie mußte ihn jedoch bei Laune halten, bis sie sich in Ruhe die nächsten Schritte überlegen konnte.

Sie waren im Schlafzimmer; er zog die unterste Schublade der großen Kommode auf. Sie wußte, wonach er suchte: nach Carolines Nachthemd. „Zieh's für mich an, Jenny. Du hast es schon so lange nicht mehr getragen."

„Ich kann nicht." Sie hatte schreckliche Angst. Er sah sie so merkwürdig an. Dieser Mann, der ihr sagen konnte, daß die Leute sie für eine Mörderin hielten, war ein Fremder für sie; diesen herzlosen Menschen, der ihr vorschlug, das Baby einfach zu vergessen, das sie erst vor wenigen Stunden beerdigt hatten, kannte sie nicht.

„Jetzt zier dich doch nicht! Es wird dir passen. Du bist wunderschön."

Sie nahm ihm das Nachthemd aus der Hand und ging ins Badezimmer. Sie zog es an. Es paßte ihr wieder. Sie starrte ihr Spiegelbild an. Mehr denn je sah sie aus wie Caroline.

AM MORGEN glitt Erich leise aus dem Bett und ging auf Zehenspitzen durchs Zimmer. „Ich bin wach", sagte sie. Es war sechs Uhr. Um diese Zeit hatte sie immer das Baby gestillt.

„Versuch noch ein wenig zu schlafen, Liebes. Ich gehe zur Hütte. Die Bilder für die Ausstellung in Houston sind noch nicht ganz soweit. Die Tage in Houston werden uns allen viel Spaß machen, was, Jenny? Was glaubst du, wie die Mädchen sich freuen werden." Er setzte sich auf den Bettrand. „Jenny, ich liebe dich so."

Sie starrte stumm zu ihm hoch.

„Sag, daß du mich liebst, Jenny."

Gehorsam sagte sie: „Ich liebe dich."

Es war ein trüber Morgen. Die Mädchen hatten schon ihr Frühstück gegessen, und immer noch war die Sonne nicht hinter den Wolken hervorgekommen. Draußen war es kalt und bedrohlich, das Land lag bleiern unter einem düsteren Himmel.

Jenny zog Tina und Beth warm an. Elsa sollte heute den Christbaum aus dem Haus schaffen, und Jenny brach ein paar kleine Zweige ab.

„Was willst du denn damit machen, Mami?" fragte Beth.

„Ich hab mir gedacht, die legen wir dem Baby aufs Grab."

„Schau doch nicht so traurig, Mami", bettelte Beth.

„Ich werd mir Mühe geben, Maus." Wenn ich nur etwas empfände, dachte sie. Ich bin so ausgebrannt, so schrecklich leer.

Auf dem Rückweg vom Friedhof sahen sie Clyde, der in ihre Richtung fuhr. Jenny wartete auf ihn, um sich nach Rooney zu erkundigen.

„Sie wird noch einige Zeit im Krankenhaus bleiben müssen", berichtete er. „Sie führen verschiedene Untersuchungen durch. Sie meinen, ich sollte sie vielleicht in . . . in ein Heim bringen lassen. Ich habe gesagt: ‚Kommt nicht in Frage!' Ich habe wohl nie richtig begriffen, wie einsam Rooney gewesen ist. Als Sie herkamen, Mrs. Krueger, ging es ihr gleich viel besser. Aber in letzter Zeit hat sich ihr Zustand wieder verschlechtert. Sie haben's ja miterlebt."

Er schluckte und zwinkerte heftig mit den Augen, um seine Tränen zu verbergen.

„Ach ja, diese Geschichte", fuhr er fort, „ich meine, was Beth gesagt hat, ist rausgekommen. Der Sheriff . . . er hat Rooney verhört."

Sheriff Gunderson kam drei Tage darauf zur Farm. „Mrs. Krueger, ich habe hier einen Gerichtsbeschluß. Ich soll die Leiche Ihres Babys exhumieren lassen. Der Gerichtsmediziner will eine Autopsie vornehmen."

Jenny stand dabei und sah zu, wie Männer mit scharfen Spaten und Pickeln das gefrorene Erdreich aufgruben, sah, wie der kleine Sarg fortgeschafft wurde.

Sie bemerkte, daß jemand neben ihr stand. Es war Mark. „Warum quälen Sie sich denn so, Jenny? Sie sollten nicht hier sein."

„Wonach suchen diese Leute?"

„Sie wollen sichergehen, daß auf dem Gesicht des Babys keine Schrammen oder Druckstellen sind."

Sie dachte an die blaue Ader an der Nase des Kindes. Sie hatte sie bemerkt, als sie das Kind an jenem Morgen gefunden hatte.

„Ist Ihnen etwas Verdächtiges an meinem Jungen aufgefallen, Mark?" fragte sie.

„Nein, nicht daß ich wüßte. Aber als ich Mund-zu-Mund-Beatmung versucht habe, mußte ich das Gesicht ziemlich fest anpacken. Möglich, daß es dabei zu Druckstellen gekommen ist."

„Haben Sie ihnen das gesagt?" Sie erschauerte.

„Ja."

„Das haben Sie getan, um mich zu schützen."

„Ich habe ihnen die Wahrheit gesagt. Kommen Sie mit ins Haus zurück", beschwor er sie.

Sie hatte furchtbare Kopfschmerzen. Ihr war heiß und kalt, und ihre Gedanken drehten sich unaufhörlich im Kreis.

Erich hatte es gern, wenn sie wie seine Mutter aussah. Wenn sie schlafwandelte, versuchte sie vielleicht, wie seine Mutter auszusehen, um ihm eine Freude zu machen. „Wahrscheinlich versuche ich das", murmelte sie. Der Klang ihrer eigenen Stimme erschreckte sie. Sie wußte nicht, daß sie laut gedacht hatte.

„Was haben Sie gesagt, Jenny? *Jenny!*"

Sie fiel; sie konnte es nicht ändern. Doch sie wurde aufgefangen, als ihr Haar schon den Schnee berührte.

Mark trug sie jetzt auf den Armen. „Jenny, Sie haben ja Fieber."

Vielleicht konnte sie deshalb keinen klaren Gedanken fassen.

Sie saß in Marks Auto.

„Akuter Schwächeanfall. Vermutlich hat sie zudem eine Rippenfell-entzündung", sagte Dr. Elmendorf.

Es war so schön, sich treiben zu lassen, so schön, in einem dieser weißbezogenen Betten zu liegen und sich geborgen zu wissen.

Endlich brachte Mark ihr die Nachricht, die sie brauchte. „Das Gericht hat auf eine Autopsie verzichtet. Das Baby ist wieder auf dem Friedhof. Sie werden seine Ruhe nicht mehr stören."

„Danke."

Er nahm ihre Hand. Seine Nähe spendete ihr Trost.

An diesem Abend trank sie zwei Tassen Tee und aß eine Scheibe Toast.

„Ich freue mich zu sehen, daß es Ihnen bessergeht, Mrs. Krueger." Die Krankenschwester war herzensgut zu ihr. Warum habe ich eigentlich das Gefühl, losheulen zu müssen, wenn jemand nett zu mir ist? fragte sich Jenny. Sie hatte es früher immer als selbstverständlich angesehen, daß man sie gern leiden mochte.

Das Fieber wollte nicht weichen. „Ich werde Sie erst nach Haus entlassen, wenn Sie normale Temperatur haben", sagte Dr. Elmendorf. „Und während Sie hier sind, möchte ich, daß Sie sich ein paarmal mit Dr. Philstrom unterhalten."

Dr. Philstrom war Psychiater.

Er setzte sich an ihr Bett, ein adretter kleiner Mann, der wie ein Bankangestellter aussah. „Wie ich gehört habe, hatten Sie eine Reihe von Alpträumen."

„Jetzt aber nicht mehr", sagte Jenny. Tatsächlich konnte sie hier im Krankenhaus fast immer die Nacht durchschlafen. Von Tag zu Tag fühlte sie sich frischer und kräftiger.

Doch die Nachmittage waren schwer zu ertragen. Sie wollte Erich nicht sehen. Wenn sie seine Schritte draußen auf dem Korridor hörte, wurde ihr ganz beklommen zumute.

Er brachte die Mädchen mit. Sie durften das Gebäude zwar nicht betreten, aber Jenny winkte ihnen vom Fenster aus zu. Wie sie so zu ihr heraufwinkten, kamen sie ihr sehr verlassen vor.

Sie mußte ganz einfach wieder zu Kräften kommen. Auf der Krueger-Farm hielt sie nichts mehr. Niemals konnten Erich und sie wiedergewinnen, was einmal zwischen ihnen gewesen war. Sie mußte fort, mußte Erich verlassen. Und sie wußte auch schon, wie sie das bewerkstelligen konnte. Auf der Reise nach Houston würde sich für sie sicher eine Gelegenheit ergeben, unauffällig mit Beth und Tina zu verschwinden.

Sie würde Nanas Medaillon verkaufen und sich so etwas Geld

verschaffen. Vor ein paar Jahren hatte ein Juwelier ihrer Großmutter über tausend Dollar dafür geboten. Wenn sie auch nur annähernd soviel bekam, würde es für Flugtickets nach New York reichen und sie auch noch über Wasser halten, bis sie einen Job gefunden hatte.

Am nächsten Tag rief sie Fran an.

„Jenny, du hast meine Briefe nicht beantwortet. Ich dachte schon, du hättest mich längst vergessen."

Sie machte sich nicht die Mühe zu erklären, daß sie die Briefe nie erhalten hatte. „Fran, ich brauche deine Hilfe. Ich muß hier weg."

Frans Fröhlichkeit war wie fortgeblasen. „Du hast Kummer, Jenny", sagte sie. „Ich höre es deiner Stimme an."

Später konnte sie Fran alles erzählen. Jetzt sagte sie nur: „Ja, ich habe Kummer."

„Verlaß dich auf mich. Ich melde mich bald wieder."

„Ruf nach acht Uhr abends an. Dann ist hier die Besuchszeit vorbei."

Fran rief am folgenden Abend um zehn nach sieben an. Als das Telefon klingelte, wußte Jenny sofort, was geschehen war. Fran hatte nicht an den Zeitunterschied gedacht. In New York war es zehn nach acht. Erich saß an ihrem Bett. Als er ihr den Hörer reichte, zog er verwundert die Augenbrauen hoch. Frans Stimme war laut und voller Optimismus. „Ich habe große Pläne!"

„Fran, wie schön, daß du anrufst." Jenny wandte sich zu Erich um und sagte: „Erich, es ist Fran. Willst du sie nicht kurz begrüßen?"

Fran hatte verstanden. „Erich, wie geht's? Es tut mir so leid, daß Jenny krank ist."

Als Jenny schließlich den Hörer auflegte, kam prompt Erichs Frage: „Was für Pläne, Jenny?"

Achtes Kapitel

IN DER letzten Januarwoche wurde sie entlassen. Beth und Tina kamen ihr wie Fremde vor. Merkwürdig still, merkwürdig zurückhaltend. „Du bist nie zu Hause, Mami."

Ob Erich wegen Fran Verdacht geschöpft hatte? Jenny hatte sie an jenem Abend noch einmal angerufen, nachdem Erich gegangen war. Fran hatte tatsächlich Pläne geschmiedet, sie war Feuer und Flamme gewesen: „Ich habe eine Freundin, die einen großen Kinderhort in

New Jersey leitet. Ich habe ihr gesagt, daß du viel von Musik und Malerei verstehst. Du kannst sofort bei ihr anfangen. Sie kann dir auch eine Wohnung besorgen."

Jenny wollte den richtigen Moment abwarten.

Erich war mit den Vorarbeiten zur Ausstellung in Houston beschäftigt. Er brachte Bilder aus der Hütte mit nach Hause.

„Dies hier habe ich ‚Die Ernährerin' genannt", sagte er und hielt ein Ölbild hoch, das in Blau- und Grüntönen gehalten war. Hoch oben in den Zweigen einer Ulme war ein Vogelnest zu erkennen. Eine Vogelmutter mit einem Wurm im Schnabel flog auf den Baum zu. „Die Idee für dieses Bild ist mir an jenem ersten Abend gekommen, als du die Mädchen auf dem Arm nach Hause getragen hast." Seine Stimme klang zärtlich. „Wie gefällt es dir?"

„Es ist sehr schön." Nur wenn sie seine Arbeiten betrachtete, machte Erichs Nähe sie nicht nervös. Dann war er wieder der Mann, in den sie sich einst verliebt hatte. Sie betrachtete die Bäume im Hintergrund. „Ist das Bild erst kürzlich entstanden, Erich?"

„Ja, Schatz."

Sie zeigte mit dem Finger darauf. „Aber dieser Baum steht nicht mehr. Du hast im letzten Frühjahr die meisten Ulmen fällen lassen, weil sie krank waren."

„Ich habe vor längerer Zeit mal ein Bild angefangen und jenen Baum als Teil des Hintergrunds benutzt, aber es hat nicht ausgedrückt, was ich sagen wollte. Dann habe ich eines Tages einen Vogel Futter zu seinen Jungen bringen sehen und dabei an dich gedacht. Alles, was ich tu, ist von dir inspiriert, Jenny." Erich deckte das Bild rasch wieder zu. „Der Spediteur holt morgen früh dreißig Bilder ab. Wirst du hiersein und dafür sorgen, daß er sie alle mitnimmt?"

„Natürlich werde ich zu Hause sein. Wo sollte ich wohl sonst sein?"

„Ich habe mir gedacht, vielleicht will Mark dich vor seiner Abreise noch einmal besuchen."

„Was soll das nun wieder heißen?"

„Gleich nach seiner Ankunft in Florida hat Luke einen Herzanfall erlitten. Aber das gibt ihm noch lange nicht das Recht, unsere Ehe zu zerstören."

„Erich, was redest du denn da?"

„Luke hat mich letzte Woche angerufen. Er ist inzwischen aus dem Krankenhaus entlassen. Er hat vorgeschlagen, daß du ihn mit den Mädchen in Florida besuchst. Mark reist heute ab, um ein paar Tage bei ihm Urlaub zu machen. Luke hat die Frechheit besessen, mir vorzuschlagen, du könntest mit Mark dort hinfahren."

„Das ist doch nett von ihm."

„Es war nicht nett von ihm. Luke hat dich lediglich von mir weglotsen wollen. Das habe ich ihm auch sehr deutlich gesagt."

„Erich!"

„So überrascht, Jenny? Was glaubst du denn, warum Mark und Emily Schluß gemacht haben?"

„Sie haben Schluß gemacht?"

„Mark hat Emily gesagt, ihm sei klargeworden, daß er nicht heiraten wolle und daß es nicht fair sei, ihr Hoffnungen zu machen. So etwas tut ein Mann nur, wenn er hinter einer anderen Frau her ist."

„Nicht unbedingt."

„Mark ist verrückt nach dir, Jenny. Wenn er nicht gewesen wäre, hätte der Sheriff nach dem Tod des Babys die Autopsie durchgedrückt. Das ist dir doch wohl klar."

„Nein!" Ihr Mund war wie ausgetrocknet.

„Das Baby hatte rechts an der Nase eine Druckstelle. Der Gerichtsmediziner hat gesagt, daß diese Verletzung dem Baby höchstwahrscheinlich vor seinem Tod beigebracht worden ist. Mark hat daraufhin immer wieder beteuert, bei den Wiederbelebungsversuchen unsanft mit dem Baby umgesprungen zu sein." Erich stand jetzt dicht neben ihr, seine Lippen nahe an ihrem Ohr. „Mark weiß es. Du weißt es. Ich weiß es: Mark hat dem Baby keine Quetschungen beigebracht, Jenny!"

„Was sagst du da?"

„Mark hat gelogen! Er ist genau wie sein Vater. Jeder hier wußte, was Luke für Caroline empfand. Er hätte sie an jenem letzten Tag zum Flughafen fahren sollen. Sie mußte nur mit den Fingern schnippen, und schon war er da. Und jetzt glaubt Mark, er kann ein ähnliches Ding drehen. Da hat er sich aber gewaltig getäuscht. Mark Garrett wird meinen Grund und Boden nie wieder betreten."

„Erich, das kann doch nicht dein Ernst sein!" Am ganzen Leib zitternd, verließ sie das Zimmer und öffnete die Tür zur Veranda. Die letzten Strahlen der untergehenden Sonne färbten den Himmel purpurrot. Der Abendwind bewegte Carolines Schaukelstuhl. Kein Wunder, daß Caroline hier draußen gesessen hatte. Auch sie war aus dem Haus vertrieben worden.

AM NÄCHSTEN Morgen, nachdem Erich zur Hütte gegangen war, fand Jenny im Branchenfernsprechbuch die Anzeige eines Juweliers. „Höchstpreise für Ihr Gold" hieß es da. Das Geschäft befand sich in einem größeren Nachbarort. Als Erich vom Malen zurückkam, erklärte sie ihm, sie brauche noch ein paar Dinge für die Reise, und bat ihn um die Wagenschlüssel. Eigentlich hatte sie Schwierigkeiten erwartet, überraschenderweise jedoch überließ er ihr die Schlüssel, ohne weitere Fragen zu stellen.

Während die Kinder Mittagsschlaf hielten, fuhr sie rasch zu dem Juweliergeschäft. Man bot ihr achthundert Dollar für das Medaillon. Das war deutlich unter Wert, aber sie hatte keine Wahl.

Sie rief Fran an und hinterließ eine Nachricht auf ihrem Anrufbeantworter. „Wir kommen am sechsten oder siebenten nach New York. Ruf hier nicht mehr an."

IHR erster Hochzeitstag war der zweite Februar. „Wir könnten doch mit der Feier warten, bis wir in Houston sind, Schatz", sagte Erich.

„Natürlich, wenn du meinst." Ihre schauspielerischen Fähigkeiten würden nicht ausreichen, bei einer solchen Feier ein trautes, ungetrübtes Glück vorzutäuschen. Doch bald, bald würde es ja vorüber sein. Das Wissen darum beflügelte sie, versetzte sie in gelöste Stimmung wie schon seit Monaten nicht mehr. Tina und Beth spürten das. Sie waren in letzter Zeit so still gewesen. Jetzt lebten sie sichtlich auf, als Jenny mit ihnen redete. „Könnt ihr euch noch an den schönen Flug hierher erinnern? Wir fliegen jetzt wieder in eine große Stadt."

Erich kam herein. „Na, wovon sprecht ihr?"

„Ich habe ihnen von unserer Reise nach Houston erzählt; wieviel Spaß wir haben werden."

„Du lächelst ja, Jenny. Weißt du eigentlich, wie lange du schon nicht mehr glücklich ausgesehen hast?"

„Schon viel zu lange."

Am vierten Februar wollten sie in Minneapolis die Vierzehnuhrmaschine nach Houston nehmen. „Ich habe Joe gebeten, uns zum Flughafen zu fahren", sagte Erich.

„Joe?"

„Ja, er ist arbeitsfähig. Ich werde ihn wieder einstellen."

„Aber Erich – nach allem, was passiert ist?"

„Jenny, das ist alles längst vergessen."

ENDLICH war es Zeit zur Abreise. Erich hatte das Gepäck in den Wagen geladen. „Ich hole Joe", sagte er zu ihr. „Kommt, Kinder. Mami will sich noch in Ruhe anziehen."

„Ich bin gleich fertig!" rief sie. „Wartet einen Augenblick. Ich komme mit."

Er schien sie nicht gehört zu haben. „Beeil dich, Mami!" rief Beth, als sie und Tina mit Erich die Treppe hinunterpolterten. Jenny zuckte die Achseln. So blieben ihr wenigstens ein paar Minuten, um noch einmal nachzuprüfen, ob sie auch nichts vergessen hatte. Das Geld aus dem Verkauf des Medaillons steckte in der Innentasche der Kostümjacke, die sie in ihren Koffer gepackt hatte. Sie hätte sich gern von Rooney verabschiedet, aber Clyde hatte ihr gesagt, Rooney werde erst am Wochenende aus dem Krankenhaus entlassen.

Auf dem Weg nach unten warf sie noch einen Blick ins Zimmer der Mädchen. Elsa hatte aufgeräumt und die Betten gemacht. Das Zimmer sah jetzt übermäßig ordentlich aus, verlassen und leer. Wer es so sah, mochte leicht ahnen, daß die Mädchen nicht zurückkommen würden. Hatte Erich das auch geahnt?

Von einer plötzlichen Furcht getrieben, lief Jenny die Treppen hinunter, sah aber, daß Erich noch nicht zurück war. Er mußte jeden Augenblick mit Joe und den Mädchen vorfahren.

Zehn Minuten später ging sie auf die Veranda hinaus. Sie starrte die Straße hinunter, hielt angestrengt nach dem Wagen Ausschau.

Sie wartete noch eine halbe Stunde und rief dann bei Joes Mutter an. Maude war mehr als erstaunt. „Was heißt hier ‚Sind sie schon weg?'? Ich habe Erich und die Kinder vor über vierzig Minuten hier vorbeifahren sehen."

„Aber Joe sollte uns doch zum Flughafen fahren."

„Joe? Wie kommen Sie denn darauf? Außerdem hat Mr. Krueger uns gesagt, daß er mit den Mädchen allein wegfährt."

Erich hatte die Mädchen mitgenommen. Ihr Geld war im Gepäck im Wagen. Irgendwie hatte er erraten, was sie vorhatte.

Sie rief das Hotel in Houston an. „Ich habe eine Nachricht für Mr. Krueger. Erich Krueger. Er möchte bitte gleich nach seiner Ankunft seine Frau anrufen."

Mit seinem jovialen texanischen Akzent beschied ihr der Mann an der Rezeption: „Ich sehe mal nach . . . Tut mir leid, aber das muß ein Mißverständnis sein. Die Reservierungen sind schon vor fast zwei Wochen widerrufen worden."

Sie saß stundenlang im Wohnzimmer und wartete. Erich würde anrufen. Da war sie ganz sicher. Wie sollte sie reagieren? Zugeben, daß sie vorgehabt hatte, ihn zu verlassen? Das wußte er gewiß schon. Versprechen, daß sie bei ihm bleiben würde? Dem Versprechen würde er nicht trauen. Wohin hatte er die Mädchen gebracht?

Um neun Uhr abends läutete das Telefon. Ihre Hand zitterte, als sie nach dem Hörer griff. „Hallo?"

„Mami!" Es klang, als sei Beth weit entfernt. „Warum hast du denn heute nicht mitkommen wollen?"

„Beth, mein Schätzchen, wo bist du?"

Eine Unterbrechung. Dann Protestgeschrei von Beth: „Ich will mit Mami sprechen."

Tinas Stimme. „Mami, wir sind gar nich mit dem Flugzeug geflogen." Ein Geräusch wie von einem herunterfallenden Hörer.

„Hallo, Liebes." Erichs Stimme klang ehrlich besorgt. Tina und Beth schluchzten im Hintergrund.

„Erich, wo bist du? Warum hast du das getan?"

„Warum habe ich was getan? Verhindert, daß du mir meine Kinder wegnimmst? Sie vor Gefahr beschützt?"

„Gefahr? Was redest du denn da?"

„Ich habe dir gesagt, daß ich dir beistehen werde. Aber ich werde nie zulassen, daß du mich verläßt und mir meine Mädchen wegnimmst."

„Das tue ich bestimmt nicht, Erich. Bring sie nach Hause."

„Das genügt mir nicht. Geh zum Schreibtisch, Jenny. Hol Papier und Kugelschreiber. Ich werde warten."

Die Mädchen weinten immer noch. Aber sie konnte auch etwas anderes hören. Verkehrslärm. Er mußte aus einer Telefonzelle an einer Schnellstraße telefonieren. Sie ging zum Schreibtisch und kam zurück. „Okay, Erich. Was jetzt?"

„Es ist ein Brief an mich. Ich werde ihn dir diktieren: ‚Lieber Erich' . . ."

Sie klemmte sich den Hörer zwischen Schulter und Ohr und kritzelte die beiden Wörter. Langsam fuhr er fort:

> „Ich sehe ein, daß ich sehr krank bin. Ich weiß, daß ich ständig schlafwandle, und ich mache schreckliche Sachen, an die ich mich später nicht erinnern kann. Natürlich habe ich gelogen, als ich sagte, ich sei nicht zu Kevin in den Wagen gestiegen. Ich habe ihn gebeten herzukommen, damit ich ihn überreden konnte, uns in Ruhe zu lassen. Ich wollte nicht so kräftig zuschlagen."

„Erich, das schreibe ich nicht. Es ist nicht wahr!"

„Hör mir zu." Er sprach jetzt schneller:

> „Joe hat gedroht, er werde erzählen, daß er mich in den Wagen steigen sah. Ich konnte nicht zulassen, daß er redet. Ich habe geträumt, ich hätte das Rattengift unter den Hafer gemischt. Aber ich weiß, daß es kein Traum war. Ich dachte, Du würdest das Baby akzeptieren, aber Du wußtest, daß es nicht von Dir war. Ich dachte, es wäre besser für unsere Ehe, wenn das Baby nicht am Leben bliebe. Erich, versprich mir, daß Du mir die Kinder nie allein anvertraust. Ich bin nicht verantwortlich für das, was ich tue."

Sie warf den Kugelschreiber beiseite. „*Nein!*"

„Wenn du diese Erklärung unterschreibst, Jenny, komme ich zurück. Ich werde sie in den Safe schließen. Niemand wird je davon erfahren."

„Bitte, Erich, sag, daß du das nicht ernst meinst!"

„Ich rufe dich morgen abend wieder an. Denk darüber nach."

Seine Stimme wurde freundlich. „Wir lieben einander, Jenny. Aber ich kann nicht riskieren, dich zu verlieren. Und ich kann dir die Mädchen nicht anvertrauen."

Klick. Er hatte aufgelegt. Sie starrte auf den Briefbogen in ihrer Hand.

„Bitte lieber Gott, hilf mir doch", flehte sie. „Ich weiß nicht, was ich tun soll."

Sie konnte nicht oben im Himmelbett schlafen. Im ersten Stock würde sie es in keinem Zimmer aushalten können. Sie legte sich auf die Couch in der Küche und deckte sich mit dem grünen Umhängetuch zu.

Sie hörte die Uhr eins schlagen ... und zwei ... und drei ... Irgendwann danach schlief sie ein. Ein Geräusch weckte sie auf. Schritte. Jemand ging oben herum.

Sie zwang sich, langsam, Schritt für Schritt, die Treppe hinaufzugehen. Sie hüllte sich fest in das Umhängetuch, betrat zögernd das große Schlafzimmer, knipste das Deckenlicht an. Niemand war im Zimmer.

Erichs früheres Zimmer! Die Tür stand einen Spaltbreit offen. War sie nicht vorhin geschlossen gewesen? Sie ging hinein, machte Licht. Niemand.

Sie ging zum Fenster hinüber und blickte hinaus. Eine Gestalt stand

im Hof. Die Gestalt eines Mannes, der zu ihr heraufsah. Das Mondlicht beleuchtete sein Gesicht. Es war Clyde. Was machte er dort? Sie
winkte ihm zu.

Er drehte sich um und rannte weg.

Den Rest der Nacht lag sie unten auf der Couch und lauschte. Um
sechs Uhr morgens stand sie auf. Sie duschte heiß; das nahm ein wenig
die betäubende Müdigkeit von ihr. In ein großes Badetuch gewickelt,
ging sie ins Schlafzimmer und zog eine Schublade auf. Sie fand ein
Paar ausgewaschene Jeans, die sie noch in New York getragen hatte.
Sie zog sie an und suchte in den Schubladen und Schränken, bis sie
einen ihrer alten Pullover entdeckte. Erich hatte verlangt, sie solle alles
weggeben, aber ein paar Sachen hatte sie doch behalten. Es war jetzt
wichtig für sie, etwas zu tragen, das ihr gehörte, das sie selbst gekauft
hatte.

Um sieben rief sie Fran an. „Wir kommen nicht."

„Warum denn nicht, Jenny? Stimmt etwas nicht?"

„Erich ist mit den Mädchen verreist. Ich weiß nicht genau, wann sie
zurückkommen."

„Jenny, möchtest du, daß ich dich besuche? Ich habe noch vier Tage
Urlaub."

Erich würde fuchsteufelswild werden, wenn Fran herkam. Es war

Frans Anruf im Krankenhaus gewesen, der ihm ihren Plan verraten hatte.

„Nein, Fran, komm nicht her. Ruf auch nicht an. Bete für mich, wenn du willst."

Dann trank Jenny eine Tasse Kaffee und ging zum Büro hinüber. Clyde saß bereits hinter dem großen Schreibtisch, den Erich sonst immer benutzte.

„Clyde, warum waren Sie letzte Nacht draußen vor dem Haus?"

„Sie haben mich gesehen?"

„Ja, natürlich."

„Dann haben Sie sie auch gesehen?"

„Sie?"

„Vielleicht ist Rooney doch nicht so verrückt, Mrs. Krueger", platzte Clyde heraus. „Letzte Nacht konnte ich nicht einschlafen. Sie wissen vielleicht, daß wir von unserem Fenster aus ein Stück vom Friedhof sehen können? Ja, also, da habe ich etwas sich bewegen sehen. Und ich bin rausgegangen." Clydes Gesicht war unnatürlich blaß. „Mrs. Krueger, *ich habe Caroline gesehen.* Sie ging vom Friedhof zum Haus hinüber. Ich bin ihr nachgegangen. Das Haar. Das Cape, das sie immer getragen hat. Sie ist dann ins Haus gegangen. Ich habe am Türknauf gedreht, aber die Tür war verschlossen. Ich hatte meine Schlüssel nicht bei mir. Ich habe gewartet. Nach einer Weile habe ich oben im großen Schlafzimmer das Licht angehen sehen und gleich darauf in Erichs früherem Zimmer. Sie ist ans Fenster gekommen, hat hinausgesehen und mir zugewinkt."

„Clyde, *ich* war am Fenster. *Ich* habe Ihnen zugewinkt."

Er sah sie entsetzt an. „Dann hat Erich doch recht gehabt. Die ganze Zeit waren Sie es, die wir gesehen haben."

„Ich war es nicht, Clyde!" widersprach sie ihm. „Ich bin nach oben gegangen, weil ich jemand gehört habe –" Sie unterbrach sich, eingeschüchtert vom ungläubigen Ausdruck auf seinem Gesicht.

Sie floh ins Haus zurück. Hatte Clyde recht? War sie im Schlaf draußen herumgelaufen und erst wieder aufgewacht, als sie oben im Haus war? War sie die Frau, die Beth an der Wiege gesehen hatte, die Frau auf dem Bild?

Sie würde Erichs Erklärung unterschreiben, und er würde sie beschützen. Stundenlang saß sie am Küchentisch, dann ging sie zum Schreibtisch und holte sich ein Blatt Papier. Sie würde auch aufschreiben, was letzte Nacht passiert war.

Und letzte Nacht muß ich wieder im Schlaf umhergeirrt sein. Clyde hat mich gesehen. Ich bin vom Friedhof gekommen. Ich nehme an, ich bin am Grab des Babys gewesen. Ich bin im Schlafzimmer aufgewacht und habe Clyde vom Fenster aus gesehen. Ich habe ihm zugewinkt.

Clyde hatte da draußen im verharschten Schnee gestanden.

Im Schnee.

Sie war letzte Nacht in Strümpfen herumgelaufen. Wenn sie draußen gewesen wäre, hätte sie nasse Füße haben müssen. Die Stiefel, die sie auf der Reise hatte tragen wollen, standen noch frisch geputzt bei der Couch. Niemand hatte sie im Freien getragen. Aber wenn sie beim Friedhof gewesen wäre, hätte sie nasse Füße bekommen, ihre Strümpfe wären schmutzig geworden.

Bedächtig zerriß sie den Brief und ließ ihn in tausend kleinen Schnipseln zu Boden flattern. Zum ersten Mal, seit Erich gegangen war, löste sich das Gefühl der Hoffnungslosigkeit. Sie war nicht draußen gewesen!

Aber Rooney hatte Caroline gesehen. Beth hatte sie gesehen. Clyde hatte sie gesehen. Sie, Jenny, hatte sie in der vergangenen Nacht oben herumlaufen hören. Vielleicht war Caroline böse auf sie, weil sie Erich soviel Kummer machte. Vielleicht war sie immer noch oben. *Sie war zurückgekommen.*

Jenny stand auf. Zögernd, mit klopfendem Herzen, ging sie die Treppe hinauf. Vielleicht war Caroline auf dem Dachboden. Vielleicht war sie letzte Nacht dorthin gegangen. Auf dem Dachboden war es fast dunkel. Jenny ging auf und ab. Warum kam Caroline immer wieder in dieses Haus? Sie hatte es einst doch kaum erwarten können, hier wegzukommen.

„Caroline", rief Jenny leise, „bitte sprich mit mir."

Die Wiege stand in einer Ecke und war mit einem Laken verhängt. Jenny ging hinüber, berührte die Wiege zärtlich, begann sie zu schaukeln. „Mein kleiner Liebling", flüsterte sie. „O mein kleiner Spatz."

Etwas glitt über das Laken, glitt auf ihre Hand zu. Ein dünnes Goldkettchen, ein herzförmiges kostbares Medaillon, das im Dämmerlicht hell schimmerte.

Es war Nanas Medaillon.

Ich werde verrückt, dachte sie. Mit dem Medaillon in der Hand rannte sie zur Küche hinunter. Das Telefonbuch lag in einer Schublade unter dem Wandtelefon. Hastig blätterte sie, bis sie die Anzeige des Juweliers wiederfand, dem sie das Medaillon verkauft hatte.

Sie wählte die Nummer, fragte nach dem Geschäftsführer. „Hier ist Mrs. Krueger", erklärte sie rasch. „Ich habe Ihnen vorige Woche ein Medaillon verkauft. Ich würde es gern zurückkaufen."

„Mrs. Krueger, allmählich muß ich mich doch sehr wundern. Ihr Mann war hier und hat gesagt, Sie hätten kein Recht, ein altes Familienerbstück zu verkaufen. Ich habe es ihm zu dem Preis überlassen, den ich Ihnen bezahlt hatte."

„Mein *Mann?*"

„Ja, er war kaum zwanzig Minuten nach Ihnen hier." Die Verbindung wurde unterbrochen.

Erich hatte Verdacht geschöpft. Er war ihr gefolgt, wahrscheinlich in einem Fahrzeug von der Farm. Doch wie war das Medaillon auf den Dachboden gelangt?

JENNY klingelte an Maude Ekers' Küchentür, und Joe öffnete. Er war dünner geworden, sein jungenhaftes Gesicht wirkte durch die müden Falten um die Augen gereifter.

„Joe!"

Er streckte ihr die Hände entgegen. Impulsiv griff sie danach; von einem Gefühl der Zuneigung übermannt, küßte sie ihn zart auf die Wange. „Joe."

„Jenny, ich meine – Mrs. Krueger..." Ein wenig linkisch trat er zur Seite und ließ sie vorbei.

„Ist Ihre Mutter zu Hause?"

„Sie ist zur Arbeit. Ich bin allein."

„Das ist mir sehr recht. Ich muß mit Ihnen reden."

„Jenny, ich habe Ihnen soviel Scherereien gemacht mit dem, was ich damals nach dem Unfall gesagt habe. Daß ich Sie an jenem Abend gesehen hätte... Ich hab das gar nicht so gemeint."

Sie setzte sich ihm gegenüber an den Küchentisch.

„Joe, wollen Sie sagen, Sie glauben nicht, daß Sie mich damals gesehen haben?"

„Na ja, wie ich schon dem Sheriff und Mr. Krueger gesagt habe..., irgend etwas ist mir immer komisch vorgekommen."

„Komisch?"

„Ich meine, wie Sie sich bewegen. Sie sind so anmutig, so leicht-füßig wie ein Reh. Aber die Frau, die an jenem Abend aus dem Haus

kam, ging ganz anders. Es ist schwer zu erklären. Und sie ging ein wenig vornübergebeugt, so daß ihr Haar fast das Gesicht verdeckte. Sie halten sich immer so gerade, Jenny ..."

„Joe, ist es denn möglich, daß Sie damals Rooney gesehen haben, die meinen Mantel trug?"

Joe sah sie verdutzt an. „Rooney kann es nicht gewesen sein. Ich hab mich ja absichtlich ein wenig abseits gehalten, weil ich Rooney auf dem Weg zum Haus gesehen hatte und nicht mit ihr zusammentreffen wollte. Rooney war dort, das stimmt. Aber jemand anders ist in den Wagen gestiegen."

Jenny strich sich mit der Hand über die Stirn. Sie war zu der Überzeugung gelangt, Rooney sei der Schlüssel zu allem, was geschehen war: Rooney konnte heimlich ins Haus und wieder hinaus gelangen. Rooney hätte sogar mit anhören können, was sie und Erich über Kevin gesagt hatten. Rooney hätte Kevin anrufen können. Rooney wußte von der Schiebetür zwischen den Schlafzimmern. Die rätselhaften Vorgänge ließen sich Punkt für Punkt erklären, wenn Rooney den an sie verschenkten Mantel getragen und sich an jenem Abend mit Kevin getroffen hatte.

Wer also hatte den Mantel getragen? Wer hatte Kevin zur Farm gebeten? Sie wußte es nicht.

Sie stand auf und wandte sich zum Gehen. „Sie haben uns gefehlt, Joe", sagte sie. „Schön, daß Sie wieder für uns arbeiten werden."

„Ich war ja so froh, als Mr. Krueger mir letzte Woche den Job angeboten hat. Und, wie gesagt, ich habe ihm erzählt, was ich auch Ihnen eben erzählt habe."

„Was hat Erich dazu gemeint?"

„Er hat gesagt, ich solle das alles für mich behalten. Ich würde nur neuen Ärger machen, wenn ich die alte Geschichte aufwärme. Ich habe geschworen, meinen Mund zu halten."

Sie ging zur Tür. Nur Joe nicht merken lassen, wie tief sie getroffen war. Erich hatte von ihr verlangt, eine Erklärung zu unterschreiben, in der stand, sie sei zu Kevin in den Wagen gestiegen. Und das, obwohl Joe ihm bereits gesagt hatte, er sei sicher, jemand anders habe ihren Mantel getragen.

Sie mußte unbedingt mit jemand reden, mußte sich jemand anvertrauen.

Es gab einen Menschen, dem sie vertrauen konnte: Mark. Sie hoffte, daß er inzwischen aus Florida zurück war.

Sobald sie zu Hause ankam, suchte sie die Nummer von Marks Praxis im Telefonbuch und rief an. Man teilte ihr mit, Dr. Garrett werde jede Minute erwartet. Ob sie eine Nachricht hinterlassen wolle?

Sie mochte ihren Namen nicht nennen. „Wann kann man ihn am besten erreichen?"

„Seine Sprechstunde dauert bis halb sieben. Ab sieben erreichen Sie ihn bestimmt zu Hause."

Fünf Minuten nach sieben wollte Jenny Mark zu Hause anrufen. Sie streckte die Hand nach dem Hörer aus, da läutete das Telefon. Sie hob hastig ab: „Hallo?"

„Jenny, du hast wohl vor dem Telefon auf der Lauer gelegen? Erwartest du einen Anruf?" Erichs neckender Tonfall klang ein wenig gekünstelt.

Jennys Magen krampfte sich zusammen. „Ich habe gehofft, daß du dich meldest." Hörte sie sich natürlich an? „Wie geht es den Mädchen, Erich?"

„Denen geht's prima."

Sie schloß die Augen, bemühte sich, ihre Worte sorgfältig zu wählen. „Ich habe Joe getroffen", sagte sie leichthin. „Er freut sich riesig, daß du ihn wieder angestellt hast, Erich."

„Ich nehme an, er hat dir auch sein neuestes Ammenmärchen aufgetischt – diese zurechtgebogene Geschichte, daß er dich in den Wagen hat einsteigen sehen und nun überzeugt ist, dich nicht gesehen zu haben."

„Aber er ist absolut sicher, daß es jemand anders war – mit meinem Mantel."

„Jenny, hast du die Erklärung schon unterschrieben?"

„Aber begreifst du denn nicht, daß es einen Zeugen gibt, der schwört –"

„Wir haben einen Zeugen, der genau weiß, daß er dich gesehen hat, und der jetzt bereit ist, eine andere Geschichte zu erzählen, um sich bei mir lieb Kind zu machen. Wenn ich das nächste Mal anrufe, Jenny, hast du entweder die Erklärung fertig, oder du siehst die Mädchen erst wieder, wenn sie erwachsen sind."

Jenny konnte nicht mehr an sich halten. „Das kannst du nicht tun. Ich werde die Polizei verständigen. Es sind meine Kinder. Du kannst sie nicht einfach entführen."

„Sie gehören mir so gut wie dir, Jenny. Ich habe sie nur auf eine kleine Reise mitgenommen. Ich habe dir schon einmal gesagt, daß kein Richter dir das Sorgerecht zusprechen würde. Außerdem wird in Granite Place jeder bezeugen, daß ich ein äußerst fürsorglicher Vater bin. Jenny, ich liebe dich noch immer, trotz allem, was vorgefallen ist. Wenn du dich jetzt einsichtig zeigst, wirst du deine Kinder bald wiedersehen. Ich selbst werde mich deiner annehmen. Aber treib mich nicht zum Äußersten. Wiederhören, Jenny. Ich rufe dich bald wieder an."

Das bißchen Selbstvertrauen, das sie sich so mühsam erworben hatte, war wie weggeblasen. Gib auf! sagte eine innere Stimme. Schreib das Geständnis! Bring's hinter dich!

Nein! Energisch kniff sie die Lippen zusammen und wählte Marks Nummer.

Er meldete sich nach dem ersten Klingeln. "Dr. Garrett."

"Mark." Seine tiefe, warme Stimme trieb ihr Tränen in die Augen.

"Jenny, was ist los? Wo sind Sie?"

"Mark, ich ... Könnten Sie ... Ich muß mit Ihnen sprechen." Sie machte eine Pause und fuhr dann fort: "Aber ich möchte nicht, daß man Sie hier sieht."

"Warten Sie bei der Getreidescheune auf mich. Ich werde in einer Viertelstunde dort sein."

Sie verließ das Haus und hielt sich im Schatten der Stallgebäude und der Scheune.

Sie hatte kaum zehn Minuten gewartet, als sie das Geräusch eines herannahenden Wagens hörte. Vorsichtig trat sie aus dem Schatten heraus und winkte. Mark hielt, beugte sich hinüber und stieß die rechte Wagentür auf.

Er schien zu verstehen, daß sie so rasch wie möglich hier weg wollte. Er schwieg, bis sie bei seinem Haus angekommen waren. "Ich dachte, Sie seien mit Erich in Houston, Jenny."

"Wir sind gar nicht hingefahren."

"Weiß Erich, daß Sie mich angerufen haben?"

"Erich ist nicht da. Er hat die Kinder mitgenommen."

Mark pfiff leise durch die Zähne. "Das hat Vater –" Er beendete den Satz nicht. Sie spürte, daß er sie ansah. Seine Gegenwart wirkte stets beruhigend auf sie. Mit Erich ging es ihr gerade umgekehrt; wenn er in der Nähe war, lag Spannung in der Luft.

Seit ihrem ersten Besuch in Marks Haus war schon eine kleine Ewigkeit vergangen. Auch am Abend wirkte das Wohnzimmer so einladend, wie sie es in Erinnerung hatte. Der Sessel mit seinem schon ein wenig abgewetzten Samtbezug war an den Kamin gerückt worden. Auf einem Couchtisch lagen Zeitungen und Zeitschriften.

Mark nahm ihr den Mantel ab. „Trotz des gesunden Landlebens hier haben Sie aber weiß Gott nicht zugenommen", sagte er. „Haben Sie schon zu Abend gegessen?"

„Nein."

„Dacht ich's mir doch." Er goß Sherry ein. „Als Sie anriefen, wollte ich mir gerade einen Hamburger braten."

Jenny setzte sich auf die Couch, zog ihre Stiefel aus und kuschelte sich in eine Ecke. Nach ein paar Minuten kam Mark mit einem Tablett zurück. „Die Spezialität des Hauses", verkündete er lächelnd. „Hamburger, Pommes frites, Salatblätter und Tomatenscheiben."

Das Essen duftete verführerisch. Jenny biß in ihren Hamburger und merkte jetzt erst, wie ausgehungert sie war. Sie wußte, daß Mark auf eine Erklärung wartete. Er saß ihr in einem Sessel gegenüber und sah sie besorgt an. Auch sein Vater hatte manchmal diesen nachdenklichen Gesichtsausdruck. Luke! Sie hatte sich nicht nach seinem Befinden erkundigt. „Wie geht es Ihrem Vater?"

„Es geht wieder aufwärts mit ihm, aber er hat mir einen ziemlichen Schrecken eingejagt. Er hat sich schon vor seiner Abreise nach Florida nicht ganz wohl gefühlt. Dann hat er den Herzanfall erlitten. Aber jetzt ist er wieder in recht guter Verfassung. Er wollte wirklich gern, daß Sie zu Besuch kommen, Jenny. Er will es immer noch."

„Schön, daß es ihm wieder bessergeht."

Mark beugte sich vor: „Bitte sagen Sie mir, was Sie bedrückt, Jenny."

Sie erzählte ihm alles, blickte ihn dabei an, sah, wie seine Miene sich verdüsterte, wie er die Augen zusammenkniff und die Lippen aufeinanderpreßte. Und sie sah den sanften Ausdruck auf seinen Zügen, als sie über das Baby sprach und ihr die Stimme versagte. „Sie glauben nicht, daß ich all diese furchtbaren Dinge getan habe, nicht wahr?" brach es aus Jenny heraus. „Mein Gott, ich würde doch nicht . . ."

„Jenny, Jenny." Er legte die Arme um sie, hielt sie fest. Ihr Kopf lag an seiner Schulter. Seine Lippen berührten ihr Haar.

„Ich könnte niemandem etwas zuleide tun. Ich kann nichts unterschreiben, in dem steht, daß ich . . ."

„O Jenny."

Minuten vergingen, ehe sie zu zittern aufhörte. Er ließ sie los.

Schweigend sahen sie einander an, dann wandte Jenny sich ab. Auf der Couch lag eine Häkeldecke. Er legte sie ihr um die Schultern. „Ich glaube, wir könnten jetzt beide eine Tasse Kaffee gebrauchen."

Nachdem sie Mark ihr Herz ausgeschüttet hatte, kam es ihr vor, als sei eine schwere Last von ihr genommen. Als er wenig später den Kaffee brachte, versuchte sie, weiteren Gefühlsausbrüchen aus dem Weg zu gehen. „Erich weiß, daß ich nicht bei ihm bleiben werde", sagte sie. „Sobald er mit den Mädchen zurückkommt, verlasse ich ihn."

„Sind Sie ganz sicher, daß Sie ihn verlassen wollen, Jenny?"

„So schnell wie möglich. Aber erst will ich meine Kinder wiederhaben."

„Aber er hat recht, vor dem Gesetz sind sie auch seine Kinder. Einer meiner Freunde ist Experte im Familienrecht. Mit dem werde ich mal reden. Doch bis dahin sollten Sie versuchen, Erich nicht gegen sich aufzubringen, wenn er anruft; erzählen Sie ihm nicht, daß Sie mit mir gesprochen haben."

Er fuhr sie nach Haus und hielt wieder bei der Getreidescheune an. Dann ging er mit ihr bis zum Haus. „Ich will sichergehen, daß Sie ankommen", sagte er. „Gehen Sie sofort nach oben, und wenn alles in Ordnung ist, lassen Sie die Rouleaus im Schlafzimmer herunter. Versuchen Sie, sich keine Sorgen zu machen."

„Ich werd's versuchen. Erich vergöttert die Mädchen. Wenigstens darum mache ich mir keine Gedanken. Er wird sie gut behandeln, und das ist immerhin ein Trost."

Mark drückte ihr wortlos die Hand. Rasch lief sie den Weg entlang und ging durch die Küchentür ins Haus. Sie rannte nach oben, ging ins große Schlafzimmer und ließ die Rouleaus herunter. Von einem der Fenster sah sie Mark nach, bis er in der Dunkelheit verschwunden war.

Eine Viertelstunde später lag sie im Bett. Dies war für sie das Schwerste – daß sie nicht zu Tina und Beth gehen und ihnen gute Nacht sagen konnte. Beide Mädchen hatten sich am Telefon nicht sehr glücklich angehört. Aber wie sie zu Mark gesagt hatte – ihr einziger Trost lag in dem Wissen, daß sie sich um die Mädchen keine Sorgen machen mußte.

Jenny erinnerte sich, wie Mark ihr die Hand gedrückt hatte, als sie ihm das sagte. Warum?

Sie lag die ganze Nacht wach. Beim ersten Dämmerlicht stand sie auf. Sie konnte nicht warten, bis Erich zu ihr kam. Sie versuchte, die schreckliche Angst abzuschütteln, die furchtbaren Gedanken, die ihr in der Nacht gekommen waren.

Die Hütte. Sie mußtc sie finden. Wo sonst hätte sie ihre Suche beginnen sollen?

Neuntes Kapitel

IN DER Morgendämmerung machte sich Jenny auf die Suche nach der Hütte. Um vier Uhr morgens hatte sie das Radio eingeschaltet und den Wetterbericht gehört. Die Temperatur betrug minus siebzehn Grad Celsius. Von Kanada her blies ein böiger, kalter Wind. Für morgen abend war ein Schneesturm angesagt worden.

Sie füllte Kaffee in eine Thermosflasche und zog ihren Skianzug an. Sie wußte, daß man die Hütte vom Waldrand aus in etwa zwanzig Minuten zu Fuß erreichen konnte. Sie würde an dem Punkt beginnen, an dem Erich immer im Wald verschwand. Dann würde sie das Waldstück im Zickzack durchkämmen.

Um elf Uhr kehrte sie zum Haus zurück, zog sich trockene Sachen an, aß ein wenig Suppe und machte sich anschließend wieder auf den Weg. Um fünf Uhr nachmittags, als die Schatten länger wurden und sie schon befürchtete, die Suche ergebnislos abbrechen zu müssen, lief sie auf ihren Langlaufskiern über einen Hügel und stieß auf die kleine, mit Baumrinde gedeckte Hütte.

Sie sah verschlossen und unbewohnt aus, aber was hatte sie denn erwartet? Daß drinnen Lampen brannten und daß der Schornstein rauchte? Daß . . . Ja. Sie hatte zu hoffen gewagt, daß Beth und Tina mit Erich hier waren.

Sie zerschlug mit dem mitgebrachten Hammer eine Fensterscheibe, befreite sich von den Skiern und kletterte über die niedrige Fensterbank ins Innere.

Es schien, als sei jedes freie Fleckchen an den Wänden mit Erichs Bildern vollgehängt. Selbst in diesem schwachen Dämmerlicht war die auserlesene Schönheit seiner Arbeiten zu erkennen. Die innere Ruhe der gewählten Themen: das Reh, den Kopf lauschend geneigt, bereit, jeden Moment im Dickicht zu verschwinden; das Kalb, das gerade bei der Mutter trinken will; die Luzernefelder. Wie konnte ein Mensch, der mit soviel Einfühlungsvermögen, mit so großer Kraft und Glaubwürdigkeit malen konnte, gleichzeitig so feindselig sein, so mißtrauisch?

Sie stand vor einem Regal voller Bilder. Etwas am obersten Bild erregte ihre Aufmerksamkeit. Sie verstand nicht und wühlte sich hastig durch den Stapel. Der Namenszug in der rechten unteren Ecke. Nicht kühn und auffällig wie Erichs Signatur, sondern mit feinem Pinselstrich hingehaucht, ein Namenszug, der besser zu den friedlichen Motiven der Gemälde paßte: „Caroline Bonardi". Das stand auf allen Bildern.

Sie sah sich die Bilder an der Wand an. Die gerahmten waren mit „Erich Krueger" gezeichnet. Auf den ungerahmten stand in der rechten unteren Ecke „Caroline Bonardi".

Aber Erich hatte gesagt, Caroline habe nicht viel Talent besessen...

Jenny blickte von einem gerahmten Bild mit Erichs Namenszug zu einem ungerahmten mit Carolines Signatur. Auf beiden das gleiche leicht diffuse Licht, die gleichen Farbtöne. Erich kopierte Carolines Arbeiten.

Nein. Diese Bilder waren alle von ein und demselben Künstler geschaffen worden!

Die gerahmten Bilder, die er signiert hatte, wollte Erich als nächste ausstellen. Er hatte sie nicht gemalt. Erich plünderte Carolines Werk, indem er lediglich seinen Namenszug unter die Bilder setzte. Deshalb war er ein wenig aus der Fassung geraten, als sie ihn darauf hingewiesen hatte, daß die Ulme auf seinem angeblich neuesten Bild schon vor Monaten gefällt worden war.

Sie bemerkte eine Kohlezeichnung mit dem Titel „Selbstporträt". Es war eine Miniaturausgabe von „Erinnerung an Caroline", vermutlich eine Vorstudie, die Caroline angefertigt hatte, ehe sie sich an die Ausführung des Bildes gemacht hatte, das ihr Meisterwerk geworden war.

Alles. Jede Gefühlsregung, die Jenny Erich aufgrund seines künstlerischen Werkes zugeschrieben hatte, war eine Lüge.

Warum war er dann aber so häufig hier? Was tat er hier? Sie sah die Treppe, rannte die Stufen hoch. Oben unter der Dachschräge mußte sie den Kopf einziehen, ehe sie die Bodenkammer betrat.

Als sie sich wieder aufrichtete, sprang ihr von der Rückwand her eine alptraumhaft grelle Farbkomposition ins Auge. Betroffen starrte sie ihr eigenes Bild an. Ein Spiegel? Nein. Das gemalte Gesicht bewegte sich nicht, als sie darauf zuging. Das Dämmerlicht, das durch ein schmales Fenster auf die Leinwand fiel, wirkte wie ein geisterhaft ausgestreckter Finger.

Sie starrte auf die Leinwand, unfähig, den Blick davon loszureißen. Das große Bild war eine Collage von gewalttätigen Szenen, gemalt in gewalttätigen, grellen Farben. Sie selbst war die zentrale Gestalt; der Mund schmerzverzerrt, ihre Augen entsetzt nach unten auf marionettenhafte Körper gerichtet; Beth und Tina lagen übereinander auf dem Boden, ihre blauen Trägerröcke verrutscht, mit hervorquellenden Augen und heraushängenden Zungen, blaue Cordgürtel um den Hals zusammengezogen. Ganz oben in der Ecke war Erichs Gesicht zu erkennen, wie es triumphierend durch ein geöffnetes Fenster mit einem dunkelblauen Vorhang blickte. Und überall auf der Leinwand, gemalt in grünen und schwarzen Tönen, war ein sich windendes Wesen – halb Frau, halb Schlange – zu sehen – eine unheimliche Gestalt mit Carolines Gesicht, in das Cape gehüllt wie in eine Schlangenhaut. Sie beugte sich über ein Baby in einer Wiege, die aus einer Öffnung im Himmel heraushing. Die Hände der Frauengestalt waren grotesk, übergroß, und sie lagen auf dem Gesicht des Babys; dessen Arme waren über den Kopf gereckt, die Finger gespreizt und starr.

Auf dem Bild tauchten noch andere Caroline-Gestalten auf. Eine, angetan mit einem auberginefarbenen Mantel, spiegelte sich in der Windschutzscheibe eines Wagens; daneben Kevins Gesicht, angstverzerrt, auf der Stirn eine häßliche Beule. Eine andere Gestalt war in das Cape gehüllt und lenkte die Hufe eines tobenden Pferdes hinunter auf den Boden, hinunter auf einen geschundenen Körper – es war Joe, der verzweifelt versuchte, den Hufen auszuweichen.

Jenny hörte das hilflos wimmernde Geräusch, das in ihrer Kehle aufstieg. Diese Gestalt, halb Frau, halb Schlange, war nicht Caroline. Es war Erich. Sein Gesicht lugte hinter dem zerzausten dunklen Haar hervor, seine Augen blitzten in wilder Raserei.

Erich hatte die Bilder, für die er sich von der Öffentlichkeit feiern ließ, nicht gemalt. Dies hier aber hatte er gemalt, und es war schockierend, abgrundtief böse – das Bild eines Wahnsinnigen!

Endlich zwang Jenny sich dazu, das Bild von der Wand zu reißen. Ihre Finger wollten ihr den Dienst versagen, griffen nach der Leinwand, als müßten sie das Höllenfeuer berühren.

Wie in Trance kletterte sie aus dem Fenster der Hütte, schnallte sich die Skier an und machte sich auf den Rückweg. Der heftige Wind zerrte an der Leinwand, und wie zum Hohn riß er ihre schrillen

Hilfeschreie von den Lippen. Sie verlor die Orientierung, sah erneut die Umrisse der Hütte. Hilfe! So helft mir doch! Sie würde erfrieren, ehe sie Erich aufhalten konnte. Wenn es nicht überhaupt schon zu spät war. Sie verlor jedes Zeitgefühl, wußte nicht, wie lange sie schon vorwärts gestolpert und hingefallen war, wie oft sie sich wieder aufgerichtet hatte, wie lange sie schon das Bild, diesen vernichtenden Beweis, an sich gepreßt hielt. Aber schließlich erreichte sie den Waldrand und sah den Stein über Carolines Grab.

Mit letzter Kraft lief sie auf ihren Skiern über das freie Feld. Das Haus lag in völliger Dunkelheit; nur das schwache Licht der Mondsichel erhellte seine Umrisse. Doch aus den Bürofenstern fiel ein Lichtschein.

Sie lief darauf zu und versuchte vergeblich, mit ihren steifgefrorenen Fingern die Tür zu öffnen, versuchte vergeblich, die Skier von den Füßen zu schütteln. Verzweifelt stieß sie mit dem Skistock gegen die Tür, bis jemand sie aufriß. Jenny fiel Mark in die Arme. „Jenny!" Seine Stimme versagte. „Jenny!"

„Sachte, Mrs. Krueger!" Jemand löste die Bindungen ihrer Skier. Es war Sheriff Gunderson.

Mark versuchte, ihr das Bild mit sanfter Gewalt aus den Händen zu nehmen. „Lassen Sie mal sehen." Er betrachtete es. „O mein Gott!" stieß er entsetzt hervor.

Sie brachte nur ein Krächzen heraus. „Erich. Erich hat es gemalt. Er hat mein Baby umgebracht. Er verkleidet sich als Caroline. Beth. Tina . . . Vielleicht hat er sie auch schon umgebracht."

„Das hat Erich gemalt?" Die Stimme des Sheriffs. Ungläubig.

Sie fuhr zu ihm herum. „Haben Sie meine Mädchen gefunden? Warum sind Sie hier? Sind meine Mädchen tot?"

„Jenny." Mark drückte sie an sich. „Ich habe den Sheriff angerufen, weil ich Sie nicht erreichen konnte. Jenny, wo haben Sie das gefunden?"

„In der Hütte . . . So viele Bilder. Aber nicht seine. Caroline hat sie gemalt." Sie begann zu schluchzen.

„Bitte, Jenny", sagte Mark beschwörend. „Ich hätte es wissen müssen. Vater hatte schon den Verdacht geäußert . . ."

Der Sheriff studierte das Bild eingehend. „Mrs. Krueger, Erich ist zu mir gekommen. Er hat gesagt, es seien ihm Gerüchte über den Tod des Babys zu Ohren gekommen. Er hat mich gedrängt, eine Autopsie zu veranlassen."

Die Tür ging auf. Mit ärgerlicher Miene kam Clyde ins Büro gestürzt. „Was geht hier vor?" Er erblickte das Bild. Jenny sah, wie er totenblaß wurde.

„Wer ist denn da drin, Clyde?" rief Rooney von draußen.

„Verstecken Sie das Bild", bat Clyde. „Sie darf es nicht sehen. Da –" Er schob es hastig in einen Wandschrank.

Rooney erschien auf der Türschwelle. Ihre Augen waren geweitet und blickten ruhig. Sie zog Jenny mit ihren dünnen Armen an sich. „Sie haben mir gefehlt, Jenny", sagte sie.

„Sie mir auch", brachte Jenny mühsam heraus. Sie hatte Rooney im stillen für alles, was geschehen war, die Schuld gegeben. Und alles, was Rooney ihr erzählt hatte, hatte sie als Ausgeburt eines kranken Geistes abgetan.

„Komm schon, Rooney", drängte Clyde. „Du kannst morgen wieder zu Besuch kommen. Jetzt gehst du besser nach Haus. Der Doktor hat gesagt, du sollst gleich ins Bett gehen." Er nahm sie beim Arm, schob sie aus dem Büro und drehte sich um. „Bin gleich wieder da."

Während sie warteten, erzählte Jenny von ihrer Suche nach der Hütte. „Sie haben mich darauf gebracht, Mark. Gestern abend. Ich sagte doch, die Kinder seien bei Erich gut aufgehoben, und Sie haben nichts erwidert. Später ist mir klargeworden, daß Sie sich Sorgen gemacht haben. Mark hat Angst um die Kinder, habe ich mir immer wieder gesagt. Dann habe ich nachgedacht. Erich! Hinter alldem kann nur Erich stecken. Damals, am ersten Abend ... Er hat gewollt, daß ich Carolines Nachthemd anziehe ... Er wollte, daß ich Caroline bin ... Er hat dann sogar in seinem Kinderbett geschlafen. Und die Fichtennadelseife, die er den Mädchen aufs Kopfkissen gelegt hat. Ich wußte, daß er es war. Und Kevin. Erich muß gewußt haben, daß ich mich mit Kevin getroffen habe. Er hat davon gesprochen, jemand habe heimlich den Wagen benutzt. Er muß den Klatsch von den Frauen in der Kirche gehört haben."

„Jenny."

„Nein, ich will darüber sprechen. Er hat mich später in das Restaurant geführt. Als Kevin gedroht hat, die Adoption zu verhindern, muß Erich ihn herbestellt haben. Deswegen ist der Anruf von unserem Telefon erfolgt. Wenn er besonders erregt war, konnte seine Stimme sehr hoch klingen, fast wie die einer Frau. Und wenn ich Schuhe mit hohen Absätzen trage, sind Erich und ich fast gleich groß.

Mit meinem Mantel – und einer dunklen Perücke – konnte man ihn aus der Entfernung mit mir verwechseln. Als er in den Wagen gestiegen ist, muß er Kevin mit einem einzigen Schlag betäubt haben. Und Joe. Er war eifersüchtig auf Joe. Es ist gut möglich, daß Erich an jenem Tag früher nach Haus gekommen ist und das Rattengift unter den Hafer gemischt hat. Und er hat mein Baby gehaßt. Vielleicht weil es rotes Haar hatte. Als Erich ihm Kevins Namen gegeben hat, muß er schon geplant haben, es umzubringen. In den Nächten, in denen ich das Gefühl hatte, es beuge sich jemand über mich ..., er hat die verborgene Schiebetür geöffnet. Er muß eine Perücke getragen haben."

Mark wiegte sie sanft in seinen Armen.

„Er hat meine Kinder. Er hat meine Kinder", schluchzte sie.

„Mrs. Krueger, können Sie die Hütte wiederfinden?" fragte Sheriff Gunderson drängend.

„Ja. Wenn wir die Suche am Friedhof beginnen."

Sie führte sie hin: Mark, den Sheriff und Clyde. Sie zündeten die Petroleumlampen an, die das Innere der Hütte in ein sanftes Licht tauchten. Sie starrten die Bilder mit Caroline Bonardis zarter Signatur an und durchsuchten anschließend die Hütte. Auf dem Dachboden fanden sie eine abgeteilte Materialkammer, die Jennys Aufmerksamkeit entgangen war. Drinnen stand eine Staffelei, ein Schrank mit Malutensilien. Dutzende weiterer Bilder waren dort aufgestapelt, Bilder, die Caroline gemalt hatte. Auf einem Regal lagen ein langes, grünes Cape und eine dunkle Perücke.

„Carolines Cape", flüsterte Mark leise.

Clyde wühlte in einer Kiste mit Bildern herum, die neben der Tür stand. „Seht doch mal!" Sein Ausruf war schreckerfüllt. Das Bild, das er herausgezogen hatte, war in den trüben Grüntönen brackigen Wassers gehalten. Zwei Figuren beherrschten das Gemälde: Caroline und der kleine Erich. Szenen drängten sich, gingen ineinander über: Erich mit einem Hockeyschläger in der Hand; Caroline, die sich über ein Kalb beugt, von Erich geschubst wird, in die Tränke fällt; der Hockeyschläger, mit dem die Lampe in die Tränke gezogen wird; Erichs lachendes Kindergesicht beim Anblick der gemarterten Gestalt im Wasser.

„Er hat Caroline umgebracht", flüsterte Clyde. „Im Alter von zehn Jahren hat er seine eigene Mutter ermordet!"

„Was sagst du da?" Sie alle fuhren herum. Rooney stand in der Tür.

Rooney, deren Augen nicht mehr ruhig blickten. „Ich bin euch nachgegangen, weil ich wußte, daß etwas nicht stimmt." Sie starrte an Clyde vorbei auf das Bild, das jetzt in der Kiste obenauf lag. Deutlich war das Gesicht eines Mädchens zu erkennen, das durch ein Fenster in die geheimnisvolle Hütte spähte. Es war Arden; hinter ihr eine Gestalt im Cape, mit dunklem Haar und Erichs Gesicht; Hände, die Arden würgten; Arden in ihrem hellblauen Rock, in einem offenen Grab auf einem Sarg liegend; auf dem Grabstein über ihr der Name Caroline Bonardi Krueger und in der Ecke die auffällige Signatur: „Erich Krueger".

„Erich hat mein Kind umgebracht", sagte Rooney mit schmerzerfüllter Stimme.

Kurz danach gingen sie alle wieder zum Haus zurück. Mark hielt Jennys Hand. Er schwieg, suchte gar nicht erst nach nutzlosen Worten des Trostes.

ALS sie beim Haus ankamen, wurde es bereits hell. Sheriff Gunderson ging zum Telefon. „Es gibt nur eine Möglichkeit herauszufinden, ob er wirklich getan hat, was wir befürchten. Wir dürfen keine Zeit mehr verlieren", meinte er.

Wieder wurde die Ruhe der Toten gestört. Preßlufthämmer bohrten sich in die gefrorene Erde über Carolines Grab. Rooney sah zu. Sie war jetzt erstaunlich ruhig. Vom Grab her hörte man eine Männerstimme sagen: „Hier liegt das Skelett. Bringt um Himmels willen die Mutter weg."

Clyde drückte Rooney an sich. „Wenigstens haben wir jetzt Gewißheit", sagte er.

Sie gingen ins Haus zurück, und Mark kochte Kaffee. Jenny war immer noch nicht klar, warum Mark mit dem Sheriff im Büro gewesen war, als sie von der Hütte zurückkam. Sie fragte ihn.

„Jenny, nachdem ich Sie gestern abend nach Haus gebracht hatte, habe ich Vater angerufen. Er war außer sich. Er hat mir gestanden, er habe gewußt, daß Erich als Kind psychisch gestört gewesen sei. Caroline hatte sich ihm anvertraut, hatte ihm von Erichs krankhafter Zuneigung zu ihr erzählt. Sie hatte ihn dabei ertappt, wie er sie im Schlaf beobachtet, ihr Nachthemd unter seinem Kopfkissen versteckt und sich in ihr Cape gehüllt hatte. Sie hat mit ihm einen Arzt konsultiert, aber John Krueger hat sich gegen eine psychiatrische Behandlung seines Sohnes gesträubt. John hat gesagt, ein Krueger habe keine seelischen Probleme; Caroline habe den Jungen verwöhnt, ihm zuviel Zeit gewidmet. Sie habe Probleme, nicht der Junge.

Damals stand Caroline kurz vor einem Nervenzusammenbruch. Sie hat dann das einzig Mögliche getan: Sie hat auf das Sorgerecht verzichtet, mit der Bedingung verknüpft, daß John Erich in ein Internat schickt. Sie hoffte, eine andere Umgebung und Atmosphäre würden ihm guttun. Aber nach ihrem Tod hat John sein Versprechen gebrochen. Erich ist auch nie in Behandlung gewesen.

Als Vater gehört hat, was Beth über die Frau auf dem Bild sagte, die das Gesicht des Babys mit den Händen bedeckte – als er gehört hat, daß Rooney behauptete, Caroline gesehen zu haben, da hat er geahnt, was hier vorgeht. Ich wollte, er hätte mir eher davon erzählt. Natürlich hatte er keine Beweise. Aber das war der Grund, warum er mich gebeten hat, Sie und die Mädchen zu einem Besuch nach Florida mitzubringen."

„Mrs. Krueger", schaltete sich der Sheriff ein. „Dr. Philstrom vom Krankenhaus ist hier. Wir haben ihn zur Hütte geschickt, damit er sich dort mal umsieht. Er muß mit Ihnen sprechen."

Der Psychiater sah besorgt aus. „Mrs. Krueger, hat Ihr Mann die Mädchen erwähnt, als er Sie das letzte Mal angerufen hat?" fragte er.

„Er hat gesagt, es gehe ihnen gut."

„Ich will offen mit Ihnen sein, Mrs. Krueger. Wir haben Anlaß zur Sorge, aber wenigstens scheint es so, als habe Erich das letzte Bild gemalt, ehe er mit den Mädchen verschwunden ist. Das Bild enthält genaue Einzelheiten."

Ein Fünkchen Hoffnung. „Wollen Sie damit sagen, daß sie vielleicht noch nicht tot sind?"

„Ich will Ihnen keine falschen Hoffnungen machen. Ihr Mann hat immer noch die Vorstellung, daß er Sie in seiner Gewalt hat, sobald er im Besitz der Erklärung ist, die er als Ihr ‚Geständnis' betrachtet. Er weiß, daß er Sie ohne die Kinder nicht halten kann. Wir haben also eine Chance, solange er noch auf eine Versöhnung mit Ihnen spekulieren kann."

„Ich will meine Kinder wiederhaben", sagte Jenny. „Ich will sie sofort. Wie kann Erich mich nur so hassen, daß er ihnen etwas antun würde?"

„Wir haben es mit einem Menschen zu tun, dessen Denkweise in krankhaften Bahnen verläuft", erklärte Dr. Philstrom. „Mit einem Mann, der Sie haben wollte, weil Sie seiner Mutter verblüffend ähnlich sehen, und der Sie doch gehaßt hat, weil Sie sie verdrängt haben. Er konnte nicht glauben, daß Sie ihn lieben, weil er sich selbst als einen Menschen sieht, den man nicht lieben kann. Und er hatte stets eine geradezu panische Furcht davor, Sie wieder zu verlieren."

„Wir werden Flugblätter verteilen lassen, Mrs. Krueger", sagte der Sheriff. „Die Fotos der Kinder werden in ganz Minnesota veröffentlicht. Und auch das Fernsehen hat uns Unterstützung zugesagt. Clyde sieht in den Akten nach, welche Grundstücke Erich besitzt. Wir kontrollieren jedes Haus und jedes Grundstück, das ihm gehört. Wir wissen, daß er wenigstens einmal hier war, als Clyde ihn gesehen hat. Und das war nur fünf Stunden nachdem er mit Ihnen telefoniert hatte. Also konzentrieren wir uns vorerst auf ein Gebiet, dessen äußeren Rand man von der Farm aus mit dem Auto in fünf Stunden erreichen kann."

Als plötzlich das Telefon läutete, fuhren sie alle erschrocken hoch. Sheriff Gunderson wollte den Hörer abnehmen. Jenny kam ihm zuvor.

„Hallo?" Ihre Stimme schwankte.

„Hallo, Mami."

Es war Beth, und wieder hörte Jenny im Hintergrund Straßengeräusche.

„Beth!" Sie schloß die Augen. Beth lebte noch.

Sie spürte Marks Hand auf ihrer Schulter, spürte den ermutigenden Druck. Sie hielt den Hörer vom Ohr weg, damit er mithören konnte.

„Beth, hallo, mein Liebes." Sie bemühte sich um einen unbekümmerten Tonfall. „Gefällt's dir bei Vati?"

„Du bist nicht nett, Mami. Du bist gestern abend in unser Zimmer gekommen, aber hast nicht mit uns sprechen wollen. Und du hast Tina zu fest zugedeckt."

Sie sah den Schmerz in Marks Augen, wußte, daß er denselben Ausdruck auch in ihren Augen lesen konnte. *Tina zu fest zugedeckt!* Nein. Nein. Bitte, lieber Gott. Das Baby. Und jetzt Tina.

„Tina hat so geweint."

Jenny kämpfte gegen ein Schwindelgefühl an. Sie durfte nicht ohnmächtig werden. „Laß mich mal mit ihr sprechen, Beth. Ich hab dich lieb, Maus."

„Ich dich auch, Mami. Bitte, komm bald."

„Mami." Tinas hilfloses Schluchzen. „Du hast mir weh getan! Ich hab nich Luft gekriegt."

„Es tut mir leid, Tina." Sie hoffte, daß ihr jetzt nicht die Stimme versagte.

Sie hörte ein Poltern, dann heulte Tina los.

„Erich!" Jenny schrie jetzt. „Erich, wo bist du? Bitte, ich werde das Geständnis unterschreiben. Aber bitte, ich brauche meine Kinder. Bitte!"

„Warum regst du dich denn so auf, Jenny? Die Mädchen haben schlecht geträumt. Du fehlst ihnen halt genauso wie mir, Schatz."

Sie zwang sich zur Ruhe, kämpfte gegen den Drang, ihn anzuflehen, den Kindern nichts zuleide zu tun. „Ach, Erich, ich brauche meine Familie. Wir könnten so glücklich sein. Ich weiß nicht, warum ich im Schlaf so verrückte Sachen mache, aber du hast versprochen, daß du dich um mich kümmern wirst."

„Du wolltest mich verlassen, Jenny. Du hast nur so getan, als liebtest du mich."

„Komm nach Hause, Erich."

„Ich habe gestern dreimal angerufen. Du warst nicht da!"

„Ich brauchte ein wenig frische Luft. Da bin ich Ski laufen gegangen."

„Ich habe gestern abend versucht, Mark zu erreichen. Er war nicht zu Hause. Warst du mit ihm zusammen?"

„Erich, ich war hier. Ich bin immer hier und warte auf dich." Tina brüllte jetzt wie am Spieß.

„Jenny, ich werde über eine Rückkehr nachdenken. Bleib im Haus. Ich will, daß du dort bleibst. Und eines Tages bin ich wieder da, und wir sind wieder eine Familie. Wirst du tun, was ich dir gesagt habe, Jenny?"

„Ja, Erich, ja. Ja, ich verspreche es."

„Mami! Ich will mit Mami sprechen", bettelte Beth. „Bitte, bitte –"

Der Hörer wurde aufgelegt.

Jenny hörte zu, wie Mark dem Sheriff das Gespräch wiedergab. „Aber Mrs. Krueger, wie kommen die Kinder denn darauf, daß Sie in ihrem Zimmer waren?" fragte Gunderson.

„Er hat meine Koffer dabei", sagte Jenny. „Wahrscheinlich hat er meinen Morgenrock angezogen. Er muß auch eine zweite Perücke haben. Was wird er jetzt tun, Dr. Philstrom?"

„Alles ist möglich, Mrs. Krueger. Aber ich vermute, daß die Mädchen sicher sind, solange er hofft, daß Sie bei ihm bleiben."

„Aber Tina – gestern abend . . ."

„Die Antwort liegt auf der Hand. Er hat am Nachmittag versucht, Sie anzurufen, und Sie waren nicht da. Am Abend hat er versucht, Mark anzurufen, und konnte ihn ebenfalls nicht erreichen. Er hat daraus geschlossen, daß Sie beide zusammen waren. In seiner Enttäuschung hätte er Tina fast etwas angetan."

„Und was ist, wenn er bald nach Haus kommt?" fragte Jenny. „Er könnte sich entschließen, heute nacht zurückzukommen. Er könnte auf Skiern hierherkommen. Oder vielleicht fährt er einen Wagen, den wir nicht kennen. Wenn er dann einen Streifenwagen sieht oder auch nur einen Menschen, der nicht hierhergehört, ist alles aus. Sie müssen alle gehen. Wenn er nun sieht, daß Carolines Grab geöffnet worden ist? Dann weiß er, daß man Ardens Gebeine gefunden hat. Verstehen Sie denn nicht? Sie dürfen keine Flugblätter verteilen. Öffentliches Aufsehen schadet nur. Es wäre das Todesurteil für die Mädchen. Wir dürfen ihn nicht warnen. Wenn er zur Hütte geht und das zerbrochene Fenster bemerkt ... Das Bild!" Jennys Stimme zitterte. „Wir müssen das Bild zurückbringen. Es hing an der Giebelwand des Dachbodens."

Sheriff Gunderson sah von Mark zu Dr. Philstrom. „Offenbar sind auch Sie dieser Meinung. Also gut, wir tun, was Sie sagen, Mrs. Krueger." Er ging zum Fenster hinüber. „Überall Fußabdrücke und Reifenspuren", stellte er fest. „Wir brauchen einen anständigen Schneesturm, der sie verwischt. Drücken Sie die Daumen. Für heute abend ist einer angesagt."

Zehntes Kapitel

AM FRÜHEN Abend begann es heftig zu schneien. Feine Schneeflocken stoben gegen das Haus und die Ställe, legten sich auf die Felder. Der Wind trieb rasch wachsende Schneewehen gegen Bäume und Gebäude.

Am nächsten Morgen sah Jenny auf die weiße Landschaft hinaus. Ardens Grab lag jetzt unter einer Schneedecke, die Spuren vom Haus zum Waldrand waren verweht. Wenn Erich herkam, würde nicht einmal er Verdacht schöpfen.

Während der Nacht waren Sheriff Gunderson und Monteure von der Telefongesellschaft auf gefährlich glatten Straßen noch einmal zur Krueger-Farm gekommen und hatten die Telefone angezapft, um Anrufe zurückverfolgen zu können. Sie hatten die Papiere mit den

Angaben über Erichs Besitz fotokopiert, die Clyde zusammengetragen hatte. Die Originale lagen wieder bei den Akten; die Kopien wurden von Polizeibeamten durchgearbeitet, die sich später auf die Suche nach möglichen Verstecken machen würden. Man gab Jenny ein Walkie-talkie und zeigte ihr, wie sie damit umgehen mußte.

Sie achtete auf die Zeit und nahm mit wachsender Ungeduld wahr, wie die Minuten dahinschlichen, zu Stunden und Tagen wurden. Am sechsten Februar hatte sie die Hütte gefunden. Am Morgen des siebenten war das Grab geöffnet worden, und Erich hatte angerufen. Der Schneesturm war am neunten abgeflaut. In ganz Minnesota begann man mit den Räumarbeiten.

Die Telefonleitungen waren am achten und zum Teil auch noch am neunten Februar gestört gewesen. Wenn Erich nun versucht hatte, sie anzurufen? Hatte er verstanden, daß es nicht an ihr lag, wenn er nicht durchgekommen war? Ausgerechnet die Gegend um Granite Place war von dem Schneesturm besonders schwer betroffen gewesen.

Bitte mach, daß er nicht wütend wird, betete sie. Mach, daß er seinen Ärger nicht an den Kindern ausläßt.

Am Morgen des zehnten Februar sah sie Clyde zum Haus herüberkommen. Er ging vornübergebeugt. Nicht, um sich dem Wind entgegenzustemmen, sondern wie einer, den eine unsichtbare Last drückt. Als er in die Küche trat, kam er ihr um Jahre gealtert vor. „Erich hat eben angerufen", sagte er.

„Warum haben Sie mich nicht mit ihm verbunden, Clyde?"

„Er wollte nicht mit Ihnen sprechen. Er wollte nur wissen, ob gestern abend hier in der Gegend die Telefonleitungen gerissen waren. Er hat mich gefragt, ob Sie ausgegangen sind. Es ist unheimlich, Mrs. Krueger. Wissen Sie noch, daß er angerufen hat, gleich nachdem wir Arden gefunden hatten?"

„Ja."

„Er hat mir nur gesagt, ich hätte um die Zeit im Büro sein müssen. Der Anruf hätte dort entgegengenommen werden müssen. Jenny, es ist fast, als ob er uns beobachten könnte. Er scheint genau zu wissen, was wir tun."

„Was haben Sie ihm geantwortet?"

„Ich habe gesagt, ich hätte an jenem Morgen Rooney aus dem Krankenhaus geholt und sei noch nicht im Büro gewesen. Deshalb habe das Telefon noch auf Nachtschaltung gestanden und im Haus geläutet. Dann hat er mich gefragt, ob Mark hier herumgeschnüffelt hätte."

„Und was haben Sie geantwortet?"

„Daß der Tierarzt aus Raleigh nach den Tieren gesehen hat, und ob ich statt dessen lieber Mark hätte anrufen sollen. Nein, hat er gesagt. Dann hat er so rasch aufgelegt, daß die Techniker der Telefongesellschaft nicht feststellen konnten, woher der Anruf kam."

„Clyde, hat er die Mädchen erwähnt?"

„Nein. Er hat bloß gesagt, daß er Sie anrufen würde und daß Sie im Haus bleiben und auf den Anruf warten sollen."

DER Februar ist doch nicht der kürzeste Monat des Jahres, dachte Jenny. Er kam ihr unerträglich lang vor. Die Tage dehnten sich endlos. Und dann die schrecklichen Nächte zwischen Schlafen und Wachen. Jede Nacht trug sie Carolines Nachthemd und legte ein Stück Fichtennadelseife unters Kopfkissen, damit immer der von Erich geliebte Duft im Zimmer hing.

Falls Erich eines Nachts ins Zimmer kam, leise, verstohlen, dann würde dieses Nachthemd, würde dieser Duft ihm vielleicht ein falsches Gefühl der Sicherheit geben.

Wenn sie wirklich einmal schlief, träumte sie unablässig von den Kindern. Sie riefen dann: „Mami, Mami!", hopsten in ihr Bett und drückten ihre kleinen Körper an sie. Und wenn Jenny versuchte, ihre Arme um sie zu legen, erwachte sie.

Vom Baby träumte sie nicht mehr. Es war, als gehöre all die Kraft, die sie einst aufgewendet hatte, den Funken Leben in dem kleinen Körper zu erhalten, nun ausschließlich Tina und Beth.

Während des Tages hielt sie sich immer in der Nähe des Telefons auf. Nachmittags kam meistens Rooney zu Besuch; eine stille, veränderte Rooney, die nicht mehr nach ihrer Tochter suchte. „Ich hab mir gedacht, wir sollten vielleicht Patchworkdecken für die Betten der Mädchen nähen", schlug sie vor. „Solange Erich noch glaubt, er kann herkommen und mit Ihnen und den Kindern hier weiterleben, wird er den Kindern nichts antun. Aber bis dahin müssen Sie sich beschäftigen. Wenigstens mit den Händen; sonst drehen Sie durch."

Rooney ging auf den Dachboden und holte den Beutel mit den Flicken. Sie sortierte sie säuberlich in Häufchen auf dem Küchentisch. „Wir wollen fröhliche Decken", sagte sie. „Also werden wir keine dunklen Farben verwenden." Sie stopfte die Flicken, die sie nicht gebrauchen konnte, wieder in den Beutel. „Ich weiß auch nicht, warum ich dies blaue Zeug nicht wegwerfe. Ich habe Ihnen doch erzählt, daß ich Vorhänge für das Hinterzimmer daraus genäht habe? Als ich sie hängen hatte, kam man sich in dem Zimmer vor wie in einer Höhle, so dunkel war es da. Aber es fällt mir schwer, Stoff wegzuwerfen. Man weiß nie, ob man ihn nicht doch noch einmal braucht."

Sie fingen an zu nähen. Rooney war jetzt nicht mehr so geistesabwesend. „Es tut mir besonders weh, wenn ich daran denke, wie Erich mich dauernd in der Hoffnung bestärkt hat, daß Arden noch lebt", meinte sie. „Clyde hat immer gesagt, sie würde nie weglaufen. Ich hätte es auch wissen müssen. Immer wenn ich gesagt habe, meine Arden wär wohl im Himmel, pflegte Erich zu sagen: ‚Das glaube ich nicht, Rooney.' Er war so grausam, mir Hoffnung zu machen – als wenn er nicht wollte, daß die Wunde heilt."

Sheriff Gunderson rief Jenny regelmäßig am frühen Abend an. „Wir haben den Grundbesitz überprüft. Erich ist an keinem der Orte, die auf der Steuererklärung vermerkt sind."

Mark rief jeden Abend an. Sie sprachen immer nur ein oder zwei Minuten miteinander. „Nichts, Jenny?"

„Nichts."

„Na gut, ich geh aus der Leitung. Lassen Sie sich nicht unterkriegen, Jenny."

Lassen Sie sich nicht unterkriegen. Gar nicht so einfach. Seit Tagen hatte sie keinen Fuß vor die Tür gesetzt. Der letzte Februartag war gekommen. Eine unheimliche Stille lag über dem Haus und zerrte an Jennys Nerven. Sie setzte sich in die Wohnecke der Küche und sah fern. Doch das wiehernde Gelächter vom Band, das einer komischen Sendung unterlegt wurde, war ihr unerträglich, und sie schaltete das Gerät aus. Das Telefon läutete. Sie hatte jetzt fast die Hoffnung aufgegeben. „Hallo?"

„Mrs. Krueger? Pastor Barstrom hier. Ich hoffe, Erich hat Ihnen unser Beileid zum Verlust Ihres Babys weitergegeben. Ich habe Sie besuchen wollen, aber er hat mich gebeten, davon Abstand zu nehmen. Ist Erich da?"

„Nein. Er ist verreist."

„Ach ja. Würden Sie ihn dann bitte daran erinnern, daß unsere Altentagesstätte fast fertig ist? Da er die höchste Summe gestiftet hat, will ich nur sichergehen, daß er weiß, daß am zehnten März die feierliche Einweihung stattfindet. "

„Gut, ich sage ihm, daß Sie angerufen haben. Vielen Dank für Ihren Anruf, Herr Pastor. "

Nachts um Viertel vor zwei läutete das Telefon. Sie lag im Bett, neben sich einen Stapel Bücher, in der Hoffnung, daß eins davon ihr helfen würde, sich in den endlosen Stunden ohne Schlaf die Zeit zu vertreiben.

„Jenny?"

„Ja. " War es Erich? Er hörte sich anders an. Schrill.

„Jenny, wer hat gegen acht Uhr angerufen?"

„Gegen acht?" Um ihn nicht anzuschreien: *Wo sind Beth und Tina?*, tat sie so, als müsse sie nachdenken. „Pastor Barstrom hat angerufen. Er wollte dich zur Einweihung der Altentagesstätte einladen. " Mit schweißfeuchten Händen wartete sie auf seine Reaktion. Ziehe das Gespräch hin, verhindere, daß er auflegt. Vielleicht können sie herausfinden, woher der Anruf kommt.

„Bist du sicher, daß es Pastor Barstrom war?"

„Warum sollte ich dich denn anlügen, Erich?" Sie biß sich auf die Unterlippe. „Wie geht's den Mädchen?"

„Denen geht's gut. "

„Laß mich mit ihnen sprechen. "

„Sie sind im Bett. Du hast heute abend hübsch ausgesehen, Jenny. "

„Ich habe hübsch ausgesehen?" Sie merkte, wie sie zu zittern begann.

„Ja, ich habe durchs Fenster geschaut. Du hättest spüren müssen, daß ich da war. Wenn du mich liebst, hättest du es spüren müssen. "

„Warum bist du nicht ins Haus gekommen?"

„Ich wollte nicht. Ich wollte mich nur vergewissern, daß du immer noch da bist und auf mich wartest. "

„Ich warte auf dich, Erich. Und ich warte auf die Mädchen. Wenn du nicht hiersein willst, dann laß mich doch zu dir kommen. "

„Nein . . . Noch nicht. Liegst du im Bett, Jenny?"

„Ja, natürlich. "

„Welches Nachthemd hast du an?"

„Das Nachthemd, das du magst. Ich trage es jetzt häufig. "

Er schwieg. Dann sagte er: „Jenny, ich habe versucht, Mark anzurufen, aber bei ihm war besetzt. Hast du mit ihm gesprochen?"

„Nein. "

„Du hast wirklich mit Pastor Barstrom gesprochen?"

„Warum rufst du ihn nicht an und fragst ihn selbst?"

„Nein, ich glaube dir, Jenny, ich werde weiterhin versuchen, Mark telefonisch zu erreichen. Er hat noch eins meiner Bücher. Es gehört in die Bibliothek, drittes Regal von unten, viertes Buch von rechts." Erichs Stimme klang verändert, fast winselnd. Etwas daran kam ihr bekannt vor.

Sie hörte es wieder. Das schrille Keifen, das sie einst fast zum Wahnsinn getrieben hatte. „Ist Mark dein neuer Liebhaber? Hure! Verschwinde sofort aus Carolines Bett!"

Erich legte abrupt auf. Stille. Dann der leise, unpersönliche Summton des Freizeichens.

Zwanzig Minuten später rief Sheriff Gunderson an. „Jenny, wir haben einen Teilerfolg erzielt. Wir kennen wenigstens die Gegend, aus der er angerufen hat. Es ist in der Nähe von Duluth."

Duluth. In der Nordostecke Minnesotas. Fast sechs Autostunden entfernt. Wenn er dort oben war und tatsächlich um acht Uhr abends bei ihr durchs Fenster gesehen hatte, mußte er am frühen Nachmittag abgefahren sein.

Wer war während seiner Abwesenheit bei den Kindern geblieben? Oder hatte er sie allein gelassen? Oder lebten sie nicht mehr?

„Er verliert die Nerven", sagte sie tonlos.

Sheriff Gunderson versuchte erst gar nicht, sie mit gespieltem Optimismus zu beruhigen. „Das glaube ich auch", bestätigte er.

Am Morgen lief sie rasch nach draußen und ging ums Haus herum zu dem Fenster, von dem aus man in die Wohnecke der Küche sehen konnte.

Im Schnee unter dem Fenster waren deutlich Fußspuren zu erkennen. Fußspuren eines Menschen, der aus dem Wald gekommen und auch wieder dorthin zurückgekehrt war. Erich hatte hier draußen gestanden und sie heimlich beobachtet.

Gegen Mittag rief der Sheriff erneut an. „Jenny, ich habe Dr. Philstrom die Tonbandaufzeichnung des Anrufs vorgespielt. Er meint, wir sollten das Risiko eingehen und bei der Suche nach den Kindern jetzt doch die Presse und das Fernsehen einschalten. Aber die Entscheidung liegt bei Ihnen."

„Lassen Sie mich darüber nachdenken." Sie wollte Mark fragen.

Um zwei Uhr kam Rooney zum Nähen. Sie setzte sich neben den

großen Ofen und nahm sich eine Handvoll bunter Flicken. „Jetzt werden wir ihn wohl bald sehen", sagte sie.

„Ihn?"

„Erich natürlich. Sie wissen doch, daß Caroline versprochen hat, an seinem Geburtstag stets hier zu sein. Seit ihrem Tod vor sechsundzwanzig Jahren ist Erich an seinem Geburtstag immer hier gewesen. Sie haben es ja letztes Jahr erlebt. Er ist dann immer umhergelaufen, als suche er sie."

„Und Sie glauben, er wird dieses Jahr auch wieder hiersein?"

„Bis jetzt hat er es noch nie verpaßt."

Als Mark anrief und ihr dringend riet, Presse und Fernsehen an der Suche zu beteiligen, widersprach sie ihm. „Wir sollten noch eine Woche damit warten. Bitte, Mark." Erichs Geburtstag war am achten März.

Sie war überzeugt, er würde an seinem Geburtstag zur Farm kommen. Wenn der Sheriff und Mark von dieser Möglichkeit hörten, würden sie darauf bestehen, das Gelände mit Polizei zu umstellen. Aber Erich würde es bemerken. Wenn die Mädchen noch lebten, bot sich am achten März die letzte Chance, sie wiederzubekommen.

In der folgenden Woche schien Jenny ihre Umgebung kaum noch wahrzunehmen. All ihre Gedanken waren ein unablässiges Gebet. *O Gott, erbarme dich ihrer, verschone sie.* Der dritte . . . der vierte . . . der fünfte . . . der sechste . . . Laß es nicht wieder schneien. Mach die Straßen nicht unpassierbar. Der siebente.

Sie ging früh zu Bett in der Hoffnung, Erich werde vielleicht eher ins Haus kommen, wenn alles dunkel war. Sie nahm ein Bad, ähnlich wie in ihrer Hochzeitsnacht, nur tat sie diesmal eine Handvoll Fichtennadelbadesalz ins Wasser, und der starke Duft erfüllte das Badezimmer. Sie zog das meergrüne Nachthemd an und sah sich im Schlafzimmer um. Alles mußte genau an seinem Platz stehen; nichts durfte Erichs Ordnungssinn stören.

Schließlich ging sie zu Bett. Stunde um Stunde lag sie wach und hörte am Glockenschlag der kleinen Uhr, wie die Zeit verrann. Bitte, Erich, komm doch, dachte sie. Aber als das erste Licht des Tages in das Zimmer kroch, gab es immer noch kein Zeichen, daß er da war. Der anbrechende Tag verstärkte nur ihr Grauen. Sie war so sicher gewesen, daß sie in der Nacht leise Schritte hören würde, daß die Tür sich öffnen und Erich nach ihr, nach Caroline, suchen würde.

Der Himmel war bedeckt, aber der Wetterbericht hatte keinen Schnee vorhergesagt. Um drei Uhr nachmittags frischte der Wind auf, vertrieb die Wolken, und am späten Nachmittag brach die Sonne hervor und brachte die verschneiten Felder zum Glitzern. Jenny ging von Fenster zu Fenster, suchte mit den Augen den Waldrand ab, sah zur Straße hinüber und versuchte ausfindig zu machen, ob jemand im Schatten der Scheune lauerte. Um vier Uhr gingen die Farmarbeiter nach Haus. Sie sah ihnen nach.

Um fünf Uhr flutete das Licht der Nachmittagssonne ins Wohnzimmer und beleuchtete Carolines Porträt. Mit einem dumpfen Gefühl des Mitleids für diese Frau, die sich ähnlich hilflos vorgekommen sein mußte wie sie selbst, betrachtete Jenny das Gemälde: Caroline auf der Veranda, in das dunkelgrüne Cape gehüllt; der Sonnenuntergang; der kleine Erich, der auf sie zulief.

Eine Gestalt, die auf sie zulief...

Die Sonnenstrahlen fielen jetzt schräg ins Zimmer. Der Sonnenuntergang würde den Himmel mit einem Rausch von Farben überziehen; Rot-, Violett- und Purpurtöne, dazu kohlschwarze Wolken mit flammenden, hellen Rändern.

Eine Gestalt, die auf sie zulief...

Erich war da draußen im Wald. Jenny war fest davon überzeugt. Und es gab nur eine Möglichkeit, ihn hervorzulocken.

Ihr grünes Umhängetuch ... Nein, das allein sah Carolines Cape nicht ähnlich genug. Aber wenn sie dazu noch etwas anderes anzog... Vielleicht die Militärdecke, die Erichs Vater gehört hatte? Die Decke, die in der alten Truhe lag? Sie hatte fast die gleiche Farbe wie Carolines Cape. Jenny hastete die Treppe zum Dachboden hinauf, riß den Deckel der Truhe auf. Ganz zuoberst lag die Armeedecke aus dem Zweiten Weltkrieg. Sie war eher olivfarben, kam dem Farbton des Capes aber recht nahe.

Unten schnitt sie mit zitternder Hand ein Loch in die Mitte der Decke und zog sie sich wie einen Poncho über den Kopf. Die Decke reichte bis zum Boden. Jenny legte sich das Umhängetuch um die Schultern.

Ihr Haar. Es war jetzt länger, als Carolines Haar gewesen war, doch auf dem Gemälde trug Erichs Mutter es zu einem losen Knoten gebunden. Jenny stellte sich vor den Spiegel, steckte sich das Haar hoch und befestigte es mit einer Spange.

Dann stand sie an der Tür zur Veranda. *Ich bin Caroline*, dachte sie. Ich werde gehen wie Caroline, werde sitzen wie sie. Ich werde den Sonnenuntergang betrachten, wie sie es immer getan hat. Ich werde zusehen, wie mein kleiner Junge zu mir herübergelaufen kommt.

Sie öffnete die Tür und trat in die beißende Kälte hinaus. Sie zog die Tür hinter sich zu, ging zum Schaukelstuhl hinüber, rückte ihn so zurecht, daß ihr Gesicht genau der untergehenden Sonne zugewandt sein würde, und setzte sich.

Sie vergaß nicht, das Umhängetuch so auszubreiten, daß es über die linke Lehne des Schaukelstuhls fiel, genau wie das Cape auf dem Gemälde. Sie faltete die Hände auf dem Schoß. Dann begann sie langsam, sehr langsam, hin- und herzuschaukeln.

Die Sonne rutschte hinter der letzten Wolke hervor. Sie hing jetzt tief am Himmel, ein Feuerball, der den Horizont in glutrotes Licht tauchte.

Jenny schaukelte weiter.

Rot- und Purpurtöne am Himmel und ein sanfter Wind, der in den Zweigen der Bäume am Waldrand rauschte ... Schaukle hin und her. Betrachte den Sonnenuntergang. Der kleine Junge wird bald aus dem Wald kommen und zu seiner Mutter laufen ... Komm, kleiner Junge. Komm, Erich.

Sie hörte einen hellen Schrei, der langsam anschwoll, schriller wurde. „Nein ... neiiin ... Teufelll ... Teufelll aus dem Grab ... Geh weg ... Verschwinde ...“

Eine Gestalt stolperte unter den Bäumen hervor. Eine Gestalt mit einem Gewehr in der Hand. Eine Gestalt im dunkelgrünen Cape, mit langem, schwarzem Haar, das der Wind ihr in verfilzten Strähnen ins Gesicht blies. Eine Gestalt mit hervorquellenden Augen und einem angstverzerrten Gesicht ...

Jenny stand auf. Die Gestalt blieb stehen, hob das Gewehr und legte auf sie an.

„Nicht schießen, Erich!“ Sie hastete zur Tür, drehte am Knauf. Vergeblich. Das Schnappschloß war eingerastet, als sie die Tür zugezogen hatte. Sie raffte die Wolldecke, bemüht, nicht über den Saum zu stolpern, und begann zu rennen; im Zickzack über das Feld, das Peitschen von Gewehrschüssen im Ohr. Etwas riß sie an der Schulter, gleich darauf verspürte sie einen brennenden Schmerz ... Etwas Warmes lief an ihrem Arm herunter. Sie taumelte.

Der seltsame Schrei kam näher. „Teufelll ... Teufääähl!“ Rechts

von ihr lag der Kuhstall. Mit fliegenden Fingern öffnete Jenny eine Tür, die zu dem Vorraum führte, in dem die Milchkannen aufbewahrt wurden.

Erich war ihr dicht auf den Fersen. Sie rannte weiter in den Stall hinein. Die Kühe waren bereits gemolken. Sie standen an ihren Plätzen und zupften am Heu in den Raufen vor ihnen. Jenny hörte das Geräusch näher kommender Schritte.

Verzweifelt flüchtete sie sich bis zum Ende des Stalls. Da war die Tränke. Und der Verschlag für die neugeborenen Kälber. Die Tränke war leer. Sie drehte sich um.

Erich hatte den Stall betreten. Er war nur noch drei Meter von ihr entfernt. Er blieb stehen, begann zu lachen, hob das Gewehr an die Schulter und zielte. Sie starrten einander an. Zwei groteske Gestalten. Doppelgänger in dunkelgrünen Capes, mit langen, dunklen Haaren.

Sie schloß die Augen. „O Gott –"

Sie hörte den Schuß krachen, dann einen schrillen Schmerzensschrei, der in ein Röcheln überging. Doch er kam nicht aus ihrem Mund. Sie schlug die Augen auf. Es war Erich, der zu Boden sank, Erich, der blutete, Erich, dessen Augen glasig wurden.

Hinter ihm ließ Rooney langsam die Schrotflinte sinken. „Das war für Arden", sagte sie leise.

Jenny sank neben ihm auf die Knie. „Erich, die Kinder – leben sie noch?"

Er schaute sie wie aus weiter Ferne an. Dann nickte er. „Ja . . ."

„Ist jemand bei ihnen?"

„Nein . . . Allein . . ."

Er bewegte die Lippen, versuchte zu sprechen. „Sie sind . . ." Er griff nach ihrer Hand, hielt ihren Daumen fest. „Verzeih mir, Mami. Verzeih mir, Mami . . . Ich wollte dir . . . nicht weh tun."

Er schloß die Augen, bäumte sich noch einmal auf und lag dann still. Jenny zog ihre Hand zurück.

DAS HAUS war voller Menschen, aber sie sah sie alle nur wie vage Schatten auf einer Leinwand. Die Polizeibeamten, die die Umrisse von Erichs Körper mit Kreide nachzogen, ehe sie ihn fortschafften; die Reporter, die zeitig genug gekommen waren, um Fotos von dem grausigen Schauplatz zu schießen. Erich, in das Cape gehüllt, am Boden liegend, die Perücke blutverklebt, mit einem im Tode seltsam friedlichen Gesichtsausdruck. Man hatte ihnen gestattet, in die Hütte zu gehen und Carolines wunderbare Bilder und Erichs verquälte, alptraumhafte Arbeiten aufzunehmen. „Je deutlicher wir machen, wie dringend wir die Mädchen finden müssen, desto mehr Leute werden zu helfen versuchen", sagte Sheriff Gunderson.

Mark war da. Er hatte die Decke und ihre Bluse aufgeschnitten, hatte die Wunde gereinigt, desinfiziert und verbunden. Der brennende Schmerz ließ sie zittern. Aber wenn Hilfe möglich war, würde Mark sie bringen.

Sie fanden den Wagen, mit dem Erich gekommen war, auf einem der Feldwege der Farm abgestellt. Er hatte den Wagen in Duluth gemietet, sechs Autostunden entfernt. Wo hatte er die Mädchen zurückgelassen?

Die Nacht schleppte sich dahin. Erichs Grundstücke wurden alle noch einmal abgesucht. Es begann zu schneien.

Der Sheriff sagte: „Ich werde die ganze Nacht in meinem Büro sein. Wenn wir etwas hören, rufe ich Sie sofort an." Nur Mark blieb im Haus.

„Sie müssen müde sein. Gehen Sie doch nach Hause", sagte sie.

Er antwortete nicht. Statt dessen ging er hinaus und kam mit Decken und Kissen zurück. Er brachte sie dazu, sich auf die Couch am Ofen zu legen, schichtete Holz aufs Feuer. Dann machte er es sich im Ohrensessel bequem.

Nach dem Tod des Babys hatte sie nicht beten wollen. Ihr wurde erst jetzt bewußt, wie verbittert sie gewesen war. Jetzt kann ich diesen Verlust akzeptieren, dachte sie. Aber bitte gib mir doch meine Mädchen wieder.

Ließ Gott mit sich handeln?

Irgendwann fing sie an zu dösen. Doch das Pochen der Wunde in ihrer Schulter hinderte sie daran, richtig einzuschlafen. Außerdem wollte ihr Gehirn nicht zur Ruhe kommen. Eine verschwommene Erinnerung beschäftigte sie, etwas schrecklich Wichtiges, das ihr immer wieder entglitt. Es hing mit einer der Szenen auf dem Bild in der Hütte zusammen, auf dem Erich durch ein Fenster starrte.

Um sieben Uhr früh sagte Mark: „Ich mache uns Toast und Kaffee." Jenny ging nach oben und duschte. Als sie wiederkam, waren Rooney und Clyde in der Küche. Sie tranken zusammen Kaffee und hatten die Frühnachrichten im Fernsehen angestellt. Man würde die Bilder der Mädchen während der Sendung im ganzen Land zeigen.

Sie sahen Erichs Foto auf dem Bildschirm. Es war das Foto, das er für den Ausstellungskatalog benutzt hatte: sein blondes, lockiges Haar, die blauen Augen. Dann kamen Bilder von der Farm.

Jetzt lächelten Tina und Beth vom Bildschirm. „Und bis jetzt hat man diese beiden Mädchen immer noch nicht gefunden", erklärte die Moderatorin. „Bevor er starb, hat Krueger seiner Frau gesagt, die Kinder seien noch am Leben. Aber die Polizei ist nicht sicher, ob man das glauben darf. Das letzte Bild, das Krueger gemalt hat, scheint eher darauf hinzudeuten, daß Tina und Beth tot sind."

Jenes letzte Gemälde wurde in Großaufnahme gezeigt. Jenny sah die leblosen, marionettenhaften Gestalten an, sah ihr eigenes, schreckensstarres Abbild, sah Erich, der sie durchs Fenster beobachtete, den Vorhang zurückgeschoben hatte und lachte. Roney sprang auf. „Ihr hättet mir das Bild zeigen sollen!" rief sie. „Versteht ihr denn nicht? Die Vorhänge . . . Die blauen Vorhänge!"

Die Vorhänge! Das hatte an Jenny genagt. Rooney, die Flicken auf den Tisch schüttete; dieser dunkelblaue Stoff, dessen zartes Muster auf dem Bild zu erkennen war.

„Rooney, wo sind die Vorhänge?" Sie riefen es wie aus einem Munde. *Wo?*

Rooney zog Mark am Ärmel und rief aufgeregt: „Mark, Sie wissen es. Die Fischerhütte Ihres Vaters. Erich ist oft mit Ihnen dort gewesen. Sie hatten keine Vorhänge im Gästezimmer. Er hat gesagt, es ist zu hell dort. Ich habe ihm die Vorhänge vor acht Jahren geschenkt."

„Mark, könnten die Mädchen dort sein?" rief Jenny.

„Möglich. Erich hat einen Schlüssel."

„Wo liegt die Hütte?"

„In der Gegend von Duluth. Auf einer kleinen Insel. Es könnte gut möglich sein. Nur . . ."

„Nur?" Jenny hörte, wie der Wind den Schnee gegen die Fensterscheiben trieb.

„In der Hütte gibt es keine Heizung."

Clyde sprach aus, was alle dachten und befürchteten. „Es gibt keine Heizung, und die Kinder sind jetzt vielleicht alleine dort."

Mark rannte zum Telefon.

EINE halbe Stunde später rief der Polizeichef von Hathaway Island wieder an.

„Wir haben sie."

Angsterfüllt hörte Jenny Mark fragen: „Sind sie gesund?"

Sie griff nach dem Hörer, um die Antwort mithören zu können. „Ja. Aber ums Haar wär's schiefgegangen. Krueger hat gedroht, sie zu bestrafen, wenn sie versuchen sollten, die Hütte zu verlassen. Aber dann ist er so lange weggeblieben, und es war eiskalt in der Hütte, und da hat das ältere Mädchen sich entschlossen, etwas zu unternehmen. Es ist ihr gelungen, die Tür zu öffnen. Sie waren gerade nach draußen gegangen, um nach Mami zu suchen, als wir sie gefunden haben. Bei diesem Schneesturm hätten sie wohl kaum länger als eine halbe Stunde überlebt. Moment mal."

Jenny hörte, daß das Telefon weggerückt wurde, und dann sagten zwei piepsige Stimmen: „Hallo, Mami." Mark hielt Jenny fest umschlungen, als sie schluchzte: „Maus. Glöckchen. Ich liebe euch. Ich liebe euch."

Der April zog in Minnesota ein wie eine Fruchtbarkeitsgöttin. Hasen kamen aus den Wäldern gehoppelt; Fasane stelzten über die Straßen; die Rinder blieben draußen auf den Weiden; der Frost wich aus dem Boden, und das Schmelzwasser versickerte in den Furchen und nährte die Frühjahrssaaten, die ans Licht wollten.

Beth und Tina ritten wieder auf ihren Ponys aus. Jenny ritt auf Feuervogel neben Beth; Joe blieb dicht bei Tina.

Jenny konnte von den Kindern nicht genug bekommen und verbrachte jede freie Minute mit ihnen. Sie war froh, sie herzen und küssen zu können, die kleinen Hände zu halten und die endlosen Fragen zu beantworten. Und sie war froh, für sie dazusein, wenn die Kinder ihr etwas anvertrauen wollten. „Vati hat uns solche Angst gemacht. So hat er mir immer seine Hände aufs Gesicht gedrückt. Er sah so komisch aus."

So lange hatte sie nun schon nach New York zurückgehen, hatte sie diesen schrecklichen Ort verlassen wollen. Aber Dr. Philstrom riet ihr davon ab. „Die Ponys sind jetzt die beste Therapie für die Kinder."

„Ich kann in diesem Haus nicht mehr bleiben – keine einzige Nacht mehr."

Mark hatte die Lösung gefunden: das alte Schulhaus an der Westseite seines Grundstücks, das er vor Jahren für sich umgebaut hatte. „Als Vater nach Florida gezogen ist, habe ich das Farmhaus übernommen und mein Häuschen vermietet. Aber es steht jetzt schon ein halbes Jahr leer."

Es war reizend: mit zwei Schlafzimmern, einer geräumigen Küche und einem gemütlichen Wohnzimmer. Außerdem war es klein genug, daß Jenny rasch bei Tina sein konnte, wenn sie wieder einmal von einem Alptraum gequält wurde und laut aufschrie. „Ich bin ja da, Glöckchen. Schlaf wieder ein."

Sie sagte Mark, sie habe vor, die Krueger-Farm dem örtlichen Geschichts- und Heimatverein als Museum zu überlassen.

„Überlegen Sie sich das gut, Jenny", gab er zu bedenken. „Haus und Grundstück sind ein Vermögen wert, und Sie haben weiß Gott ein Anrecht darauf."

„Mir bleibt auch so noch genug. Und ich könnte nie wieder dort wohnen." Sie schloß die Augen, als könne sie damit die Erinnerung an die Wiege auf dem Dachboden, die geheime Schiebetür und das Porträt von Caroline auslöschen.

Rooney kam häufig zu Besuch. Sie fuhr stolz in dem Wagen vor, den Clyde ihr gekauft hatte; eine zufriedene Rooney, die nicht mehr zu Haus auf Arden warten mußte. „Wenn es sein muß, kann man sich mit allem abfinden, Jenny. Die Ungewißheit ist das Schlimmste."

Leute aus Granite Place schauten herein. „Es ist höchste Zeit, daß wir Sie hier willkommen heißen, Jenny." Sie brachten ihr Saatgut und Ableger mit.

Die Tage waren jetzt hell und sonnig, und Jenny legte einen Garten an. Die ersten Blumen, die darin blühten; Mark, der von der Einfahrt her nach ihr rief; die Mädchen, die ihm freudig entgegenliefen.

Jenny lächelte. Auch sie würde ihm gleich entgegenlaufen; auch sie war bereit für einen neuen Anfang.

Foto: Sigrid Estrada

Mary Higgins Clark

Nach dem Erscheinen von *Ein Schrei in der Nacht* schrieb ein amerikanischer Buchkritiker: „Hüten Sie sich davor, mit der Lektüre des Romans in den Abendstunden zu beginnen. Sie riskieren sonst, sich die ganze Nacht um die Ohren zu schlagen, weil Sie das Buch einfach nicht mehr aus der Hand legen können." Tatsächlich ist der Name Mary Higgins Clark längst schon zu einem unumstrittenen Markenzeichen für spannungsgeladene Bücher geworden, die den Leser von der ersten bis zur letzten Seite in Atem halten.

Kürzlich erklärte die Autorin auf einem Schriftstellerkongreß in New York, worin sie das Geheimnis ihres Erfolges sieht: „Die Leser lassen sich nicht für dumm verkaufen. Sie merken genau, ob die Personen einer Geschichte echt sind und in der Wirklichkeit so vorkommen können."

Aus diesem Grund wählt Mary Higgins Clark für ihre Romane fast immer Schauplätze, die sie aus eigener Anschauung kennt. So ergibt sich auch zwischen ihr und der Heldin von *Ein Schrei in der Nacht* eine verblüffende Parallele. Genau wie Jenny lernte Mary ihren Mann in New York kennen und zog nach der Heirat mit ihm auf seine Farm in Minnesota. Ganz im Gegensatz zu ihrer Heldin jedoch fühlte die Autorin sich in der neuen Umgebung auf Anhieb wohl, obgleich sie ebenfalls mit reichlich verschwommenen Vorstellungen nach Minnesota gekommen war. „Ich wußte vorher nur, daß dort eine Menge Kühe in der Gegend rumlaufen. Außerdem hatte ich gehört, es würde im Winter Stein und Bein frieren", erzählt sie lachend. „Als ich ankam, war ich jedoch hingerissen von der Schönheit der Landschaft." Eines Tages zeigte ihr dann Ray Ploetz, ihr Mann, das alte Farmhaus, in dem seine Vorfahren gelebt hatten. Das Gebäude steht heute unter Denkmalschutz und dient als Heimatmuseum. Mary war von dem großen Farmhaus mit zweiundzwanzig Zimmern so beeindruckt, daß sie beschloß, es als Modell für die Krueger-Farm zu nehmen.

Nach *Wintersturm, Die Gnadenfrist, Wo waren Sie, Dr. Highley?* und *Ein Schrei in der Nacht* dürfen sich die Leser der Auswahlbücher auf einen neuen spannenden Roman aus der Feder der Bestsellerautorin freuen. Als im März 1981 in Washington ein Attentat auf Ronald Reagan verübt wurde, hielt sich Mary Higgins Clark gerade in der amerikanischen Bundeshauptstadt auf. Das dramatische Geschehen jener Tage lieferte der Autorin die Idee zu einem Roman, in dem eine junge Fernsehjournalistin bei ihrer Arbeit unversehens in große Gefahr gerät.

Der Stern der Cherokee

Eine Kurzfassung
des Buches von
Forrest Carter
Nach der Übersetzung von
Thomas Lindquist

Titelillustration von
John Cooke und
Michael Hampshire

Zeichnungen von
Michael Hampshire

An den Südhängen des Appalachengebirges, dort, wo sich der Tennesseefluß in den Mississippi ergießt, lag einst das Stammesgebiet der Cherokee. 1831 wurden die Indianer gewaltsam in Reservate getrieben; nur wenige konnten diesem Schicksal entgehen und sich in schwer zugänglichen Seitentälern des Gebirges halten. Die Großeltern von Forrest Carter, der als Kind den Namen Little Tree trug, sind Nachkommen dieser Cherokee-Indianer.

Als sie in den dreißiger Jahren unseres Jahrhunderts ihren verwaisten Enkel bei sich aufnehmen, erlebt Little Tree eine ganz andere Kindheit als die meisten seiner Altersgenossen. Er geht zwar nicht in die Schule, aber dafür lernt er, wie man Whiskey braut. Er studiert die Spinnen am Bach, und er bekommt beigebracht, wie man Bleistifte am sparsamsten anspitzt. Dank seiner Großeltern erfährt Little Tree viel von den alten Weisheiten der Indianer, die in großem Respekt vor der Natur lebten, deren Gesetze sie kannten und befolgten.

Little Tree

Ma lebte nur noch ein Jahr, nachdem Pa tot war. Deshalb kam ich damals, als ich fünf war, zu Granma und Granpa.

Die Verwandten hatten nach dem Begräbnis wegen mir viel Wirbel gemacht. Da standen sie rum auf dem Hof hinter unserer Hütte und stritten sich, zu wem ich gehen sollte, während sie die bemalte Bettstatt und den Tisch und die Stühle unter sich verteilten.

Granpa stand da in seinem abgewetzten schwarzen Anzug, den er nur in der Kirche und bei Begräbnissen trug, und sagte nichts. Er stand abseits am Zaun, und Granma stand hinter ihm. Granpa war halb Cherokee, halb Weißer, und Granma war völlig indianischer Abstammung. Sie waren die Eltern meiner Ma.

Granpa überragte alle anderen. Er war fast einsneunzig groß mit seinem schwarzen Hut. Granma war zu schüchtern und blickte nicht auf, aber Granpa schaute über die Köpfe der anderen zu mir hin. Darum drängte ich mich durch die Menge zu ihm, klammerte mich an seinem Bein fest und ließ nicht mehr los, auch als sie mich wegholen wollten. Später erzählte Granma, daß ich nicht mal geweint, sondern mich nur festgehalten hätte; es ging hin und her, sie wollten mich wegzerren, und ich hielt mich fest, und dann legte Granpa mir seine große Hand auf den Kopf.

„Laßt ihn in Ruhe", sagte er. Da ließen sie mich in Ruhe. Granpa sprach selten vor vielen Menschen, aber wenn er es tat, sagte Granma, dann hörten die anderen auf ihn.

Wir marschierten den Berg runter auf die Landstraße, die zur Stadt führte. Es war ein düsterer Wintertag. Granpa ging voraus. Auf der Schulter trug er den Sack mit meinen Sachen. Hinter Granpa zu gehen, das merkte ich gleich, bedeutete für mich: Dauerlauf. Granma mußte manchmal hinter mir ihren Rock anheben, um uns einzuholen.

In der Stadt trotteten wir genauso weiter, bis wir zur Bushaltestelle kamen. Granma las immer die Schrift vorn auf den Bussen, als sie kamen und wieder wegfuhren. Granpa sagte, daß Granma lesen

konnte. Wir warteten, bis der richtige Bus gekommen war; da stand er vor unserer Nase, als es schon langsam dunkel wurde.

Zuerst ließen wir alle anderen Fahrgäste einsteigen. Und das war gut so – denn gleich war der Teufel los, kaum daß wir den Fuß auf das Trittbrett setzten.

„Wo habt ihr eure Fahrkarten?" fragte der Busfahrer ganz laut, und alle im Bus schauten zu uns her. Das machte Granpa überhaupt nichts aus. Er zog seinen Geldbeutel aus der Hosentasche und sagte dem Busfahrer, daß wir ja drauf warteten zu bezahlen. Granma flüsterte ihm zu, er solle angeben, wohin wir wollten. Granpa sagte es ihm.

Der Busfahrer erklärte Granpa, wieviel es kostete, und während Granpa ganz sorgfältig das Geld abzählte, drehte der Busfahrer sich zu den anderen um und sagte „Na bitte!", und alle lachten. Ich hatte keine Angst, weil ich wußte, daß sie freundlich waren und es uns nicht übelnahmen, daß wir vorher keine Fahrscheine gekauft hatten.

Wir gingen nach hinten, und ich saß in der Mitte zwischen Granma und Granpa. Granma langte rüber und streichelte Granpas Hand, und er hielt ihre Hand auf meinem Schoß. Ich hatte keine Angst, und da schlief ich ein.

Mitten in der Nacht hielt der Bus. Wir stiegen aus und standen am Straßenrand. Granpa ging gleich los, und ich und Granma liefen hinterher. Es herrschte klirrende Kälte. Der Mond sah aus wie eine Scheibe von einer Wassermelone, und er leuchtete so hell, daß die Straße vor uns silbern schimmerte.

Erst als wir die Straße verließen und in einen Hohlweg mit Räderfurchen und Gras in der Mitte einbogen, sah ich die Berge. In der Finsternis zeichnete sich ihr Kamm nur ganz schwach gegen den

Himmel ab, und ihr Grat war so hoch, daß man den Kopf zurückbeugen mußte, wenn man hinaufschauen wollte. Ich fröstelte, weil die Berge so schwarz waren.

Hinter mir sagte Granma: „Wales, er wird müde."

Granpa blieb stehen und drehte sich um. Er blickte auf mich herab. „Müde werden tut gut, wenn man so was durchgemacht hat", erwiderte er. Er drehte sich um und ging weiter, aber jetzt konnte ich leichter Schritt halten.

Lange wanderten wir in dem Hohlweg weiter und bogen dann auf einen Pfad ab, der hinauf ins Gebirge führte. Es raschelte um uns her, und Flüstern und Seufzer murmelten durch die Bäume, als wäre der ganze Wald lebendig geworden. Neben uns war ein Plätschern und Gurgeln, ein Bergbach sprang über die Felsen in kleine Tümpel, wo er sich ausruhte und dann weitereilte.

Granma hinter mir summte ein Lied, und ich wußte, es war ein indianisches Lied. Es brauchte keine Wörter, ich verstand die Bedeutung auch so. Da fühlte ich mich auf einmal gut aufgehoben.

Plötzlich bellte ein Hund so laut, daß ich vor Schreck zur Seite sprang. Granpa lachte leise.

„Das ist Old Maud, sie kann nicht mehr riechen, wie sich's für einen Jagdhund gehört – dafür ist ihr Gehör um so schärfer."

Im nächsten Moment waren wir von mehreren Hunden umringt, sie sprangen winselnd an Granpa hoch und beschnüffelten mich, um den neuen Geruch kennenzulernen.

Wir überquerten den Bach auf einem Steg, und da stand die Hütte, unter große Bäume geduckt, die Rückseite gegen den Berg gelehnt, und an der Vorderseite befand sich in der ganzen Breite eine Veranda.

Die Hütte hatte in der Mitte, zwischen den Zimmern, einen breiten Gang. Der Gang war an beiden Seiten offen. Manche Leute nennen so was Korridor, aber im Gebirge sagen sie „Hundslauf" dazu, weil die Hunde da durchlaufen. Auf der einen Seite war ein großes Zimmer zum Kochen und Essen und Wohnen, und auf der anderen Seite vom Hundslauf waren zwei Schlafzimmer. Eins war für Granma und Granpa. Das andere war für mich.

Ich legte mich auf das federnde, weiche Geflecht aus Hirschleder, das über einen Rahmen aus Hickorybalken gespannt war. Durchs offene Fenster sah ich, jenseits des Baches, den dunklen Wald im fahlen, geisterhaften Mondlicht. Ich mußte an Ma denken, und auf einmal fühlte ich mich so verlassen.

Jemand strich mir mit der Hand über den Kopf. Es war Granma, die sich neben mich auf den Boden setzte; ihr weiter Rock bauschte sich, ihre silbersträhnigen Zöpfe fielen ihr über die Schultern bis auf den Schoß. Auch sie schaute aus dem Fenster. Leise und sanft fing sie an zu singen und wiegte sich dabei langsam vor und zurück. Und ich hörte den Wind wispern, und ich hörte, wie Lay-nah, der Quellbach, singend davonsprang und dem Hirsch und der Wachtel, dem Wald und dem Bergwind von mir erzählte.

Ich wußte, ich bin Little Tree, und ich war glücklich, weil sie mich liebhatten und sich freuten. Da schlief ich ein, und ich habe nicht geweint.

DER WEG

EINE Woche hatte Granma, Abend für Abend im Schaukelstuhl sitzend, gebraucht, bis meine Mokassins fertig waren. Mit einem krummen Messer schnitt sie das Hirschleder zu und vernähte die Kanten mit Lederstreifen. Als sie damit fertig war, weichte sie die Mokassins in Wasser ein, und ich zog sie naß an und lief im Zimmer hin und her, bis sie trocken waren und paßten – die Schuhe waren weich, federnd und leicht wie Luft.

In die Mokassins schlüpfte ich an diesem Morgen ganz zuletzt hinein, als ich schon fix und fertig angezogen war. Draußen war es noch finster und kalt. Granpa hatte gesagt, ich dürfe ihn auf den Hochpfad begleiten, falls ich rechtzeitig aufstehen würde, aber er würde mich nicht wecken, hatte er gesagt.

„Ein Mann steht morgens aus eigenem Willen auf", so hatte er gesprochen und dabei nicht gelächelt. Aber Granpa hatte beim Aufstehen in seinem Zimmer allerhand Lärm gemacht, war gegen die Wand gerumpelt und hatte ungewöhnlich laut mit Granma geredet, und ich hatte es gleich gehört und war jetzt zuerst draußen und wartete in der Dunkelheit mit den Hunden.

„Aha, da bist du." Granpa tat überrascht.

„Ja, Sir", sagte ich und gab mir Mühe, den Stolz in meiner Stimme zu verbergen.

Granpa deutete auf die Hunde, die umhersprangen. „Ihr bleibt hier!" kommandierte er. Sie kniffen den Schwanz ein und winselten und bettelten, aber sie folgten uns nicht.

Den Talpfad kannte ich schon. Dieser Weg führte mit vielen Biegungen und Windungen am Bach entlang durch die Schlucht, bis dorthin, wo sich eine Wiese erstreckte. Dort hatte Granpa in einem Stall seinen Maulesel und seine Kuh. Diesmal aber ging es den Hochpfad hinauf, der rechts abzweigte und schräg über die Bergflanke führte. Ich trabte hinter Granpa her, und ich spürte in den Beinen, wie steil es bergauf ging.

Und noch etwas spürte ich – es war genauso, wie Granma gesagt hatte, daß es sein würde: Ganz deutlich spürte ich durch meine Mokassins, daß Mon-o-lah, die Mutter Erde, lebendig wurde. Es knirschte und krachte um mich her, als würde die Erde sich recken und strecken. Sowie sie sich erwärmte und auftaute, wiegte sie mich in ihrem Schoß, genauso wie Granma es vorher gesagt hatte.

In der kalten Luft schwebte mein Atem wie Nebel. Eiszapfen an kahlen Ästen schmolzen und tröpfelten langsam ab. Als wir höher kamen, verscheuchte ein grauer Lichtschein die Dunkelheit.

Granpa blieb stehen und deutete auf den Boden neben dem Weg. „Da, Truthahnspuren, siehst du?"

Ich kniete mich hin und sah die Spuren: kleine strichdünne Abdrücke auf dem Boden, strahlenförmig von einem Punkt in der Mitte ausgehend.

„Jetzt werden wir die Falle bauen", sagte Granpa. Er suchte, bis er neben dem Weg einen hohlen Baumstumpf fand. Wir räumten die Höhlung aus. Erst das angesammelte Laub, und dann holte Granpa sein langes Messer raus und schnitt tief ins schwammige Moderholz, und wir buddelten mit den Händen Dreck und Erde raus. Als das Loch tief genug war, schleppten wir Zweige ran, die wir über das Loch breiteten, und obendrauf streuten wir eine dicke Schicht Laub. Dann grub Granpa mit seinem langen Messer eine Rinne als Verbindung zwischen dem Loch und den Truthahnspuren. Er holte Maiskörner aus der Tasche und streute sie in die Rinne, und eine Handvoll davon warf er ins Loch.

„Gehen wir jetzt", sagte er und schritt weiter den Hochpfad hinan. Glitzerndes Eis knisterte unter unseren Füßen. Der Berg gegenüber rückte immer näher, während sich tief unten das Tal zu einem schmalen Spalt verengte, so daß der Bach in der Tiefe wie die Klinge von einem Messer aussah.

Wir setzten uns neben dem Pfad auf Laub und Moos, gerade als drüben, jenseits der Schlucht, die Sonne über den Berggipfel leckte.

Granpa holte Zwieback und Trockenfleisch aus der Tasche, und wir aßen und schauten den Berg an.

Wie ein explodierender Feuerball hing die Sonne über dem Grat und schickte ihre glühenden Strahlen nach allen Seiten. Das Glitzern im Rauhreif funkelte so stark, daß die Augen vom Hinschauen schmerzten, und das Licht flutete wie eine Brandung über die Hänge, während die Sonne die Schatten der Nacht immer mehr verdrängte.

Der Berg dehnte sich ächzend und erwachte mit knisternden Seufzern, die als Dampfwölkchen in die Luft stiegen. Puffend und knarrend sprengten die Bäume ihre Eispanzer unter der wärmenden Sonne.

Granpa schaute gebannt, genau wie ich, und lauschte auf den allmählich stärker werdenden Wind in den Bäumen. „Jetzt erwacht sie", sagte Granpa leise, ohne den Berg aus den Augen zu lassen.

„Ja, Sir", sagte ich, „sie erwacht." Und da wußte ich, daß Granpa und ich uns verstanden, auf eine Art, von der die meisten Leute nichts wissen.

Die Schatten zogen sich immer tiefer ins Tal zurück. Granpa zeigte auf einige Wachteln, die flatternd durchs Gras hüpften. Dann deutete er zum Himmel hinauf.

Erst sah ich nur wolkenloses Blau, dann aber entdeckte ich einen kleinen Punkt, der vom Grat herabschoß. Er wurde größer und größer. Achtsam der Sonne entgegenfliegend, damit sein Schatten nicht vor ihm her huschte, glitt der Vogel über die Bergflanke, strich mit halb gefalteten Flügeln über die Baumwipfel ... wie ein brauner Pfeil ... schneller und schneller ... auf die Wachteln nieder.

Granpa lachte leise. „Das ist Old Tal-con, der Falke."

Eine Wachtel flatterte auf und strebte zum Waldrand – aber zu spät. Der Falke traf sein Ziel. Federn wirbelten durch die Luft, und die beiden Vögel stürzten zu Boden; der Schnabel des Falken hackte mit tödlicher Wucht. Im nächsten Moment schwang er sich in die Lüfte, den toten Vogel zwischen den Klauen, und schwebte mit schweren Flügelschlägen empor, bis er über den Grat verschwand.

Ich weinte nicht, aber ich weiß, ich machte ein trauriges Gesicht, weil Granpa sagte: „Sei nicht traurig, Little Tree. Das ist der Weg. Tal-con hat die langsamste von allen Wachteln erwischt. Jetzt wird sie keine Jungen haben, die genauso langsam wären wie sie. Dafür frißt Tal-con auch die Marder und Ratten, die die Eier der Wachteln fressen. So befolgt Tal-con den Weg."

Granpa grub mit seinem Messer eine Süßwurzel aus der Erde und
schälte sie; ihr saftiger Wintervorrat an Leben tröpfelte über die
Klinge. Granpa schnitt sie auseinander und gab mir die größere Hälfte.

„So ist der Weg", sagte er leise. „Nimm nur das, was du brauchst.
Wenn du den Hirsch jagst, nimm nicht den besten. Nimm den
kleineren und langsameren, dann werden die Hirsche wachsen und
sich vermehren und dir immer Fleisch geben." Und er lachte. „Nur
Ti-bi, die Biene, speichert mehr, als sie braucht..., darum stiehlt ihr
der Bär den Honig. So ist es auch mit den Leuten, die sich vollfressen
und nie genug haben. Es wird ihnen von anderen weggenommen. Sie
streiten sich und machen Krieg, nur weil sie die vielen Sachen
festhalten wollen, die sie gar nicht brauchen..., und viele Männer
sterben deswegen. Aber das Gesetz des Weges können sie nicht
ändern."

Später gingen wir den Hochpfad zurück, und die Sonne stand schon
hoch, als wir zur Truthahnfalle kamen. Wir hörten sie schon von
weitem. Sie hockten in der Falle und kollerten und stießen laute
Warnpfiffe aus.

Granpa beugte sich in das Loch und zog einen großen kreischenden Truthahn nach dem anderen heraus. Er legte die Vögel auf die Erde, mit zusammengebundenen Beinen. Es waren sechs Stück, und er deutete mit der Hand auf sie. „Sie sind alle ungefähr gleich alt ..., man sieht es am Horn, je nachdem wie dick es ist. Wir brauchen aber nur drei. Jetzt such du sie aus, Little Tree."

Ich ging ein paarmal um sie herum. Sie flatterten ängstlich. Ich hockte mich nieder und schaute sie ganz genau an. Dann wählte ich die drei kleinsten, die ich finden konnte.

Granpa sagte nichts. Er löste den anderen die Schnur von den Beinen, und sie flatterten auf und schwebten mit klatschenden Flügeln den Berg hinab. Er hängte sich zwei von den Truthähnen über die Schulter.

„Kannst du den anderen tragen?" fragte er.

„Ja, Sir", sagte ich. Ich war nicht sicher, ob ich es richtig gemacht hatte.

Granpa lächelte mich verschmitzt und gütig an. „Wärest du nicht Little Tree ..., dann müßte ich Kleiner Falke zu dir sagen."

Der Truthahn hing schwer an meiner Schulter, aber dennoch war es eine leichte Last. Die Sonne stand schon schräg über den fernen Bergen, ihre Strahlen sickerten durch die Zweige der Bäume am Weg und warfen flammende Kringel auf den Boden vor unseren Füßen. Weit vorne hörte ich Granpa ein Lied summen. In diesem Moment wollte ich ewig leben ..., denn ich wußte, ich hatte es richtig gemacht, und Granpa war mit mir zufrieden. Ich hatte das Gesetz des Weges gelernt.

SCHATTEN AN DER HÜTTENWAND

AN ALLEN Abenden in diesem Winter saßen wir vor dem gemauerten Kamin. Die dicken Fichtenkloben glommen und schwitzten rotes Harz, das die Flammen knisternd und züngelnd auflodern ließ. Über die Wände huschten lebendige und phantastische Schatten. Da war oft ein langes Schweigen, während wir saßen und in die Flammen schauten und die tanzenden Schatten beobachteten. Mitten in die Stille sagte dann Granpa manchmal etwas über „die Bücher".

Jeden Samstag und Sonntag abend zündete Granma die Petroleum-lampe an und las uns was vor. Die Lampe anzünden, das war ein

Luxus. Mit dem Petroleum mußten wir sparsam sein. Einmal im Monat gingen Granpa und ich in die Siedlung, und ich trug die Ölkanne. Ihr Schnäuzchen war mit einem Wurzelspund verschlossen, damit auf dem Heimweg kein Tropfen verlorenging. Das Nachfüllen kostete einen Zehner, und Granpa hatte großes Vertrauen zu mir, weil er mich die Kanne den ganzen Weg bis zur Hütte tragen ließ.

Wenn wir in die Siedlung gingen, nahmen wir auch immer eine Liste mit, wo Granma alle Bücher aufgeschrieben hatte, und Granpa zeigte die Liste der Bibliothekarin und gab die Bücher zurück, die Granma ausgelesen hatte. Auf der Liste stand immer der Name von einem gewissen Mr. Shakespeare (irgend etwas von ihm, was wir noch nicht gelesen hatten – denn Granma kannte die Titel auch nicht). Da hatte Granpa es gar nicht leicht mit der Bibliothekarin. Sie zog lauter Geschichten von Mr. Shakespeare heraus und las uns die Titel vor. Wenn Granpa sich nicht an den Titel erinnern konnte, mußte sie uns eine Seite aus dem Buch vorlesen. Manchmal erkannte ich die Geschichte früher als Granpa, und dann zupfte ich ihn an seinem Hosenbein und flüsterte ihm zu, daß wir diese da schon gehabt hatten, aber mit der Zeit wurde daraus fast ein Wettkampf. Granpa versuchte, es schneller zu sagen, noch bevor ich die Geschichte erkannte, aber dann überlegte er es sich wieder anders, und das brachte die Bibliothekarin ganz durcheinander.

Zuerst fragte die Bibliothekarin Granpa, wozu er denn Bücher brauchte, wenn er doch nicht lesen konnte, und Granpa erklärte ihr, daß Granma uns die Bücher vorlas. Danach machte die Bibliothekarin selbst eine Liste von allen Büchern, die wir gelesen hatten. Sie war freundlich und lächelte, wenn wir zur Tür hereinkamen. Einmal gab sie mir eine rotgestreifte Zuckerstange, die ich auseinanderbrach und mit Granpa teilte. Er nahm das kleinere Stück, denn ich hatte sie nicht genau gleich auseinandergebrochen.

Wir hatten auch dauernd ein Lexikon aufgeschlagen auf dem Tisch liegen, denn ich mußte jede Woche fünf neue Wörter lernen, und ich mußte bei A anfangen. Aber wir hatten noch andere Bücher; eins hieß „Geschichte des Verfalls und Untergangs des Römischen Reiches" ..., und dann hatten wir Bücher von Schriftstellern wie Shelley und Byron, von denen Granma gar nichts gewußt hatte. Aber die Bibliothekarin hatte gesagt, sie sind gut, und wir haben sie mitgenommen.

Granma las langsam und beugte dabei ihren Kopf über das Buch, so

daß ihre langen Zöpfe den Boden streiften. Granpa wiegte sich
langsam in seinem Schaukelstuhl. Ich wußte immer, wenn wir zu
einer spannenden Stelle kamen, weil Granpa dann aufhörte zu
schaukeln.

Als Granma uns von Macbeth vorlas, sah ich das Schloß und die
Hexen und alles lebendig vor mir – in den Schatten an der
Hüttenwand. Und ich rückte näher an Granpas Schaukelstuhl ran. Als
Granma zu der Stelle mit dem Dolch und dem Blut und all diesen
schlimmen Sachen kam, hörte er auf zu schaukeln. Das alles wäre
nicht passiert, sagte Granpa, wenn Frau Macbeth sich um ihre eigenen
Angelegenheiten gekümmert hätte und wenn sie nicht unbedingt ihre
Nase in Herrn Macbeth' Geschäfte hätte stecken müssen. Und
überhaupt, meinte Granpa, diese Lady Macbeth war gar keine Lady,
und er verstand gar nicht, wie man zu so jemand Lady sagen kann.

Bei Julius Cäsars Ermordung ergriff Granpa eindeutig für ihn
Partei. Keineswegs, sagte er, fand er alles gut, was dieser Herr Cäsar
getan hatte. Aber das waren doch die allergemeinsten Hunde, Brutus
und all die anderen – sich von hinten ranschleichen an den Mann, dazu
noch alle gegen einen, und ihn totstechen! Wenn sie Streit mit Herrn
Cäsar hatten, sagte Granpa, dann sollten sie hingehen und mit ihm
reden und alles im guten aushandeln. Granpa regte sich dermaßen auf,
daß Granma ihn beruhigen mußte. Wir alle, sagte sie zu ihm, sind
doch in dieser Sache auf Herrn Cäsars Seite, also brauchte er gar nicht
zu schimpfen. Und außerdem war die Sache vor so langer Zeit
passiert, daß man wahrscheinlich sowieso nichts daran ändern konnte.

Aber richtig loslegen tat Granpa erst bei George Washington. Doch
wer das verstehen will, muß etwas über Granpas früheres Leben
wissen.

Alle Feinde der Waldbewohner waren natürlich auch seine Feinde.
Er war arm, und außerdem war er Indianer. Heute nennt man die
Feinde, glaub ich, „Establishment", aber was Granpa betraf, so nannte
er alle seine Feinde – Polizisten, Steuereintreiber oder Politiker, ganz
gleich welchen Schlags – nur „das Gesetz", und das waren mächtige
Monster ohne Herz, denen es völlig egal war, wie die Leute lebten
oder starben. Granpa meinte, auch früher wäre es immer schon so
gewesen, daß die Politiker hinter der Sache steckten, wenn sich die
Leute gegenseitig abmurksten.

Als ich viele Jahre später selbst in alten Geschichtsbüchern las,
entdeckte ich, daß Granma die Kapitel, wo Washington gegen die

Indianer kämpft, ausgelassen hatte; sie hatte nur die guten Sachen über George Washington vorgelesen, damit Granpa jemanden hatte, zu dem er bewundernd aufblicken konnte. Nachdem Granpa soviel Gutes über George Washington gehört hatte, sprach er immer wieder von ihm. Er war für Granpa die einzige Hoffnung, daß es in der Politik auch mal einen guten Mann geben kann. Bis Granma nicht aufpaßte und die Sache mit der Whiskeysteuer vorlas.

Sie las uns vor, wie George Washington ein Gesetz machen wollte, das eine Whiskeysteuer einführte und bestimmte, wer Whiskey machen durfte und wer nicht. Sie las vor, wie Herr Thomas Jefferson zu George Washington sagte, daß das falsch sei. Denn die armen Farmer in den Bergen und Wäldern hatten nur ganz kleine Felder mit steinigem Boden, und sie konnten nicht soviel Mais anbauen wie die reichen Großgrundbesitzer im Flachland. Granma las vor, wie Herr Jefferson sagte, daß die arme Waldbevölkerung nur dann Geld genug zum Leben hätte, wenn sie aus ihrem Mais Whiskey machen könnte. Aber George Washington hörte nicht auf ihn, und er erließ die Whiskeysteuer.

Granpa war tief getroffen. Er hörte auf zu schaukeln, aber er sagte nichts und schaute nur mit einem verlorenen Blick ins Feuer. Granma tat es richtig leid, denn nach dem Vorlesen streichelte sie seine Schulter, und als sie ins Bett gingen, legte sie ihren Arm um ihn.

Erst einen Monat später, als Granpa und ich wieder mal zur Siedlung hinab wanderten, merkte ich, wie sehr er sich die Sache zu Herzen genommen hatte. Ab und zu fuhren Autos neben uns auf der Landstraße vorbei, aber Granpa drehte sich niemals um, denn er war viel zu stolz, um per Anhalter mitzufahren. Auf einmal hielt ein offenes Auto mit einem Segeltuchdach neben uns. Der Mann am Steuer war wie ein Politiker angezogen, und er beugte sich raus und brüllte gegen den tuckernden Motor an: „Wollt ihr mitfahren?" Ich dachte, daß Granpa nicht einsteigen würde. Aber da erlebte ich eine Überraschung.

Granpa stand da und überlegte, dann sagte er „danke" und stieg ein. Er winkte mich auf den Rücksitz neben sich. Schon sausten wir los, und ich war ganz aufgeregt, wie schnell die Bäume vorbeiflogen.

„Sind Sie ein Farmer?" fragte der Kerl.

„So ungefähr", antwortete Granpa.

„Ich bin Professor am Lehrerseminar", sagte der Mann. Ich war froh, weil er wenigstens kein Politiker war.

Plötzlich streckte Granpa seinen Kopf zu dem Professor vor, und er sagte: „Was wissen Sie über George Washington und seine Whiskeysteuer?"

„Die Whiskeysteuer?" rief der ganz erschrocken. „Ich weiß nicht", sagte er. „Meinen Sie etwa den General George Washington?"

„Ha? Gibt es denn mehrere von der Sorte?" fragte Granpa überrascht.

„Nnnnein", erwiderte der Professor, „aber ich weiß nichts davon." Das kam mir nicht ganz geheuer vor. Granpa beobachtete unbeirrt die Straße vor uns, und jetzt wußte ich, warum wir einsteigen und mitfahren mußten.

Granpa sprach, aber in seiner Stimme klang nicht viel Hoffnung: „Wissen Sie, ob General Washington vielleicht mal was auf den Kopf gekriegt hat – ich meine, in all den vielen Schlachten, vielleicht hat ihn da eine Kugel gestreift?"

„A-also, ich g-g-glaube . . .", stotterte der Mann. „Ich bin Professor für Englisch, und ich weiß überhaupt nichts über George Washington."

Wir kamen zu den ersten Häusern der Siedlung, und Granpa sagte, wir wollten aussteigen. Wie wir am Straßenrand standen, zog Granpa den Hut, um dem Professor danke zu sagen, aber der schien es ganz eilig zu haben und gab so schnell Gas, daß die Räder sich quietschend im Sand drehten. Weg war er – in einer Staubwolke verschwunden. Wir fanden beide, daß er sich ziemlich verdächtig benommen hatte, und Granpa meinte, vielleicht war er ein Politiker, der sich nur als Professor tarnte.

Granpa sagte, ganz bestimmt mußte George Washington eins auf den Kopf gekriegt haben, kein Wunder bei all den Schlachten und Kämpfen, und das erklärte so Sachen wie die mit der Whiskeysteuer. Ein Onkel von Granpa, sagte er, hatte mal von einem Maultier einen

Tritt an den Kopf gekriegt, und danach war er nicht mehr ganz richtig. Die Erklärung von George Washingtons Zustand jedenfalls leuchtete mir ein, und vielleicht erklärte das auch andere komische Geschichten in der Geschichte.

Fuchsjagd

An einem Winternachmittag sperrte Granpa Old Maud ins Zimmer ein, weil er nicht wollte, daß sie sich vor den anderen Hunden schämte; so sagte Granpa, und mir schwante, daß er irgend etwas vorhatte.

Granma zwinkerte mir zu und zog mir ein Hirschlederhemd über, genauso eins, wie Granpa es trug. Dann legte sie ihre Hand auf meine Schulter, wie sie es auch bei ihm gelegentlich tat, und ich kam mir dabei ziemlich erwachsen vor. Außerdem gab Granma mir einen Beutel mit Zwieback und getrocknetem Fleisch, und sie sagte: „Heute abend bleibe ich draußen auf der Veranda sitzen und horche in den Wald hinauf. Ich bin sicher, ich werde euch hören."

Wir gingen hinters Haus, Granpa pfiff die übrigen Hunde herbei, und wir machten uns auf den Weg. Es ging am Bach entlang, den Hochpfad hinauf.

Es gab nur zwei Gründe für Granpa, sich die Hunde zu halten. Zum einen war da das Maisfeld. Jedes Jahr im Frühling und im Sommer war es Old Mauds Aufgabe, das Feld zu bewachen, damit die Hirsche, Waschbären oder Krähen nicht die ganze Saat herausholten. Old Mauds Geruchssinn war praktisch dahin, sagte Granpa, und bei der Fuchshatz war sie vollkommen nutzlos. Dafür hatte sie ein feines Gehör und scharfe Augen und war deshalb hervorragend als Wachhund zu gebrauchen. Und sie wußte, daß sie gebraucht wurde. Granpa meinte, wenn ein Hund – oder sonst jemand – nicht das Gefühl hat, daß er zu etwas nützlich ist, dann ist das schlimm.

Der andere Grund, warum Granpa die Hunde hielt, war rein aus Spaß, nämlich aus Freude daran, was sie bei der Fuchshatz aufführten.

Granpa ging nie richtig mit den Hunden auf Jagd. Dafür brauchte er sie nicht, denn er kannte alle Tränken und Weideplätze des Wildes. Überhaupt wußte er über alle Eigenarten der Tiere viel besser Bescheid, als ein Hund es jemals begreifen kann.

Wenn der Fuchs von Hunden gejagt wird, dann bewegt er sich in einem großen Kreisbogen von manchmal zwei Kilometer Durchmesser um seinen Bau herum. Zwar versucht er, sich seine Verfolger mit Tricks vom Halse zu halten; zum Beispiel kehrt er plötzlich die Richtung um, oder er legt falsche Fährten. Aber er bleibt dabei immer auf seiner Kreisbahn. Nur wenn er müde wird, zieht er die Kreise enger und verschwindet schließlich in seinem Bau. Je länger der Fuchs herumrennen muß, um so heißer wird ihm dabei, und sein Schweiß, den er durchs Maul absondert, riecht immer stärker. Das macht wiederum die Hunde um so rasender, und ihr Gekläff und Gebell wird immer lauter. Das ist dann eine wilde Jagd.

Granpa würde eine Biene, die von einer Wiese zu ihrem Stock fliegt, nicht aus den Augen verlieren; er konnte Hirsche anlocken, weil er wußte, wie neugierig diese Tiere sind; er konnte durch einen Schwarm Wachteln, die dichtgedrängt am Boden sitzen, hindurchschlendern, ohne auch nur einen Flügel zu berühren. Aber er vergriff sich nie an den Tieren, er nahm sich nur das, was wir zum Leben brauchten. Er erlegte das Wild, aber er hegte es auch. Getreu dem Weg der Cherokee.

Ich hielt mich möglichst dicht an Granpas Seite, denn wir marschierten im letzten schummrigen Dämmerlicht einher, als die Sonne schon untergegangen und die Schlucht bereits in tiefe Schatten getaucht war. Die Hunde trotteten hinter uns her.

Bald darauf wurde es vollends dunkel; die Schlucht wurde immer schmaler, und kurz danach kamen wir an eine Weggabelung, wo Granpa den schmalen Pfad nach links einschlug. Hier gab es nur noch ganz wenig Platz zum Gehen, gerade am Rand des Baches entlang. Granpa nannte dies die Klamm; man brauchte nur einen Arm auszustrecken und konnte bereits die Felsen berühren. Sie erhoben sich steil nach oben, und auf der Höhe wirkten sie mit ihrem dürren Fichtenbewuchs wie gefiedert.

Nach einer Weile konnte ich ein starkes Wasserrauschen hören. Das war ein kleiner Fluß, der über einen überhängenden Felsen stürzte.

Immer höher stiegen wir den Berg hinauf, bis wir uns oberhalb des Flüßchens befanden. Hier schickte Granpa die Hunde los zur Hatz. Dazu mußte er nur in eine bestimmte Richtung deuten und „Auf, auf!" sagen – und weg waren sie und gaben laute Juchzer von sich. Wie kleine Kinder beim Beerensammeln, meinte Granpa. Endlich setzten wir uns in einem Latschengehölz nieder. Hier war es warm. Latschen halten die Wärme lange; deswegen setzt man sich im Sommer lieber unter Eichen oder Nußbäume, denn dann ist es zwischen den Latschen knallheiß.

Granpa sagte, daß wir nun in Old Slicks Revier waren; so nannte Granpa ihn: Schlaufuchs. Er sagte, wir würden die Hunde hören, sobald sie Old Slicks Fährte gefunden hatten.

Granpa und Old Slick waren alte Bekannte – seit ungefähr fünf Jahren schon. Die Leute denken immer, daß die Jäger hinter den Füchsen her sind, aber das stimmt nicht. Granpa hat noch nie einen Fuchs getötet. Er pfiff die Hunde immer zurück, wenn der Fuchs sich im Bau versteckte.

Dafür, so erzählte Granpa, setzte sich der Fuchs manchmal an den Rand der Lichtung vor unserer Hütte, wenn es ihm zu langweilig war, und wollte auf diese Weise Granpa und die Hunde dazu kriegen, hinter ihm her zu hetzen.

Der Halbmond stieg über den Berggipfeln auf. Kleine Lichtflecke fielen durch das Gebüsch auf den Boden oder tanzten auf dem Wasser des Flüßchens. Plötzlich unterbrach ein tiefes Gebell die Stille. Es schien von sehr weit her zu kommen und klang ziemlich aufgeregt. Die anderen Hunde stimmten jetzt ein.

„Das war Blue Boy", sagte Granpa. „Er ist immer vorneweg und hat die beste Nase; jetzt erkenne ich auch Little Reds Gebell und zum Schluß, natürlich, Old Rippitt." Alle bellten wild durcheinander, aber das Geräusch entfernte sich mehr und mehr; dafür verstärkte jetzt das Echo dieses Gekläffe, so daß ich den Eindruck hatte, als ob überall um uns herum Hunde wären. Schließlich verschwand das Geräusch vollends.

„Sie sind jetzt auf der Rückseite des Berges", sagte Granpa. „Paß auf, gleich werden wir sie wieder hören, wenn sie über diesen Grat da vor uns laufen."

So kam es dann auch. Erst hörten wir sie ganz schwach, dann immer lauter. Jaulend und kläffend liefen sie auf dem Grat direkt auf uns zu, überquerten dann aber irgendwo unten den Fluß und rannten hinter uns schräg den Berghang hoch, und weg war die Meute.

„Old Slick zieht die Kreise schon enger", erklärte Granpa. „Wenn sie den Fluß das nächstemal überqueren, dann rasen sie vielleicht direkt vor uns vorbei." Granpa behielt recht. Als wir klatschende Geräusche im Wasser hörten, stand Granpa auf, faßte mich am Arm und zog mich hoch.

„Da läuft er", flüsterte Granpa. Jetzt sah ich ihn auch, wie er durchs

Weidengebüsch am Flußufer schnürte. Old Slick trabte dort gemächlich entlang, und seine buschige Rute schleifte ziemlich achtlos hinter
ihm auf dem Boden. Auf einmal blieb er kurz stehen, hob eine
Vorderpfote und leckte sie ab; dann drehte er den Kopf in die
Richtung, aus der das Bellen der Hunde kam, und machte, daß er
weiterkam.

Dort, wo Granpa und ich auf das Flüßchen sehen konnten, ragten
fünf oder sechs große Steinbrocken aus dem Wasser. Als Old Slick an
dieser Stelle ankam, blieb er stehen und schaute zurück, als ob er
abschätzen wollte, wie weit die Hunde noch entfernt wären. Dann
setzte er sich einfach nieder und betrachtete den Fluß. Der Mond
strahlte zwischen den Wolken hindurch, während man die Hunde
näher kommen hörte.

Granpa drückte mich am Arm. „Aufgepaßt!" Old Slick sprang auf
den ersten Stein, verharrte einen Moment – und fing an zu tänzeln.
Dann hüpfte er zum nächsten, wirbelte um seine Achse, dann zum
nächsten und so fort, bis er den letzten Brocken in der Mitte des
kleinen Flusses erreicht hatte. Dort hörte er mit seinen Spielereien auf
und lauschte in die Nacht hinaus. Daraufhin ließ er sich von dem Stein
ins Wasser hinuntergleiten und schwamm ein Stück flußaufwärts. Er
hatte seinen Abgang genau abgepaßt, denn in dem Moment fegten
schon die Hunde daher.

Immer wieder hob einer von ihnen die Schnauze in die Luft,
schnupperte und stieß dann ein durchdringendes „Juhuhuu!" aus. Sie
kamen zu der Stelle, wo die Steinbrocken lagen, und sprangen von
einem zum anderen in den Fluß hinaus. Blue Boy blieb auf dem letzten
Brocken erst mal stehen, aber Old Rippitt nicht. Als gäbe es da nichts
zu überlegen, sprang er gleich mitten ins Wasser und schwamm ans
andere Ufer.

Blue Boy dagegen versuchte, Witterung aufzunehmen, und Little
Red blieb bei ihm stehen. Einen Moment später drehten sie sich um
und hüpften ans Ufer zurück. Blue Boy nahm Old Slicks Fährte
wieder auf und rannte laut bellend hinter ihm her. Little Red machte
ihm alles nach.

Old Rippitt hatte völlig die Orientierung verloren und lief
verzweifelt winselnd mit der Nase am Boden am anderen Flußufer auf
und ab. Als er Blue Boy hörte, ließ er sich kurzerhand wieder ins
Wasser plumpsen und strampelte wild auf die andere Seite des Flusses.
Dort angekommen, hetzte er gleich hinter den anderen her. Granpa

und ich mußten so heftig lachen, daß wir beinahe den Berg herunter-
gekullert wären.

Granpa sagte, er hatte es schon kommen sehen, daß Old Slick diesen
Trick anwenden würde. Der Schlauberger hatte deshalb bis zum
letzten Augenblick auf die Hunde gewartet, weil er wollte, daß seine
Fährte noch ganz frisch war. Er hatte sich ausgerechnet, daß die
Beutegier der Hunde ihren normalen Orientierungssinn übertölpelt,
wenn sie zu aufgeregt sind. Bei Old Rippitt war das ja auch der Fall,
aber nicht bei Blue Boy und Little Red.

Granpa erzählte nun, er habe es oft auch bei Menschen erlebt, daß
die Gier den normalen Verstand ausschaltet und daß diese Leute sich
dann vor aller Welt lächerlich machen, genau wie Old Rippitt. Ich
glaube auch, daß das so ist.

Mittlerweile war der neue Tag angebrochen, und ich hatte es nicht
einmal bemerkt. Granpa und ich stiegen zum Flußufer hinunter und
aßen unseren Zwieback und unser getrocknetes Fleisch. Granpa fuhr
mit seinem Messer unter die Rinde einer Zeder und spaltete ein Stück
davon ab. Indem er ein Ende davon umbog, machte er eine Art Kelle
daraus. Damit schöpften wir frisches Wasser aus dem Fluß, der so klar
war, daß man bis auf den Grund sehen konnte.

Gleich darauf kamen die Hunde zurück, und bevor wir nach Hause
gingen, blickten wir noch einmal flußaufwärts. Dort streckte sich Old
Slick am anderen Ufer aus und ließ die Zunge heraushängen. Granpa
pfiff einmal kurz, woraufhin Old Slick aufstand und uns anstarrte.
Dann schnaufte er hörbar und trollte sich. Granpa meinte, Old Slicks
Schnaufer bedeutete Mißfallen und Verachtung, weil wir ihn aufgescheucht hatten. Aber ich erinnerte mich, daß er es bisweilen auch
ganz gerne hatte.

Schon waren aber die Hunde wieder flußaufwärts gelaufen, und sie
bellten ununterbrochen. Kurz darauf konnte man eine einzelne
Hundestimme unterscheiden, die in Jaulen und Winseln übergegan-
gen war.

Granpa fluchte: „Verdammt, Old Rippitt ist schon wieder rüberge-
schwommen; er will Old Slick eine Falle stellen. Da wird er sich
verlaufen und von selbst nicht mehr den Weg zurück finden." So
mußten wir erst noch durch Herumbrüllen und Zurufen Old Rippitt
zurücklotsen. Damit war die wilde Jagd aber wirklich zu Ende, und
die anderen Hunde kamen ebenfalls wieder zurück.

Old Rippitt schämte sich über das, was er angestellt hatte, und blieb

weit hinter uns. Granpa sagte, vielleicht lernt er diesmal, daß man sich
nur selber blamiert, wenn man andere hereinzulegen versucht. Da ist
was dran.

So wurde es Nachmittag, bis wir uns schließlich auf den Nach-
hauseweg machen konnten. Die Hunde blieben zusammen; ich
wußte, sie waren müde. Mir ging es genauso, und wenn Granpa nicht
so langsam gegangen wäre, hätte ich es kaum geschafft.

In der Abenddämmerung kamen wir auf die Lichtung vor der
Hütte. Granma kam uns schon auf dem Weg entgegen. Sie nahm mich
auf den Arm und legte den anderen um Granpa.

Ich muß so erledigt gewesen sein, daß ich noch an ihre Schulter
gelehnt eingeschlafen bin, denn ich weiß nicht mehr, wie wir in die
Hütte gekommen sind.

Wissen, wie es früher war

GRANMA und Granpa sagten, daß ich wissen müßte, wie es früher war.
„Wenn du nicht weißt, woher dein Volk kommt, dann wirst du nicht
wissen, wohin dein Volk geht."

Und so erzählten sie mir die alten Geschichten der Cherokee: Wie
sie in ihren fruchtbaren Tälern den Mais anpflanzten – im Frühling,
wenn die jungen Krieger und die Mädchen den Hochzeitstanz tanzten.
Wie sie im Herbst, wenn der erste Frost den Kürbis reif und die
Dattelpflaumen süß machte, in ihren Dörfern das Erntefest feierten.
Wie sie im Winter auf die Jagd zogen und bei alledem von Pflanzen und
Tieren nur für sich nahmen, was sie brauchten: treu dem Weg.

Wie dann die Soldaten der Regierung kamen und ihnen sagten, daß
sie das Papier unterschreiben sollten. Das Papier, sagten sie, sollte den
weißen Siedlern zeigen, wo sie sich ansiedeln durften und wo das Land
der Cherokee war.

Und nachdem sie unterschrieben hatten, kamen noch mehr
Soldaten der Regierung. Sie hatten Gewehre und sagten, daß der Sinn
des Papiers sich geändert hatte. Jetzt bedeuteten die Worte, daß die
Cherokee ihre Täler, ihre Berge, ihre Heimat verlassen mußten. Weit
weg mußten sie gehen, in die Richtung der sinkenden Sonne, wo die
Regierung neues Land für die Cherokee hatte – Land, das der weiße
Mann nicht haben wollte.

Und wie die Soldaten dann mit ihren Gewehren einen Ring um ein großes Tal bildeten, rings um die Lagerfeuer. In Horden, wie Vieh, trieben sie die Cherokee in diesen Ring.

Später, als sie beinahe alle Cherokee gefangen hatten, brachten sie Maultiere und Planwagen herbei und sagten, die Cherokee sollten ins Land der sinkenden Sonne fahren.

Die Cherokee hatten alles verloren. Aber sie fuhren nicht, und darum konnten sie etwas retten. Man konnte es nicht sehen, man konnte es nicht essen – und trotzdem retteten sie es. Sie fuhren nicht. Sie ritten nicht. Sie gingen.

Die Soldaten ritten vor ihnen, neben ihnen, hinter ihnen. Die Cherokee-Männer gingen und schauten geradeaus, nicht auf den Boden, nicht auf die Soldaten. Ihre Frauen und Kinder gingen hinter ihnen und schauten auch nicht auf die Soldaten. Ganz am Ende rumpelten die Planwagen dahin – sinnlos, zwecklos. Ihr Land, ihre Heimat war gestohlen, aber die Planwagen konnten die Seele der Cherokee nicht stehlen.

Als sie durch die Dörfer des weißen Mannes zogen, standen die Menschen links und rechts am Weg und schauten ihnen zu, wie sie vorüberzogen. Zuerst lachten sie über die Cherokee. Wie dumm von ihnen, daß sie zu Fuß gingen, während die leeren Planwagen hinterherrumpelten. Aber die Cherokee drehten nicht den Kopf und lachten nicht mit, und bald hörte das Lachen auf.

Als die Cherokee immer weiter von ihren Tälern fortgingen, fing das Sterben an. Es waren die sehr Jungen und die sehr Alten und die Kranken, die zuerst starben.

Am Anfang erlaubten die Soldaten ihnen, anzuhalten und ihre Toten zu begraben. Aber dann starben immer mehr – Hunderte, Tausende. Mehr als ein Drittel von ihnen starb auf diesem Marsch. Die Soldaten sagten, sie dürften nur alle drei Tage ihre Toten begraben. Denn die Soldaten hatten es eilig und wollten die Cherokee loswerden.

Die Soldaten sagten, die Toten sollten in den Planwagen fahren, aber die Cherokee legten ihre Toten nicht in die Wagen des weißen Mannes. Sie trugen sie. Sie gingen und trugen ihre Toten.

Der kleine Junge trug seine tote kleine Schwester und schlief in der Nacht neben ihr auf der Erde. Am Morgen hob er sie auf und trug sie auf seinen Armen weiter.

Der Mann trug seine tote Frau. Der Sohn trug seine tote Mutter, seinen toten Vater. Und sie drehten nicht den Kopf, und sie schauten

die Leute nicht an, die links und rechts neben der Marschkolonne
standen. Manche Menschen, die zuschauten, weinten. Aber die
Cherokee weinten nicht. Äußerlich weinten sie nicht, denn die
Cherokee ließen niemand in ihre Seele blicken.

Die Leute nannten es den „Weg der Tränen". Nicht weil die
Cherokee weinten. Denn sie weinten nicht. Die Leute nannten es den
„Weg der Tränen", weil die Menschen, die zuschauten, weinten.

Es gingen aber nicht alle Cherokee. Einige erfahrene Bergläufer
flüchteten sich in die tiefsten Schluchten, auf die höchsten Grate der
Gipfel und lebten dort mit ihren Frauen und Kindern – immer
unterwegs.

Sie stellten Fallen, um Wild zu fangen, aber manchmal wagten sie
nicht, die Beute aus der Falle zu holen, weil die Soldaten gekommen
waren. Sie gruben die Süßwurzel aus der Erde, sie zerstampften
Eicheln zu Mehl, sie schnitten Huflattich auf den Waldlichtungen und
aßen die inneren Schichten der Baumrinde. Sie fischten mit der Hand
an den felsigen Ufern kalter Bergbäche und bewegten sich lautlos wie
Schatten: ein Volk, das da war – aber unsichtbar und unhörbar.

Aber nicht alle Weißen waren feindselig und habgierig. Zum
Beispiel die Familie von Granpas Pa. Das waren arme Bauern, aus dem
steinigen Schottland eingewandert. Sie liebten die Freiheit der Berge,
genau wie die Cherokee. Granma erzählte, wie es damals war, als
Granpas Vater seine Frau fand – und ihr Volk, die Cherokee. Einmal
fand er am Ufer eines Baches kaum sichtbare Spuren von Menschen.
Er lief nach Hause und holte ein saftiges Stück Hirschkeule. Das legte
er als Geschenk auf die Lichtung am Bach, und um seine friedliche
Absicht zu zeigen, legte er sein Gewehr und sein Messer daneben.

Am nächsten Morgen war die Hirschkeule nicht mehr da, aber sein
Messer und sein Gewehr lagen noch am gleichen Fleck. Und daneben
lagen ein langes Indianermesser und ein Tomahawk. Granpas Pa
rührte die fremden Waffen nicht an, sondern ging nach Hause, holte
ein paar Maiskolben und legte sie zu den Waffen. Dann stand er da und
wartete lange.

Sie kamen langsam – spät am Nachmittag. Sie schlichen von Baum
zu Baum, blieben stehen, gingen vorsichtig weiter. Granpas Pa
streckte seine Hände aus, und sie, ein Dutzend Männer und Frauen
und Kinder, streckten ihre Hände aus, und sie faßten sich an. Sie
mußten ihre Arme sehr weit ausstrecken, um sich anzufassen, sagte
Granma, aber sie taten es.

Granpas Pa wurde groß und erwachsen, und er heiratete die jüngste Tochter der Leute. Sie hielten beide zusammen den Hochzeitsstab aus Hickoryholz fest, und dann nahmen sie ihn mit in ihre Hütte, und sie haben ihn nie zerbrochen. Sie trug die Feder der rotgefiederten Drossel im Haar, darum hieß sie Red Wing. Granma sagte, sie war schlank wie eine Weidengerte, und sie sang, wenn es Abend wurde.

Granpa und Granma erzählten auch über die letzten Jahre von Granpas Pa. Er war ein alter Krieger, der mit den wilden Truppen der Konföderierten – der aufsässigen Südstaaten von Amerika – gezogen war, um gegen dieses ferne, unsichtbare Monster „Regierung" zu kämpfen, das sein Volk und seine Hütte bedrohte.

Sein Bart war weiß. Das Alter beugte seinen hageren Körper. Wenn der eisige Winterwind durch die Ritzen der Hütte heulte, fingen die alten Wunden an zu schmerzen. Ein Säbelhieb, dessen Narbe sich über seinen linken Arm zog. Sein Knöchel, der dick und aufgeschwollen war, dort, wo die Kugel ihn zerfetzt hatte. Der gemeinste Schmerz aber saß im Leib. Da steckte die niemals herausoperierte Bleikugel. Sie nagte sich wie eine Ratte durch sein Fleisch, sie fraß an seinen Eingeweiden – bis eines Tages der Tag kam, an dem er starb. Vierzig Jahre hatte die Regierung gebraucht, um ihn zu töten.

Mit ihm starb das Jahrhundert, in dem er gelebt hatte: diese Zeit voller Blut und Kampf und Tod. Ein neues Jahrhundert brach an, mit neuen Menschen, die ebenfalls marschierten und ihre Toten begruben.

Oft habe ich die Gräber auf dem Berg besucht: nebeneinander liegen er und Red Wing unter Eichen, wo das zähe Indianerveilchen im Frühjahr winzige blaue Sterne aus der Erde treibt.

Der Hochzeitsstab liegt über den Gräbern, altes verwittertes Hickoryholz, nie zerbrochen, voll von den Kerben, die sie einschnitten, für jede Freude, für jeden Schmerz. Er verbindet sie auch im Grab. So winzig sind die Namen eingeritzt, daß man sich bücken muß, will man sie lesen: ETHAN UND RED WING.

MEIN GEHEIMER PLATZ

ICH schätze, daß eine Million winziger Wesen am Bergbach leben. Wenn man ein Riese wäre und von oben auf die Wasserfälle und Windungen des Bachbetts hinabblickte, dann entdeckte man, daß der Bach ein Strom des Lebens ist.

Ich war dieser Riese. Ungefähr achtzig Zentimeter groß, wie ich war, mußte ich mich bücken, um die kleinen Sümpfe und Sandbänke zu untersuchen, wo plätschernde Rinnsale an flachen Stellen versickerten. Bachforellen schnellten aus dem Wasser und versuchten den Moschusbock zu haschen, die Käfer, die über dem Bach tanzten. Wenn du einen Moschusbock in die Hand nimmst, dann duftet er stark und süß.

Von meinen Entdeckungswanderungen am Bach kam ich immer mit nassen Füßen nach Hause, aber Granma schimpfte nie. Die Cherokee schelten niemals ihre Kinder, wenn sie durch den Wald streifen und sich naß oder schmutzig machen.

Ich erkundete den ganzen Bach, beinahe bis zur Quelle hinauf. Ich watete durchs seichte Wasser und schlüpfte unter den schwankenden Zweigen der Trauerweiden hindurch. Grüne Wasserfarnstauden säumten das Ufer und boten einigen seltsamen Spinnen Ankerpunkte für ihre kunstvollen Netze.

Diese kleinen Kraxler und Kriecher kleben ihren Spinnfaden an einem Farn fest und hüpfen dann von dem Blatt herunter wie von einem Sprungbrett. Dabei verlängern sie blitzschnell den Faden und formen ihn zu einer Art Fallschirm. In langsamem Flug versuchen sie, auf einem Blatt auf der anderen Seite des Bachs zu landen. Gelingt ihnen das, kleben sie den Faden fest und machen dasselbe in umgekehrter Richtung. Das wiederholen sie so lange, bis ein glitzerndes Netz über dem Wasserlauf entstanden ist. Diese Springer lassen sich von nichts und niemandem einschüchtern. Manchmal fallen sie auch ins Wasser und werden von der Strömung davongetrieben. Dann kraulen sie regelrecht ans Ufer, laufen zu der Stelle zurück, wo sie ihr Netz bauen, und machen dort weiter.

So erforschte ich den Bach und das Tal und all die wimmelnden Wesen: die Taucherschwalben, die ihre Beutelnester zwischen die Weidenzweige gehängt hatten und laut spektakelten, wenn sie mich erspähten – bis sie mich besser kannten; die Frösche, die überall an den Ufern jubelten und quakten, aber sofort verstummten, wenn ich näher kam – bis Granpa mir sagte, daß die Frösche das Vibrieren der Schritte am Boden spüren.

Er zeigte mir, wie die Cherokee gehen, sie treten nicht mit der Ferse auf, sondern mit den Zehenspitzen. Als ich das gelernt hatte, konnte ich mich leise anschleichen, und die Frösche sangen unbekümmert weiter.

Droben am Bachlauf fand ich auch meinen „geheimen Platz". Er lag hoch am Berghang und war von Efeu umwuchert. Es war ein kleiner Platz, ein Grasbuckel, auf dem ein Eukalyptusbaum stand, der seine Äste bis auf den Boden streckte. Gleich als ich diesen Fleck zum erstenmal sah, wußte ich, daß dies mein „geheimer Platz" war, und von da an ging ich oft hin.

Old Maud lief meistens mit, sie liebte den Platz, und dann saßen wir unter dem Eukalyptusbaum und horchten – und beobachteten.

Einmal, am Nachmittag, hockte ich, mit dem Rücken an den Baumstamm gelehnt, zusammen mit Old Maud dort – da bemerkte ich weiter unten im Wald ein Rascheln, eine Bewegung. Es war Granma. Ich lief ihr nach – sie sammelte Wurzelknollen für ihre Küche. Ich holte sie ein, und Granma und ich hockten uns ins Gras, um die Wurzeln zu sortieren. Ich glaube, ich war einfach zu jung, um ein Geheimnis für mich zu behalten, denn ich mußte Granma alles über meinen geheimen Platz erzählen. Sie war überhaupt nicht verwundert – das wunderte mich.

Alle Cherokee haben einen geheimen Platz, sagte Granma. Auch sie selbst und Granpa hatten einen, erzählte sie. Sie sagte, daß jeder Mensch seinen eigenen geheimen Platz hat. Da freute ich mich, daß ich jetzt auch einen hatte.

Granma sagte, daß jeder Mensch zwei Seelen hat. Die eine ist die Körperseele, und die hat mit den wichtigen Dingen zu tun, die unser Körper braucht, wie Essen und Wohnen und Arbeit und so. Auch wenn die Menschen sich lieben und Kinder kriegen, ist die Körperseele dabei, erklärte Granma. Aber außerdem haben wir noch eine zweite Seele, die mit all diesen Dingen überhaupt nichts zu tun hat. Das ist die Geistseele.

Granma sagte, wenn unsere Körperseele habgierig und gemein ist, wenn wir immer nur überlegen, wie wir die anderen Menschen übers Ohr hauen – dann schrumpft unsere Geistseele zusammen, bis sie nicht größer als eine Walnuß ist.

„Wenn unser Körper stirbt", sagte Granma, „dann stirbt die Körperseele mit ihm, und wenn wir unser ganzes Leben lang häßlich und habgierig waren, dann stehen wir am Ende mit einer Walnuß da, denn die Geistseele ist das einzige, was übrigbleibt, wenn alles andere abstirbt. Und wenn wir dann wiedergeboren werden – und das werden wir", betonte Granma, „dann müssen wir mit einer Walnuß von Geistseele leben, die nichts weiß und nichts versteht."

So kommt es, daß viele tote Menschen rumlaufen. Granma sagte, es sei ganz leicht, lebendige tote Menschen zu erkennen: Wenn jemand eine Frau anschaut und nur an schmutzige Sachen denkt, oder wenn jemand einen Baum anschaut und nur an Bretter und an Profit denkt und nie an Schönheit und Liebe – das sind die Toten, sagte Granma, die scheinbar lebendig herumlaufen. Der einzige Weg, die Geistseele immer stärker und größer werden zu lassen, besteht darin, daß man versucht, alle Menschen und alle Dinge zu verstehen.

„Verstehen und Liebe ist natürlich dasselbe", sagte Granma.

Granmas Name war Bonnie Bee. Das wußte ich, weil ich einmal in der Nacht gehört hatte, wie Granpa zu ihr sagte: „Ich verstehe dich, Bonnie Bee." Und das bedeutete: „Ich liebe dich, Bonnie Bee", denn dieser Klang und dieses Gefühl waren in den Wörtern.

Und wenn sie miteinander sprachen und Granma sagte: „Verstehst du mich, Wales?", dann antwortete Granpa: „Ja, ich versteh dich."

Wenn ich heute zurückdenke, dann glaube ich, ich fing sofort an, möglichst alle Menschen und alle Dinge zu verstehen. Denn natürlich wollte ich nicht am Ende mit einer Walnuß-Seele dastehen.

Granma sagte, daß auch der alte Eukalyptusbaum an meinem Geheimplatz eine Seele habe. Keine Menschenseele, sondern eine Baumseele. Sie sagte, daß sie das alles von ihrem Pa wisse.

Granmas Pa hieß Brown Hawk. Er verstand alle Dinge in der Natur. Er verstand zum Beispiel die Gedanken der Bäume. Einmal – Granma war noch ein kleines Mädchen – war ihr Pa sehr traurig nach Hause gekommen. Er war auf dem Berg gewesen, wo die uralten Eichen standen, und er hatte genau gespürt, daß die Eichen aufgeregt waren und Angst hatten. Den ganzen Tag war er unter den alten Bäumen umhergegangen und hatte gelauscht, wie sie seufzten und stöhnten.

Groß und stolz waren sie, und trotzdem waren sie bescheiden und selbstlos – sie ließen genügend Platz für Haselnußsträucher und Pflaumenbäume, für Walnuß und Kastanie, von deren Früchten die Tiere des Waldes lebten.

Am nächsten Morgen, als die Sonne über den Bergen aufging, konnte Brown Hawk beobachten, wie weiße Holzknechte kamen und die Eichen mit Farbe markierten und überlegten, wie sie alle absägen konnten. Als sie wieder gegangen waren, hatte Brown Hawk erzählt, fingen die alten Eichen an zu weinen. Brown Hawk konnte nicht schlafen. Er beobachtete, wie die weißen Holzknechte eine Straße bauten, auf der sie mit ihren Fuhrwerken zum Eichenwald hinauffahren wollten.

Granma erzählte, daß die Cherokee beschlossen, die Eichen zu retten. Jeden Abend, wenn die Holzknechte in ihre Siedlung zurückgingen, kamen die Cherokee mit Schaufeln und Hacken und buddelten tiefe Gräben quer über die Straße. Auch die Frauen und Kinder halfen mit.

Am nächsten Morgen, als die Holzknechte kamen, brauchten sie den ganzen Tag, um die Straße zu reparieren. Aber in der Nacht machten die Cherokee sie wieder kaputt. So ging es zwei Tage und Nächte hin und her. Es war ein langer, schwerer Kampf, sagte Granma, und die Cherokee wurden allmählich müde.

Und dann, eines Tages – die Holzfäller arbeiteten wieder an ihrer Straße –, fiel eine riesige Eiche auf eines der Fuhrwerke. Sie erschlug zwei Maultiere und zertrümmerte einen Wagen. Es war eine starke, gesunde Eiche, sagte Granma. Es gab keinen Grund, warum sie stürzte, aber sie tat es. Daraufhin gaben die Holzfäller den Versuch auf, eine Straße zu bauen.

Beim nächsten Vollmond, so erzählte Granma, feierten die Cherokee ein großes Fest im Eichenwald. Sie tanzten im hellen Mondlicht, und die Eichen rauschten und sangen und faßten sich mit den Zweigen an, und auch die Cherokee faßten sie an. Granma erzählte, die Cherokee sangen ein Sterbelied für die starke Eiche, die ihr Leben gegeben hatte, um die anderen zu retten.

„Little Tree", sagte Granma, „all diese Dinge mußt du für dich behalten. Es hat keinen Zweck, sie dieser Welt zu erzählen, die eine Welt der Weißen ist. Aber du mußt diese Dinge wissen, darum hab ich sie dir erzählt."

Jetzt wußte ich auch, warum wir für unser Kaminfeuer nur die Baumstämme nahmen, die der Geist des Waldes uns gab. Ich verstand das Leben des Waldes und das Leben der Berge.

GRANPAS HANDWERK

GRANPA hatte in seinem ganzen langen siebzigjährigen Leben noch nie eine feste Arbeit gehabt. „Feste Arbeit", so nannten die Leute in den Bergen jede Arbeit, die man für Bezahlung macht. Fest angestellt sein und einem Chef gehorchen müssen – das konnte Granpa nicht ertragen. Es war die langweiligste Art, die Zeit totzuschlagen, sagte er. Und das fand ich auch.

Damals, im Jahre 1930, als ich fünf Jahre alt war, konnte man einen halben Zentner Mais für fünfundzwanzig Cent verkaufen – das heißt, falls man jemand fand, der einen halben Zentner Mais kaufen wollte. Aber auch wenn wir den halben Zentner für zehn Dollar verkauft hätten, hätten Granpa und Granma und ich nicht davon leben können. Unser Maisfeld war einfach zu klein.

Trotzdem soll jeder Mann ein Handwerk haben, sagte Granpa, und soll stolz darauf sein. Granpa war Whiskeymacher, und er war stolz darauf. Dieses Handwerk wurde seit vielen hundert Jahren bei seinen schottischen Vorfahren vom Vater auf den Sohn vererbt.

Immer wenn vom Whiskeymachen die Rede ist, tun die Leute so, als wäre das ganz was Schlimmes. „Schwarzbrennen", nennen sie es, und das „Gesetz" paßt auf wie der Teufel, daß niemand schwarz brennt.

Alle Welt hat dabei immer nur das Treiben der Großstadtverbrecher vor Augen. Diese Ganoven heuern Leute an, die für sie Whiskey machen – Hauptsache viel und schnell, egal wie dieser Whiskey schmeckt. Diese Leute tun Pottasche und Lauge in die Maische, damit sie schneller „angeht". Sie kochen den Whiskey in Eisenrohren und

Autokühlern, wo jede Menge Gift drin ist, was einen Mann glatt umbringen kann.

Granpa tat nie irgendwelche Sachen in seinen Whiskey. Nicht mal Zucker, um ihn zu strecken. Granpa machte reinen Whiskey, und er machte ihn nur aus Mais.

Auch mit „altem" Whiskey, der angeblich besser schmeckt, hatte Granpa nicht viel im Sinn. Das ist nur dummes Geschwätz, sagte er. Einmal hatte er es selbst versucht, sagte er, und einen Krug frischen Whiskey beiseite gestellt und eine Woche „alt" werden lassen. Als er ihn dann kostete, schmeckte er genau wie der Whiskey, den er sonst machte.

Es gibt auch Leute, sagte Granpa, die ihren Whiskey in Fässern stehenlassen, bis er den Geruch und die Farbe der Fässer annimmt. Wenn so ein Idiot unbedingt auf Faßgeruch scharf ist, sagte Granpa, dann soll er halt seinen Kopf in ein Faß stecken und dran riechen und dann ehrlichen Whiskey trinken.

Granpas Destille war im Wald versteckt, hinten in der Schlucht, wo der Wasserfall über die Felsen springt. Sie war so gut hinter Efeuranken und Geißblattstauden versteckt, daß nicht mal ein Vogel sie finden konnte. Granpa war stolz auf seine Destille, denn sie war aus reinem Kupfer: der Kessel, der Deckel mit dem Ventil und die Kühlspirale, die wir die „Schlange" nannten.

Es war nur eine kleine Destille, wenn man sie mit anderen Destillen vergleicht. Aber wir brauchten keine große Destille. Granpa setzte nur einmal im Monat einen Sud an, und das gab jeweils gut vierzig Liter. Davon verkauften wir fünfunddreißig Liter an Mr. Jenkins, der den Kaufladen an der Straßenkreuzung in der Siedlung hatte, und zwar für zwei Dollar pro Fünfliterkrug. Dafür kauften wir alles ein, was wir brauchten, und brachten sogar noch ein paar Dollar nach Hause.

Den überschüssigen Whiskey behielten wir für uns selbst. Granpa hatte gern Whiskey im Krug, für die langen Abende vor dem Kamin oder wenn mal ein Freund zu Besuch kam, und Granma brauchte eine ganze Menge für ihre Hustenmedizin. Auch für Schlangenbisse, Spinnenstiche, Blasen an den Füßen und lauter so Sachen war der Whiskey gut, sagte Granma.

Die meisten Whiskeymacher verwenden weißen Mais. Wir verwendeten Indianermais, das war die einzige Sorte, die wir anbauten. Er gab unserem Whiskey eine rötliche Farbe. Wir waren stolz auf die Farbe von unserem Whiskey. Jeder erkannte gleich, daß dies unser

Whiskey war. Und es gab Leute, die kamen in den Laden und verlangten nur diesen Whiskey und keinen anderen.

Wir streiften die Maiskörner von den Kolben, dabei half uns Granma. Einen Teil der Körner taten wir in einen Leinensack. Dann schütteten wir warmes Wasser auf den Sack und legten ihn in die Sonne – im Winter neben den Kamin. Nach vier bis fünf Tagen hatten sie lange Keime. Die übrigen Maiskörner zerrieben wir zu Maismehl.

Granpa und ich schleppten das Mehl den Hang hinauf zur Destille. Mit einer hölzernen Rinne leiteten wir Wasser aus dem Bach in den Kessel, bis er dreiviertel voll war. Dann schütteten wir das Mehl rein und machten ein Feuer unter dem Kessel. Dazu nahmen wir Holzkohle, weil Holzkohle keinen Rauch macht. Wir hätten genausogut Holz nehmen können, sagte Granpa, aber wir durften kein Risiko eingehen. Und das fand ich auch.

Granpa stellte für mich eine Kiste auf den Baumstumpf neben dem Kessel. So konnte ich raufklettern und das Mehl im Kessel umrühren, bis das Wasser kochte. Ich konnte nicht über den Kesselrand gucken, und eigentlich wußte ich gar nicht, was ich da rührte. Aber Granpa sagte, ich machte die Sache so gut, daß das Mehl niemals Klümpchen bildete. Manchmal taten mir aber auch die Arme weh.

Nach dem Kochen ließen wir den Sud durch einen Hahn im Kesselboden in ein Faß ablaufen. Dann gaben wir den angekeimten Mais dazu, den wir inzwischen auch zermahlen hatten. Danach taten wir einen Deckel aufs Faß und ließen den Brei mehrere Tage lang stehen. „Die Maische arbeitet", sagte Granpa. Nach vier oder fünf Tagen hatte sich eine feste Kruste gebildet. Wir rührten kräftig, bis die Kruste aufgelöst war, und dann konnten wir mit dem Destillieren beginnen.

Granpa nahm einen großen Eimer, und ich nahm einen kleinen, und wir schöpften das Faß aus und schütteten den Sud in den Kessel. Dann legte Granpa den Deckel auf den Kessel, und wir machten ein Feuer darunter an. Sobald der Sud kochte, kam Dampf aus dem Deckelventil, und von dort wurde er in die Schlange geleitet. Die Schlange war, wie gesagt, eine Spirale aus Kupferrohr, deren unteres Ende in einem Faß steckte. Durch eine Holzrinne ließen wir dauernd Wasser aus dem Bach über die Schlange laufen. Dadurch wurde der Dampf abgekühlt, so daß er wieder flüssig wurde, und die Flüssigkeit tropfte am unteren Ende der Schlange aus einem Hahn. Das war der Whiskey.

Das hört sich ganz einfach an, und vielleicht glaubt man, wir hätten jetzt eine Menge Whiskey ..., aber es waren nur sieben bis acht Liter. Diese stellten wir einstweilen weg und ließen die Rückstände, die nicht verdampft waren, aus dem Kessel ab.

Dann mußten wir den ganzen Apparat sorgfältig putzen und scheuern. Die fertige Flüssigkeit, sagte Granpa, das war zweihundertprozentiger Whiskey. Jetzt nahmen wir das Destillat, wie Granpa es nannte, und schütteten es mit den Rückständen zusammen in den Kessel zurück und füllten mit Wasser auf. Dann machten wir ein Feuer unter dem Kessel, und das Destillieren fing von vorne an. Und es ergab diesmal ungefähr vierzig Liter.

Das war allerhand Arbeit. Es ist viel leichter, den Whiskey zu verpfuschen, als anständigen Stoff herzustellen. Es kann sein, daß das Feuer nicht heiß genug ist, oder es entsteht, wenn man die Maische zu lang arbeiten läßt, Essig. Wenn man zu früh mit dem Destillieren anfängt, wird der Whiskey zu schwach. Man muß das Aroma schmecken können und wissen, wieviel Prozent der Stoff hat. Mir wurde klar, warum Granpa stolz auf sein Handwerk war, und ich strengte mich an, es zu lernen.

Granpa hatte ein besonderes Markenzeichen für seinen Whiskey. Es war sein Erkennungszeichen, und er ritzte es in den Pfropfen jeder Flasche. Jeder Whiskeymacher in den Bergen hatte sein eigenes Zeichen, und Granpas Zeichen war geformt wie ein Tomahawk. Granpa sagte, wenn er mal sterben müßte, würde ich dieses Zeichen erben.

Ein Whiskeymacher in den Bergen muß dauernd auf der Hut vor dem „Gesetz" sein. Wenn Granpa und ich an der Destille arbeiteten, sperrte Granma die Hunde ein. Falls ein Fremder ins Tal kam, sagte Granpa, sollte Granma Blue Boy loslassen und zu uns schicken. Blue Boy hatte die beste Nase, und er fand sofort unsere Fährte und kam zur Destille gerannt. Dann wußten wir: Aufpassen, ein Fremder ist im Anmarsch!

Die größte Angst meines Lebens hatte ich übrigens mal beim Whiskeymachen. Es war noch im Winter. Granpa und ich waren gerade mit dem Destillieren fertig und verkorkten die Flaschen und steckten sie in Leinensäcke. Wir taten auch Laub in die Säcke, als Polster, damit die Flaschen nicht zerbrachen.

Granpa trug immer zwei große Säcke, da waren die meisten Flaschen drin. Ich trug einen kleinen Sack mit drei Literflaschen.

Später schaffte ich es sogar mit vier Flaschen, aber damals konnte ich nur drei tragen. Es war eine ziemlich schwere Last für mich, und auf dem Heimweg mußte ich oft stehenbleiben und den Sack auf den Boden stellen und mich ausruhen.

Wir hatten gerade alle Flaschen in den Säcken verstaut, als Granpa sagte: „Verdammt, da ist Blue Boy!"

Tatsächlich, da lag er mit hängender Zunge neben der Destille. Was Granpa und mich beunruhigte: Wir wußten nicht, wie lange er schon da war. Er war lautlos aufgetaucht und hatte sich hingelegt.

Aber Granpa sagte zu mir: „Nimm deinen Sack, und lauf durch den Hohlweg nach Hause. Falls du Leute siehst, versteck dich neben dem Weg, und laß sie vorbeigehen. Ich muß erst noch die Destille säubern und tarnen, dann geh ich über die andere Seite des Berges nach Hause. Wir sehen uns dann bei der Hütte."

Ich packte meinen Sack und trabte allein zum Hohlweg hinab. Ich hatte ziemliche Angst ..., aber ich wußte, es mußte sein. Die Destille ging vor.

Die Leute im Flachland können sich gar nicht vorstellen, was es bedeutet, wenn ein Mann in den Bergen seine Destille verliert. Granpa hatte seine Destille von seinem Pa geerbt, und jetzt, in seinem Alter, war es ihm nicht mehr möglich, eine neue zu bauen. Falls das „Gesetz" die Destille entdeckte, dann hieß das, daß Granpa und Granma und ich praktisch verhungern mußten.

Granpa hatte Blue Boy mit mir geschickt. Wir waren halb durch die Schlucht durch, als wir einen Riesenspektakel hörten. Sämtliche Hunde waren los und kamen bellend und jaulend in unsere Richtung gerast. Da stimmte was nicht! Ich blieb stehen, und Blue Boy spitzte die Ohren. Sein Rückenfell sträubte sich wie eine Bürste, er zeigte die Zähne und schlich angespannt vorwärts. Ich war mächtig froh, daß Blue Boy bei mir war.

Und da waren sie schon. Plötzlich bogen die vier größten Kerle, die ich je gesehen hatte, um die Ecke, blieben stehen und starrten mich an. Sie hatten funkelnde Sheriffsterne am Hemd. Mein Mund wurde strohtrocken, und meine Knie wurden gummiweich.

„He", rief einer von ihnen, „ein dreckiges Indianerkind!" Ein anderer sagte: „Na, Bengel, was hast du denn da in deinem Sack?" Und ein dritter brüllte: „Paß auf, der Hund!"

Geduckt, mit bösem Knurren und gefletschten Zähnen, ging Blue Boy auf die Männer los. Mit Blue Boy war nicht zu spaßen!

Vorsichtig kamen die Männer näher. Ich war gefangen. Jedenfalls kam ich nicht an ihnen vorbei. In den Bach springen ging auch nicht, da würden sie mich gleich erwischen. Und auf dem Weg durch die Schlucht hätte ich sie ja zur Destille geführt. Also blieb nur eine Möglichkeit: seitlich den Berg hinauf.

Granpa hatte mir gezeigt, wie die Cherokee den Berg hinauflaufen. Man darf nämlich nicht gerade hinaufrennen, sondern schräg im Winkel. Also lief ich den Kerlen entgegen, schräg den Berg hinauf.

So kam ich direkt über ihren Köpfen vorbei. Jetzt rasten sie los, sie pflügten durch die Büsche, und der vorderste erwischte mich beinahe am Fuß. Ich fürchtete schon, daß er mich packen und totschlagen würde. Aber da biß Blue Boy ihn ins Bein. Der Kerl fluchte brüllend und fiel auf die Männer, die hinter ihm kamen. Und ich rannte, so schnell ich konnte, weiter bergauf – was nicht allzu schnell war, weil ich den Sack mit den drei Flaschen schleppte.

Und schon waren die Männer wieder hinter mir her! Jetzt aber kamen die anderen Hunde gelaufen und griffen an, ihr Bellen und Knurren und Jaulen vermischte sich mit dem Gebrüll und Gefluche der Männer.

Ich lief weiter, so lange ich konnte. Dann mußte ich mich verschnaufen. Ich fürchtete, meine Lungen würden zerspringen. Aber ich blieb nicht lange stehen. Ich marschierte weiter, bis ich den Gipfel erreicht hatte. Das letzte Stück schleifte ich den Sack mit den Flaschen hinter mir her, so kaputt war ich.

Und noch immer hörte ich die Hunde und die Männer. Sie hatten die Verfolgung aufgegeben und den Rückweg angetreten. Es war ein dauerndes Bellen und Fluchen und Jaulen und Brüllen, wie eine Lawine wälzte sich das Getümmel den Hohlweg hinunter.

Trotz meiner Angst und Erschöpfung war ich sehr froh. Erstens, weil ich den Männern entwischt war, aber vor allem, weil sie die Destille nicht gefunden hatten. Ich wußte, Granpa war zufrieden mit mir. Meine Beine wurden auf einmal so schlaff, daß ich mich ins trockene Laub legen mußte, und dann schlief ich ein.

Als ich aufwachte, war es dunkel. Der Mond ging über dem Bergrücken jenseits des Tales auf. Plötzlich hörte ich die Hunde. Ich wußte gleich, Granpa hatte sie losgeschickt, um mich zu suchen. Sie bellten und hechelten nur leise, damit sie es nicht überhörten, wenn ich antwortete.

Jetzt hatten sie meine Spur gefunden, denn sie rannten schräg im Winkel den Berg herauf. Im nächsten Moment fielen sie über mich her, sie stupsten mich mit ihren feuchten Nasen und leckten mir das Gesicht.

Ich ging mit den Hunden ins Tal hinunter. Old Maud konnte es nicht erwarten und rannte kläffend und winselnd voraus, um Granma und Granpa zu sagen, daß sie mich gefunden hatten. Natürlich wollte sie wieder mal so tun, als sei es allein ihr Verdienst, obwohl sie überhaupt nichts mehr riechen konnte.

Schon von weitem sah ich Granma im Hohlweg stehen. Sie hielt eine Laterne hoch in die Luft, um mir den Weg nach Hause zu weisen. Granpa war bei ihr.

Sie kamen mir nicht entgegen, sie standen nur da und schauten, wie ich mit den Hunden den Weg herabkam. Ich war stolz auf mich. Ich hatte noch immer meinen Sack mit den Flaschen, und keine einzige war zerbrochen.

Granma stellte die Lampe auf die Erde, sie kniete sich hin und umarmte mich. Sie drückte mich so fest an sich, daß ich beinah den Sack mit den Flaschen fallen ließ.

Granpa sagte, daß er noch nie im Leben einen so tüchtigen Jungen wie mich gesehen hätte. Ich würde bestimmt eines Tages der beste Whiskeymacher in den Bergen sein – und er schleppte die Flaschen den Rest des Weges.

Granma sagte überhaupt nichts. Sie trug mich den ganzen Weg auf den Armen nach Hause. Ich hätte es auch allein geschafft, ganz bestimmt.

Ich freute mich immer darauf, mit Granpa unsere „Ware" auf dem Schleichpfad zu Mr. Jenkins' Kaufladen an der Kreuzung zu schleppen. Ware, so nannte Granpa unseren Whiskey.

Der Schleichpfad führte über die Ausläufer der Berge, die wie die Finger einer riesigen Hand ins Flachland hinausgriffen. Er war mehrere Kilometer lang und führte durch Fichtenschonungen und Zedernwälder, vorbei an Dattelpflaumenbäumen und wildem Wein. Im Herbst ließ ich mir auf dem Heimweg Zeit und stopfte mir die Taschen voller Bucheckern, Walnüsse und Kastanien.

Im Sommer machte ich es mit den Blaubeeren genauso. Dann mußte ich rennen, um Granpa wieder einzuholen. Oftmals blieb ich mit meinen drei großen Flaschen im Sack sowieso schon weit hinter ihm zurück; denn die Ware zu Mr. Jenkins' Laden zu tragen, das war eine ziemliche Arbeit. Aber dann setzte sich Granpa meistens irgendwo an den Wegrand, und wenn ich ihn dann einholte, ruhten wir uns erst mal aus.

Sobald wir den letzten Hügel vor der Siedlung erreichten, setzten Granpa und ich uns immer zwischen die Büsche und spähten hinunter zum Laden, ob das Krautfaß vor der Tür stand. Wenn das Krautfaß nicht vor der Tür stand, dann bedeutete dies, daß die Luft rein war. Wenn es aber vor der Tür stand, dann bedeutete dies: Das „Gesetz" geht um. Dann lieferten wir unsere Ware nicht. Ich habe das Krautfaß nie vor der Tür stehen sehen, aber ich vergaß nie, danach Ausschau zu halten. Ich hatte gelernt, daß es beim Handwerk des Whiskeymachers allerhand Komplikationen gibt.

Mr. Jenkins konnte ich gut leiden. Er war groß und dick und hatte einen langen weißen Bart, aber sein Kopf war beinahe völlig kahl und glänzte wie ein polierter Apfel.

Er hatte alle möglichen Sachen in seinem Laden: Auf großen Regalen lagen stapelweise Hemden, Arbeitshosen und Schuhkartons. Da gab es große Kisten voll Zwieback, und auf der Ladentheke lag ein großer runder Käse. Auf der Theke stand auch ein großes Glas voll Bonbons.

Jedesmal, wenn wir unsere Ware lieferten, bat Mr. Jenkins mich, hinter dem Haus ein Bündel Brennholz zu holen – für den großen

Ofen, der im Laden stand. Das tat ich immer. Beim erstenmal bot er mir einen großen, rotgestreiften Zuckerlutscher an. Aber ich fand, daß das viel zuviel Belohnung für eine so kleine Mühe war. Also tat er den Lutscher in das Glas zurück und kramte herum, bis er einen anderen fand, der schon ein bißchen vergammelt war und den er sowieso weggeworfen hätte. Granpa sagte, daß ich den ruhig nehmen durfte. Denn, falls Mr. Jenkins ihn sowieso wegwerfen wollte, dann hatte niemand was davon. Jeden Monat fand Mr. Jenkins von neuem so einen vergammelten Lutscher für mich, und ich glaube, auf diese Weise wurde er alle seine Ladenhüter los. Und das sei eine große Hilfe für ihn, sagte er.

Im Laden von Mr. Jenkins passierte es auch, daß ich um meine fünfzig Cent geprellt wurde. Ich hatte lange gebraucht, um diese fünfzig Cent zusammenzusparen. Jeden Monat, wenn wir unsere Ware geliefert hatten, steckte Granma fünf oder zehn Cent für mich in ein Marmeladenglas. Das war mein Anteil an unserem Geschäft. Am liebsten nahm ich das ganze Geld – Fünfer und Zehner – in der Hosentasche mit, wenn wir mit der Ware zum Laden gingen. Ich gab aber nie einen Cent aus und legte am Abend alles wieder ins Marmeladenglas.

Es war ein gutes Gefühl, mit eigenem Geld in der Tasche in den Kaufladen zu gehen. Da gab es nämlich im Bonbonglas eine große, rot-grüne Schachtel, und die stach mir ins Auge. Ich wußte nicht, was sie kostete, aber ich dachte mir, vielleicht könnte ich sie zu Weihnachten für Granma kaufen, und dann würden wir die herrlichen Süßigkeiten zusammen aufessen.

Eines Tages, um die Mittagszeit, hatten wir gerade unsere Ware geliefert. Die Sonne stand hoch am Himmel, und Granpa und ich fanden, wir sollten uns ein bißchen ausruhen. Also hockten wir uns unter das Sonnendach und lehnten uns mit dem Rücken gegen die Wand.

Ich leckte an meinem Zuckerlutscher. Da kamen Männer zu zweit und zu dritt – immer mehr – in den Laden. Sie sagten, ein Politiker würde kommen, um eine große Rede zu halten. Ich weiß nicht, ob Granpa bleiben und sich das anhören wollte, aber bevor wir uns richtig ausgeruht hatten, kam auch schon der Politiker. Er schüttelte allen die Hand, nur Granpa und mir nicht. Granpa sagte: „Das ist deshalb, weil man gleich sieht, daß wir Indianer sind und sowieso

nicht wählen dürfen. Darum sind wir dem Politiker völlig egal." Und das, fand ich, war ganz logisch.

Der Politiker trug einen schwarzen Frack und ein weißes Hemd. Um den Hals hatte er sich ein Band gebunden, das war schwarz und baumelte ihm vor dem Bauch. Er lachte andauernd und schien ganz glücklich zu sein. Das heißt, bis er böse wurde.

Er kletterte auf eine Kiste und fing an, sich über die Zustände in Washington aufzuregen, wo alles drunter und drüber ging, wie er sagte. Die Katholiken, sagte er, sind an allem schuld. Er sagte, sie haben überall ihren Daumen drauf und wollen den Herrn Papst zum Präsidenten im Weißen Haus machen.

Der Politiker sagte, wenn er nicht da wäre, ein Mann, der den Kampf mit der Katholikenbande in Washington wagen wollte, dann würden sie sich frech über das ganze Land ausbreiten – sogar hierher zu uns. Das hörte sich fürchterlich an.

Während der Politiker weiterredete, kam ein Kerl vorbei, der ein Kälbchen an einem Strick hinter sich herzog, und drängte sich in die Menge. Das Kälbchen stand breitbeinig hinter ihm und ließ den Kopf hängen. Ich stand auf und lief zu dem Kälbchen hinüber. Ich streichelte es, aber es hob nicht mal den Kopf.

Der Kerl schob seinen großen Hut in den Nacken und blickte auf mich herab. Er hatte stechende Augen, die er zusammenkniff, wenn er grinste.

„Mein Kälbchen gefällt dir wohl?"

„Ja, Sir", sagte ich und trat einen Schritt von dem Kälbchen zurück, damit der Kerl nicht glaubte, ich würde es quälen.

„Mach schon", sagte er ganz freundlich. „Mach schon, streichle das Kälbchen, du tust ihm bestimmt nicht weh." Also streichelte ich das Kälbchen.

Der Kerl spuckte seinen Kautabak auf die Erde. „Ich sehe schon", sagte der Kerl, „mein Kälbchen hat dich gern ..., mehr als jeden anderen Menschen. Anscheinend will es bei dir bleiben."

Ich muß sagen, daß ich dem Kälbchen nichts dergleichen anmerken konnte, aber es war ja sein Kälbchen, und er mußte es wissen.

Der Kerl kniete sich vor mich hin. „Hast du Geld, Junge?"

„Ja, Sir", sagte ich, „ich hab fünfzig Cent." Der Kerl runzelte die Stirn, und ich merkte gleich, daß fünfzig Cent nicht viel Geld waren. Nach einer Weile sagte er: „Hör mal, dieses Kalb ist mindestens hundertmal mehr wert."

„Ja, Sir", sagte ich, „ich wollte es ja gar nicht kaufen."

Der Kerl runzelte wieder die Stirn. „Na ja", sagte er, „ich bin ein guter Christenmensch. Soll mir egal sein – auch wenn ich schlimm dabei draufzahle. Ich glaube, du sollst es haben, wo es dich anscheinend so gern hat."

„Aber – ich will es doch gar nicht haben, Mister", sagte ich.

Der Kerl hob die Hand und ließ mich nicht ausreden. Er seufzte. „Du sollst das Kälbchen haben, mein Sohn, ich lass' dir's für fünfzig Cent, jawohl, das ist ein christlicher Handel, und – nein – keine Widerrede!"

Bei so viel freundlichem Entgegenkommen konnte ich den Handel nicht ausschlagen. Ich kramte alle meine Fünfer und Zehner aus der Tasche und gab sie ihm. Er drückte mir den Kälberstrick in die Hand und ging davon – so rasch, daß ich gar nicht wußte, wohin er verschwand.

Aber ich war mächtig stolz auf mein Kälbchen, auch wenn es mir leid tat, daß ich den Kerl übervorteilt hatte. Aber er war ein guter Christenmensch, wie er sagte, und darum war es ein christlicher Handel. Ich zerrte mein Kälbchen zu Granpa, damit er es bewundern konnte.

Granpa war nicht so begeistert wie ich. Ich sagte zu ihm, es solle zur Hälfte ihm gehören, wo wir doch schon im Whiskeygeschäft Partner waren. Aber Granpa brummte nur vor sich hin.

Die Menschenmenge um den Politiker verlief sich allmählich, und alle waren der Meinung, daß der Politiker so schnell wie möglich nach Washington fahren und den Kampf mit den Katholiken aufnehmen sollte.

Es war Zeit, nach Hause zu gehen. Ich zog mein Kälbchen am Strick hinter mir her.

Das war aber nicht so einfach. Mein Kälbchen konnte kaum laufen. Es stolperte, und ich zog aus Leibeskräften am Strick.

Als ich mich endlich den ersten Hügel hinaufgeplagt hatte, sah ich Granpa schon weit unten im nächsten Tal. Damit er mir nicht ganz davonlief, brüllte ich ihm nach: „Granpa ..., hast du schon mal Katholiken gesehen?"

Granpa blieb stehen und setzte sich auf einen Stein. Anscheinend wollte er sich die Sache mit den Katholiken in aller Ruhe überlegen, und ich war dankbar dafür. Mein Kälbchen streckte die Beine von sich und keuchte.

„Ist doch komisch", sagte Granpa. „Du könntest ein scharfes Messer nehmen und tagelang die faulen Sprüche dieses Politikers auseinanderschneiden – und du würdest nie ein Körnchen Wahrheit finden. Hast du's gemerkt? Der Hundesohn hat kein Wort über die Whiskeysteuer gesagt ... oder über die Verkaufspreise für Mais ..., kein Wort über das wirkliche Leben."

Das fand ich auch.

Granpa sagte, daß es ihm völlig egal sei, was die Katholiken in Washington machten, solange sie ihn nur in Ruhe ließen und ihn nicht bei seinem Handwerk störten. „Mit den Politikern und der Macht in Washington ist es so: Alle wollen sie haben, und da ist es gut, wenn einer auf den anderen aufpaßt."

Während Granpa mir all diese interessanten Sachen erzählte, legte mein Kälbchen sich hin und starb. Ich stand neben Granpa und hielt den Strick fest, und da deutete Granpa mit dem Finger hinter mich und sagte: „Dein Kälbchen ist tot." Er hatte ganz vergessen, daß es zur Hälfte sein Kälbchen war.

Ich hockte mich vor das Kälbchen und schaute es an. Ich fühlte mich elend wie noch nie. Meine fünfzig Cent waren weg, und damit war auch die grün-rote Konfektschachtel weg. Und jetzt auch noch mein Kälbchen – das doch hundertmal mehr wert war, als ich dafür bezahlt hatte.

Granpa zog sein langes Messer aus dem Stiefelschaft und schnitt dem Kalb den Bauch auf. Er zeigte mit der Messerspitze auf die Leber:

„Sie ist fleckig und vergiftet. Wir können nicht mal das Fleisch essen."

Ich weinte nicht – obwohl mir sehr danach zumute war. Granpa kniete sich auf die Erde und zog dem Kälbchen das Fell ab. „Vielleicht wird Granma dir einen Zehner für das Fell geben; sie findet sicher eine Verwendung dafür", sagte er. „Und wir wollen die Hunde herbringen ..., die können das Kalb fressen." Mehr konnten wir da nicht machen, das war klar. Ich trottete hinter Granpa her und schleppte das Fell meines Kälbchens – den ganzen Weg bis zur Hütte.

Granma fragte nicht viel, aber ich mußte ihr sagen, daß ich diesmal keine fünfzig Cent in das Marmeladenglas zurücklegen konnte, weil ich sie für ein Kälbchen weggegeben hatte, das nun ebenfalls nicht mehr da war. Granma gab mir für das Fell einen Zehner, und den legte ich in das Glas.

An diesem Abend schmeckte mir das Essen überhaupt nicht, obwohl es für mich nichts Besseres gibt als Maisbrot mit Erbsenmus.

Während wir aßen, schaute Granpa mich an und sagte: „Siehst du, Little Tree, man kann nur aus eigener Erfahrung lernen. Hätte ich dir verboten, das Kalb zu kaufen, dann hättest du immer daran zurückgedacht und es haben wollen. Hätte ich dir aber gesagt, du sollst es kaufen, dann hättest du mir die Schuld gegeben, weil es gestorben ist. Ja, man kann eben nur aus eigenen Erfahrungen lernen."

„Ja, Granpa", bekräftigte ich.

„Also", fragte Granpa, „was hast du daraus gelernt?"

„Na ja", erklärte ich, „ich glaube, ich habe gelernt, mich nie mehr auf einen christlichen Handel einzulassen."

Granma fing an zu lachen. Ich wußte gar nicht, was daran so lustig war. Granpa schaute verdutzt drein; dann lachte er so plötzlich auf, daß er sich an seinem Maisbrot verschluckte. Mir schien, ich hatte etwas sehr Komisches gelernt, aber ich wußte nicht, was es war.

Granma sagte: „Du meinst wohl, Little Tree, daß du beim nächsten Mal vorsichtiger sein wirst, wenn so ein Kerl dir erzählt, was für ein guter, anständiger Christenmensch er ist, nicht wahr?"

„Ja, Granma", antwortete ich, „das will ich."

In dieser Nacht träumte ich, daß ein riesiger guter Christenmensch eine grün-rot gestreifte Konfektschachtel in der Hand hielt und sagte, sie sei hundertmal mehr wert, aber er würde sie mir für fünfzig Cent geben. Aber die hatte ich nicht mehr – meine fünfzig Cent; darum konnte ich die grün-rote Schachtel nicht kaufen.

Die Veilchen sind die ersten Blumen des Bergfrühlings. Man glaubt schon, der Frühling kommt gar nicht mehr – und da sind sie auf einmal. Eisblau wie der Märzhimmel und so winzig, daß man sie nicht entdeckt, wenn man nicht ganz genau hinschaut. Granma und ich pflückten die Veilchen, bis uns die Finger im eisigen Wind erstarrten. Granma trocknete sie und machte daraus einen Kräutertee.

Am besten aber war ich beim Eichelnsammeln. Weil meine Augen nicht so weit weg vom Boden waren, fand ich eine Menge. Granma zerstampfte die Eicheln zu einem goldgelben Mus, dann tat sie noch Walnüsse dazu und backte daraus Pfannkuchen. Die schmeckten besser als alles, was ich kannte.

Manchmal passierte Granma ein kleines Mißgeschick. Versehentlich streute sie Zucker ins Eichelmus. Dann sagte sie: „Ach, Little Tree, was sagst du dazu; hab ich doch schon wieder Zucker ins Mus geschüttet! Da hilft nichts – wir müssen jetzt alles aufessen." Ich wußte nicht, was ich sagen sollte, aber wenn das passierte, kriegte ich immer noch einen Extrapfannkuchen.

Spät im März, wenn die Veilchen blühten, gingen wir wieder einmal in die Berge zum Kräutersammeln. Dann konnte es passieren, daß der rauhe, kalte Winterwind für eine kurze Weile umschlug. Leicht und lind wie eine Feder streichelte er einem das Gesicht. Es roch nach Erde. Nun wußte man – der Frühling war nah.

Im Bach brach das Eis, an den Berghängen schmolz der Schnee, und unzählige Rinnsale plätscherten glucksend ins Tal.

Dann brachen überall auf den Wiesen die gelben Löwenzahnblüten auf. Wir pflückten die Blätter und aßen sie als Salat. Die schmecken besonders gut, wenn man sie mit Kreuzkraut, Sauerampfer und Brennesseln mischt. Die Brennesseln geben den besten Salat, aber sie haben winzige Härchen, die stechen, wenn man sie pflückt. Granma sagte, es gibt im Leben nichts, was nicht irgendwie einen Haken oder Stachel hat.

Im Frühling und im Sommer stellten wir keine Fallen auf. Granpa sagte, kein Mensch kann gleichzeitig lieben und kämpfen. Auch die Tiere können es nicht, meinte er. Wenn man sie nach der Paarungszeit jagt, können sie ihre Jungen nicht aufziehen, und wenn die Tiere des Waldes aussterben, muß auch der Mensch verhungern. Darum gingen wir im Frühling und im Sommer oft zum Fischen.

Wir bauten Fischreusen aus Weidenruten, die wir zu Körben zusammenflochten. Am offenen Ende des Korbes bogen wir die Enden der Ruten nach innen und spitzten sie an. So konnten die Fische in die Reuse hineinschwimmen, und die kleinen konnten auch wieder heraus. Aber die großen Fische kamen nicht an den scharfen, nach innen gerichteten Spitzen vorbei und blieben in der Reuse. Granma gab uns Brotkrümel als Köder für unsere Reusen. Manchmal nahmen wir auch Würmer als Köder.

Wir schleppten unsere Reusen zum Bach, banden sie an einem Baum fest und versenkten sie im Wasser. Am nächsten Tag kamen wir wieder und brauchten nur noch die Fische rauszuholen.

In diesen Reusen fingen wir Katzenwelse und Barsche, und einmal ging sogar eine Forelle in meine Reuse.

Granpa zeigte mir auch, wie man mit der Hand Fische fängt. So kam es, daß ich zum zweitenmal in meinem fünfjährigen Leben beinahe getötet wurde. Das erstemal war natürlich damals, als wir in Ausübung unseres Whiskeymacher-Handwerks fast von den Männern des Gesetzes erwischt wurden. Diesmal kam auch Granpa nur knapp davon.

Es war gegen Mittag – das ist die beste Zeit, um mit der Hand zu fischen. Die Sonne strahlt senkrecht ins Wasser, und die Fische flüchten sich unters Bachufer, um im Schatten zu dösen.

Dann braucht man sich nur an die Böschung zu legen und mit den Händen ins Wasser nach Fischlöchern zu greifen. Wenn man eins findet, muß man ganz langsam mit der Hand hineinfahren, bis man den Fisch fühlt. Wenn man Geduld hat, kann man ihm mit der Hand über den Rücken streichen, und er wird ganz ruhig im Wasser liegenbleiben. Dann packt man ihn mit der einen Hand hinter den Kiemen und mit der anderen Hand am Schwanz und zieht ihn aus dem Wasser. Es braucht allerdings einige Übung, bis man den Trick raushat.

Damals, an diesem schlimmen Tag, lag Granpa am Ufer und hatte gerade einen Katzenwels aus dem Wasser geholt. Ich war ein Stückchen bachabwärts gegangen und lag am Ufer auf dem Bauch und tastete nach einem Fischloch. Da hörte ich direkt neben mir ein unheimliches Geräusch. Es war ein trockenes Rascheln, das ganz

langsam anfing, immer schneller wurde und sich zu einem furcht-
erregenden Sirren steigerte.

Ich drehte den Kopf, um nachzusehen: Es war eine Klapperschlange, die sich kampfbereit aufgerichtet hatte. Ihr Kopf schwankte
in der Luft hin und her, und sie schaute mich böse an – keine dreißig
Zentimeter von meinem Gesicht entfernt. Ich erstarrte vor Schreck.
Die Schlange war dicker als mein Oberarm, und ich sah wellen-
förmige Bewegungen unter der schuppigen Haut. Wir starrten uns
an – die Schlange und ich. Ihre Zunge schoß gierig hervor – beinahe
in mein Gesicht, ihre boshaften Augen waren rote Schlitze.

Ein Schatten fiel über mich und die Schlange. Ich hatte ihn nicht
kommen hören, aber ich wußte, es war Granpa. Mit leiser, ruhiger
Stimme, als redete er bloß übers Wetter, sagte Granpa: „Dreh deinen
Kopf nicht weg. Bewege dich nicht, Little Tree. Und blinzle nicht mit
den Augen." Ich gehorchte.

Die Schlange reckte ihren Kopf höher und machte sich bereit
zuzustoßen. Mir kam es so vor, als würde ihr schuppiger Hals immer
länger.

Und dann war auf einmal Granpas große Hand zwischen meinem
Gesicht und dem Kopf der Schlange. Ganz ruhig hielt er seine Hand
schützend vor mein Gesicht.

Die Klapperschlange reckte sich noch höher und fing an zu zischen.
Ihre zuckende Schwanzspitze machte ein gräßliches Sirren. Hätte
Granpa seine Hand bewegt ... oder vor Schreck zurückgezogen,
dann hätte die Schlange mich direkt ins Gesicht gebissen, das wußte
ich.

Aber er tat es nicht. Seine Hand blieb ruhig und fest, wie ein Stein.
Ich konnte die dicken Adern auf Granpas Handrücken sehen. Kleine
Schweißperlen standen auf der kupferfarbenen Haut. Aber seine Hand
zitterte nicht und wich keinen Millimeter zurück.

Und dann stieß die Schlange zu, schnell und fest. Ich sah, wie die
nadelspitzen Zähne sich in sein Fleisch bohrten. Granpas halbe Hand
verschwand zwischen ihren breiten Kiefern. Währenddessen schnellte
Granpas andere Hand vor. Er packte die Klapperschlange hinterm
Kopf und drückte zu. Ihr langer Leib peitschte den Boden und
wickelte sich um Granpas Arm. Ihre prasselnde Schwanzspitze zischte
durch die Luft und traf Granpa ins Gesicht. Aber Granpa ließ nicht
locker. Er würgte die Schlange mit der Faust, bis ich hörte, wie ihr
Rückgrat knackte. Dann warf er sie auf den Boden.

Granpa setzte sich hin und zog sein langes Messer aus der Scheide. Er kauerte sich zusammen und schnitt sich tiefe Kerben in die Hand, wo die Giftzähne der Schlange eingedrungen waren. Ich kroch auf allen vieren zu Granpa, denn mir war ganz flau im Magen, und meine Knie waren weich. Granpa saugte sich das Blut aus der Wunde und spuckte es auf die Erde. Ich wußte nicht, was ich tun sollte. Darum sagte ich: „Danke, Granpa."

Granpa sah mich an und grinste. „Teufel noch mal, dieser Bestie haben wir's aber gezeigt, was?"

„Ja, Sir", sagte ich. Obwohl, ich selbst hatte ja mit dem Zeigen nicht viel zu tun gehabt . . .

Inzwischen schwoll Granpas Hand an und wurde immer dicker. Sie verfärbte sich blau. Er nahm sein langes Messer und trennte den Ärmel seines Hirschlederhemdes auf. Der eine Arm war doppelt so dick wie der andere. Ich bekam es mit der Angst zu tun.

„Ich gehe lieber Granma holen", sagte ich und rannte den Weg zur Hütte hinab – so schnell, daß meine Zehenspitzen kaum den Boden berührten. Ich konnte kaum etwas sehen, denn meine Augen waren tränenblind, obwohl ich nicht weinen wollte. Meine Lungen brannten wie Feuer, und als ich den Hohlweg hinunterrannte, schlug ich ein paarmal der Länge nach hin, einmal sogar in den Bach, aber ich rappelte mich immer rasch wieder auf. Ich wußte, Granpa lag im Sterben.

Von weitem sah ich die Hütte schief und verschwommen. Ich wollte schreien und Granma rufen . . ., aber meine Kehle war zugeschnürt. Ich stürzte durch die Küchentür – direkt in Granmas Arme. Granma hielt mich fest und fragte: „Was ist passiert?"

„Granpa . . . stirbt", flüsterte ich. „Eine Klapperschlange . . . Ufer am Bach."

Granma ließ mich einfach fallen, und das schnitt mir endgültig die Luft ab.

Sie packte einen Beutel und einen kleinen Kessel, und weg war sie. Als ich wieder bei Sinnen war, sah ich sie weit vorn, wie sie über die Lichtung flog – mit flatterndem Rock, mit wehenden langen Zöpfen, und ihre winzigen Mokassins streiften kaum den Boden. Und wie schnell sie laufen konnte! Ich schrie ihr nach: „Bitte, laß Granpa nicht sterben!"

Ich ließ die Hunde los, sie hetzten jaulend und bellend hinter Granma her, und ich lief ihnen nach, so schnell ich nur konnte.

Als ich am Bach anlangte, lag Granpa flach auf der Erde. Granma hatte seinen Kopf hochgelegt, und die Hunde hockten winselnd im Kreis. Granpas Augen waren geschlossen, und sein Arm war inzwischen beinah schwarz.

Granma hatte das Messer noch einmal tief in seine Hand gestoßen und saugte an der Wunde und spuckte das Blut aus. Als ich herangestolpert kam, zeigte sie auf eine Birke und rief: „Schäle die Rinde ab, Little Tree!"

Ich nahm Granpas langes Messer und schälte die Rinde vom Stamm. Granma machte ein Feuer, wobei sie die Rinde zum Anzünden nahm, denn die brennt wie Papier. Sie schöpfte Wasser aus dem Bach und hängte den Topf übers Feuer, und dann tat sie Wurzeln und Kräutersamen hinein – und Blätter, die sie sich aus dem Beutel nahm. Das waren Lobelien, denn Granma sagte, die würden Granpa helfen, damit er besser atmen konnte.

Granpas Brustkorb hob und senkte sich mühsam und schwer. Während das Wasser im Topf sich langsam erwärmte, stand Granma auf und spähte umher. Ich selbst habe es nicht gleich entdeckt, aber fünfzig Meter weiter am Hang lag ein Wachtelnest im Gras versteckt. Granma zog ihren weiten Rock aus und breitete ihn auf die Erde.

Sie band den Rock oben mit einer Schnur zusammen und knüpfte Steine in den Saum. Dann schlich sie sich lautlos wie der flüsternde Morgenwind an das Nest heran. Granma wußte genau, in welchem Moment die Wachtel aufflatterte, und in diesem Moment warf sie ihren Rock wie ein Netz über sie.

Sie kam mit der Wachtel zurück, nahm das Messer und schnitt den Vogel – bei lebendigem Leib – vom Brustbein bis zur Schwanzwurzel auf. Dann drückte sie das zappelnde Tierchen auf die Wunde an Granpas Hand.

Lange hielt sie die zuckende Wachtel dort fest, und als sie sie wegnahm, war ihr Fleisch innen ganz grün geworden. Das war die Wirkung des Schlangengifts.

Es wurde Abend, und noch immer mühte sich Granma um Granpa. Dann brach die Nacht an, und Granma befahl mir, ein Feuer zu machen. Sie sagte, wir müßten Granpa gut wärmen, denn wir konnten ihn nicht zur Hütte schaffen. Sie zog ihr Hemd aus und breitete es über ihn. Auch ich zog mein Hirschlederhemd aus und legte es auf seine Brust.

Ich sammelte Holz und hielt das Feuer in Gang. Granma legte sich

neben Granpa und schmiegte sich ganz fest an ihn. Sie sagte, ihr
Körper würde ihn wärmen, und das würde ihm helfen ..., darum
legte ich mich auf der anderen Seite neben Granpa, obwohl mein
Körper, glaube ich, kaum groß genug war, um Granpa viel Wärme zu
geben. Aber Granma sagte, daß es trotzdem half.

Irgendwann in der Nacht fing Granpa an zu sprechen. Er war
wieder ein kleiner Junge und lief durch die Berge und erzählte, was er
erlebte. Granma sagte, er erinnere sich im Schlaf an eine lange
vergangene Zeit. Immer wieder fing er an zu sprechen, die ganze
Nacht hindurch. Erst als die Dämmerung anbrach, schwieg er und
fing leicht und regelmäßig an zu atmen. Ich sagte zu Granma, jetzt
würde Granpa gewiß nicht mehr sterben. Auch Granma war jetzt ganz
sicher, daß Granpa es geschafft hatte. Dann schlief ich ein.

Gerade als die Sonne über die Berggipfel stieg, erwachte ich wieder.
Plötzlich setzte Granpa sich auf. Erst schaute er mich an, dann schaute
er Granma an.

„Bonnie Bee", rief er, „kann man sich nicht mal eine Nacht unter 'n
Baum legen, ohne daß du dich splitternackt ausziehst und einem auf
den Leib rückst?"

Granma gab Granpa eine liebe Ohrfeige und lachte. Sie stand auf
und zog ihren Rock an. Jetzt wußte ich, Granpa war wieder gesund.
Aber bevor wir nach Hause gingen, zog er der Klapperschlange die
Haut ab. Er sagte, Granma würde mir aus der Schlangenhaut einen
Gürtel machen. Und das tat sie auch.

Wir nahmen den Weg durch die Schlucht ..., heimwärts zu unserer
Hütte. Die Hunde sprangen voraus. Granpa war noch ein wenig
schwach auf den Beinen und stützte sich auf Granmas Schulter. Ich
trabte hinterher und war so froh und glücklich wie noch nie, seit ich
bei Granma und Granpa in den Bergen war.

Granpa hat nie ein Wort darüber verloren, daß er mich mit seiner
Hand vor der Klapperschlange beschützt hat. Aber ich wußte, daß er
mich – nach Granma – am liebsten hatte ..., lieber sogar als Blue Boy.

EINE NACHT AUF DEM BERG

GRANPA war von Geburt ein halber Schotte, aber er dachte indianisch.
Indianer versuchen nicht, die Natur zu unterwerfen oder zu zerstören,
sondern sie leben mit ihr. Deshalb können sie nicht wie Weiße denken.

Ein Indianer, so erzählte Granpa, hält die offene Hand empor, um zu zeigen, daß er keine Waffe hat. Die Geste bedeutet „Freundschaft". Der weiße Mann zeigt seine friedliche Absicht durch das Händeschütteln – wahrscheinlich weil seine Worte so verlogen sind, daß er dem Burschen, der behauptet, sein Freund zu sein, den Dolch aus dem Ärmel schütteln muß. Granpa fand, das Händeschütteln bedeutet nur Mißtrauen gegen das Wort eines Mannes. Und das fand ich auch.

Wenn die Weißen in Amerika einen Indianer sehen, sagen sie „How!", und dann lachen sie über ihn. How ist erst seit ein paar hundert Jahren ein typisches Indianerwort. Das Wörtchen how ist englisch, und auf deutsch heißt es „wie".

Damals, als die ersten Weißen nach Amerika kamen, fragten sie jeden Indianer, dem sie begegneten: Wie geht es dir, wie geht es deinen Leuten, wie geht's dem großen Manitu, wie ist die Jagd und so weiter. Da glaubten die Indianer, daß how – wie – das Lieblingswort der Weißen sei; höflich, wie die Indianer waren, sagten sie, immer wenn sie einem Weißen begegneten, einfach how; und dann ließen sie den Dummkopf reden, wie er wollte.

Wir hatten wieder mal unsere Ware im Kaufladen unten in der Siedlung abgeliefert, und Mr. Jenkins sagte, daß zwei Männer aus der Großstadt gekommen seien. Sie waren aus Chattanooga, und sie wollten mit Granpa reden.

Granpa blickte Mr. Jenkins unter seinem großen Hut hervor an. „Das Gesetz?" fragte er mißtrauisch.

„Nein", antwortete Mr. Jenkins. „Sie sagen, sie sind im Whiskeygeschäft. Sie sagen, sie wissen, daß du ein guter Whiskeymacher bist, und sie wollen dir eine große Destille geben, und du sollst für sie arbeiten und viel Geld verdienen."

Granpa sagte kein Wort. Er kaufte, wie immer, Kaffee und Zucker für Granma. Ich holte, wie immer, ein Bündel Holz, und dafür bekam ich von Mr. Jenkins einen angestaubten Lutscher. Dann gingen wir hinaus.

„Sie haben gesagt, sie kommen wieder!" rief Mr. Jenkins uns nach. Diesmal blieben wir nicht vor dem Laden sitzen, sondern machten uns gleich auf den Heimweg. Granpa ging sehr schnell.

Zu Hause erzählte Granpa Granma von den Männern aus der Großstadt. „Du bleibst hier, Little Tree", sagte er. „Ich laufe zu unserer Destille und decke noch mehr Zweige drüber. Falls sie kommen, gib mir Bescheid."

Ich setzte mich vor die Haustür und wartete auf die Männer aus der Großstadt. Granpa war kaum verschwunden, da sah ich sie den Weg heraufkommen und auf der Brücke den Bach überqueren.

Sie waren piekfein angezogen – wie Politiker. Ein großer Dicker trug einen lavendelfarbenen Anzug und einen weißen Schlips. Der andere war klein und dünn, trug einen weißen Anzug und ein glänzendes schwarzes Hemd.

Die beiden marschierten direkt auf die Haustür zu. Der große Dicke schwitzte fürchterlich. Er schaute Granma an. „Wir möchten gern den Alten sprechen", sagte er.

Granma sprach kein Wort. Der Dicke drehte sich zu dem Dünnen um: „Die alte Squaw versteht kein Englisch, hörst du, Slim?"

Mr. Slim hatte eine hohe Fistelstimme. „Zum Teufel mit der alten Squaw", sagte er. „Mir kommt es hier unheimlich vor, hörst du, Chunk? Komm, laß uns aus dieser Wildnis verschwinden!"

„Halt's Maul!" fuhr Mr. Chunk ihn an. „Der Junge sieht immerhin wie ein Mischling aus." Er blickte auf mich herab. „Verstehst du Englisch, mein Sohn?"

„Ich denke schon", sagte ich.

Mr. Chunk warf Mr. Slim einen Blick zu. „Hör dir das an … Er denkt!" Das fanden sie irgendwie komisch, und sie lachten laut und dröhnend.

Ich sah, wie Granma verschwand und Blue Boy losmachte. Er hetzte den Berg hinauf, um Granpa zu warnen.

Mr. Chunk fragte: „Wo ist dein Pa, mein Junge?" Ich antwortete, daß ich mich nicht an meinen Pa erinnern konnte und daß ich bei Granpa und Granma lebte. Mr. Chunk wollte wissen, wo mein Granpa war. Er griff in die Hosentasche und zog einen ganzen Dollar hervor und hielt ihn mir vor die Nase.

„Diesen Dollar kannst du behalten, mein Junge, wenn du uns zu deinem Granpa führst."

Er hatte dicke, schwere Ringe an den Fingern. Ich sah, daß er reich war und daß der Dollar wahrscheinlich für ihn eine Kleinigkeit war. Also nahm ich den Dollar und steckte ihn in die Tasche. Mit den Zahlen kannte ich mich schon ziemlich gut aus. Also rechnete ich: Wenn ich mit Granpa halbe-halbe machte, dann hatte ich meine fünfzig Cent wieder, um die mich der gute Christenmensch geprellt hatte mit dem Kalb.

Ich fand zunächst nichts Schlimmes dabei, daß ich den beiden den

Weg zeigte, und wir machten uns auf. Aber unterwegs fing ich an nachzudenken. Ich durfte sie keinesfalls zu unserer Destille bringen. Also führte ich sie den Hochpfad entlang.

Als wir den Berg hinaufstiegen, bekam ich ein bißchen ein schlechtes Gewissen, und ich hatte keine blasse Ahnung, was ich tun sollte.

Mr. Chunk und Mr. Slim zogen ihre Jacken aus und wanderten fröhlich hinter mir her. Jeder von ihnen hatte eine Pistole am Gürtel.

Mr. Slim fragte: „Wie war das, du kannst dich nicht an deinen Pa erinnern, Junge?"

Ich sagte, daß ich gar nichts über ihn wüßte.

„Dann bist du ja ein Bastard, was, Junge?"

Ich erwiderte: „Ich denke schon." Aber ich erklärte ihnen, daß ich im Wörterbuch noch nicht bis zum Buchstaben B vorgedrungen sei und dieses Wort noch nicht gelernt hätte.

Die beiden lachten, bis sie husten mußten. Es waren anscheinend lustige Burschen.

Mr. Chunk meinte: „Hier gibt's aber jede Menge Tiere."

Ich sagte, daß es in den Bergen viele Tiere gab ... Wildkatzen und Wildschweine; und einmal hatten Granpa und ich sogar einen Schwarzbären gesehen.

Mr. Slim wollte wissen, ob wir den Bären erst kürzlich gesehen hätten. Nein, sagte ich, aber dafür hätten wir seine Spuren gesehen. Ich deutete auf einen Pappelstamm, wo der Bär mit seinen Krallen die Rinde geschält hatte. Mr. Chunk machte einen Satz, als ob eine Schlange ihn gebissen hätte. Er rumpelte mit Mr. Slim zusammen und warf ihn über den Haufen.

Mr. Slim wurde wütend. „Chunk, du verfluchter Idiot! Fast hättest du mich in den Abgrund gestoßen!" Mr. Slim deutete ins Tal hinunter. Er und Mr. Chunk beugten sich vor und blickten in die Tiefe. Weit, weit unten war der Bach kaum noch zu erkennen.

„Allmächtiger", sagte Mr. Chunk, „wer da runterfällt, bricht sich bestimmt alle Knochen."

Je höher wir kamen, desto jämmerlicher keuchten Mr. Chunk und Mr. Slim. Sie blieben immer weiter zurück. Irgendwann blickte ich mich um, und da lagen sie weiter unten lang ausgestreckt unter einer Eiche. Die Wurzeln der Eiche und der Boden ringsumher waren über und über mit giftigem Efeu bewachsen. Die beiden Kerle lagen mittendrin.

Giftiger Efeu sieht hübsch aus mit seinen grünen Blättern, aber man sollte sich lieber nicht hineinlegen. Überall, wo die Blätter einen berühren, entstehen dicke Blasen, und später werden es Wunden, die monatelang eitern. Ich sagte den Kerlen kein Wort über den giftigen Efeu. Sie lagen ja sowieso schon drin, und ich wollte sie nicht noch zusätzlich ärgern. Anscheinend war ihnen schon ziemlich schlecht.

Mr. Slim hob den Kopf. „Hör mal zu, du kleiner Bastard", sagte er. „Wie weit müssen wir eigentlich noch laufen?"

Ich antwortete, daß wir beinah da seien.

Mittlerweile hatte ich mir die Sache überlegt. Ich wußte ja, Granma würde Granpa hinter mir herschicken. Oben am Gipfel angelangt, würde ich Mr. Slim und Mr. Chunk einfach sagen, daß wir uns hinsetzen und warten müßten. Granpa würde dann bald auftauchen. Ich war ganz zuversichtlich, daß die Sache gut ausgehen würde, und dann konnte ich den Dollar behalten. Denn mehr oder minder hatte ich sie ja zu Granpa geführt.

Ich stieg weiter den Pfad hinauf. Mr. Slim und Mr. Chunk torkelten hinter mir her. Ich war lange vor den beiden Kerlen oben am Gipfel. An einer Weggabelung hockte ich mich unter einen Busch. Hier wollte ich auf Mr. Chunk und Mr. Slim warten. Und bald mußte ja auch Granpa kommen.

Aber es dauerte noch eine ganze Weile, bis die beiden mühsam den Berg heraufgekrochen kamen. Mr. Chunk mußte sich an Mr. Slim festhalten. Wahrscheinlich hatte er sich den Fuß verstaucht, denn er humpelte ganz erbärmlich.

Mr. Chunk sagte zu Mr. Slim, daß er ein Bastard sei. Das wunderte mich. Denn Mr. Slim hatte mit keinem Wort verraten, daß er ebenfalls ein Bastard war. Mr. Chunk sagte, daß es ursprünglich Mr. Slims Idee gewesen sei, einen Waldschrat anzuheuern, damit er für die beiden Kerle Whiskey machte.

Die beiden stritten und redeten so laut, daß ich mich überhaupt nicht bemerkbar machen konnte, als sie auf dem Weg an mir vorbeistolperten. Außerdem hatte Granpa mir immer gesagt, daß ich mich nicht in das Gespräch von Erwachsenen einmischen sollte. Jetzt überquerten die Kerle den Bergrücken und stiegen ins Tal auf der anderen Seite hinab. Ich schaute ihnen nach, bis sie zwischen den Bäumen verschwanden. Der Weg führte zu einer tiefen Schlucht in den Bergen.

Ich brauchte nicht lange auf Granpa zu warten.

Zuerst tauchte Blue Boy auf. Schwanzwedelnd kam er angesprungen. Dann hörte ich eine Nachtschwalbe pfeifen. Es klang genau wie eine Nachtschwalbe ..., aber die Dämmerung war noch nicht angebrochen. Da wußte ich, es war Granpa. Ich pfiff zurück – beinahe so gut wie er.

Ich sah Granpas Schatten, der in der Abendsonne durch den Wald huschte. Er hielt sich nicht an den Pfad, und niemand konnte ihn hören, wenn er nicht wollte, daß jemand ihn hörte, und dann war er auf einmal da.

Ich erzählte Granpa, daß Mr. Slim und Mr. Chunk ins Tal jenseits der Berge hinabgestiegen waren – und auch alles, was sie unterwegs geredet hatten, soweit ich mich daran erinnern konnte. Granpa brummte nur, und seine Augen verengten sich.

Granma hatte ihm Essen für uns beide in einem Beutel mitgegeben, und Granpa und ich setzten uns unter eine Zeder und aßen Maisbrot und Fisch.

Ich zeigte Granpa den Dollar, den ich wahrscheinlich behalten konnte, falls Mr. Chunk fand, daß ich meinen Auftrag gut erledigt hatte. Ich sagte zu Granpa, ich würde den Dollar mit ihm teilen. Granpa meinte, ich könne den Dollar behalten.

Von fern aus der Schlucht hörten wir einen Schrei. Das mußte

Mr. Chunk oder Mr. Slim sein. Wir hatten die Kerle glatt vergessen. Inzwischen brach die Dämmerung an. Granpa stand auf und legte die Hände trichterförmig vor den Mund. „Hoohee!" brüllte Granpa. Seine Stimme schallte vom gegenüberliegenden Berg zurück; dann klang das Echo aus der Schlucht und sprang – immer schwächer werdend – über die Täler. Man konnte wirklich nicht sagen, woher die Stimme eigentlich kam.

Das Echo war gerade verstummt, als wir unten aus der Schlucht drei Pistolenschüsse hörten. Auch ihr Echo hüpfte von Berg zu Berg und verlor sich in der Ferne.

„Sie antworten mit Pistolenschüssen", sagte Granpa. Er legte wieder los: „Hoohee!" Ich versuchte es auch. Unser Gebrüll ließ das Echo lustig hin und her tanzen. Es machte Spaß, ihm zu lauschen. Und jedesmal knallte die Pistole dazwischen, bis sie auf einmal schwieg.

„Jetzt ist ihnen die Munition ausgegangen", meinte Granpa.

Inzwischen war es dunkel geworden. Granpa reckte sich und gähnte. „Hat keinen Zweck, daß wir heute nacht da unten rumstolpern und versuchen, die beiden rauszuholen, Little Tree. Die kommen auch allein klar. Wir holen sie morgen."

Ich hatte nichts dagegen.

Granpa und ich häuften federnde Latschenzweige unter eine Zeder und bauten uns ein Bett. Wenn man im Frühling und Sommer draußen in den Bergen schlafen will, sollte man sich ein Bett aus Latschenzweigen bauen. Sonst fressen die roten Ameisen einen ratzeputz auf. Millionen und aber Millionen von diesen winzigen Ameisen kommen gekrochen und zwicken einen überall, und das gibt gräßlich juckende Pickel. Blue Boy kuschelte sich neben mich auf unser Latschenbett, und in der kalten Bergluft tat seine Wärme mir wohl.

Granpa und ich verschränkten die Arme hinter dem Kopf und beobachteten den aufgehenden Vollmond. Hell leuchtend stand er über den fernen Gipfeln.

Wir konnten fast hundert Kilometer weit ins Land sehen. Wie ein Wellenmeer hoben und senkten sich die Bergrücken und Täler im blassen Mondlicht. Feine Nebelschwaden trieben durch die Täler ... wie in einem unheimlichen Geistertanz. Der Nebel, sagte Granpa, sieht lebendig aus. Das fand ich auch.

Aus den Wäldern hörten wir das Liebesgeschrei zweier Wildkatzen. Man könnte glauben, daß sie wütend miteinander kämpften, aber

Granpa sagte, daß das Liebesspiel so berauschend schön ist, daß die Katzen laut schreien müssen.

Drunten im Tal schrie ein Käuzchen, und dann hörten wir Gebrüll und Gezeter. Das waren Mr. Chunk und Mr. Slim. Wenn sie sich nicht beruhigten, sagte Granpa, würden sie noch alle Vögel und Tiere des Waldes stören. Ich versank in den Anblick des Mondes und schlief ein.

Granpa und ich erwachten kurz vor Sonnenaufgang. Der Himmel war noch hellgrau, aber schon erwachten die Vögel in den Bäumen und rüsteten sich mit Gezwitscher für den neuen Tag.

Auf einmal schoß der erste Sonnenstrahl – wie ein Farbpinsel – über den Himmel. Die Bergspitzen loderten rot, gelb und blau, als hätten sie Feuer gefangen.

„Hm", meinte Granpa, „du und ich, wir beide haben heute noch zu tun. Ich will dir was sagen" – Granpa kratzte sich am Kopf –, „ich will dir was sagen", wiederholte er. „Du läufst runter zur Hütte und erklärst Granma, daß wir noch eine Weile fortbleiben. Sag ihr, sie soll uns was zu essen machen und es in einen Papierbeutel tun. Und sie soll auch den beiden Großstadtkerlen was zu essen machen und es in einen Leinensack tun. Wirst du dich daran erinnern – Papierbeutel und Leinensack?"

„Ja, Sir", antwortete ich und wollte losrennen. Granpa rief mich noch mal zurück. „Und, Little Tree", sagte er und grinste geheimnisvoll, „bevor Granma anfängt, das Essen für die beiden Kerle zu machen, erzähle ihr alles, was sie zu dir gesagt haben." Das versprach ich und machte mich auf den Weg. Blue Boy sprang vor mir her.

Als ich über die Lichtung zu unserer Hütte lief, saß Granma auf der Veranda. Ich erzählte ihr, was Granpa mir aufgetragen hatte: etwas zu essen für ihn und mich, und zwar in einem Papierbeutel; und etwas zu essen für Mr. Chunk und Mr. Slim, und zwar in einem Leinensack. Granma ging zum Herd und fing an zu kochen.

Das Essen für Granpa und mich war schon fertig, und jetzt tat sie für Mr. Chunk und Mr. Slim ein paar Fische in die Bratpfanne. Derweil erzählte ich ihr, was die beiden zu mir gesagt hatten. Ich hatte noch nicht zu Ende erzählt, da nahm Granma plötzlich die Bratpfanne vom Feuer und holte einen Kessel vom Regal, den sie mit Wasser füllte.

Dann tat sie die Fische für Mr. Chunk und Mr. Slim in den Kessel. Anscheinend wollte Granma sie lieber kochen, statt sie zu braten. Aber ich hatte noch nie gesehen, daß sie dieses gelbliche Wurzelpulver zum Kochen verwendete, das sie jetzt reichlich in den Kessel schüttete.

Ich erzählte Granma, daß Mr. Chunk und Mr. Slim anscheinend lustige Burschen waren. Ich sagte, daß ich ursprünglich geglaubt hatte, sie lachten über die Tatsache, daß ich ein Bastard war. Aber wie sich dann herausstellte, lachten sie noch mehr darüber, daß auch Mr. Slim ein Bastard war. Da tat Granma noch mehr von dem Wurzelpulver in den Kessel. Granma kochte den Fisch, bis er beißend scharf roch.

Granma tat den Fisch für die Großstadtkerle in einen Leinensack, und ich flitzte los, den Hochpfad hinauf. Granma ließ alle Hunde los, und sie liefen vor mir her.

Oben auf dem Gipfel angekommen, sah ich keine Spur von Granpa. Ich pfiff, und er antwortete von unten, aus dem jenseitigen Tal. Ich lief den Pfad hinab. Er war eng und von schattenspendenden Bäumen gesäumt.

Als ich bei Granpa anlangte, sagte er, daß Mr. Slim und Mr. Chunk sich in eine tiefe Schlucht verirrt hatten. Granpa sagte, es hatte lange gedauert, bis Mr. Slim und Mr. Chunk kapierten, in welche Richtung sie gehen sollten, aber er hatte es ihnen immer wieder geduldig zugerufen und sie schon fast herausgelotst. Jetzt würden sie bald kommen.

Granpa nahm den Beutel mit ihrem Essen und hängte ihn an einen Ast, direkt über dem Weg, wo sie ihn nicht übersehen konnten. Dann stiegen Granpa und ich wieder ein Stück den Pfad hinauf und setzten uns zum Essen unter einen Pflaumenbaum. Die Sonne hatte beinahe den höchsten Punkt am Himmel erreicht.

Die Hunde lagen brav am Platz, und wir aßen zu Mittag.

Und dann tauchten auch die beiden Kerle auf. Hätte ich es nicht besser gewußt, dann hätte ich kaum geglaubt, daß ich sie schon mal gesehen hatte. Ihre Hemden hingen in Fetzen von den Schultern herab. An den Armen und im Gesicht hatten sie tiefe Schnitte und Kratzer.

Anscheinend waren sie ins dichteste Dornendickicht gefallen, sagte Granpa. Granpa wunderte sich über die großen entzündeten Blasen, die sie im Gesicht hatten. Ich sagte kein Wort – mich ging es ja nichts an –, aber ich glaube, daran war der giftige Efeu schuld. Mr. Chunk hatte einen Schuh verloren. Langsam, mit gesenkten Köpfen, stolperten sie den Pfad hinauf.

Als sie den Leinensack über dem Weg baumeln sahen, banden sie ihn los und setzten sich hin. Sie aßen alle Fische auf, die Granma für sie gekocht hatte, und dabei stritten sie dauernd, weil jeder den größeren Teil kriegen wollte. Als sie mit dem Essen fertig waren, streckten sie sich mitten auf dem Weg im Schatten aus. Granpa sagte, wir sollten sie getrost eine Weile ausruhen lassen. Sie blieben nicht lange liegen.

Plötzlich sprang Mr. Chunk auf. Er krümmte sich und hielt sich mit beiden Händen den Bauch. Dann rannte er ins Gebüsch und fing an zu schreien: „Verflucht! Mir reißt es die Därme aus dem Leib!"

Mr. Slim ging es gleich darauf nicht anders. Auch er schrie erbärmlich. Sie stöhnten und brüllten und wälzten sich am Boden. Nach einer Weile kamen sie aus dem Gebüsch gekrochen und legten sich wieder auf den Pfad. Aber gleich sprangen sie wieder auf und flitzten ins Gebüsch. So ging es beinah eine Stunde lang. Wahrscheinlich hatten sie etwas gegessen, sagte Granpa, das ihnen nicht bekommen war.

Granpa trat auf den Weg hinaus und stieß einen lauten Pfiff aus. Die beiden blickten zu uns herauf. Ihre Augen waren fast zugeschwollen.

„Warten Sie einen Moment!" schrie Mr. Chunk. Und Mr. Slim winselte: „So warten Sie doch, Mann, um Gottes willen!" Sie rappelten sich auf und stolperten den Pfad herauf. Granpa und ich stiegen ruhig weiter zum Gipfel. Als wir uns umschauten, humpelten sie mit großem Abstand hinter uns her. Granpa meinte, wir könnten ebensogut zur Hütte zurückkehren, denn die beiden Kerle kannten ja den Weg und konnten bei uns einkehren, wenn sie wollten.

Wir saßen mit Granma auf der Veranda und warteten auf Mr. Chunk und Mr. Slim. Zwei Stunden später, es war schon fast dunkel, kamen sie auf die Lichtung gestolpert.

Sie machten einen weiten Bogen um unsere Hütte, und das wunderte mich. Ich dachte, sie waren extra gekommen, um mit Granpa zu sprechen, aber anscheinend hatten sie es sich anders überlegt.

Ich fragte Granpa, ob ich meinen Dollar behalten könne. Ja, sagte er, das könne ich, denn ich hatte meinen Teil der Abmachung gehalten. Es war nicht meine Schuld, daß die Kerle es sich anders überlegt hatten. Das leuchtete mir ein.

Ich ging hinter die Hütte und schaute ihnen nach. Sie überquerten gerade die Brücke am Bach, und ich winkte und schrie ihnen nach: „Auf Wiedersehen, Mister Chunk, auf Wiedersehen, Mister Slim! Und vielen Dank für den Dollar, Mister Chunk!"

Mr. Chunk drehte sich um und drohte mir mit der Faust. Da fiel er von der Brücke in den Bach. Mr. Chunk rief, als er pitschnaß ans Ufer krabbelte, Mr. Slim sollte nur warten, bis sie wieder in Chattanooga wären – dann würde er ihn kaltmachen. Ich verstand überhaupt nicht, warum sie sich stritten.

Dann verschwanden die beiden hinter einer Wegbiegung. Granma wollte ihnen die Hunde nachhetzen, aber Granpa sagte, das sei nicht mehr nötig.

Er sagte, anscheinend war alles nur ein dummes Mißverständnis: weil Mr. Chunk und Mr. Slim nämlich geglaubt hatten, Granpa und ich würden für sie Whiskey machen. Ja, das war allerdings ein Mißverständnis.

WILLOW-JOHN

IM FRÜHLING gab es viel zu tun. Granpa bestimmte den Zeitpunkt der Aussaat. Er bohrte den Finger in die Erde und prüfte, ob sie schon warm genug war. Dann schüttelte er den Kopf, und das bedeutete, daß es noch nicht Zeit war, die neuen Samen auszusäen. So mußten wir einstweilen fischen gehen oder Beeren pflücken oder einfach auf gut Glück durch die Wälder streifen – wenn wir nicht gerade mit unserem Whiskey-Handwerk beschäftigt waren.

Wenn aber die Aussaat einmal begonnen hatte, dann hieß es gut aufpassen. So darf man zum Beispiel nicht vergessen, daß alle Früchte, die unter der Erde wachsen – wie Rüben oder Kartoffeln –, in einer finsteren Neumondnacht angepflanzt werden müssen, denn sonst werden die Rüben und Kartoffeln nicht dicker als ein Bleistift. Andere Früchte aber, die über der Erde wachsen, wie Mais, Bohnen und dergleichen, müssen in einer hellen Vollmondnacht angepflanzt werden. Wenn man diese Regeln nicht befolgt, wird man nicht viel ernten.

Daneben gibt es noch viele andere Dinge zu beachten. Die meisten Menschen halten sich da an einen Bauernkalender. Granpa richtete sich lieber direkt nach den Sternen.

In einer milden Frühlingsnacht saßen wir auf der Veranda, und Granpa blickte prüfend zu den Sternen hinauf. „Jetzt stehen die Sterne richtig, um Bohnen anzupflanzen", sagte er. „Falls morgen kein Ostwind weht, wollen wir das Feld bestellen."

Es konnte natürlich auch sein, daß das Wetter zu trocken – oder zu feucht – war, um irgend etwas anzupflanzen. Auch wenn die Vögel am frühen Morgen schwiegen, durfte man nicht das Feld bestellen; dann ging man besser fischen. Ja, die Aussaat ist ein schwieriges Geschäft.

Granma äußerte den Verdacht, daß diese Bauernregeln viel mit der Tatsache zu tun hatten, daß Granpa so gerne fischen ging. Aber Granpa meinte, Frauen verstehen nichts von diesen komplizierten Sachen. Eine Frau, sagte er, glaubt immer, daß alles einfach und klar ist. Aber das ist es nicht.

Wenn aber der richtige Tag gekommen war und alle Zeichen Glück verhießen, pflanzten wir hauptsächlich Mais. Denn der Mais war unsere wichtigste Feldfrucht: wir brauchten Mais zum Kochen und Backen; mit Mais fütterten wir Old Sam, unser Maultier; und aus Mais brauten wir unseren Whiskey, für den wir im Kaufladen klingende Münze bekamen.

Granpa spannte Old Sam vor den Pflug und zog die Furchen in den Acker, und Granma und ich warfen die Samenkörner hinein und deckten sie mit Erde zu. An den steilen Hängen pflanzte Granma den Mais mit einem indianischen Pflanzstock. Dabei stößt man den Stock einfach in die Erde und legt ein Samenkorn in das Loch.

Wir bauten noch viele andere gute Dinge an: Bohnen, Kartoffeln, Rüben und Erbsen. Die Erbsen pflanzten wir nah am Waldrand. Im Herbst kamen dann die Hirsche und taten sich an den Erbsen gütlich. Die Hirsche sind ganz verrückt nach Erbsen und wandern kilometerweit durchs Gebirge, wenn sie irgendwo ein Erbsenfeld wittern. So brauchten wir uns nur auf die Lauer zu legen und konnten leicht ein paar Hirsche erbeuten, um einen Fleischvorrat für den Winter zu haben.

Wir zogen auch Wassermelonen. Es gibt nichts auf der Welt, was so langsam reift wie Wassermelonen. Wassermelonen liegen dick und rund und grün auf der Erde und wachsen immer weiter. Eine reife Wassermelone zu finden und zu prüfen – das ist beinah so schwierig wie das Anpflanzen.

Ich suchte das Feld jeden Morgen und jeden Abend ab. Jedesmal, wenn ich glaubte, eine reife Wassermelone gefunden zu haben, holte ich Granpa, und er schaute sich die Melone an. Aber noch war keine soweit.

Einmal, beim Abendessen, sagte ich zu Granpa, daß ich diesmal

ganz sicher war, eine reife Wassermelone gefunden zu haben, auf die
wir so sehnlich warteten. Er sagte, wir würden am nächsten Morgen
hinausgehen und nachsehen.

Noch vor Sonnenaufgang waren wir auf den Beinen, und ich zeigte
Granpa die Wassermelone. Sie war dunkelgrün und sehr groß. Granpa
und ich hockten uns neben die Wassermelone und untersuchten sie. Er
fand, daß sie immerhin reif genug aussah, um es mit dem Klopftest zu
versuchen.

Wenn man mit einer Wassermelone den Klopftest machen will,
muß man ganz genau aufpassen. Klopft man gegen die Schale, und es
klingt hell, wie „ding", dann ist sie innen ganz grün. Wenn sie wie
„dang" klingt, dann ist sie noch grün, aber immerhin beinahe reif.
Nur wenn sie wie „dong" klingt, dann darf man sicher sein, daß man
eine reife Wassermelone vor sich hat.

Granpa klopfte ziemlich fest gegen die Wassermelone. Er sagte
nichts, aber er schüttelte auch nicht den Kopf – und das war ein gutes
Zeichen. Wieder klopfte er gegen die Melone. Diese Wassermelone,
so sagte Granpa, war ein schwieriger Grenzfall. Ihr Klang lag
irgendwo zwischen dang und dong. Mir kam es auch so vor, sagte ich,
aber mir schien es doch, es klang eher nach dong.

Granpa meinte, daß es noch eine Methode gab, um zu prüfen, ob
eine Wassermelone reif war. Er ging zum Waldrand und kam mit
einem Strohhalm wieder.

Wenn man einen Strohhalm quer auf eine Wassermelone legt und
wenn er dann ruhig liegenbleibt, dann bedeutet dies, daß die Melone
innen grün ist. Wenn aber der Strohhalm sich dreht, bis er längs auf
der Melone liegt, dann bedeutet dies, daß sie reif ist.

Granpa legte den Strohhalm auf die Melone. Der Strohhalm blieb
einen Moment ruhig liegen, dann drehte er sich ein Stückchen – und
blieb wieder liegen. Meiner Meinung nach, so sagte ich zu Granpa,
war der Strohhalm zu lang. Darum brauchte das reife Innere der
Melone zu viel Kraft, um ihn zu drehen. Granpa nahm den Strohhalm
und schnitt ein Stück davon ab. Dann versuchten wir es wieder.
Diesmal drehte er sich noch weiter und blieb beinahe in Längsrichtung
liegen.

Granpa sagte, wir sollten abwarten, bis die Sonne senkrecht am
Himmel stand, und dann könnten wir die Melone vielleicht von der
Ranke pflücken.

Von da an ließ ich die Sonne nicht mehr aus den Augen. Träge rollte sie über die gezackten Bergkämme und wollte anscheinend überhaupt nicht ihre tägliche Reise beginnen. Ja, solche Mucken hat die Sonne manchmal, sagte Granpa, aber wir brauchten uns nur in irgendeine Arbeit zu vertiefen, dann würde sie sich einen Ruck geben und ihre Pflicht tun, wie es sich gehörte.

Also fingen wir an, Okra zu schneiden. Okra wächst schnell, und man muß sich beeilen, die reifen Schoten zu schneiden. Ich trippelte vor Granpa her und erntete die niedrig hängenden Okraschoten. Granpa kam hinterher und erntete die oben hängenden Schoten. Granpa sagte, daß wir beide wahrscheinlich die einzigen waren, die Okra ernten konnten, ohne sich zu bücken oder sich in die Höhe zu recken. So ernteten wir den ganzen Morgen lang Okra.

Als wir wieder mal das Ende einer Reihe erreichten, stand dort Granma. „Zeit zum Mittagessen", sagte sie. Granpa und ich rannten los – zum Feld mit den Wassermelonen.

Ich kam als erster an, darum durfte ich die reife Melone pflücken. Aber ich konnte sie nicht aufheben. Granpa trug sie zum Kühlen zum Bach, und ich durfte sie ins Wasser rollen. Mit einem Platsch versank sie in der kalten Flut.

Erst am Spätnachmittag fischten wir sie heraus. Granpa legte sich am Ufer auf den Bauch, langte tief hinunter ins Wasser und zog sie wieder herauf. Er trug sie – Granma und ich eilten hinterher – zu einer großen Ulme, in deren Schatten wir uns niederließen. Wir saßen im Kreis um die Wassermelone, auf deren grüner Schale die Wassertropfen wie Perlen glitzerten. Es war eine feierliche Zeremonie.

Granpa lachte – wahrscheinlich über mein Gesicht. Mit aufgerissenen Augen und offenem Mund verfolgte ich, wie er die Melone aufschnitt. Mit einem schmatzenden Geräusch sprang die Schale vor der Klinge auseinander – ein Zeichen, daß die Melone gut war. Und das war sie.

Granpa schnitt die Melone in Scheiben. Er und Granma lachten über mich, weil mir der Saft aus den Mundwinkeln und auf das Hemd tropfte. Es war die erste Wassermelone meines Lebens.

UND so ging der Sommer vorbei. Im Sommer hatte ich auch Geburtstag, und darum war der Sommer meine Jahreszeit. So war es der Brauch bei den Cherokee. Auf diese Weise dauerte mein Geburtstag nicht nur einen Tag, sondern einen ganzen Sommer lang. Ich war jetzt sechs Jahre alt.

Granma sagte, ich solle glücklich sein, denn ich sei ein Kind der
Natur. All die Tiere und Pflanzen, von denen mir die Große Mutter
Mon-o-lah in der ersten Nacht in den Bergen gesungen hatte, seien
meine Brüder und Schwestern.

Granma sagte, daß nur wenige Menschen das große Glück haben,
von der ganzen Schöpfung geliebt zu werden: von den Bäumen, den
Vögeln, den Gewässern – vom Regen und vom Wind. Solange ich
lebe, sagte sie, kann ich mich immer, wenn ich Trost brauche, an die
Mutter Natur und an alle meine Geschwister wenden, während andere
Kinder um ihre toten Eltern trauern und sich verlassen fühlen. Ich aber
würde mich nie verlassen fühlen.

Vielleicht war es mein Geburtstag, der Granma daran erinnerte, wie
die Zeit verstrich. Fast jeden Abend zündete sie die Lampe an und las
mir aus den Büchern vor. Und sie trieb mich an, damit ich fleißig die
Wörter aus dem Lexikon lernte. Inzwischen war ich bei B angelangt,
und da war eine Seite aus dem Buch rausgerissen. Das war nicht
schlimm, fand Granma, und als Granpa und ich das nächste Mal in die
Siedlung gingen, gab Granpa der freundlichen Frau in der Bücherei
Geld und kaufte das Buch. Es kostete fünfundsiebzig Cent. Das Geld
tat Granpa nicht leid. Er hatte sich schon immer so ein Lexikon
gewünscht, sagte er.

JEDEN Sonntag gingen wir in die Kirche. Wir nahmen den gleichen
Weg, auf dem Granpa und ich unsere Ware zur Siedlung brachten,
denn die Kirche lag einen Kilometer hinter dem Kaufladen an der
Straßenkreuzung. Im ersten Morgengrauen brachen wir auf, denn es
war ein langer Weg.

Granpa zog seinen schwarzen Anzug an und das Hemd aus Sackleinen, das Granma schneeweiß gebleicht hatte. Und Granpa trug
seine schwarzen Schuhe, die er blitzblank poliert hatte. Er hinkte, weil
die Schuhe ihn drückten. Granpa war seine weichen Mokassins
gewöhnt. Ich glaube, der Weg zur Kirche war für Granpa eine Plage.
Aber er sagte nie ein Wort.

Granma und ich hatten es besser. Wir trugen unsere Mokassins. Ich
war stolz auf Granma, weil sie so schön war. Am Sonntag trug sie
immer ein Kleid, das war rosa und goldfarben und blau und rot. Es
reichte ihr bis zu den Knöcheln herab und bauschte sich um ihre
schlanke Gestalt. Es sah aus, als ob eine Frühlingsblume durchs Tal
schwebte.

Die Kirche lag abseits der Straße in einem kleinen Wäldchen. Jeden Sonntag, wenn wir die Lichtung vor der Kirche erreichten, blieb Granma stehen, um mit den Frauen aus der Gegend zu tratschen. Granpa und ich aber gingen direkt zu Willow-John hinüber.

Willow-John stand immer im Hintergrund, abseits von der Menge, unter den Bäumen. Er war älter als Granpa, aber nicht so groß, und er war ein Vollblut-Cherokee. Sein weißes Haar war zu dicken Zöpfen geflochten, die ihm über die Schulter hingen, und er zog seinen breitkrempigen Hut tief ins Gesicht. Seine Augen waren wie schwarze Wunden; keine frischen, entzündeten Wunden, sondern tote, leere Narben, die nackt und leblos klafften. Man wußte nie, ob seine Augen trüb waren oder ob Willow-John durch einen hindurch in weite Fernen blickte.

Vor langer Zeit, so erzählte Granpa, war Willow-John ins Heimatland der Indianer gewandert. Er war durchs Gebirge gegangen und war nie in ein Auto oder in einen Zug eingestiegen. Er war drei Jahre lang fortgeblieben. Dann war er wiedergekommen. Aber er sprach nie darüber. Es gibt kein Heimatland mehr – das war das einzige, was er gesagt hatte.

Jeden Sonntag gingen wir zu ihm, am Waldrand hinter der Kirche. Granpa und Willow-John umarmten sich und hielten sich lange fest. Zwei große alte Männer mit großen Hüten – und sie sagten kein Wort. Später kam auch Granma, und Willow-John legte den Arm um sie, und sie hielten einander lange fest.

Willow-John wohnte hinter der Kirche, weit droben in den Bergen. Da die Kirche auf halbem Weg zwischen seiner Hütte und unserer Hütte lag, war sie der geeignete Ort, wo wir uns treffen konnten.

Ich erzählte Willow-John, daß es bald wieder viele, viele Cherokee geben würde und daß ich als Cherokee leben wollte. Ich berichtete ihm, was Granma gesagt hatte: daß ich ein Kind der Natur, ein Kind der Berge sei. Und daß die Bäume und alle Pflanzen meine Geschwister seien. Willow-John legte mir die Hand auf die Schulter, und seine Augen blinzelten mir wie aus weiter Ferne zu. Es war das erste Mal seit vielen Jahren, so sagte Granma, daß Willow-John beinah gelächelt hätte.

Erst wenn alle anderen in der Kirche waren, gingen auch wir hinein. Wir setzten uns immer in die letzte Bank. Zuerst Willow-John, dann Granma und ich, und Granpa blieb außen am Mittelgang sitzen. Eines Sonntags, als wir uns auf unsere Bank setzten, fand ich an meinem

Platz ein langes Messer. Es war beinah genauso lang wie Granpas Messer und steckte in einer Scheide aus Hirschleder mit Fransen. Granma sagte, daß es ein Geschenk von Willow-John sei.

Das ist die Art, wie ein Indianer Geschenke macht. Ein Indianer macht nur dann ein Geschenk, wenn er es wirklich meint und wenn er einen Grund dafür hat. Er legt das Geschenk einfach hin, damit man es findet. Er würde einem das Geschenk nicht geben, wenn man es nicht verdient hätte. Darum ist es dumm, deswegen ein großes Getue zu machen und tausendmal danke zu sagen. Und das ist, glaube ich, vernünftig.

Ich schenkte Willow-John einen Zehner und einen Ochsenfrosch. An dem Sonntag, als ich mein Geschenk mitbrachte, hatte Willow-John, während er auf uns wartete, seine Jacke an einen Baum gehängt, und ich ließ den Ochsenfrosch und den Zehner heimlich in seine Tasche gleiten.

Willow-John zog seine Jacke an und ging in die Kirche. Der Pfarrer bat die Gemeinde, in stillem Gebet den Kopf zu beugen. Es war so still, daß man die Atemzüge der Leute hören konnte. Der Pfarrer sagte: „Herr, unser Gott ...", und der Ochsenfrosch sagte: „Korrr-Quaaak ...!" Er quakte dumpf und laut.

Alle sprangen auf, und ein Mann brüllte: „Allmächtiger Gott!" Und eine Frau winselte: „Gepriesen sei der Herr!"

Willow-John griff in die Tasche, aber er zog den Frosch nicht heraus. Er schaute mich an, und da hatte er wieder dieses Blinzeln in seinen Augen. Diesmal kam es nicht mehr aus so weiter Ferne. Er lächelte! Dieses Lächeln breitete sich über sein Gesicht aus ... breiter und immer breiter ... und dann lachte er! Ein tiefes, schallendes Lachen. Alle drehten sich nach ihm um. Tränen standen in Willow-Johns Augen, sie rollten über die Runzeln und Falten seiner Wangen. Er weinte.

Alle in der Kirche wurden still. Willow-John kümmerte sich nicht um die Leute um ihn her. Er weinte lautlos, sein Brustkorb hob und senkte sich, und seine Schultern zitterten, und er weinte lange. Die Leute schauten zur Seite, aber Willow-John und Granpa und Granma schauten stur geradeaus. Der Pfarrer hatte alle Mühe, mit seinem Gebet fortzufahren. Früher hatte er schon mal extra für Willow-John eine Bußpredigt gehalten, aber Willow-John hatte sich nicht um ihn gekümmert. Die Bußpredigt hatte davon gehandelt, wie ein frommer Christ dem lieben Gott Ehrfurcht zeigen soll. Denn Willow-John beugte nie den Kopf zum stillen Gebet, und er behielt immer den Hut auf.

Ich machte mir meine Gedanken. Ich dachte, dies war Willow-Johns Art zu sagen, was er zu sagen hatte. Sein Volk, die Cherokee, war geschlagen und in alle Winde zerstreut, aus diesen Bergen vertrieben, die ihr und sein Ursprungsland waren.

Und hier machten sich jetzt der Pfarrer und die anderen Weißen breit. Willow-John konnte nicht gegen sie kämpfen, darum behielt er seinen Hut auf.

Als der Frosch „Quaaak" sagte, da war es, als ob der Frosch für Willow-John sprach. Darum weinte er. Die Tränen linderten seinen Schmerz.

Von da an tanzten in Willow-Johns Augen, immer wenn er mich anschaute, lustige schwarze Fünkchen.

Nach der Kirche gingen wir jeden Sonntag in den Wald, nicht weit von der Lichtung, und breiteten unser Mittagessen am Boden aus. Willow-John brachte in seinem Sack gebratenes Wildbret, eine Wachtel oder einen Fisch mit. Granma hatte Maisbrot und Gemüse mitgenommen. Dann setzten wir uns in den Schatten der großen Ulmen und redeten.

Wenn die Sonne schräg am Himmel stand und die ersten Abendnebel aufstiegen, machten wir uns auf den Heimweg. Granpa und Granma umarmten Willow-John, und er tätschelte mir die Schulter.

Wir wanderten über die Lichtung und erreichten den Pfad, der über die Hügel führt. Manchmal drehte ich mich um und schaute Willow-John nach. Er blickte nie zurück. Er ging mit langen, schwankenden Schritten durch den Wald und hielt die Arme eng an die Seiten gepreßt. Er schaute nicht nach links und nicht nach rechts, sondern stur geradeaus. Irgendwie wirkte er fremdartig – ein einsamer Mann am Rande der weißen Zivilisation. So verschwand er zwischen den

Bäumen, und ich beeilte mich, Granpa und Granma einzuholen. Traurig wanderten wir an diesen Sonntagabenden über die dämmerigen Hügel heimwärts. Und wir sprachen kein Wort.

Mister Wine

Er kam einmal im Monat, den ganzen Winter und Frühling hindurch. Er kam regelmäßig gegen Abend und blieb über Nacht, und manchmal blieb er auch den folgenden Tag und noch eine Nacht bei uns. Mr. Wine war ein Hausierer.

Er wohnte unten in der Siedlung, aber die meiste Zeit war er mit seiner Kraxe auf dem Buckel in den Bergen unterwegs. Wir wußten immer im voraus den Tag, an dem er auftauchte. Granpa und ich gingen ihm im Hohlweg entgegen, um ihn zu begrüßen. Wir halfen ihm, seine Trage zur Hütte hinaufzuschleppen. Ich durfte eine der Uhren tragen, die Mr. Wine immer dabeihatte. Denn Mr. Wine reparierte auch Uhren.

Mr. Wine war mindestens hundert Jahre alt. Er hatte einen langen weißen Bart, und er trug immer einen schwarzen Mantel und eine kleine runde Kappe, die ihm schief auf dem Hinterkopf saß.

Eigentlich hieß er gar nicht Mr. Wine. Sein Name fing an mit Wine ..., aber er war so lang und kompliziert, daß wir ihn nicht aussprechen konnten.

Er brachte mir immer etwas mit. Meistens einen Apfel, manchmal sogar eine Orange. Die steckten in seiner Manteltasche. Aber er konnte sich nie daran erinnern.

Wir saßen in der Dämmerung am Tisch und aßen unser Abendbrot. Dann setzten Granpa und Mr. Wine sich in die Schaukelstühle vor dem Kamin und redeten, während Granma das Geschirr abspülte. Ich zog meinen Hocker vor den Kamin und lauschte auf die Gespräche von Granpa und Mr. Wine.

Mr. Wine fing an zu erzählen – dann machte er eine Pause. Er sagte: „Mir scheint, ich habe etwas vergessen, aber ich weiß nicht, was es ist." Mr. Wine kratzte sich am Kopf und fuhr sich mit den Fingern durch den Bart. Schließlich schaute Mr. Wine mich an und sagte: „Kannst du mir nicht helfen, mich zu erinnern, Little Tree?"

„Doch, Sir", sagte ich, „wahrscheinlich haben Sie etwas in der Tasche, was Sie ganz vergessen haben."

Da sprang Mr. Wine auf, schlug mit der Hand auf seine Manteltasche und rief: „Ojemine! Vielen Dank, Little Tree, daß du mich daran erinnert hast. Ich bin schon so alt, daß ich alles vergesse."

Er zog einen roten Apfel aus der Tasche. Der Apfel war viel größer als die Äpfel, die bei uns in den Bergen wuchsen. Er hatte ihn zufällig gefunden, so sagte er, und wollte ihn eigentlich wegwerfen, weil er keine Äpfel mochte.

Dann sollte er den Apfel lieber mir geben, bat ich. Und das tat er. Ich hob die Kerne auf und pflanzte sie am Bachufer ein – in der Hoffnung, daß daraus viele Bäume mit diesen großen roten Äpfeln wachsen würden.

Von Mr. Wine lernte ich auch, die Uhrzeit abzulesen. Er drehte die Uhrzeiger im Kreis herum und fragte mich: „Wieviel Uhr ist es?" Und wenn ich falsch riet, lachte er mich aus. Aber es dauerte nicht lange, bis ich die Uhrzeit bestimmen konnte.

Mr. Wine fand, daß ich eine gute Ausbildung bekam. Er sagte, daß es kaum Jungen oder Mädchen in meinem Alter gab, die etwas über Mister Macbeth wußten oder Wörter aus dem Lexikon lernten. Und dann lehrte Mr. Wine mich Rechnen.

Durch unser Whiskey-Geschäft wußte ich schon, wie man Geld zählt, aber jetzt holte Mr. Wine Papier und einen Bleistiftstummel hervor und brachte mir bei, Zahlen zu schreiben. Er zeigte mir, wie man mit den Zahlen rechnen kann: addieren, subtrahieren und multiplizieren. Granpa sagte, daß ich schon viel besser rechnen könne als er.

Mr. Wine schenkte mir einen Bleistift, damit ich bis zum nächsten Monat Rechnen üben konnte. Es war ein langer gelber Stift. Er zeigte mir auch, wie man ihn anspitzen mußte. Man darf nämlich die Spitze nicht zu dünn machen. Wenn man die Spitze zu dünn macht, dann bricht sie leicht ab, und man muß den Bleistift von neuem anspitzen. Und dabei wird er immer kürzer.

Mr. Wine zeigte mir die sparsamste Art, Bleistifte anzuspitzen. Es gibt einen großen Unterschied zwischen sparsam und geizig, sagte er. „Wenn man sparsam ist, dann gibt man sein Geld für Sachen aus, die man wirklich braucht, aber man geht nicht leichtsinnig mit seinem Geld um."

In Mr. Wines Kraxe gab es alle möglichen Dinge: Bänder in allen Farben, hübsche Stoffe, Strümpfe, Fingerhüte und Nadeln und kleine glitzernde Werkzeuge. Wenn Mr. Wine die Kraxe auf den Boden stellte und uns alle seine Schätze zeigte, hockte ich mich neben ihn, und er nannte mir die Namen all der herrlichen Dinge.

Einmal hatte er einen schwarzen Kasten mitgebracht; das sei ein Fotoapparat, erklärte er. Damit konnte man Bilder machen. Irgend jemand hinter den Bergen, so sagte er, hatte den Fotoapparat bestellt, und Mr. Wine sollte ihn hinbringen. Aber der Kasten würde schon nicht kaputtgehen, wenn er rasch ein paar Bilder von uns machte.

Mr. Wine machte ein Bild von mir und eines von Granpa. Der Kasten konnte nur dann Bilder machen, wenn man direkt in die Sonne schaute. Granpa betrachtete den Kasten voller Mißtrauen und wollte nur ein einziges Bild von sich machen lassen. Bei solchen neumodischen Apparaten, meinte er, weiß man nie, was am Ende herauskommt, und darum soll man lieber erst mal abwarten.

Mr. Wine wollte, daß Granpa ein Bild von ihm und mir machte. Das dauerte beinahe den ganzen Nachmittag. Mr. Wine und ich stellten uns in Positur. Er legte seine Hand auf meinen Kopf, und wir grinsten in den schwarzen Kasten. Granpa schaute durch das kleine Guckloch im Kasten und sagte, daß er uns nicht sehen könne. Mr. Wine ging zu Granpa, zeigte ihm, wie er den Kasten halten mußte, und kam zurück. Wir stellten uns wieder in Positur.

Granpa sagte, wir sollten ein Stück nach rechts gehen, weil er durch das Guckloch nur einen Arm sehen konnte.

Mr. Wine und ich grinsten dauernd in die Sonne, bis wir geblendet waren und nichts mehr sahen. Trotzdem war alles umsonst. Denn als Mr. Wine einen Monat später die Bilder mitbrachte, waren Granpa und ich gut zu erkennen.

Aber auf dem Bild, das Granpa von Mr. Wine und mir gemacht hatte, war von uns keine Spur zu sehen. Sosehr wir auch suchten – wir sahen nur ein paar Baumwipfel und darüber winzige Punkte in der Luft. Das waren Vögel, sagte Granpa, nachdem er das Bild lange studiert hatte.

Granpa war sehr stolz auf sein Bild mit den Vögeln. Er nahm es in den Kaufladen mit, zeigte es Mr. Jenkins und erzählte ihm, daß er dieses schöne Bild mit den Vögeln selbst gemacht hatte.

Granma hatte sich beharrlich geweigert, sich vor den schwarzen Kasten zu stellen und ein Bild von sich machen zu lassen. Warum, das sagte sie nicht. Sie hatte den Kasten nur mißtrauisch angeschaut. Aber als dann die Bilder kamen, war Granma begeistert. Sie stellte die Bilder von Granpa und mir auf den Balken über dem Herd und schaute sie immer wieder an. Wahrscheinlich tat es ihr leid, daß sie sich geweigert hatte, ein Bild von sich machen zu lassen. Aber jetzt war der Fotoapparat weg, weil Mr. Wine ihn zu dem neuen Besitzer gebracht hatte.

DIESER Sommer war schnell vorbei. Die Tage wurden kürzer. Die Sonne strahlte nicht mehr weißglühend vom Himmel, sondern sie blinzelte nur noch schräg durch einen bernsteinfarbenen Schleier. Die Natur, so sagte Granma, rüstete sich für den langen Schlaf.

Mr. Wine machte seine letzte Reise. Damals wußten wir es noch nicht – obwohl er jetzt schon so schwach war, daß Granpa und ich ihm über die Brücke helfen mußten. Er selbst wußte es wahrscheinlich.

Ächzend stellte er seine Kraxe auf den Boden. Er holte eine gelbe Jacke hervor und hielt sie vor die Lampe. Die Jacke leuchtete wie Gold. Granma fand, daß die Jacke sie an die Farben wilder Kanarienvögel erinnerte. Es war die schönste Jacke, die wir jemals gesehen hatten. Mr. Wine wendete sie unter der Lampe hin und her, und wir alle bewunderten sie. Granma befühlte den Stoff mit der Hand, aber ich wagte es nicht, sie anzufassen.

Mr. Wine sagte, daß seine Vergeßlichkeit immer schlimmer wurde. Diese Jacke, so erzählte er, hatte er für seinen Urenkel genäht, der jenseits des großen Wassers lebte, aber dummerweise hatte er vergessen, daß sein Urenkel nicht mehr ein kleiner Junge, sondern schon ein erwachsener Mann war. Jetzt hatte Mr. Wine die Jacke ganz umsonst genäht, weil niemand da war, der sie tragen konnte.

Mr. Wine sagte, daß es eine Sünde ist, wenn man Sachen wegschmeißt, die ein anderer brauchen kann. Er konnte sogar nachts nicht mehr schlafen deswegen. Er sagte, daß er verloren war, wenn ihm nicht jemand den Gefallen tun würde, die Jacke zu tragen.

Mr. Wine ließ den Kopf hängen und seufzte, als ob er wirklich schon verloren wäre. Da sagte ich, daß ich gern versuchen wollte, die Jacke anzuziehen.

Mr. Wine hob den Kopf und grinste dankbar unter seinem weißen Bart hervor. Er sagte, daß er vor lauter Vergeßlichkeit ganz vergessen hatte, mich zu fragen, ob er ihm zuliebe die Jacke anziehen wollte. Dann rappelte er sich aus dem Schaukelstuhl empor und tanzte durchs Zimmer und rief, daß ich ihn vor einer großen Sünde bewahrt und von einer großen Last befreit hatte.

Alle halfen mir, die Jacke anzuziehen. Granma zog die Ärmel gerade, Mr. Wine strich den Rücken glatt, und Granpa zupfte unten am Saum. Die Jacke paßte wie angegossen. Ich hatte die gleiche Größe wie Mr. Wines Urenkel, als er noch ein kleiner Junge war. Mr. Wine weinte vor Freude.

Ich behielt die Jacke beim Abendessen an, und später, als ich schlafen ging, hängte Granma die Jacke am Bettpfosten auf, damit ich sie bis zum Einschlafen anschauen konnte. Als der Mond zum Fenster hereinschien, leuchtete sie noch schöner.

Mr. Wine schlief auf einem Strohsack, den er in der Küche auf dem Fußboden ausgebreitet hatte. Mitten in der Nacht fiel mir ein, daß ich mich bei Mr. Wine für die schöne Jacke bedanken sollte – auch wenn

ich sie ihm zuliebe anzog. Ich stand auf und schlich mich auf Zehenspitzen zur Küchentür. Mr. Wine kniete auf seinem Strohsack und hielt den Kopf tief gesenkt. Wahrscheinlich betet er, dachte ich.

Er dankte Gott dafür, daß ein kleiner Junge ihm so viel Freude bereitet hatte. Das ist sein Urenkel jenseits des großen Wassers, dachte ich. Mr. Wine hatte eine brennende Kerze auf den Küchentisch gestellt. Ich blieb leise bei der Tür stehen, denn Granma hatte mir beigebracht, andere Menschen nicht beim Gebet zu stören.

Nach einer Weile blickte Mr. Wine auf – und sah mich. Er sagte, ich solle hereinkommen. Ich fragte ihn, warum er eine Kerze angezündet habe, wo wir doch eine Lampe hätten.

Mr. Wine erzählte, daß seine ganze Familie jenseits des großen Wassers lebte. Es gab nur eine Möglichkeit, mit ihnen zusammenzusein, sagte er. Nämlich wenn er eine Kerze anzündete und wenn sie, jenseits des großen Wassers, gleichzeitig auch eine Kerze anzündeten und sie dann fest aneinander dächten. Dann waren sie in Gedanken zusammen. Davon war ich auch fest überzeugt.

Dann erzählte ich ihm, daß unsere Verwandten weit weg im Heimatland der Indianer wohnten und daß wir nicht wußten, wie wir mit ihnen zusammensein konnten. Ich erzählte ihm von Willow-John. Ich würde Willow-John von der Sache mit der Kerze berichten, sagte ich zu Mr. Wine. Und Mr. Wine meinte, daß Willow-John es verstehen würde. Leider vergaß ich, Mr. Wine für die schöne gelbe Jacke zu danken.

Am nächsten Morgen ging Mr. Wine fort. Granpa und ich halfen ihm über die Brücke. Gebückt unter seiner schweren Kraxe, schwankte er den Hohlweg hinunter. Er war schon verschwunden, als mir einfiel, daß ich etwas vergessen hatte. Ich lief ihm nach, aber er hatte schon einen weiten Vorsprung. Da schrie ich: „Vielen Dank für die gelbe Jacke, Mr. Wine!" Er drehte sich nicht um, wahrscheinlich hatte er mich nicht gehört. Mr. Wine war nicht nur vergeßlich, sondern auch schwerhörig. Aber wo er selbst so vergeßlich ist, dachte ich, würde er schon Verständnis dafür haben, daß ich vergessen habe, danke zu sagen.

Abschied von den Bergen

Der Herbst kam dieses Jahr früh. Eines Tages raschelten hoch droben auf den Bergen, die sich in den Himmel türmten, die ersten gelben und rostroten Blätter im Wind. Der Frost hatte sie berührt. Jeden Morgen kam der Frost ein bißchen tiefer von den Berghängen herab. Er ließ die Menschen wissen, daß man die schönen Sommertage nicht festhalten konnte; er ließ einen wissen, daß das große Sterben des Winters kam.

Die Tiere des Waldes, die den Winter überleben mußten, huschten geschäftig umher und legten Vorräte an. Die Blauhäher schossen in weiten Bögen über die Baumwipfel und vergruben Eicheln und Bucheckern. Vorbei waren ihre wilden Flugspiele, ihr fröhliches Krächzen.

Der letzte Schmetterling taumelte durchs Tal und landete auf einer Maisstaude, die Granpa und ich abgeerntet hatten. Er klappte nicht mit den Flügeln – er saß einfach da und wartete. Bald würde er sterben, und er wußte es.

Granpa und ich sammelten Holz für den Herd und für den Kamin. Wir schleppten abgestorbene Baumstämme und dürre Äste von den Bergen zur Lichtung herab. Granpas große Axt blitzte in der

Abendsonne und pochte und schickte ihr Echo durchs Tal. Ich füllte den Holzkasten in der Küche mit Kienspänen und stapelte die dicken Knüppel längs der Hüttenwand auf.

So waren wir emsig bei der Arbeit – als die Politiker kamen. Sie sagten, sie seien keine Politiker, aber sie waren es doch. Ein Mann und eine Frau.

Sie wollten nicht in den Schaukelstühlen Platz nehmen, die Granma ihnen anbot, sondern sie setzten sich steif an den Küchentisch. Der Mann trug einen grauen Anzug, und die Frau trug ein graues Kleid. Das Kleid war am Hals so eng, daß ich mich nicht wunderte, warum die Frau so ein gequältes Gesicht machte. Der Mann hielt seinen Hut auf dem Schoß und war nervös, denn er drehte den Hut dauernd im Kreis.

Die Frau sagte, ich sollte hinausgehen, aber Granma sagte, daß ich dableiben durfte.

Der Mann räusperte sich und sagte, daß die Leute sich wegen meiner Erziehung Sorgen machten. Er sagte, ich brauchte eine Ausbildung und so.

Granma erwiderte, daß ich eine Ausbildung hatte. Sie wiederholte, was Mr. Wine gesagt hatte, und daß ich regelmäßig aus dem Lexikon lernte.

Die Frau fragte Granpa, wer Mr. Wine sei, und er erzählte ihr alles, was er über Mr. Wine wußte. Die Frau schnupfte durch die Nase. Mir war klar, daß sie keine hohe Meinung von Mr. Wine hatte; von uns übrigens auch nicht. Sie reichte Granpa ein Papier, und er reichte es an Granma weiter.

Granma zündete die Lampe an und setzte sich an den Küchentisch, um das Papier zu lesen. Zuerst las sie uns vor, aber dann verstummte sie. Den Rest las sie still für sich. Als sie fertig war, stand sie auf und blies die Lampe aus.

Die Politiker wußten, was das bedeutete. Ich wußte es auch. Sie standen auf und stolperten im Zwielicht zur Tür hinaus. Sie sagten nicht einmal auf Wiedersehen.

Wir warteten schweigend im Dunkeln – lange nachdem sie gegangen waren. Dann zündete Granpa die Lampe an, und ich hörte gut zu, als Granma erklärte, was auf dem Papier stand.

Irgend jemand hatte uns beim Gesetz angeschwärzt. Laut dem Papier wurde ich nicht richtig erzogen, und Granma und Granpa waren zu alt und hatten keine Schulbildung. Außerdem stand darin, daß Granma eine Vollblutindianerin war und Granpa ein Halbblut, und daß er einen schlechten Ruf hatte.

Das Papier sagte, daß Granma und Granpa selbstsüchtig handelten und mir für den Rest meines Lebens Schaden zufügten. Sie waren selbstsüchtig, so stand da geschrieben, weil sie im Alter einen Trost und eine Stütze haben wollten und weil sie mich nur zu diesem Zweck bei sich aufgenommen hatten – damit ich später für sie sorgte.

Das Papier verlangte, Granma und Granpa sollten dann und dann vor Gericht erscheinen und auf die Beschuldigungen antworten. Andernfalls, so drohte das Papier, mußte ich in ein Waisenhaus.

Granpa war richtig erschrocken. Er nahm den Hut ab und legte ihn auf den Tisch. Seine Hand zitterte. Er hockte stumm da, starrte den Hut an und strich mit der Hand darüber.

Ich setzte mich in den Schaukelstuhl vor dem Kamin und schaukelte. Ich sagte zu Granma und Granpa, ich könnte mich anstrengen und in Zukunft zehn Wörter pro Woche aus dem Lexikon lernen. Ja, ich könnte mich noch mehr anstrengen und sogar hundert Wörter pro Woche lernen.

Und außerdem hatte ich doch schon ein bißchen lesen gelernt, so sagte ich ihnen, und auch beim Lesenlernen konnte ich meine Anstrengungen verdoppeln. Ich konnte gar nicht mehr aufhören zu reden. Ich versuchte es, aber ich konnte nicht. Ich schaukelte immer stärker.

Ich redete immer schneller und sagte zu Granpa, daß ich überhaupt nicht fand, daß mir Schaden zugefügt wurde; daß ich im Gegenteil fand, daß es mir sehr gut ging. Granpa antwortete nicht. Granma hielt das Papier in der Hand und starrte es an.

Mir war klar, daß Granma und Granpa dachten, das Papier könnte recht haben mit dem, was es über sie sagte. Ich erklärte ihnen, daß es überhaupt nicht recht hatte. Ganz im Gegenteil, es war umgekehrt: Nicht sie waren eine Belastung für mich, sondern ich für sie. Das alles, so beteuerte ich, wollte ich dem „Gesetz" erzählen. Aber sie erwiderten nichts darauf.

Auch was meine Ausbildung betraf, so sagte ich, machte ich Fortschritte – wo ich doch Granpas Handwerk lernte. Da schaute Granpa mich zum erstenmal an. Seine Augen wirkten traurig und leer. Von dem Handwerk, so sagte er, sollten wir dem Gesetz lieber nichts erzählen.

Ich ging zum Tisch und setzte mich auf Granpas Knie. Ich sagte zu ihm und zu Granma, daß ich niemals mit dem Gesetz gehen würde. Lieber wollte ich mich in den Bergen bei Willow-John verstecken, bis das Gesetz die ganze Sache vergessen hatte. Ich fragte Granma: „Was ist ein Waisenhaus?"

Granmas Augen leuchteten nicht wie sonst. Sie sagte, ein Waisenhaus ist ein Haus, wo Jungen und Mädchen leben müssen, die keine Ma und keinen Pa haben; auch wenn ich wegliefe und mich bei Willow-John versteckte, würde das Gesetz kommen und mich holen.

Mir war klar, daß das Gesetz sogar unsere Destille im Wald finden könnte, falls es kam und mich suchte. Da sagte ich nichts mehr über Willow-John. Granpa schlug vor, wir sollten am nächsten Morgen in die Siedlung gehen und Mr. Wine besuchen und ihn fragen.

Im Morgengrauen wanderten wir durch den Hohlweg ins Tal. Als wir die Siedlung erreichten, bogen wir in eine kleine Seitenstraße ein. Mr. Wine wohnte über einer Futterhandlung. Wir kletterten eine steile Treppe hinauf, die unter unserm Gewicht schwankte. Die Tür war abgeschlossen. Granpa klopfte an und rüttelte an der Türklinke ... aber niemand antwortete.

Vorsichtig kletterten wir wieder die Treppe hinunter. Ich stolperte hinter Granpa her, und wir gingen in die Futterhandlung. Da war ein Mann, der an der Theke lehnte.

„Tag", sagte er, „was kann ich für Sie tun?" Sein fetter Bauch hing ihm über den Hosenbund.

„Tag", sagte Granpa, „wir wollen Mr. Wine besuchen, den Mann, der in der Kammer dort oben wohnt."

„Sein Name ist nicht Mr. Wine", erwiderte der Mann. „Eigentlich hat er überhaupt keinen Namen mehr. Er ist nämlich tot."

Granpa und ich erschraken. Plötzlich fühlte ich mich innen ganz leer, und meine Knie wurden weich. Ich hatte mich ganz fest darauf verlassen, daß Mr. Wine einen guten Rat für uns wissen würde.

„Heißen Sie vielleicht Wales?" fragte der dicke Mann.

„Ja", antwortete Granpa. Der dicke Mann stapfte hinter die Theke, zerrte einen prallen Seesack hervor und knallte ihn auf die Theke. Anscheinend war er schwer.

„Das hat der Alte Ihnen vermacht", sagte der dicke Mann. „Da, sehen Sie, das Schildchen, da steht Ihr Name drauf." Granpa schaute das Schildchen an, obwohl er gar nicht lesen konnte.

„Hatte überall seine Schildchen angemacht, der Alte. Wußte wahrscheinlich, daß es zu Ende ging. Hatte sogar ein Schildchen am

Handgelenk, wo draufstand, wo sie die Leiche hinschaffen sollten. Wußte sogar genau, was es kosten würde ..., das Geld lag in einem Briefumschlag dabei ..., genau abgezählt. Geizig. Kein Penny mehr."

Granpa hob den Kopf und musterte den Mann scharf. „Er hat bezahlt, was er schuldig war, oder?"

Der Dicke kapierte den Ernst der Lage. „O ja ... ja gewiß ... ich persönlich hatte nichts gegen den Alten."

Granpa warf sich den Seesack über die Schulter. „Wissen Sie vielleicht, wo hier ein Anwalt zu finden ist?" fragte er.

Der dicke Mann deutete über die Straße. „Direkt gegenüber, die Treppe rauf."

„Vielen Dank", antwortete Granpa. Wir gingen über die Straße und die Treppe hinauf. Granpa trug den Seesack. Wir kamen zu einer Tür, die oben ein Glasfenster und in der Mitte ein Namensschild hatte. Granpa klopfte an.

„Herein ... *herrrein!*" Es hörte sich so an, als sei es hier nicht üblich anzuklopfen. Wir gingen hinein.

Hinter einem breiten Schreibtisch saß ein Mann auf einem Sessel. Er hatte weiße Haare. Granpa nahm den Hut ab und stellte den Seesack auf den Boden. Der Mann stand auf, beugte sich über den Schreibtisch und streckte die Hand aus. „Mein Name ist Joe Taylor", sagte er.

„Wales", stellte Granpa sich vor. Granpa ergriff Mr. Taylors Hand, aber er schüttelte sie nicht. Dann ließ er sie los und reichte Mr. Taylor das Papier.

Mr. Taylor setzte sich hin und holte seine Brille aus der Westentasche. Er beugte sich vor und las das Papier. Lange schaute er das Papier an und runzelte die Stirn dabei.

Als er fertig war, faltete er es zusammen und gab es Granpa zurück. Er blickte auf. „Sie waren im Gefängnis – wegen Whiskeybrennens?"

„Ja, früher", sagte Granpa.

Mr. Taylor stand auf, ging zu dem großen Fenster hinüber und seufzte. „Ich könnte Geld von Ihnen nehmen – aber es hat keinen Zweck. Die Beamten, die für solche Sachen zuständig sind, haben kein Verständnis für die Menschen in den Bergen. Erst recht nicht für die Indianer. Es hat keinen Zweck. Sie werden den Jungen holen."

Granpa setzte seinen Hut auf. Er zog seinen Geldbeutel aus der Tasche und legte einen Dollar auf Mr. Taylors Schreibtisch. Dann gingen wir hinaus.

Mr. Taylor schaute noch immer aus dem Fenster.

Wir ließen die Siedlung hinter uns. Granpa trug den Seesack. Seine Mokassins schleiften im Sand. Zum ersten Mal konnte ich mit ihm Schritt halten.

GRANMA zündete die Lampe an. Wir legten den Seesack auf den Tisch und schnürten ihn auf. Da waren Ballen von rotem Stoff und grünem Stoff und gelbem Stoff für Granma; Nadeln und Fingerhüte und Zwirnspulen. Es kam mir so vor, als hätte Mr. Wine seine ganze Kraxe in den Seesack ausgeleert. Granma sagte, daß es ihr auch so vorkam.

Außerdem waren da alle möglichen Werkzeuge für Granpa. Und Bücher für mich: ein Rechenbuch und ein Buch mit Sprüchen über die Werte, die jeder Mensch im Leben beachten muß. Vielleicht hätte Mr. Wine es auf seiner nächsten Tour mitgenommen, so dachte ich – falls er es nicht vergessen hätte.

Granpa legte den leeren Seesack auf den Boden. Aber da polterte noch etwas drinnen. Deshalb hob Granpa ihn auf und schüttelte ihn. Da rollte ein roter Apfel heraus. Zum erstenmal hatte Mr. Wine den Apfel nicht vergessen!

Wir setzten uns um den Tisch, um zu essen, aber das Abendbrot schmeckte uns nicht. Granpa erzählte Granma, was Mr. Taylor gesagt hatte.

Granma pustete die Lampe aus. So saßen wir im Halbdunkel vor dem Kamin, bis der aufgehende Mond durchs Fenster schien. An diesem Abend machten wir kein Feuer im Kamin.

Ich sagte zu Granma und Granpa, sie sollten nicht traurig sein. Ich selbst wollte auch nicht traurig sein. Wahrscheinlich würde es mir im Waisenhaus sogar gefallen, wo all die vielen Jungen und Mädchen waren; und außerdem würde das Gesetz die ganze Sache bald vergessen, und dann würde ich wiederkommen.

Granma sagte, daß wir nur noch drei Tage Zeit hätten. Dann müßten sie mich hinbringen. Wir sprachen kein Wort mehr. Langsam wiegten wir in unseren Schaukelstühlen, die leise knarrten, hin und her.

Als ich im Bett lag, weinte ich – zum erstenmal, seit Ma gestorben war. Ich stopfte mir die Bettdecke in den Mund, und so hörten Granma und Granpa mich nicht.

Die folgenden drei Tage waren wir immer zusammen und versuchten, nicht an das Kommende zu denken. Granma ging überall mit, wohin Granpa und ich gingen. Wir nahmen auch Blue Boy und die anderen Hunde mit.

Einmal setzten wir uns frühmorgens auf einen Berggipfel und schauten zu, wie die Sonne aufging. Ich zeigte Granpa und Granma meinen geheimen Platz.

Granma kochte lauter gute Sachen, und dabei rutschte ihr immer die Zuckerdose aus. Granpa und ich aßen uns richtig satt an den süßen Eichelmuspfannkuchen.

Einen Tag bevor ich von zu Hause fortmußte, lief ich die Abkürzung über den Hügel zum Kaufladen in der Siedlung hinunter. Mr. Jenkins sagte, daß die rot-grüne Schachtel schon alt war, darum ließ er sie mir für fünfundsechzig Cent, und ich zählte ihm das Geld in die Hand. Ich kaufte auch eine Schachtel rote Zuckerlutscher für Granpa, die mich fünfundzwanzig Cent kostete. So behielt ich nur einen Zehner von dem Dollar, den Mr. Chunk mir gegeben hatte.

Am Abend schnitt Granpa mir die Haare. Das war nötig, erklärte er, weil ich lauter Schwierigkeiten haben würde, wenn ich wie ein Indianer aussah. Das war mir ganz egal, sagte ich zu Granpa, weil ich auch am liebsten aussehen wollte wie Willow-John.

Ich durfte auch meine Mokassins nicht mehr anziehen. Granpa holte meine alten Schuhe hervor und dehnte sie. Er steckte ein Eisen in die Schuhe und klopfte mit dem Hammer das Oberleder, damit es sich über die Sohlen ausdehnte. Denn meine Füße waren gewachsen.

Ich sagte zu Granma, daß sie meine Mokassins unter meinem Bett stehenlassen sollte, denn ich würde bald wieder dasein, und dann brauchte ich sie nicht lange zu suchen. Ich legte auch mein Hemd aus Hirschleder auf das Bett. Denn bis ich wiederkommen würde, sollte niemand in meinem Bett schlafen.

Die rot-grüne Schachtel versteckte ich in Granmas Mehlbüchse, da würde sie sie in ein paar Tagen finden. Die Schachtel mit den Zuckerlutschern steckte ich in die Tasche von Granpas Anzug. Da würde er sie am Sonntag finden. Ich hatte mir nur einen einzigen Lutscher genommen – zum Probieren. Er war gut.

Zum Abschied wollte Granma nicht in die Siedlung mitgehen. Granpa wartete am Rand der Lichtung auf mich, und Granma kniete sich auf der Veranda vor mich hin und umarmte mich, wie sie Willow-John umarmt hatte.

Ich gab mir Mühe, nicht zu weinen, aber ich mußte doch weinen – nur ein bißchen. Ich hatte meine alten Schuhe an, die nicht mal weh taten, wenn ich die Zehen ausstreckte, und meine besten Bluejeans und mein weißes Hemd. Die gelbe Jacke hatte ich auch an. In meinen Reisebeutel hatte Granma noch zwei Hemden und meine anderen Jeans und meine Socken gepackt. Sonst wollte ich nichts mitnehmen, weil ich ja wußte, daß ich bald wiederkommen würde. Ganz bestimmt, das versprach ich Granma.

Granma, die auf der Veranda vor mir kniete, sagte: „Erinnerst du dich an den Hundsstern, Little Tree? Den hellen Stern, der in der Abenddämmerung funkelt?" Ja, sagte ich, ich erinnere mich. Und Granma sagte: „Wo immer du bist – ob nah oder fern –, in der Abenddämmerung mußt du zum Hundsstern hinaufblicken. Granpa und ich werden auch hinaufblicken. Und dann werden wir an dich denken."

Auch ich werde an sie denken, das versprach ich. Ich bat Granma, sie sollte Willow-John sagen, daß auch er zum Hundsstern hinaufblicken sollte. Das versprach sie mir.

Granma hielt mich an den Schultern fest und schaute mich an. Sie sagte: „Die Cherokee haben deinen Pa und deine Ma verheiratet. Das darfst du nie vergessen, Little Tree. Ganz egal, was die Leute sagen..., vergiß es nie!"

Das versprach ich ihr. Dann ließ Granma mich los. Ich hob meinen Beutel auf und folgte Granpa über die Lichtung. Auf der Brücke drehte ich mich um. Granma stand auf der Veranda und schaute mir nach. Sie hob die Hand, preßte sie auf ihr Herz und winkte mir. Ich wußte, was das bedeutete.

Granpa hatte seinen schwarzen Anzug angezogen. Er hatte auch seine Schuhe an, und so wanderten wir mühsam den Weg entlang. Unten im Tal streiften mich niedrig hängende Tannenzweige und wollten mich festhalten. Eine alte Eiche griff mit ihren knorrigen Astfingern nach meinem Reisebeutel und zog ihn mir von der Schulter. Der Bach sprudelte schneller und rauschte lauter und sprang aufgeregt über die Steine, und eine Krähe flatterte vor uns auf und krächzte. Sie alle riefen und sangen: „Geh nicht fort, Little Tree..., geh nicht fort, Little Tree." Meine Augen waren voller Tränen, und ich stolperte wie blind hinter Granpa her. Der Wind brauste auf und stöhnte und zerrte am Saum meiner gelben Jacke. Eine Trauertaube rief aus der Ferne – lang und klagend –, und ich wußte, daß sie mich rief. Granpa und ich hatten Mühe, den Weg aus dem Tal zu finden.

An der Busstation mußten wir warten. Wir setzten uns auf eine

Bank. Ich hielt meinen Beutel auf den Knien. Wir warteten auf das Gesetz.

Ich sagte zu Granpa, daß ich mir Sorgen machte, wie es mit dem Whiskeygeschäft weitergehen sollte, jetzt, wo ich ihm nicht mehr helfen konnte. Ja, sagte Granpa, es würde eine schwere Zeit sein. Danach sagten wir nicht mehr viel.

Nach einer Weile kam die Frau im grauen Kleid herbei. Als Granpa aufstand, reichte sie ihm ein paar Papiere. Sie sagte: „Rasch jetzt, kein Gezeter und keine Tränen. Machen wir, daß wir's hinter uns bringen. Was sein muß, muß sein. So ist's am besten für alle Beteiligten."

Ich wußte nicht, von welchen Beteiligten sie redete. Sie zog eine Schnur aus ihrer Handtasche und band sie mir um den Hals. An der Schnur hing ein Schildchen. Granpa und ich folgten ihr.

Granpa kniete sich vor der offenen Bustür auf den Boden. Er hielt mich lange fest, und dabei kniete er auf der Erde. Ich flüsterte: „Ich bin ganz bestimmt bald wieder daheim." Granpa drückte mich an sich – als Zeichen, daß er verstanden hatte.

Die Frau sagte: „Vorwärts, geh schon."

Ich wußte nicht, ob sie zu mir oder zu Granpa sprach. Granpa stand auf. Er drehte sich um und ging fort. Er schaute sich nicht mehr um.

Die Frau hob mich in den Bus. Ich hätte es auch ganz gut allein geschafft. Ich sagte zu dem Busfahrer, daß ich keine Fahrkarte hatte. Er lachte und sagte, daß die Frau ihm meinen Fahrschein gegeben hatte. Und er wollte das Schildchen an meinem Hals lesen. Außer mir waren nur noch drei Leute im Bus. Ich ging nach hinten und setzte mich ans Rückfenster. Vielleicht, so hoffte ich, konnte ich noch einmal Granpa sehen.

Der Bus fuhr los, die Straße hinauf, aber ich konnte Granpa nirgends entdecken. Dann sah ich ihn plötzlich doch. Er stand an der Straßenecke hinter der Busstation. Er hatte den Hut tief ins Gesicht gezogen, und seine Arme hingen schlaff herab.

Als wir an ihm vorbeifuhren, versuchte ich das Fenster aufzumachen, aber ich wußte nicht, wie. Ich winkte, aber er sah mich nicht.

Der Bus fuhr weiter, und ich preßte mein Gesicht gegen das hintere Fenster. Granpa stand immer noch dort und schaute dem Bus nach. Ich winkte und schrie: „Good-by, Granpa! Ich bin ganz bestimmt bald wieder daheim!" Er sah mich nicht. Ich schrie noch einmal: „Ganz bestimmt bin ich bald wieder daheim, Granpa!" Aber er stand nur einsam dort an der Straßenecke und wurde in der Abendsonne immer kleiner.

DER HUNDSSTERN

WENN man nicht weiß, wohin die Reise führt, dann ist's eine lange Reise. Niemand hatte es mir gesagt. Ich glaube, Granpa wußte es auch nicht.

Da ich zu klein war, um über die Rücklehnen der Sitze vor mir zu spähen, schaute ich seitlich zum Fenster raus. Häuser und Bäume flitzten vorbei, und dann nur noch Bäume. Schließlich wurde es dunkel, und ich konnte nichts mehr sehen.

Später machte der Bus in einer fremden Stadt halt und blieb lange stehen. Aber ich rührte mich nicht von meinem Sitz fort. Hier, so dachte ich, bin ich sicherer. Ich hielt meinen Reisesack auf den Knien und preßte mein Gesicht dagegen, denn irgendwie war er noch ein Teil von dem Leben mit Granpa und Granma, und er roch nach Blue Boy. Ich schlief ein.

Irgendwann weckte mich der Busfahrer. Draußen war ein grauer Morgen, und Regen klatschte gegen die Scheiben. Der Bus hatte vor dem Waisenhaus angehalten, und als ich ausstieg, wartete schon eine Dame mit weißem Häubchen auf mich. Sie hatte ein schwarzes Kleid an. Sonst sah sie aus wie die Frau im grauen Kleid, aber sie war es nicht. „Komm mit mir", sagte sie. Wir gingen durch ein eisernes Tor und unter mächtigen Ulmen hindurch, in deren Ästen der Wind rauschte. Die Dame merkte gar nichts, aber ich merkte es gleich: Die Bäume wußten bereits, daß ich kam.

Als wir bei der ersten Türe anlangten, blieb sie stehen. „Zuerst mußt du den Herrn Pfarrer begrüßen", sagte sie. „Sei artig und weine nicht. Du darfst nur sprechen, wenn er dich etwas fragt."

Ich folgte ihr durch einen dunklen Flur, und dann traten wir in ein Zimmer. Der Herr Pfarrer saß am Schreibtisch. Er blickte gar nicht auf. Die Dame setzte mich auf einen Stuhl vor seinem Schreibtisch. Der Herr Pfarrer hatte ein rötliches, speckig glänzendes Gesicht und eine Glatze. Nur hinter den Ohren konnte ich ein paar Härchen entdecken.

An der Wand hing eine Uhr, und ich sagte zu mir selbst, wie spät es war. Ich sagte es ganz leise. Hinter dem Herrn Pfarrer klatschte der Regen gegen das Fenster. Der Herr Pfarrer blickte auf.

„Baumele nicht mit den Beinen!" sagte er mit strenger Stimme. Ich gehorchte sofort.

Dann legte er die Papiere weg und nahm einen Bleistift in die Hand, den er dauernd hin und her drehte. „Es sind sehr schwere Zeiten", begann er. „Der Staat hat nicht genug Geld, um auch noch für die Erziehung und den Unterhalt illegitimer indianischer Waisenkinder aufzukommen. Unsere wohltätige Stiftung hat wohl oder übel beschlossen, sich deiner anzunehmen. Vielleicht war das ein Fehler."

Mir tat die wohltätige Stiftung richtig leid, die sich in diesen schweren Zeiten auch noch um mich kümmern mußte. Ich erwiderte aber nichts, weil er mich nicht gefragt hatte.

Der Herr Pfarrer drehte den Bleistift hin und her. Der Bleistift war nicht auf die sparsame Art angespitzt. Die Spitze war zu dünn. Mir kam der Verdacht, daß der Herr Pfarrer vielleicht doch leichtsinniger war, als er behauptete.

Er sprach weiter: „Wir haben eine Schule, die du besuchen kannst. Und dann werden wir dir kleinere Arbeiten zuteilen. Jeder hier macht irgendwelche Arbeiten. Das bist du wahrscheinlich nicht gewöhnt.

Wenn du die Schulordnung oder die Hausordnung übertrittst, wirst du bestraft." Er hüstelte. „Außerdem haben wir hier keine Indianer, auch keine Halbblutindianer. Deine Mutter und dein Vater waren nicht verheiratet. Du bist also der erste Bastard, den wir je aufgenommen haben."

Ich sagte ihm, was Granma mir gesagt hatte: daß mein Pa und meine Ma nach den Gesetzen der Cherokee richtig verheiratet waren.

Die Cherokee, behauptete er, hätten mit der ganzen Sache gar nichts zu tun. Und außerdem hätte ich gesprochen, ohne daß er mich gefragt hätte. Das hatte er wirklich nicht.

Und dann legte er erst richtig los und fing an, sich aufzuregen. Er sprang auf und rief, daß seine wohltätige Stiftung dem Grundsatz gehorchen mußte, zu allen lebenden Wesen freundlich zu sein. Auch zu Tieren. Er sagte, daß ich nicht in die Kirche zu gehen brauchte; denn in der Bibel steht, daß die Seele eines Bastards nicht gerettet werden kann. Der Herr Pfarrer zeigte auf die Papiere auf seinem Tisch und sagte: „Aus diesen Papieren ist ersichtlich, daß dein Großvater nicht die moralische Qualifikation hat, ein Kind zu erziehen. Er war im Gefängnis!"

Da erzählte ich ihm, wie ich einmal selber vom Gesetz sogar beinahe aufgehängt worden wäre, wenn mir die Hunde nicht geholfen hätten. Aber ich erzählte ihm nichts von der Destille im Wald. Denn sonst hätten Granpa und ich uns vielleicht ein anderes Handwerk suchen müssen.

Der Herr Pfarrer vergrub sein Gesicht in den Händen, als ob er weinte. „Ich wußte ja, daß es ein Fehler war", sagte er.

Da er weiterhin sein Gesicht verbarg und dauernd den Kopf schüttelte, glaubte ich doch, daß er weinte.

Ich redete ihm zu, er sollte nicht weinen. Die Sache mit dem Aufhängen, so sagte ich ihm, war gar nicht so schlimm gewesen, und ich hatte nicht mal Angst gehabt.

Der Herr Pfarrer hob den Kopf und sagte: „Halt's Maul!" Er vertiefte sich wieder in seine Papiere. „Wir werden sehen ..., wir werden es versuchen, mit Gottes Hilfe. Möglicherweise stecken wir dich in eine Besserungsanstalt."

Er läutete eine Glocke, die auf seinem Schreibtisch stand, und die Dame kam mit flatterndem Rock ins Zimmer gelaufen. Sie sagte, ich sollte mit ihr kommen. Ich hob meinen Beutel auf, hängte ihn mir über die Schulter und sagte: „Vielen Dank." Als wir hinausgingen, rüttelte ein heftiger Windstoß am Fenster. Die Dame blieb stehen und schaute sich um. Auch der Herr Pfarrer drehte sich um und guckte zum Fenster. Aber ich wußte, das war eine Botschaft für mich – aus den Bergen.

Mein Bett stand in einer Ecke. Es war ein großes Zimmer, in dem ungefähr zwanzig bis dreißig Jungen schliefen. Die meisten waren älter als ich. Meine Aufgabe war, jeden Morgen und jeden Abend das ganze Zimmer sauber zu fegen.

In dem Bett neben meinem schlief Wilburn. Wilburn war älter als ich, vielleicht elf Jahre. Er war groß und mager und hatte viele Pickel im Gesicht. Er sagte, weil er so häßlich war, würde ihn niemand adoptieren wollen, und darum müßte er im Waisenhaus bleiben, bis er achtzehn war. Er sagte, wenn er entlassen würde, wollte er eines Tages wiederkommen und das Waisenhaus anzünden. Wilburn hatte einen Klumpfuß.

Wilburn und ich spielten nie mit, wenn die anderen Jungen auf dem Hof Ball spielten. Wilburn konnte nicht laufen, und ich war zu klein, um mitzuspielen. Wilburn sagte, solche Spiele sind sowieso nur für Babys. Und das ist richtig.

Während die anderen spielten, saßen Wilburn und ich unter einer Eiche am Ende des Hofes. Ich redete mit der Eiche. Wilburn wußte nichts davon, denn ich redete nicht mit Worten. Es war eine alte Eiche. Als der Winter kam, hatte sie die meisten ihrer flüsternden Blätter verloren, aber jetzt redete sie mit ihren nackten Fingern, die sie in den Wind reckte. Sie wollte wegen mir noch eine Weile wach bleiben und den Bäumen in den Bergen eine Botschaft schicken, daß ich hier war. Sie sagte, sie würde die Botschaft mit dem Wind schicken. Ich bat sie, auch Willow-John eine Botschaft zu schicken. Das versprach sie mir.

Ab und zu mußten sich alle Jungen in der großen Halle aufstellen, und dann kamen fremde Damen und Herren und guckten die Jungen an. Sie suchten sich einen zum Adoptieren aus. Die Dame mit dem weißen Häubchen sagte, ich sollte mich nicht in die Reihe stellen. Das tat ich auch nicht.

Aber ich stand neben der Tür und schaute zu. Man konnte schon im voraus sagen, wen sie aussuchen würden und wen nicht. Vor dem Jungen, den sie haben wollten, blieben sie stehen und redeten mit ihm. Dann gingen sie mit ihm ins Amtszimmer des Herrn Pfarrer. Wilburn zog immer ein sauberes Hemd und frische Bluejeans an. Er stand in der Reihe und grinste die Leute freundlich an und versteckte seinen Klumpfuß hinter seinem gesunden Fuß. Aber niemand wollte mit ihm reden.

Jeden Abend, kurz vor dem Essen, wurde in der Kapelle eine Andacht gehalten. Ich ging nicht hin, und das Abendessen schwänzte ich auch. So hatte ich Gelegenheit, am Himmel den Hundsstern zu suchen. In unserem Schlafsaal gab es schräg gegenüber von meinem Bett ein Fenster, und von dort konnte ich den Hundsstern ganz deutlich sehen. Glitzernd schimmerte er durch die Dämmerung, und je dunkler es wurde, desto heller strahlte er. Ich wußte, daß auch Granpa und Granma zu ihm hinaufblickten, und auch Willow-John.

Ich brauchte einfach nur hinaufzuschauen. Granpa schickte mir aus der Ferne Erinnerungen. Wie wir zusammen auf dem Berggipfel saßen und zuschauten, wie die Sonne aufging, wie der neue Tag geboren wurde, wie das Eis unter den Sonnenstrahlen funkelte und knisterte. Und ich hörte wieder seine Stimme, ganz nah: „Mon-o-lah wird lebendig!" Einmal, als Granpa und ich zum Hundsstern hinaufblickten, erinnerten wir uns an eine Jagd, bei der Blue Boy und Little Red und Old Rippitt den schlauen Fuchs im Gebirge verfolgt hatten. Wir lachten über Old Rippitts faule Tricks, bis wir uns den Bauch halten mußten.

Granma schickte mir Erinnerungen an das Wurzeln- und Beerensammeln im Wald und wie ihr beim Pfannkuchenbacken die Zuckerdose ausgerutscht war. Sie schickte mir auch ein Bild von meinem geheimen Platz: Die braunen, rostroten und gelben Blätter waren allesamt von den Bäumen gefallen und lagen am Boden. Wilder Efeu umrankte den Platz mit seinen roten Blättern – wie ein Feuerkreis, der niemanden hineinließ, nur mich.

Willow-John schickte mir Bilder von den Hirschen, die sich hoch in die Berge verzogen hatten. Willow-John und ich lachten zusammen, als wir uns erinnerten, wie ich ihm einmal den Ochsenfrosch in die Manteltasche gesteckt hatte. Aber die Bilder, die Willow-John schickte, waren verschwommen, denn er dachte auch an das Heimatland der Indianer. Willow-John war traurig.

In der Schule hatten sie mich in die erste Klasse gesteckt. Eine große dicke Dame stand vorne an der Tafel und hielt Unterricht. Sie war streng und duldete keine Dummheiten.

Einmal hielt sie ein Bild in die Höhe, darauf waren Hirsche zu sehen, die gerade ein Bachufer hinaufsprangen. Sie sprangen einer über den andern, als ob sie schnell vom Wasser fortwollten, und drängelten. Sie fragte die ganze Klasse, ob vielleicht jemand wußte, was die Hirsche da machten.

Ein Junge sagte, sie liefen vor etwas davon. Ein anderer Junge sagte, sie hatten Angst vor dem Wasser und wollten möglichst schnell durch den Bach springen.

„Richtig", sagte die dicke Frau.

Ich meldete mich und sagte, ist doch klar, sie paaren sich. Denn da war ein Hirsch, der auf eine Hirschkuh sprang; außerdem erkannte ich am Laub der Bäume und Büsche, daß es die Jahreszeit war, wo die Hirsche sich paaren.

Die fette Dame war ganz verdattert. Sie riß den Mund auf, aber sie brachte kein Wort heraus. Irgend jemand lachte. Die Dame schlug sich die Hand vor die Stirn und taumelte ein paar Schritte rückwärts. Dann gab sie sich einen Ruck und kam zu mir gerannt. Sie packte mich am Kragen und schüttelte mich. Ihr Gesicht lief rot an, und sie schrie: „Ich hab's ja gewußt – wir alle hätten es wissen müssen –, Schmutz und Dreck kommt aus deinem Mund, du dreckiger kleiner Bastard!"

Ich konnte mir überhaupt nicht vorstellen, warum sie sich so aufregte und brüllte, und ich wollte schon fragen. Aber sie schüttelte mich immer ärger, dann faßte sie mich mit beiden Händen am Arm und zerrte mich durch die Tür hinaus.

Wir gingen den Flur entlang, zum Amtszimmer des Herrn Pfarrer. Sie ließ mich draußen warten.

Nach einer Weile kam sie aus dem Amtszimmer des Herrn Pfarrer und verschwand, ohne mich anzusehen. In der Tür stand der Herr Pfarrer. Er sagte mit ganz ruhiger Stimme: „Komm rein!" Ich ging hinein.

Dann mußte ich meine Hosenträger abstreifen, und als ich mein Hemd auszog, mußte ich meine Hose mit beiden Händen festhalten. Der Herr Pfarrer griff unter seinen Schreibtisch und holte einen langen Stock hervor.

Er sagte: „Du bist von Geburt an böse. Aber, bei Gott, hier wirst du andere fromme Christen nicht mit deiner Bosheit anstecken. Wenn du schon nicht bereuen kannst ... sollst du wenigstens brüllen!"

Er holte aus und ließ den langen Stock auf meinen Rücken sausen. Der erste Hieb tat noch weh, aber ich weinte nicht. Einmal, als ich mir einen Zehennagel abgerissen hatte, hatte Granma mich gelehrt, wie ein Indianer Schmerzen erträgt: Er läßt seine Körperseele schlafen,

während seine Geistseele den Körper verläßt und den Schmerz sieht –
statt ihn zu fühlen.

Immer wieder klatschte die Rute auf meinen Rücken. Nach einer
Weile zerbrach sie. Der Herr Pfarrer holte einen neuen Stock hervor.
„Das Böse ist hartnäckig", sagte er keuchend. „Aber, bei Gott, das
Rechte wird siegen!"

So schlug er mit dem neuen Stecken drauflos, bis ich hinfiel. Mir
war schwindlig, aber ich stand wieder auf. Solange du auf den Füßen
stehen kannst, so hatte Granpa immer gesagt, ist alles in Ordnung.

Der Fußboden schien ein bißchen unter mir zu schwanken, aber mir
war klar, daß ich es schaffen würde. Der Herr Pfarrer war außer Atem.
Er befahl mir, mein Hemd wieder anzuziehen. Und das tat ich.

Das Hemd saugte einen Teil des Blutes auf. Der größere Teil aber
sickerte durch meine Hosen und in meine Schuhe. Meine Füße fühlten
sich klebrig an.

Der Herr Pfarrer sagte, daß ich in den Schlafsaal gehen sollte und
daß ich eine Woche lang kein Abendessen kriegen würde. Wo ich doch
sowieso das Abendessen immer schwänzte. Er sagte, daß ich auch eine
Woche lang nicht in die Schule gehen durfte und daß ich die ganze Zeit
im Schlafsaal bleiben mußte.

In der Abenddämmerung stand ich am Fenster und blickte zum
Hundsstern hinauf. Ich erzählte Granpa und Granma und Willow-
John, daß ich mir nicht vorstellen konnte, was ich Schlimmes getan
hatte, damit die Dame beinahe in Ohnmacht fiel; oder was plötzlich in
den Herrn Pfarrer gefahren war. Ich sagte zu Granpa, daß ich es hier
nicht mehr aushielt und daß ich nach Hause kommen wollte.

Es war das erste Mal, daß ich einschlief, während ich zum
Hundsstern hinaufblickte. Wilburn weckte mich auf, als er vom
Abendessen zurückkam. Er sagte, daß er extra früher vom Abendessen weggegangen war, um nach mir zu sehen. In dieser Nacht
schlief ich auf dem Bauch.

Von nun an erzählte ich Granpa und Granma und Willow-John
jeden Abend, wenn ich zum Hundsstern hinaufblickte, daß ich nach
Hause wollte. Ich konnte nicht mehr die Bilder sehen, die sie mir
schickten. Ich konnte auch nicht hören, was sie sagten. Ich wollte nach
Hause kommen. Drei Abende später blieb der Hundsstern hinter
dicken schwarzen Wolken versteckt. Der Wind rüttelte an einem
Strommast, bis er umfiel, und dann lag das Waisenhaus im Finstern.
Da wußte ich, sie hatten mich gehört.

Von da an wartete ich. Inzwischen kam der Winter. Wenn wir draußen auf dem Hof waren, verbrachte ich die ganze Zeit unter der alten Eiche. Eigentlich sollte sie schlafen, aber sie schlief nicht – wegen mir. Sie sprach zu mir, ganz langsam und leise.

Eines Abends, kurz bevor wir wieder ins Haus mußten, glaubte ich, Granpa zu sehen. Da war ein großer Mann mit einem breiten schwarzen Hut. Er ging die Straße entlang, fort von dem Hof. Ich rannte zum eisernen Gitterzaun und schrie: „Granpa! Ich bin's, Little Tree!" Aber er hörte mich nicht, und weg war er.

Die Dame mit dem weißen Häubchen sagte, Weihnachten stehe vor der Tür. Alle sollten fröhlich sein und singen. Zwei Männer brachten einen Tannenbaum. Sie hatten Anzüge an wie Politiker. Sie lachten und grinsten und sagten: „Schaut mal, Jungs, was wir euch mitgebracht haben. Jetzt habt ihr sogar einen eigenen Weihnachtsbaum!"

Die Dame mit dem weißen Häubchen wollte, daß wir uns bei den Politikern bedankten. Und das taten alle.

Nur ich nicht. Ich fand es ungerecht und grausam, einen lebendigen Baum abzuhacken. Es war eine kräftige Tanne, und sie starb langsam und qualvoll dort in der Halle.

Die Dame mit dem weißen Häubchen sagte: „Morgen ist Heiligabend, und da kommt der Weihnachtsmann und bringt euch allen Geschenke mit."

Am nächsten Tag fuhren vier oder fünf Autos an der Pforte zum Waisenhaus vor. Heraus sprangen Damen und Herren, die große und kleine Pakete unter dem Arm trugen. Sie klingelten mit Glöckchen und schrien: „Fröhliche Weihnachten!" Sie sagten, daß sie die Gehilfen des Weihnachtsmannes seien. Der Weihnachtsmann kam als letzter.

Er hatte einen roten Mantel an, und sein Bauch war mit Kissen ausgestopft. Sein Bart war nicht echt wie der von Mr. Wine, er bewegte sich nicht mal, wenn er sprach. Er rief immer wieder: „Ho! Ho! Ho!"

Die Dame mit dem weißen Häubchen sagte, wir sollten alle artig sein und dem Weihnachtsmann „Fröhliche Weihnachten" wünschen. Und so brüllten wir alle: „Fröhliche Weihnachten!" Alle Damen klingelten mit den Glöckchen und schrien: „Der Weihnachtsmann wird jetzt die Geschenke verteilen! Alle stellen sich im Kreis auf!"

Wenn der Weihnachtsmann einen Namen aufrief, dann mußte derjenige vortreten, und dann gab er einem das Geschenk. Mein Geschenk war eine Pappschachtel, wo ein Bild von einem Tier aufgedruckt war. Wilburn sagte, daß das Bild einen Löwen zeigt. In der Schachtel war ein Loch. „Da mußt du eine Schnur durchziehen, und wenn du an der Schnur zupfst, dann brummt es wie ein Löwe", erklärte Wilburn.

Die Schnur war gerissen, aber ich knotete sie wieder zusammen. Der Knoten paßte nicht durch das Loch, darum brummte der Löwe nur ganz leise. Es klang mir mehr wie ein Froschquaken, sagte ich zu Wilburn.

Wilburn kriegte eine Wasserpistole; aber sie war nicht ganz dicht. Ich sagte, wir könnten die Wasserpistole vielleicht mit Ahornharz reparieren. Aber ich wußte nicht, wo es hier in der Gegend Ahornbäume gab.

Der Weihnachtsmann rief: „Good-bye, ihr alle! Bis nächstes Jahr! Fröhliche Weihnachten allerseits!" Und die Damen und Herren brüllten mit und klingelten mit ihren Glöckchen. Sie marschierten durch die Pforte und setzten sich in ihre Autos und fuhren weg.

Wilburn erzählte, daß die Damen und Herren jedes Jahr kamen, damit sie ein gutes Gewissen hätten. Wilburn sagte, daß ihm die ganze Sache zum Hals raushing. Wenn er erst mal aus dem Waisenhaus entlassen war, so sagte er, würde er auf Weihnachten und den ganzen Klimbim pfeifen.

Als die Dämmerung anbrach, mußten alle anderen in die Kapelle gehen und Weihnachtslieder singen. So hatte ich Zeit und blickte zum Hundsstern hinauf, bis er hoch am Himmel stand. Ich erzählte Granma und Granpa und Willow-John, daß ich nach Hause kommen wollte.

Am Weihnachtstag gab es ein großartiges Essen. Jeder von uns kriegte ein Hühnerbein und einen Hühnerhals. Wilburn sagte, das gab es jedes Jahr. Anscheinend züchteten sie extra für uns Hühner, die nichts als Beine und Hälse hatten. Mir schmeckte es, und ich aß alles auf.

Nach dem Essen durften wir tun, was uns gefiel. Ich lief über den Hof – meine Pappschachtel mit dem Löwen unter den Arm geklemmt – und setzte mich unter die alte Eiche. Es war bald Abend, und es war Zeit, ins Haus zu gehen. Ich stand auf. Aber was sah ich?

Da war Granpa! Er kam aus dem Amtszimmer des Herrn Pfarrer direkt auf mich zu. Ich warf meine Pappschachtel weg und rannte ihm entgegen, so schnell ich konnte. Granpa kniete sich hin, und wir umarmten uns. Granpa sagte, daß er gekommen war, um mich zu besuchen, und daß er bald wieder wegfahren mußte. Granma konnte nicht kommen, sagte er.

Ich wollte mit ihm gehen – nach Hause. Mehr denn je wollte ich es, aber ich fürchtete, Granpa könnte wegen mir Schwierigkeiten bekommen. Darum sagte ich nichts davon, daß ich nach Hause wollte.

Ich ging mit ihm bis zur Pforte. Wir umarmten uns noch einmal, und dann ging Granpa ganz langsam weg.

Ich stand da und schaute ihm nach, wie er in der Dunkelheit verschwand. Auf einmal kam mir der Gedanke, daß Granpa vielleicht den Busbahnhof nicht finden konnte. Ich lief ihm nach, um ihm zu helfen – obwohl ich auch nicht wußte, wo der Busbahnhof war. Ich sah von weitem, wie Granpa eine Kreuzung überquerte – und da waren die Bushaltestellen. Granpa stand unter einer Laterne, und ich versteckte mich hinter einer Hausecke.

Es war Weihnachten, und deshalb war fast kein Mensch auf der Straße. Ich wartete eine Weile, dann schrie ich: „Granpa, soll ich dir helfen, die Schilder der Busse zu lesen?" Granpa war überhaupt nicht erstaunt. Er drehte sich um und winkte mich zu sich. Ich rannte los.

Nach einer Weile sagte ein Lautsprecher, in welchen Bus Granpa einsteigen sollte. Ich begleitete ihn zu seinem Bus. Die Tür war offen, und wir blieben davor stehen. Granpa blickte irgendwo in die Ferne. Ich zupfte ihn am Hosenbein. Granpa sah zu mir herab. Ich sagte: „Granpa, ich will nach Hause."

Granpa schaute mich lange an. Dann bückte er sich, packte mich unter den Armen und setzte mich mit einem Schwung in den Bus. Dann stieg er selbst die Stufen hinauf und holte seinen Geldbeutel hervor. „Zwei Fahrkarten bitte, für mich und meinen Kleinen." Er sagte es mit ernster, fester Stimme, und der Busfahrer lachte nicht.

Granpa und ich setzten uns auf die hintere Bank. Ich hoffte, daß der Busfahrer rasch die Tür schließen würde. Endlich tat er es, und wir fuhren los.

Granpa legte seinen Arm um mich und hob mich auf seinen Schoß. Ich legte meinen Kopf an seine Brust, aber ich schlief nicht. Ich schaute durchs Fenster hinaus. Es war mit Eisblumen überzogen. Der hintere Teil des Busses war nicht geheizt, aber Granpa und mir machte das nichts aus.

Granpa und ich fuhren nach Hause.

FRÜH am Morgen, es war noch dunkel, stiegen Granpa und ich aus dem Bus. Wir gingen die Landstraße entlang, und nach einer Weile bogen wir in den Fahrweg ein. Die Berge türmten sich hoch vor uns auf. Am liebsten wäre ich losgerannt.

Als wir in den Hohlweg einbogen, wich die Dunkelheit einer grauen Dämmerung. Aber irgendwas stimmte nicht, sagte ich zu Granpa.

Er blieb stehen. „Was ist es denn, Little Tree?"

„Weißt du, Granpa, ich kann die Erde nicht fühlen", antwortete ich und setzte mich auf den Boden und zog meine Schuhe aus. Die Erde fühlte sich warm an, und ihre Wärme rieselte durch meine Beine und durch meinen ganzen Körper. Granpa lachte. Er setzte sich auch hin und zog seine Schuhe aus. Dann warf er die Schuhe in hohem Bogen zur Straße hinunter.

„Diese Latschen könnt ihr behalten!" brüllte Granpa. Auch ich warf meine Schuhe zur Straße hinunter und rief dieselben Worte. Granpa und ich fingen an zu lachen. Wir wußten eigentlich nicht, worüber wir lachten, aber es war lustig, und so sehr hatten wir noch nie gelacht.

Als wir nicht mehr weit von der Lichtung weg waren, wo unsere Hütte stand, streifte das erste Morgenrot die Berggipfel. Föhrenzweige schaukelten über dem Pfad und streichelten mein Gesicht und tasteten mich ab. Granpa sagte, sie wollten sich vergewissern, ob ich wirklich gekommen sei.

Und dann hörte ich den Bach murmeln. Ich rannte los, warf mich am Ufer auf den Bauch und tauchte mein Gesicht ins Wasser, während Granpa auf mich wartete. Die Wellen liefen mir über Gesicht und Haare – und der Bach sang laut und immer lauter.

Es war schon ganz hell, als wir die Brücke sahen. Old Maud fing an zu bellen. Und dann kamen die Hunde über die Brücke gesprungen. Sie fielen alle gleichzeitig über mich her, rissen mich zu Boden und leckten mein Gesicht. Little Red zeigte seine Kunststücke und sprang mit allen vieren in die Luft und machte mitten im Sprung komische Verrenkungen. Old Rippitt versuchte, sie nachzumachen, aber er stolperte und purzelte in den Bach.

Granpa und ich lachten und brüllten und klopften den Hunden den

Rücken. So tappten wir über die Brücke. Ich schaute zur Veranda hinauf, aber Granma war nicht da.

Ich bekam Angst, weil ich Granma nicht sehen konnte. Irgendwas befahl mir, mich umzudrehen. Und da stand sie. Sie hatte ihr Kleid aus Hirschleder an, und ihre Haare glänzten im ersten Sonnenlicht. Sie stand am Fuß des Berges unter den nackten Ästen einer Eiche. Sie spähte zu uns her. Anscheinend wollte sie Granpa und mich beobachten, ohne selbst gesehen zu werden.

„Granma!" rief ich – und fiel von der Brücke in den Bach. Ich planschte im Wasser herum, und gegen die Morgenluft kam es mir direkt warm vor.

Granpa sprang hoch und spreizte die Beine. „Juu!" brüllte er und fiel – patsch! – ins Wasser. Granma kam den Hang herabgelaufen. Sie sprang auch ins Wasser und packte mich und tauchte mit mir unter, und wir kugelten im Bach herum und planschten und spritzten und schrien und weinten – ein bißchen wenigstens.

Die Hunde blieben oben auf der Brücke, schauten uns zu und wunderten sich. „Sie denken wahrscheinlich, daß wir verrückt sind", sagte Granpa. Auf einmal sprangen sie auch ins Wasser.

Als wir in die Hütte kamen, ging ich in mein Zimmer und zog mein Hemd und meine Hosen aus Hirschleder an und meine Mokassins. Dann rannte ich den Hohlweg hinauf zum Wasserfall und zum hängenden Felsen – Old Maud und Little Red immer hinter mir her. Ich konnte gar nicht mehr aufhören zu laufen. Über mir sang der Wind sein Lied, und Eichhörnchen, Waschbären und Vögel äugten neugierig von den höchsten Ästen der Bäume herab und riefen mir nach, als ich unter ihnen vorbeilief.

Langsam ging ich den ganzen Weg zurück, und dann fand ich meinen geheimen Platz. Er sah genauso aus wie auf dem Bild, das Granma mir geschickt hatte.

Ich legte mich auf die weichen Blätter am Boden, redete mit den schläfrigen Bäumen und lauschte auf das Lied des Windes. Auch die Hunde kamen und schmiegten sich eng an mich.

Die Föhren flüsterten leise, und der Wind sagte es weiter, und dann fingen sie an zu singen: „Little Tree ist wieder daheim. Hört unser Lied! Little Tree ist wieder da!"

Diesen ganzen kurzen Wintertag lag ich an meinem geheimen Platz. Meine Seele spürte keinen Schmerz mehr. Sie war getröstet und reingewaschen vom Lied des Windes und der Bäume und der Wellen im Bach und der Vögel. Sobald die Sonne hinter den Hügelkuppen untergegangen war, wanderte ich mit den Hunden nach Hause.

Als ich dort ankam, sah ich Granma und Granpa auf der Veranda sitzen. Sie warteten auf mich, und als ich die Veranda betrat, reichten wir uns alle drei die Hände, und wir hielten uns ganz fest. Wir brauchten keine Worte, darum redeten wir nicht. Wir wußten es: Ich war daheim.

Als ich am Abend mein Hemd auszog, sah Granma die Striemen auf meinem Rücken und fragte mich darüber aus. So erzählte ich es Granma und Granpa, aber ich sagte, daß es nicht weh getan hatte. Granpa meinte, er würde die Sache mit den Striemen dem Sheriff erzählen, und dann würde niemand mehr kommen, um mich zu holen. Ich wußte, wenn Granpa etwas beschlossen hatte, dann tat er es auch. Sie würden nicht mehr kommen, um mich zu holen.

Abends, vor dem Kamin, erzählte Granpa, wie sie sich Sorgen gemacht hatten, wenn sie zum Hundsstern hinaufblickten, und wie eines Abends Willow-John vor der Tür gestanden hatte. Er war den ganzen Weg durch die Berge zur Hütte gekommen. Er sagte kein Wort, aber er aß im Licht des Herdfeuers sein Abendbrot mit ihnen. In der Nacht schlief er in meinem Bett, aber als sie am Morgen aufstanden, war Willow-John fort.

Als Granma und Granpa am Sonntag zur Kirche gingen, war Willow-John nicht da. An einem Ast der großen Ulme, wo wir uns immer trafen, hing eine Knotenschnur mit einer Nachricht. Sie bedeutete, daß alles in Ordnung sei und daß Willow-John bald wiederkommen würde. Am Sonntag danach war Willow-John wieder da und wartete auf sie. Er berichtete nicht, wo er gewesen war, und darum fragte Granpa ihn nicht.

Granpa sagte, der Sheriff habe ihm eine Nachricht geschickt, er solle ins Waisenhaus kommen. So fuhr er hin. Später dann erzählte er, daß der Herr Pfarrer ganz krank ausgeschaut habe und daß er schließlich meine Entlassungspapiere unterschrieben habe. Zwei Tage lang, so erzählte der Herr Pfarrer, habe ein wilder Indianer ihn verfolgt, und dann sei er schließlich in seinem Amtszimmer gestanden und habe gesagt: „Little Tree muß heim in die Berge kommen!" Mehr sagte der wilde Indianer nicht, und dann ging er fort. Der Herr Pfarrer meinte, er wolle nichts mit wilden Indianern und Heiden zu tun haben.

Da wußte ich, wer es gewesen war, den ich damals die Landstraße entlanggehen sah, als ich dachte, es sei Granpa.

Granpa erzählte weiter, daß er schon wußte, daß ich aus dem Waisenhaus entlassen werden sollte, als er aus dem Amtszimmer des Herrn Pfarrer kam. Aber er wußte nicht, ob es mir nicht inzwischen gefiel ... mit all den anderen Jungen. Darum ließ er mich selbst entscheiden.

Ich sagte zu Granpa, daß mir immer klar war, was ich wollte – schon gleich am ersten Tag, als ich ins Waisenhaus kam.

Und dann berichtete ich Granma und Granpa von Wilburn. Ich hatte meine Pappschachtel mit dem Löwen unter der Eiche liegenlassen, und ich wußte, daß Wilburn sie inzwischen gefunden hatte. Granma sagte, daß sie Wilburn ein Hemd aus Hirschleder schicken wollte, und Granpa fügte hinzu, daß er ihm ein langes Messer schicken wollte. Aber dazu meinte ich, er sollte es lieber nicht tun, weil Wilburn womöglich gleich den Herrn Pfarrer erstechen würde. Also schickte Granpa ihm kein Messer. Wir hörten nie wieder etwas von Wilburn.

Als wir am Sonntag zur Kirche gingen, rannte ich quer über die Lichtung voraus. Granma und Granpa blieben weit zurück. Und da stand Willow-John zwischen den Bäumen, wo er immer stand; er hatte seinen alten, breitkrempigen Hut auf dem Kopf. Ich rannte, so schnell ich konnte, und umklammerte Willow-John und preßte mich an ihn. Ich sagte: „Vielen Dank, Willow-John." Er erwiderte nichts, aber er bückte sich und legte mir die Hand auf die Schulter. Als ich zu ihm aufblickte, zwinkerte er mit den Augen. Sie glänzten tiefschwarz.

Wir kamen gut über den Winter. Obwohl Granpa und ich uns anstrengen mußten, um genug Holz für den Kamin zu hacken. Granpa sagte, wenn ich nicht gekommen wäre, um ihm zu helfen, dann hätten sie in diesem Winter frieren müssen. Ja, das glaube ich auch.

Und dann kam der Frühling, die Zeit der neuen Aussaat. Wir vergrößerten das Maisfeld, weil wir hofften, im Herbst mehr Whiskey zu verkaufen. Es waren schlechte Zeiten, und Mr. Jenkins sagte, mit allen Geschäften ging es abwärts, nur mit dem Whiskeygeschäft ging es aufwärts.

In diesem Sommer wurde ich sieben Jahre alt. Granma gab mir den Hochzeitsstab von Pa und Ma. Er hatte nicht viele Kerben, denn mein Pa und meine Ma waren nicht viele Jahre verheiratet gewesen. Ich hängte den Stab an der Wand über meinem Bett auf.

Der Sommer verging, und der Herbst brach an. Und eines Sonntags kam Willow-John nicht mehr zur Kirche. Ich rannte tiefer in den Wald und schrie: „Willow-John!" Er war nicht da. Wir kehrten um und gingen diesmal nicht in die Kirche. Wir gingen nach Hause.

Granpa und Granma machten sich Sorgen. Er hatte kein Zeichen für uns dagelassen. Wir hatten extra nachgeschaut. Granpa und ich faßten den Entschluß, Willow-John zu suchen.

Montag früh, noch in der Dunkelheit, brachen wir auf. Als es dämmerte, kamen wir am Kaufladen und an der Kirche vorbei. Von da an ging der Weg immer bergauf. Es war der höchste Berg, auf den ich bisher gestiegen war. Droben am Gipfel des Berges war eine Art Mulde. Sie war nicht tief genug, als daß man sie ein Tal hätte nennen können. Sie war ringsum von Fichten gesäumt, und Fichtennadeln bildeten einen dicken Teppich am Boden. Dort stand Willow-Johns Hütte geschützt unter den Bäumen.

Wir hatten Blue Boy und Little Red mitgenommen. Als die Hunde die Hütte sahen, hoben sie die Nasen in die Luft und fingen an zu winseln. Das war kein gutes Zeichen. Granpa trat als erster ein.

Die ganze Hütte bestand nur aus einem Raum. Willow-John lag auf einem Bett aus Hirschfellen, die über Latschenzweige ausgebreitet waren. Er war nackt. Sein langer kupferbrauner Körper war welk und runzlig wie ein alter Baum. Eine Hand hing schlaff herunter.

„Willow-John!" flüsterte Granpa.

Willow-John öffnete die Augen. Er schaute blicklos vor sich hin, aber er lächelte. „Ich wußte, daß ihr kommen würdet", sagte er. „Ich habe auf euch gewartet."

Granpa fand einen eisernen Kessel und schickte mich Wasser holen. Eine Quelle sprudelte hinter der Hütte aus den Felsen hervor.

Granpa machte ein Feuer und hängte den Kessel darüber auf. Er tat getrocknetes Fleisch ins Wasser. Als es eine Weile gekocht hatte, schob Granpa seinen Arm unter Willow-Johns Kopf und gab ihm mit dem Löffel Brühe zu trinken.

In der Ecke fand ich ein paar Decken, und wir hüllten Willow-John darin ein. Inzwischen brach die Nacht herein. Granpa und ich legten Holz nach, damit das Feuer nicht ausging. Der Wind pfiff über den Berggipfel und heulte um die Ecken der Hütte.

Granpa hockte mit gekreuzten Beinen vor der Feuerstelle, und der Widerschein der Flammen zuckte über sein Gesicht, das älter und immer älter wurde ... Die Haut unter seinen Wangenknochen sah aus wie schrundiger, zerklüfteter Fels, und zuletzt sah ich nur noch seine Augen im Schein des Feuers; sie glühten schwarz wie verlöschende

Kohlen. Ich rollte mich vor der Feuerstelle zusammen und schlief ein.

Als ich aufwachte, war heller Morgen. Das flackernde Feuer verscheuchte die Nebelschwaden, die durch die offene Tür leckten. Granpa hockte noch immer vor der Feuerstelle, als ob er sich überhaupt nicht bewegt hätte. Aber ich wußte, er hatte Holz nachgelegt und das Feuer genährt.

Willow-John rührte sich. Granpa und ich beugten uns über ihn. Er hob die Hand und zeigte zur Tür. „Bringt mich hinaus."

„Es ist kalt", sagte Granpa.

„Ich weiß", flüsterte Willow-John.

Granpa hatte alle Mühe, Willow-John auf den Armen zu tragen, denn sein Körper war ganz schlaff.

Ich versuchte zu helfen.

Granpa trug ihn durch die Tür, und ich schleppte das Bett aus Latschenzweigen hinterher. Granpa stieg die Böschung der Mulde hinauf, zu einem erhöhten Vorsprung, wo wir Willow-John auf die Latschenzweige betteten. Wir wickelten ihn in Decken und zogen ihm seine Mokassins an.

Hinter uns brach die Sonne durch die Wolken und scheuchte die Nebelschwaden tiefer ins Tal. Willow-John blickte nach Westen, er blickte über die wild gezackten Berge und über die tiefen Täler – so weit das Auge reichte. Weit fort, wo das Heimatland lag.

Granpa ging zur Hütte zurück und kam mit Willow-Johns langem Messer wieder. Er gab es Willow-John in die Hand. Willow-John hob das Messer und deutete auf eine alte Kiefer, die ganz krumm und verwachsen war. Er sagte: „Wenn ich gegangen bin, begrabt meinen Körper dort, ganz nah bei ihr. Sie hat viele Kinder geboren, kräftige Bäume, deren Stämme mir Wärme und Obdach gaben. Ich will ihr danken. Mein Körper soll Nahrung für sie sein und ihr Kraft geben weiterzubestehen."

„Das werden wir tun", versprach Granpa. Er hockte sich neben Willow-John auf die Erde und nahm seine Hand. Ich hockte mich auf die andere Seite und nahm die andere Hand. „Ich werde auf euch warten", sagte Willow-John zu Granpa.

„Wir werden kommen", bekräftigte Granpa.

Ich sagte zu Willow-John, daß er wahrscheinlich nur die Grippe hatte. Granma hatte einmal erwähnt, daß die Grippe fast überall grassierte. Ich war ganz sicher, daß wir ihm helfen könnten, aufzustehen und durch die Berge bis zu unserer Hütte zu gehen. Dann könnte er bei uns bleiben, bis er wieder gesund wäre. Er grinste und drückte meine Hand. „Du hast ein gutes Herz, Little Tree", sagte er. „Aber ich will nicht bleiben. Ich will gehen. Und ich werde auf euch warten."

Ich weinte. Ich sagte zu Willow-John, er sollte bis zum nächsten Sommer warten, wenn es wärmer wäre. Ich erzählte ihm, wie gut die Walnüsse herauskamen.

Er lächelte, aber er antwortete nicht. Er blickte in die Ferne, über die Berge, nach Westen. Dann fing er an, sein Abschiedslied zu singen, das Lied vom Sterben. Er erzählte den Geistern, daß er kam.

Zuerst kam es tief aus seiner Brust, dann schwang es sich höher und wurde immer leiser.

Irgendwann wußte ich nicht mehr, ob es der Wind war oder Willow-Johns Lied, was ich hörte. Granpa und ich sahen, wie sein Geist aus seinen Augen verschwand, und wir spürten, wie er aus seinem Körper schlüpfte. Und dann war Willow-John tot.

Ein starker Windstoß fuhr über unsere Köpfe hinweg und beugte die alte Kiefer. Das war Willow-Johns Geist, sagte Granpa, und er hatte einen starken Geist. Wir schauten ihm nach, wie er die Wipfel der Bäume auf den Bergkuppen zauste und über die Hänge ins Tal fuhr und einen Schwarm Krähen hoch in die Lüfte scheuchte. Sie krächzten und krächzten, und dann schwebten sie mit Willow-Johns Geist über die Gipfel davon. Granpa und ich saßen still da und blickten ihm nach, wie er über Grate und Gipfel und Buckel der Berge verschwand.

Dann nahmen Granpa und ich unsere Messer und gruben das Grab ganz nah bei der alten Kiefer. Und wir gruben tief. Granpa wickelte noch eine Decke um Willow-Johns Körper, und wir legten ihn in das Grab. Granpa legte auch Willow-Johns Hut in das Grab, und er ließ ihm sein langes Messer in der Hand. Er hielt es fest umklammert. Wir schichteten große schwere Steine auf Willow-Johns Grab, damit die Geier ihn nicht erwischen konnten, denn Willow-John hatte beschlossen, daß sein Körper Nahrung für die alte Kiefer sein sollte.

Während ich hinter Granpa ins Tal stolperte, ging im Westen die Sonne unter. Die Hütte ließen wir so, wie wir sie gefunden hatten. Granpa hatte nur ein Hirschlederhemd von Willow-John mitgenommen, um es Granma zu geben.

In der Ferne hörte ich eine Trauertaube. Sie rief nach Willow-John.

Als wir zu Hause waren, zündete Granma die Lampe an. Granpa legte Willow-Johns Hemd auf den Tisch und sagte nichts. Da wußte Granma es.

Von da an lebten wir noch zwei Jahre zusammen: Granma, Granpa und ich. Vielleicht ahnten wir, daß die Zeit nahe war, aber wir sprachen nicht darüber. Granma begleitete Granpa und mich überall, wohin wir auch gingen. Wir lebten diese Zeit voll und ganz. Wir zeigten einander die rötesten Blätter im Herbst, die blauesten Veilchen im Frühling, um ganz sicher zu sein, daß auch die anderen es sahen, daß auch sie es fühlten.

Granpas Schritte wurden langsamer. Seine Mokassins schlurften über die Erde, wenn er ging. Ich steckte mehr Whiskeyflaschen in meinen Rucksack, und ich nahm ihm die schwereren Arbeiten ab. Wir sprachen nie darüber.

In diesem letzten Herbst starb Old Sam. Ich sagte zu Granpa, wir sollten uns nach einem neuen Maultier umsehen, aber er meinte, es sei noch lange hin bis zum nächsten Frühjahr und wir sollten abwarten.

Wir gingen jetzt öfter den Hochpfad hinauf. Es ging langsamer als früher, aber wir waren sehr glücklich, wenn wir auf dem Gipfel saßen und über die Berge in die Ferne blickten.

Auf dem Hochpfad geschah es auch, daß Granpa ausrutschte und stürzte. Er konnte nicht mehr aufstehen. Granma und ich stützten ihn von beiden Seiten und schleppten ihn hinunter zur Hütte, und er sagte dauernd: „Ich bin gleich wieder in Ordnung." Aber das war er nicht. Wir legten ihn ins Bett.

Granpas Körperseele wurde müde und schlief ein. Jetzt war nur noch seine Geistseele wach. Er redete viel mit Willow-John. Granma hielt seinen Kopf im Arm und flüsterte ihm ins Ohr.

Noch einmal kehrte Granpas Körperseele zurück. Er wollte seinen Hut haben, und ich holte ihn. Er setzte ihn auf. Ich hielt seine Hand, und er lächelte. „Das Leben war gut, Little Tree. Das nächste wird noch besser sein. Wir sehen uns wieder." Und sein Geist flog davon, wie der von Willow-John.

Ich wußte, was geschah, aber ich wollte es nicht glauben. Granma legte sich zu Granpa aufs Bett und hielt ihn fest. Ich schlich mich aus der Hütte. Die Hunde bellten und winselten, denn sie wußten es. Ich lief den Hohlweg hinunter und nahm dann die Abkürzung über die Hügel. Diesmal ging niemand mit mir, und da wußte ich, daß meine Kindheit zu Ende war.

Ich war blind von Tränen, und ich fiel hin und stand auf und ging weiter und fiel wieder hin; ich weiß nicht, wie viele Male. Endlich kam ich zum Kaufladen und sagte zu Mr. Jenkins, daß Granpa tot war.

Mr. Jenkins war zu alt und konnte nicht mehr gehen. Darum schickte er seinen Sohn, einen großen starken Mann, der mit mir zurückging. Mr. Jenkins' Sohn nagelte einen Sarg zusammen. Ich wollte mithelfen. Ich erinnerte mich, was Granpa gesagt hatte: Wenn Fremde dir helfen, mußt du fest mit anpacken; aber ich war keine große Hilfe.

Wir trugen Granpa den Hochpfad hinauf. Granma ging voraus, die Hunde liefen hinterher.

Ich wußte, wohin Granma Granpa brachte. Zu seinem geheimen Platz, hoch droben auf dem Berg, wo er immer die Geburt des neuen Tages beobachtet hatte und sich nicht satt sehen konnte und ein um das andere Mal ausrief: „Jetzt wird sie lebendig!" Es war der Platz, zu dem Granpa mich am ersten Tag mitgenommen hatte – und da wußte ich, daß er mich liebgehabt hatte.

Granma schaute nicht hin, als wir Granpa in die Grube legten. Sie blickte zu den fernen Bergen, und sie weinte nicht.

Ein heftiger Wind wehte vom Gipfel herab, er packte Granmas Zöpfe und ließ sie in der Luft schweben. Mr. Jenkins' Sohn ging bald weg, runter ins Tal. Die Hunde und ich blieben sitzen und schauten Granma an, dann stahlen wir uns leise fort.

Auf halbem Weg setzten wir uns unter einen Baum, um auf Granma zu warten. Als sie kam, war die Dämmerung schon angebrochen.

Ich gab mir Mühe, jetzt auch Granpas Arbeit zu übernehmen. Ich mühte mich mit der Destille ab, aber der Whiskey war lange nicht so gut wie früher.

Granma drängte mich, schneller zu lernen. Ich ging jetzt immer allein in die Siedlung und brachte Bücher aus der Bibliothek mit. Wenn wir vor dem Kamin saßen, las ich vor, und Granma hörte zu. Sie sagte, daß ich inzwischen viel gelernt hatte.

Dann starb Old Rippitt, und später, im Winter, Old Maud.

Bald war der Frühling da. Ich kam den Hohlweg herab. Von weitem sah ich Granma auf der hinteren Veranda sitzen. Sie schaute nicht zu mir her, als ich herabstieg. Sie blickte zum Hochpfad hinauf. Da wußte ich, sie war gestorben.

Sie hatte ihr schönes Kleid mit den orange und grünen und roten und goldenen Farben angezogen, das Granpa so gut gefiel. Auf ihrem Schoß, mit einer Nadel festgesteckt, lag ein Zettel, auf dem in Druckbuchstaben geschrieben stand:

> Little Tree, ich muß gehen. Wenn du die Bäume spürst und auf den Wind horchst, wirst du uns fühlen. Wir warten auf dich.
> Das nächstemal wird es besser. Jetzt ist alles gut. Granma.

Ich trug ihren zerbrechlichen Körper in die Hütte und legte sie aufs Bett und blieb den ganzen Tag bei ihr sitzen. Blue Boy und Little Red saßen auch dabei.

Gegen Abend holte ich Mr. Jenkins' Sohn. Wir zimmerten einen Sarg und trugen Granma den Hochpfad hinauf und begruben sie neben Granpa. Ich hatte ihren alten Hochzeitsstab mitgenommen und befestigte seine Enden in den Steinhaufen, die ich über den Gräbern aufgeschichtet hatte.

Ich sah die Kerben, die sie für mich eingeschnitzt hatten, ganz außen am Ende des Stabes. Es waren tiefe Einschnitte, das bedeutete: glückliche Kerben.

Den Winter hindurch schaffte ich es allein, das heißt zusammen mit Blue Boy und Little Red. Und dann kam der Frühling. Ich ging zum hängenden Felsen und vergrub den Kupferkessel und die Schlange der Destille. Ich war kein guter Whiskeymacher, ich hatte das Handwerk nicht so gut gelernt, wie ich eigentlich sollte. Und ich wußte, Granpa wollte nicht, daß jemand mit seiner Destille schlechte Ware machte.

Ich nahm unser beim Whiskeyhandel verdientes Geld, das Granma für mich gespart hatte, und beschloß, nach Westen zu ziehen, ins

Heimatland der Cherokee. Blue Boy und Little Red kamen mit. Eines Morgens zog ich einfach die Hüttentür hinter uns zu, und wir gingen fort.

Auf den Farmen am Weg fragte ich nach Arbeit, aber wenn der Farmer mir nicht erlaubte, Blue Boy und Little Red zu behalten, zog ich weiter. Das ist ein Mann seinen Hunden schuldig, hatte Granpa gesagt. Und es ist richtig.

Little Red brach auf dem dünnen Eis eines Flusses ein. Das geschah in Arkansas, und so starb er, wie ein Hund sterben sollte, nämlich draußen in den Bergen. Blue Boy und ich schafften den ganzen Weg bis zum Heimatland, aber wir sahen: Da war kein Heimatland.

So zogen wir weiter nach Westen und arbeiteten auf den Farmen, später auf den Obstplantagen.

Eines Abends, es war schon spät, kam Blue Boy neben mein Pferd gelaufen und legte sich auf die Erde. Er konnte nicht mehr aufstehen und nicht mehr laufen. Ich hob ihn auf, legte ihn vor mich auf den Sattel, und wir drehten der blutrot untergehenden Sonne von Oklahoma den Rücken zu. Wir ritten wieder zurück nach Osten.

Natürlich war mein Job verloren, weil ich einfach fortritt, aber das war mir egal. Ich hatte das Pferd und den Sattel für fünfzehn Dollar gekauft, und sie gehörten mir. Blue Boy und ich suchten was anderes – einen Berg.

Vor Tagesanbruch fanden wir einen. Es war eigentlich gar kein Berg, nur ein kleiner Hügel, aber Blue Boy winselte, als er ihn sah. Ich trug ihn zum Gipfel hinauf, während im Osten die Sonne aufging. Ich schaufelte ihm sein Grab, und er lag da und schaute zu.

Er konnte nicht mehr den Kopf heben, deshalb saß ich auf der Erde und hielt Blue Boys Kopf auf dem Schoß. Er leckte meine Hand – so lange er konnte.

Nach einiger Zeit machte er einen Schnaufer, und sein Kopf hing über meinen Arm. Ich begrub ihn tief in der Erde und wälzte schwere Steine auf sein Grab, damit er Ruhe hatte.

Mit seiner scharfen Nase, so dachte ich, hatte Blue Boy bestimmt schon den Weg in die Berge gefunden.

Und schnell, wie er war, würde er Granpa mühelos einholen.

Granpa Carter

Forrest Carter

Zehn Jahre war Forrest Carter alt, als er Tennessee verließ. Hier, im ehemaligen Indianerland, hatte er seine Kindheit verbracht, deren wichtigsten und glücklichsten Abschnitt er in diesem Buch beschreibt. Seit jener Zeit war er ganz auf sich allein gestellt. Als Tagelöhner oder Saisonarbeiter auf Plantagen oder als Cowboy auf den großen Ranches schlug er sich durch. Auf seiner Wanderschaft kam er überall im Süden der Vereinigten Staaten herum. Kaum einer kannte sich zwischen Alabama, Oklahoma und Texas so gut aus wie er. Damals und später kam Forrest Carter nie dazu, eine Schule zu besuchen.

Trotz harter Knochenarbeit betrieb der wissensdurstige junge Mann aber stets seine „Lexikonstudien": Wo immer er einen Job fand, wurde die örtliche Bibliothek sein zweites Zuhause. Vor allem interessierte er sich für die Geschichte (und Geschichten) der Indianer – ihre Mythen und Gebräuche. Während seines jahrelangen Umherziehens schloß er außerdem Freundschaft mit Indianern der verschiedensten Stämme.

Schriftsteller wurde Carter während eines Besuches in einem Dorf der Krik-Indianer. Die Sippe hatte nicht genug Geld, um für ihre Kinder Weihnachtsgeschenke zu kaufen. Da Carter aus dieser Verlegenheit helfen wollte, setzte er sich hin, schrieb ein Buch und fand sofort einen Verleger dafür – was bei einem Erstlingswerk wirklich eine Seltenheit ist; aus den Einnahmen stiftete er Geld für die Kinder.

Grundlage für jenen Roman bildete ein Tagebuch der Urgroßmutter Carters aus der Zeit nach dem amerikanischen Bürgerkrieg. Bald folgte ein zweiter Band als Fortsetzung dieses Buches, das später sogar verfilmt wurde. *Der Stern der Cherokee* ist das dritte und letzte Buch des Autors, der 1979 gestorben ist.

Forrest Carter ist sein ganzes Leben lang dem Süden der USA treu geblieben. Der Erfolg seiner Bücher hat ihn nicht dazu verführt, seine Herkunft zu verleugnen: Er hat den Lebensrhythmus und den Lebensstil aus seiner Zeit als Cowboy beibehalten, kümmerte sich stets intensiv um die Belange der indianischen Minderheit und unterstützte seine „Stammesbrüder" regelmäßig mit dem Geld, das er mit seiner Schriftstellerei verdiente. Gerade in der Zeit, als Little Tree mehr bekam, als er eigentlich brauchte, hat er das, was er von seinem Granpa gelernt hatte, nicht vergessen – getreu dem Weg der Cherokee.

Eine Kurzfassung
des Buches von
DESMOND BAGLEY
Nach der Übersetzung
von Vivienne Wagner
Illustrationen
von Günter M. Heesch

BLIND LINGS

Ganze vier Jahre hatten sie ihn in Ruhe gelassen, seine einstigen Auftraggeber. Vier herrliche Jahre lang hatte Alan Stewart, ehemaliger Agent des britischen Geheimdienstes, zurückgezogen in der schottischen Bergeinsamkeit gelebt, bis sie eines Tages wieder vor seiner Tür standen und ihn mit einer alten Geschichte aus seiner Vergangenheit erpreßten. Da ihm sein Leben lieb war, hatte er den neuen Auftrag, den sie für ihn in der Tasche hatten, wohl oder übel annehmen müssen.

Zum Glück, denkt Stewart, handelt es sich um eine einfache Sache. Er muß lediglich ein kleines, unscheinbares Päckchen von Reykjavík, der Hauptstadt Islands, nach Akureyri im Norden der Insel bringen. Doch was auf den ersten Blick wie ein Sonntagsausflug aussieht, wird im Handumdrehen zu einer wilden Hetzjagd über öde Lavafelder, durch tosende Flüsse, vorbei an riesigen Gletschern, reißenden Wasserfällen und brodelnden Geysiren.

1. Kapitel

Nichts belastet einen Täter mehr als eine Leiche – besonders wenn ihr der Totenschein fehlt. Gewiß, jeder Arzt hätte in diesem speziellen Fall die Todesursache mit Leichtigkeit feststellen können. Der Mann, der da am Boden lag, war an einer schweren Herzverletzung gestorben, *Ruptura cardialis*, wie ein Mediziner sagen würde. Ein scharfes Messer, das ihm jemand zwischen die Rippen gejagt hatte, war tief in den großen Herzmuskel eingedrungen und hatte einen tödlichen Blutverlust hervorgerufen.

Aber ich hatte nicht im Sinn, einen Arzt aufzutreiben. Das Messer gehörte nämlich mir, und ich selbst hatte den Mann erstochen. Ich stand mitten auf der Straße, die Leiche lag zu meinen Füßen, und ich hatte Angst. Übelkeit würgte mich. Das schlimmste an der Sache war: Ich hatte den Mann noch nie in meinem Leben gesehen.

Und so war es passiert: Knapp zwei Stunden zuvor war ich mit dem Flugzeug in Island angekommen. Die Maschine war pünktlich auf dem Internationalen Flughafen von Keflavík gelandet. Es nieselte bei meiner Ankunft, der Himmel war eisgrau.

Bis auf mein schottisches Messer war ich unbewaffnet. Zollbeamte mögen Schußwaffen nicht, deshalb trug ich keine Pistole bei mir. Außerdem hatte Cooke gesagt, auf eine Pistole könnte ich bei diesem Unternehmen verzichten. Das *Sgian dubh* – so nennen die Schotten ihr Messer – wird als Waffe häufig unterschätzt. Man kennt es eigentlich eher als folkloristisches Beiwerk: Die Schotten stecken sich dieses Messer in den Strumpf, wenn sie an Festtagen ihre Nationaltracht anlegen.

Mein Sgian dubh diente praktischeren Zwecken. Ich hatte es von meinem Großvater geerbt und der wiederum von seinem Großvater. Der Ebenholzgriff war auf der einen Seite mit dem klassischen keltischen Bandmuster versehen, damit man ihn beim Herausziehen jederzeit leicht zu fassen bekam; auf der anderen Seite war der Griff glatt, damit er sich gut an die Wade seines Trägers anschmiegte. Die Schneide war knapp zehn Zentimeter lang, gerade lang genug für einen tödlichen Stoß. Der auffällige Cairngorm-Stein oben am Knauf sorgte für die optimale Gewichtsverteilung, so daß sich das Messer auch als erstklassige Wurfwaffe einsetzen ließ.

Es steckte in einem meiner schottischen Kniestrümpfe. Der Zollbeamte durchsuchte weder mein Gepäck noch mich selbst. Ich war schon so oft in dieses Land gereist, daß ich ziemlich gut bekannt war. Auch die Tatsache, daß ich die Landessprache beherrschte, war ein Vorteil. Es gibt auf der Welt nur etwa zweihunderttausend Leute, die Isländisch sprechen, und die Inselbewohner sind jedesmal hoch erfreut, wenn sie einen Ausländer treffen, der sich die Mühe gemacht hat, ihre Sprache zu erlernen.

Ich begab mich, wie Cooke mir aufgetragen hatte, durch die Halle des Flughafens ins Café. Dort bestellte ich mir einen Kaffee. Sekunden später setzte sich jemand neben mich und legte eine zusammengefaltete Ausgabe der *New York Times* vor mich hin. „Brr", sagte der Fremde und schüttelte sich. „Hier ist es kälter als in den Vereinigten Staaten."

„Sogar noch kälter als in Birmingham", antwortete ich feierlich, und nachdem wir die alberne Zeremonie des Parolenaustauschs erledigt hatten, kamen wir zur Sache.

„Es steckt in der Zeitung drin", erklärte der Mann. „Sie wissen, wohin Sie's bringen sollen?"

„Nach Akureyri", erwiderte ich.

Er legte ein Schlüsselbund auf den Tisch. „Der Wagen steht draußen auf dem Parkplatz. Das Kennzeichen habe ich auf die erste Seite der *Times* geschrieben. Sie fahren nicht über die Hauptstraße nach Reykjavík. Sie nehmen die Route über Krísuvík und den Kleifarvatn-See."

Ich hatte, während er sprach, an meinem Kaffee genippt und verschluckte mich plötzlich. Als ich mich wieder gefaßt hatte, fragte ich: „Warum? Die Strecke ist doppelt so lang, und die Straßen sind miserabel."

„Da kann ich Ihnen nicht helfen", erwiderte er. „Ich gebe nur Instruktionen weiter. Es war eine Anweisung, die in letzter Minute kam. Vielleicht hat jemand Wind davon bekommen, daß man Ihnen an der Hauptstraße auflauert. Keine Ahnung. Wenn Sie nach Reykjavík kommen, lassen Sie den Wagen einfach vor dem Hotel Saga stehen und verschwinden. Irgendwer kümmert sich schon drum."

Ohne ein weiteres Wort zu verlieren, erhob er sich und verschwand mit sichtlicher Eile. Mich beunruhigte, daß er während unserer ganzen Unterhaltung so nervös gewirkt hatte. Diese Nervosität paßte überhaupt nicht zu dem, was Cooke mir über den Auftrag gesagt hatte. „Eine ganz einfache Sache", hatte Cooke gemeint. „Sie spielen bloß den Botenjungen." Mit einem verächtlichen Grinsen hatte er mir angedeutet, daß ich zu mehr ohnehin nicht taugte.

Ich stand auf und klemmte die Zeitung unter den Arm. Das darin verborgene Päckchen war verhältnismäßig schwer, aber klein und unauffällig. Ich ging hinaus und sah mich nach dem Wagen um, dessen Kennzeichen ich von der Zeitung abgelesen hatte. Es war ein Ford Cortina. Kurze Zeit später verließ ich Keflavík in Richtung Süden.

An einer einsamen Stelle hielt ich an, nahm die Zeitung vom Rücksitz und entfaltete sie. Das Päckchen fiel heraus; es war ein rechteckiger Gegenstand, fein säuberlich in braunes Leinen eingenäht. Ich klopfte dagegen, schüttelte das Päckchen – offensichtlich handelte es sich um ein kleines Kästchen aus Metall. Ich packte es wieder in die Zeitung, und diese legte ich auf den Rücksitz. Dann fuhr ich weiter. Der Nieselregen hatte aufgehört; die Straßen waren für isländische Verhältnisse nicht allzu schlecht. Mit einer gewöhnlichen isländischen Landstraße verglichen, ist ein englischer Feldweg eine Autobahn. Das heißt, man kann in Island von Glück sagen, wenn man überhaupt eine Straße findet. Im Innern der Insel, dem Teil, den die Isländer als *Óbyggdir* bezeichnen, gibt es gar keine. Im Winter ist das Inselinnere praktisch unzugänglich.

Bei Krísuvík wandte ich mich landeinwärts. Kurz vor dem Kleifarvatn-See entdeckte ich einen Wagen am Straßenrand. Daneben stand ein Mann, der heftig winkte – ein Autofahrer, der offensichtlich Hilfe brauchte.

Ich hielt an und kurbelte das Fenster herunter. Der Fremde versuchte zuerst, sich in schlechtem Dänisch verständlich zu machen; dann wechselte er in ein gutes Schwedisch über, beides Sprachen, die ich beherrschte. Ich erfuhr, daß sein Wagen nicht mehr ansprang.

Ich stieg aus. „Mein Name ist Lindholm", begrüßte er mich förmlich.

„Ich heiße Stewart", erwiderte ich, ging zu seinem Volkswagen hinüber und sah mir den Motor an.

Ich glaube nicht, daß er mich umbringen wollte, denn sonst hätte er gleich die Pistole gezogen. Statt dessen versuchte er, mich mit einem bleiernen Totschläger unschädlich zu machen. Daß ich in eine Falle geraten war, merkte ich erst, als er hinter mich trat. Ich sah, wie er ausholte, und wich blitzschnell aus, so daß mich der Totschläger nur an der Schulter traf. Mein rechter Arm war wie gelähmt.

Ich trat meinem Gegner mit dem Stiefel kräftig gegen das Schienbein. Er schrie auf und wich zurück. Im selben Moment griff ich mit der Linken nach dem Sgian dubh und warf mich auf ihn.

Dabei erstach ich ihn gar nicht. Er fuhr herum und stürzte sozusagen in die Klinge. Ein Blutschwall ergoß sich über meine Hand. Dann brach der Mann vor mir zusammen.

Da stand ich nun auf einer einsamen Landstraße in Island: Vor mir lag eine Leiche, und ich hielt ein blutiges Messer in der Hand. Keine zwei Minuten waren vergangen, seit ich aus dem Auto gestiegen war.

Ich handelte mechanisch. Zuerst lief ich zum Cortina und fuhr ein Stück vor, so daß der Wagen unmittelbar neben der Leiche stand. Zwar führte die Straße durch eine menschenleere Gegend, doch konnte jederzeit ein Auto vorbeikommen. Ich nahm die *New York Times* und legte damit den Kofferraum des Cortina aus. Dann hob ich den Toten auf, verstaute ihn im Kofferraum, warf den Totschläger hinein und schlug den Deckel zu. Am Straßenrand blieb eine große Blutlache zurück. Auch mein Jackett und meine Hose waren blutverschmiert. Im Augenblick konnte ich mich schlecht umziehen, also bedeckte ich lediglich die Blutpfütze mit Lavastaub. Ich klappte die Motorhaube des Volkswagens zu, setzte mich ans Steuer und drehte den Zündschlüssel herum. Lindholm hatte gelogen – der Motor sprang sofort an. Ich setzte den Wagen zurück und ließ ihn über der blutbefleckten Stelle stehen.

Dann stieg ich endlich in den Cortina und fuhr davon. Erst jetzt schaltete sich mein Verstand wieder ein, und ich wandte mich der praktischen Überlegung zu, wie ich den ominösen Herrn Lindholm loswerden konnte. Man sollte meinen, in einem Land, dessen Bevölkerungszahl nicht einmal die einer mittleren englischen Industriestadt erreicht, obwohl es beinahe halb so groß ist wie ganz Großbritannien, müßte es genügend Möglichkeiten geben, eine Leiche zu verstecken. Doch im Augenblick erschien mir das Land wie eine einzige nackte Fläche.

Nach einiger Zeit kam mir eine Idee. Der größte Teil Islands ist vulkanisch. Bei einer meiner Reisen durch die Insel war ich auf einen erloschenen Vulkan gestoßen; sein Krater war tief genug, um Lindholm für alle Zeiten verschwinden zu lassen.

Gegen Ende der zweistündigen Fahrt mußte ich die Straße verlassen und über offenes Land fahren. Ich holperte durch eine Wüste aus Vulkanasche und Schlacke.

Endlich war ich am Ziel. Ich fuhr mit dem Wagen so dicht wie möglich an den Rand des Kraters heran und ging das letzte Stück zu Fuß, bis ich in den gähnenden dunklen Schlund hinunterblicken konnte. Dort warf ich einen Stein in die Tiefe, ich hörte, wie er an der Wand des Kraters aufsprang, und noch einmal, und noch einmal . . .

Bevor ich Lindholm zu seiner letzten Ruhestätte beförderte, durchsuchte ich ihn. Ich fand einen schwedischen Paß, der auf den Namen Axel Lindholm ausgestellt war. Seine sonstigen Habseligkeiten waren uninteressant. Ich behielt lediglich den Totschläger und die Pistole, eine 9,5-Millimeter-Smith-&-Wesson.

Anschließend schleppte ich Lindholm zum Krater und ließ ihn hinunterfallen. Die Leiche schlug ein paarmal dumpf auf. Danach kehrte ich zum Wagen zurück und zog mich um. Die blutbeschmierten Kleidungsstücke legte ich in den Koffer, mit dem Futter nach außen, damit nichts schmutzig wurde. Den Totschläger, die Pistole und Cookes verdammtes Päckchen legte ich dazu, bevor ich den Koffer schloß. Dann setzte ich meine anstrengende Reise nach Reykjavík fort. Ich war todmüde.

Es war später Abend, als ich vor dem Hotel Saga hielt. Dank des nordischen Sommers war es draußen immer noch hell. Meine Augen brannten, weil ich auf die untergehende Sonne zu gefahren war, und einen Moment lang blieb ich wie betäubt am Steuer sitzen. Wäre ich zwei Minuten länger im Wagen geblieben, hätte ich dem nächsten Verhängnis, das mich schon erwartete, entgehen können. Aber das Schicksal wollte es offensichtlich anders. Ich stieg aus und wollte eben den Koffer herausholen, als ein großer Mann aus dem Hotel trat, stehenblieb und erstaunt ausrief: „Alan Stewart!"

Ich wandte mich um und fluchte leise, denn jetzt erkannte ich den Mann, der die Uniform eines Piloten der Icelandair trug: Es war Bjarni Ragnarsson. Im Augenblick war mir die Begegnung äußerst lästig. „Hallo, Bjarni", grüßte ich.

Wir schüttelten uns die Hand. „Elin hat mir gar nicht erzählt, daß du kommst."

„Sie weiß auch noch nichts von ihrem Glück", sagte ich. „Ich habe mich ganz kurzfristig zu der Reise entschlossen und hatte nicht mal Zeit zu telefonieren."

Er warf einen Blick auf meinen Koffer. „Wohnst du etwa im Saga?" fragte er verblüfft.

Ich mußte mir schnell etwas einfallen lassen. „Nein", antwortete ich. „Ich fahre in die Wohnung." Eigentlich wollte ich Elin nicht in die Sache hineinziehen. Aber ihr Bruder würde ihr mit Sicherheit brühwarm von meiner Ankunft in Reykjavík berichten, und ich konnte es mir nicht leisten, Elin zu verärgern, indem ich mich nicht bald nach meiner Ankunft bei ihr meldete.

Ich sah, wie Bjarni neugierig den Wagen betrachtete. „Das Auto lasse ich hier", erklärte ich. „Kleiner Freundschaftsdienst für einen Bekannten. Zur Wohnung nehme ich ein Taxi."

Das leuchtete ihm ein. „Bleibst du lang?" fragte er.

„Bis zum Ende des Sommers, wie immer."

„Wir müssen mal zusammen angeln gehen."

Ich erklärte mich einverstanden. Wir unterhielten uns noch ein paar Minuten, dann schaute Bjarni auf die Uhr. „Ich muß leider gehen; ein Flug nach Grönland steht noch auf meinem Dienstplan", sagte er. „Nächste Woche rufe ich dich einmal an."

Ich sah ihm nach, dann schnappte ich mir ein Taxi, das gerade vor dem Hotel hielt, und gab dem Fahrer Elins Adresse an. Vor ihrem Haus angelangt, bezahlte ich und blieb unentschlossen auf dem Gehsteig stehen, während ich mich fragte, ob ich richtig handelte.

Elin Ragnarsdottir war eine außergewöhnliche Frau. Sie war Lehrerin, aber wie die meisten Isländerinnen hatte sie zwei Jobs. Gewisse Faktoren in Island – die geringe Bevölkerungsdichte, die Größe des Landes und seine Lage im hohen Norden – ließen ein soziales System entstehen, das auf Außenstehende ziemlich seltsam wirkt. Zu dieser sozialen Ordnung gehört es unter anderem, daß alle Schulen im Sommer für vier Monate schließen und einige von ihnen als Hotels genutzt werden. Die Lehrer haben eine Menge Freizeit, und viele gehen einem Zweitberuf nach. Als ich Elin vor drei Jahren kennenlernte, arbeitete sie bei Nordri, einem Reisebüro in Reykjavík; sie zeigte Touristengruppen die Insel. Im Jahr darauf hatte ich sie dazu überredet, den ganzen Sommer über meine persönliche Reiseführerin zu sein. Elin war nicht anspruchsvoll, und unsere Beziehung war problemlos. Zwar lag es auf der Hand, daß es nicht bis in alle Ewigkeit so weitergehen konnte, aber heute war bestimmt nicht der richtige Tag, um ihr einen Heiratsantrag zu machen.

Ich ging zur Wohnung hinauf und klopfte an die Tür, obwohl ich einen Schlüssel besaß. Elin öffnete und sah mich erstaunt an, doch ihre Überraschung wich sogleich großer Freude über meine unerwartete Ankunft. Natürlich freute auch ich mich, sie wiederzusehen. Mit ihrer attraktiven Figur und ihrem blonden Haar war sie eine überaus reizvolle Erscheinung.

„Alan! Warum hast du mir nicht gesagt, daß du kommst?" rief Elin.

„Ich habe mich ganz plötzlich entschlossen", antwortete ich.

Sie machte die Tür weit auf. „Nun komm schon rein, Liebling."

Ich trat ein, ließ den Koffer fallen und nahm Elin in die Arme. Sie drückte mich fest an sich und murmelte, den Kopf an meiner Brust: „Du hast nicht geschrieben, und ich dachte schon . . ."

„Du dachtest, ich würde nicht kommen." Eine Bemerkung Cookes war der Grund gewesen, weshalb ich ihr meine Islandreise verschwiegen hatte, aber das konnte ich ihr nicht sagen. „Ich hatte schrecklich viel zu tun."

Sie betrachtete mich prüfend. „Bist du müde?"

Ich lächelte. „Vor allem hungrig."

Sie küßte mich. „Gleich kriegst du was." Dann ließ sie mich los. „Den Koffer pack ich nach dem Essen aus."

Mir war der blutbeschmierte Anzug eingefallen. „Laß mal, das kann ich selber machen." Ich hob den Koffer auf und trug ihn in mein Zimmer, das so bezeichnet wurde, weil es der Raum war, in dem meine Sachen aufbewahrt wurden. Tatsächlich gehörte die Wohnung mir. Sie war zwar auf Elins Namen eingetragen, doch bezahlte ich die Miete. Da ich etwa ein Drittel des Jahres in Island verbrachte, war es zweckmäßig, ein Standquartier auf der Insel zu unterhalten.

Ich fragte mich, was ich nun mit dem Anzug anfangen sollte. Bis zu diesem Augenblick hatte ich – meine Vergangenheit einmal ausgenommen – vor Elin keine Geheimnisse gehabt. Ich öffnete den Kleiderschrank und musterte die Anzüge und Jacken, die unter Plastiküberzügen auf Bügeln hingen. Es wäre riskant gewesen, den blutverschmierten Anzug zwischen die anderen zu schmuggeln. Elin war stets auf die Pflege meiner Sachen bedacht und hätte ihn mit Sicherheit entdeckt. Ich leerte den Koffer bis auf den Anzug und die Waffen, verschloß ihn und hievte ihn auf seinen angestammten Platz auf dem Kleiderschrank. Ich zog mein Hemd aus. Auf der Vorderseite entdeckte ich einen kleinen Blutfleck, den ich im Badezimmer unter kaltem Wasser auswusch. Nachdem ich mein Gesicht längere Zeit unter den Wasserstrahl gehalten hatte, fühlte ich mich wesentlich wohler. Als Elin zum Abendessen rief, hatte ich bereits geduscht und mich ins Wohnzimmer gesetzt, wo ich zum Fenster hinaussah.

Gerade wollte ich mich abwenden, da nahm ich auf der gegenüberliegenden Straßenseite eine Bewegung wahr. Ich hatte bemerkt, wie jemand fluchtartig in einer schmalen Gasse verschwand. Obgleich ich minutenlang hinunterstarrte, sah ich keine Menschenseele mehr.

„Was ist mit dem Landrover?" fragte ich, als wir beim Essen saßen.

„Vorige Woche habe ich ihn überholen lassen. Er ist startbereit."

Da die isländischen Straßen so unwegsam sind, zählen die Landrover auf der Insel zu den meistgefahrenen Wagen. Unserer war als Wohnmobil eingerichtet. Damit waren wir unabhängig und konnten viele Wochen fern aller Zivilisation verbringen – was wir auch fleißig taten. Nur wenn uns der Proviant ausging, fuhren wir in die nächstbeste Stadt.

Sonst waren wir immer sofort aufgebrochen, sobald ich in Reykjavík eingetroffen war, aber diesmal war das wegen Cookes Päckchen nicht möglich. Ich fragte mich, wie ich nach Akureyri kommen konnte, ohne daß Elin mißtrauisch wurde. Cooke hatte zwar den Auftrag als Bagatellsache hingestellt, aber durch den Tod von Mr. Lindholm war das Unternehmen, für mich zumindest, schon sehr viel komplizierter geworden. Auf keinen Fall wollte ich Elin mit hineinziehen. Ich brauchte das Päckchen nur abzuliefern, und danach würde der Sommer sein wie alle bisherigen. Allzu schwierig konnte das nicht werden.

Plötzlich fiel mir etwas ein. „Du wolltest doch sehen, wie es im schottischen Hochland aussieht. Ich habe ein paar Fotos mitgebracht."

Gemeinsam betrachteten wir die Bilder. „All diese Bäume!" rief Elin hingerissen aus. „Schottland muß wunderschön sein." Das war die typische Reaktion einer Isländerin. In Island gibt es nämlich so gut wie keine Bäume.

Sie griff nach einem anderen Foto. „Eine herrliche Landschaft. Was gehört davon dir?"

„So weit das Auge reicht", antwortete ich grinsend. „Dreitausend Morgen Heideland sind zwar keine Goldgrube, aber von meiner Schafzucht in den Bergen und meinem Waldbesitz unten im Tal kann ich gut leben. Und die Amerikaner, die zur Jagd kommen, lassen auch noch ein paar Dollars da." Ich streichelte ihren Arm. „Du mußt mit nach Schottland kommen."

„Gern", erwiderte sie.

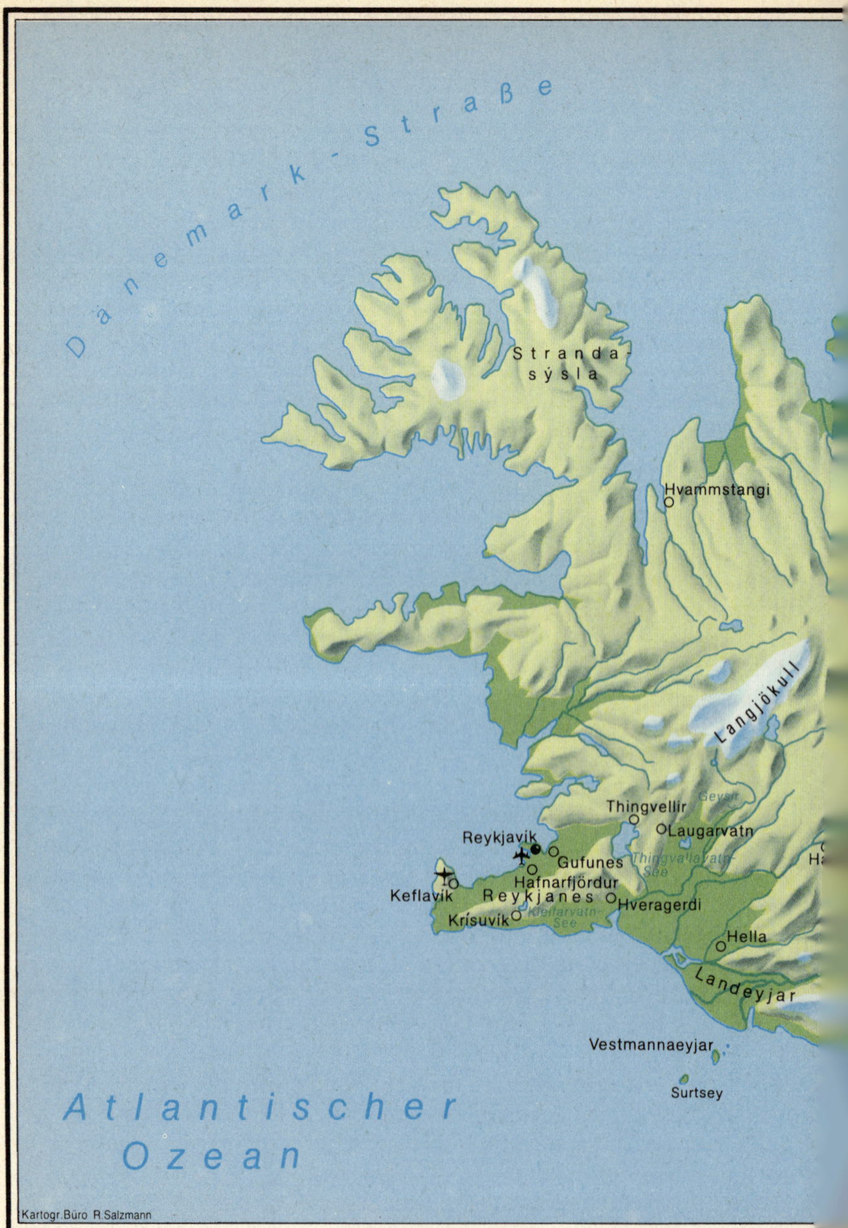

Dänemark - Straße
Strandasýsla
Hvammstangi
Langjökull
Geysir
Thingvellir
Laugarvatn
Reykjavík
Gufunes
Thingvallavatn-See
Hafnarfjördur
Keflavík
Reykjanes
Hveragerdi
Krísuvík
Kleifarvatn-See
Hella
Landeyjar
Vestmannaeyjar
Surtsey
Atlantischer Ozean
Kartogr.Büro R.Salzmann

Island

Ásbyrgi

Dettifoss
Selfoss

Akureyri

Seydisfjördur

Sprengisandur

Ódádahraun

Herdubreid

Dyngju-
fjöll

Askjakrater

Trölladyngja

Jökulsá Fjöllum

orsá

Vatnajökull

Europäisches Nordmeer

0   50   100 km

Maßstab 1:3 Mill.

„Morgen muß ich mich mit einem Mann in Akureyri treffen – eine Gefälligkeit für einen Bekannten. Das bedeutet, daß ich fliegen muß, sonst schaff ich's nicht. Wie wär's, wenn du mit dem Landrover nachkommen würdest? Oder ist dir die Fahrt zu weit?"

Sie lachte. „Ich werde mit dem Landrover besser fertig als du." Sie begann nachzurechnen. „Bis Akureyri sind es vierhundertfünfzig Kilometer. An einem Tag möchte ich die Strecke nicht zurücklegen, ich werde also irgendwo bei Hvammstangi übernachten. Dann könnte ich übermorgen im Lauf des Vormittags in Akureyri sein."

Mir fiel ein Stein vom Herzen. Nun konnte ich nach Akureyri fliegen, das Päckchen loswerden, bevor Elin dort ankam, und danach würde alles in bester Ordnung sein. „Wahrscheinlich werde ich im Hotel Vardborg übernachten", kündigte ich an. „Dort kannst du mich anrufen."

Später, als wir im Bett lagen und ich Elin in den Armen hielt, verfolgte mich Lindholms geisterhaftes Gesicht, und wieder fühlte ich Brechreiz in mir hochsteigen. Ich würgte. „Tut mir leid", murmelte ich.

„Schon gut, Liebling", gab sie ruhig zurück. „Du bist müde. Schlaf jetzt schön."

Aber ich konnte nicht einschlafen. Immer wieder gingen mir die Ereignisse dieses unerfreulichen Tages durch den Kopf. Angestrengt grübelte ich über jedes Wort nach, das der Mann in Keflavík geäußert hatte. *Sie fahren nicht über die Hauptstraße nach Reykjavík. Sie nehmen die Route über Krísuvík und den Kleifarvatn-See.*

Ich hatte den Umweg über Krísuvík gemacht und hätte dabei fast ins Gras gebissen. Zufall oder Planung? War ich bewußt als Opfer ausgesucht worden?

Der Kerl im Flughafen war Cookes Mann gewesen – zumindest hatte er die Parole gekannt, die mit Cooke vereinbart worden war. Aber angenommen, er gehörte doch nicht zu Cookes Leuten und hatte die Parole trotzdem gewußt? Es gab sicher Möglichkeiten, sie herauszubekommen. Aber warum hatte er mich dann an Lindholm ausgeliefert? Bestimmt nicht wegen des Päckchens – das hatte er ja bereits in Händen gehabt. Aber Lindholm hatte eindeutig auf mich gewartet. Er hatte sich sogar noch vergewissert, daß ich Alan Stewart hieß, bevor er auf mich losging. Wie hatte er wissen können, daß ich über Krísuvík fahren würde?

Ich stand leise auf und ging in die Küche, ohne Licht zu machen. Ich öffnete den Kühlschrank, goß mir ein Glas Milch ein und setzte mich ans Fenster. Die kurze nordische Nacht war schon fast vorüber. Aber es war immer noch dunkel genug, daß ich sehen konnte, wie auf der anderen Straßenseite ein kleiner Punkt aufleuchtete. Offenbar rauchte der Mann, der die Wohnung beobachtete, eine Zigarette. Es beunruhigte mich, denn nun wußte ich, daß auch Elin in Gefahr war.

WIR waren beide früh aufgestanden. Elin, weil sie schnell in Richtung Akureyri starten, und ich, weil ich vor ihr am Landrover sein wollte. Ich mußte einiges in dem Wagen verstauen, wovon Elin nichts zu wissen brauchte. Lindholms Pistole zum Beispiel. Sorgfältig befestigte ich sie am Fahrzeugrahmen, so daß sie nicht zu sehen war. Den Totschläger steckte ich in meine Tasche. Wenn in Akureyri nicht alles glattging, brauchte ich die Waffe vielleicht noch.

Ich benutzte den Hinterausgang, der zur Garage führte, so daß mich der Beobachter vor dem Haus nicht zu Gesicht bekam. Doch ich beschloß, mir den Mann anzusehen. Also ging ich ins Haus zurück, holte meinen Feldstecher und stieg im Treppenhaus ein Stockwerk höher, wo es ein Fenster mit Blick auf die Straße gab.

Der Beobachter war ein großer, hagerer Mann mit einem säuberlich gestutzten Oberlippenbärtchen. Ich prägte mir sein Gesicht ein, um ihn gegebenenfalls wiederzuerkennen.

Das Frühstück ließ ich mir gut schmecken. „Du siehst heute schon viel besser aus", fand Elin.

Ich räusperte mich. „Um elf fliegt eine Maschine vom Flughafen Reykjavík nach Akureyri."

„Dann bist du ja rechtzeitig zum Mittagessen dort." Hastig trank Elin ihren heißen Kaffee aus. „Ich möchte so bald wie möglich losfahren."

Ich begleitete sie in die Garage und küßte sie zum Abschied, winkte ihr nach und sah mich um, als sie abfuhr. Niemand schien uns zu beobachten. Dann kehrte ich in die Wohnung zurück und hielt nach dem Aufpasser Ausschau. Er lehnte in dem abzweigenden Gäßchen an einer Mauer und machte einen verfrorenen Eindruck. Entweder hatte er Elins Abreise nicht bemerkt, oder er schien sich nicht darum zu kümmern. Mir fiel ein Stein vom Herzen.

Nachdem ich das Frühstücksgeschirr abgewaschen hatte, ging ich in mein Zimmer. Ich suchte meine Kamera heraus und löste sie aus dem stabilen Etui, in dem ich sie stets aufbewahrte. Dann nahm ich den mit Leinen bezogenen Metallbehälter und verstaute ihn in der Kameratasche. Von nun an würde ich das Ding nicht mehr aus den Augen lassen, bis ich es in Akureyri abliefern konnte.

Um zehn Uhr bestellte ich ein Taxi und ließ mich zum Flughafen bringen. Als ich mich beim Abfahren umdrehte, sah ich in der Gasse einen Wagen halten, in den mein Beschatter hineinsprang. Der Wagen folgte dem Taxi bis hinaus zum Flughafen.

Dort angekommen, ging ich zum Schalter der Icelandair. „Ich habe einen Platz in der Maschine nach Akureyri gebucht. Mein Name ist Stewart."

Das Mädchen überprüfte die Liste. „Ah ja, Mr. Stewart." Sie warf einen Blick auf die Uhr. „Aber Sie sind früh dran."

„Das macht nichts, ich trinke noch einen Kaffee."

Sie händigte mir das Ticket aus. Als ich mich umdrehte, fiel mein Blick auf ein bekanntes Gesicht – mein Beschatter war wieder auf dem Posten. Ich steuerte an ihm vorbei auf die Cafeteria zu, wo ich mir eine Zeitung kaufte und mich niederließ.

Mein Schatten führte am Buchungsschalter ein kurzes Gespräch mit dem Mädchen vom Bodenpersonal, ließ sich ein Ticket ausstellen und schlenderte schließlich in meine Richtung. Wir bemühten uns, keinerlei Notiz voneinander zu nehmen. Er bestellte sich ein Frühstück, das er heißhungrig verschlang. Gleich darauf drang aus dem Lautsprecher eine Stimme, die auf isländisch sagte: „Mr. Buchner wird am Telefon verlangt!" Als die Durchsage in fließendem Deutsch wiederholt wurde, erhob sich der Mann und ging zur Telefonkabine am Informationsschalter.

Er beobachtete mich die ganze Zeit von der Telefonkabine aus. Ich bestellte demonstrativ eine weitere Tasse Kaffee.

Als der Flug nach Akureyri aufgerufen wurde, stand Herr Buchner direkt hinter mir in der Schlange der Passagiere, folgte mir auf den Fersen zur Maschine und entschied sich dort für einen Sitz unmittelbar hinter mir.

Das Flugzeug hob ab, und wir flogen über Island hinweg, über die riesigen Gletscher von Langjökull und Hofsjökull. Eine knappe Stunde später landeten wir in Akureyri, einer Stadt mit zehntausend Einwohnern, der Metropole von Nordisland.

Ich hatte das Flughafengebäude gerade verlassen und ging auf den Taxistand zu, als ich plötzlich von vier Männern umringt wurde. Einer schnappte sich meine rechte Hand und schüttelte sie heftig, während er mir lauthals verkündete, wie schön es sei, mich wiederzusehen.

Eine zweite Gestalt packte meinen linken Arm und zischte mir ins Ohr: „Machen Sie keine Scherereien, Stewartsen. Sonst sind Sie ein toter Mann." Da mir jemand einen Pistolenlauf in die Seite drückte, mußte ich ihm wohl Glauben schenken.

Der Mann zu meiner Rechten schnitt den Schulterriemen der Kameratasche mit einer kleinen Schere durch. Ich spürte, wie sich der Riemen löste, dann war der Mann verschwunden und die Tasche mit ihm. Der Bursche hinter mir hatte seinen Arm freundschaftlich um meine Schulter gelegt, während er mit der anderen Hand die Waffe in meine Rippen bohrte. Buchner stand in ungefähr zehn Meter Entfernung neben einem Taxi. Er starrte mich ausdruckslos an, dann stieg er ein, und das Taxi fuhr weg.

Das Spielchen ging noch etwa zwei Minuten lang weiter, so daß der Mann mit der Kameratasche Gelegenheit hatte, sich zu verdrücken. Schließlich erklärte der freundliche Herr mit der Pistole, während er mich losließ: „Mr. Stewartsen, wir lassen Sie jetzt laufen, aber an Ihrer Stelle würde ich keine Dummheiten machen."

Die drei Männer gingen auseinander, jeder in eine andere Richtung. Ich strich mein Jackett glatt, nahm ein Taxi und fuhr zum Hotel Vardborg. Im Moment war das alles, was ich tun konnte.

Im Hotel aß ich zu Mittag. Ich saß im Restaurant bei Hammelbraten, als Herr Buchner eintrat. Er kam an meinen Tisch und fragte: „Sind Sie Mr. Stewart?"

„Ja", antwortete ich und lehnte mich auf meinem Stuhl zurück. „Und Sie sind Herr Buchner, nicht wahr? Was kann ich für Sie tun?"

„Mein Name ist Graham", erwiderte er in frostigem Ton. „Ich möchte mit Ihnen sprechen."

„Heute vormittag hießen Sie noch Buchner", bemerkte ich und wies auf den Stuhl mir gegenüber. „Nehmen Sie Platz."

Er ließ sich steif nieder und zückte seine Brieftasche. „Meine Legitimation", erklärte er und schob ein zusammengefaltetes Papier über den Tisch.

Ich entfaltete es und fand darin die linke Hälfte eines isländischen Hundertkronenscheins. Nun zog ich meine Brieftasche heraus, entnahm ihr einen ähnlich halbierten Schein und stellte fest, daß die beiden Hälften genau zusammenpaßten. Ich schaute zu Mr. Graham auf. „Was kann ich für Sie tun?"

„Sie können mir das Päckchen geben."

Ich schüttelte den Kopf. „Das Päckchen kann ich Ihnen nicht geben, weil ich es nicht mehr habe."

Sein Blick verfinsterte sich. „Lassen Sie das Theater, Stewart. Her mit dem Päckchen."

„Sie waren doch dabei – Sie wissen genau, was passiert ist. Die Burschen haben mich gepackt, und bevor ich wußte, wie mir geschah, sind sie mit dem Päckchen entwischt. Es war in meiner Kameratasche."

„Soll das etwa heißen, daß man es Ihnen abgenommen hat?"

„Falls Sie als mein Leibwächter angeheuert worden sind", hielt ich ihm entgegen, „haben Sie völlig versagt. Cooke wird das gar nicht gefallen."

„Weiß Gott nicht", pflichtete Graham mir nachdrücklich bei. „Das wird einen Riesenärger geben. Verschwinden Sie jetzt nur nicht von der Bildfläche, Stewart. Ich möchte Sie ohne Umstände finden können, wenn ich zurückkomme."

Ich zuckte die Schultern. „Wohin soll ich denn schon gehen? Außerdem bin ich ein sparsamer Schotte, und mein Hotelzimmer hier ist bereits bezahlt."

„Sie nehmen das alles verdammt gelassen hin."

„Was erwarten Sie eigentlich? Daß ich in Tränen ausbreche?"

Er stand auf und entfernte sich. Ich dachte nach, während ich meinen Hammelbraten verzehrte, und kam zu dem Entschluß, daß ich reif war für einen Drink. Als ich durch die Hotelhalle zur Bar ging, sah ich Buchner-Graham in einer Telefonzelle.

Ich erwachte aus traumlosem Schlaf. Jemand schüttelte mich heftig und zischte: „Stewart, los, stehen Sie auf!" Ich öffnete die Augen. Graham stand über mich gebeugt.

Ich blinzelte. „Wenn mich nicht alles täuscht, hatte ich die Tür abgeschlossen."

Er grinste hämisch. „Ganz recht. Los jetzt – Sie sollen ein paar Fragen beantworten."

„Wieviel Uhr ist es?"

„Fünf Uhr früh. Machen Sie schnell! Er wird in fünf Minuten hiersein."

„Wer denn?"

„Sie werden schon sehen."

Ich ging ins Bad, um mich zu rasieren. In aller Ruhe seifte ich mir Wangen und Kinn ein. „Was für eine Funktion hatten Sie eigentlich bei diesem Unternehmen, Graham?"

„Hören Sie auf, sich über mich den Kopf zu zerbrechen. Denken Sie lieber an sich selbst", brummte er. „Sie werden eine Menge Erklärungen abgeben müssen."

„Gewiß", räumte ich ein und griff nach dem Rasierapparat.

Jemand klopfte an die Tür. Cooke kam herein. Mit finsterem Blick starrte er mich an; sein Gesicht wirkte noch aufgedunsener als sonst. Er fragte geradeheraus: „Wie war das also, Stewart?"

Ich rasierte mich schweigend weiter.

Cooke setzte sich aufs Bett. „Ihre Geschichte hat hoffentlich Hand und Fuß", fuhr er fort. „Ich hasse es nämlich, aus dem Bett gezerrt und in den eiskalten Norden verfrachtet zu werden."

Es mußte in der Tat schon etwas sehr Bedeutendes vorgefallen sein, wenn Cooke von London nach Akureyri geflogen kam. „Das Päckchen muß wichtiger sein, als Sie mir gesagt haben", antwortete ich und spülte mir den stehengebliebenen Schaum vom Gesicht.

Cooke beherrschte sich nur mit Mühe. „Wo ist es?" fragte er.

„Wo es im Augenblick ist, kann ich nicht sagen." Ich trocknete mir das Gesicht ab. „Es wurde mir gestern nachmittag von vier unbekannten Männern abgenommen – aber das hat Ihnen ja Graham schon erzählt. Was hatte Graham eigentlich bei der Sache zu tun?"

Cooke verschränkte die Arme. „Wir vermuteten, daß die Burschen Graham auf der Spur waren – deshalb haben wir Sie ins Spiel gebracht. Wir glaubten, sie würden sich an Graham heranmachen und Sie unbehelligt ins Ziel laufen lassen."

Das erschien mir als eine faule Ausrede. Wenn sie – wer auch immer „sie" waren – es auf Graham abgesehen hatten, dann hätte er als Agent kaum die Aufmerksamkeit auf mich gelenkt, indem er vor meiner Wohnung herumlungerte.

„Sie haben sich aber nicht an Graham herangemacht", entgegnete ich, „sondern an mich. Im übrigen nannten mich die Kerle Stewartsen."

„Na und?"

„Sie wußten also, wer ich bin – oder vielmehr, wer ich einmal war."

Cooke gab Graham ein Zeichen. „Warten Sie draußen!" befahl er.

Graham ging hinaus. Als er die Tür hinter sich zugemacht hatte, sagte Cooke: „Diese Sache haben Sie gründlich verpfuscht. Sie sollten lediglich ein Päckchen von A nach B befördern und haben schon dabei Mist gebaut. Ich wußte ja, daß mit Ihnen nichts mehr los ist, aber daß Sie schon so vertrottelt sind, hätte ich nicht gedacht. Und die haben Sie mit Stewartsen angeredet! Sie wissen doch, was das bedeutet?"

„Kennikin!" rief ich aus. Der Gedanke gefiel mir gar nicht. „Ist er hier – in Island?"

„Soviel ich weiß, nicht. Was hat Ihnen denn der Mann mitgeteilt, der in Keflavík mit Ihnen Kontakt aufgenommen hat?"

Ich zuckte die Achseln. „Nicht viel. Er ließ mich wissen, daß ein Wagen für mich bereitstand, mit dem ich über Krísuvík nach Reykjavík fahren sollte. Genau das habe ich gemacht."

„Hatten Sie dabei irgendwelche Schwierigkeiten?"

„Waren welche eingeplant?" erkundigte ich mich scheinheilig.

Er schüttelte gereizt den Kopf. „Wir hatten erfahren, daß etwas geschehen könnte. Es schien das beste, Ihre Route zu ändern." Er stand auf.

„Es tut mir alles sehr leid, Cooke", sagte ich. „Wirklich. Für die Sonderabteilung des britischen Geheimdienstes muß das ja ein schwerer Schlag sein."

„Das macht den Kohl nun auch nicht mehr fett. Ich habe Sie wieder aus der Versenkung geholt, weil die Sonderabteilung unterbesetzt ist, für die Sie schließlich mal gearbeitet haben, doch jetzt müssen wir wegen Ihrer Dummheit ein ganzes Land abriegeln."

„Und was soll ich tun?"

„Sie können sich von mir aus zum Teufel scheren!" rief er erregt. „Hauen Sie ab nach Reykjavík, und kriechen Sie für den Rest des Sommers zu Ihrer Freundin ins Bett." Er ging zur Tür. „Aber wie Sie mit Kennikin fertig werden, ist Ihre Sache, ich werde keinen Finger rühren, um Sie vor ihm zu schützen."

Die Tür knallte zu. Ich saß auf dem Bett und brütete vor mich hin. Eines war mir klar. Wenn ich je das Vergnügen hätte, Kennikin über den Weg zu laufen, würde ich dem Tod ins Auge sehen.

2. KAPITEL

ICH war gerade mit dem Frühstück fertig, als Elin anrief. An dem Knistern in der Leitung merkte ich, daß sie das Autotelefon im Landrover benutzte. Die meisten Fahrzeuge, mit denen man in Island

lange Strecken zurücklegt, sind mit einem Telefon ausgestattet, eine
Sicherheitsmaßnahme, die wegen der schwierigen Straßenverhältnisse nötig ist.

„Wann wirst du hiersein?" fragte ich.

„Gegen halb zwölf."

„Ich erwarte dich auf dem Campingplatz."

Mir blieben also noch zwei Stunden. Wie ein gewöhnlicher Tourist
schlenderte ich während dieser Zeit in Akureyri umher. Als ich Elin
auf dem Campingplatz traf, war ich ziemlich sicher, nicht beschattet
zu werden. Anscheinend hatte es Cooke ernst gemeint, als er mir
bedeutet hatte, er habe für mich keine Verwendung mehr.

Ich öffnete die Tür des Landrover und sagte: „Rutsch rüber. Ich
fahre."

Elin sah mich überrascht an. „Bleiben wir nicht hier?"

„Wir fahren ein bißchen aus der Stadt hinaus und essen zu Mittag.
Ich möchte etwas mit dir besprechen."

Ich raste die nördliche Küstenstraße entlang, wobei ich mich immer
wieder im Rückspiegel vergewisserte, daß uns auch niemand folgte.
Allmählich fing ich an, mich zu entspannen.

Doch Elin war spürbar besorgt. „Irgend etwas stimmt doch nicht,
oder?"

„Du hast recht", antwortete ich.

Cooke hatte mich in Schottland davor gewarnt, Elin in die Sache
hineinzuziehen. Er hatte sogar die Vorschriften über die Wahrung von
Staatsgeheimnissen zitiert und die Strafen aufgezählt, die all diejenigen
erwarteten, die den Mund nicht halten konnten. Aber wenn meine
Zukunft mit Elin überhaupt einen Sinn haben sollte, dann mußte ich
ihr die Wahrheit sagen.

Ich verlangsamte das Tempo und bog von der Straße ab, so daß wir
über freies Feld rumpelten. Ich hielt an einer Stelle an, von der wir
einen Ausblick über das Meer hatten.

„Was weißt du eigentlich von mir, Elin?" fragte ich.

„Komische Frage. Du bist Alan Stewart – und ich mag dich. Wenn
ich sonst noch etwas wissen soll, wirst du's mir schon sagen."

„Würde es dich überraschen zu hören, daß ich einmal britischer
Agent war, ein Spion?"

Sie musterte mich prüfend. „Ein Spion", wiederholte sie langsam.
„Doch, das überrascht mich. Es ist keine sehr ehrenhafte Beschäftigung – dafür bist du eigentlich nicht der Typ."

„Das hat mir vor kurzem schon jemand gesagt", erwiderte ich bitter. „Es stimmt aber trotzdem."

Sie blieb eine Weile still. „Du *warst* Spion", sagte sie dann. „Alan, deine Vergangenheit ist nicht wichtig. Mich interessiert, wie du jetzt bist."

„Manchmal holt einen die Vergangenheit ein", widersprach ich. „Mich *hat* sie eingeholt. Es gibt einen Mann namens Cooke vom Department, der Sonderabteilung des britischen Geheimdienstes..." Ich hielt inne und fragte mich, ob es richtig war, wenn ich sie einweihte.

„Und weiter?" drängte sie.

„Also gut, ich will dir die ganze Geschichte erzählen. „Letzte Woche hat mich dieser Mr. Cooke in Schottland aufgesucht..."

MIT der Jagd war an jenem Tag nicht viel los gewesen. Irgend jemand mußte in der Nacht zuvor das Wild aufgescheucht haben. Die Hirsche hatten sich auf die steilen Hänge von Beinn Fhada geflüchtet, wo sie im Heidekraut ästen. Ich konnte sie durch das Zielfernrohr als blasse, graubraune Umrisse erkennen. Der Wind wehte aus einer ungünstigen Richtung – ich hätte mich gar nicht unbemerkt heranpirschen können. Außerdem war es der letzte Tag der Jagdsaison; für den Rest des Sommers waren die Tiere vor mir sicher.

Um drei Uhr nachmittags packte ich zusammen, um nach Hause zu gehen. Als ich Sgùrr Mór erreicht hatte, einen Hügel, von dem man das Hochtal überblickte, sah ich vor meinem Wochenendhaus einen Wagen stehen. Daneben schritt ein Mann auf und ab. Das Haus ist schwer erreichbar. Wenn sich trotzdem jemand zu mir in die Wildnis herauswagte, so mußte der Betreffende mich unbedingt sprechen wollen. Ich muß allerdings zugeben, daß ich es nicht besonders mag, wenn mich dort jemand besucht.

Ich schlich mich vorsichtig an das Haus heran und blieb dann hinter einem Felsbrocken in der Nähe des Bachs stehen. Durch das Zielfernrohr konnte ich den Mann deutlich sehen: Es war Cooke. Die Welt wäre weitaus schöner ohne Männer wie ihn.

Als ich mich näherte, drehte er sich um und winkte mir zu. „Guten Tag!" rief er.

Ich ging auf ihn zu. „Wie haben Sie mich gefunden?"

„Das war nicht schwer. Sie kennen meine Methoden."

Ich kannte sie, und sie mißfielen mir. „Was wollen Sie?"

„Wollen Sie mich nicht hereinbitten?"

„Ich wette, Sie haben die Hütte bereits durchsucht."

Er hob die Hände in gespieltem Entsetzen. „Ehrenwort, nein."

Am liebsten hätte ich ihm ins Gesicht gelacht, denn von Ehre konnte bei diesem Mann keine Rede sein. Ich wandte mich ab und stieß die Tür auf.

Er folgte mir in mein Wochenendhaus und sah sich neugierig um. „Schlicht, aber gemütlich", bemerkte er. „Aber ich verstehe nicht, warum Sie nicht in dem großen Haus wohnen."

„Das geht Sie nichts an."

„Vielleicht." Er setzte sich. „Sie verstecken sich also in Schottland. Gute Tarnung. Ein Stewart, der sich in einem Haufen anderer Stewarts versteckt."

„Wer behauptet, daß ich mich verstecke? Ich bin schließlich Schotte."

Er grinste breit. „Aber lediglich durch Ihren Großvater väterlicherseits. Vor gar nicht langer Zeit waren Sie noch Schwede – und vorher Finne. Damals hießen Sie natürlich Stewartsen."

„Sind Sie siebenhundertfünfzig Kilometer weit gereist, um von ollen Kamellen zu reden?" fragte ich müde.

„Sie sehen eigentlich ganz fit aus", stellte er fest.

„Das kann man von Ihnen nicht sagen. Sie fangen an, Fett anzusetzen", erwiderte ich gereizt.

Er lachte. „Die Fleischtöpfe, mein lieber Stewart. All diese üppigen Mahlzeiten auf Kosten der Regierung Ihrer Majestät. Aber kommen wir zur Sache, Alan."

„Für Sie bin ich Mr. Stewart", betonte ich.

„Oh, Sie mögen mich nicht?" Es klang verletzt. „Aber das spielt keine Rolle. Ich . . . wir . . . wollen, daß Sie einen Job für uns erledigen. Nichts Schwieriges, versteht sich."

„Sie haben nicht alle Tassen im Schrank", erwiderte ich.

„Ich weiß, was in Ihnen vorgeht, aber . . ."

„Sie wissen gar nichts", entgegnete ich scharf. „Wenn Sie glauben, daß ich nach dem, was geschehen ist, für Sie arbeite, dann sind Sie noch dämlicher, als ich dachte."

Ich hatte natürlich unrecht. Cooke wußte haargenau, was in mir vorging – es gehörte zu seinem Geschäft, Menschen zu durchschauen und sie wie Werkzeuge zu benutzen. Ich wartete nur darauf, daß er anfing, Druck auf mich auszuüben.

„Ja, die guten alten Zeiten", fuhr er fort. „Sie erinnern sich doch sicher an Kennikin. "

Wie sollte ich mich nicht an Kennikin erinnern? Sein Gesicht tauchte vor mir auf: die Augen wie graue Kieselsteine, seine hohen, kräftigen Backenknochen, dazu die von der blassen Haut dunkel abstechende Narbe, die von der rechten Schläfe zum Mundwinkel herablief. Kennikin haßte mich; er würde jede Gelegenheit wahrnehmen, um mich zu töten.

„Was ist mit Kennikin?"

„Ich habe nur gehört, daß auch er nach Ihnen Ausschau hält. Er ist nach wie vor hinter Ihnen her, und ich glaube kaum, daß das KGB etwas dagegen hätte, wenn er Ihnen in einer dunklen Nacht eine Kugel in den Hinterkopf jagen würde. "

„Warum? Ich bin nicht mehr beim Department. "

„Jaja, aber das weiß Kennikin nicht. Wir haben die Information vor ihm geheimgehalten. Es schien uns zweckmäßig. "

„Er weiß außerdem nicht, wo ich bin. "

„Ganz recht, mein lieber Stewart – aber wenn es ihm nun jemand sagt?"

„Und wer könnte es ihm sagen?"

„Ich", erwiderte er ruhig, „wenn ich es für nötig hielte. "

Das war es also – Erpressung! Nichts Neues für Cooke; sein ganzes Lebenswerk bestand aus Erpressung, Bestechung und Verrat. Nicht daß ich ihm das zum Vorwurf machen konnte; auch ich hatte einmal davon gelebt. Aber im Gegensatz zu mir liebte Cooke seine Arbeit.

Er fuhr fort: „Kennikin leitet ein sehr tüchtiges Mordkommando, wie wir zu unserem eigenen Schaden erfahren haben, nicht wahr? Mehrere Mitglieder des Departments sind durch Kennikins Leute . . . äh . . . ausgelöscht worden. " Er runzelte die Stirn. „Und ich habe nicht vergessen, daß Sie damals versucht haben, mir deshalb bei Taggart Schwierigkeiten zu machen. "

„Sie haben Jimmy Birkby ermordet", warf ich ihm vor.

„Wirklich?" erwiderte Cooke ruhig. „Wer hat denn das Dynamit in seinen Wagen geschmuggelt? Niemand anders als Sie! Nur so ist es Ihnen gelungen, sich bei Kennikins Truppe einzuschleichen. Und als Sie schließlich Kennikins Vertrauen genossen, konnten wir ihn fertigmachen. Sie haben damals gute Arbeit geleistet, Stewart. "

„Ja, Sie haben mich benutzt", bestätigte ich.

„Und ich werde Ihre Dienste erneut in Anspruch nehmen", fügte er unumwunden hinzu. „Oder möchten Sie lieber, daß ich Sie Kennikin zum Fraß vorwerfe?" Er lachte plötzlich. „Wissen Sie, ich glaube, Kennikin ist es ohnehin egal, ob Sie noch beim Department sind oder nicht. Er möchte Sie so oder so erledigen."

Ich starrte ihn an. „Was meinen Sie damit?"

„Wußten Sie nicht, daß Kennikin jetzt impotent ist?" fragte Cooke überrascht. „Sie wollten ihn doch damals mit diesem letzten Schuß töten. Aber das Licht war schlecht, und Sie dachten, Sie hätten ihn lediglich verletzt. Das hatten Sie auch, allerdings an einem ganz bestimmten, empfindlichen Körperteil. Können Sie sich vorstellen, was er mit Ihnen anstellen wird, falls er Sie erwischt?"

Mir war kalt. Plötzlich spürte ich eine gähnende Leere in der Magengrube. „Um was für einen Job handelt es sich?"

„Nun fangen Sie an, vernünftig zu werden", lobte er. Er nahm ein Blatt Papier heraus, offenbar ein Dossier, und blickte darauf. „Wir wissen, daß Sie die Angewohnheit haben, Ihren Jahresurlaub auf Island zu verbringen."

„Soll der Auftrag in Island erledigt werden?"

„Jawohl." Er tippte auf das Dossier. „Sie nehmen sich Zeit für einen langen Urlaub – drei, vier Monate. Das können Sie sich ja leisten, denn das Department hat Sie in all den Jahren gut versorgt."

„Das Department hat mir nichts zukommen lassen, was mir nicht zustand", wies ich ihn zurecht.

Er ging nicht auf meinen Einwand ein. „Ich stelle fest, Sie haben es in Island recht komfortabel. Alle häuslichen Annehmlichkeiten und dazu noch ein Liebesnest. Eine junge Dame . . ."

„Bitte, lassen Sie sie aus dem Spiel."

„Darauf wollte ich gerade zu sprechen kommen, mein Lieber. Es wäre höchst unklug, sie in die Sache zu verwickeln. Das könnte sehr gefährlich für Ihre Freundin werden. Ich an Ihrer Stelle würde ihr nichts von dem Auftrag erzählen." Seine Stimme klang liebenswürdig.

Wenn Cooke von Elin wußte, dann hieß das, daß er mich seit Jahren beschatten ließ. Und ich hatte mir eingebildet, daß ich gut untergetaucht war! „Kommen Sie zur Sache!" brummte ich wütend.

„Sie werden im Internationalen Flughafen von Keflavík ein Päckchen abholen." Er umriß mit den Händen die ungefähre Größe. „Sie werden es einem Mann in Akureyri aushändigen."

„Ist das alles?"

„Ja. Sie werden das ganz leicht bewerkstelligen können."

Ich starrte ihn ungläubig an. „Haben Sie dieses ganze Theater samt Erpressung inszeniert, nur um mich als Botenjungen zu beschäftigen?"

„Genau das richtige für einen Mann, der wie Sie außer Übung ist. Die Sache ist wichtig, und wir sind ein bißchen knapp an Personal."

Ich zuckte die Achseln. „Wer ist dieser Mann in Akureyri?"

„Er wird sich schon melden." Cooke nahm eine Hundertkronennote aus seiner Brieftasche und riß sie in der Mitte entzwei. „Der Kontaktmann wird die andere Hälfte haben."

Ich fragte spöttisch: „Vermutlich werde ich für diese Unternehmung fürstlich entlohnt?"

„Aber natürlich, mein Lieber. Sagen wir zweihundert Pfund?"

„Die können Sie sich an den Hut stecken."

Er schüttelte mißbilligend den Kopf. „Was für eine Ausdrucksweise!"

Ich wußte immer noch nicht, was ich von dem ganzen Unternehmen halten sollte. Jedenfalls roch es nach einem faulen Trick. „Na gut. Was soll ich tun, wenn jemand versucht, mir das Päckchen wegzunehmen?"

„Ihn davon abhalten", erwiderte er kurz.

„Um jeden Preis?"

Er lächelte. „Sie meinen – ob Sie ihn töten sollen? Machen Sie, was Sie wollen. Bringen Sie nur das Päckchen nach Akureyri."

Ich nickte. „Und was geschieht, nachdem ich es in Akureyri abgegeben habe?"

„Danach können Sie Urlaub machen und später meinetwegen hierher zurückkommen und in Frieden Schafe züchten."

„Und Kennikin?"

„Tja, da kann ich keinerlei Versprechen abgeben. Vielleicht findet er Sie nicht."

„Das reicht mir nicht", protestierte ich. „Werden Sie ihm mitteilen, daß ich schon seit vier Jahren nicht mehr für das Department arbeite?"

„Schon möglich", sagte er. Er stand auf und knöpfte seinen Mantel zu. „Fraglich ist, ob es für ihn eine Rolle spielt. Er ist aus persönlichen Gründen hinter Ihnen her. Ich glaube allerdings kaum, daß er mit Ihnen bei einer Flasche Calvados über vergangene Zeiten plaudern will. Vielmehr wird er Sie mit einem scharfen Messer traktieren wollen." Cooke griff nach seinem Hut. „Sie werden vor Ihrer Abreise weitere Instruktionen bekommen, die Ihren Islandaufenthalt betreffen. Es hat mich gefreut, Sie wiederzusehen, Mr. Stewart."

Ich begleitete ihn zu seinem Wagen. „Wo stehen Sie eigentlich in der Hierarchie des Geheimdienstes, Cooke?" fragte ich.

„Ziemlich nahe an der Spitze", antwortete er vergnügt. „Gleich unter Taggart. Ich treffe jetzt die Entscheidungen. Von Zeit zu Zeit speise ich sogar mit dem Premierminister." Er lachte und stieg in den Wagen. Dann kurbelte er das Fenster herunter und fügte hinzu: „Noch was. Dieses Päckchen – öffnen Sie es ja nicht, mein Lieber."

Cookes Wagen holperte den Berg hinunter, und erst als er verschwunden war, schien die Luft im Hochtal wieder reiner zu werden. Ich blickte zum Sgùrr Mór und zum Sgùrr Dearg hinauf. Durch Cookes Besuch war ich am Boden zerstört – in knapp zwanzig Minuten war meine Welt in Stücke zerschlagen worden.

Ich schlief sehr unruhig. Als ich am nächsten Morgen aufwachte, wußte ich, daß mir nichts anderes übrigblieb, als Cooke zu gehorchen, das verdammte Päckchen in Akureyri abzuliefern und zu beten, daß es keine Komplikationen geben möge.

MEIN Mund war vom Reden und Zigarettenrauchen wie ausgetrocknet. Ich warf eine Kippe aus dem Fenster. „Das wär's", seufzte ich. „Man hat mich erpreßt."

Elin lehnte sich auf ihrem Sitz zurück. „Ich bin froh, daß du es mir erzählt hast. Aber nachdem du nun das geheimnisvolle Päckchen abgeliefert hast, brauchst du doch nichts mehr zu befürchten."

„Das ist es ja eben. Ich habe es gar nicht abgeliefert." Ich erzählte ihr von meiner Begegnung mit den vier Männern am Flughafen von Akureyri. „Cooke kam mit dem Flugzeug aus London. Er war wütend. Er sagte zwar, ich hätte mit dem Ganzen nichts mehr zu tun. Aber das stimmt nicht. Elin, wir sollten uns eine Zeitlang trennen – ich möchte nicht, daß dir etwas zustößt."

Sie sah mich mit großen Augen an. „Ich glaube fast, daß du mir noch nicht alles erzählt hast."

„Stimmt", gab ich zu. „Kannst du irgendwohin gehen, wo du für eine Weile unauffindbar bist?"

Sie zuckte die Achseln. „Ich könnte meinen Vater besuchen."

„Ja, das ist eine gute Idee." Ich hatte Ragnar Thorsson nur einmal gesehen; er war ein rüstiger alter Bauer, der in Strandasýsla lebte, hoch oben im einsamen Nordwesten der Insel. Bei ihm würde Elin in

Sicherheit sein. „Wenn ich dir alles erzähle, wirst du dann hinfahren und dort bleiben, bis ich dir eine Nachricht zukommen lasse?"

„Versprechen kann ich dir das nicht", erwiderte sie unnachgiebig.

„Das kann ja heiter werden!" rief ich aus. „Wenn du als Ehefrau genauso widerborstig bist, weiß ich nicht, ob ich das aushalten werde."

Sie fuhr überrascht herum. „Was hast du da gesagt?"

„Man könnte es auch einen Heiratsantrag nennen."

Elin fiel mir in die Arme und drückte mich fest an sich. Nach einer Weile löste sie sich wieder und lachte mich mit gerötetem Gesicht und zerzaustem Haar verschmitzt an. „Nun erzähl schon."

Ich seufzte und öffnete die Wagentür. „Ich werde es dir nicht nur erzählen, sondern auch zeigen."

Ich trat hinter den Landrover und löste das kleine Blechkästchen, das ich Cookes Päckchen entnommen hatte, vom Fahrgestellträger. Dort hatte ich es neben Lindholms Pistole festgeklebt. Dann reichte ich es Elin. „Das ist die Ursache allen Übels. Du hast das Ding selbst von Reykjavík hierherbefördert."

Sie tippte vorsichtig mit dem Zeigefinger darauf. „Diese Männer haben es dir also gar nicht abgenommen."

„Was sie bekommen haben", erklärte ich, „ist eine Blechdose, die ursprünglich schottische Karamelbonbons enthielt – ich habe die Dose mit Watte und Sand gefüllt und in das braune Originalleinen eingenäht."

„Nun sag mir aber bitte auch, warum du dieses Kästchen immer noch hast."

„Es war alles ein Schwindel", antwortete ich. „Das ganze Unternehmen stank zum Himmel. Cooke behauptete, Graham sei von der Gegenseite durchschaut worden, deshalb habe er, Cooke, mich in letzter Minute mit der Operation beauftragt. Aber nicht Graham wurde attackiert – sondern ich." Von Lindholm erzählte ich Elin nichts. „Und Graham beschattete unsere Wohnung, ein ziemlich sonderbares Verhalten für einen Mann, der weiß, daß er möglicherweise von seinen Gegnern beschattet wird. Ich glaube, daß Cooke mir jede Menge Lügen aufgetischt hat."

„Wer ist eigentlich der Gegner?"

„Ich nehme an, es sind meine alten Freunde vom KGB, dem russischen Geheimdienst", erwiderte ich. Ich sah Elin an, daß ihr der Gedanke nicht besonders gefiel. „Aber im Augenblick", fuhr ich fort,

„machen mir die eigenen Leute Sorgen. Graham hat beobachtet, wie ich am Flughafen von Akureyri überfallen wurde. Er hat keinen Finger gerührt, um mir zu helfen. Er hätte wenigstens dem Mann folgen können, der mit der Fototasche wegrannte, aber er tat überhaupt nichts. Wie findest du das?"

„Ich weiß nicht."

„Ich auch nicht. Grahams Verhalten macht die ganze Geschichte so bedenklich. Cooke hat sich da einen komplizierten Trick ausgedacht, und jetzt möchte ich gern herausfinden, welche Rolle ich dabei spielen soll – bevor das Hackebeilchen fällt, denn möglicherweise soll es genau auf mein Genick fallen."

„Was geschieht mit dem Blechkästchen?"

„Das ist meine Trumpfkarte." Ich hielt das Kästchen hoch. „Cooke glaubt, die Gegenseite hätte es, aber solange das nicht der Fall ist, ist alles halb so schlimm."

Elin betrachtete die Dose. „Was wohl da drin ist?"

Ich starrte den kleinen Metallbehälter an. „Vielleicht ist es besser, wenn wir es nicht wissen."

„Was willst du denn nun machen?"

„Ich werde mich ruhig verhalten", log ich, „und gründlich nachdenken. Vielleicht gebe ich das Ding in Akureyri postlagernd auf und teile Cooke telegrafisch mit, wo er es abholen kann."

Ich hoffte, Elin würde das schlucken. In Wirklichkeit hatte ich etwas ganz anderes vor. Irgend jemand würde demnächst herausfinden, daß er für dumm verkauft worden war. Er würde ein Mordsgeschrei veranstalten, und ich wollte dann ein wenig die Ohren spitzen, um herauszufinden, wer da Lärm machte. Allerdings reichte es dazu nicht aus, wenn ich „mich ruhig verhielt", wie ich zu Elin gesagt hatte. Ich mußte in Erscheinung treten – sozusagen als lebende Zielscheibe, auf die meine Widersacher schießen konnten. Daher wollte ich unter allen Umständen vermeiden, daß Elin in meiner Nähe war.

„Dich ruhig verhalten", wiederholte Elin nachdenklich. „Wie wäre es, wenn wir heute in Ásbyrgi übernachten würden?"

ÁSBYRGI ist eine hufeisenförmige Felsformation von rund drei Kilometer Durchmesser. In ihrem Schutz wachsen die Bäume für isländische Verhältnisse ungewöhnlich gut, einige werden fast sieben Meter hoch. Der Kessel von Ásbyrgi ist eine grüne und fruchtbare Landschaft, umgeben von steil aufragenden Felswänden. Obwohl es sich um eine Sehenswürdigkeit für Touristen handelt, bleibt dort niemand über Nacht. Und was noch wichtiger für uns war: Ásbyrgi liegt weitab von der Hauptstraße.

Wir passierten den schmalen Zugang zum Kessel und fuhren den Weg entlang, bis wir zu einer Stelle kamen, an der die Felsen eng zusammenrückten und die Bäume dichter standen. Dort hielten wir an. Ich holte Luftmatratzen und Schlafsäcke aus dem Landrover, während Elin das Abendessen vorbereitete.

Später nahm ich die Klappstühle und den Campingtisch heraus und stellte sie auf. Elin zauberte eine Flasche Scotch und zwei Gläser herbei, und wir genehmigten uns einen Drink, bevor sie die Steaks briet. Wir genossen den Abend und den rauchigen Geschmack des Whiskys und vermieden es, das Gespräch auf Cooke und seinen verdammten Blechbehälter zu bringen. Dann tischte Elin die Steaks auf, und wir aßen sie mit großem Appetit.

„Alan", sagte sie nach einer Weile, „warum hast du das Department verlassen?"

Ich zögerte. „Es gab Meinungsverschiedenheiten", erwiderte ich kurz. „Ich möchte nicht darüber sprechen, Elin. Wenn das Department rauskriegt, daß ich geplappert habe, werde ich für den Rest meines Lebens eingesperrt."

„Ach was", meinte sie verächtlich. „Das gilt doch nicht für mich."

„Versuch mal, das Sir David Taggart klarzumachen", verteidigte ich mich. „Aber da du darauf bestehst, sollst du noch ein bißchen mehr erfahren – nicht zuviel, damit es nicht gefährlich für dich wird. Der Ärger begann während einer Aktion in Schweden. Ich arbeitete für eine Spionageabwehrgruppe, die versuchen sollte, den KGB-Apparat in Skandinavien zu unterwandern. Cooke war der Leiter des Kommandos. Eines muß man Cooke lassen, er ist sehr clever – hinterhältig und trickreich." Der Appetit war mir vergangen, ich schob den Teller weg. „Ein Mann namens Kennikin war der Boß auf der Gegenseite, und ich kam ziemlich nahe an ihn heran. Für ihn war ich ein finnischstämmiger Schwede namens Stewartsen, ein Mitläufer, der bereit war, sich benutzen zu lassen. Wußtest du, daß ich in Finnland geboren bin?"

Elin schüttelte den Kopf.

„Es kostete mich eine Menge Arbeit und Angstschweiß, bis ich von Kennikin akzeptiert wurde. Getraut hat er mir nicht, aber er setzte mich bei kleineren Aufträgen ein, und es gelang mir, eine Menge

Informationen zu sammeln, die ich an Cooke weitergab. Ich gehörte zu Kennikins ,hartem Kern', stand ihm aber doch nicht nahe genug."

„Kein Wunder, daß du Angst hattest."

„Die meiste Zeit habe ich Todesangst ausgestanden, wie alle Doppelagenten. Und dann war es soweit, daß ich einen Mann töten mußte. Cooke warnte mich, meine Tarnung könne jederzeit auffliegen. Er behauptete, der verantwortliche Mann habe Kennikin noch nicht informiert, und das beste sei, ihn unschädlich zu machen. Das tat ich dann auch." Ich schluckte. „Ich habe den Mann, den ich umbrachte, nicht einmal zu Gesicht bekommen – ich deponierte einfach eine Bombe in seinem Wagen."

Elins Augen waren vor Entsetzen weit aufgerissen. Meine Stimme klang rauh, als ich hinzufügte: „Der Haken an der Sache war, daß ich Cooke vertraut hatte. Nachher fand ich jedoch heraus, daß der Mann, den ich umgebracht hatte, ein britischer Agent war – ein Kollege sozusagen. Ich stellte Cooke zur Rede. Er behauptete, der Mann sei ein freier Agent gewesen, dem keine Seite getraut habe. Cooke schlug vor, Kennikin zu erzählen, was ich getan hatte, und das tat ich. Darauf stieg ich in seiner Gunst. Anscheinend hatte er eine undichte Stelle in seiner Organisation entdeckt, und es gab genügend Hinweise, daß der Mann, den ich getötet hatte, der Verräter gewesen war. Kennikin und ich wurden richtige Busenfreunde – und das war Kennikins Verderben. Von nun an hatte ich Zugang zu allen Informationen, und es war ein Kinderspiel, seinen Spionagering zu zerschlagen."

Elin atmete auf. „Ist das alles?"

„Nein", erwiderte ich heftig. Ich griff nach der Whiskyflasche, meine Hand zitterte. „Als alles vorüber war, kehrte ich nach England zurück. Man gratulierte mir zu meiner guten Arbeit. Dann fand ich heraus, daß der Mann, den ich umgebracht hatte, kein freier Agent gewesen war, wie Cooke behauptet hatte. Sein Name war Birkby, und er war Mitglied des Departments gewesen, genau wie ich."

Ich schenkte Whisky ein. „Cooke hatte sozusagen Schach mit uns gespielt. Weder Birkby noch ich waren weit genug in Kennikins Organisation vorgedrungen, um Cooke wirklich nützlich zu sein. Folglich opferte er einen Bauern, um den anderen in eine bessere Position zu bringen. Aber was mich anging, hatte er gegen die Spielregeln verstoßen."

„Gibt es denn Spielregeln in diesem schmutzigen Geschäft?" fragte Elin mit zitternder Stimme.

„Die Frage ist berechtigt", räumte ich ein. „Es gibt keine. Aber ich dachte, es gäbe welche. Ich versuchte, Stunk zu machen. Natürlich hörte niemand auf mich. Cooke war im Department die Treppe hinaufgefallen, und der Vorgesetzte, der ihn befördert hatte, fühlte sich durch meine Attacken auf den Schlips getreten. Also wurde ich zum Ärgernis."

„Und sie warfen dich hinaus", folgerte Elin.

„Wenn es nach Cooke gegangen wäre, wäre ich liquidiert worden. Aber damals hatte er in der Organisation noch nicht soviel zu sagen wie heute." Ich starrte in mein leeres Glas. „Ich erlitt einen Nervenzusammenbruch. Man erlaubte mir also, mich zurückzuziehen. Dem Department nützte ich ohnehin nichts mehr. Ich verkroch mich in ein Hochtal in Schottland und dachte, dort sei ich sicher – bis Cooke auftauchte."

„Und dich mit Kennikin erpreßt hat. Wird er Kennikin verraten, wo du bist?"

„So, wie ich Cooke kenne, halte ich das nicht für ausgeschlossen. Kennikin hat Grund zur Rache. Angeblich ist er impotent geworden und macht mich dafür verantwortlich."

Elin schauderte. „Du kommst aus einer anderen Welt – einer Welt, die mir unverständlich ist."

„Es ist eine Welt, vor der ich dich schützen möchte."

„War Birkby verheiratet?"

„Das weiß ich nicht", erwiderte ich. „Jedenfalls weißt du jetzt, warum ich Cooke mißtraue – und weshalb mir dieser neue Auftrag so verdächtig erscheint."

Elin sah mich durchdringend an. „Alan, hast du außer Birkby sonst noch jemanden umgebracht?"

„Ja", erwiderte ich schwerfällig.

Ihre Miene erstarrte, und sie nickte langsam. „Ich muß über vieles nachdenken, Alan. Ich mache einen Spaziergang." Sie stand auf.

Ich sah ihr nach, während sie zwischen den Bäumen verschwand. Dann räumte ich den Tisch ab und begann das Geschirr abzuwaschen. Wie würde Elin reagieren? Alles, was für mich sprach, waren die gemeinsam verbrachten Sommer. Ich hoffte inständig, daß diese Tage und Nächte des Glücks in ihren Überlegungen Gewicht haben würden und daß sie mehr zählen würden als meine Vergangenheit.

Ich zündete mir eine Zigarette an. Das Abendrot am Himmel verblaßte. Die Dämmerung, so überlegte ich, würde lange anhalten, denn jetzt im Sommer verschwand die Sonne – wie in allen nordischen Ländern – nachts nur für ganz wenige Stunden.

Ich sah Elin zurückkommen; ihre weiße Bluse schimmerte zwischen den Bäumen. Als sie sich dem Landrover näherte, blickte sie zum Himmel. „Es wird spät", sagte sie.

Sie bückte sich zu den Schlafsäcken, zog die Reißverschlüsse auf und verband sie miteinander, so daß ein einziger großer Schlafsack entstand. Als sie sich mir zuwandte, lächelte sie. „Komm ins Bett, Alan", bat sie, und ich wußte, daß nichts verloren war und alles gut werden würde.

In der Nacht hatte ich eine Idee. Ich öffnete den Reißverschluß des Schlafsacks auf meiner Seite und rollte mich leise hinaus, um Elin nicht zu stören.

„Was tust du?" murmelte sie schläfrig.

„Ich möchte Cookes geheimnisvolles Kästchen verstecken."

„Wo?"

„Irgendwo am Landrover. Schlaf weiter." Ich nahm das Blechkästchen, eine Rolle Isolierband und eine Taschenlampe und ging zum Landrover. Während ich das Kästchen an der Innenseite der hinteren Stoßstange befestigte, stutzte ich plötzlich, denn meine Finger stießen auf einen merkwürdigen rechteckigen Gegenstand. Im Schein der Taschenlampe entpuppte er sich als ein weiteres, lediglich etwas kleineres Metallkästchen, das grün angestrichen war. Vorsichtig griff ich danach und riß es ab. Eine Seite war magnetisch, so daß der kleine Würfel an jeder Metallfläche haftenblieb.

Es handelte sich um einen jener Funksender, die auch als „Stoßstangenwanzen" bezeichnet werden. Gewiß schickte der Sender auch in diesem Augenblick Signale. Jeder, der über einen auf die richtige Frequenz eingestellten Empfänger verfügte, konnte den Landrover mühelos ausfindig machen.

Ich stand auf. Wie lange die Wanze schon am Landrover hing, wußte ich nicht – wahrscheinlich seit Reykjavík. Und wer außer Cooke oder Graham konnte sie dort angebracht haben? Cooke hatte mich gemahnt, Elin aus dem Spiel zu lassen, doch offenbar hatte ihm das nicht genügt. Er wollte auf Nummer Sicher gehen und jeden ihrer Schritte überwachen. Oder war die Wanze für mich gedacht?

Einen Augenblick lang war ich versucht, das grüne Metallkästchen einfach zu zertrümmern. Aber dann hatte ich eine bessere Idee. Cooke wußte, daß ich den Sender im Wagen hatte, aber er wußte nicht, daß ich ihn entdeckt hatte, und diese Tatsache konnte für mich von Vorteil sein. Ich bückte mich. Ein leises Klicken, und die Wanze haftete wieder an der Stoßstange.

Plötzlich hörte ich etwas – einen kaum wahrnehmbaren Laut, der die nächtliche Stille durchbrach. Ich hielt den Atem an, lauschte angespannt und vernahm es wieder – das weit entfernte, dumpfe Dröhnen eines Motors. Danach war wieder alles still. Aber mir genügte das, was ich gehört hatte.

3. Kapitel

Ich beugte mich über Elin und stupste sie. „Wach auf!" flüsterte ich.

„Was ist los?" fragte sie schlaftrunken.

„Sei leise! Zieh dich schnell an!" Ich drehte mich um und starrte zu den Bäumen hinüber, die im Halbdunkel nur als Umrisse zu sehen waren. Nichts rührte sich. Der schmale Zugang zu Ásbyrgi war knapp anderthalb Kilometer entfernt. Es war anzunehmen, daß das Fahrzeug dort anhalten würde. Vermutlich würde unser Verfolger versuchen, sich zu Fuß an unser Lager anzuschleichen.

„Ich bin fertig", flüsterte Elin.

Ich drehte mich zu ihr um. „Wir kriegen Besuch", warnte ich sie leise. „In einer Viertelstunde etwa. Bitte, versteck dich." Ich zeigte ihr, in welche Richtung sie gehen sollte. „Lauf zur nächstbesten Baumgruppe, und leg dich im Unterholz auf den Boden. Und komm auf keinen Fall heraus, bevor ich dich rufe."

„Aber –"

„Nichts aber – mach schon!" befahl ich barsch. Noch nie hatte ich so zu ihr gesprochen; sie drehte sich um und rannte auf die Bäume zu.

Ich kroch unter den Landrover und tastete nach Lindholms Pistole, die ich in Reykjavík dort befestigt hatte, aber sie war verschwunden. Alles, was ich noch fand, war ein klebriges Stück Isolierband. Die Straßen in Island sind sehr holperig, so daß sich beim Fahren alles mögliche vom Wagen lösen kann.

Also blieb mir nur das Messer – das Sgian dubh. Es lag neben dem Schlafsack. Ich hob es auf und steckte es in den Hosenbund. Dann zog ich mich unter die Bäume am Rand der Lichtung zurück und wartete.

Wie ein Gespenst tauchte der Verfolger aus dem Nichts auf, eine finstere Gestalt, die lautlos den Fahrweg entlangschlich. In der

Dunkelheit konnte ich das Gesicht des Mannes nicht erkennen, aber ich sah, daß er ein Gewehr trug.

Er blieb am Rand der Lichtung stehen. Seine Waffe machte mir Sorgen. Es war entweder eine Schrotflinte oder ein Jagdgewehr, und das konnte nur bedeuten, daß unser Verfolger ein Profi war. Beide Waffen sind todsicher.

Ich wartete ab, da ich wissen wollte, ob der Mann allein war oder ob noch ein zweiter auftauchen würde. Irgend etwas bewegte sich, und plötzlich war er verschwunden. Dann knackte ein Zweig. Jetzt mußte er bei den Bäumen auf der anderen Seite der Lichtung angelangt sein. Es handelte sich tatsächlich um einen Profi. Regel Nummer eins: Komm nie aus der Richtung, aus der du erwartet wirst.

Ich setzte mich ebenfalls in Bewegung und zog das Sgian dubh – was für eine armselige Waffe gegen ein Gewehr! Hinter einer Birke suchte ich Deckung und spähte in das Halbdunkel. Nur ein leises Klicken war zu hören. Dann sah ich, wie ein dunkler Schatten auf mich zu kam, schon war er nicht einmal mehr zehn Meter von mir entfernt. Ich nahm das Messer fest in die Hand.

Ein Rascheln im Gebüsch durchbrach die Stille. Etwas Helles tauchte vor dem Mann auf. Das konnte nur eines bedeuten – er war auf Elin gestoßen, die sich dort versteckt hielt. Er war verblüfft, trat einen Schritt zurück und hob das Gewehr. „Runter, Elin!" schrie ich, als er abdrückte.

Der Schuß hallte von den Felswänden wider, die Ásbyrgi umschlossen. Es klang, als hätte eine Infanteriekompanie eine Gewehrsalve abgegeben. Für einen Augenblick schien der Mann verwirrt.

Dann warf ich das Messer. Der Mann stieß einen unterdrückten Schrei aus, ließ das Gewehr fallen, griff sich an die Brust und stürzte zu Boden.

Ich rannte auf die Stelle zu, an der ich Elin zuletzt gesehen hatte, und knipste die Taschenlampe an, die ich vorsorglich eingesteckt hatte. Elin saß auf dem Boden, eine Hand an die Schulter gepreßt. Mit vor Schreck weit aufgerissenen Augen starrte sie mich an.

„Ist alles in Ordnung?" fragte ich besorgt.

Sie ließ die Hand sinken, ihre Finger waren blutverschmiert. „Er hat auf mich geschossen", stammelte sie fassungslos.

Ich kniete neben ihr nieder und untersuchte ihre Schulter. Die Kugel hatte sie gestreift und eine Fleischwunde verursacht. Ein Streifschuß tat höllisch weh, war aber zum Glück keine schwerwiegende

Verletzung. „Wir machen am besten einen Verband darum", schlug ich vor.

„Er hat auf mich geschossen!" wiederholte sie nur.

Ich richtete den Lichtkegel auf den Mann. Er lag ganz still mit abgewandtem Kopf da.

„Ist er tot?" Elin starrte auf den Messerschaft, der aus der Brust des Mannes ragte.

„Ich weiß nicht. Halt die Lampe!" Ich griff nach seinem Handgelenk und spürte einen stark beschleunigten Puls. „Er lebt", stellte ich fest. Dann drehte ich seinen Kopf herum. Ich erkannte Graham.

„Im Landrover ist ein Verbandskasten", murmelte Elin.

„Du gehst voraus. Ich schaffe ihn rüber." Ich bückte mich, hob Graham auf und folgte Elin. Sie breitete den Schlafsack aus, und ich legte Graham darauf. Dann holte Elin den Verbandskasten aus dem Wagen.

„Erst wirst du versorgt", sagte ich. „Zieh deine Bluse aus." Ich reinigte die Wunde an ihrer Schulter, bestäubte sie mit Penicillinpuder und klebte einen Verband darüber. „Etwa eine Woche lang wirst du den Arm nicht über Schulterhöhe heben können. Ansonsten ist es nicht allzu schlimm."

Schließlich wandte ich mich Graham zu. Das Messer war ihm unmittelbar unter dem Brustbein in den Leib gedrungen. Ich schnitt ihm das Hemd auf, packte das Messer am Griff und zog es vorsichtig heraus. Ich hatte damit gerechnet, daß mir ein Blutschwall entgegenschießen würde, doch nur ein dünnes Rinnsal floß aus der Stichwunde.

Elin drückte Mull auf die Wunde und befestigte ihn mit Leukoplast. „Hast du eine Ahnung, wer das ist?" fragte sie.

„Ja", erwiderte ich zögernd. „Er hat behauptet, er hieße Graham. Er gehört zum Department und arbeitet für Cooke." Ich stand auf und ging zu den Bäumen zurück, um Grahams Gewehr zu suchen. Ich fand es und trug es zum Landrover. Es war ein Remington, ein vollautomatischer Karabiner, Kaliber 7,62 Millimeter – eine treffsichere Mordwaffe.

Elin beugte sich über Graham und wischte ihm die Stirn ab. „Er kommt zu sich."

Graham schlug die Augen auf, er schien mich zu erkennen. Sofort versuchte er sich aufzurichten, aber die Schmerzen waren zu groß. Schweiß trat auf seine Stirn.

„Sie müssen ganz ruhig liegenbleiben", bemerkte ich. „Sie sind schwer verletzt. Was hatten Sie eigentlich vor?"

„Cooke war hinter dem Päckchen her", flüsterte er.

„Ja? Aber das hat doch die Gegenseite. Die Russen – ich nehme doch an, daß es Russen sind?"

Graham nickte schwach. „Aber sie haben es nicht. Darum hat mich Cooke hergeschickt. Er sagte, Sie trieben ein Doppelspiel."

„Das ist ja hochinteressant." Ich kauerte mich neben ihn. „Hören Sie, Graham – wer hat Cooke erzählt, die Russen hätten das Päckchen nicht? Eines ist sicher – von mir hat er die Information nicht. Vermutlich haben ihm die Iwans freundlicherweise berichtet, daß sie reingelegt wurden?"

Graham zeigte sich erstaunt. „Ich habe keine Ahnung, woher er es weiß. Er befahl mir einfach, hierherzukommen und es zu holen."

Ich hielt ihm den Karabiner vor Augen. „Und das hat er Ihnen mit auf den Weg gegeben. Vermutlich sollte ich liquidiert werden. Und was sollte mit Elin geschehen?"

Graham schloß die Augen. „Ich wußte nicht, daß sie hier war."

„Sie vielleicht nicht", gab ich zu. „Aber Cooke wußte es."

Grahams Augenlider zuckten. „Sie wissen doch selbst, daß eventuelle Zeugen umzubringen sind."

„Also hat Cooke Ihnen erzählt, ich sei ein Überläufer, und Sie glaubten ihm. Sind Sie allein gekommen?"

Graham antwortete nicht; seine Miene war trotzig.

„Spielen Sie nicht den Helden", riet ich. „Sie haben eine lebensgefährliche Verletzung und werden wahrscheinlich abkratzen, wenn wir Sie nicht in ein Krankenhaus schaffen. Aber das geht nicht, wenn jemand auf uns schießt, sobald wir Ásbyrgi verlassen."

Er nickte. „Cooke", stammelte er, „er ist hier ... ungefähr anderthalb Kilometer ..."

„Am Eingang von Ásbyrgi?"

„Ja." Seine Augen fielen wieder zu. Ich faßte nach seinem Handgelenk, sein Puls war schon merklich schwächer. Dann wandte ich mich an Elin: „Fang schon an, unsere Sachen zu packen. Laß im Landrover genügend Platz für Graham, damit ich ihn hinten auf die Schlafsäcke legen kann."

„Was hast du vor?"

„Vielleicht komme ich nahe genug an Cooke heran, um mit ihm reden zu können", sagte ich. „Er soll wissen, daß Graham schwer verletzt ist. Vielleicht interessiert er sich auch gar nicht dafür – dann werde ich diese Waffe hier sprechen lassen." Ich hielt den Karabiner hoch.

Sie wurde blaß. „Willst du ihn umbringen?"

„Das kommt darauf an", entgegnete ich erbittert. „Ich weiß jetzt immerhin, daß es ihm anscheinend nichts ausmacht, wenn ich umgebracht werde – und du auch."

Graham stöhnte leise und öffnete die Augen. Ich beugte mich über ihn. „Was ist in dem Päckchen?" drängte ich.

„Weiß ... nicht."

„Wer leitet jetzt das Department?"

Sein Atem ging röchelnd. „Ta ... Taggart. Cooke sagt ..." Graham rang nach Luft. Rote Schaumbläschen bildeten sich auf seinen Lippen. „Cooke sagt ..."

Plötzlich schoß ein Blutschwall aus Grahams Mund, und sein Kopf fiel zur Seite. Ich faßte nach seinem Handgelenk, aber ich wußte bereits, daß er mir nicht mehr erzählen konnte, was Cooke gesagt hatte. Er war tot.

„Ich muß dringend mit Cooke sprechen", sagte ich, während ich Grahams Augen schloß und mich erhob.

„Er ist tot", flüsterte Elin erschreckt.

Graham war gestorben, weil er blindlings Befehle befolgt hatte, genau wie ich damals in Schweden. Mir war allerdings immer noch nicht ganz klar, welche Rolle ich jetzt, vier Jahre später, in Cookes Plänen spielte – jetzt wollte ich wenigstens versuchen, keinen Fehler zu machen.

Wir räumten unser Nachtlager hastig zusammen und verstauten alles, auch Grahams Leiche, im Landrover. Wenn es uns gelang, den Toten in den Dettifoss oder den Selfoss zu werfen – die beiden Wasserfälle zählen zu den höchsten Europas –, würde ihn, wenn man ihn überhaupt fand, niemand identifizieren können. Die Polizei würde annehmen, daß es sich um die Leiche eines Touristen handelte, der verunglückt war.

Ich griff nach Grahams Karabiner und blickte Elin an: „Laß mir eine halbe Stunde Zeit. Dann fährst du, so schnell du kannst, auf den Eingang von Ásbyrgi zu und schaltest die Scheinwerfer ein. Beim Engpaß verlangsamst du das Tempo ein bißchen, damit ich aufspringen kann."

„Und dann?"

„Dann fahren wir zum Dettifoss – aber nicht auf der Hauptstraße. Wir benutzen den Fahrweg auf der westlichen Flußseite."

„Was hast du mit Cooke vor? Willst du ihn umbringen? Keinen Mord mehr, Alan, bitte!"

„Das habe ich nicht in der Hand. Wenn er auf mich schießt, schieße ich zurück."

Ich machte mich zum Eingang von Ásbyrgi auf. Lautlos schlich ich den Fahrweg entlang. Sicherlich hatte Cooke den Schuß gehört, aber er hatte ihn vermutlich auch erwartet.

Ich kam schnell voran, achtete aber auf jeden meiner Schritte, als ich mich dem Engpaß näherte. Cooke hatte es nicht für nötig gehalten, seinen Wagen zu verstecken. Da es schon wieder hell war, konnte ich mich dem Wagen kaum nähern, ohne gesehen zu werden.

Ich verbarg mich hinter einem Felsen und wartete auf Elin. Endlich hörte ich sie kommen. Plötzlich bemerkte ich, wie sich im Innern des parkenden Wagens etwas rührte. Ich brachte den Karabiner in Anschlag und zielte auf die Fahrerseite. Das Motorgeräusch des herannahenden Landrover wurde lauter. In Sekundenschnelle feuerte ich drei Gewehrkugeln in die Windschutzscheibe. Diese war jedoch aus Sicherheitsglas, denn sie wurde schon beim ersten Treffer völlig undurchsichtig. Cooke preschte in weitem Bogen davon. Jetzt erkannte ich auch, was ihn gerettet hatte. Sein Wagen hatte den Fahrersitz auf der rechten Seite, wie das in England üblich ist.

Mir blieb keine Zeit, meinen Irrtum zu korrigieren. Cookes Wagen brauste in atemberaubendem Tempo den Fahrweg entlang. Inzwischen fuhr Elin mit dem Landrover heran, und ich sprang auf.

„Los!" schrie ich. „Schnell, schnell!"

Vor uns schlingerte Cookes Wagen um eine Ecke und hinterließ eine Staubwolke. Er strebte der Hauptstraße zu, doch wir folgten ihm nicht. Elin bog in die entgegengesetzte Richtung ab, wie ich es ihr aufgetragen hatte. Ein Landrover eignet sich nicht besonders für eine Verfolgungsjagd.

Wir fuhren in südlicher Richtung weiter. „Hast du mit Cooke gesprochen?" fragte Elin.

„Ich bin gar nicht an ihn herangekommen."

„Bin ich froh, daß du ihn nicht umgebracht hast."

„Ich habe es versucht", sagte ich. „Wenn sein Fahrersitz auf der linken Seite gewesen wäre, wäre er jetzt tot."

„Würdest du dich dann wohler fühlen?" Ihre Stimme klang eisig.

Ich sah sie an. „Elin, der Mann ist gefährlich. Cooke will meinen Tod. Offenbar bin ich im Besitz von Informationen, die für ihn bedrohlich werden könnten. So bedrohlich, daß er mich umbringen will. Unter diesen Umständen ist es besser, wenn wir uns eine Zeitlang trennen."

Elin nahm den Fuß vom Gaspedal. „Allein wirst du damit nicht fertig", wandte sie ein. „Du brauchst Hilfe."

Ich brauchte mehr als nur Hilfe. Ich brauchte einen genialen Einfall, um diese harte Nuß zu knacken. Aber ich kam nicht zum Nachdenken, denn Elin klagte über heftige Schmerzen in der Schulter. „Halt an", sagte ich. „Ich werde jetzt fahren."

Nach anderthalb Stunden Fahrt auf zerfurchten Wegen rief Elin plötzlich aus: „Dort ist der Dettifoss!"

Ich blickte über die felsige Landschaft und erkannte in der Ferne eine Wolke feinen Sprühnebels. „Wir fahren zum Selfoss", verkündete ich. „Am Dettifoss sind häufig Camper."

Zwei Kilometer weiter hielt ich am Straßenrand. „Näher können wir an den Selfoss nicht heran", erklärte ich und stieg aus. „Ich werde mal zum Fluß rübergehen und nachsehen, ob die Luft rein ist."

Es war noch früh am Morgen. Am Jökulsá á Fjöllum, dem Fluß, der sich in den Selfoss und den Dettifoss ergießt, war keine Menschenseele zu sehen. Ich suchte die Schlucht ab, die der Fluß sich hier gegraben hat, dann kehrte ich zurück, öffnete die hintere Tür des Landrover und kletterte hinein.

Grahams Leiche lag im Landrover auf dem Boden. Ich durchsuchte den Toten: Seine Brieftasche enthielt einige isländische Geldscheine und ein Bündel deutscher Banknoten, außerdem den Ausweis eines deutschen Automobilclubs, der auf den Namen Dieter Buchner ausgestellt war. Der einzig interessante Fund war ein angebrochenes Päckchen Gewehrmunition. Ich legte es zur Seite, steckte dem Toten die Brieftasche wieder in die Jacke und zog ihn aus dem Landrover. Dann hievte ich Grahams Leiche auf die Schulter und trug sie zum Fluß. Elin folgte mir.

An der Schlucht warf ich die Leiche in die Tiefe und sah zu, wie sie in das graue, wirbelnde Wasser platschte. Sie wurde mit der schnellen Strömung in die Flußmitte hinausgeschwemmt. Dann trieb sie flußabwärts.

Elin sah mich bedrückt an. „Was machen wir jetzt?"

„Ich fahre nach Süden", verkündete ich und schritt eilig auf den

Landrover zu. Als ich zu unserem Wagen zurückkam, machte ich mich zuerst daran, den Minisender, der noch am Landrover hing, mit einem großen Stein zu zertrümmern.

„Warum nach Süden?" fragte Elin atemlos, als sie eine ganze Weile nach mir am Landrover eintraf.

„Ich möchte nach Keflavík und zurück nach London. Dort muß ich dringend mit jemandem sprechen – mit Sir David Taggart. Ich fahre quer durch die Insel, durch das *Ódádahraun*. Aber du kommst nicht mit."

„Das werden wir sehen", entgegnete sie.

Das Ódádahraun ist abweisend und öde wie eine Mondlandschaft. Zum Glück gibt es einige Fahrwege, die hindurchführen: Sie sind die Hinterlassenschaft von Wissenschaftlern, die in diesen kahlen Landstrich vorgedrungen sind, zumeist Geologen und Hydrographen. Im Winter werden ihre Spuren wieder ausgelöscht – durch Wasser, Lawinen und Erdrutsche. Wer sich, so wie wir, im Frühsommer bis ins Innere des Ódádahraun vorwagt, ist im wahrsten Sinn des Wortes ein Pionier. Von Zeit zu Zeit stößt man auf einen alten Weg und fährt ihn ein wenig mehr aus. Findet man ihn nicht, so muß man sich einen neuen suchen.

Am Vormittag war der Weg nicht allzu holperig und verlief parallel zum Jökulsá á Fjöllum, der mit seinem graugrünen Schmelzwasser ins Nordmeer fließt. Ich hatte den Plan, Elin loszuwerden, längst aufgegeben. Cooke wußte sowieso, daß sie in Ásbyrgi gewesen war – die „Wanze" am Landrover hatte sie verraten. Es wäre zu gefährlich für sie gewesen, wenn ich sie allein in irgendeiner Stadt an der Küste zurückgelassen hätte; bei mir war sie sicherer.

Um drei Uhr nachmittags hielten wir bei der Schutzhütte an, die unter dem Herdubreid liegt, einem hoch aufragenden Schildvulkan. Elin bereitete eine Mahlzeit, die wir vor der Hütte im Freien einnahmen. Ich aß gerade ein Sandwich, als mir eine Idee kam. Ich betrachtete den Antennenmast neben der Hütte und blickte dann auf die Wagenantenne am Landrover. „Elin, man kann doch Reykjavík von hier aus telefonisch erreichen?" fragte ich.

„Natürlich. Wir nehmen mit der Station in Gufunes Funkkontakt auf, und dort verbindet man uns mit dem Telefonnetz."

„Wenn man uns ins Telefonnetz einschalten kann, dürfte es auch kein Problem sein, von hier aus mit London zu telefonieren."

„Das hat noch niemand ausprobiert", meinte Elin zweifelnd.

„Kennst du jemanden, der im Fernmeldeamt arbeitet?"

„Ich kenne Svein Haraldson", entgegnete sie nachdenklich.

In Island kennt – beinahe – jeder jeden. Ich kritzelte eine Nummer auf einen Fetzen Papier und reichte ihn ihr.

„Das ist die Nummer in London. Ich möchte Sir David Taggart persönlich sprechen."

Elin ging zum Wagen, schaltete das Funktelefon ein und versuchte, die Station Gufunes zu erreichen. Alles, was aus dem Hörer an ihr Ohr drang, war ein wildes Geknatter. „Wahrscheinlich ein Unwetter in den Bergen im Westen", vermutete Elin. „Soll ich es mit Akureyri versuchen?"

„Nein", erwiderte ich. „Wenn Cooke die Telefonleitungen abhört, dann wird er sich auf Akureyri konzentrieren. Versuche es mit Seydisfjördur." Die Verbindung mit Seydisfjördur in Ostisland kam überraschend leicht zustande, und bald sprach Elin über die Landleitung mit Svein in Reykjavík. Er schien alle möglichen Bedenken zu haben, aber sie setzte ihren Willen durch. „Man muß mit einer Stunde Verzögerung rechnen", verkündete sie.

„Das macht nichts. Bitte die Vermittlung in Seydisfjördur, sich mit uns in Verbindung zu setzen, wenn der Anruf durchkommt." Ich blickte auf meine Uhr. In einer Stunde würde es in England 15 Uhr 45 sein – eine gute Zeit, um Taggart zu erreichen.

Wir packten zusammen und fuhren in südlicher Richtung auf den Vatnajökull zu, dessen Eiskuppe bläulich schimmerte. Ich ließ den Empfänger angeschaltet.

„Was hast du davon, wenn du diesen Taggart sprichst?" fragte Elin.

„Er ist Cookes Vorgesetzter", erklärte ich. „Er kann mir den Kerl vom Halse schaffen."

„Aber meinst du, daß er das tun wird?" fragte sie. „Du solltest doch das Päckchen übergeben, und das hast du nicht getan."

„Taggart weiß bestimmt nicht, daß Cooke versucht hat, mich und dich umzubringen. Ich vermute, daß Cooke auf eigene Faust handelt."

„Und wenn du dich täuschst? Vielleicht dachte Cooke wirklich, du spielst falsch. Würde er dann noch einmal . . .?"

„Einen Mann mit einer Knarre schicken? Darauf kannst du Gift nehmen."

„Dann bist du meiner Ansicht nach dumm, Alan. Vor lauter Haß auf Cooke kannst du nicht mehr klar denken. Ich fürchte, du steckst bis zum Hals in der Tinte."

Das schien mir allmählich auch so. „Es wird sich alles klären, wenn ich mit Taggart spreche. Aber wenn er Cooke nicht fallenläßt . . ." Wenn Taggart sich hinter Cooke stellte, dann bedeutete das, daß ich zwischen die Fronten geraten war und Gefahr lief, von beiden Seiten unter Feuer genommen zu werden.

Und doch stimmte da einiges nicht. Erstens: Der Auftrag war völlig sinnlos. Zweitens: Cooke hatte sich bei weitem nicht so sehr aufgeregt, wie ich es erwartet hätte, nachdem ich so offensichtlich versagt hatte. Und schließlich gab mir noch Grahams widersprüchliches Verhalten zu denken.

Ich bremste und brachte den Landrover zum Stehen. Elin sah mich überrascht an. „Es ist besser, wenn ich weiß, welche Karten ich in der Hand halte, bevor ich mit Taggart rede", erklärte ich. „Bringe mir bitte den Büchsenöffner – ich mache das geheimnisvolle Kästchen auf."

Ich stieg aus, ging zur hinteren Stoßstange und entfernte das Kästchen. Als ich nach vorne kam, hatte Elin bereits den Büchsenöffner herausgeholt.

Das Kästchen war aus gewöhnlichem glänzendem Blech. Auf einer Seite lief ein Lötstreifen an den vier Kanten entlang.

Ich holte tief Atem, setzte den Büchsenöffner an der einen Ecke an und hörte, wie die Luft zischend hineindrang, als ich das Blech durchstieß. Was auch immer sich in dem Kästchen befand – es war vakuumverpackt. Ziemlich spät fiel mir ein, daß es sich auch um eine Bombe handeln könnte.

Aber da nichts geschah, fing ich an, den Blechbehälter mit dem Büchsenöffner rundum aufzuschneiden. Innerhalb kurzer Zeit war er offen. Ich nahm den herausgeschnittenen Deckel ab, und mein Blick fiel auf ein Stück braunes, schimmerndes Plastikmaterial. Ich kippte den Inhalt des Kästchens auf meine Handfläche.

Die dünne Kunststoffplatte, eine sogenannte Platine, bildete die Basis für einen verzwickten elektronischen Schaltkreis. Ich erkannte kleine Widerstände und Transistoren, aber die meisten Bauteile waren mir fremd.

„Was ist das?" fragte Elin.

„Ich habe leider keinen blassen Schimmer", gestand ich. Ich sah mir das merkwürdige Gebilde von allen Seiten an und versuchte, die Schaltung nachzuvollziehen, aber es war unmöglich. Zum Teil handelte es sich um winzige Modulkonstruktionen aus gegeneinandergerichteten Plättchen mit aufgedruckten Leiterbahnen. Auf jedem Plättchen saßen Dutzende kleinster Bauteile. In der Mitte befand sich ein seltsam geformter metallischer Körper, für den es keine Erklärung gab. Das einzige, was mir sinnvoll erschien, waren die beiden Pole am Ende der Basisplatte, von denen einer mit „+", der andere mit „−" bezeichnet war. Außerdem war auf einem Messingschild „110 V 60 ∼" eingraviert.

„Die Zahlenwerte für Spannung und Frequenz sind amerikanisch", stellte ich fest. „In England haben wir zweihundertvierzig Volt und fünfzig Hertz."

„Dann stammt das Ding wohl aus Amerika?"

„Möglicherweise." Es gab keine Stromquelle, und die beiden Pole waren nirgends angeschlossen, so daß das Gerät im Augenblick nicht arbeiten konnte. Selbst wenn ich die beiden Pole an eine Stromquelle angeschlossen hätte, wäre es mir ein Rätsel geblieben, wie der Apparat funktionierte. Aber eines war mir klar – dieses Gerät war hochkompliziert, was immer es auch war.

„Ist Lee Nordlinger noch immer im Stützpunkt in Keflavík stationiert?" fragte ich nachdenklich.

„Ja", bestätigte Elin. „Ich habe ihn vor zwei Wochen gesehen."

Ich tippte auf den Gegenstand. „Er ist der einzige Mensch in Island, der vielleicht eine Ahnung hat, was das hier sein könnte."

„Willst du es ihm zeigen?"

„Ich weiß nicht", erwiderte ich zögernd. „Möglicherweise identifiziert er es als abhanden gekommenes Eigentum des amerikanischen Staates, und da er Fregattenkapitän bei der US-Marine ist, wird er sicher eine Unmenge Fragen stellen."

Ich schob das Gerät in den Behälter zurück, stülpte den herausgeschnittenen Deckel darüber und klebte ihn fest. „Ich glaube, nachdem das Blechkästchen offen ist, befestigen wir es besser nicht mehr unter dem Wagen."

„Achtung", flüsterte Elin. „Ich höre etwas im Funkempfänger."

Ich drehte am Verstärker, und die Stimme wurde deutlicher. „Seydisfjördur ruft sieben, null, fünf; Seydisfjördur ruft sieben, null, fünf."

Ich nahm den Hörer ab, denn es war unsere Nummer. „Sieben, null, fünf antwortet Seydisfjördur."

„Seydisfjördur ruft sieben, null, fünf. Ihr Gespräch nach London. Ich verbinde."

Für einen Augenblick drang lautes Rauschen aus dem Hörer, doch dann meldete sich plötzlich eine sehr weit entfernte Stimme: „Hier David Taggart. Sind Sie das, Cooke?"

„Nein, Stewart hier. Ich spreche über eine öffentliche Leitung – seien Sie vorsichtig."

Eine Pause entstand, dann wieder Taggarts Stimme: „Ich verstehe. Wer ist am Apparat? Die Verbindung ist sehr schlecht."

Damit hatte er recht. Die Lautstärke schwankte, und Taggarts Stimme wurde immer wieder von Störgeräuschen überlagert.

„Hier spricht Stewart!" rief ich erregt.

Ein undefinierbarer Laut drang aus dem Hörer. „Was fällt Ihnen eigentlich ein?" brüllte Taggart. „Ich habe heute früh mit Cooke gesprochen. Er sagte, Sie ... äh ... hätten versucht, seinen Vertrag zu kündigen. Und was ist mit Philips passiert?"

„Wer ist Philips?" fragte ich.

„Oh! Vielleicht kennen Sie ihn besser als Buchner – oder Graham."

„Ich sah mich leider gezwungen, seinen Vertrag zu kündigen", erklärte ich.

„Um Himmels willen!" schrie Taggart. „Sind Sie überge-schnappt?"

„Er versuchte, meinen Vertrag zu kündigen, aber ich bin ihm zuvorgekommen", erwiderte ich. „Der Konkurrenzkampf in Island ist schrecklich hart. Cooke hat Graham geschickt."

„Cooke hat mir was ganz anderes erzählt."

„Kann ich mir denken", knurrte ich. „Entweder hat er nicht mehr alle Tassen im Schrank, oder er ist zur Konkurrenz übergelaufen."

„Das ist völlig unmöglich", widersprach Taggart. „Cooke ist schon so lange bei uns. Sie wissen selbst, daß er stets gute Arbeit geleistet hat."

„MacLean", fuhr ich fort, „Burgess, Kim Philby, Blake, die Krogers, Lonsdale – alles gute, hochanständige Kollegen, die zum Gegner übergelaufen sind. Wieso soll Cooke nicht dazugehören?"

Taggarts Stimme klang nervös. „Sie sprechen über eine öffentliche Leitung – passen Sie auf, was Sie sagen. Stewart, Sie wissen nicht Bescheid. Cooke sagt, Sie hätten die Ware noch – stimmt das?"

„Ja", gab ich zu.

Taggart atmete schwer. „Dann müssen Sie nach Akureyri zurück-kehren. Ich werde dafür sorgen, daß Cooke Sie dort findet. Geben Sie ihm das Päckchen."

„Das einzige, was Cooke kriegen wird, ist ein endgültiges Kündigungsschreiben", bemerkte ich.

„Soll das heißen, daß Sie meine Befehle nicht befolgen?" fragte Taggart in drohendem Ton.

„Cookes Befehle – keinesfalls", empörte ich mich. „Als er Graham auf mich hetzte, stand zufällig meine Verlobte im Weg."

Eine lange Pause folgte: „Ist irgendwas . . .? Ist sie . . .?"

„Sie hat nur einen Streifschuß erwischt. Sorgen Sie dafür, daß Cooke mir nicht mehr in die Quere kommt. Ich traue ihm nicht."

„Würden Sie Case akzeptieren?" fragte Taggart.

Jack Case war in Ordnung. Ich kannte ihn und vertraute ihm, soweit ich im Department überhaupt noch jemandem vertrauen konnte. „Jack Case? Einverstanden."

„Wo wollen Sie ihn treffen? Und wann?"

„In Geysir – übermorgen um siebzehn Uhr."

Taggart schwieg. Schließlich sagte er: „Unmöglich – ich muß ihn erst aus Spanien kommen lassen. Sagen wir vierundzwanzig Stunden später. Stewart, ist Ihnen eigentlich klar, daß Sie im Begriff sind, eine außerordentlich wichtige Operation zu ruinieren? Wenn Sie sich mit Case treffen, nehmen Sie seine Anweisungen entgegen, und befolgen Sie sie haargenau. Verstanden?"

„Case würde gut daran tun, Cooke nicht mitzubringen", warnte ich. „Sonst wird nichts daraus. Bitte legen Sie Ihren Hund an die Kette, Sir David."

„Na gut", stimmte Taggart zögernd zu. „Ich werde Cooke nach London zurückbeordern. Aber Sie sind im Irrtum. Sie erinnern sich doch sicher, was er mit Kennikin in Schweden gemacht hat."

Ich hielt kurz die Luft an. Plötzlich war mir klar, was mich die ganze Zeit im Unterbewußtsein beschäftigt hatte. „Ich brauche eine Information", sagte ich schnell.

„Na schön, was ist es?" fragte Taggart ungeduldig.

„Was steht eigentlich über Kennikins Trinkgewohnheiten in den Akten?"

„Zum Teufel!" brüllte er. „Soll das ein Witz sein?"

„Diese Information ist sehr wichtig für mich, damit ich diesen Auftrag ordnungsgemäß erledigen kann. Der Computer kann Ihnen die Antwort in zwei Minuten geben. Nun machen Sie schon."

„Na gut", brummte er verärgert. „Bleiben Sie am Apparat." Er hatte allen Grund, ärgerlich zu sein: Bestimmt gab es kaum einen zweiten Agenten, der in diesem Ton mit ihm sprach. „Ich hab's", sagte er nach einer Weile. „Kennikin führt das Leben eines Mönchs. Er trinkt nicht, und seit seinem letzten Zusammentreffen mit Ihnen geht er auch nicht mehr mit Frauen aus." Taggarts Stimme klang grimmig. „Seien Sie lieber vorsichtig, wenn ..." Der Rest des Satzes ging im Lärm unter.

„Wie war das?" rief ich.

Das Geknatter im Hörer ließ Taggarts Stimme gespenstisch hohl klingen. „... soviel wir wissen ... Kenni ... ist er ... Island ..."

Mehr war nicht zu verstehen, doch das, was ich gehört hatte, reichte. Ich versuchte zwar noch, die Verbindung wiederherzustellen, aber es war vergeblich. Elin deutete in Richtung Westen, wo sich schwarze Wolken am Himmel zusammenballten.

„Ich glaube, ich habe mich in Cooke nicht getäuscht", bemerkte ich, während ich den Hörer auflegte. Dann blickte ich zu den Wolken empor, die sich über dem Dyngjufjöll zusammenbrauten, und ich fuhr fort: „Wir sollten uns aus dem Staub machen, bevor der Sturm richtig losgeht. Laß uns zum Askjakrater fahren."

4. Kapitel

Der große Askjakrater ist schön – aber nicht bei Sturm. Der Wind peitschte das Wasser des Sees auf, der in der Mitte des Kraters liegt, und es goß wie aus Eimern. Es war unmöglich, zum See hinunterzukommen, bevor der vom Regen aufgeweichte Boden nicht ein wenig getrocknet war. Wir bogen vom Fahrweg ab und machten innerhalb des Kraters halt. Bald brutzelten die Lammkoteletts auf dem Grill, und Eier zischten in der Pfanne. Wir saßen im Landrover im Trockenen und machten es uns gemütlich.

Zuvor hatte ich nach unseren Benzinvorräten gesehen. Im Tank waren gut siebzig Liter, und weitere achtzig führten wir in vier Kanistern mit; unser Vorrat reichte also für rund tausend Kilometer auf guten Straßen. Aber hier im Innern der Insel, im *Óbyggdir*, gab es keine Straßen, und wir konnten von Glück reden, wenn wir für hundert Kilometer mit weniger als zwanzig Litern auskamen. Die nächste Tankstelle lag weit unten im Süden der Insel. Trotzdem schätzte ich, daß wir bis Geysir kommen würden.

Elin nahm zwei Flaschen Carlsberg-Bier aus dem Kühlschrank, und gut gelaunt füllte ich unsere Gläser. Ich schaute ihr zu, wie sie die Eier mit zerlassener Butter übergoß. Elin sah blaß und erschöpft aus. „Wie geht es deiner Schulter?" fragte ich.

„Sie ist steif und tut weh", klagte sie.

„Nach dem Essen mache ich dir einen neuen Verband", schlug ich vor.

Sie stellte das Essen auf den Tisch. „Warum hast du dich nach Kennikins Trinkgewohnheiten erkundigt?"

„Dazu gibt's eine lange Vorgeschichte", erklärte ich. „Als junger Mann kämpfte Kennikin in Spanien auf der republikanischen Seite. Danach lebte er eine Weile in Frankreich, wo er bei der Volksfront mitmischte – meiner Meinung nach war er schon damals Geheimagent. Auf alle Fälle fand er zu jener Zeit Geschmack am Calvados – dem Apfelschnaps aus der Normandie. Ich nehme an, irgendwann wurde seine Liebe zum Calvados für ihn zum Problem. Er muß aber beschlossen haben, mit dem Trinken aufzuhören, denn laut Department trinkt er nicht mehr."

Elin schnitt Brot. „Ich verstehe nicht, worauf das hinauslaufen soll."

„Das kommt noch. Wie viele Alkoholiker schafft er es, monatelang die Finger von dem Zeug zu lassen, aber wenn er unter Druck steht, dann fängt er wieder an zu trinken. Der springende Punkt ist – er trinkt nur heimlich. Das fand ich heraus, als ich ihn in Schweden einmal unangemeldet besuchte. Ich traf ihn sternhagelvoll an: Natürlich hatte er wieder eine Flasche Calvados geleert – etwas anderes rührte er nicht an. Er war so betrunken, daß er über sein Problem redete." Ich trank einen Schluck Bier. „Wenn ein Agent nach einem Auftrag wieder in die Zentrale zurückkehrt, wird er von Experten nach Strich und Faden verhört. Mit mir machte man keine Ausnahme, als ich von Schweden zurückkam. Aber weil ich wegen der Sache mit Jimmy Birkby Stunk machte, fiel das Verhör vielleicht nicht ganz so gründlich aus, wie es erforderlich gewesen wäre. Die Tatsache, daß Kennikin trinkt, ist jedenfalls nicht in die Akten gelangt."

„Ich begreife immer noch nicht", murmelte Elin hilflos.

„Du wirst es gleich verstehen", entgegnete ich. „Als Cooke mich in Schottland aufsuchte, erzählte er mir, daß ich Kennikin an einer empfindlichen Stelle verletzt hätte. Dabei ließ er verlauten, daß Kennikin mich eher mit einem scharfen Messer traktieren würde, als daß er sich mit mir bei einer Flasche Calvados zusammensetzte.

Woher weiß Cooke von Kennikins Trinkgewohnheiten? Er ist nie
nahe an Kennikin herangekommen, und von der Calvadosgeschichte
steht nichts in Kennikins Akte. Dieser Widerspruch hat mich lange
beschäftigt, aber der Groschen ist erst heute gefallen. Und da ist noch
etwas. Die Russen haben sich ein Päckchen unter den Nagel gerissen,
das sie vermutlich schnell als Attrappe erkannt haben. Nun sollte man
doch erwarten, daß sie jetzt hinter dem richtigen Päckchen herjagen.
Aber der einzige, der wutschnaubend angerast kommt, ist Cooke."

„Meinst du etwa, daß Cooke ein russischer Agent ist?" fragte Elin.
„Aber diese Rechnung geht doch nicht auf. Wer war denn für die
Aufdeckung von Kennikins Spionagenetz in Schweden verantwort-
lich?"

„Das war Cooke. Er hat die Aktion inszeniert", bestätigte ich.

„Ja, und? Würde ein russischer Agent so was den eigenen Leuten
antun?"

„Cooke ist inzwischen ein hohes Tier", antwortete ich. „In einer
sehr wichtigen Abteilung des britischen Geheimdienstes kommt er
gleich nach Taggart. Er ist also ein Spitzenmann – aber wie hat er es
so weit gebracht? Antwort: Er hat die russische Organisation in
Schweden zerschlagen. Was wird wohl den Russen wichtiger gewesen
sein? Das schwedische Spionagenetz zu erhalten, das notfalls wieder
ersetzt werden kann, oder Cooke in seine jetzige Stellung zu hieven?"
Ich legte mein Besteck beiseite, da ich mit dem Essen fertig war.
„Überall kannst du dieselbe Taktik erkennen. Cooke brachte mich
Kennikin näher, indem er Birkby opferte. Die Russen brachten Cooke
an Taggart heran, indem sie Kennikin und seine Gruppe opferten."

„Aber warum sollte sich Cooke die ganzen Scherereien mit Birkby
und dir aufhalsen? Wenn er für die Russen arbeitet, wäre es doch besser
für ihn, wenn er nicht auffiele."

„Damit es glaubhaft wirkt", erklärte ich. „Das Unternehmen
wurde hinterher von Leuten mit Röntgenaugen durchleuchtet, daher
mußte der Gegner schon mit echtem Blut aufwarten und nicht mit
Tomatenketchup. Ich frage mich, ob Kennikin überhaupt wußte, was
gespielt wurde. Ob er es wohl immer noch nicht weiß?"

„Das ist alles nur Theorie", wandte Elin ein. „So etwas gibt es doch
gar nicht."

„Nein? Weißt du, warum der Agent Blake zu zweiundvierzig
Jahren Gefängnis verurteilt wurde?"

Sie schüttelte den Kopf.

„Im Department wußte man die Erklärung dafür – weil Blake dem Feind genau zweiundvierzig unserer Agenten ans Messer geliefert hatte. Cooke könnte ähnliches anrichten!"

„Du kannst also niemandem trauen", meinte Elin. „Was für ein Leben!"

„So schlimm ist es auch wieder nicht. Taggart vertraue ich bis zu einem gewissen Grad, genauso Jack Case; das ist der Mann, den ich in Geysir treffen soll. Aber Cooke hat zwei Fehler gemacht – einen, als er den Calvados erwähnte, und den anderen, als er selbst hinter dem Päckchen herrannte. Ich habe Graham umgebracht, einen Agenten des britischen Geheimdienstes, und jetzt sitze ich in der Klemme. Aus der kann ich mich nur herauswinden, wenn ich nachweise, daß Cooke ein russischer Agent ist. Wenn mir das gelingt, bin ich der Held des Tages und habe wieder eine reine Weste."

„Aber wenn du dich täuschst?"

„Ich täusche mich nicht", erwiderte ich mit Nachdruck. „Es war ein anstrengender Tag heute, Elin. Komm, ich verbinde dir die Schulter."

Als ich den letzten Streifen Leukoplast festdrückte, fragte sie: „Bist du eigentlich dahintergekommen, was Taggart gesagt hat, kurz bevor der Sturm losging?"

Der Gedanke machte mir Sorgen. „Ich glaube, er wollte mir mitteilen, daß Kennikin in Island ist", murmelte ich.

OBWOHL ich nach der langen Fahrt todmüde war, schlief ich schlecht. Der Wind fegte über den Askjakrater hinweg und rüttelte den Landrover. Doch als ich am nächsten Morgen aus dem Fenster blickte, schien die Sonne, und im See spiegelte sich der tiefblaue, wolkenlose Himmel.

Ich stellte Wasser auf, und als der Kaffee fertig war, beugte ich mich über Elin und rüttelte sie sanft wach.

Sie seufzte und kuschelte sich noch tiefer in den Schlafsack. Ich stieß sie sacht in die Rippen. Sie öffnete ein Auge und sah mich böse an. „Hör auf!" murmelte sie verschlafen.

„Kaffee", verkündete ich und schwenkte die Tasse.

Endlich wurde sie wach und griff nach der Kaffeetasse. Ich holte meine Tasse und einen Krug heißes Wasser und stieg aus dem Landrover. Draußen legte ich mein Rasierzeug auf die Motorhaube und fing an, mein Gesicht einzuseifen. Ich rasierte mich und überlegte dabei, was ich tun sollte. Das Vordringlichste war zweifellos, mich noch einmal mit Taggart in Verbindung zu setzen. Ich wollte ihm in allen Einzelheiten klarmachen, was ich gegen Cooke hatte.

Elin tauchte mit der Kaffeekanne auf. „Willst du noch Kaffee?"

„Ja, gerne." Ich hielt ihr meine Tasse hin. „Heute machen wir uns einen faulen Tag."

Ihr Blick wanderte zum Himmel. „Ja, wir sollten das herrliche Wetter ausnutzen." Plötzlich wurde ihre Miene besorgt. „Die Funkantenne", sagte sie. „Sie ist weg."

Ich fuhr herum. „Verdammt noch mal!" Der Verlust der Antenne war sehr unangenehm. Ich besah mir den Schaden. Bestimmt war die Autoantenne, die beim Fahren dauernd schwankte, auf einer der holperigen Pisten einfach abgebrochen. Ich fragte mich, wann wir sie verloren hatten.

Ganz gewiß erst nachdem ich mit Taggart gesprochen hatte – also vermutlich bei der wilden Fahrt in Richtung Askjakrater, als wir vor dem Sturm geflüchtet waren. „Vielleicht liegt sie irgendwo hier in der Nähe", meinte ich. „Suchen wir mal."

Wir kamen nicht weit, denn plötzlich hörte ich ein vertrautes Geräusch – das Brummen eines kleinen Flugzeugs. „Runter!" sagte ich schnell. „Bleib still liegen, und schau nicht hoch!"

Wir ließen uns dicht neben dem Landrover fallen, als die kleine Maschine über dem Kraterrand auftauchte. Sie flog ziemlich tief, verschwand hinter den Felsen zu unserer Linken, flog dann über dem See eine Schleife und kam zurück, um im Spiralflug den Krater abzusuchen. Offensichtlich handelte es sich um eine viersitzige Cessna.

„Glaubst du, daß uns jemand sucht?" fragte Elin leise.

„Das müssen wir jedenfalls annehmen", sagte ich. An ein Flugzeug hatte ich noch gar nicht gedacht. Doch Reifenspuren im Óbyggdir sind selten, und daher war es nicht schwierig, sie von der Luft aus zu verfolgen.

Das Flugzeug beendete seinen Rundflug über dem Krater, stieg auf und drehte nach Nordwesten ab.

„Meinst du, die haben uns gesehen?" fragte Elin.

„Das weiß ich nicht."

Ich wartete weitere fünf Minuten, während ich fieberhaft überlegte, was wir tun sollten. Der Askjakrater war selbst für isländische Verhältnisse sehr abgelegen, doch hatte er einen Nachteil – der Fahrweg führte in den Krater hinein, endete dort jedoch wie eine

Sackgasse. Wenn jemand die Zufahrt zum Krater blockierte, gab es kein Entkommen, jedenfalls nicht für uns mit unserem Landrover. Und über einen Fußmarsch machte ich mir keine falschen Vorstellungen. Denn wer sich zu Fuß im Óbyggdir fortbewegt, begibt sich auf Schritt und Tritt in Lebensgefahr.

„Wir müssen machen, daß wir wegkommen."

„Und die Antenne?"

Ich zögerte. Die Antenne würde uns fehlen, denn ich mußte mit Taggart reden. Aber falls man uns aus der Luft entdeckt hatte, dann raste vielleicht schon in diesem Augenblick ein Wagen mit schwerbewaffneten Männern auf den Askjakrater zu. Wir hatten keine Zeit mehr zu verlieren.

„Zum Teufel damit! Bloß weg von hier."

Zwei Minuten später holperten wir den schmalen Fahrweg hinauf, der zum Ausgang des Kraters führte. Bis zum Hauptweg waren es zehn Kilometer, und als wir dort ankamen, brach mir der Angstschweiß aus. Wurden wir bereits erwartet? Aber nichts rührte sich. Ich bog nach rechts ab, und wir fuhren in südlicher Richtung weiter.

Eine Stunde später hielt ich an einer Weggabelung. Zu unserer Linken floß der Jökulsá á Fjöllum.

„Laß uns hier frühstücken", schlug ich vor.

„Warum gerade hier?"

Ich deutete auf die Weggabelung. „Wir haben drei Möglichkeiten – wir können zurückfahren oder einen der beiden Wege vor uns einschlagen. Falls das Flugzeug zurückkommt, um uns ausfindig zu machen, dann soll es uns lieber hier entdecken als anderswo. Am besten warten wir dann, bis es wieder weg ist, bevor wir weiterfahren."

Während Elin Frühstück machte, untersuchte ich Grahams Gewehr und zählte die Munition. Graham hatte fünfundzwanzig Patronen geladen. Er hatte einen Schuß abgegeben und ich selber drei auf Cooke – blieben einundzwanzig übrig. Allerdings hatte ich auch noch Grahams Reservemunition.

„Ich gehe jetzt zum Fluß runter", sagte ich. „Ich bin froh, daß ich mich endlich einmal waschen kann. Ruf mich, wenn das Frühstück fertig ist."

Ich wanderte zum Fluß hinab, dessen Schmelzwasser erschreckend kalt war. Aber nach dem ersten Schock war das Wasser sehr belebend. Erfrischt kehrte ich zurück, um zu frühstücken.

Elin beugte sich gerade über die Landkarte. „Wohin willst du eigentlich fahren?"

„Ich möchte zwischen Hofsjökull und Vatnajökull durch", erwiderte ich. „Wir nehmen die Abzweigung nach links."

„Das ist aber eine Einbahnstraße", meinte Elin und reichte mir die Karte.

Das stimmte. Entlang der gestrichelten Linie, die den Weg anzeigte, stand die Anweisung: „Nur ostwärts befahrbar." Wir wollten aber nach Westen. Die Eiswüste des Vatnajökull lag südlich von uns, und der Fahrweg nach Westen zwängte sich zwischen dem Vatnajökull und dem hoch aufragenden Kegel des Trölladyngja, eines riesigen Schildvulkans, hindurch. Ich kannte diese Strecke nicht, konnte mir jedoch lebhaft vorstellen, warum man sie nur in einer Richtung befahren durfte. Gewiß führte der Weg dicht an den Felswänden entlang und wies unzählige Haarnadelkurven auf, war also auch ohne gefährlichen Gegenverkehr schon eine knifflige Angelegenheit.

Ich seufzte und dachte über die anderen Möglichkeiten nach. Die Abzweigung nach rechts führte nach Osten und später in den Norden, und von dort kamen wir ja gerade. Und wenn wir umkehrten und zurückfuhren, mußten wir das Dreifache der Wegstrecke zurücklegen, um in den Süden der Insel zu gelangen.

Ich sah Elin an. „Wir riskieren es einfach. Wir nehmen den kürzesten Weg und beten, daß uns niemand begegnet. Touristen sind wahrscheinlich nicht unterwegs, es ist ja noch nicht Hochsommer."

Elin ging zum Fluß hinunter, und ich stieg auf einen Erdhügel. Rundherum war alles still. Keine verräterische Staubwolke, die auf den Wagen eines möglichen Verfolgers hinwies, kein geheimnisvolles Flugzeug, das am Himmel kreiste. Plötzlich dachte ich an das Blechkästchen, das jetzt unter dem Fahrersitz des Landrover lag. Wie würde sich Jack Case wohl verhalten, wenn ich ihn in Geysir traf?

Ich sah, daß Elin zum Landrover zurückkehrte, und ging dann ebenfalls zum Wagen zurück. Ihr Haar war feucht, und ihre Wangen glühten, als sie sich das Gesicht mit einem Handtuch abtrocknete. Ich sagte: „Du steckst jetzt ebenso tief in dieser Affäre drin wie ich, also hast du ein Stimmrecht. Was soll ich deiner Meinung nach tun?"

Sie sah mich nachdenklich an. „Ich würde genau das tun, was du vorgehabt hast. Triff dich mit diesem Mann in Geysir, und gib ihm das . . . dieses Kästchen."

Ich nickte. „Und wenn jemand versucht, uns aufzuhalten?"

Sie zögerte. „Wenn es Cooke ist, gib ihm das Ding. Wenn es Kennikin ist ... Wahrscheinlich wirst du dann mit ihm kämpfen – versuchen, ihn umzubringen."

Ich nahm sie beim Arm. „Elin, ich bringe nicht wahllos Leute um. Ich verspreche dir, daß ich nur in Notwehr töten werde."

„Tut mir leid, Alan", murmelte sie. „Aber dies ist mir alles ziemlich fremd. Ich habe mich nie mit solchen Fragen auseinandersetzen müssen."

Ich blickte zur Sonne auf, die bereits hoch am Himmel stand. „Komm, wir fahren los."

Der Weg war noch schlechter, als ich befürchtet hatte. Das Fahren wurde immer beschwerlicher, nachdem wir den Fluß verlassen hatten und über die Hügel krochen, die schon zum Massiv des Vatnajökull gehörten. Ich fuhr im ersten Gang und schaltete den Vierradantrieb ein. Der Weg schlängelte sich in haarsträubenden Kurven zwischen steilen Felsen hoch. Es war kaum Platz für einen Wagen, und ich schlich förmlich um jede Kurve, wobei ich jeweils ein Stoßgebet zum Himmel schickte, daß mir kein anderes Fahrzeug entgegenkäme.

Einmal rutschten wir seitlich vom Fahrweg ab, und ich spürte, wie die Hinterräder des Landrover im losen Geröll durchdrehten. Ich gab Gas. Die Vorderräder fanden Halt auf festem Grund und zogen uns in Sicherheit. Als gleich darauf eine einigermaßen gerade Strecke kam, hielt ich an. Ich war schweißgebadet, und meine Hände zitterten.

„Soll ich dich eine Weile ablösen?" fragte Elin.

„Nein, nicht mit deiner verletzten Schulter."

„Ich könnte vorangehen und dich an den Biegungen weiter-winken."

„Das nimmt zuviel Zeit in Anspruch", wandte ich ein. „Und wir haben noch einen langen Weg vor uns."

Sie deutete nach unten. „Besser, als im Abgrund zu landen. Wir kommen sowieso nur im Schrittempo voran." Sie öffnete die Tür, um auszusteigen.

Elin stellte sich auf die vordere Stoßstange. Wenn wir uns einer Kurve näherten, sprang sie ab, sobald ich das Tempo verlangsamt hatte. Ich fuhr im ersten Gang. Der Landrover legte nur ungefähr dreizehn Kilometer in der Stunde zurück, trotz seines kräftigen Motors. Und der Benzinverbrauch war gewaltig.

Plötzlich hob Elin die Hand und deutete nach oben. Ein Hubschrau-ber tauchte wie ein riesenhaftes Insekt hinter dem Trölladyngja auf.

Augenblicklich erkannte ich, daß Elin in Gefahr war. „Komm auf die andere Seite des Wagens!" schrie ich. „In Deckung, schnell!" Ich schlüpfte hastig aus dem Landrover; nun lagen wir im Schutz einiger steil aufragender Felsen.

Ich richtete mich auf, öffnete die Wagentür und griff nach dem Gewehr. Der Helikopter näherte sich uns und verlor an Höhe. In rund dreißig Meter Entfernung blieb er leicht schwankend in der Luft stehen.

Ich umfaßte das Gewehr fester. Mir war nicht wohl in meiner Haut, denn zwischen uns und dem Helikopter stand einzig und allein der Landrover. Die Besatzung des Hubschraubers schien sich für uns zu interessieren, aber hinter dem reflektierenden Glas der Kanzel konnte ich niemanden erkennen. Langsam drehte sich der Rumpf des Helikopters, bis er uns die Breitseite zuwandte. Ich atmete erleichtert auf. In großen Buchstaben stand dort ein einziges Wort – NAVY. Die Anspannung fiel von mir ab, ich legte das Gewehr hin und trat hinter dem Landrover vor. Ich konnte sicher sein, daß Kennikin nicht in einem Sikorsky-Hubschrauber der US-Marine in Island umherflog.

Elin kam ebenfalls hervor, und wir blickten zu dem Helikopter hinüber. Eine Seitentür öffnete sich, und ich sah einen Mann mit weißem Helm. Er beugte sich heraus, wobei er sich mit einer Hand festklammerte, mit der anderen eine Drehbewegung machte und sich dann die Faust ans Ohr hielt. Dies wiederholte er zwei-, dreimal, bis ich begriff.

„Er möchte, daß wir das Telefon benutzen – ein Jammer, daß es nicht geht." Ich stieg auf das Trittbrett des Landrover und deutete bedauernd auf die Stelle, wo sich eigentlich die Antenne hätte befinden sollen. Der Mann verstand sofort. Er winkte, zog sich zurück und schloß die Tür. Ein paar Sekunden später stieg der Helikopter in die Höhe und flog davon.

Ich sah Elin an. „Was er wohl gewollt hat?"

„Anscheinend wollte der Mann mit dir reden."

Ich blickte dem Helikopter nach. „Niemand hat mir gesagt, daß auch die Amerikaner die Hand im Spiel haben."

„Wobei denn?"

„Das ist es eben, was ich nicht weiß. Laß uns weiterfahren."

Wir fuhren auf dem entsetzlich holperigen Weg weiter, eine Kurve nach der anderen, immer am Rand des Vatnajökull entlang. Jetzt führte uns der Weg in Richtung Südwesten. Nach einiger Zeit wurde er besser, und ich holte Elin wieder an Bord. Ich zog die Karte zu Rate und erkannte zu meiner Freude, daß wir die Einbahnstrecke hinter uns hatten.

Elin sah müde aus. Das dauernde Auf- und Abspringen hatte sie sehr angestrengt. Ich blickte auf die Uhr. „Wenn wir erst einmal gegessen und eine Tasse heißen Kaffee getrunken haben, geht's uns besser. Laß uns eine Weile hier halten."

Meine Entscheidung war ein Fehler, doch das sollte sich erst später herausstellen. Wir hatten eine Stunde lang Rast gemacht und gegessen und waren dann anderthalb Stunden lang weitergefahren, bis wir an einen reißenden Fluß kamen. Ich hielt am Ufer und entdeckte Fahrspuren, die im Flußbett verschwanden. Eine schöne Bescherung!

„Das Wasser steigt sogar noch, verdammt! Wenn wir keine Rast gemacht hätten, dann hätten wir ihn sicher noch überqueren können. Wer weiß, ob es jetzt noch klappt."

Einen Gletscherfluß durchfährt man am besten im Morgengrauen. Während des Tages, vor allem bei sonnigem Wetter, sammelt sich das Schmelzwasser von überall her, und am späten Nachmittag erreicht der Wasserspiegel seinen Höchststand. Der Fluß, vor dem wir nun standen, war schon zu tief, um ihn gefahrlos überqueren zu können.

Elin blickte auf die Karte. „Wohin willst du heute noch?"

„Ich möchte auf die Hauptroute von Sprengisandur. Von dort aus müßten wir eigentlich leicht nach Geysir kommen."

Sie maß die Entfernung. „Bis zur Piste sind es noch sechzig Kilometer." Sie blickte auf. „Aber auf dieser Strecke müssen wir sechzehn Flüsse durchqueren."

„Ach du meine Güte!" rief ich.

„Wir könnten hier übernachten", schlug Elin vor.

Ich starrte auf den Fluß und wußte, daß ich mich rasch entscheiden mußte. „Ich glaube, wir sollten versuchen hinüberzukommen."

Elin sah mich bestürzt an. „Aber warum? Vor morgen früh kannst du auch die anderen Flüsse nicht überqueren."

„Wenn auf das dumpfe Gefühl, das ich im Magen habe, Verlaß ist, dann bekommen wir heute noch Ärger." Ich drehte mich um und zeigte in die Richtung, aus der wir gekommen waren. „Und ich fürchte, unsere Verfolger nehmen diesen Weg. Wenn wir schon übernachten müssen, dann lieber am anderen Ufer des Flusses. Komm, laß uns losfahren!"

Ich legte den ersten Gang ein und fuhr langsam ins Flußbett. Das

schnell dahinströmende Wasser wirbelte um die Räder, und Wellen schwappten gegen die Wagenseite. In der Flußmitte rechnete ich jeden Augenblick damit, daß die milchig-trübe Flut unter der Tür hereindringen würde. Ich trat das Gaspedal durch in der Hoffnung, seichteres Wasser zu erreichen. Die Vorderräder fanden im Flußbett Halt, aber das Heck des Wagens trieb an. Schließlich kamen wir mit der Seite voraus am Ufer an. Mühsam schleppte sich der Landrover über den mit Moos überwucherten Hügel, der dort sanft anstieg.

Wieder auf dem Fahrweg angelangt, holperten wir über große Lavabrocken. „Einen zweiten Fluß überqueren wir heute nicht mehr", erklärte ich. „Der eine reicht. Es lebe der Vierradantrieb."

Elin sah mitgenommen aus. „Das hätte schiefgehen können", wandte sie ein.

„Es hat aber geklappt", erwiderte ich. „Wie weit ist es bis zum nächsten Fluß? Wir übernachten dort und überqueren ihn in der Morgendämmerung."

Sie blickte auf die Karte. „Gut anderthalb Kilometer."

Wir fuhren weiter und erreichten den besagten Fluß, der vom Schmelzwasser des Vatnajökull ebenfalls stark angeschwollen war. Ich bog ab und fuhr auf eine Felsgruppe zu, hinter der ich den Landrover parkte, so daß er weder vom Fluß noch vom Weg aus zu sehen war. Ich schaute Elin an. „Du siehst müde aus", sagte ich. „Das war ein harter Tag für dich. Wie geht es deiner Schulter?"

Sie zog eine Grimasse. „Sie ist steif."

„Dann sehe ich sie mir besser mal an."

Ich stellte den Wasserkessel auf den Gaskocher. Elin versuchte, ihren Pullover auszuziehen. Ich half ihr dabei. Obwohl ich sehr behutsam vorging, stöhnte sie vor Schmerz auf. Ich nahm den Verband ab und betrachtete die Wunde. Sie war stark entzündet.

„So eine Wunde kann verdammt weh tun", bemerkte ich. „Du solltest deinen Arm in eine Schlinge legen." Ich wusch die Wunde aus und legte einen neuen, mit Penicillinpuder bestäubten Verband an. Dann half ich ihr wieder in den Pullover. „Wo ist dein Schal?" fragte ich schließlich.

„In der Schublade dort."

„Er eignet sich bestimmt für eine Schlinge." Ich nahm ihn heraus und legte ihn ihr um. „Und jetzt setzt du dich ruhig hin; ich übernehme heute die Küche."

Während des Essens kehrte langsam ein wenig Farbe auf Elins

Wangen zurück. Anschließend kochte ich Kaffee, den wir mit einem Gläschen Brandy tranken.

Elin nippte an ihrem Kaffee und seufzte. „Fast wie in alten Zeiten, Alan."

„Ja", murmelte ich träge. Ich fühlte mich auch schon wesentlich wohler. „Aber jetzt gehst du besser schlafen. Morgen starten wir sehr früh." Ich rechnete mir aus, daß es um drei Uhr morgens, wenn der Fluß am wenigsten Wasser führte, hell genug sein würde, um loszufahren. „Ich schau mich noch ein bißchen um, aber ich bleibe nicht lange weg."

Ich hängte mir den Feldstecher um, nahm das Gewehr und sprang aus dem Landrover. Zuerst sah ich mir den Fluß an, den wir durchqueren mußten. Er floß friedlich dahin. Im Morgengrauen war es vermutlich ein Kinderspiel, ans andere Ufer zu gelangen.

Später ging ich bis zu dem anderen Fluß zurück, den wir einige Stunden zuvor durchfahren hatten. Nichts Beunruhigendes war zu erkennen. Mit dem Feldstecher suchte ich die weitere Umgebung ab, dann setzte ich mich auf die Erde und lehnte mich an einen bemoosten Felsblock.

Ich blieb zwei Stunden sitzen, rauchte ein paar Zigaretten, betrachtete den Fluß und grübelte. Aber am Ende kam mir trotz allen Kopfzerbrechens keine Erleuchtung. Das Auftauchen des amerikanischen Helikopters war ein neues Rätsel, für das ich keine Erklärung hatte. Ein Blick auf meine Uhr zeigte mir, daß es kurz nach neun war. Nachdem ich meine herumliegenden Zigarettenstummel verscharrt hatte, griff ich nach dem Gewehr und brach auf.

Ich war kaum ein paar Schritte gegangen, da sah ich etwas, das mich erstarren ließ – eine Staubwolke in einiger Entfernung. Ich schaute durch den Feldstecher. Vor der aufwirbelnden Staubwolke konnte ich, vorläufig noch als winzigen Punkt, ein Fahrzeug erkennen. Ich blickte mich um. Ungefähr zweihundert Meter weiter entdeckte ich einige Lavafelsen, die mir Schutz bieten würden. Ich rannte darauf zu.

Das Fahrzeug entpuppte sich als ein Jeep – ein Fahrzeug, das auf seine Weise für isländische Straßenverhältnisse ebenso geeignet ist wie mein Landrover. Der Wagen wurde langsamer, als er sich dem Fluß näherte; schließlich hielt er am Ufer an. Ein Mann stieg aus und trat ans Wasser. Er drehte sich um und sagte etwas zu dem Fahrer. Obwohl ich die einzelnen Worte nicht verstehen konnte, wußte ich, daß er weder isländisch noch englisch sprach. Es war Russisch.

Der Fahrer stieg aus, blickte auf das Wasser und schüttelte den Kopf. Gleich darauf standen vier Männer am Ufer und schienen heftig zu diskutieren. Ein zweiter Jeep tauchte auf, dem ebenfalls vier Männer entstiegen. Einen der Burschen glaubte ich zu erkennen.

Ich hob den Feldstecher an die Augen. Ich konnte das Gesicht des Mannes trotz der Dämmerung deutlich erkennen. Da war die Narbe, die vom Ende der rechten Braue bis zum Mundwinkel verlief, da waren die Augen, grau und hart wie Kieselsteine. Nur das ehemals schwarze Haar war jetzt grau meliert und das Gesicht ein wenig aufgedunsen.

Wir beide, Kennikin und ich, waren vier Jahre älter geworden. Dennoch fand ich, daß ich mich besser gehalten hatte.

5. Kapitel

Die Diskussion am Flußufer war bei Kennikins Eintreffen verstummt. Ich grinste, als ich sah, wie jemand auf die Spuren unseres Landrover deutete, die ins Wasser führten, und dann aufs gegenüberliegende Ufer wies. An der Stelle, wo wir den Fluß erwartungsgemäß hätten verlassen müssen, war nichts zu sehen, denn wir waren ja ein gutes Stück seitlich abgetrieben worden. Das mußte jeden, der unsere Durchquerung nicht beobachtet hatte, verblüffen.

Der Mann zeigte mit beredter Geste flußabwärts, aber Kennikin schüttelte den Kopf. Offensichtlich war er anderer Meinung. Er schnippte ungeduldig mit den Fingern. Sofort stürzte jemand mit einer Landkarte herbei. Kennikin studierte sie und deutete auf einen Punkt auf der rechten Seite, worauf vier der Männer in einen der beiden Jeeps stiegen, zum Fahrweg zurückholperten und hinter einer Biegung verschwanden.

Mir fiel ein, daß in dieser Richtung eine kleine Seengruppe lag. Wenn Kennikin annahm, daß ich dort mein Lager aufgeschlagen hätte, so war er zwar auf dem Holzweg, aber es verriet seine Gründlichkeit. Die Mannschaft des anderen Jeeps machte sich daran, Zelte für die Nacht zu errichten.

Zufrieden ließ ich den Feldstecher sinken und zog mich vorsichtig zurück. Ich kletterte um die Lavafelsen herum, hängte mir dann das Gewehr über die Schulter und legte den Rest der Strecke bis zum Landrover im Dauerlauf zurück.

Elin schlief. Ich weckte sie nicht. Es hätte keinen Sinn gehabt, denn wir kamen jetzt doch nicht weiter. Und Kennikin ebensowenig.

Müde ließ ich mich auf mein Nachtlager fallen, nachdem ich den Wecker meiner Armbanduhr auf zwei Uhr früh gestellt hatte, und sank in tiefen Schlaf.

PÜNKTLICH um zwei Uhr summte der Wecker. Sofort rüttelte ich Elin wach, ohne auf ihren schlaftrunkenen Protest zu achten. Erst als sie erfuhr, daß uns Kennikin dicht auf den Fersen war, wurde sie mit einem Schlag munter. Um zwei Uhr fünfzehn waren wir startbereit.

Inzwischen führte der Fluß kaum noch Wasser, doch schon neigte sich die kurze nordische Sommernacht ihrem Ende zu. Wir durchquerten den Fluß ohne Mühe, obwohl wir dabei mehr Lärm verursachten, als mir lieb war. Am anderen Ufer setzten wir unsere Fahrt fort.

Elin hielt durch das Rückfenster Ausschau, während ich mich darauf konzentrierte, so schnell wie möglich zu fahren. Während der nächsten vier Kilometer durchquerten wir zwei weitere Flüsse, dann kam eine lange Strecke in nördlicher Richtung, auf der ich schneller fahren konnte.

Sechzehn Flüsse auf sechzig Kilometern, hatte Elin gesagt. Wenn man die Zeit, die wir zum Durchqueren der Flüsse brauchten, außer acht ließ, schafften wir jetzt einen Durchschnitt von fünfundzwanzig Stundenkilometern, wobei uns allerdings sämtliche Knochen durcheinandergeschüttelt wurden. Für die schlechten Pistenverhältnisse fuhren wir entschieden zu schnell. Ich schätzte, daß wir in rund vier Stunden die Sprengisandurroute erreichen würden. Tatsächlich brauchten wir sechs, weil sich einige der Flüsse als ausgesprochen tückisch erwiesen. Um acht Uhr dreißig waren wir auf der Hauptroute. Erleichtert sah ich Elin an. „Ein Frühstück wäre jetzt genau das richtige. Kannst du nach hinten klettern und uns was zurechtmachen?"

„Willst du nicht halten?"

„Um Himmels willen, nein. Kennikin ist gewiß auch schon seit einigen Stunden unterwegs."

Wir frühstückten während der Fahrt und hielten nur einmal kurz an, um den Tank mit dem letzten Benzinkanister aufzufüllen. Während wir noch damit beschäftigt waren, tauchte plötzlich unser Freund vom Tag zuvor auf, der Helikopter der US-Marine. Er flog nicht sehr tief und schien uns keine Aufmerksamkeit zu schenken.

Ich sah dem Hubschrauber nach, der sich in Richtung Süden entfernte. Elin schüttelte verwundert den Kopf: „Das finde ich aber merkwürdig. Normalerweise fliegen hier keine amerikanischen Militärmaschinen herum."

„Stimmt, es ist wirklich seltsam." Viele Isländer sind gegen die Anwesenheit des amerikanischen Militärs in Keflavík. Daher ist die amerikanische Marine auf Island im allgemeinen bemüht, sowenig wie möglich in Erscheinung zu treten. Eine Militärmaschine am isländischen Himmel hatte zweifellos Seltenheitswert.

Ich machte mir zunächst über dieses Problem keine Gedanken, und wir fuhren weiter. Anscheinend folgte uns niemand. Wir gerieten auf eine gerade, wenn auch unebene Strecke zwischen dem Fluß Thjórsá und dem Bergkamm Búdarháls. Die Hauptstraße war nur noch siebzig Kilometer entfernt – sofern man irgendwelche Straßen auf Island überhaupt als Hauptstraßen bezeichnen kann.

Um elf Uhr hatten wir eine Panne – ein Reifen platzte. Es war ausgerechnet ein Vorderreifen, und ich focht einen wilden Kampf mit dem Lenkrad aus, bevor der Landrover zum Stillstand kam. „Jetzt müssen wir schnell sein", sagte ich und griff nach dem Wagenheber.

Zum Glück war der Boden eben und trocken, so daß der Wagenheber nicht abrutschen konnte. Ich kurbelte den vorderen Teil des Landrover in die Höhe und machte mich daran, das Rad abzunehmen. Ich rollte den kaputten Reifen weg und ersetzte ihn durch das Reserverad. Die ganze Operation nahm knapp zehn Minuten in Anspruch.

Ich zog die letzte Schraube an und untersuchte den kaputten Reifen, um herauszufinden, was die Panne verursacht hatte. Was ich dabei entdeckte, ließ mir das Blut in den Adern gerinnen. Nur eine Gewehrkugel konnte ein solches Loch in einen Reifen reißen. Oben auf dem Búdarháls, dem Bergkamm, der parallel zum Fahrweg verlief, mußte in einer Felsspalte verborgen ein Heckenschütze sitzen. Und wahrscheinlich hatte er uns immer noch im Visier.

Wie zum Teufel war es Kennikin gelungen, uns zu überholen? Das war mein erster erbitterter Gedanke. Aber Gedanken waren müßig, ich mußte handeln.

Ich warf verstohlen einen Blick zum Bergkamm hinüber. Zwischen dem Fuß des Berges und dem Fahrweg lagen mindestens zweihundert Meter. Also mußte der Scharfschütze etwa vierhundert Meter weit weg sein.

Ein Mann, der auf über vierhundert Meter Entfernung einen Reifen trifft, muß ein verdammt guter Schütze sein. So gut, daß er jederzeit auch mir eine Kugel in den Leib jagen konnte. Warum hatte er das nicht getan?

Ich verstaute Schraubenschlüssel und Wagenheber und bemühte mich, so unbefangen wie möglich zu wirken. Meine Handflächen klebten vor Schweiß. Ich ging um den Landrover herum und steckte den Kopf durch die geöffnete Wagentür. „Wie steht's mit dem Kaffee?" fragte ich Elin.

„Gerade fertig", antwortete sie.

Ich stieg ein und ließ mich nieder. Von meinem Sitz aus konnte ich unauffällig die Hänge des Búdarháls absuchen.

Zwischen den grauen Felsen rührte sich nichts. War der Schütze überhaupt noch dort oben? Vermutlich ja. Aber warum hatte er nicht noch einmal geschossen. Ich konnte es mir nicht erklären – es sei denn, der Schütze hatte mich lediglich manövrierunfähig machen wollen. Vielleicht hatte er Order, mich aufzuhalten, damit Kennikin mich einholen konnte. Und das bedeutete, daß er mich lebend fassen wollte.

Was würde wohl passieren, wenn ich versuchte weiterzufahren? Aller Wahrscheinlichkeit nach würde eine weitere Kugel den nächsten Reifen zerfetzen. Und ich hatte nur ein Ersatzrad.

Ich holte Lindholms Totschläger unter der Matratze hervor, wo ich ihn versteckt hatte, und schob ihn in die Tasche. „Komm, gehen wir", schlug ich vor. „Wir trinken unseren Kaffee draußen. "

Elin blickte überrascht auf. „Ich dachte, wir hätten es so eilig. "

„Meiner Meinung nach haben wir genügend Vorsprung, um uns eine Ruhepause gönnen zu können. Ich nehme die Kaffeekanne und den Zucker. Bring du die Tassen!"

Ich sprang aus der hinteren Wagentür und setzte die Kaffeekanne und die Zuckerdose, die Elin mir herausreichte, auf der Stoßstange ab, bevor ich ihr selbst herunterhalf. Ich deutete zum Höhenrücken hinüber. „Komm, wir setzen uns dort drüben auf einen der Felsen. "

Wir gingen auf die Felsen zu. Ich hielt – ein Bild der Unschuld – die Kaffeekanne in der einen und die Zuckerdose in der anderen Hand. Das Sgian dubh steckte in meinem linken schottischen Kniestrumpf, und den Totschläger hatte ich in der Tasche. Ich drehte mich zu Elin um, so als würde ich mich mit ihr unterhalten, und blickte dann schnell wieder zum Bergkamm hinauf. Für einen Augenblick blitzte etwas zwischen den Felsen auf, das sofort wieder verschwand. Ein

Gegenstand hatte das Sonnenlicht zurückgeworfen. Ich prägte mir die Stelle ein und ging weiter. Wir kamen zu einem ungefähr sieben Meter hohen Felsen, um den herum krüppelige Birken wuchsen. Ich setzte Kaffeekanne und Zuckerdose ab, ließ mich auf dem Boden nieder und zog mein Messer aus dem Strumpf.

Elin fragte besorgt: „Was machst du da?"

„Auf dem Bergrücken hinter uns sitzt ein Kerl, der uns vor einer Viertelstunde ein Loch in den Reifen geschossen hat." Elin starrte mich wortlos an. „Er kann uns hier nicht sehen", fuhr ich fort, „aber das bereitet ihm wahrscheinlich kein Kopfzerbrechen. Er möchte uns nur aufhalten, bis Kennikin eingetroffen ist. Solange er den Landrover sieht, glaubt er, daß wir in der Nähe sind." Ich steckte das Messer in den Hosenbund, stand auf und suchte den Bergrücken ab. „Ich werde diesen feigen Heckenschützen aus seinem Versteck treiben. Ich glaube, ich weiß, wo er sich verschanzt hat." Ich zeigte auf einen mannshohen Spalt am Ende der Felswand. „Geh dort hinein und warte. Rühr dich nicht, bis du mich rufen hörst."

„Und wenn du nicht zurückkommst?" fragte sie ängstlich.

„In diesem Fall bleibst du, wenn nichts weiter passiert, in deinem Versteck, bis es dunkel ist. Dann rennst du zum Landrover hinüber und machst dich aus dem Staub." Ich lächelte ihr aufmunternd zu. „Aber ich werde schon zurückkommen." Ich begleitete sie bis zum Felsspalt und half ihr hinein.

Ich überlegte. Der Bergrücken war von zahlreichen Spalten und Kaminen durchzogen. Es gab also genug Möglichkeiten hinaufzuklettern, ohne von oben gesehen zu werden. Ich mußte unbemerkt zu einer Stelle gelangen, die über derjenigen lag, an der ich das Glitzern bemerkt hatte.

Ich hielt mich links und drückte mich dicht an die Felsen. Nach einigen Metern stieß ich auf eine tiefe, nach oben führende Rinne, die bis unter den Grat reichte. Ich kletterte in dieser Rinne hinauf. Schon kurze Zeit später befand ich mich oberhalb des Heckenschützen und wagte es, meinen Kopf hinter einem Lavabrocken hervorzustrecken.

Tief unter mir auf dem Weg stand einsam der Landrover. Ungefähr siebzig Meter weiter rechts und gut dreißig Meter tiefer mußte die Stelle sein, an der sich der Scharfschütze aufhielt. Die Findlingsblöcke, die hier auf dem Bergkamm überall verstreut lagen, versperrten mir die Sicht – aber ihm auch.

Ich pirschte mich mit äußerster Vorsicht heran, denn ich mußte

damit rechnen, daß ich es nicht nur mit einem Mann zu tun hatte. Leise
robbte ich aus der Rinne heraus und auf den am nächsten liegenden
Felsbrocken zu. Dort hielt ich inne und lauschte. Nur das ferne
Murmeln des Flusses war zu hören. Ich kletterte ein Stück höher, den
Totschläger griffbereit in der Hand.

Vorsichtig blickte ich um einen Felsvorsprung herum, und da sah
ich sie – knapp zwanzig Meter unter mir in einer Mulde. Der eine saß
am Rand der Mulde; sein Gewehr hatte er neben sich auf eine
zusammengelegte Jacke gebettet. Der andere hockte weiter hinten und
fummelte an einem tragbaren Funksprechgerät herum.

Ich zog den Kopf zurück und überlegte. Mit *einem* Mann hätte ich es
vielleicht aufnehmen können. Zwei Gegner auszuschalten war schon
viel schwieriger, vor allem ohne Schußwaffe. Langsam kroch ich
hinter zwei Felsbrocken, die dicht beieinanderlagen. Dort hatte ich
einen idealen Beobachtungsposten; durch den Spalt, der zwischen den
Felsen frei blieb, sah ich direkt in die Mulde hinein.

Der Mann mit dem Gewehr machte einen gelassenen Eindruck.
Wahrscheinlich war er ein erfahrener Jäger und hatte viele Stunden
seines Lebens damit verbracht, seiner Beute aufzulauern. Der andere
war wesentlich nervöser. Er rutschte hin und her, kratzte sich und
fingerte wieder an seinem Walkie-talkie herum.

Plötzlich sah ich, wie sich unten am Fuß des Berges etwas bewegte,
und ich hielt den Atem an. Der Mann mit dem Gewehr schien es
ebenfalls bemerkt zu haben, denn er griff zu seiner Waffe.

Es war Elin. Sie kam unterhalb der Felswand hervor und ging auf
den Landrover zu. Ich fluchte in mich hinein. Was zum Teufel dachte
sie sich dabei? Der Mann drückte das Gewehr fest an die Schulter; der
Lauf folgte Elin auf ihrem Weg. Elin erreichte den Landrover und stieg
ein. Gleich darauf erschien sie wieder und schlenderte auf die Felswand
zu. Auf halbem Weg rief sie etwas und warf einen Gegenstand in die
Luft, offenbar ein Päckchen Zigaretten.

Elin verschwand wieder aus meinem Blickfeld, und ich atmete auf.
Sie hatte dieses Theater absichtlich inszeniert, um die Burschen hier
oben im Glauben zu wiegen, daß ich mich noch unten am Fuß des
Bergkammes aufhielt. Es klappte. Der Mann mit dem Gewehr
entspannte sich sichtlich und sagte etwas zu dem anderen. Der
Zappelige lachte.

Aber offensichtlich hatte er Schwierigkeiten mit seinem Walkie-
talkie. Schließlich warf er das Gerät neben sich ins Moos. Er sprach

kurz mit dem Gewehrschützen, dann stand er auf und begann, in meine Richtung nach oben zu klettern.

Ich sah mich nach einer Stelle um, an der ich ihm auflauern konnte. Direkt hinter mir befand sich ein ungefähr ein Meter hoher Felsblock. Ich kroch hinter ihn und umfaßte den Totschläger fester. Gleich darauf hörte ich den Burschen kommen. Dann sah ich seinen Schatten, und als er an mir vorüberkletterte, richtete ich mich blitzschnell hinter ihm auf und verpaßte ihm einen Schlag auf den Kopf. Seine Knie gaben nach, und er sackte zusammen. Ich konnte ihn gerade noch abfangen, bevor er zu Boden stürzte.

Ich legte den Mann vorsichtig hin und drehte ihn um, so daß er auf dem Rücken lag. Ich tastete seine Taschen ab und zog eine automatische Pistole hervor, eine Smith & Wesson. Ich prüfte das Magazin, um mich zu überzeugen, daß die Waffe geladen war, und entsicherte sie dann.

Selbst wenn der Mann in kurzer Zeit wieder zu Bewußtsein kam, konnte er mir nicht mehr gefährlich werden. Ich brauchte mir seinetwegen nicht den Kopf zu zerbrechen. Meine Hauptsorge galt dem Mann mit dem Gewehr. Ich kehrte zu meinem Beobachtungsposten zurück, um nachzusehen, was er trieb.

Er beobachtete noch immer mit unerschütterlicher Geduld den Landrover. Ich stand auf und stieg zu der Mulde hinab, die Pistole in der Hand. Jetzt galt es, besonders schnell zu sein, Geräuschlosigkeit war nicht mehr so wichtig.

Er drehte nicht einmal den Kopf. Statt dessen fragte er mit schleppendem amerikanischem Akzent: „Was vergessen, Joe?"

Ich hatte mit einem Russen gerechnet, nicht mit einem Amerikaner. Aber es war nicht der richtige Zeitpunkt, um über die Herkunft meines Gegners nachzugrübeln.

„Umdrehen!" befahl ich kurz. „Das Gewehr bleibt da, wo es ist, sonst haben Sie ein Loch im Kopf."

Er verhielt sich ruhig und wandte sich langsam um. Er hatte leuchtendblaue Augen und ein sonnengebräuntes schmales Gesicht. „Verdammt!" fluchte er.

„Arme ausstrecken!" Er breitete zögernd die Arme aus. Ich ging zu ihm hin und drückte ihm den Pistolenlauf in den Nacken. „Und jetzt keine Bewegung mehr", riet ich und hob das Gewehr auf.

Im Augenblick hatte ich keine Zeit, es näher zu untersuchen, aber später sollte es sich als eine beachtliche Waffe erweisen. Ein guter

Büchsenmacher mußte viel Zeit auf seine Herstellung verwendet haben; außerdem war das Gewehr mit einer aufwendigen Zieleinrichtung ausgestattet. Es war ein raffiniertes Mordwerkzeug für große Entfernungen. Ein guter Schütze konnte mit dieser Waffe einem Menschen auf achthundert Meter Entfernung das Lebenslicht ausblasen – vorausgesetzt, es war hell genug und windstill.

Ich stieß dem Heckenschützen den Gewehrlauf in den Rücken. Er sah mich über die Schulter hinweg an. Schweißperlen traten auf seine Stirn.

„Wo ist Kennikin?" fragte ich.

„Ich kenne keinen Kennikin", stammelte er. „Ich habe nur Befehle befolgt."

„Ja", bestätigte ich. „Sie haben auf mich geschossen."

„Nein", erwiderte er schnell. „Nicht auf Sie, auf den Reifen."

„Sie hatten den Befehl, mich aufzuhalten. Was sollte dann geschehen?"

„Ich sollte warten, bis jemand auftaucht, und dann abhauen."

„Und wer war dieser Jemand?"

„Keine Ahnung. Man hat es mir nicht gesagt."

Das klang so unwahrscheinlich, daß es sogar stimmen konnte. „Wie heißen Sie?" fragte ich.

„John Smith."

Ich lächelte. „Na gut, Johnny. Nun legen Sie sich mal hin und kriechen ein Stück zurück, und zwar langsam. Und wenn ich zwischen Ihrem Bauch und dem Boden mehr als drei Zentimeter Zwischenraum sehe, ist der Bart ab."

Er robbte mühselig vom Rand der Mulde zurück in ihre Mitte. Dort ließ ich ihn anhalten. Es wäre völlig sinnlos gewesen, den Mann weiter zu verhören. Also holte ich aus und ließ den Gewehrkolben auf seinen Hinterkopf sausen.

Ich hob die Jacke auf, die der angebliche Mr. Smith als Unterlage für das Gewehr benutzt hatte. Sie war ziemlich schwer; das Gewicht rührte von einer vollen Schachtel Munition her. Neben der Jacke lag eine angebrochene Schachtel. Beide waren ohne Etikett.

Ich untersuchte die Waffe. Das Magazin faßte fünf Patronen und enthielt noch vier. Mr. Smith hatte auf vierhundert Meter Entfernung den Reifen eines fahrenden Autos mit einem einzigen Schuß zum Platzen gebracht. Er war zweifellos ein Profi.

Auch die Papiere des Mannes waren in der Jacke. Ich fand einen amerikanischen Paß, der auf den Namen Wendell George Fleet ausgestellt war. Außerdem hatte der Mann einen Ausweis bei sich, der ihn ermächtigte, sich auch in den Sicherheitszonen der amerikanischen Marinebasis in Keflavík aufzuhalten.

Ich stopfte die Munitionsschachteln in meine Jackentaschen. Die Pistole, die ich dem Mann namens Joe abgenommen hatte, steckte ich in den Hosenbund, nachdem ich sie entladen hatte. Dann schaute ich nach Joe und stellte fest, daß er noch immer schlief. Auch er hieß, sofern man den Angaben in seinem Paß trauen konnte, nicht Joe, sondern Patrick Aloysius McCarthy, aber wahrscheinlich waren alle Namen falsch. McCarthy trug zwei volle Reservemagazine für die Smith & Wesson bei sich, die ich ihm abnahm. Er hatte vor meiner Ankunft offenbar versucht, über das Funksprechgerät mit jemandem Kontakt aufzunehmen. Aber da das Gerät nicht funktionierte, hatte er sich bestimmt dazu entschlossen, den Betreffenden zu Fuß aufzusuchen. Ich starrte zum höchsten Punkt des Bergrückens hinauf und beschloß, einen Blick in das dahinterliegende Tal zu werfen.

Nach einer kurzen Klettertour war ich am Gipfel. Als ich den Kopf vorsichtig über den Gipfelfelsen streckte, stockte mir der Atem.

In einer Senke in ungefähr vierhundert Meter Entfernung stand der US-Helikopter. Zwei uniformierte Besatzungsmitglieder und ein Zivilist saßen davor und unterhielten sich. Ich setzte Fleets Gewehr an die Schulter und spähte durch das Zielfernrohr. Die beiden Besatzungsmitglieder waren unwichtig, daher wandte ich mich dem Zivilisten zu. Ich hatte den Mann vorher noch nie gesehen, doch für alle Fälle prägte ich mir sein Gesicht ein.

Ich zog mich vorsichtig zurück und kletterte den Berg hinab. Auf halber Höhe hielt ich nach eventuellen Verfolgern Ausschau. Da kamen sie auch schon. Durch das Zielfernrohr sah ich in weiter Ferne einen schwarzen Punkt, der den Weg entlanggekrochen kam. Mit Sicherheit war es Kennikins Jeep. Er mußte noch fünf bis sechs Kilometer entfernt sein. Da die Piste völlig aufgeweicht war, rechnete ich mir aus, daß der Wagen allenfalls ein Tempo von fünfzehn Stundenkilometern schaffte. Das ließ uns etwa eine Viertelstunde Zeit.

Ich rannte den Abhang hinunter. Elin kauerte noch immer in der Felsspalte, kam jedoch sofort heraus, als ich sie rief. Sie umarmte mich heftig, lachte und weinte zugleich. Ich machte mich von ihr los. „Kennikin ist uns auf den Fersen. Wir müssen weg."

Ich nahm sie beim Arm und eilte auf den Landrover zu. Eine Minute später ließ ich den Motor an, und wir brausten ohne Rücksicht auf Sicherheit oder Bequemlichkeit los. Am Tungnaáfluß kam uns ein Wagen entgegen, der erste, den wir im Óbyggdir zu Gesicht bekamen. Das bedeutete, daß die Fähre, die Autos über den Tungnaá befördert, auf unserer Uferseite lag und wir nicht warten mußten.

Von einer Fähre konnte hier allerdings kaum die Rede sein. Man überquert den Tungnaá auf einem Floß, das an einem über den Fluß gespannten Drahtseil befestigt ist. Auf diesem Floß zieht man sich, indem man eine Kurbel an einer Winde bedient, selbst zum anderen Ufer hinüber und vermeidet dabei tunlichst, den Blick auf das weißschäumende Wasser zu richten, das unter dem Floß hindurchrauscht.

Vorsichtig lenkte ich den Landrover auf das bereitliegende Floß. „Bleib sitzen!" sagte ich zu Elin. „Mit deiner Schulterverletzung kannst du mir beim Kurbeln sowieso nicht helfen."

Ich stieg aus und fing an, an der Kurbel zu drehen. Gleichzeitig hielt ich nach Kennikin Ausschau. Ich hoffte inständig, meinen Vorsprung von einer Viertelstunde gehalten zu haben. Es dauert nämlich eine Ewigkeit, bis man den Tungnaá überquert hat. Aber alles klappte reibungslos, und erleichtert fuhr ich mit dem Landrover vom Floß herunter. „Jetzt können wir Kennikin ein Bein stellen!" rief ich aus, als wir übergesetzt hatten.

„Du wirst doch nicht das Kabel durchschneiden?" entrüstete sich Elin. Daß man auf uns schoß, schien sie ganz normal zu finden, aber die mutwillige Zerstörung öffentlichen Eigentums mißbilligte sie entschieden.

Ich grinste. „Wenn ich's könnte, würde ich's tun, aber dazu reicht meine Kraft nicht aus." Ich fuhr den Wagen ein Stück vom Fluß weg, so daß man ihn vom gegenüberliegenden Ufer nicht sehen konnte. „Nein, ich werde das Floß anketten, damit Kennikin es nicht herüberziehen kann. Dann wird er drüben warten müssen, bis es jemand auf dieser Seite wieder losmacht. Bleib so lange im Wagen sitzen."

Ich stieg aus, kramte im Werkzeugkasten, fischte die Schneeketten heraus und rannte auf dem Fahrweg zum Fluß zurück. Zwar kann man eine Kette nur unzureichend verknoten, doch gelang es mir, das Floß mit einem solchen Gewirr von Ketten zu vertäuen, daß der Unglückliche, der es losmachen mußte, mindestens eine halbe Stunde beschäftigt war. Ich war beinahe damit fertig, als Kennikin auf der anderen Uferseite eintraf.

Der Jeep hielt, und vier Männer sprangen heraus, Kennikin als erster. Ich duckte mich hinter das Floß, so daß mich zunächst niemand bemerkte. Kennikin sah sich das Drahtseil an und entdeckte dann das Schild, auf dem die Bedienungsanleitung in Isländisch und Englisch geschrieben stand. Als ihm klar war, wie die Fähre funktionierte, befahl er seinen Männern, das Floß über den Fluß zu ziehen. Sie zerrten angestrengt am Zugseil, das Floß schlingerte ins Wasser hinaus, kam dann jedoch, durch die Ketten aufgehalten, zum Stillstand. Einer von Kennikins Männern rannte aufgeregt am Ufer entlang, um nachzusehen, wodurch das Floß festgehalten wurde. Er entdeckte mich. Blitzschnell zog er eine Pistole und schoß. Auch die anderen eröffneten das Feuer, als ich mich umdrehte und losrannte. Ein Geschoß wirbelte in einigen Metern Entfernung Staub auf, die Reichweite ihrer Pistolen war zu gering. Schon erreichte ich den Weg und den Landrover.

Elin hatte die Schüsse gehört und schaute mich verängstigt an.

„Schon gut", beruhigte ich sie. „Der Krieg ist noch nicht ausgebrochen." Ich beugte mich in den Wagen und holte Fleets Gewehr heraus. „Mal sehen, ob wir sie abwimmeln können."

Sie blickte voller Abscheu auf die Waffe. „O Gott – mußt du sie denn umbringen?"

„Elin, die Gestalten auf der anderen Flußseite haben versucht, mich umzubringen", erklärte ich. „Ich will niemanden erschießen, ich will ihnen nur ein wenig Beine machen."

Ich ging zum Fluß hinunter, fand eine geeignete Deckung, legte mich hin und schaute zu, wie Kennikin und seine Mannschaft erfolglos versuchten, das Floß zu sich herüberzuziehen. Ich stützte den Gewehrlauf auf einem Felsbrocken auf und stellte das Zielfernrohr auf eine Entfernung von hundert Metern ein.

Kennikin war verschwunden. Die drei anderen waren in eine hitzige Diskussion darüber verwickelt, auf welche Weise sie ihr Problem lösen sollten. Ich unterbrach sie dabei, indem ich vier Schüsse in ihre Richtung abgab. Die erste Kugel traf den Mann, der unmittelbar neben dem Jeep stand, am Knie. Schreiend ging er zu Boden, während die übrigen das Weite suchten.

Als nächstes zielte ich auf den linken Vorderreifen des Jeeps. Unter der Wucht des 9,5-Millimeter-Geschosses wurde er völlig zerfetzt, ebenso wie der andere Vorderreifen, den ich sofort danach aufs Korn nahm.

Vom anderen Ufer her ballerte jemand mit einer Pistole. Ich lud das Gewehr neu. Jetzt erblickte ich den Kühler des Fahrzeugs im Fadenkreuz und drückte ab. Der Jeep schwankte unter dem Aufprall des Geschosses. Das Gewehr war für die Großwildjagd tauglich, und alles, was den Schädel eines Büffels zerschmettern kann, wirkt auch auf einen Automotor verheerend. Ich jagte eine weitere Kugel hinterher in der Hoffnung, den Jeep damit endgültig außer Gefecht zu setzen. Dann zog ich mich geduckt zurück.

6. Kapitel

Wir verließen das Óbyggdir und gelangten auf die Hauptstraße im Südwesten Islands. Dieser Teil der Insel ist dicht besiedelt, und die Straßen sind viel stärker befahren. Hier würde es Kennikin schwerer fallen, uns im Auge zu behalten, als auf den wenigen Pisten im Óbyggdir. Elin setzte sich ans Steuer, während ich mich ein wenig entspannen konnte. Endlich fuhren wir auf einer richtigen Straße und konnten das Tempo beschleunigen.

„Wohin?" fragte Elin.

„Ich möchte dieses Fahrzeug irgendwie verschwinden lassen. Es ist zu auffällig. Hast du eine Idee?"

„Du mußt morgen abend in Geysir sein", sagte sie. „Ich habe Freunde in Laugarvatn – du erinnerst dich doch sicher an Gunnar Arnarsson."

„Auf nach Laugarvatn", erklärte ich. Wir schwiegen eine Weile, dann fügte ich hinzu: „Danke für das Ablenkungsmanöver, das du veranstaltet hast, als ich auf dem Bergkamm herumgeklettert bin. Es war zwar äußerst riskant, aber es hat geholfen."

„Ich dachte, damit könnte ich die Aufmerksamkeit der Leute auf mich lenken", erwiderte sie.

„War dir klar, daß dich jemand die ganze Zeit beobachtet hat? Er hat dich im Zielfernrohr seines Gewehrs verfolgt und hatte dabei den Finger am Abzug."

„Mir war ziemlich mulmig zumute", gestand sie. „Was ist eigentlich dort oben passiert?"

„Ich habe zwei Burschen den Kopf zurechtgesetzt. Es waren Amerikaner." Ich berichtete ihr von Fleet, McCarthy und dem bereitstehenden Helikopter.

Sie überlegte kurz. „Aber das ist doch nicht logisch", wandte sie ein. „Warum sollten die Amerikaner mit den Russen zusammenarbeiten? Vielleicht waren die Männer getarnte russische Agenten."

Ich nahm den Ausweis heraus, der den Mann namens Fleet dazu berechtigte, sich in der Sicherheitszone des Stützpunkts Keflavík zu bewegen. Der Gedanke, daß es in Keflavík von russischen Spionen wimmelte, die zudem auch noch über einen Marinehubschrauber verfügten, war wirklich grotesk.

„Ich bezweifle, daß Kennikin in Keflavík angerufen und gesagt hat: ‚Hört mal, Jungs, ich bin hinter einem britischen Spion her. Könnt ihr mir einen Helikopter leihen und einen eurer Scharfschützen vorbeischicken, der den Burschen aufhält?' Aber ich könnte mir jemand anders vorstellen, der dazu fähig wäre."

„Wen meinst du damit?"

„Helms, den Boß des CIA in Washington."

„Aber wozu denn das Ganze?"

„Ich wäre froh, wenn ich's wüßte", brummte ich.

Elin überlegte angestrengt. „Es gibt noch eine Möglichkeit. Vielleicht ist Cooke ebenfalls hinter uns hergejagt und hat die Amerikaner um Beistand gebeten. Kann es nicht sein, daß er dabei übersehen hat, daß uns Kennikin bereits dichter auf den Fersen war als er? Vielleicht sollten uns die Amerikaner aufhalten, bis Cooke und nicht Kennikin eingetroffen war?"

„So könnte es gewesen sein", gab ich zu. „Aber dann hätte er sich ja geradezu stümperhaft angestellt. Und wozu die Mühe, einen Scharfschützen auf dem Berg zu plazieren? Die Amerikaner hätten uns doch auf viel einfachere Weise aufhalten können." Ich schüttelte den Kopf. „Außerdem sind die Beziehungen des Departments zum CIA nicht so innig. Ich frage mich, ob hinter dieser Geschichte überhaupt eine vernünftige Überlegung steckt. Allmählich kommt mir das Ganze wie hirnverbrannter Blödsinn vor."

Unwillkürlich mußte ich an das Blechkästchen denken, das seit unserer Abfahrt vom Askjakrater unter dem Fahrersitz des Landrover lag. „Aber im Augenblick macht mir etwas anderes Sorgen", sagte ich schließlich. „Angenommen, ich übergebe dieses kleine Gerät morgen abend Case – das wird doch Kennikin nicht erfahren, oder? Ich sitze dann noch mehr in der Klemme als vorher. Falls Kennikin mich erwischt, und ich habe das verdammte Ding gar nicht mehr, dann wird er noch rabiater werden."

Ich fragte mich, ob ich Case das Kästchen aushändigen sollte. Wenn ich schon meinen Kopf riskierte, tat ich gut daran, einen Trumpf in der Hand zu behalten.

IN DEM Städtchen Laugarvatn gibt es zwei große Schulen, in denen die Kinder aus der ganzen Umgebung unterrichtet werden. Da es so nahe bei Thingvellir, Geysir, Gullfoss und anderen Sehenswürdigkeiten liegt, werden die beiden Schulgebäude während der Ferien als Hotels benützt. Der Ort erfreut sich großer Beliebtheit bei Touristen und besitzt unter anderem eine Ponyreitschule. Im „Hauptberuf" war Gunnar Arnarsson Lehrer, in den Sommerferien organisierte er Pony-ausritte.

Als wir eintrafen, war nur Gunnars Frau, Sigurlin Asgeirsdottir, zu Hause. Sie freute sich über unseren Besuch und hieß uns willkommen.

In Island ist es schwierig zu erkennen, ob jemand ledig oder verheiratet ist, da eine Frau ihren Namen nicht ablegt, wenn sie heiratet. Der Nachname einer Person richtet sich nach dem Vornamen ihres Vaters. Sigurlin war die Tochter von Asgeir, Gunnar der Sohn von Arnar. Aus diesem Grund führt das isländische Telefonbuch auch die Vornamen der Einwohner in alphabetischer Reihenfolge auf und danach erst die Nachnamen.

Nach der Begrüßung fuhr ich den Landrover in Gunnars Garage. Ich war erleichtert, als das auffällige Fahrzeug nicht mehr auf der Straße stand. Sorgsam versteckte ich meine Waffensammlung und ging ins Haus. Sigurlin kam gerade die Treppe herab. Sie warf mir einen seltsamen Blick zu. „Was ist mit Elins Schulter?" fragte sie.

„Hat Sie ihnen das nicht erzählt?"

„Sie behauptet, sie sei geklettert und dabei auf einen spitzen Stein gefallen."

Ich gab ein vage zustimmendes Brummen von mir, doch Sigurlin blieb mißtrauisch. Eine Schußwunde ist auch von einem Laien leicht zu erkennen. Hastig fügte ich hinzu: „Es ist reizend von Ihnen, uns über Nacht hierzubehalten."

„Nicht der Rede wert", wehrte sie ab. „Wie wär's mit einem Kaffee?"

„Ja bitte, gern." Ich folgte ihr in die Küche. „Kennen Sie Elin schon lange?" fragte ich Sigurlin.

„Seit unserer Kindheit. Und Sie?"

„Seit drei Jahren."

Sie füllte einen Topf mit Wasser und stellte ihn auf den Herd. „Elin sieht sehr müde aus. Sie muß sich ein wenig erholen. Diese Wunde ... Ist Elin wirklich auf einen Stein gefallen?"

„Nein", gab ich zu.

„Das dachte ich mir", seufzte sie. „Ich kenne solche Wunden. Bevor ich heiratete, war ich Krankenschwester in Keflavík."

Ich setzte mich an den Küchentisch. „Wir sind in Schwierigkeiten geraten", räumte ich ein. „Ich möchte Sie jedoch auf keinen Fall in die Sache verwickeln, deshalb werde ich Ihnen nichts davon erzählen. Ich habe auch Elin von Anfang an heraushalten wollen, aber sie hat ihren Dickkopf aufgesetzt."

Sigurlin nickte. „Das liegt bei ihr in der Familie."

„Ich werde morgen abend nach Geysir fahren, und es wäre mir lieb, wenn Elin hierbleiben könnte. Ich rechne mit Ihrer Unterstützung."

Sigurlin betrachtete mich ernst. „Ich mag keine Scherereien. Außerdem ist Ihnen ja klar, daß eine Schußverletzung eigentlich der Polizei gemeldet werden müßte."

„Ich weiß", erwiderte ich. „Aber ich glaube nicht, daß die isländische Polizei in der Lage ist, mit dieser Angelegenheit fertig zu werden. Es handelt sich um eine Geschichte von internationaler Tragweite."

„Haben diese – Schwierigkeiten, wie Sie das nennen – einen kriminellen Hintergrund?"

„Nicht im üblichen Sinn, eher einen politischen."

„Na gut. Ich werde Elin hierbehalten."

„Ich weiß nicht, wie Sie das bewerkstelligen wollen. Ich konnte Elin nie zu etwas bewegen, was sie nicht tun wollte."

„Ich werde sie einfach ins Bett stecken", erwiderte Sigurlin. „Strenge ärztliche Anweisung. Sie wird widersprechen, aber sich fügen. Nur – allzu lange werde ich sie nicht einsperren können. Was geschieht, wenn Sie von Geysir nicht zurückkommen?"

„Keine Ahnung", antwortete ich. „Aber lassen Sie sie bloß nicht nach Reykjavík zurückfahren. Es wäre ausgesprochen falsch, in die Wohnung zurückzukehren."

Sigurlin holte tief Luft. „Mal sehen, was sich machen läßt." Sie goß Kaffee ein und setzte sich. „Wenn Sie nicht so besorgt um Elin wären, würde ich am liebsten ..." Sie schüttelte ärgerlich den Kopf. „Mir gefällt das alles nicht, Mr. Stewart. Bringen Sie um Himmels willen die Sache so schnell wie möglich in Ordnung."

„Ich werde mein Bestes tun."

BEIM Frühstück am nächsten Morgen las Sigurlin die Zeitung. Plötzlich stutzte sie: „Na so was – jemand hat die Autofähre am Tungnaá in der Nähe von Hald festgebunden. Eine Gruppe von Touristen wurde auf der anderen Seite mehrere Stunden lang aufgehalten. Wer tut denn so was?"

„Als wir übersetzten, war noch alles in Ordnung", bemerkte ich scheinheilig. „Was steht da über die Touristen? Hatte jemand eine Autopanne?"

Sie betrachtete mich nachdenklich. „Warum sollte jemand eine Panne haben? Nein, davon steht hier nichts."

Hastig wechselte ich das Thema. „Ich bin erstaunt, daß Elin immer noch schläft."

Sigurlin lächelte. „Ich nicht. Sie weiß nichts davon, aber ich hab ihr gestern ein Schlafmittel gegeben."

Das war natürlich auch eine Möglichkeit, mit Elin fertig zu werden.

„Mir fiel gestern auf, daß Ihre Garage leer ist", sagte ich. „Haben Sie keinen Wagen?"

„Doch. Gunnar hat ihn beim Ponystall abgestellt."

„Wann kommt Ihr Mann zurück?"

„In zwei Tagen."

„Wenn ich nach Geysir fahre, würde ich den Landrover am liebsten stehenlassen", bemerkte ich.

„Wollen Sie unseren Wagen nehmen? Na gut, aber ich möchte ihn heil wiederhaben." Sie erklärte mir, wo ich ihn finden konnte. „Der Schlüssel ist im Handschuhfach."

Nach dem Frühstück ging ich hinaus und reinigte Fleets Gewehr. Es war eine Maßanfertigung. Ich untersuchte die Munition in der angebrochenen Schachtel und entdeckte auf den Gewehrkugeln Kratzer, die von einem Werkzeug herrühren mußten. Offensichtlich bearbeitete Fleet seine Patronen nachträglich. Er verwendete gewöhnliche Jagdmunition, feilte jedoch die Geschoßspitzen ab, damit die Kugeln beim Aufprall noch größere Wirkung erzielten. Ich blickte auf die Patronen in meiner Hand und wünschte, ich hätte sie mir schon früher genau angesehen. Eines dieser zurechtgefeilten Geschosse hätte im Motor von Kennikins Jeep weit mehr Schaden angerichtet als die Kugel, die ich hineingejagt hatte.

Ich füllte das Magazin des Gewehrs mit verschiedenen Patronen, mit den abgefeilten und mit Stahlmantelgeschossen, die ich in dem zweiten, noch unversehrten Munitionspäckchen fand, das ich Fleet abgenommen hatte. McCarthys Smith-&-Wesson-Pistole steckte ich in die Tasche. Das elektronische Gerät ließ ich da, wo es war – unter dem Fahrersitz des Landrover. Ich wollte es nicht mit zu Jack Case nehmen – aber ich kam auch nicht mit leeren Händen.

Als ich ins Haus zurückkehrte, war Elin wach. Sie schaute mich verschlafen an. „Ich weiß gar nicht, weshalb ich so erledigt bin."

„Na hör mal", sagte ich, „du hast einen Schuß abgekriegt, bist zwei Tage lang im Wagen durchgeschüttelt worden und hast kaum geschlafen. Kein Wunder, daß du müde bist."

Elin blickte zu Sigurlin hinüber, die gerade Blumen in eine Vase stellte.

„Ich habe Sigurlin gesagt", fuhr ich fort, „daß auf dich geschossen wurde, aber nicht wie und warum – und ich möchte nicht, daß du es ihr sagst. Sprich mit niemandem darüber." Dann wandte ich mich an Sigurlin. „Sie werden zum geeigneten Zeitpunkt alles erfahren, aber im Augenblick wäre es zu gefährlich für Sie."

Sigurlin nickte zustimmend.

„Ich glaube, ich werde den ganzen Tag schlafen", murmelte Elin, während sie sich kurz aufrichtete. „Aber wenn wir nach Geysir fahren, bin ich wieder fit."

Sigurlin schüttelte Elins Kopfkissen auf. „Du wirst nirgendwohin fahren", erklärte sie. „Jedenfalls nicht in den nächsten zwei Tagen."

„Aber ich muß!" protestierte Elin.

„Du mußt gar nichts. Deine Schulter sieht schlimm aus."

Elin sah mich flehend an.

„Sigurlin hat recht", sagte ich. „Jack Case würde ohnehin kein Wort reden, wenn du dabei bist. Ich fahre nach Geysir, unterhalte mich mit Case und komme wieder hierher zurück. Zur Abwechslung hältst du dich mal aus der Sache raus."

„Na gut." Elin klang erschöpft. „Ich will dir keine Scherereien machen. Du kannst allein nach Geysir fahren."

Um acht Uhr verließ ich Laugarvatn. Ich hatte versprochen, mich mit Jack Case um fünf Uhr nachmittags zu treffen, aber es konnte nicht schaden, wenn ich ihn ein paar Stunden schmoren ließ. Außerdem war mir eingefallen, daß ich diesen Termin telefonisch vereinbart hatte. Es konnte ja gut sein, daß mein Gespräch mit Taggart abgehört worden war.

Ich traf in Gunnars Volkswagen in Geysir ein und parkte an einer unauffälligen Stelle in der Nähe des Hotels Geysir. Ein paar Leute schlenderten mit schußbereiten Kameras zwischen den Teichen umher, aus denen kochendes Wasser sprudelte. Der Geysir selbst, der allen anderen heißen Springquellen in der Welt seinen Namen gegeben hat, war untätig. Aber Strokkur, der Nachbargeysir, schickte etwa alle sieben Minuten eine Fontäne dampfenden Wassers in die Luft.

Ich blieb lange Zeit im Wagen sitzen und beobachtete die Umgebung durch das Fernglas, konnte jedoch während der nächsten Stunde kein bekanntes Gesicht entdecken. Schließlich stieg ich aus und wanderte auf das Hotel Geysir zu. Ich hatte eine Hand in der Tasche; dort hielt ich die Pistole fest umklammert.

Case saß in einer Ecke der Halle und las Zeitung. Ich ging auf ihn zu und sagte: „Hallo, Mr. Case. Sind Sie aber braun gebrannt! Waren Sie viel in der Sonne?"

Er blickte auf. „Ich war in Spanien. Sie sind spät dran."

„Ich hatte noch etwas zu erledigen."

Ich traf Anstalten, mich zu setzen, doch Case winkte ab. „Hier sind zu viele Leute", meinte er. „Gehen wir in mein Zimmer."

Ich folgte ihm in sein Hotelzimmer. Er schloß die Tür ab. „Diese Wölbung an Ihrer Hosentasche hinterläßt keinen besonders guten Eindruck. Warum benutzen Sie kein Halfter?"

Ich grinste. „Der Kerl, dem ich das Ding weggenommen habe, hatte keines. Wie geht es Ihnen, Mr. Case? Nett, Sie wiederzusehen."

Er brummte mürrisch: „Sie werden Ihre Ansicht vielleicht noch ändern. Taggart hat mir erzählt, Sie hätten Philips umgebracht. Stimmt das?"

„Wenn Philips derjenige war, der sich sowohl Buchner als auch Graham nannte, dann ja. Aber ich wußte nicht, daß es sich um Philips handelte. Er ist im Dunkeln mit einem Gewehr auf mich losgegangen."

„Cookes Version klingt anders. Außerdem behauptet Cooke, Sie hätten auch auf ihn geschossen."

„Richtig – aber erst nachdem ich Philips erledigt hatte. Philips war mir zusammen mit Cooke nachgefahren."

„Cooke ist anderer Meinung. Er sagt, er habe mit Philips im Wagen gesessen, als Sie ihm auflauerten."

Ich lachte. „Womit denn?" Ich zog das Sgian dubh aus dem Strumpf und schleuderte es durch das Zimmer. Es blieb zitternd in der Platte des Toilettentisches stecken. „Damit vielleicht?"

„Er sagt, Sie hätten ein Gewehr gehabt."

„Stimmt. Aber das habe ich Philips erst abnehmen können, nachdem ich ihn mit dem Messer fertiggemacht hatte. Ich habe drei Schüsse auf Cookes Wagen abgegeben, Cooke aber leider verfehlt."

„Heiliges Kanonenrohr!" stieß Case hervor. „Sind Sie übergeschnappt?"

Ich seufzte. „Mr. Case, hat Taggart etwas von einer Frau gesagt?"

„Er sagte, Sie hätten eine Frau erwähnt."

„Die Frau hat eine Schußverletzung an der Schulter, die ihr Philips verpaßt hat. Um Haaresbreite hätte er sie umgebracht. Ich kann Sie zu ihr bringen und Ihnen die Verletzung zeigen. Cooke behauptet, ich hätte ihm aufgelauert. Halten Sie es für wahrscheinlich, daß ich so etwas tue, während meine Verlobte zuschaut? Und warum sollte ich ihm überhaupt auflauern?"

„Alles schön und gut", erwiderte Case. „Aber in Akureyri sollten Sie Philips ein Päckchen übergeben. Das haben Sie nicht getan, und Cooke haben Sie es auch nicht ausgehändigt. Warum nicht?"

„Weil die ganze Geschichte zum Himmel stinkt", erklärte ich und berichtete alle Einzelheiten.

Ich redete zwanzig Minuten lang, und am Ende wußte Case nicht mehr, wo ihm der Kopf stand. „Halten Sie Cooke wirklich für einen russischen Agenten? In meinem ganzen Leben habe ich noch keine solche Räuberpistole gehört."

„Ich bin Cookes Anweisungen in Keflavík gefolgt", wiederholte ich geduldig. „Daraufhin hätte mich fast dieser Lindholm um die Ecke gebracht. Cooke hetzte Philips in Ásbyrgi auf mich – woher konnte er wissen, daß die Russen das falsche Päckchen bekommen hatten? Und dann ist da noch die Sache mit dem Calvados."

„Cooke behauptet, er habe Sie in Ásbyrgi nicht angreifen wollen. Was die Calvadosgeschichte betrifft, stehen Sie mit Ihrer Version allein da." Case wirkte plötzlich erschöpft. „Was passierte, nachdem Sie Ásbyrgi verlassen hatten?" fragte er schließlich.

„Wir fuhren südwärts ins Landesinnere. Und dann tauchte Kennikin auf. Woher konnte Kennikin so genau wissen, welchen Weg er einschlagen mußte? Cooke wußte natürlich, welche Route wir nehmen würden."

Case betrachtete mich nachdenklich. „Sie können ganz schön überzeugend reden. Am Ende nehme ich Ihnen diese alberne Geschichte noch ab. Aber Kennikin hat Sie nicht erwischt."

„Ich bin ihm nur um Haaresbreite entkommen. Und unsere amerikanischen Freunde waren auch nicht gerade eine Hilfe." Ich zog Fleets Paß heraus und warf ihn Case hin. „Dieser Bursche hat meinen Reifen zerschossen."

Case studierte den Paß. „Fleet – den Namen kenne ich. Er arbeitet für den CIA und ist ein sehr gefährlicher Heckenschütze." Case schien unentschlossen. „Stewart, Sie haben doch das Päckchen noch, oder?"

„Nicht hier bei mir, Mr. Case", entgegnete ich ruhig. „Aber ganz in der Nähe."

„Ich möchte es nicht haben." Er stand auf. „Die Pläne sind geändert worden. Sie sollen das Päckchen nach Reykjavík bringen."

„Einfach so? Und wenn ich nicht will?"

„Seien Sie kein Idiot. Taggart wünscht es, und Sie täten gut daran, ihn nicht noch mehr zu verärgern. Sie haben nicht nur die Operation verpfuscht, sondern auch Philips umgebracht. Dafür könnte er Ihren Kopf fordern. Ich soll Ihnen ausrichten, daß Sie das Päckchen nach Reykjavík bringen sollen. Danach ist Ihnen verziehen. Tun Sie bloß, was Taggart sagt, sonst wird er die Hunde auf Sie hetzen."

„Wo ist Cooke jetzt?"

„Keine Ahnung. Als ich London verließ, versuchte Taggart immer noch, mit ihm Verbindung aufzunehmen."

„Er kann also nach wie vor in Island sein", erwiderte ich nachdenklich. „Worüber ich, offen gestanden, nicht besonders glücklich wäre."

„Ihr Glück spielt in diesem Zusammenhang überhaupt keine Rolle. Hören Sie, Stewart, bis Reykjavík sind es rund hundert Kilometer. In zwei Stunden können Sie dort sein. Nehmen Sie das elende Päckchen, und verduften Sie."

„Ich weiß was Besseres", schlug ich vor. „Sie nehmen es."

Er schüttelte den Kopf. „Unmöglich. Taggart möchte, daß ich nach Spanien zurückkehre."

Ich lachte. „Mr. Case, der Weg zum Flughafen von Keflavík führt über Reykjavík. Sie könnten das Päckchen unterwegs abgeben. Warum ist es denn so wichtig, daß ich und das Päckchen zusammenbleiben?"

Er zuckte die Achseln. „Meine Order lautet: Sie sollen es dorthin bringen. Fragen Sie mich nicht, warum, ich weiß nichts."

„Was ist in dem Päckchen?"

„Auch das weiß ich nicht. Und ich will es auch gar nicht wissen."

„Ich glaube Ihnen kein Wort. Nur eines nehme ich Ihnen ab – daß auch Sie nicht wissen, was hier gespielt wird. Vermutlich weiß das bei diesem Unternehmen bis auf einen einzigen Menschen überhaupt niemand."

Case nickte. „Taggart hält alle Fäden in der Hand."

„Ich habe nicht Taggart gemeint", erwiderte ich. „Ich bin überzeugt, daß er keine Ahnung davon hat, was hier vorgeht. Ich denke an Cooke. Dieses ganze absurde Unternehmen ist eindeutig eine Ausgeburt seiner merkwürdigen Denkweise."

„Womit wir wieder bei Cooke angelangt wären", stöhnte Case. „Sie sind geradezu von ihm besessen, Stewart."

„Vielleicht", sagte ich nur, um das Thema abzuschließen. „Von mir aus können Sie Taggart ausrichten: Ich werde das verdammte Päckchen nach Reykjavík bringen. Wo soll ich es abliefern?"

„Das klingt schon besser. Kennen Sie das Reisebüro Nordri?"

„Ja." Es handelte sich um die Agentur, für die Elin früher gearbeitet hatte.

„Ich kenne den Verein nicht, aber soweit ich weiß, ist dem Reisebüro auch ein großer Souvenirladen angeschlossen."

„Stimmt."

„Ich habe hier einen Bogen Geschenkpapier aus dem Laden bei mir. Schlagen Sie das Päckchen darin ein. Dann gehen Sie in den Laden, und zwar nach hinten, in die Strickwarenabteilung. Dort treffen Sie einen Mann, der eine Ausgabe der *New York Times* in der Hand hält. Dieser Mann hat ein identisches Päckchen unter dem Arm. Sie fangen ein belangloses Gespräch mit ihm an und sagen: ‚Hier ist es kälter als in den Vereinigten Staaten' – darauf wird er antworten..."

„‚Sogar noch kälter als in Birmingham.' Das hab ich alles schon mal durchexerziert."

„Gut. Wenn Sie die Parole gewechselt haben, legen Sie Ihr Päckchen auf den Ladentisch. Er wird dasselbe tun. Danach müssen Sie die beiden nur noch vertauschen."

„Und wann soll dieser Austausch stattfinden?"

„Morgen mittag."

„Angenommen, ich bin morgen mittag nicht dort. Nach allen meinen bisherigen Erfahrungen halte ich es für möglich, daß auf der Straße nach Reykjavík an jeder Ecke ein Russe postiert ist!"

„Ihr Kontaktmann wird jeden Mittag in den Laden kommen, so

lange, bis Sie aufgetaucht sind. Wenn Sie innerhalb einer Woche nicht erscheinen, wird jemand nach Ihnen forschen." Er setzte sich wieder. „Lassen Sie uns noch mal alles durchgehen – von dem Moment an, als Cooke Sie in Schottland aufsuchte."

Ich wiederholte meine Leidensgeschichte, und hinterher diskutierten wir noch lange. Schließlich sah mich Case ernst an: „Wenn Sie recht haben und Cooke tatsächlich übergelaufen ist, dann wäre das eine Riesenschweinerei." Er blickte auf seine Uhr. „Elf Uhr dreißig."

Ich stand auf, löste das Sgian dubh von dem Toilettentisch und steckte es wieder in meinen Strumpf. „Es ist schon spät. Ich mache mich besser auf den Weg."

„Befolgen Sie Ihre Anweisungen, und schaffen Sie das Päckchen nach Reykjavík." Case zog sein Jackett an. „Ich begleite Sie zu Ihrem Wagen."

7. Kapitel

Als wir ins Freie traten, war es für eine isländische Sommernacht außerordentlich dunkel. Der Mond schien nicht, und es herrschte gespenstisches Zwielicht. In den vulkanischen Teichen um uns herum blubberte es. Am Tag hätte man ihre unterschiedliche Färbung erkennen können. Manche waren milchig-weiß, andere wasserklar und wieder andere leuchtend blau oder grün. In fast allen lag die Wassertemperatur knapp unter dem Siedepunkt. Plötzlich erhob sich wie von Zauberhand die Fontäne des Strokkur und löste sich im Wind zu Sprühnebelwolken auf. Es stank nach Schwefel.

Der Lavakies knirschte unter unseren Schuhen, als wir an der Kolonnade vorübergingen, hinter denen die Teiche lagen. Plötzlich tauchten vor uns drei Gestalten auf. Einer der Männer stellte sich neben mich und zischte auf schwedisch: *„Stewartsen, stanna! Förstår Ni?* Bleiben Sie stehen, Stewartsen! Verstanden?" Ein harter Gegenstand bohrte sich in meine Seite.

Gehorsam blieb ich stehen, aber anders, als die drei Männer es erwartet hatten. Ich ging in die Knie, winkelte ein Bein blitzschnell nach hinten ab und drehte mich von meinem Gegner weg. Im Herumwirbeln trat ich meinem schwedisch sprechenden Freund mit voller Wucht in die Kniekehle, so daß er zu Boden stürzte. Seine Pistole war offensichtlich schußbereit, denn ich hörte einen Knall.

Ich rollte mich seitlich ab und robbte von der Straße weg ins Dunkel, wobei ich meine Pistole aus der Tasche zerrte. Hinter mir rief jemand, jetzt plötzlich auf russisch: „Los, ihm nach!", und eine andere Stimme sagte etwas leiser: „Nein, warte doch erst einmal." Ich verhielt mich mucksmäuschenstill, dann hörte ich dumpfe Schritte, die sich schnell in Richtung des Hotels entfernten.

Es konnte sich nur um Kennikins Männer handeln. Nur sie kannten mich unter dem Namen Stewartsen. Sie hatten mich auf schwedisch angesprochen, jetzt diskutierten sie miteinander auf russisch. Ganz in der Nähe bewegte sich etwas. Ich gab einen Schuß ab, dann raffte ich mich auf und rannte um mein Leben.

Das war gefährlich, denn in der Dunkelheit konnte ich leicht in das tiefe, brodelnde Wasser stürzen. Ich versuchte, mir ein Bild von der Lage der heißen Teiche zu machen, so wie ich sie bei Tag gesehen hatte. Einige von ihnen sind winzige Pfützen, andere bereits kleine Seen mit rund zwanzig Meter Durchmesser. Unablässig quillt Wasser aus der Erde und fließt in heißen Bächen ab, die netzartig die ganze Umgebung durchziehen.

Nach ungefähr hundert Metern hielt ich an und kauerte mich hin. Vor mir stieg Dampf auf und breitete sich wie eine Decke über die Erde. Ich vermutete, daß ich in unmittelbarer Nähe des großen Geysirs stand. Das bedeutete, daß sich der Strokkur links hinter mir befinden mußte. In seine Nähe wollte ich nicht kommen.

Ich hörte Schritte, die mir folgten, und andere rechts von mir. Der Mann zu meiner Rechten knipste eine Taschenlampe an. Zu meinem Glück richtete er den Strahl auf den Boden. Offensichtlich wollte er in erster Linie vermeiden, in einen der kochendheißen Teiche zu fallen.

Ich hob die Pistole und gab drei Schüsse auf das Licht ab. Es erlosch schlagartig. Meine Knallerei kümmerte mich nicht weiter. Fünf Schüsse waren bereits gefallen, fünf zuviel für eine ruhige isländische Nacht. Im Hotel gingen die Lichter an, Fenster wurden geöffnet. Irgend jemand ließ den Motor eines Wagens an, Scheinwerfer blitzten auf. Ich rannte los, in der Absicht, im Bogen zurück zur Straße zu gelangen. Der Wagen fuhr auf die Teiche zu, wobei seine Scheinwerfer das gesamte Gelände erhellten. Vom Ufer des größten Teichs her schoß jemand auf mich.

Obwohl mich der Lichtkegel des Wagens erfaßte, hatte mein Gegner noch schlechtere Karten als ich, denn er stand zwischen mir und den Autoscheinwerfern und gab eine prachtvolle Silhouette ab.

Ich schoß auf ihn, er trat zur Seite und geriet dabei mit dem Fuß in heißes Wasser – es war nicht tiefer als zwanzig Zentimeter. Er reagierte blitzschnell, aber doch nicht schnell genug, denn die große Gasblase, die dem Ausbruch des Strokkur vorausging, brach hinter ihm wie ein Ungeheuer aus der Tiefe des Teichs hervor.

Der Strokkur explodierte mit aller Macht. Eine Säule kochenden Wassers schoß etwa zwanzig Meter hoch in die Luft, um dann als tödlicher Regenschauer wieder herabzustürzen. Der Mann stieß einen fürchterlichen Schrei aus, der sich im Gebrüll des Strokkur verlor. Er stürzte rücklings in den Teich.

In weitem Bogen rannte ich aus dem Bereich der Scheinwerfer auf die Straße zu. Vereinzelte Rufe waren zu hören, Wagen wurden gestartet, deren Scheinwerfer das Gelände immer mehr erhellten, und ein paar Leute liefen auf den Strokkur zu. An einem Teich angelangt, warf ich die Pistole und die Reservemunition hinein. Jedem, der in dieser Nacht mit einer Waffe angetroffen wurde, konnte es blühen, daß er den Rest seines Lebens im Gefängnis verbrachte.

Schließlich erreichte ich die Straße. Nachdem ich etwa hundert Meter in Richtung des Volkswagens gegangen war, schaute ich mich um. Hinter mir herrschte ein wildes Durcheinander. In der Nähe des Strokkur hatte sich eine Menschentraube gebildet. Offenbar trauten sich die Leute nicht näher an den Geysir heran, da er ungefähr alle sieben Minuten ausbricht.

Dann entdeckte ich Cooke. Er stand neben einem Mann im Scheinwerferlicht eines Wagens und blickte zum Strokkur hinüber. Sein Begleiter hob den Arm und deutete irgendwohin. Cooke lachte. Der Mann neben ihm drehte sich um. Ich erkannte Jack Case.

Ich merkte, daß ich am ganzen Leib zitterte. Es kostete mich ungeheure Anstrengung, mich weiter die Straße entlangzuschleppen und nach dem Volkswagen Ausschau zu halten. Er stand noch dort, wo ich ihn geparkt hatte. Ich rutschte hinters Lenkrad, ließ den Motor an und blieb noch einen Augenblick lang ruhig sitzen, um mich zu entspannen. Ich hatte eben den ersten Gang eingelegt, als ich in meinem Nacken einen kalten Eisenring spürte. Ein Mann mit einer scharfen, wohlbekannten Stimme begrüßte mich auf schwedisch: *„God dag, Herr Stewartsen.“*

Ich seufzte und stellte den Motor ab. „Hallo, Mr. Kennikin.“

„Ich bin von Vollidioten umgeben“, schimpfte Kennikin. „Das Gehirn haben sie in ihren Zeigefingern, die sich um den Abzug ihrer Pistolen krümmen. Zu unserer Zeit war das anders, was, Stewartsen?"

„Ich heiße jetzt Stewart", berichtigte ich ihn.

„Ah, ja? Na schön, Stewart, lassen Sie den Motor an, und fahren Sie los. Ich dirigiere Sie. Die Burschen sollen sehen, wie sie allein zurechtkommen." Kennikin drückte den Pistolenlauf fester in meinen Nacken.

Ich startete den Wagen. „Wohin?"

„Richtung Laugarvatn."

Langsam fuhr ich aus Geysir hinaus.

„Sie haben uns eine Menge Scherereien gemacht, Stewart. Was ist eigentlich aus Tadeusz geworden?"

„Wer ist Tadeusz?"

„Er sollte Sie in Keflavík aufhalten."

„Ach so – bei mir hat er sich als Lindholm vorgestellt. Tadeusz – das klingt polnisch."

„Er ist Russe. Aber seine Mutter ist, glaube ich, Polin."

„Er wird ihr fehlen", erwiderte ich kurz.

„Aha." Er schwieg eine Weile. Dann fuhr er fort: „Meinen Jeep hätten Sie auch nicht mit diesem Gewehr so zurichten müssen. Das war wirklich nicht nett."

Mit *diesem* Gewehr, hatte er gesagt. Ein Gewehr hatte er schon erwartet, aber nicht das Prachtstück, das ich Fleet abgenommen hatte. Das war interessant, denn das einzige Gewehr, das ich bis dahin besessen hatte, war das von Philips. Wie hatte Kennikin davon erfahren, daß ich Fleet überrumpelt hatte? Doch nur von Cooke. Wieder ein Beweis für meine Theorie.

„War der Motor kaputt?" fragte ich.

„Die Batterie war durchschossen. Und der Kühler war hin. Das muß ja ein tolles Gewehr sein. Und jetzt haben Sie uns schon wieder Ärger gemacht. Was ist dort hinten eigentlich vorgefallen?"

„Einer Ihrer Burschen ist in den Tümpel gefallen", erklärte ich. „Er hat sich zu nahe an einen Geysir herangewagt."

„Untaugliche Trottel, alle miteinander. Man sollte meinen, drei Mann müßten gegen einen einzigen etwas ausrichten können. Aber nein – sie pfuschen."

Bei den Teichen war ich allein gewesen, das stimmte. Aber was war eigentlich aus Jack Case geworden? Er hatte keinen Finger gerührt, um mir zu helfen. Zorn stieg in mir hoch. Jedesmal, wenn ich mich an

jemanden gewandt hatte, dem ich glaubte vertrauen zu können, war ich verraten worden. Plötzlich schien es, als sei bereits das gesamte Department vom Gegner unterwandert. Nicht auszudenken, wenn am Ende sogar Sir David Taggart auf Moskaus Gehaltsliste stand!

„Wohin fahren wir?"

„Das brauchen Sie nicht so genau zu wissen", antwortete Kennikin. „Konzentrieren Sie sich einfach aufs Fahren. Und seien Sie vorsichtig, wenn wir durch Laugarvatn kommen. Ziehen Sie keinerlei Aufmerksamkeit auf sich. Verstanden?"

„Ja." Ich verspürte plötzliche Erleichterung. Ich hatte schon befürchtet, daß ich Gunnars Haus ansteuern müßte.

Wir ließen Laugarvatn hinter uns und fuhren nach Thingvellir in Richtung Reykjavík. Nach acht Kilometern befahl Kennikin mir, links auf eine Landstraße abzubiegen. Diese Straße kannte ich, sie brachte uns zum Thingvallavatn-See. Kennikin ließ mich noch einmal abbiegen. Ein holperiger Weg führte auf den See zu, und ich sah die Lichter eines kleinen Hauses.

Ich hielt vor dem Haus. „Hupen Sie!" befahl Kennikin.

Ich gehorchte, und gleich darauf kam jemand heraus. Kennikin hielt mir die Pistole an den Kopf. „Vorsicht, Stewart", mahnte er.

Ich wurde ins Innere des Hauses geführt, ohne daß sich mir die geringste Chance für einen Fluchtversuch bot. Das Wohnzimmer war im modernen Stil mit skandinavischen Möbeln eingerichtet. Es gab einen offenen Kamin, in dem ein Feuer brannte, was mich ein wenig überraschte. Da Island keine Kohlevorkommen hat und auf der Insel kaum Bäume wachsen, ist ein offenes Feuer eine Seltenheit. Es handelte sich um ein Torffeuer.

Kennikin machte eine Bewegung mit der Pistole. „Setzen Sie sich ans Feuer, Stewart. Wärmen Sie sich auf. Aber zuerst wird Iljitsch Sie durchsuchen."

Iljitsch war ein untersetzter Mann mit breitem, flächigem Gesicht und asiatischem Aussehen. Er tastete mich gründlich ab, wandte sich dann Kennikin zu und schüttelte den Kopf.

„Keine Waffe?" fragte Kennikin. „Sehr klug von Ihnen." Er lächelte. „Sehen Sie, was ich meine, Stewart? Ich bin von Idioten umgeben. Ziehen Sie Ihr linkes Hosenbein hoch, und zeigen Sie Iljitsch Ihr hübsches Messerchen."

Ich gehorchte. Iljitsch blickte erstaunt drein, während Kennikin ihn zusammenstauchte. Das Sgian dubh wurde mir abgenommen, und Kennikin bedeutete mir, mich zu setzen, während Iljitsch mit hochrotem Kopf hinter mich trat.

Kennikin steckte seine Pistole ein. „Was wollen Sie trinken, Stewart?"

„Scotch – wenn Sie welchen haben."

„Haben wir." Er öffnete den Schrank neben dem Kamin und schenkte ein Glas halb voll. „Pur oder mit Wasser?"

„Nicht zu stark, wenn's geht."

Er lächelte ironisch. „Ah ja, Sie müssen natürlich einen klaren Kopf behalten. Abschnitt vier, Vorschrift fünfunddreißig." Er goß Wasser ins Glas und brachte es mir.

Ich nippte vorsichtig daran. Kennikin kehrte zum Schrank zurück und goß sich isländischen Brennivin ein, einen Schnaps, der ganz entfernt Wodka ähnelt. Er leerte das halbe Glas in einem Zug, ohne eine Miene zu verziehen. Wenn Kennikin schon vor seinen Leuten Alkohol trank, befand er sich auf dem absteigenden Ast. Es wunderte mich nur, daß man im Department davon nichts wußte.

„Bekommen Sie hier auf Island keinen Calvados, Kennikin?" fragte ich.

Er grinste. „Das ist mein erster Drink seit vier Jahren, Stewart. Ich habe allen Grund zum Feiern." Er ließ sich mir gegenüber auf einem Stuhl nieder. „In unserem Beruf passiert es nicht allzuoft, daß sich alte Freunde treffen. Behandelt das Department Sie gut?"

„Ich hab mit dem Department seit vier Jahren nichts mehr zu tun."

Er hob die Brauen. „Da habe ich aber etwas anderes gehört."

„Vielleicht", sagte ich. „Aber es stimmt nicht. In bin ausgeschieden, als ich aus Schweden zurückkam."

„Ich bin auch nicht mehr dabei", fuhr Kennikin fort. „Das hier ist mein erster Auftrag seit vier Jahren. Den habe ich Ihnen zu verdanken." Seine Stimme klang gelassen. „Ich habe nicht etwa aus freiem Willen aufgehört, Stewart. Man hat mich nach Aschchabad geschickt, wo ich Büroarbeit verrichten mußte. Wissen Sie, wo Aschchabad liegt?"

„In Turkmenistan."

„Ja." Er schlug sich gegen die Brust. „Ich – Waslaw Wiktorowitsch Kennikin – wurde weggeschickt, um an der Grenze nach Rauschgiftschmugglern zu fahnden und um auf einem Schreibtisch in Papieren zu kramen."

„Der Sturz des Mächtigen", kommentierte ich. „Sie sind also für dieses Unternehmen wieder ausgegraben worden. Bestimmt eine große Freude für Sie."

„O ja. Es hat mich gefreut zu hören, daß Sie hier sind. Wissen Sie, ich hab mir mal eingebildet, Sie wären mein Freund."

„Werden Sie bloß nicht sentimental", erwiderte ich. „Sie wissen doch selber nur zu gut, daß Geheimagenten keine Freunde haben."

„Sie haben mich verraten."

„In meiner Situation hätten Sie genau das gleiche getan."

Er starrte mich an. „Aber ich habe Ihnen vertraut", erwiderte er. „Es tut weh, wenn Vertrauen mißbraucht wird." Er stand auf, ging zum Schrank, drehte sich dann aber wieder zu mir um. „Sie kennen meine Vorgesetzten. Fehler sind unverzeihlich. Und deshalb ... haben sie mich hinter den Schreibtisch in Aschchabad verbannt."

„Es hätte noch schlimmer kommen können. Man hätte Sie nach Sibirien verfrachten können."

Als er zu seinem Stuhl zurückging, hatte er sein Glas wieder vollgeschenkt. „Diesem Schicksal bin ich knapp entgangen", murmelte er. „Ein paar Freunde haben mir geholfen – meine treuen, russischen Freunde ..." Mit sichtlicher Anstrengung kehrte er in die Gegenwart zurück. „Aber wir vergeuden hier kostbare Zeit. Sie haben ein elektronisches Gerät in Ihrem Besitz, und zwar unrechtmäßig. Wo ist es?"

„Ich weiß nicht, wovon Sie reden."

Er nickte. „Klar, daß Sie das erst einmal sagen. Aber Sie wissen ja, daß Sie es mir im Endeffekt doch geben werden." Er zog ein Zigarettenetui aus der Tasche. „Nun?"

„Na gut", lenkte ich ein. „Sie wissen, daß ich es habe. Aber Sie werden es nicht kriegen."

Er entnahm dem Etui eine lange russische Zigarette. „Da bin ich anderer Ansicht, Stewart." Er steckte das Etui weg und durchforschte seine Taschen nach einem Feuerzeug. „Sehen Sie, das hier ist kein gewöhnlicher Auftrag für mich. Es wird mir großes Vergnügen bereiten, Ihnen Schmerzen zuzufügen. Und dafür habe ich Gründe, die gar nichts mit diesem elektronischen Gerät zu tun haben." Er zuckte die Achseln. „Ich bin sicher, daß ich es bekommen werde."

Seine Stimme war schneidend. Mir lief es eiskalt über den Rücken. Kennikin brummte verärgert, als er nichts fand, womit er seine Zigarette anzünden konnte. Iljitsch trat hinter mir hervor, ein Feuerzeug in der Hand. Kennikin neigte den Kopf, um sich die Zigarette anzünden zu lassen, aber das Feuerzeug funktionierte nicht. Kennikin wandte sich gereizt ab, nahm ein Stück Papier, hielt es in den offenen Kamin und zündete sich damit seine Zigarette an. Ich interessierte mich mehr für das, was Iljitsch tat. Er war zum Schrank gegangen, in dem die alkoholischen Getränke aufbewahrt wurden.

Als Kennikin merkte, daß Iljitsch hinter ihn getreten war, zog er seine Pistole. „Iljitsch, was tust du da?"

Iljitsch drehte sich um. Er hatte eine kleine Gaskartusche in der Hand. „Ich fülle das Feuerzeug auf."

„Das ist jetzt unwichtig. Geh nach draußen, und durchsuch den Volkswagen. Du weißt schon, wonach."

„Das Gerät ist nicht da, Kennikin", unterbrach ich ihn.

„Iljitsch wird sich selbst davon überzeugen."

Der Mann legte die Gaskartusche wieder in den Schrank und verließ den Raum. Kennikin steckte die Pistole nicht weg, nahm aber den Finger vom Abzug. „Sagen Sie, Stewart – dieses Mädchen, mit dem Sie sich da rumtreiben, Elin Ragnarsdottir –, lieben Sie sie?"

Ich spürte, wie alles in mir erstarrte. „Lassen Sie Elin aus dem Spiel."

Er lachte. „Keine Angst. Ich habe nicht vor, ihr etwas anzutun, das dürfen Sie mir glauben."

Ich glaubte ihm tatsächlich. Cooke hätte ich kein Wort geglaubt, aber Kennikin war ein Gentleman. Er war eiskalt, aber ein Gentleman.

„Beantworten Sie meine Frage, Stewart: Lieben Sie sie?"

„Wir wollen heiraten."

Er lachte. „Das ist nicht gerade eine exakte Antwort, aber sie genügt." Er beugte sich vor. „Erinnern Sie sich an unser letztes Zusammentreffen im Wald, als Sie versuchten, mich umzubringen? Ich wünschte, Sie hätten damals besser gezielt. Ich lag lange Zeit im Krankenhaus in Moskau, da hat man mich wieder zusammengeflickt. Aber eines haben die Ärzte nicht wieder hingekriegt, Stewart. Und deshalb werden Sie in Zukunft, falls Sie überhaupt mit dem Leben davonkommen, weder bei Elin Ragnarsdottir noch bei irgendeiner anderen Frau Ihre Männlichkeit beweisen können."

„Ich hätte gerne noch einen Drink", bat ich.

„Diesmal werde ich weniger Wasser zugießen", sagte er. „Ich habe das Gefühl, Sie brauchen etwas Stärkeres." Er kam herüber, nahm mein Glas und ging damit zum Schrank. Er behielt die Waffe in der Hand, während er den Whisky einschenkte. Schließlich brachte er mir das Glas zurück.

„Ich kann Ihre Verbitterung verstehen", meinte ich. „Aber jeder Soldat muß damit rechnen, verwundet zu werden. Im Grunde wurmt Sie doch nur, daß Sie verraten wurden, stimmt's?"

„Teilweise, ja", gab er zu.

Ich nippte an dem Whisky. „In einem Punkt irren Sie sich – nämlich in der Person des Schuldigen. Wer war damals Ihr Boß?"

„Bakajew – in Moskau."

„Und wer war mein Boß?"

„Sir David Taggart."

Ich schüttelte den Kopf. „Nein, Taggart hat sich nicht für diese Operation interessiert. Sie wurden von Bakajew, Ihrem eigenen Boß, in Zusammenarbeit mit meinem Boß reingelegt. Ich war lediglich das Werkzeug."

Kennikin lächelte. „Mein lieber Mr. Stewart, Sie haben zu viele Spionageromane gelesen."

„Sie haben noch gar nicht gefragt, wer in Wirklichkeit mein Boß war", erinnerte ich ihn.

„Na schön – wer war's denn?"

„Cooke."

Kennikins Gesicht versteinerte.

„Das Unternehmen war sehr sorgfältig geplant", fuhr ich fort. „Sie wurden geopfert, um Cooke zu Ansehen zu verhelfen. Das Ganze mußte echt wirken. Deshalb wurden Sie auch im dunkeln gelassen. Wenn man alles in Betracht zieht, haben Sie sich gar nicht so schlecht geschlagen. Aber immer wieder wurde Ihnen der Teppich unter den Füßen weggezogen, weil Bakajew alle Informationen an Cooke weitergab."

„Das ist Unsinn", protestierte Kennikin. Aber sein Gesicht war bleich geworden, und die Narbe auf seiner Wange trat bläulich hervor.

„Sie mußten einfach versagen", fuhr ich fort. „Und natürlich mußten Sie auch bestraft werden, sonst hätte das Ganze nicht echt gewirkt. Wenn Sie nicht nach Aschchabad oder sonstwohin geschickt worden wären, so wären wir mißtrauisch geworden. Darum verbrachten Sie vier Jahre in der Verbannung, um den Schein zu wahren. Vier Jahre Schreibtischarbeit, nur weil Sie Ihre Pflicht getan hatten. Man hat Sie an der Nase herumgeführt, Kennikin."

Sein Blick war durchdringend. „Ich kenne diesen Cooke nicht."

„Sie müßten ihn eigentlich kennen. Er ist der Mann, dessen Befehle Sie in Island entgegennehmen. Sie fanden es vielleicht ganz normal, daß Sie bei dieser Operation nicht das Kommando bekommen haben. Einen Versager betraut man nicht gleich wieder mit der Verantwortung. Und jetzt hoffen Sie, sich rehabilitieren zu können, wenn Sie Ihren Auftrag erfolgreich ausführen." Ich lachte. „Und wen setzt man Ihnen als Boß vor die Nase? Keinen anderen als den Mann, der Sie in Schweden auffliegen ließ."

Kennikin stand auf. Die Pistole war auf meine Brust gerichtet. „Ich weiß, wer mich in Schweden angeschwärzt hat", zischte er. „Kein anderer als Sie, Stewart."

„Ich habe nur Befehle ausgeführt", erwiderte ich. „Der geistige Vater des Unternehmens war Cooke. Erinnern Sie sich an Jimmy Birkby? Sie kannten ihn unter dem Namen Sven Hornlund. Er war der Mann, den ich getötet habe."

„Der britische Agent", sagte Kennikin. „Seinetwegen habe ich Ihnen damals mein volles Vertrauen geschenkt."

„Es war Cookes Idee. Ich hatte keine Ahnung, wen ich da umbrachte." Ich beugte mich vor. „Kennikin, es paßt alles zusammen, sehen Sie das denn nicht? Cooke opferte einen guten Mann, um Sie dazu zu bringen, mir zu vertrauen. Wie viele unserer Agenten umkamen, kümmerte ihn nicht. Aber er und Bakajew opferten Sie, um Taggarts Vertrauen in Cooke zu zementieren."

„Ich kenne diesen Cooke nicht", wiederholte Kennikin eisern.

„Nein? Warum sind Sie dann so erregt?" Ich grinste ihn an. „Fragen Sie ihn doch, wenn Sie ihn das nächste Mal sehen, nach der Wahrheit. Cooke hat allerdings in seinem ganzen Leben noch nie die Wahrheit gesagt. Aber ein so scharfer Beobachter wie Sie durchschaut ihn vielleicht."

Durch die zugezogenen Vorhänge sah ich Licht. Ein Wagen fuhr draußen vor. Ich blickte Kennikin beschwörend an. „Denken Sie an die vergeudeten Jahre in Aschchabad, Kennikin. Versetzen Sie sich in Bakajews Lage, und überlegen Sie mal, was damals für ihn wichtiger war – eine Operation in Schweden, die jederzeit wiederholt werden konnte, oder die Gelegenheit, einen Mann in der Hierarchie des britischen Geheimdienstes in eine hohe Position zu hieven? Eine Position, die so wichtig ist, daß selbst der britische Premierminister von Zeit zu Zeit mit diesem Mann zu Mittag speist?"

Kennikin war es sichtlich unbehaglich zumute, aber er beherrschte sich. Er sah mich ausdruckslos an. „Ich habe mir Ihre Räuberpistole mit großem Interesse angehört. Diesen Cooke kenne ich nicht."

Die Tür ging auf, und zwei Männer traten ein. Kennikin wies auf mich. „Darf ich euch Alan Stewart vorstellen? Er ist der Mann, den ihr hierherbringen solltet. Was ist passiert? Wo ist Igor?"

Der Größere sagte: „Er wurde in ein Krankenhaus gebracht. Er hat sich schlimm verbrannt, als er . . ."

„Ausgezeichnet", bemerkte Kennikin bissig. „Igor mußte natürlich in ein Krankenhaus geschafft werden, wo ihn die Polizei verhören kann. Warum, verdammt noch mal, habt ihr zu schießen angefangen?"

Der Mann wies hilflos auf mich. „Er hat damit angefangen."

„Dazu hätte es gar nicht erst kommen dürfen. Wenn drei Mann nicht mit einem einzigen fertig werden können . . ."

„Sie waren zu zweit."

„Oh!" Kennikin warf mir einen Blick zu. „Was ist aus dem anderen geworden?"

„Ich weiß nicht, der ist weggerannt", erwiderte der größere der beiden Männer.

„Das ist nicht weiter verwunderlich", bemerkte ich beiläufig. „Es war nur ein Hotelgast." Innerlich kochte ich. Case war also einfach davongelaufen und hatte mich im Stich gelassen. Ich wollte ihn nicht an Kennikin verraten, aber wenn ich je heil aus der Geschichte herauskam, hatte ich eine Rechnung mit ihm zu begleichen.

„Wahrscheinlich hat er im Hotel Alarm geschlagen", vermutete Kennikin. „Was macht Iljitsch?"

„Er nimmt einen Wagen auseinander", antwortete der Große.

„Dann hilf ihm dabei. Du, Gregor, bleibst hier und behältst Stewart im Auge." Kennikin reichte dem Kleineren die Pistole.

„Kann ich noch einen Drink haben, Kennikin?" fragte ich.

„Warum nicht? Laß ihn nicht aus den Augen, Gregor."

Er verließ das Zimmer und schloß die Tür hinter sich. Gregor pflanzte sich vor der Tür auf und betrachtete mich ausdruckslos. Ich stand langsam auf. Gregor hob die Waffe. Ich hielt mein leeres Glas hoch. „Sie haben gehört, was der Boß gesagt hat. Ich habe Anspruch auf einen Drink."

Der Russe ließ die Pistole wieder sinken. „Ich bleibe hinter Ihnen", brummte er.

Ich ging zum Schrank und hantierte mit den Flaschen. Zuerst schenkte ich mir Scotch ein, dann Wasser. Schließlich drehte ich mich um. Gregor stand einen Meter weit von mir entfernt und hatte die Waffe in Hüfthöhe auf mich gerichtet.

Ich hob das Glas. „*Skál* – wie wir in Island sagen." Dabei hielt ich die Hand hoch, damit die kleine Gaskartusche, die ich aus dem Schrank genommen hatte, nicht aus meinem Ärmel rutschte. Betont lässig durchquerte ich das Zimmer und setzte mich wieder in meinen Sessel. Ich nippte am Whisky und manövrierte das Glas in meine andere Hand. Als ich endlich ruhig saß, steckte ich die Gaskartusche in der Spalte zwischen dem Sitzpolster und der Armlehne.

Auf jeder Gaskartusche zum Nachfüllen steht die ernst zu nehmende Warnung: LEICHT ENTFLAMMBAR. NICHT IN DER NÄHE VON OFFENEM FEUER BENÜTZEN.

Im Kamin brannte das Feuer mit einer dicken roten Glut. Wenn ich die Gaskartusche hineinwarf, so gab es zwei Möglichkeiten. Entweder würde sie wie eine Bombe explodieren oder wie eine Rakete durch das Zimmer zischen – und beides konnte mir einen Fluchtweg eröffnen. Schwierig war dabei nur, daß ich nicht wußte, wie lange es dauern würde, bis das Ding in die Luft ging. Es war zwar nicht schwer, die Gaskartusche ins Feuer zu befördern, aber wenn Gregor blitzschnell reagierte, konnte er mir vorher den Garaus machen.

Kennikin kehrte zurück. „Sie haben die Wahrheit gesagt", erklärte er.

„Das tue ich immer."

„Das Päckchen ist nicht in Ihrem Wagen. Wo steckt es?"

„Das werden Sie nicht von mir erfahren, Kennikin."

„Doch."

Im Haus klingelte ein Telefon.

„Ich will nicht, daß der Teppich hier mit Blut verschmiert wird", erwiderte er. „Stehen Sie auf!" Draußen nahm jemand den Telefonhörer ab.

„Kann ich nicht erst austrinken?"

Iljitsch öffnete die Tür einen Spaltbreit und winkte Kennikin herbei. „Bis ich zurückkomme, müssen Sie ausgetrunken haben", erklärte Kennikin und ging hinaus. Kurz darauf kehrte er zurück und betrachtete mich nachdenklich. „Sie sagten, der Mann, mit dem Sie in Geysir zusammen waren, sei ein Hotelgast gewesen?"

„Stimmt."

„Sagt Ihnen der Name Jack Case irgendwas?"

Ich blickte ihn verdutzt an. „Nicht das geringste."

Er lächelte mitleidig. „Und Sie behaupten, Sie würden immer die Wahrheit sagen." Er setzte sich. „Anscheinend ist das Päckchen, nach dem ich suche, nicht mehr wichtig. Ich hätte alles getan, um die erforderliche Information aus Ihnen herauszuquetschen. Aber meine Instruktionen haben sich geändert. Sie können sich beruhigen, Sie werden nicht gefoltert, Stewart."

„Danke", sagte ich aus vollem Herzen.

Er schüttelte den Kopf. „Ihren Dank können Sie sich sparen. Meine Anweisung lautet, Sie sofort zu liquidieren."

Wieder klingelte das Telefon.

Meine Stimme war nur noch ein Krächzen. „Warum?"

Er zuckte die Schultern. „Sie werden langsam lästig."

Ich schluckte. „Müssen Sie nicht ans Telefon gehen? Vielleicht werden die Instruktionen noch einmal geändert."

Er lächelte starr. „Das glaube ich kaum."

Iljitsch steckte den Kopf durch die Tür: „Reykjavík."

Kennikin machte eine verärgerte Geste. „Ich komme." Er stand auf.

Ich streckte die Hand aus. „Haben Sie eine Zigarette?"

Er hielt inne und lachte laut. „Natürlich bekommen Sie auch noch eine letzte Zigarette." Er warf mir sein Etui zu und ging hinaus.

Ich öffnete das Etui, steckte eine Zigarette in den Mund und bückte mich sehr langsam, um einen Papierfetzen aufzuheben. „Ich will nur meine Zigarette anzünden", erklärte ich und hoffte inständig, Gregor würde sich nicht von der Tür wegbewegen.

Ich hielt den Papierstreifen in der linken Hand und beugte mich vor, so daß die Rechte durch meinen Körper verdeckt war. Dann warf ich die Gaskartusche in die Glut. Gleichzeitig hielt ich den Papierstreifen in eine Flamme und kehrte dann zu meinem Stuhl zurück. Um Gregors Blicke vom Kamin abzulenken, schwenkte ich das brennende Papier in einem eleganten Bogen zur Spitze meiner Zigarette, sog den Rauch ein und blies eine Wolke in Richtung des Russen.

Vom Flur her hörte ich, wie Kennikin mit steifen Schritten zurückkam. Er deutete auf mich. „Los, aufstehen!"

Ich hielt die Zigarette hoch. „Was ist damit?"

„Die können Sie draußen zu Ende –"

Der Knall des explodierenden Gaszylinders klang ohrenbetäubend in dem geschlossenen Raum. Die Torfglut stob im ganzen Zimmer umher. Da ich mit der Explosion gerechnet hatte, faßte ich mich schneller als die anderen. Ich achtete auch nicht auf die rotglühenden Torfbrocken, die mir den Hals versengten. Gregor, der sich offenbar verbrannt hatte, stieß einen Schrei aus und ließ die Waffe fallen.

Ich stürzte auf ihn zu, packte die Pistole und schoß ihn nieder. Kennikin hatte sich die glühenden Torfstückchen vom Jackett geschlagen, griff nun aber nach einer Tischlampe und schleuderte sie nach mir. Ich duckte mich, mein Schuß ging daneben. Die Lampe segelte über meinen Kopf weg und traf Iljitsch, der gerade die Tür aufmachte, ins Gesicht. Ich stieß ihn zur Seite und taumelte in den Flur hinaus. Die Haustür stand offen. Ich eilte aus dem Haus, vorbei am Volkswagen – der Mann namens Iljitsch hatte bereits sämtliche Sitze ausgebaut. Im Vorbeilaufen gab ich noch einen Schuß auf den großen Russen ab. Dann rannte ich in die Dunkelheit.

Ich stolperte über ein Lavafeld, das mit dicken Moospolstern und einigen Zwergbirken bewachsen war. Hier würde ich nicht weit kommen, ohne mir den Knöchel zu brechen.

Nach etwa einem halben Kilometer bog ich im rechten Winkel vom See ab, lief auf die Straße zu und blieb dann schweißgebadet stehen.

Ich blickte zurück und konnte die Fenster des Zimmers sehen, in dem man mich gefangengehalten hatte. Hinter ihnen flackerte es, und plötzlich gingen die Vorhänge in Flammen auf. Ich hörte aufgeregtes Rufen, aber anscheinend verfolgte mich niemand.

In der Ferne konnte ich eine gerade dunkle Linie erkennen, offenbar eine Straße. Ich wollte mich eben in Bewegung setzen, als mich jemand im Würgegriff am Hals packte.

„Lassen Sie die Pistole los", flüsterte eine Stimme auf russisch.

Ich ließ die Waffe fallen und wurde sofort weggestoßen, so daß ich stolperte und hinfiel. Ich starrte in den hellen Lichtstrahl einer Taschenlampe und sah, daß der Mann eine Pistole auf mich richtete.

„Himmel, Sie sind's?" staunte Jack Case.

„Machen Sie das Licht aus!" fuhr ich ihn an und rieb mir den Hals. „Wo waren Sie, als die drei Gestalten in Geysir über mich hergefallen sind?"

Case knipste die Lampe aus, und ich hörte seine Stimme aus der Dunkelheit: „Ich wollte Ihnen helfen, indem . . ."

„Den Teufel haben Sie getan!" zischte ich ihn an. „Sie sind ins Hotel zurückgerannt. Wie sind Sie hierhergekommen?"

„Als Sie Kennikins Jungs abgeschüttelt hatten, sah ich, wie einer von ihnen auf einen Wagen zulief. Ich folgte ihm und kam hierher."

Das klang nicht sehr wahrscheinlich, aber ich ließ es dabei bewenden. „Ich sah Sie mit Cooke reden. Seit wann hat er sich in Geysir herumgetrieben?"

„Er war im Hotel, als ich eintraf."

„Aber Sie haben mir doch . . ."

Cases Stimme klang gereizt. „Verdammt, ich konnte Ihnen wirklich nicht sagen, daß er da war. So wie Sie gelaunt waren, hätten Sie ihn glatt abgeschlachtet."

„Sie sind wirklich ein großartiger Freund", meinte ich erbittert. „Aber jetzt habe ich keine Zeit, um mich mit Ihnen darüber zu unterhalten. Wo steht Ihr Wagen?"

„Gleich dahinten, neben der Straße."

Ich entschied mich blitzschnell. Ich konnte niemandem mehr trauen, auch Case nicht. „Sie können Taggart ausrichten, ich würde sein Päckchen nach Reykjavík bringen."

„Na schön. Aber machen wir, daß wir von hier wegkommen."

Ich trat dicht an ihn heran. „Ich traue Ihnen nicht, Case", sagte ich, bevor ich ihm meine Faust in den Magen rammte. Er krümmte sich vor Schmerz. Ich verpaßte ihm noch einen Handkantenschlag in den Nacken, worauf er zu Boden sackte.

In der Ferne hörte ich, wie ein Motor angelassen wurde, und rechts von mir konnte ich die Lichtkegel der Scheinwerfer sehen. Ich warf mich zu Boden. Der Wagen kam den Zufahrtsweg zur Straße entlang, bog an der Straße ab und entfernte sich in Richtung Thingvellir.

Kaum war er außer Sichtweite, durchsuchte ich in aller Eile Cases Taschen. Ich nahm seine Wagenschlüssel sowie die Pistole samt Halfter an mich. Gregors Waffe wischte ich säuberlich ab und warf sie weg. Dann machte ich mich auf die Suche nach Cases Wagen.

Es war ein Volvo, den ich ganz in der Nähe fand. Ich fuhr los, ohne die Scheinwerfer einzuschalten.

Ich mußte um den ganzen Thingvallavatn-See herumfahren. Die südliche Route um den See herum nach Laugarvatn war zwar viel weiter, aber ich hatte nicht die geringste Lust, den Weg einzuschlagen, auf dem ich gekommen war.

8. Kapitel

Kurz vor fünf Uhr früh traf ich in Laugarvatn ein und parkte den Wagen in der Einfahrt. Beim Aussteigen sah ich, wie sich die Vorhänge am Fenster bewegten. Elin lief aus dem Haus und fiel mir um den Hals. „Alan!" rief sie. „Mein Gott, du hast ja Blut im Gesicht."

Ich berührte meine Wange und spürte verkrustetes Blut. „Laß uns reingehn", schlug ich vor.

Im Flur trafen wir auf Sigurlin, die mich von oben bis unten musterte. „Ihre Jacke ist angesengt", stellte sie fest.

Ich warf einen Blick auf die Brandlöcher im Stoff. „Stimmt", sagte ich.

„Was ist passiert?" drängte Elin.

Ich fühlte mich zu Tode erschöpft. „Haben Sie Kaffee?" fragte ich Sigurlin.

„Sie sehen aus, als hätten Sie eine Woche lang nicht geschlafen", meinte Sigurlin. „Oben steht ein Bett."

Ich schüttelte den Kopf. „Nein. Ich . . ., wir fahren weg."

Sigurlin und Elin wechselten Blicke. Schließlich bemerkte Sigurlin sachlich: „Kaffee können Sie trotzdem trinken. Er ist fertig – kommen Sie in die Küche."

Ich ließ mich am Küchentisch nieder und schüttete eine große Portion Zucker in die dampfende Kaffeetasse. Er schien mir das herrlichste Getränk, das ich je zu mir genommen hatte. Sigurlin trat ans Fenster und blickte auf den Volvo in der Einfahrt. „Wo ist der Volkswagen?"

Ich zog eine Grimasse. „Den können Sie abschreiben." Ich steckte die Hand in die Tasche, um mein Scheckbuch herauszuholen. „Was ist er wert, Sigurlin?"

„Das hat Zeit." In ihrer Stimme lag eine ungewohnte Schärfe. „Elin hat mir alles erzählt. Über Cooke, von Kennikin – alles."

„Das hättest du nicht tun sollen, Elin", seufzte ich.

„Ich mußte mit jemandem darüber reden", platzte sie heraus.

„Sie müssen zur Polizei gehen", meinte Sigurlin.

Ich schüttelte den Kopf. „Bis jetzt hat die Auseinandersetzung unter Ausschluß der Öffentlichkeit stattgefunden. Bisher sind keine Unbeteiligten zu Schaden gekommen. Ich möchte, daß das so bleibt."

„Aber das Ganze müßte nicht auf dieser Ebene ausgetragen werden. Überlassen Sie es doch den Politikern – den Diplomaten."

Ich seufzte und lehnte mich in meinem Stuhl zurück. „Drei Nationen sind beteiligt – Großbritannien, Amerika und Rußland. Glauben Sie wirklich, so was könnte geheimgehalten werden? In jedem Land gibt es in der Politik Scharfmacher – wahrscheinlich auch in Island –, und alle würden die Geschichte für ihre politischen Zwecke ausschlachten. Die USA-Gegner würden wegen des Luftstützpunkts in Keflavík ein Geschrei anstimmen. Das würde wiederum den Anti-kommunisten neuen Zündstoff liefern. Vielleicht würde sogar Islands Fischereikrieg mit England wiederaufleben. Wenn diese Affäre je an die Öffentlichkeit dringt, dann erlebt Island einen politischen Skandal von ungeahnten Ausmaßen."

Elin und Sigurlin blickten einander hilflos an. „Er hat recht", meinte Sigurlin zögernd.

Ich wußte, daß ich recht hatte. Obwohl es auf der Insel bei ober-flächlicher Betrachtung äußerst ruhig zuging, gab es doch verdeckte Ressentiments und Feindseligkeiten, die auch wegen scheinbarer Kleinigkeiten schnell zum Ausbruch kommen konnten. „Je weniger die Politiker davon wissen, desto besser für alle Beteiligten. Ich mag dieses Land, und ich möchte nicht, daß es in einen internationalen Konflikt hineingezogen wird." Ich griff nach Elins Hand. „Ich werde versuchen, diese Sache bald in Ordnung zu bringen."

„Gib ihnen das Päckchen", drängte sie. „Bitte, Alan, gib es ihnen doch endlich."

„Das habe ich auch vor", beruhigte ich sie. „Aber ich werde es auf meine Weise tun."

Es gab eine Menge zu überlegen. Da war zum Beispiel der Volkswagen. Es konnte nicht lange dauern, bis Kennikin anhand des polizeilichen Kennzeichens herausfinden würde, woher der Wagen stammte. Das bedeutete, daß er wahrscheinlich vor dem Abend hier eintreffen würde.

„Sigurlin, können Sie mit einem Pony zu Gunnar reiten?" fragte ich.

Sie war verblüfft. Dann begriff sie. „Der Volkswagen?"

„Ja. Möglicherweise bekommen Sie unerwünschten Besuch. Es ist besser, wenn Sie ihm aus dem Weg gehen."

„Gunnar hat mir gestern abend eine Nachricht zukommen lassen. Er bleibt noch drei Tage weg."

„Das ist gut. In drei Tagen müßte der ganze Spuk eigentlich vorbei sein." Ich dachte kurz nach. „Den Landrover werde ich auch weg-fahren", sagte ich schließlich.

„Sie können ihn in den Ställen unterstellen."

„Gute Idee. Ich werde ein paar Sachen aus dem Landrover in den Volvo umpacken. In ein paar Minuten bin ich zurück."

Ich ging in die Garage und nahm das kleine elektronische Gerät, die beiden Gewehre und die gesamte Munition heraus. Die Gewehre packte ich in ein großes Stück Sackleinwand, das ich in der Garage fand, und ließ alles im Kofferraum des Volvo verschwinden.

Elin kam heraus. „Wohin fahren wir eigentlich?"

„Du gehst mit Sigurlin."

Ihr Gesicht nahm wieder den vertrauten eigensinnigen Ausdruck an. „Mir hat gefallen, was du drinnen gesagt hast. Daß du meinem Land keine Schwierigkeiten machen möchtest. Aber es ist mein Land, und ich kann ebensogut dafür kämpfen wie jeder andere", entgegnete sie trotzig. „Was ist gestern nacht passiert? War es schlimm?"

„Es war nicht gerade die glücklichste Nacht meines Lebens", antwortete ich kurz. „Am besten packst du jetzt zusammen. In einer Stunde müssen wir alle weg sein." Ich nahm eine Landkarte und breitete sie aus.

„Also, wohin fahren wir?" fragte Elin erneut.

„Nach Reykjavík, aber vorher möchte ich nach Keflavík."

„Aber das ist doch umständlich", wandte sie ein. „Erst kommt Reykjavík. Es sei denn, du fährst südlich über Hveragerdi."

„Das ist ja das Problem", erwiderte ich und betrachtete stirnrunzelnd die Karte. Ich hatte erkannt, daß man die gesamte Reykjanes-Halbinsel spielend gegen Osten abriegeln konnte – man brauchte nur an zwei Punkten Männer zu postieren –, in Thingvellir und Hveragerdi. Wenn ich mit normaler Geschwindigkeit durch eine dieser Städte fuhr, mußte man mich einfach entdecken. Und wenn ich wie ein Verrückter durchraste, würde ich Aufsehen erregen, und eine ganze Meute von Verfolgern wäre mir augenblicklich auf den Fersen.

„Verdammt, es ist unmöglich!" fluchte ich.

Elin lachte. „Ich weiß einen ganz einfachen Ausweg, einen, auf den Kennikin nicht kommen wird."

Ich sah sie mißtrauisch an. „Welchen denn?"

„Übers Meer. Wenn wir nach Vík fahren, kann ich dort einen alten Bekannten bitten, uns mit dem Boot nach Keflavík zu bringen."

Zweifelnd betrachtete ich die Karte. „Es ist weit nach Vík, und außerdem ist es die falsche Richtung."

„Um so besser. Kennikin wird nicht damit rechnen, daß du dorthin fährst."

Je länger ich die Karte studierte, desto besser gefiel mir Elins Idee. „Nicht schlecht", gab ich schließlich zu.

„Natürlich", fuhr Elin in unschuldigem Ton fort, „muß ich mitkommen, um dich meinem Freund vorzustellen."

Sie hatte es wieder mal geschafft.

NACHDEM wir Hella hinter uns gebracht hatten, verließ ich die Hauptstraße, um über Landeyjar weiterzufahren. Ein Labyrinth holperiger Fahrwege durchzog die Küstenlandschaft, und jeder, der mich hier verfolgen wollte, mußte über eine außergewöhnliche Ortskenntnis verfügen.

Gegen Mittag sagte Elin in energischem Ton: „Es gibt Kaffee."

„Ja? Hast du vielleicht einen Zauberstab?"

„Nein, aber eine Thermosflasche. Und Brot und Salzheringe. Ich habe Sigurlins Küche geplündert."

„Bin ich froh, daß du mitgekommen bist. An so was hätte ich nie gedacht." Ich hielt an.

„Männer sind nicht so praktisch wie Frauen", behauptete Elin.

Während wir aßen, studierte ich die Landkarte, um festzustellen, wo wir uns befanden.

„Wer ist dein Freund in Vík?" fragte ich Elin.

„Valtýr Baldvinsson, einer von Bjarnis Schulfreunden. Er ist Meeresbiologe und beschäftigt sich mit der Ökologie der isländischen Küstengewässer. Er wird dir gefallen."

Das stimmte. Baldvinsson war kräftig und untersetzt; er hatte ein breites Gesicht und fleischige Hände mit kurzen plumpen Fingern, die für die komplizierten Arbeiten, die er verrichtete, nicht gerade geschaffen schienen. Als wir ihn in seinem Labor aufsuchten, blickte er erstaunt von seinem Mikroskop auf. „Elin! Was tust du denn hier?" rief er.

„Wir sind auf der Durchfahrt. Das ist Alan Stewart aus Schottland."

Er packte meine Hand und schüttelte sie heftig. „Freut mich, Sie kennenzulernen." Er wandte sich an Elin. „Du hast Glück, mich hier noch anzutreffen. Ich fahre morgen weg."

„Ja? Wohin denn?"

„Endlich wird ein neuer Motor in das Wrack von einem Kutter eingebaut, den mir das Institut zumutet. Ich bringe ihn deswegen nach Reykjavík."

Elin warf mir einen Blick zu, und ich nickte. Ab und zu im Leben muß man eben auch Glück haben. Ich hatte mir schon den Kopf zerbrochen, wie Elin ihn dazu bringen würde, uns nach Keflavík zu befördern, ohne Verdacht zu erregen.

Elin lächelte ihn strahlend an. „Hättest du was dagegen, zwei Passagiere an Bord zu nehmen? Ich habe Alan schon den Mund wäßrig gemacht, weil ich ihm erzählte, du würdest uns vielleicht mal die Insel

Surtsey zeigen. Außerdem muß Alan nach Keflavík, wo er in zwei Tagen jemanden treffen will."

„Ich freue mich, wenn ich Gesellschaft habe", antwortete Valtýr munter. „Es ist ziemlich weit bis Reykjavík, und ich bin froh, wenn ich am Ruder mal abgelöst werde. Sind Sie auf Urlaub hier, Mr. Stewart?" erkundigte er sich auf englisch.

„In gewisser Weise, ja", antwortete ich auf isländisch. „Ich komme jedes Jahr hierher."

„Elin", rief er plötzlich, wie aus heiterem Himmel, „dir zu Ehren nehme ich mir den Tag frei!" Er umarmte sie und hob sie hoch, bis sie um Gnade bettelte.

Ich achtete nicht sonderlich darauf, denn mein Blick war auf die Schlagzeile einer Zeitung gefallen, die auf dem Arbeitstisch lag. Es war ein Morgenblatt aus Reykjavík, und auf der ersten Seite prangte eine Überschrift in Großbuchstaben: SCHIESSEREI IN GEYSIR.

Ich las den Artikel schnell durch. Wenn man ihm Glauben schenkte, war am Vorabend in Geysir der Krieg ausgebrochen, und Unbekannte hatten sämtliche Waffen bis hin zu leichter Artillerie eingesetzt. Es gab ein paar Augenzeugenberichte, unzutreffend wie immer, und es schien, daß ein russischer Tourist, ein gewisser Igor Wolkow, nun im Krankenhaus lag, nachdem er dem Strokkur zu nahe gekommen war. Mr. Wolkow gab an, mit der Schießerei nichts zu tun zu haben. Der sowjetische Botschafter hatte bei dem isländischen Außenminister wegen dieses in keiner Weise provozierten Angriffs auf einen russischen Bürger Protest eingelegt.

Ich blätterte weiter, um zu sehen, ob es einen Kommentar zu diesem Vorfall gab, und fand ihn auch prompt. Der Verfasser verlangte Aufklärung darüber, aus welchem Grund besagter russischer Bürger, Igor Wolkow, bei seinem kleinen Unfall bis an die Zähne bewaffnet gewesen sei. Außerdem lägen keinerlei Unterlagen darüber vor, daß Wolkow die Waffen bei seiner Einreise beim Zoll angegeben hätte.

Ich schnitt eine Grimasse. Kennikin und ich taten unser Bestes, Sand ins Getriebe der isländisch-sowjetischen Beziehungen zu streuen.

Wir verließen Vík ziemlich spät am folgenden Morgen. Meine Stimmung war mäßig, weil ich einen Brummschädel hatte. Valtýr hatte sich als unschlagbarer Trinker erwiesen, und da ich todmüde war, hatten meine Bemühungen, mit ihm Schritt zu halten, für mich katastrophale Folgen gehabt.

Valtýrs Kutter lag ganz in der Nähe in der Mündung eines kleinen

Flusses verankert. Wir fuhren im Beiboot hinaus. Der Biologe warf neugierige Blicke auf die beiden langen, mit Sackleinen umwickelten Pakete, die ich mit an Bord brachte, stellte aber keine Fragen. Ich hoffte insgeheim, daß sich die Pakete nicht durch ihren Inhalt verrieten. Auf keinen Fall wollte ich die Gewehre zurücklassen, denn mir schwante, daß ich sie noch einmal brauchen würde.

Valtýrs Kutter war zehn Meter lang und hatte eine kleine Kajüte sowie ein winziges Steuerhaus, das den Mann am Ruder vor den Unbilden der Witterung schützen sollte.

„Wie lange werden wir brauchen?" fragte ich.

„Rund zwanzig Stunden", antwortete Valtýr.

Wir fuhren auf die See hinaus, und das Boot fing an, bedenklich in der Dünung zu schwanken. Elins Haar flatterte in der frischen Brise. Ab und zu bohrte sich der kleine Kutter mit dem Bug ins Wasser und versprühte einen Gischtschauer, sobald er wieder auftauchte.

Wir brauchten sechs Stunden, um nach Surtsey zu gelangen. Valtýr fuhr um die Insel herum, wobei er nahe am Ufer blieb. „Leider können Sie hier nicht an Land gehen", erklärte er.

Die Insel Surtsey, vor einigen Jahren beim Ausbruch eines Vulkans aus dem Meeresgrund geboren, ist ausschließlich Wissenschaftlern zugänglich, die herausfinden wollen, wie das Leben in einer biologisch toten Umgebung Fuß faßt.

Als wir uns von Surtsey entfernten, ging ich in die Kajüte, um mich hinzulegen. Ich war müde, und mein Magen vollführte die wildesten Purzelbäume. Dankbar streckte ich mich aus und versank in einen tiefen Schlaf.

Ich muß ziemlich lange geschlafen haben, denn als Elin mich weckte, verkündete sie: „Wir sind beinahe da."

Ich gähnte. „Wo?"

„Valtýr setzt uns bei Keflavík ab."

Ich richtete mich auf. Über uns lärmte ein Düsenjäger, und als ich an Deck trat, sah ich, daß das Ufer ganz nahe war. „Wieviel Uhr ist es?"

„Acht Uhr", antwortete Valtýr. „Sie haben nicht schlecht geschlafen."

„Das habe ich nach der Sitzung mit Ihnen auch nötig gehabt", erwiderte ich, und er grinste.

Um acht Uhr dreißig legten wir an. Elin sprang auf den Pier, und ich reichte ihr die eingewickelten Gewehre hinaus. „Danke fürs Mitnehmen, Valtýr."

Er machte eine abwehrende Handbewegung. „Gern geschehen. Lassen Sie mal wieder von sich hören."

Wir standen auf dem Pier und sahen ihm nach. „Was tun wir hier?" fragte Elin.

„Ich möchte mit Lee Nordlinger sprechen, du weißt schon, dem Fregattenkapitän im Marinestützpunkt. Das ist zwar etwas riskant, aber ich will wissen, was für ein Gerät ich da mit mir herumschleppe. Glaubst du, daß Bjarni hier ist?"

„Das bezweifle ich. Meistens fliegt er vom Flughafen Reykjavík aus."

„Bitte geh nach dem Frühstück zum Icelandair-Büro im Flughafen Keflavík", sagte ich. „Finde heraus, wo Bjarni ist, und bleib dort, bis ich nachkomme. Und geh bloß nicht in die Schalterhalle. Kennikin läßt mit Sicherheit den Flughafen beschatten."

„Zuallererst frühstücken wir", bestimmte sie. „Ich weiß hier in der Nähe ein gutes Café."

Als ich in Nordlingers Büro trat und die Gewehre in die Ecke stellte, blickte er mich erstaunt an. Bestimmt wunderte er sich sowohl über meine vom Gewicht der Munition durchhängenden Taschen als auch über mein stoppeliges Kinn und mein mitgenommenes Äußeres. „Sie sehen ja ziemlich abgewrackt aus, Stewart", bemerkte er.

„Ich halte mich ja auch in einem recht anstrengenden Land auf", entgegnete ich und setzte mich. „Können Sie mir vielleicht einen Rasierapparat borgen? Außerdem möchte ich, daß Sie sich was ansehen."

Er zog eine Schublade an seinem Schreibtisch auf und nahm einen elektrischen Rasierapparat heraus, den er mir hinschob. „Der Waschraum ist zwei Türen weiter", erklärte er. „Was soll ich mir denn ansehen?"

Ich zögerte. Schließlich konnte ich Nordlinger schlecht bitten, unter allen Umständen den Mund zu halten. Das wäre einer Aufforderung gleichgekommen, seine Dienstpflichten zu verletzen, wozu er mit Sicherheit nicht bereit war. Jetzt half nur die Flucht nach vorn. Ich kramte das Blechkästchen aus der Tasche, riß den Klebestreifen ab und brachte die geheimnisvolle Platine zum Vorschein. „Was ist das, Mr. Nordlinger?"

Er nahm das Ding und drehte es hin und her. Wenn mir jemand etwas über das eigenartige Gerät verraten konnte, dann war es Fregattenkapitän Lee Nordlinger. Er war Elektroniker und hatte im Luftstützpunkt Keflavík die Radar- und Funkstationen unter sich.

„Das Gerät stammt mit absoluter Sicherheit aus Amerika", erklärte er. „Ich erkenne ein paar Bauteile – diese Widerstände zum Beispiel sind in den USA hergestellt. Und die Stromzufuhr hat die in den USA übliche Spannung, sechzig Hertz."

Ich sah ihn fragend an. „Na gut, und was ist das Ganze?"

„Das kann ich nicht so ohne weiteres sagen. Ehrlich gesagt: Ich habe so was noch nie gesehen."

„Können Sie das Gerät testen?"

„Natürlich." Er erhob sich. „Wir schließen es mal an elektrischen Strom an. Wer weiß, vielleicht spielt das Ding die amerikanische Nationalhymne?"

„Kann ich mitkommen?"

„Warum nicht? Auf in die Werkstatt." Während wir den Korridor entlanggingen, fragte er: „Woher haben Sie dieses Gebilde?"

„Jemand hat es mir gegeben", bemerkte ich zurückhaltend.

Er warf mir einen nachdenklichen Blick zu, schwieg jedoch. Wir betraten einen großen Raum, dessen Werkbänke mit elektronischen Geräten vollgestellt waren. Nordlinger winkte einem Feldwebel, der zu ihm herüberkam. „Hallo, Chef. Ich habe hier etwas, das untersucht werden müßte. Haben Sie einen Meßplatz frei?"

„Klar, Commander." Der Feldwebel sah sich im Raum um. „Nehmen Sie Nummer fünf."

Ich blickte zur Werkbank hinüber. Auf ihr türmten sich die kompliziertesten Instrumente. Nordlinger setzte sich. „Wir wollen mal sehen, was passiert." Er befestigte Klemmen an den Polen des Geräts. „Eines wissen wir bereits mit Sicherheit. Es ist kein Teil von einem Flugzeug. Dort verwendet man keine so hohe Spannung. Aus denselben Gründen ist es vermutlich auch nicht für ein Schiff bestimmt. Es kann sich also nur um ein an Land verwendetes Gerät handeln." Er legte ein paar Hebel um. „Hundertzehn Volt – sechzig Hertz . . . es ist keine Ampère-Angabe dabei, wir müssen also vorsichtig sein. Fangen wir ganz unten an." Er drehte vorsichtig an einem Knopf, und eine dünne Nadel bewegte sich zögernd über eine Skala.

Er sah auf das Gerät. „Es steht unter Spannung, aber die Stromstärke reicht nicht mal aus, um bei einer Fliege eine Herzattacke auszulösen. Das Ding ist einfach verrückt. Wechselspannung ist bei Bauteilen ähnlicher Art nicht üblich. Lassen Sie uns mal sehen – anscheinend haben wir es mit drei Verstärkerstufen zu tun, doch das ergibt keinen Sinn."

Er nahm eine mit einem Kabel verbundene Prüfspitze zur Hand. „Wenn wir die hier ansetzen, müßten wir eine Sinusschwingung auf dem Oszillographen bekommen . . .“ Er blickte auf. „Stimmt, hier ist sie. Nun wollen wir mal sehen, was passiert, wenn wir den Strom in dieses komische Ding hineinleiten.“

Er berührte das Gerät wieder sachte mit der Prüfspitze, und die grüne Kurve auf dem Oszillographen bildete ein neues Muster. „Eine Rechteckschwingung“, Nordlinger schüttelte den Kopf. Er hantierte erneut mit der Prüfspitze und stieß einen leisen Pfiff aus. „Sehen Sie sich bloß diesen Salat hier an!“ Die grüne Linie veränderte sich erneut und wurde zu einer phantastischen Wellenlinie, die rhythmisch hüpfte. Nordlinger sah mich kopfschüttelnd an. „Es bedarf einer gründlichen Fourieranalyse, um der Sache auf den Grund zu kommen. Auf jeden Fall kommen die Impulse aus diesem Ding da.“

„Und was schließen Sie daraus?“

„Nicht das geringste, verdammt!“ schimpfte er. „Jetzt versuche ich es einmal mit der Ausgangsstufe.“ Er setzte die Prüfspitze an, und wir starrten gebannt auf den Bildschirm.

„Und? Tut sich etwas?“ fragte ich.

„Nein, überhaupt nichts.“ Nordlinger blickte verdutzt auf den Schirm. „Keinerlei Reaktion!“

„Ist das schlimm?“

Er sah mich nachdenklich an. „Vielleicht ist was kaputt.“

Ich starrte auf den leeren Bildschirm.

„Darf ich das Ding für eine Weile mitnehmen?“ fragte Nordlinger.

„Wohin?“

„Ich möchte ein paar gründlichere Tests durchführen. Wir haben noch eine Werkstatt.“ Er räusperte sich verlegen. „Äh . . . da dürfen Sie leider nicht mit.“

„Ich verstehe, streng geheim. Gut, Mr. Nordlinger, untersuchen Sie das Ding, während ich mich erst einmal rasiere. Ich warte in Ihrem Büro auf Sie.“

„Augenblick mal, Mr. Stewart. Woher haben Sie das Gerät?“

„Wenn Sie mir erklären, was für eine Funktion es hat, dann erzähle ich Ihnen, woher ich es habe.“

Er grinste. „Abgemacht.“

Ich verließ die Werkstatt und kehrte in Nordlingers Büro zurück. Dort holte ich mir den elektrischen Rasierapparat. Nachdem ich meine Bartstoppeln losgeworden war, fühlte ich mich wesentlich

besser. Anderthalb Stunden mußte ich anschließend im Büro warten, bis Nordlinger zurückkam.

Er legte das kleine Gerät vorsichtig auf den Schreibtisch. „Ich muß Sie fragen, woher Sie das hier haben. "

„Erst wenn Sie mir erklärt haben, was es damit auf sich hat. "

Er ließ sich hinter seinem Schreibtisch nieder und betrachtete das kleine Gebilde aus Plastik und Metall mit unverhohlener Abneigung. „Es rührt sich nichts. Absolut nichts. "

„Aber hören Sie – es muß zu irgend etwas gut sein. "

„Nichts", wiederholte er. „Es funktioniert einfach nicht. Ich habe alles nachgeprüft. Drei Dinge gefallen mir nicht. Erstens einmal enthält es Bauteile, die ich nie im Leben gesehen habe. Zweitens ist das Gerät offensichtlich unvollständig – nur Bestandteil eines größeren Komplexes –, und doch bezweifle ich, daß ich seinen Zweck begreifen könnte, auch wenn ich alle Teile hätte, die dazugehören. Drittens – und das ist der wichtigste Faktor –, es könnte gar nicht funktionieren. "

„Das tut es ja auch nicht. "

„Aber irgendeine Reaktion *müßte* es geben. Mr. Stewart, wenn Sie Mathematiker wären und gerieten eines Tages an eine Gleichung, bei der herauskommt, daß zwei und zwei eindeutig fünf ist – dann könnten Sie jetzt meine Empfindungen verstehen. "

„Sie haben gute Instrumente hier, Mr. Nordlinger, aber bestimmt nicht alles, was es auf diesem Gebiet gibt. Ich möchte wetten, irgendwo sitzt ein Genie, das dem Gerät auf die Schliche kommen könnte. "

„Ich möchte auch gern wissen, was es ist", erwiderte er. „Eine solche Pleite habe ich noch nie erlebt. Nun sagen Sie mir aber auch, woher Sie das Ding haben. "

„Sie sollten sich lieber dafür interessieren, wer es bekommen soll. Haben Sie einen Safe – einen wirklich sicheren?"

„Natürlich. " Er begriff plötzlich. „Wollen Sie vielleicht, daß *ich* das aufbewahre?"

„Nur für achtundvierzig Stunden", bat ich. „Wenn ich es innerhalb dieser Zeit nicht anfordere, liefern Sie es am besten bei Ihrem Vorgesetzten ab. Soll der sich darum kümmern. "

Nordlinger musterte mich scharf. „Ich weiß nicht, weshalb ich es ihm nicht sofort geben sollte. Achtundvierzig Stunden können mich meinen Kopf kosten. "

„Wenn Sie das Ding sofort ausliefern, kostet es mit Sicherheit meinen", knurrte ich. „Ich möchte wetten, daß das Gerät russischer Herkunft ist – und daß die Russen es zurückhaben wollen."

„Aber um Himmels willen – es ist voller Bauteile, die aus Amerika stammen."

„Mir ist es völlig egal, ob die Bauteile im Kongo hergestellt wurden oder sonstwo – ich möchte einfach, daß Sie das Ding aufbewahren."

„Okay. Ich gebe Ihnen vierundzwanzig Stunden. Und auch dann bekommen Sie es nicht zurück, ohne vorher eine erschöpfende Erklärung dafür abzugeben."

„Schön, damit muß ich mich wohl zufriedengeben", räumte ich ein. „Vorausgesetzt allerdings, daß Sie mir einen Wagen leihen. Ich habe meinen Landrover in Laugarvatn gelassen."

„Sie haben vielleicht Nerven." Nordlinger zog einen Wagenschlüssel aus der Tasche und warf ihn auf den Schreibtisch. „Er steht auf dem Parkplatz neben dem Tor – ein blauer Chevrolet."

Ich zog meine Jacke an und ging zur Ecke, wo die Gewehre standen.

„Passen Sie auf, daß Sie nicht im Gefängnis landen", warnte Nordlinger.

Ich blieb an der Tür stehen. „Wie kommen Sie darauf?"

Er schob das kleine Gerät in sein Blechgehäuse zurück. „Jemand, der mit einem solchen Ding herumläuft, gehört ins Gefängnis", sagte er im Brustton der Überzeugung.

Ich lachte und verließ das Büro. Ich fand den Wagen und legte Gewehre und Munition in den Kofferraum. Nach wie vor trug ich Jack Cases Pistole im Holster. Während ich langsam zum Internationalen Flughafen von Keflavík fuhr, grübelte ich über all das nach, was Nordlinger über das Gerät gesagt, oder besser, *nicht* gesagt hatte. Wenn man Nordlinger Glauben schenkte, war es ein unlogisches Gerät. Diese Tatsache machte es wiederum für die Wissenschaft wichtig. So wichtig, daß deshalb Menschen sterben mußten.

Ein plötzlicher Gedanke ließ mich schaudern. Kurz bevor es mir gelungen war, aus dem Haus am Thingvallavatn-See zu entkommen, hatte ich von Kennikin erfahren, daß meine Person inzwischen wichtiger war als das kleine Gerät. Er wollte mich sogar umbringen, bevor er das Gerät in Händen hatte, obwohl er dann sogar damit rechnen mußte, daß das Gerät für alle Zeiten verschwunden bleiben würde. Nordlingers Versuche hatten mir bewiesen, daß das Gerät von außerordentlicher wissenschaftlicher Wichtigkeit war. Wieso konnte meine Person dann noch wichtiger sein?

Ich parkte den Wagen auf dem Flughafengelände. Man konnte das Büro der Icelandair durch einen Seiteneingang betreten und so die Schalterhalle umgehen. An der Tür prallte ich mit einer Stewardeß zusammen, die ich sogleich fragte: „Ist Elin Ragnarsdottir hier?"

„Elin? Die sitzt im Warteraum."

Ich trat ein. Elin sprang auf. „Alan, du warst ja eine Ewigkeit weg."

„Es hat länger gedauert, als ich dachte." Ihr Gesichtsausdruck war angespannt. Sie schien sehr beunruhigt. „Hast du Schwierigkeiten gehabt?" fragte ich sie deshalb sogleich.

„Nein, ich nicht. Aber hier . . . die Zeitung."

„Was ist denn los?"

„Es ist vielleicht besser, wenn du die Zeitung liest."

Ich faltete die Zeitung auseinander, und mein Blick fiel auf ein Foto auf der ersten Seite. Zu meinem Schrecken erkannte ich mein Sgian dubh. Darunter stand in großen Lettern: WER KANN ANGABEN ÜBER DIESES MESSER MACHEN?

Das Messer hatte im Herzen eines Mannes gesteckt. Dessen Leiche war vor einem Haus in Laugarvatn in einem Volkswagen entdeckt worden, der auf den Namen Gunnar Arnarsson zugelassen war. Man hatte den Toten als einen englischen Touristen namens Jack Case identifiziert. Das Haus, vor dem Case in dem Volkswagen aufgefunden worden war, gehörte ebenfalls Gunnar Arnarsson, der im Augenblick mit einer Ponyexpedition unterwegs war. Offensichtlich hatte man in Arnarssons Haus eingebrochen, denn alle Schränke waren durchwühlt. Da Gunnar Arnarsson und seine Frau Sigurlin Asgeirsdottir abwesend waren, war nicht festzustellen, ob etwas gestohlen worden war. Beide wurden aufgefordert, sich mit der Polizei in Verbindung zu setzen.

Das Messer hatte eine so ungewöhnliche Form, daß die Polizei ein Foto davon in der Zeitung veröffentlichen ließ. Jeder, der dieses Messer oder ein ähnliches gesehen hatte, sollte dies bei der nächsten Polizeidienststelle melden. Außerdem suchte die Polizei einen grauen Volvo. Die Wagennummer war angegeben. Ich dachte daran, wie ich Jack Case bewußtlos in der Nähe von Kennikins Haus zurückgelassen hatte. Natürlich war mir längst klar, wer ihn umgebracht hatte. Kennikin war im Besitz des Sgian dubh gewesen, und Gunnars Volkswagen hatte ich bei Kennikins Haus zurücklassen müssen. Wahrscheinlich war Kennikin auf der Suche nach mir über Case gestolpert. Aber warum hatte er ihn gleich umgebracht?

„Das ist scheußlich", empörte sich Elin. „Schon wieder wurde jemand ermordet."

„Ich war's nicht", verteidigte ich mich.

„Woher weiß die Polizei von dem Volvo?"

„Die Polizei hat herausgefunden, daß Case sich einen Wagen geliehen hat – und zwar nicht den VW, in dem er gefunden wurde", erklärte ich.

Ich war froh, daß der Volvo in Valtýrs Garage in Vík gut aufgehoben war. „Wann kommt Valtýr zurück?" fragte ich.

„Morgen", antwortete Elin.

Mir war, als habe sich alles gegen mich verschworen. Lee Nordlinger hatte mir eine Frist von vierundzwanzig Stunden eingeräumt. Und jetzt mußte ich damit rechnen, daß Valtýr den Volvo nach seiner Rückkehr nach Vík sofort bemerkte. Wenn die Polizei schließlich noch Sigurlin zu fassen bekam, dann war die Sache für mich gelaufen.

Elin nahm mich beim Arm. „Was willst du jetzt tun?"

„Keine Ahnung", stöhnte ich. „Im Augenblick möchte ich mich einfach hinsetzen und nachdenken."

Ich ließ die Ereignisse der Reihe nach Revue passieren. In Geysir hatte ich Case von meinem Verdacht gegen Cooke erzählt. Case hatte sich bereit erklärt, diese Nachricht an Taggart weiterzugeben. Die Folge davon hätte eine gründliche Durchleuchtung Cookes sein müssen. Aber ich war Zeuge gewesen, wie Cooke sich, kurz bevor Kennikin mich erwischte, mit Case unterhalten hatte. Angenommen, Case hatte in irgendeiner Form Cookes Verdacht erregt? Was hätte Cooke in diesem Fall getan? Er hätte mit Kennikin Verbindung aufgenommen, um herauszukriegen, ob ich erwischt worden war. Er würde dafür sorgen, daß seine Vertrauensstellung als Taggarts rechte Hand nicht erschüttert wurde, koste es, was es wolle. Das war wichtiger als das Gerät. Vermutlich hatte er deshalb befohlen: „Bringen Sie den Dreckskerl um!"

Genauso wichtig war es sicher für ihn gewesen, Jack Case umzubringen, bevor er mit Taggart reden konnte.

Ich hatte Cooke wirklich zugearbeitet. Ich hatte Case zurückgelassen, und Kennikin hatte ihn mit meinem Messer erstochen.

Nur eine unerklärliche Tatsache machte mir Kopfzerbrechen. Warum hatte mich Jack Case im Stich gelassen, als Kennikins Bande sich in Geysir an mich heranmachte? Ich kannte Case, und das sah ihm gar nicht ähnlich. Dies und sein offenbar gutes Verhältnis zu Cooke hatten mich dazu gebracht, auch ihm zu mißtrauen. Ich war beunruhigt. Hatte ich mich doch getäuscht?

Aber jetzt mußte ich an die Zukunft denken und Entscheidungen treffen. „Hast du dich nach Bjarni erkundigt?" fragte ich Elin.

Sie nickte niedergeschlagen. „Heute nachmittag kommt er nach Reykjavík zurück."

„Ich brauche ihn hier. Und du bleibst in diesem Büro, bis er eintrifft. Dann kannst du ihm alles erzählen, was du für richtig hältst – sogar die Wahrheit. Und danach sagst du ihm, was er tun muß."

Sie runzelte die Stirn. „Und das wäre?"

„Er soll dich in ein Flugzeug setzen und von hier wegschaffen. Es muß völlig unauffällig geschehen – von mir aus soll er dich als Stewardeß verkleiden und so an Bord schmuggeln. Unter keinen Umständen darfst du in die Schalterhalle gehen."

„Ich will nicht weg."

„Du gehst", bestimmte ich. „Ich liebe dich, und ich möchte nicht, daß du umgebracht wirst."

„Und was ist mit dir?" fragte sie.

„Das ist etwas anderes. Ich bin ein Profi."

„Case war auch ein Profi, und jetzt ist er tot, genau wie Graham. Ich will nicht, daß dir was zustößt, Alan."

„Das wichtigste ist jetzt, daß *dir* nichts zustößt", erwiderte ich, um ihr den Ernst der Lage klarzumachen. Ich zog die Jacke aus und nahm Holster und Pistole ab. „Weißt du, wie man mit so was umgeht?"

„Nein!"

Ich deutete auf die Pistole und zeigte ihr den Schlitten. „Wenn du den zurückziehst und losläßt, wird eine Patrone in die Kammer geschoben. Du schiebst diesen Hebel zurück, die Sicherung, dann zielst du und drückst auf den Abzug. Jedesmal, wenn du schießt, springt eine leere Hülse heraus – achtmal hintereinander. Hast du das kapiert?"

„Ich glaube, ja."

Ich steckte die Pistole wieder in das Holster und drückte ihr beides in die Hand. „Wenn dich jemand angreift, ziel einfach mit der Waffe auf ihn und schieß. Geh auf die Toilette, und leg das Holster an. Wenn du zurückkommst, bin ich weg."

„Wohin fährst du?" fragte sie, während sie Pistole und Holster in ihre Jackentasche steckte.

„Ich habe es satt, wie ein gehetztes Wild umherzurennen. Jetzt werde ich den Jäger spielen. Drück mir die Daumen."

Sie trat dicht an mich heran und küßte mich sanft. Tränen standen in ihren Augen. Ich gab ihr einen zärtlichen Klaps. „Auf geht's", ermunterte ich sie. Ich sah ihr nach, als sie sich umdrehte und wegging.

9. KAPITEL

NORDLINGERS Chevrolet war zu lang, zu breit und zu weich in der Federung, und im Óbyggdir hätte ich ihn um nichts in der Welt fahren wollen. Aber er war genau das, was ich für die einzige anständig geteerte Straße der Insel, nämlich die nach Reykjavík, brauchte. Ich legte die knapp dreißig Kilometer nach Hafnarfjördur in etwas mehr als einer Viertelstunde zurück.

Das Reisebüro Nordri liegt in der Hafnarstraeti. Ich parkte den Wagen in einer Seitenstraße. In der Hafnarstraeti betrat ich einen Buchladen gegenüber dem Reisebüro. Eine Treppe führte in ein Café im oberen Stock. Ich kaufte eine Zeitung und ging hinauf.

Ich bestellte Pfannkuchen und Kaffee, schlug die Zeitung auf und blickte zum Fenster hinaus auf die belebte Straße und das Reisebüro auf der anderen Seite. Die Sommersaison hatte hier bereits begonnen, und Touristen kauften in dem zum Reisebüro gehörenden Souvenirladen ein. Ich sah mir jeden genau an, denn der Mann, nach dem ich Ausschau hielt, würde sich wahrscheinlich als Tourist tarnen. Diese Vorsichtsmaßnahme schien mir nötig, denn nach allem Vorgefallenen war es fast schon logisch, daß auch das Reisebüro beobachtet wurde.

Es dauerte gut eine halbe Stunde, bis ich Kennikins Mann entdeckte. Ein Gesicht, das man im Fadenkreuz eines Zielfernrohrs gesehen hat, vergißt man nicht so leicht. Der Mann wirkte wie ein Tourist. Er hatte sich mit Kamera, Straßenkarte und einem kleinen Stapel Ansichtskarten getarnt. Ich winkte die Bedienung herbei und bezahlte, so daß ich jederzeit aufbrechen konnte.

Ich hätte wetten können, daß der Kerl dort unten nicht allein war; also nahm ich die anderen Passanten unter die Lupe. Der „falsche Tourist" wurde sichtlich unruhig, als die Zeit fortschritt. Immer wieder blickte er auf seine Uhr. Punkt eins hob er die Hand und winkte. Ein Mann tauchte auf und überquerte die Straße.

Ich ging die Treppe hinunter und trieb mich am Zeitungsstand des Buchladens herum, während ich meine Freunde durch die Glastür beobachtete. Zu den beiden war inzwischen ein dritter Mann gestoßen, den ich sofort erkannte – es war Iljitsch. Die drei unterhielten sich eine Weile, dann zeigte Iljitsch auf seine Uhr, wobei er mißbilligend den Kopf schüttelte. Plötzlich brachen sie auf und gingen die Straße entlang. Ich folgte ihnen unauffällig.

An der Ecke der Pósthusstraeti stiegen zwei von ihnen in einen parkenden Wagen und fuhren weg. Iljitsch überquerte die Straße, ging eilig auf das Hotel Borg zu und verschwand darin. Ich zögerte einen Augenblick und folgte ihm dann.

Er stieg die Treppe in den ersten Stock hinauf. Dort ging er einen Korridor entlang und klopfte an eine Tür. Ich machte kehrt und eilte die Treppe wieder hinunter, um mich in der Hotelhalle an einem strategisch günstigen Punkt niederzulassen. Ich hielt mich hinter der aufgeschlagenen Zeitung verborgen und wartete darauf, daß Iljitsch wieder auftauchte.

Es dauerte nicht lange, höchstens zehn Minuten. Als er erschien, triumphierte ich insgeheim. Alles, was ich auf Island unternommen hatte, schien sich nun zu rechtfertigen. Mein Verdacht hatte sich bestätigt: Iljitsch redete mit jemandem, und dieser Jemand war Cooke!

Die beiden gingen durch die Halle zum Speisesaal und kamen dabei in zwei Meter Entfernung an mir vorüber. Ich beobachtete, wie sie sich setzten. Dann machte ich mich aus dem Staub. Zwei Minuten später war ich im ersten Stock und klopfte an dieselbe Tür, an die auch Iljitsch geklopft hatte. Natürlich hoffte ich, daß niemand aufmachen würde. Es öffnete auch tatsächlich niemand, und mit Hilfe eines Stück Drahts gelang es mir, ins Zimmer zu kommen.

So dumm, Cookes Gepäck zu untersuchen, war ich nicht. Wenn er derart gerissen war, wie ich annahm, dann hatte er seine Koffer durch eine Vorrichtung gesichert, die ihm sofort verriet, ob jemand sie während seiner Abwesenheit geöffnet hatte. Ich untersuchte daher den Kleiderschrank nach einer „Agentenfalle", etwa feinen Härchen, die mit etwas Spucke festgeklebt waren und abfallen würden, sowie die Schranktür geöffnet wurde. Da ich nichts fand, machte ich die Tür auf, schlüpfte hinein und kauerte mich im Innern des Schranks nieder. Ich zog die Tür von innen bis auf einen kleinen Spalt zu und wartete.

Es dauerte lange. Erst um Viertel vor drei kehrte Cooke zurück.

Auch Iljitsch kam herein, und es erstaunte mich nicht, daß Cooke russisch sprach. Cooke war wahrscheinlich sogar Russe.

„Dann können wir also bis morgen nichts unternehmen?" fragte Iljitsch.

„Nein. Es sei denn, Waslaw kreuzt mit etwas Neuem auf", erwiderte Cooke.

„Ich bezweifle, daß Stewart zum Reisebüro kommt. War die Information überhaupt zuverlässig?"

„Ja", antwortete Cooke knapp. „Und innerhalb der nächsten vier Tage wird er dort sein. Wir alle haben Stewart unterschätzt."

Ich lächelte. Iljitsch machte einen Vorschlag: „Wir warten, bis er das Päckchen in der Agentur abgegeben hat, folgen ihm und versuchen, ihn allein zu erwischen."

„Und dann?"

„Bringen wir ihn um", entgegnete Iljitsch ungerührt.

„Man darf bloß keine Leiche finden. Es hat sowieso schon zuviel Aufsehen gegeben. Kennikin war wütend, daß wir Cases Leiche zu diesem Haus in Laugarvatn gebracht haben." Ein kurzes Schweigen folgte, dann fuhr Cooke fort: „Na gut. Sie und die anderen sind morgen um elf beim Reisebüro Nordri. Sobald Stewart auftaucht, muß ich umgehend telefonisch benachrichtigt werden. Ist das klar?"

„Wir werden Sie informieren", erwiderte Iljitsch. Die Tür wurde geöffnet und zugeschlagen.

Ich wartete. Papier raschelte. Ich öffnete die Schranktür etwas weiter und spähte ins Zimmer. Cooke saß in einem Sessel, eine Zeitung auf den Knien, und hielt ein brennendes Feuerzeug an eine dicke Zigarre. Er wandte mir den Rücken zu.

Sehr langsam öffnete ich die Schranktür. Das Zimmer war so klein, daß ich mit zwei Schritten hinter ihn treten konnte. Ich legte die Strecke lautlos zurück, rammte Cooke die Spitze meines Kugelschreibers in den Nacken und donnerte: „Rühren Sie sich nicht! Sonst sind Sie einen Kopf kürzer!"

Cooke erstarrte. Ich ließ meine andere Hand über seine Schulter in die Innenseite seines Jacketts gleiten, wo ich auch prompt eine Pistole in einem Holster fand.

„Bewegen Sie sich nicht!" drohte ich und trat zurück. Ich überzeugte mich, daß die Pistole geladen war, und entsicherte sie. „Aufstehen!" Er gehorchte. „Gehen Sie an die Wand da drüben, und lehnen Sie sich dagegen! Arme spreizen und Hände hoch!"

Ich durchsuchte ihn schnell und warf den Inhalt seiner Taschen auf das Bett. Er hatte keine weitere Waffe bei sich.

„Jetzt gehen Sie ganz langsam in die Hocke."

Ich hieß ihn eine Stellung einnehmen – bäuchlings auf dem Boden liegend, die Arme ausgebreitet, den Kopf auf der Seite –, in der er mich nicht mehr angreifen konnte.

Sein rechtes Auge zuckte nervös. „Das wird Sie Kopf und Kragen kosten, Stewart; Landesverrat ist nach wie vor ein Kapitalverbrechen."

„Was Sie nicht sagen", erwiderte ich. „Da werden Sie ja noch besser wegkommen, dann was Sie treiben, ist kein Landesverrat – nur Spionage. Wenn Sie Engländer wären, wäre es vielleicht Landesverrat. Aber Sie sind ja Russe."

„Sie sind total verrückt", entgegnete er angewidert.

„Wieso haben Sie so engen Kontakt zum Gegner, Cooke?" fragte ich.

„Das ist schließlich mein Job. Sie haben seinerzeit dasselbe getan – Sie waren Kennikins rechte Hand. Ich befolge nur Anweisungen."

„Hochinteressant", höhnte ich. „Ihre Anweisungen sind sehr eigenartig. Erzählen Sie mir mehr darüber."

„Ich werde einem Verräter ganz bestimmt nichts sagen", erklärte er tugendhaft.

„Lassen Sie den Quatsch, Cooke, ich war Zeuge, wie Sie Iljitsch die Order gaben, mich umzubringen. Behaupten Sie bloß nicht, Taggart habe das angeordnet."

„Doch", widersprach er, ohne mit der Wimper zu zucken. „Er ist überzeugt, daß Sie übergelaufen sind. So, wie Sie sich benehmen, kann ich es ihm nicht verdenken."

Diese Unverschämtheit brachte mich beinahe zum Lachen. „Cooke, Sie sind eine Wucht. Da liegen Sie nun auf Ihrem fetten Bauch und erzählen *mir* so etwas. Eines will ich Ihnen sagen: Mir ist es egal, ob Sie Engländer oder Russe, Landesverräter oder Spion sind. Dies ist eine ganz persönliche Angelegenheit – eine Sache von Mann zu Mann. Elin Ragnarsdottir wurde auf Ihren Befehl hin in Ásbyrgi beinahe getötet, und gerade habe ich gehört, wie Sie einem Mann befahlen, mich umzubringen. Wenn ich Sie jetzt meinerseits umlege, dann ist das reine Notwehr."

„Aber Sie werden es nicht tun."

„Nein?"

„Nein", erwiderte er in überzeugtem Ton. „Sie sind viel zu weichlich. Sie würden mich umbringen, wenn ich wegrennen würde oder wenn wir beide aufeinander schießen würden. Aber Sie werden es nicht tun, solange ich hier liege."

Wider Willen war ich wieder einmal von ihm beeindruckt. Cooke war ein Menschenkenner und durchschaute mich, was meine Einstellung zum Töten betraf. Ich hatte das unbehagliche Gefühl, daß er mir das Heft aus der Hand nehmen wollte. „Wenn Sie tot sind, können Sie nicht reden – und Sie werden reden. Fangen wir mal mit dem elektronischen Spielzeug an – was ist es?"

Er warf mir nur einen verächtlichen Blick zu.

Kurz betrachtete ich die Pistole in meiner Hand, ein außergewöhnlich leichtes Exemplar. Ein Schuß, der aus ihr abgegeben wurde, würde so leise sein, daß er selbst auf der Straße im üblichen Verkehrslärm unterging. Dann sah ich Cooke in die Augen, während ich ihm eine Kugel in den rechten Handrücken jagte. Seine Hand zuckte zurück, und er stieß einen unterdrückten Schrei aus. Ich richtete den Pistolenlauf wieder auf seinen Kopf.

„Vielleicht werde ich Sie nicht töten", erklärte ich ruhig. „Aber ich werde Sie Stück für Stück in Fetzen schießen, wenn Sie sich nicht ordentlich benehmen."

Blut quoll aus seinem Handrücken und rann auf den Teppich. Er fuhr sich mit der Zunge über die trockenen Lippen. „Dreckskerl!" zischte er.

Das Telefon klingelte. Ich ging um Cooke herum, nahm den Apparat herunter und stellte ihn neben ihn hin. „Sie werden sich melden, aber ich möchte auch das hören, was Ihr Gesprächspartner sagt. Nehmen Sie den Hörer ab."

Ungeschickt griff er mit der linken Hand danach. „Ja?" Er hielt den Hörer so, daß ich die krächzende Stimme seines Gesprächspartners verstehen konnte. „Hier Kennikin."

„Benehmen Sie sich natürlich", flüsterte ich.

„Was ist?" fragte Cooke heiser.

„Ich habe Stewarts Freundin."

Stille folgte. Ich spürte, wie mein Herz gegen die Rippen schlug.

Cooke wurde bleich, als er sah, wie mein Finger krampfhaft den Abzug umschloß. „Wo war sie?" flüsterte ich.

Cooke hustete nervös. „Wo haben Sie sie gefunden?"

„Im Flughafen von Keflavík – im Büro der Icelandair versteckt. Wir wissen, daß ihr Bruder Pilot ist, und ich kam auf die Idee, dort nachzusehen. Wir haben sie ohne Mühe herausgeholt."

„Wo ist sie jetzt?" flüsterte ich in Cookes Ohr und preßte ihm die Pistole in den Nacken.

Er gab die Frage weiter. „Am üblichen Ort", antwortete Kennikin. „Wann kann ich Sie erwarten?"

„Sie fahren sofort hin", murmelte ich.

„Ich komme sofort", erklärte Cooke, und ich unterbrach die Verbindung, indem ich auf die Gabel drückte.

„Cooke", sagte ich, „Sie haben sich getäuscht – ich *kann* Sie töten. Das wissen Sie jetzt, oder nicht?"

Zum erstenmal spürte ich, wie er es mit der Angst zu tun bekam, denn er zitterte am ganzen Körper.

„Wo ist der übliche Ort?"

Er starrte mich haßerfüllt an und schwieg. Ich steckte in der Klemme. Wenn ich ihn umbrachte, konnte ich nichts mehr aus ihm herausholen. Andererseits war es besser, ihn nicht zu sehr zu verwunden, wenn ich mit ihm, ohne großes Aufsehen zu erregen, durch Reykjavík gehen wollte. Ich sagte: „Zwar werden Sie noch am Leben sein, wenn ich mit Ihnen fertig bin, aber wahrscheinlich wären Sie dann lieber tot."

Ich schoß haarscharf an seinem linken Ohr vorbei, und er zuckte heftig zurück. Wieder war der Schuß erstaunlich leise. Vermutlich hatte er den Patronen Pulver entzogen, um den Lärm zu dämpfen.

„Ich bin ein guter Schütze", bemerkte ich. „Aber nur Sie kennen die Zielgenauigkeit dieser Waffe. Wenn ich versuche, Ihr rechtes Ohr anzukratzen, kann es leicht sein, daß Sie eine Kugel in den Schädel bekommen. Wo ist der übliche Ort?"

Ich hob die Pistole etwas an und zielte. Seine Nerven gaben nach. „Am Thingvallavatn-See."

„Ist es das Haus, in das ich nach der Schießerei in Geysir gebracht wurde?"

„Ja."

„Hoffentlich stimmt das", sagte ich. Ich ging zu dem Gestell am Fußende des Bettes, öffnete Cookes Koffer, der dort lag, nahm ein frisches Hemd heraus und warf es ihm zu. „Reißen Sie ein paar Streifen ab, und verbinden Sie Ihre Hand. Bleiben Sie auf dem Boden, und kommen Sie ja nicht auf die Idee, mit dem Hemd nach mir zu werfen."

Während er ungeschickt sein Hemd in Streifen riß, kramte ich in seinem Koffer und fand zwei volle Pistolenmagazine. Ich schob sie in meine Tasche und ging zum Schrank, um Cookes Mantel herauszuholen, dessen Taschen ich bereits durchsucht hatte. „Stellen Sie sich mit dem Gesicht zur Wand, und ziehen Sie das hier an!"

Ich behielt ihn, auf jeden Trick gefaßt, scharf im Auge. Seinen Paß und seine Brieftasche steckte ich ein. Dann warf ich ihm seinen Hut vor die Füße. „Wir machen einen Spaziergang. Sie stecken Ihre verbundene Hand in die Tasche. Eine falsche Bewegung, und ich erschieße Sie. Sie sind sich hoffentlich darüber im klaren, daß Kennikin mit der Entführung Elins einen großen Fehler gemacht hat. Nehmen Sie Ihren Hut, dann gehen wir."

Ich begleitete ihn hinaus auf den Korridor, befahl ihm, die Tür zu verschließen, und nahm den Schlüssel an mich. Ich hatte mir sein Jackett über den Arm gelegt, um die Pistole zu verbergen, und blieb nur einen Schritt weit hinter ihm auf der rechten Seite. Wir verließen das Hotel und wanderten durch die Straßen Reykjavíks zu der Stelle, wo Nordlingers Wagen stand. „Sie fahren!" bestimmte ich.

Das Einsteigen glich einer komplizierten Zeremonie. Während ich aufschloß und Cooke hinters Lenkrad rutschen ließ, durfte ich ihn keinen Augenblick aus den Augen lassen. Schließlich saß er vorne auf dem Fahrersitz und ich hinter ihm.

„Fahren Sie los!" befahl ich.

„Aber meine Hand!" protestierte er.

„Sie werden fahren. Mir ist es egal, wie weh es Ihnen tut. Fahren Sie nicht schneller als fünfzig Stundenkilometer. Und kommen Sie ja nicht auf die Idee, den Wagen in einen Graben zu steuern." Ich berührte seinen Nacken mit dem kalten Pistolenlauf.

Ich brauchte ihm nicht zu sagen, wohin es ging. Er fuhr die Tjarnargata entlang aus der Stadt hinaus. Währenddessen untersuchte ich den Inhalt seiner Brieftasche. Sie enthielt nichts von Interesse. Das dicke Bündel Banknoten und die Kreditkarten ließ ich in meiner eigenen Brieftasche verschwinden. Sosehr mich danach verlangte, zu Elin zu kommen, wagte ich es doch nicht, Cooke zu schnellerem Fahren aufzufordern. Bei einer Geschwindigkeit von fünfzig Stundenkilometern konnte ich ihn immer gerade noch unschädlich machen und unverletzt davonkommen, falls er den Wagen von der Straße weglenkte.

„Ein paar Dinge müssen Sie mir noch erklären", sagte ich. „Woher wußten Sie, daß ich mich mit Jack Case in Geysir treffen würde?"

„Wenn Sie schon über Funk ein Telefongespräch mit London führen, müssen Sie damit rechnen, daß andere Leute zuhören", antwortete er.

„Sie haben zugehört und Kennikin Bescheid gesagt."

„Na schön, Stewart, es hat keinen Sinn, weiter Versteck zu spielen, ich gebe alles zu. Nützen wird es Ihnen nicht viel – Sie werden aus Island nicht mehr hinauskommen. Womit habe ich mich verraten?"

„Sie wußten, daß Kennikin Calvados trinkt. Außer mir wußte das niemand."

„Ah – deshalb fragten Sie Taggart nach Kennikins Trinkgewohnheiten. Darüber habe ich mich gewundert." Er zuckte mit den Achseln. „Immer sind es die Kleinigkeiten", grübelte er. „Aber das war doch wohl nicht alles?"

„Es hat mich jedenfalls nachdenklich gemacht. Ich fing erst an, Sie zu verdächtigen, als Sie Philips nach Ásbyrgi schickten. Das war ein schwerer Fehler. Sie hätten Kennikin auf mich hetzen sollen."

„Der stand damals nicht zur Verfügung."

„Wie heißen Sie eigentlich – ich meine, wie ist Ihr richtiger russischer Name?"

Er sah mich von der Seite her verschlagen an. „Den habe ich ganz vergessen. Ich betrachte mich selbst als Cooke. Dabei wollen wir es belassen."

Eine Stunde nachdem wir Reykjavík verlassen hatten, kamen wir an die Abzweigung zum Thingvallavatn-See, die zu Kennikins Haus führte. Ich sah, wie Cooke versuchte, an ihr vorüberzufahren. „Keine faulen Tricks", mahnte ich. „Sie kennen den Weg."

Hastig trat er auf die Bremse und bog rechts ab. Soweit ich mich erinnerte, war das Haus etwa acht Kilometer von der Abzweigung entfernt. Ich beugte mich vor und blickte abwechselnd auf den Kilometerzähler und auf den Weg, da ich hoffte, irgendeinen markanten Punkt in der Landschaft wiederzuerkennen. Schließlich entdeckte ich das Haus in der Ferne. Erneut drückte ich den Pistolenlauf in Cookes Nacken. „Fahren Sie daran vorbei. In unverändertem Tempo, bis ich Ihnen sage, daß Sie halten sollen."

Im Vorbeifahren warf ich einen Blick auf die Zufahrt, die zum Haus führte, das ungefähr vierhundert Meter von der Straße entfernt stand. Ich tippte Cooke an die Schulter. „Gleich links sehen Sie eine Art Parkbucht – da drüben, wo man die Lava für den Straßenbau herausgeschlagen hat. Fahren Sie dorthin und halten Sie."

Cooke fuhr von der Straße herunter, und noch bevor der Wagen zum Stillstand kam, landete ich einen kurzen, harten Schlag auf seinem Nackenansatz. Er stöhnte, kippte nach vorne, und seine Füße glitten von den Pedalen ab. Der Wagen bockte und kam ins Schlingern, dann erstarb der Motor, und der Chevrolet blieb stehen. Ich untersuchte Cooke. Er war bewußtlos.

Wahrscheinlich hätte ich ihn umbringen sollen. Er wußte alles über das Department, hatte jahrelang Informationen gesammelt; es wäre wohl meine Pflicht gewesen, ihn ein für allemal zum Schweigen zu bringen. Aber ich hatte anderes im Sinn. Ich brauchte Cooke als Geisel für ein Austauschgeschäft. Wenn ich ihn gegen Elin austauschen konnte, war ich gerne bereit, auf Rache an Cooke zu verzichten.

Ich stieg aus und öffnete den Kofferraum. Ich riß die Sackleinwand, mit der ich die Gewehre umwickelt hatte, in Streifen und fesselte damit Cooke an Händen und Füßen. Dann legte ich ihn in den Kofferraum und schlug den Deckel zu.

Den Remington-Karabiner, den ich Philips abgenommen hatte, versteckte ich in einer Felsspalte in der Nähe des Wagens, zusammen mit der dazugehörigen Munition. Fleets Jagdgewehr hängte ich mir um und ging auf das Haus zu.

Bei meinem letzten Aufenthalt in diesem Haus war es stockdunkel gewesen. Nun, bei Tageslicht, entdeckte ich, daß ich mich der Haustür bis auf rund hundert Meter nähern konnte, ohne meine Deckung aufgeben zu müssen. Drei große Lavaströme hatten sich vor Tausenden von Jahren über das Land ergossen. Nachdem sie erstarrt waren, bildeten sie gezackte Grate voll tiefer Risse und Höhlen. Weiche Moospolster bedeckten das Lavagestein. Ich kam nur langsam voran. Es dauerte eine halbe Stunde, bis ich nahe genug am Haus war, um meinen Plan ausführen zu können.

Vor der vorderen Haustür stand ein Wagen. Mir fiel auf, daß die Luft über der Motorhaube schwach flimmerte, was bedeutete, daß der Motor noch heiß und der Wagen eben erst eingetroffen war. Zwar waren Cooke und ich nur sehr langsam gefahren, doch hatte Kennikin von Ketlavík aus den weiteren Weg zurücklegen müssen. Ich rechnete mir aus, daß er noch keine Gelegenheit gehabt haben konnte, meinen Aufenthaltsort aus Elin herauszupressen.

Ich löste ein großes Stück Moos und schob Fleets Gewehr samt Munition darunter. Nun lag es einen Katzensprung von der Haustür entfernt jederzeit griffbereit in seinem Versteck.

Niemals zuvor war mir ein Weg länger vorgekommen als der bis zur Haustür. Meine Schuhsohlen knirschten auf dem Kies. Hinter einem der Fenster bewegte sich etwas.

Nachdem ich beim Haus angekommen war, drückte ich auf den Klingelknopf. Eine Weile geschah nichts, aber dann hörte ich hinter dem Haus Schritte. Ich blickte zur Seite und sah einen Mann, der um die Ecke kam und auf mich zuging. Ich wandte mich um. Von der anderen Seite näherte sich ebenfalls ein Mann. Beide hatten einen sehr angespannten Gesichtsausdruck. Ich klingelte erneut. Jetzt ging die Tür auf, und Kennikin stand vor mir. Er hielt eine Pistole in der Hand.

10. Kapitel

Kennikin betrachtete mich ausdruckslos. Seine Pistole war auf mein Herz gerichtet. „Warum bringe ich Sie eigentlich nicht gleich um?"

„Genau darüber möchte ich mit Ihnen reden", erwiderte ich. „Sind Sie gar nicht neugierig zu hören, warum ich hier bin?"

„Ich gebe zu, daß Ihr Besuch mich überrascht", antwortete Kennikin. „Haben Sie was gegen eine kleine Durchsuchung einzuwenden?"

„Keineswegs." Ich spürte, wie mich kräftige Hände abtasteten. Kennikins Männer nahmen mir Cookes Pistole und die Munition weg. „Mit Ihrer Gastfreundschaft ist es nicht weit her", fuhr ich fort. „Wollen Sie mich einfach an der Tür stehen lassen?"

Kennikin sah mich verdutzt an. „Sie sind ja sehr gelassen, Stewart. Ich glaube, Sie haben nicht mehr alle Tassen im Schrank. Aber kommen Sie herein."

„Danke." Ich folgte ihm ins Wohnzimmer und betrachtete die Brandflecken auf dem Teppich. „Haben Sie die Aufräumungsarbeiten nach der kleinen Explosion schon abgeschlossen?"

„Das war sehr clever", gab Kennikin zu. Er winkte mit seiner Pistole. „Setzen Sie sich. Sie werden bemerken, daß kein Kaminfeuer brennt." Er ließ sich mir gegenüber nieder. „Bevor Sie etwas sagen, müssen Sie wissen, daß ich Ihre Freundin habe – Elin Ragnarsdottir."

Ich streckte die Beine aus. „Wozu brauchen Sie sie?"

„Um an Sie heranzukommen. Aber das scheint jetzt nicht mehr nötig zu sein."

„Dann können Sie sie ja laufenlassen."

Kennikin lächelte. „Sie sind wirklich komisch, Stewart. Sie hätten sich Ihren Lebensunterhalt spielend als Komiker verdienen können."

„Ich mache keine Witze, Kennikin. Elin wird dieses Haus unversehrt verlassen."

Er kniff die Augen zusammen. „Das müssen Sie mir erklären."

„Ich bin mutterseelenallein hierhergekommen", fuhr ich fort. „Sie glauben doch wohl nicht im Ernst, daß ich das getan hätte, wenn ich nicht einen Trumpf in der Hand hätte. Sehen Sie, ich habe nämlich Cooke. Auge um Auge, Zahn um Zahn." Seine Pupillen weiteten sich, und ich fügte hinzu: „Aber ich habe völlig vergessen – Sie kennen ja gar keinen Mann namens Cooke."

„Angenommen, ich kenne diesen Cooke, was für Beweise haben Sie dafür? Ihr Ehrenwort?"

Ich zog Cookes Paß aus der Tasche und warf ihn Kennikin hin.

Er hob ihn vom Boden auf und blätterte die Seiten mit einer Hand um. „Er ist auf den Namen Cooke ausgestellt. Das beweist nicht, daß er dem Mann auch gehört. Ich selbst besitze viele Pässe. Wie dem auch sei, ich kenne keinen Cooke."

Ich lachte. „Sieh mal einer an. Tatsache ist, daß Sie ihn vor etwa zwei Stunden im Hotel Borg in Reykjavík angerufen haben." Ich zitierte die Unterhaltung wörtlich.

Kennikins Miene verfinsterte sich. „Sie verfügen über gefährliche Kenntnisse."

„Mehr als das – ich habe Cooke in meiner Gewalt. Ich hatte ihn schon, als er mit Ihnen telefonierte."

„Wo ist er jetzt?"

„Du lieber Himmel, Kennikin – Sie sprechen mit mir, nicht mit einem stumpfsinnigen Halbaffen wie Iljitsch. Aber eines kann ich Ihnen sagen – wenn Sie sich nach ihm auf die Suche machen, so wird er zu dem Zeitpunkt, an dem Sie ihn finden, ein toter Mann sein. Ich habe entsprechende Anweisungen gegeben."

Kennikin biß, angestrengt nachdenkend, auf seine Unterlippe. „Anweisungen, die Sie erhalten – oder die Sie selbst gegeben haben?"

Ich mußte zu einer handfesten Lüge greifen. „Damit Sie ganz klarsehen, Kennikin: Es handelt sich um meine Anordnungen. Sie können Gift darauf nehmen, daß sie befolgt werden."

Unter keinen Umständen durfte er zu dem Schluß kommen, daß ich Befehle bekommen hätte. Der einzige Mann, der mir welche erteilen konnte, war Taggart. Und wenn sich in Kennikin auch nur der Verdacht regte, Taggart könnte Cooke durchschaut haben, dann würde er Elin und mich auf der Stelle umbringen und sich in Richtung Sowjetunion aus dem Staub machen.

Kennikin lächelte höhnisch. „Und wer ist der große Unbekannte, der Cooke erschießen soll? Sie sagten, daß Sie unabhängig von Taggart arbeiten, und ich weiß, daß Sie allein sind."

„Unterschätzen Sie die Isländer nicht, Kennikin", warnte ich. „Ich habe eine Menge Freunde hier, und Elin Ragnarsdottir ebenfalls. Den Leuten paßt nicht, was Sie hier in ihrem Land anstellen. Und durch die Entführung von Elin haben Sie sich mehr als unbeliebt gemacht."

Kennikin sah nachdenklich aus. Ich bohrte nach. „Ich möchte, daß Elin hierher in dieses Zimmer kommt – unversehrt. Wenn Sie ihr bereits etwas angetan haben, werden Sie es büßen müssen."

Er musterte mich eindringlich. „Offensichtlich haben Sie die isländischen Behörden nicht alarmiert. Sonst wäre die Polizei schon hier."

„Stimmt. Wenn ich zur Polizei gegangen wäre, hätte ich höchstens einen Skandal von internationaler Tragweite ausgelöst. Außerdem können die Behörden Cooke lediglich abschieben. Meine Freunde sind da hartgesottener – sie bringen ihn um, wenn es sich als nötig erweist. Und danach werden meine Freunde Sie bei der Polizei verpfeifen. Das wäre sehr unangenehm für Sie, Kennikin." Ich blickte ihm in die Augen. „Ich möchte das Mädchen sehen, und zwar sofort. Wenn Elin nicht innerhalb von drei Stunden bei meinen Freunden auftaucht, wird Cooke umgelegt."

Ich sah, wie Kennikin mit sich kämpfte. „Wissen Ihre isländischen Freunde, wer Cooke ist?"

Ich schüttelte den Kopf. „Sie wissen lediglich, daß ich ihn gegen Elin austauschen will. Sie halten Sie und Ihre Leute für eine Bande von Gangstern, und, weiß der Himmel, damit liegen sie gar nicht so falsch."

Ich hatte ihn weichgekocht. Kennikin war jetzt davon überzeugt, daß ich auf eigene Faust handelte und daß nur Elin und ich von Cookes Rolle als Doppelagent wußten. Unter dieser Voraussetzung konnte er beruhigt auf den Tauschhandel eingehen.

Er seufzte. „Sie können Ihre Freundin sehen." Er winkte dem Mann, der hinter ihm stand, und dieser verließ das Zimmer.

Gleich darauf öffnete sich die Tür, und Elin kam unter Bewachung herein.

Ich wollte aufstehen, unterließ es aber, als Kennikin warnend die Pistole hob. „Hallo, Elin. Entschuldige, wenn ich sitzen bleibe."

Sie war bleich, und als sie mich sah, verfinsterte sich ihr Gesicht. „Du auch!"

„Ich bin freiwillig hier", erklärte ich. „Wie geht's dir? Ich hoffe, sie haben dir nichts getan?"

„Sie haben mir den Arm umgedreht." Sie faßte sich an ihre verletzte Schulter.

Ich lächelte ihr zu. „Ich will dich mitnehmen. Wir gehen bald."

„Das ist Ansichtssache", bemerkte Kennikin. „Wie wollen Sie das bewerkstelligen?"

„Wir verschwinden durch die Haustür."

„Einfach so." Kennikin grinste. „Was ist mit Cooke?"

„Sie kriegen ihn unverletzt zurück."

„Mein lieber Stewart! Sie werden sich schon bessere Austausch-modalitäten einfallen lassen müssen."

Ich grinste ebenfalls. „Ich habe auch nicht im Ernst geglaubt, daß Sie darauf hereinfallen würden. Ich bin überzeugt, wir können etwas Angemessenes ausknobeln."

„Zum Beispiel?"

„Zum Beispiel Elin wegschicken. Sie wird sich mit unseren Freunden in Verbindung setzen, und dann tauschen Sie Cooke gegen mich aus. Das kann telefonisch arrangiert werden."

„Wir bekommen Cooke unverletzt zurück?"

Ich lächelte entschuldigend. „Äh . . . nun ja, nicht ganz. Da ist ein bißchen Blut geflossen. Aber die Verletzung ist harmlos. Außerdem . . . vielleicht hat er auch ein wenig Kopfweh."

Kennikin stand auf. „Ich glaube, ich kann auf Ihre Vorschläge eingehen."

„Hast du Cooke wirklich erwischt?" fragte Elin.

Ich starrte sie beschwörend an und versuchte, ihr eine stumme Mitteilung zukommen zu lassen. Jetzt durfte sie mir keinen Strich durch die Rechnung machen. „Ja. Unsere Freunde kümmern sich um ihn. Valtýr hat das Kommando."

„Valtýr." Sie nickte. „Der wird mit jedem fertig."

Kennikin blickte auf seine Uhr. „Ich werde ebenfalls eine Frist festlegen. Wenn innerhalb von zwei Stunden kein Telefonanruf kommt, müssen Sie dran glauben, ganz gleich, was aus Cooke wird." Er sah Elin an. „Denken Sie daran, Elin Ragnarsdottir."

„Da ist noch ein Punkt", wandte ich ein. „Ich muß mit Elin reden, bevor sie geht, damit sie weiß, wo sie Valtýr findet."

„Dann sagen Sie es ihr."

„Seien Sie kein Idiot. Entweder spreche ich mit Elin unter vier Augen oder gar nicht."

Kennikin machte eine Bewegung mit der Pistole. „Sie können dort in der Ecke miteinander reden, aber ich bleibe im Zimmer."

„Das genügt." Ich nickte Elin zu, und wir gingen in die uns zugewiesene Ecke. Dabei wandte ich Kennikin den Rücken zu, denn ich mußte damit rechnen, daß er von den Lippen ablesen konnte.

„Hast du Cooke wirklich in deiner Gewalt?" flüsterte Elin.

„Ja, aber Valtýr weiß nichts davon und auch sonst niemand."

„Sie haben mich überrumpelt, Alan. Ich konnte nichts dagegen tun."

„Das spielt jetzt keine Rolle mehr. Du machst folgendes: Du –"

„Aber du bleibst hier." Sie sah mich angsterfüllt an.

„Nicht lange, wenn du tust, was ich sage. Hör gut zu. Du verläßt das Haus hier, gehst bis zur Straße und hältst dich links. Nach ungefähr achthundert Metern kommst du zu einem großen amerikanischen Straßenkreuzer. Öffne auf gar keinen Fall den Kofferraum. Steig einfach ein und fahr, so schnell du kannst, nach Keflavík. Verstanden?"

Sie nickte. „Und was soll ich dort machen?"

„Suche Lee Nordlinger auf. Schlage Krach und verlange einen Agenten des CIA zu sprechen. Wenn du hartnäckig bleibst, werden sie dich schließlich zu dem entsprechenden Mann bringen. Du kannst Nordlinger sagen, es handle sich um das kleine Gerät, das er getestet hat. Erzähle dem CIA-Mann die ganze Geschichte, und fordere ihn auf, den Kofferraum des Wagens zu öffnen."

„Und was ist drin?"

„Cooke", sagte ich.

Sie starrte mich ungläubig an. „Er ist *hier*, gleich vor diesem Haus?"

„Etwas anderes blieb mir in der kurzen Zeit nicht übrig."

„Aber was ist mit dir?"

„Bring den CIA-Mann dazu, das bewußte Telefongespräch mit Kennikin zu führen. Wenn du hier abfährst, hast du nur noch zwei Stunden Zeit. Wenn du es nicht rechtzeitig schaffst oder der CIA-Agent nicht auf den Vorschlag eingeht, dann ruf selber an, und binde Kennikin irgendeinen Bären auf. Vereinbare einen Treffpunkt, an dem ich gegen Cooke ausgetauscht werden soll. Das braucht nicht zu stimmen, aber ich gewinne Zeit. "

„Was ist, wenn mir die Amerikaner nicht glauben?"

„Erzähl ihnen, daß du über Fleet und McCarthy Bescheid weißt. Erkläre ihnen, du würdest die Sache an die isländischen Zeitungen weitergeben. O ja – sage ihnen, all deine Freunde wüßten genau, wo du dich im Augenblick aufhältst. Nur sicherheitshalber. "

„Lebt Cooke noch?"

„Natürlich. Er ist nur leicht verletzt. "

„Möglicherweise wird der CIA-Agent eher Cooke als mir glauben. "

„Ich weiß. Das Risiko müssen wir auf uns nehmen. Deshalb mußt du dem Agenten die ganze Geschichte erzählen, bevor du ihn zu Cooke führst. Beeil dich!" drängte ich. Ich legte ihr die Hand auf die Schulter. „Alles wird gut, du wirst schon sehen. "

Sie schaute mich eindringlich an. „Ich muß dir noch was sagen. Die Pistole, die du mir gegeben hast – die habe ich noch. "

„Was?"

„Ich bin nicht durchsucht worden. Ich habe sie noch bei mir – im Holster unter dem Anorak. "

Ich sah sie an. Ihr Anorak war ziemlich weit, deshalb konnte man die Waffe nicht sehen. Kennikins Leute hatten wieder einmal versagt. Kein Wunder, daß Kennikin sich über die Qualität seines Teams aufregte.

„Kann ich sie dir irgendwie zuschmuggeln?" fragte Elin.

„Leider nicht", flüsterte ich bedauernd. „Behalt sie lieber. Wer weiß, vielleicht brauchst du sie noch. "

Ich zog Elin an mich. Ihre Lippen fühlten sich kalt an, und sie zitterte leicht. „Du gehst jetzt besser", meinte ich. Dann wandte ich mich zu Kennikin um.

„Rührend, diese beiden Turteltäubchen", spottete er.

„Da ist noch was", sagte ich. „Die Frist ist zu kurz. Zwei Stunden reichen nicht. "

„Sie müssen reichen. " Er war unerbittlich.

„Seien Sie vernünftig, Kennikin. Elin muß bis nach Reykjavík fahren. Bis sie die Stadt erreicht hat, ist es fünf Uhr und Hauptverkehrszeit. "

Er nickte kurz. „Drei Stunden. Aber keine Minute länger. "

„Niemand folgt ihr", erinnerte ich ihn. „Sie fährt allein. "

„Das versteht sich."

„Dann geben Sie ihr die Telefonnummer, die sie anrufen soll."

Kennikin nahm ein Notizbuch heraus, kritzelte eine Nummer auf ein leeres Blatt und riß es heraus. „Keine faulen Tricks", sagte er zu Elin. „Vor allem keine Polizei. Wenn sich hier verdächtig viele Fremde herumtreiben sollten, dann stirbt Stewart. Ich meine es ernst."

„Das ist mir klar." Ihre Stimme war tonlos.

Kennikin nahm sie beim Arm und brachte sie zur Tür. Kurz darauf sah ich durchs Fenster, wie sie die Zufahrt entlang zur Straße hinüberging.

Kennikin kehrte zurück. „Sie werden wir an einen sicheren Ort befördern", verkündete er und machte eine Kopfbewegung zu dem Mann hinüber, der mich mit einer Pistole in der Hand bewachte. Ich wurde in den oberen Stock in einen leeren Raum geführt. Kennikin sah sich kurz in dem kahlen Zimmer um und erklärte dann: „Die Wände in diesem Haus sind leider so dünn wie Papier. Deshalb wird Sie einer meiner Jungs bewachen." Er wandte sich an den Mann mit der Pistole. „Stewart wird in dieser Ecke dort sitzen. Du bleibst vor der Tür stehen. Verstanden?"

„Ja."

„Wenn er sich rührt, schieß. Verstanden?"

„Ja."

„Wenn er spricht, schieß. Verstanden?"

„Ja."

„Wenn du auf ihn schießt, bring ihn nicht um. Schieß ihm ins Bein." Kennikin drehte sich um und verließ das Zimmer. Die Tür schlug hinter ihm zu.

Ich blickte den Wächter an, und er starrte zurück. Seine Pistole war auf mein Bein gerichtet. Mit der anderen Hand wies er wortlos auf die Ecke. Ich wich dorthin zurück, ging langsam in die Hocke und blieb so sitzen.

„Setzen!" befahl er.

Ich setzte mich hin. Er ließ sich nicht bluffen. Er postierte sich in ungefähr vier Meter Entfernung vor der Tür. Drei endlose Stunden lagen vor mir.

Kennikin hatte recht. Wenn man mich im Zimmer allein gelassen hätte, dann wäre es mir bestimmt gelungen, die dünne Holzwand zu durchbrechen und zu fliehen. Ich blickte zum Fenster. Alles, was ich sehen konnte, war ein kleiner Fetzen blauen Himmels. Minuten kamen mir nun wie eine Ewigkeit vor. Nach etwa einer halben Stunde hörte ich einen Wagen, der draußen vorfuhr.

Fünf Minuten später klopfte es an der Tür, und ich hörte Kennikins Stimme. „Ich bin's."

Der Wächter ging aus dem Weg, als sich die Tür öffnete. Kennikin trat ein. „Ich sehe, Sie sind schön brav gewesen." Irgend etwas an seiner Stimme gefiel mir nicht. „Ich möchte das, was Sie mir erzählt haben, noch einmal durchgehen", fuhr er fort. „Ihrer Aussage nach wird Cooke also bei isländischen Freunden festgehalten. Diese Freunde werden ihn umbringen, es sei denn, Sie werden gegen ihn ausgetauscht. Habe ich recht?"

„Ja."

Er lächelte. „Ihre Freundin wartet unten. Sollen wir zu ihr gehen?" Er machte eine theatralische Handbewegung. „Sie können aufstehen. Es wird nicht auf Sie geschossen."

Steif erhob ich mich. Dabei überlegte ich angestrengt, was schiefgelaufen war. Ich wurde wieder ins Erdgeschoß gebracht und sah Elin, die vor dem Kamin stand. In ihrer unmittelbaren Nähe Iljitsch. Elin war kreidebleich und flüsterte: „Tut mir leid, Alan."

Ich hörte Kennikins Stimme: „Sie dachten doch nicht im Ernst, ich würde Ihnen abnehmen, daß Sie zu Fuß hierhergekommen sind? Als Sie auf die Haustür zumarschiert sind, habe ich mich gleich gefragt, wo Sie wohl Ihren Wagen gelassen haben. In diesem Land geht man nämlich nicht zu Fuß. Folglich schickte ich einen Mann los, der Ihr Auto suchen sollte."

„Sie waren schon immer gut im logischen Denken", erwiderte ich.

„Und was, glauben Sie, hat unser Mann gefunden? Einen großen amerikanischen Schlitten samt Schlüsseln. Unser Mann war noch nicht lange dort, als diese junge Dame in großer Eile ankam, also brachte er sie – und den Wagen – hierher. Wissen Sie, er hatte ja keine Ahnung von der Vereinbarung, die wir getroffen hatten. Das kann man ihm nicht übelnehmen, oder?"

„Natürlich nicht", stimmte ich zu.

„Der Mann wußte, daß wir nach einem kleinen Päckchen suchten, das ein elektronisches Gerät enthält, und deshalb durchsuchte er den Wagen. Das Päckchen fand er nicht." Kennikin hielt inne und sah mich erwartungsvoll an. Sichtlich genoß er die Situation.

„Haben Sie was dagegen, wenn ich mich setze?" fragte ich.

„Mein lieber Stewart – natürlich nicht", erwiderte er in besorgtem Ton. „Setzen Sie sich ruhig auf Ihren angestammten Platz. Aber Mr. Cooke ist sehr böse auf Sie."

„Wo ist er?"

„In der Küche. Er läßt sich die Hand verbinden. Und er hat *tatsächlich* Kopfschmerzen."

Mir war zumute, als hätte ich eine Bleikugel verschluckt. „Na gut. Was geschieht jetzt?"

„Wir machen da weiter, wo wir in der Nacht, als wir von Geysir kamen, aufgehört haben. Nichts hat sich geändert."

Da täuschte er sich. Elin war da. „Dann erschießen Sie mich doch", forderte ich ihn auf.

„Vielleicht. Cooke möchte zuerst mit Ihnen sprechen." Er blickte auf. „Ah, da ist er ja."

Cooke sah übel aus. Sein Gesicht war fahl, und er taumelte leicht, als er eintrat. Vermutlich litt er an einer Gehirnerschütterung. Seine Hand war säuberlich verbunden, aber seine Kleidung war zerknittert und fleckig.

Er kam auf mich zu, sah auf mich herab und machte eine Geste mit der linken Hand. „Bringt ihn dort hinüber – zur Wand."

Jemand drehte mir von hinten den Arm um. Ich wurde vom Stuhl hochgezerrt und durch den Raum geschoben. Nachdem man mich gegen die Wand gestoßen hatte, fragte Cooke: „Wo ist meine Pistole?"

Kennikin zog sie aus der Tasche. „Diese hier?"

Cooke nahm die Waffe und kam zu mir herüber. „Haltet seine rechte Hand gegen die Wand!" befahl er und streckte mir seine bandagierte Hand entgegen. „Das ist Ihr Werk, Stewart. Sie wissen also, was Ihnen blüht."

Eine eiserne Faust preßte mein Handgelenk gegen die Wand, und Cooke hob seine Pistole. Ich besaß gerade noch genügend Geistesgegenwart, um meine Faust zu öffnen und die Finger zu spreizen, damit sie nicht auch noch zerschossen wurden. Cooke drückte ab, und die Kugel fuhr mir durch die Handfläche. Nach dem ersten stechenden Schmerz breitete sich zwischen Schulter und Fingerspitzen eine seltsame Gefühllosigkeit aus.

In meinem Kopf verschwamm alles, und ich schloß die Augen. Ich hörte Elin schreien. Als ich die Augen wieder öffnete, stand Cooke immer noch vor mir. Er musterte mich kalt. „Bringt ihn zu seinem Stuhl zurück!" befahl er kurz.

Ich wurde auf einen Stuhl gesetzt. Elin lehnte am Kamin, Tränen strömten ihr übers Gesicht.

Dann trat Cooke zwischen uns. „Sie wissen zuviel, Stewart", sagte er. „Deswegen müssen Sie sterben."

„Mir ist klar, daß Sie Ihr Bestes tun werden", antwortete ich dumpf. Ich hatte solche Kopfschmerzen, daß ich kaum aus den Augen sehen konnte. Das waren die ersten Nebenwirkungen der Schußverletzung.

„Wer weiß über mich Bescheid – außer Ihrer Freundin?" fragte Cooke.

„Niemand", antwortete ich. „Was habt ihr mit Elin vor?"

Er zuckte mit den Achseln. „Wir werden sie im selben Loch verscharren wie Sie." Er wandte sich an Kennikin. „Vielleicht sagt er die Wahrheit. Er war auf der Flucht und hatte keine Gelegenheit, jemanden zu informieren."

„Vielleicht hat er einen Brief geschrieben", überlegte Kennikin.

„Das ist ein Risiko, das ich auf mich nehmen muß. Ich glaube nicht, daß Taggart Verdacht geschöpft hat. Ich werde mit der nächsten Maschine nach London zurückfliegen." Er hob die verletzte Hand. „Und das hier werde ich Stewart in die Schuhe schieben. Ich wurde verwundet, als ich versuchte, diesen Trottel hier zu retten." Er trat mir gegen das Schienbein.

„Was ist mit dem elektronischen Gerät?" fragte Kennikin.

„Was soll damit sein?"

„Es wäre ein Jammer, die Operation nicht wie geplant zu Ende zu führen. Stewart weiß, wo das Ding ist, und ich kann die Information aus ihm herausholen."

„Ja, das könnten Sie", meinte Cooke nachdenklich. Er blickte auf mich herab. „Wo ist es, Stewart?"

„Da, wo Sie es nicht finden werden."

„Der Wagen wurde nicht durchsucht", gab Kennikin zu bedenken. „Als wir Sie im Kofferraum fanden, war alles andere vergessen." Er erteilte in barschem Ton Befehle, und zwei seiner Männer verließen das Zimmer. „Wenn es im Wagen ist, werden sie es finden."

Cooke schüttelte den Kopf. „Ich glaube nicht, daß es dort ist." Er beugte sich über mich. „Sie werden sterben, Stewart, verlassen Sie sich darauf. Aber es gibt verschiedene Möglichkeiten umzukommen. Sagen Sie uns, wo das Päckchen ist, und Sie werden schnell und relativ schmerzlos sterben. Wenn nicht, liefere ich Sie Kennikin aus."

Ich biß die Zähne zusammen. Jetzt hieß es, standhaft zu bleiben.

Er trat beiseite. „Na gut. Sie können ihn haben, Kennikin. Am besten schießen Sie ihn langsam in Fetzen. Das hat er _mir_ nämlich angedroht."

Kennikin stellte sich vor mir auf, die Pistole in der Hand. „Na schön, Stewart. Dann wären wir also endlich am Ziel. Wo ist das Radargerät?"

Obwohl ich in die Mündung eines Pistolenlaufs blickte, war mir diese interessante Neuigkeit nicht entgangen. _Radargerät._ Ich blickte an Kennikin vorbei. Elin stand da, niemand nahm Notiz von ihr. Ihr Gesicht hatte einen verzweifelten Ausdruck. Ihre Hand steckte im Anorak, doch nun kam sie ganz langsam zum Vorschein – sie hielt etwas umklammert. Schlagartig kam mir zum Bewußtsein, daß Elin noch die Pistole hatte!

Plötzlich war ich wie umgewandelt. Ich mußte handeln, und das bedeutete reden und nochmals reden.

Ich drehte den Kopf und wandte mich an Cooke. Ich mußte unbedingt seine Aufmerksamkeit auf mich lenken, damit er nicht auf den Gedanken kam, zu Elin hinüberzusehen. „Können Sie Ihren Freund nicht aufhalten?" bat ich.

„Sie brauchen ihm ja nur zu verraten, was wir wissen wollen."

„Ich weiß nichts", behauptete ich. „Außerdem bringen Sie mich sowieso um."

„Dafür aber kurz und schmerzlos."

Ich schaute wieder Kennikin an. Jetzt sah ich, daß Elin hinter seinem Rücken die Pistole herausgezogen hatte. Sie hantierte damit herum, und ich schickte ein Stoßgebet zum Himmel, daß sie sich an meine Anweisungen erinnerte.

„Kennikin!" flehte ich. „Sie können das einem alten Kumpel nicht antun. Sie nicht."

Seine Pistole war auf meinen Bauch gerichtet und senkte sich dann noch tiefer. „Sie können leicht erraten, wo Sie die erste Kugel trifft." Seine Stimme klang eiskalt. „Ich folge lediglich Cookes Anordnungen – und meiner eigenen Neigung."

Ich hörte das metallische Klicken, als Elin durchlud. Kennikin schien es auch zu hören und wollte sich umdrehen. Elin umklammerte die Pistole mit beiden Händen und hielt sie auf Armeslänge von sich weg. Als Kennikin sich bewegte, schoß sie – und schoß immer weiter.

Kennikins Hand krampfte sich um die Pistole, während er getroffen zu Boden sank. Aus der Waffe löste sich ein Schuß, die Kugel bohrte sich dicht neben meinem Ellbogen in die Armlehne meines Stuhls. Mit einem Hechtsprung warf ich mich auf Cooke und rammte ihm den Kopf in den Bauch. Er klappte zusammen und blieb keuchend auf dem Boden liegen. Ich rollte zur Seite und merkte, daß Elin weiterfeuerte, bis das ganze Magazin leer war.

„Hör auf!" schrie ich.

Ich hob Cookes Pistole auf. Kennikin lag auf dem Rücken, seine Augen starrten blicklos zur Decke. Elin hatte ihn tödlich getroffen.

Ich zerrte Elin hinter mir her zur Tür. Die Burschen draußen hatten möglicherweise mit einem Schuß gerechnet, aber Elins wilde Knallerei würde sie mißtrauisch machen.

An der Tür ließ ich Elin los und nahm die Pistole, die ich bisher in meiner verletzten Rechten gehalten hatte, in die linke Hand. Elin hatte offenbar einen Schock. Niemand erschießt mir nichts, dir nichts einen Menschen, ohne danach innerlich aufgewühlt zu sein. In scharfem Ton sagte ich: „Du tust jetzt genau das, was ich dir sage. Du folgst mir nach draußen, und dann rennst du los, so schnell du kannst."

Sie unterdrückte ein Schluchzen und nickte atemlos. Ich ging durch die Haustür. Irgend jemand ballerte noch aus dem Innern des Hauses auf uns, und eine Kugel fuhr dicht neben meinem Ohr in den Türrahmen. Die beiden Männer, die vor dem Haus den Chevrolet durchsucht hatten, kamen auf mich zu.

Ich schoß auf sie, worauf sie in Panik die Flucht ergriffen. Wir rannten los.

Ich hörte, wie hinter uns Glas klirrte. Jemand war wohl zu der Erkenntnis gekommen, daß man ein Fenster schneller einschlagen als öffnen kann. Dann zischten die Kugeln um uns herum. Ich ließ Cookes Pistole fallen, packte Elin am Arm und zog sie hinter mir her. Unsere Verfolger kamen immer näher.

Dann wurde Elin getroffen. Sie taumelte und sank in die Knie. Zum Glück gelang es mir, sie aufzufangen und mitzuschleppen. Wir waren noch zehn Meter von dem Lavafelsen entfernt, bei dem ich das Gewehr versteckt hatte. Wie wir die kurze Strecke bewältigten, weiß ich immer noch nicht. Wir stolperten zum Fuß des Lavawalls, kletterten über die bemoosten Felsen hinweg. Elin fiel zu Boden. Zum Glück fand ich Fleets Gewehr sofort. Ich lud die Waffe durch. Das Magazin enthielt unterschiedliche Munition – Geschosse mit Stahlmantel und solche mit abgefeilten Spitzen. Die erste Kugel traf den schnellsten von unseren Verfolgern. Von meinem Schuß völlig überrascht, brach der Mann vor meinen Füßen zusammen. Inzwischen hatte ich schon den zweiten Verfolger getroffen. Eines der abgefeilten Geschosse ließ den Mann zu Boden gehen.

Plötzlich herrschte Totenstille. Fleets Gewehr hatte uns zu einer Verschnaufpause verholfen, denn es war niemand mehr zu sehen.

Dann zischte eine Kugel dicht an meinem Kopf vorbei. Irgend jemand im Haus mußte ebenfalls ein Gewehr haben. Ich duckte mich schnell und sah zu Elin hinüber. Sie lag ein paar Schritte weiter im Moos, das Gesicht vor Schmerz verzerrt. Ihre Hand hatte sie gegen die Seite gepreßt; sie war blutverschmiert. „Hast du große Schmerzen?" fragte ich.

„Nur wenn ich atme", keuchte sie.

Das war ein schlechtes Zeichen; dennoch vermutete ich, daß ihre Lunge nicht getroffen worden war. Im Augenblick konnte ich nichts für Elin tun. Ich mußte erst einmal dafür sorgen, daß wir überhaupt lebend von hier wegkamen. Ich griff nach der Patronentasche, nahm das Magazin aus dem Gewehr und lud nach. Meine Rechte schmerzte höllisch. Ich wußte nicht, wie lange ich noch schießen konnte.

Vorsichtig spähte ich über den Felsen hinweg zum Haus hinüber. Nichts rührte sich. Vor dem Haus standen zwei Wagen. Kennikins Auto schien in Ordnung zu sein, aber Nordlingers Chevrolet war kaum mehr als ein Wrack. Die Kerle hatten auf der Suche nach dem Päckchen die Sitze herausgerissen, und die beiden Türen standen weit offen. Schon wieder ein Wagen, den ich mir ausgeliehen hatte und der jetzt nur noch Schrottwert besaß.

Die beiden Fahrzeuge standen keine hundert Meter weit entfernt, und so dringend ich auf eines von beiden angewiesen war, so aussichtslos schien es doch, sich an sie heranzupirschen. Aber zu Fuß konnten wir auch nicht entkommen. Ich mußte mich also dem Kampf stellen und dabei gewinnen, obwohl ich nicht wußte, mit wie vielen Gegnern ich es zu tun hatte.

Ich betrachtete das Haus. Kennikin hielt es für kein gutes Gefängnis. Die Mauern seien dünn wie Papier, hatte er gesagt. Schon das Neunmillimetergeschoß einer Luger durchdringt aus kurzer Distanz einen zwanzig Zentimeter dicken Balken. Wie lange würden wohl diese dünnen Wände Fleets Wunderwaffe standhalten? Die Stahlmantelgeschosse hatten eine phantastische Durchschlagskraft. Aber zuerst mußte ich den Schützen ausfindig machen, der sich im Haus versteckt hielt.

Ich duckte mich wieder und schaute Elin an. „Wie fühlst du dich?" „Dreimal darfst du raten", zischte sie. „Wie soll ich mich schon fühlen?"

Ich grinste sie erleichtert an. Ihr Temperamentsausbruch verriet mir, daß es ihr schon wieder besserging. „Danke für das, was du dort im Haus getan hast. Du warst sehr tapfer."

Sie schauderte. „Es war entsetzlich", erwiderte sie leise. „Solange ich lebe, werde ich das Bild vor mir sehen."

„Nein", widersprach ich ihr energisch. „Zum Glück verdrängt der Mensch solch schreckliche Ereignisse. Aber kannst du mir noch einen Gefallen tun?" Ich wies auf den Lavabrocken, der neben ihr auf dem Grat lag. „Kannst du den über den Rand stoßen, wenn ich es dir sage?"

Sie blickte auf den Felsbrocken. „Ich werd's versuchen."

Ich brachte das Gewehr in Anschlag und spähte zum Haus hinüber. „Jetzt", sagte ich. „Stoß zu!"

Mit großem Gepolter löste sich der Felsbrocken und rollte den Hang hinunter. Ein Schuß ging los, und eine Kugel surrte über den Grat weg. Eine zweite, besser gezielte, schlug links neben uns ein, so daß Felsstücke absplitterten. Jetzt, beim zweiten Schuß, konnte ich den Schützen ausfindig machen. Er hielt sich in einem der oberen Zimmer auf und kniete, der schattenhaften Bewegung nach zu urteilen, die ich gesehen hatte, hinter dem Fenster.

Ich zielte – nicht auf das Fenster, sondern schräg links auf die Wand darunter. Dann drückte ich ab und sah durch das Zielfernrohr, wie Holzsplitter nach allen Richtungen wegflogen. Ein schwacher Schrei. Plötzlich tauchte der Mann für einen Augenblick hinter dem Fenster auf. Die Hände hielt er gegen die Brust gepreßt, dann taumelte er zurück und verschwand. Ich hatte recht gehabt – Fleets Gewehr schoß auch durch Wände hindurch.

Jetzt stürmte ein Mann zur Haustür heraus und bezog hinter dem Chevrolet Stellung. Durch das Zielfernrohr konnte ich seine Füße sehen. Die Fahrertür stand weit offen, und mit stiller Entschuldigung an die Adresse Lee Nordlingers schoß ich durch den Wagen hindurch in die Beifahrertür. Ich hatte wieder getroffen. Der Mann kam aus seinem Versteck hervor, und ich erkannte Iljitsch. Er preßte sich eine Hand gegen den Hals, sackte zusammen, rollte zur Seite und blieb liegen.

Ich versuchte, mit meiner verletzten Hand durchzuladen. Aber die Schmerzen waren zu groß. „Kannst du zu mir herüberkriechen?"

fragte ich Elin. Sie schob sich an meine rechte Seite. „Versuch, das Gewehr durchzuladen. Drück das Schloß hoch, zieh es zurück, und schieb es wieder vor", sagte ich.

Elin lud durch, während ich das Gewehr fest in der Linken hielt. Hinter dem Haus bewegte sich etwas; offenbar wollte sich dort jemand aus dem Staub machen. Für mich bedeutete das neue Gefahr, und ich mußte vermeiden, von der Seite her angegriffen zu werden.

Ich stellte das Zielfernrohr auf stärkere Vergrößerung ein und zielte auf die ferne Gestalt. Es war Cooke, und bis auf seine bandagierte Hand schien er unverletzt. Er flüchtete über die Lavafelder. Mit Hilfe des Entfernungsmessers schätzte ich, daß er knapp dreihundert Meter weit weg war.

Ich zielte sorgfältig. Die Schmerzen in meiner Hand wurden immer unerträglicher, und es fiel mir schwer, das zitternde Visier unter Kontrolle zu bringen. Ich konnte mich kaum noch konzentrieren, so benommen fühlte ich mich. Mühsam drückte ich endlich ab. Das Schicksal ereilte Cooke mit einer Geschwindigkeit von dreitausend Stundenkilometern. Die ferne Gestalt zuckte zusammen wie eine Marionette, deren Fäden plötzlich durchschnitten werden. Cooke kippte nach vorne und verschwand aus meinem Blickfeld.

Das Dröhnen in meinem Kopf nahm zu, plötzlich wurde mir schwarz vor Augen, und ich wurde ohnmächtig.

„DAS Ganze war ein Täuschungsmanöver", hörte ich Taggart sagen.

Ich lag im Krankenhaus von Keflavík, und an der Tür meines Krankenzimmers stand ein Wachmann. Weniger um mich am Ausbrechen zu hindern, als um mich vor neugierigen Blicken zu schützen. Alles Erdenkliche wurde unternommen, um die Geschehnisse zu vertuschen. Die beteiligten Parteien wollten die ganze Affäre möglichst schnell unter den Teppich kehren. Selbst wenn die isländische Regierung ahnte, was sich abgespielt hatte, so hüllte sie sich jedenfalls geschickt in Schweigen.

Taggart war in Begleitung eines Amerikaners, den er als Arthur Ryan vorstellte. Ich erkannte ihn sofort. Das letzte Mal hatte ich den Mann im Zielfernrohr von Fleets Gewehr gesehen. Er hatte neben dem Helikopter auf der anderen Seite des Berggrats im Óbyggdir gestanden.

Die beiden besuchten mich schon zum zweitenmal im Krankenhaus. Beim erstenmal war ich noch allzu benommen gewesen und hatte nichts Zusammenhängendes von mir geben können. Inzwischen hatte ich mich schon ein wenig erholt, und ich hatte Taggart eine Menge Fragen zu stellen.

„Wie geht es Elin?" begann ich.

„Mit ihr ist alles in Ordnung", beschwichtigte mich Taggart. „Sie ist in besserer Verfassung als Sie." Er erklärte mir, daß der Schuß, der sie getroffen hatte, ein Querschläger gewesen war. Die Kugel hatte schon so viel an Wucht verloren, daß sie zwischen Elins Rippen steckengeblieben war.

„Wie bin ich hierhergekommen?" wollte ich dann wissen.

„Ihre Freundin ist eine beachtliche Person, Mr. Stewart", sagte Taggart.

„Wieso? Was ist passiert?"

„Nun ja, als Sie ohnmächtig wurden, wußte sie nicht, was sie tun sollte. Sie dachte ein bißchen nach, dann lud sie das Gewehr und schoß noch ein paar Löcher in das Haus. Sie verschoß alle Munition und wartete dann, was geschehen würde. Als nichts passierte, stand sie auf und ging ins Haus. Ich finde das sehr mutig, Mr. Stewart."

Das mußte ich allerdings auch zugeben.

„Sie entdeckte das Telefon, rief hier im Luftstützpunkt an und ließ sich mit Fregattenkapitän Nordlinger verbinden", fuhr Ryan fort. „Sie war äußerst energisch und heizte ihm tüchtig ein. Nordlinger wußte schon gar nicht mehr, wo ihm der Kopf stand, als das Telefongespräch plötzlich abbrach." Ryan schnitt eine Grimasse. „Kein Wunder, daß Ihre Freundin ebenfalls ohnmächtig wurde. Um sie herum sah es aus wie in einem Schlachthof. Fünf Tote und zwei Schwerverletzte."

„Drei Schwerverletzte", mischte sich Taggart ein. „Hinterher fanden wir noch Cooke."

„Wann kann ich Elin sehen?" fragte ich Taggart.

„Heute nachmittag", antwortete er. „Es geht ihr wirklich ganz gut."

Ich funkelte ihn böse an. „Das kann ich nur hoffen."

Er hustete verlegen. „Wollen Sie gar nicht wissen, worum es sich bei diesem Unternehmen überhaupt gehandelt hat?"

Ich musterte ihn spöttisch. „Doch, ich möchte zu gerne wissen, warum das Department alles darangesetzt hat, mich um die Ecke zu bringen." Ich sah zu Ryan hinüber. „Sogar mit Hilfe des CIA."

„Wie ich schon sagte", erklärte Taggart, „es handelte sich um ein Täuschungsmanöver. Der Plan dazu geht auf einen Einfall eines amerikanischen Wissenschaftlers zurück."

Ryan fuhr fort: „In der physikalischen Forschung werden eine Menge Entdeckungen gemacht, für die keine sofortige Verwendung möglich ist – wenn sich überhaupt je eine Verwendung findet. In der Elektronik gibt es auch ein paar solcher Erfindungen. Ein Wissenschaftler, ein Bursche namens Davies, machte ein paar Experimente, die ihn auf eine Idee brachten. Er bastelte ein elektronisches Gerät zusammen und verwendete dabei einige dieser geheimnisvollen, aber nutzlosen Forschungsergebnisse. Mit seiner Erfindung verfolgte er nur einen Zweck: Er wollte selbst die größten Koryphäen unter seinen Kollegen verblüffen. Tatsächlich brauchten fünf Spitzenleute der US-Luftwaffe, allesamt Profis auf dem Gebiet der Elektronik, sechs Wochen, bis sie dahinterkamen, daß sie reingelegt worden waren."

Endlich war bei mir der Groschen gefallen. „Das Täuschungsmanöver!"

Ryan nickte. „Davies' ursprüngliches Gerät war relativ simpel; wir haben es weiterentwickelt und einen sehr komplexen Apparat daraus gemacht – und dennoch war das Ding nur dafür geschaffen, überhaupt nichts zu bewirken."

„Drei Wissenschaftler arbeiteten ein Jahr lang am Entwurf und an der Konstruktion des Geräts", sagte Taggart. „Gesetzt den Fall, es gelang uns, das Ding den Russen in die Hände zu spielen, dann konnten wir damit einige ihrer besten Experten, die mit der Lüftung des Geheimnisses beauftragt würden, für lange Zeit beschäftigen. Und der Witz an der Sache lag darin, daß die Aufgabe nicht zu lösen war. Man konnte beim besten Willen nicht herausfinden, wozu das Gerät taugte."

„Aber wir hatten das Problem", fuhr Ryan fort, „wie wir das Gerät den Russen in die Hände spielen sollten. Wir fingen an, ihnen durch sorgfältig kontrollierte ‚undichte Stellen' Nachrichten zukommen zu lassen, in denen es hieß, daß amerikanische Wissenschaftler ein neuartiges Radargerät mit faszinierenden Eigenschaften erfunden hätten. Es orte über den Horizont weg, es zeige ein detailliertes Abbild der Wirklichkeit und nicht einfach einen grünen Fleck auf dem Schirm, es würde, am Boden aufgestellt, durch keinerlei Einflüsse gestört und sei deshalb das neue Wundergerät für die Flugabwehr schlechthin. Militärs in aller Welt hätten für ein solches Gerät

Riesensummen ausgegeben. Die Russen bissen an. Das neue Radargerät wurde angeblich hier in Keflavík erprobt, und wir ließen in den letzten Wochen Düsenjäger im Umkreis von siebenhundertfünfzig Kilometern im Tiefflug herumsausen, nur um die Sache glaubhaft erscheinen zu lassen. Und so brachten wir auch euch Briten ins Spiel. "

„Wir verkauften den Russen noch eine weitere Geschichte", fügte Taggart hinzu. „Angeblich behielten unsere amerikanischen Freunde ihre Radarerfindung für sich, und darüber ärgerten wir Engländer uns. So sehr, daß wir beschlossen, uns die Sache selbst anzusehen. Einer unserer Agenten wurde ausgeschickt, um einen Teil der Erfindung zu klauen – einen wesentlichen Teil. " Er deutete auf mich. „Sie nämlich. "

Ich schluckte. „Das soll heißen, daß ich die Russen das Ding erwischen lassen sollte?"

Taggart nickte zustimmend. „Ganz recht. Und Sie wurden eigens dafür ausgesucht. Cooke meinte – und ich pflichtete ihm bei –, daß Sie wahrscheinlich kein guter Agent mehr seien, aber den Vorteil hätten, bei den Russen als guter Agent zu gelten. Alles wurde hübsch eingefädelt, und dann legten Sie alle herein – sowohl uns als auch die Russen. Sie waren tatsächlich viel besser, als irgend jemand angenommen hatte. "

Ich spürte, wie Zorn in mir hochstieg. „Sie haben mich ganz übel hinters Licht geführt", schimpfte ich.

Er schüttelte den Kopf. „Es mußte glaubwürdig wirken. "

„Das tat es ja wohl!" stöhnte ich. „Sie hätten mich ins Messer rennen lassen – genau wie damals Bakajew seinen Agenten Waslaw Kennikin in Schweden. " Plötzlich mußte ich grinsen. „Die Dinge müssen ganz schön kompliziert geworden sein, als sich herausstellte, daß Cooke *russischer* Agent war. "

Taggart warf einen verlegenen Blick zu Ryan hinüber: „Unsere amerikanischen Freunde sind deshalb auch ein bißchen sauer. Das hat die ganze Operation zunichte gemacht. " Er seufzte.

„Sie brechen mir das Herz", erwiderte ich.

„Nun", schaltete sich Ryan ein, „die Schwierigkeit für uns lag darin, daß Cooke der Leiter der Operation war. Und zwar im Auftrag *beider* Seiten. Für ihn war das natürlich geradezu ideal. Er muß geglaubt haben, es könne gar nichts schiefgehen. " Ryan beugte sich vor. „Sehen Sie, nachdem die Russen Bescheid wußten, meinten sie, es könne nichts schaden, wenn sie sich das Päckchen trotzdem unter den Nagel rissen, damit wir glaubten, sie seien wirklich hereingelegt worden. Sozusagen ein Doppelbluff."

Ich starrte Taggart wütend an. „Was für ein widerlicher Mensch Sie sind. Sie müssen gewußt haben, daß Kennikin darauf brannte, mich umzubringen."

„O nein", beteuerte er ernst. „Von Kennikin wußte ich nichts. Offenbar ist Bakajew aufgefallen, daß mit Kennikin ein guter Mann aufs Abstellgleis geschoben worden war, und so entschloß man sich, ihm diesen Auftrag zu geben. Vielleicht hatte auch Cooke die Hand im Spiel."

„Ganz sicher", entgegnete ich bitter. „Und weil man mich für ein leichtes Opfer hielt, gab man Kennikin ein mieses Team mit auf den Weg. Er hat sich darüber beklagt." Ich blickte auf. „Und was war mit Jack Case?"

Taggart zuckte mit keiner Wimper. „Er hatte Befehl, Sie den Russen in die Arme laufen zu lassen. Deshalb hat er Ihnen in Geysir nicht geholfen. Aber als er mit Cooke sprach, hatten Sie ihm bereits von Ihrem Verdacht berichtet. Er muß versucht haben, Cooke auffliegen zu lassen. Aber der Kerl war zu clever und merkte es. Das bedeutete das Ende von Case. Cooke hat alles unternommen, um sicherzustellen, daß er nicht entlarvt wurde. Am Ende waren Sie für ihn wichtiger als das verdammte Päckchen."

„Und dafür mußte auch Jack Case sterben", sagte ich bitter. „Wann sind Sie denn Cooke auf die Sprünge gekommen?"

Taggart sah mich schuldbewußt an. „Ich hatte eine Spätzündung. Als Sie mich anriefen, dachte ich, Sie seien übergeschnappt. Immerhin wurde ich stutzig, als es Case in Island nicht gelang, Cooke zu treffen. Cooke war unerreichbar. Das verstößt gegen alle Regeln. Als schließlich Case mit Ihrem Lieblingsmesser im Leib entdeckt wurde, war mir klar, daß etwas mit Cooke nicht stimmte."

Ryan zog das Sgian dubh aus der Brusttasche. „Es ist uns gelungen, Ihre Waffe der Polizei zu entreißen. Sie möchten sie sicher gern zurückhaben."

Ich nahm das Messer an mich und legte es behutsam auf den Nachttisch. Dabei sah ich Ryan vorwurfsvoll an. „Ihre Leute haben auf mich geschossen, was sollte das bedeuten?"

„Du lieber Himmel", antwortete er, „Sie, Stewart, spielten verrückt, und das ganze Unternehmen war in Gefahr. Wir flogen mit einem Hubschrauber über diese Steinwüste, und da sahen wir Sie. Wir

sahen auch die Russen, die hinter Ihnen herjagten, und wir befürchteten, Sie würden vielleicht entkommen. Deshalb setzten wir einen
Mann ab, der Sie aufhalten sollte. Wir wußten ja zu dem Zeitpunkt
noch nicht, daß die Operation längst im Eimer war. "

Sowohl Taggart als auch Ryan schien die ganze Geschichte völlig
kaltzulassen, aber ich hatte auch nichts anderes von ihnen erwartet.
„Sie können von Glück reden, daß Sie noch am Leben sind", sagte ich
zu Ryan. „Als ich Sie das letzte Mal sah, blickte ich durch das
Zielfernrohr von Fleets Gewehr. "

Er lachte. „Da bin ich ja froh, daß ich das zu dem Zeitpunkt nicht
gewußt habe. Apropos Fleet – Sie haben ihn nicht schlecht zusammen-
gedroschen. Er ist übrigens mit diesem Gewehr so gut wie verheiratet
und hätte es gern zurück. "

Ich schüttelte den Kopf. „Etwas muß schließlich bei dem ganzen
Unternehmen auch für mich herausspringen. Wenn Fleet Manns
genug ist, kann er es sich ja hier abholen. "

Ryan blickte finster drein. Ich kümmerte mich nicht darum,
sondern fragte: „Cooke ist also noch am Leben?"

„Ja", antwortete Ryan. „Sie haben ihm einen Beckendurchschuß
verpaßt. Wenn er je wieder gehen möchte, braucht er Stahlstifte im
Hüftgelenk. "

Und Taggart fügte hinzu: „In den nächsten vierzig Jahren wird
Cooke im Gefängnis seine Runden drehen müssen. " Er stand auf.
„Dies ist alles streng geheim. Es darf nichts davon bekanntwerden.
Cooke ist schon in England. Er wurde gestern mit einer amerikani-
schen Maschine dorthin geflogen. Sobald er aus dem Krankenhaus
entlassen ist, wird ihm der Prozeß gemacht – aber unter Ausschluß der
Öffentlichkeit. Sie werden den Mund halten und Ihre Freundin
ebenfalls. Ach, übrigens . . ., je schneller Sie Ihre Freundin in eine
Britin verwandeln, desto besser. Ich möchte sie gern ein wenig unter
Kontrolle haben. "

„Du meine Güte", stöhnte ich. „Sie können noch nicht einmal ohne
Hintergedanken Amor spielen. "

Ryan ging zur Tür, drehte sich dann aber noch einmal zu mir um.
„Ich finde, Sir David schuldet Ihnen eine ganze Menge, Mr. Stewart.
Jedenfalls wesentlich mehr als nur einfach seinen Dank – den er im
übrigen gar nicht ausgesprochen hat. " Er sah Taggart von der Seite an,
und mir wurde klar, daß zwischen den beiden nicht gerade herzliche
Zuneigung herrschte.

Taggart blieb ungerührt. „Ah ja", meinte er beiläufig, „ich glaube schon, daß ich da etwas arrangieren könnte. Einen Orden vielleicht – wenn Sie für solche Klunker was übrig haben."

Ich merkte, wie meine Stimme zitterte. „Ich habe nur einen einzigen Wunsch, nämlich Sie nie wiederzusehen. Ich werde den Mund halten, solange Sie mir nicht zu nahe kommen, aber wenn Sie oder einer Ihrer Jungs auch nur in Rufweite auftauchen, geschieht ein Unglück."

„Wir werden Sie nicht mehr stören", erwiderte er. Die Tür schloß sich hinter ihnen.

ELIN und ich wurden in einer amerikanischen Militärmaschine, die Ryan für uns bereitgestellt hatte, nach Schottland geflogen und konnten, da uns Taggart eine Sondererlaubnis beschaffte, ein paar Tage später in Glasgow heiraten. Bei der Trauung trugen wir beide noch Verbände.

Ich nahm Elin mit ins Hochtal am Sgùrr Dearg. Sie war hingerissen von der Landschaft und vor allem von den Bäumen, den herrlichen alten Baumriesen, die es in Island nicht gibt. Nur das Häuschen gefiel ihr nicht besonders. Es war winzig, und sie fühlte sich darin eingeengt, was mich nicht weiter überraschte. Was einem Junggesellen behagt, taugt nicht unbedingt für ein Ehepaar.

„Im großen Haus werde ich nicht wohnen", erklärte ich. „Dort verirren wir uns bloß, und außerdem vermiete ich es in der Jagdsaison sowieso immer an Amerikaner. Wir vermieten ganz einfach auch noch das Häuschen und bauen uns ein neues Haus weiter oben in der Schlucht, in der Nähe des Flusses."

Das taten wir auch.

Fleets Gewehr habe ich immer noch. Es hängt nicht etwa zwischen meinen Jagdtrophäen über dem Kamin, sondern steht gut verwahrt im Schrank neben all dem anderen Handwerkszeug. Manchmal, wenn die Hirschrudel dezimiert werden müssen, hole ich es heraus. Aber nicht oft. Es läßt den Hirschen kaum eine Chance.

Desmond Bagley

Woher kommt es eigentlich, werden sich viele Leser fragen, daß man sich an den Schauplätzen von Bagleys Romanen sofort heimisch fühlt? Weshalb wirken seine Romangestalten so lebensnah? Wie bringt es der Autor fertig, auch komplizierte technische Vorgänge so anschaulich darzustellen?

Aufschluß darüber gibt die Lebensregel, die sich Desmond Bagley selbst zu eigen gemacht hat – in allen Sätteln gerecht! Sieht man sich einmal die Liste der Tätigkeiten an, die Bagley nach seiner Schulzeit ausübte, so entdeckt man höchst unterschiedliche Berufe: Buchhändler, Industriearbeiter, Fotograf, Bergwerksangestellter, Journalist und Drehbuchautor. Ähnlich bunt und abwechslungsreich ist der Katalog seiner Hobbys. Hier findet man britische Militärgeschichte neben dem Segeln, das Lösen von Denksportaufgaben neben dem Reisen, die Beschäftigung mit Kleincomputern neben der Lektüre spannender Krimis. Kein Wunder also, daß der Autor in seinen Romanen die verschiedensten Wissensgebiete unter einen Hut bringt.

Desmond Bagley wurde 1923 in Kendal in der englischen Grafschaft Westmorland geboren. Nach dem Krieg wanderte er nach Afrika aus; über Uganda, Kenia und die ehemalige britische Kolonie Rhodesien gelangte er nach Südafrika, wo er sich 1950 niederließ. 1964 kehrte er nach England zurück. Die letzten Jahre vor seinem Tod im Frühjahr 1983 verbrachte er auf der Kanalinsel Guernsey.

Zur Schriftstellerei fand Bagley über seine Arbeit als Journalist. 1963 erschien sein erster Roman, dreizehn weitere folgten. Einer seiner besten Thriller, *Schneetiger,* ist bereits in den Auswahlbüchern erschienen.

ICH NANNTE IHN YUKON

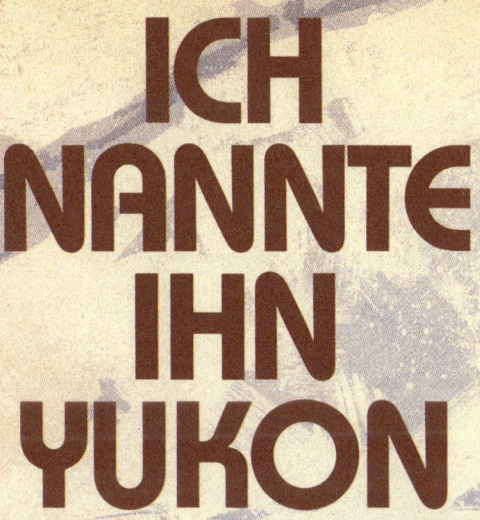

Eine Kurzfassung
des Buches von
RON D. LAWRENCE

Nach der
Übersetzung von
Ulla H. de Herrera

Illustrationen von
Jim Sharpe

„Rasch näherte sich das groteske, taumelnde Ungetüm. In wenigen Sekunden würden die Hufe des rasenden Elchbullen über mich hinwegtrampeln, und noch immer stand ich wie gelähmt.

Yukon war zum Glück aus härterem Holz geschnitzt. Mit einem gewaltigen Satz flog er durch die Luft, prallte dumpf gegen den heranstürmenden Riesen und schlug seine Fangzähne in die Nase des Elches ...“

Dies ist nur eines der zahlreichen Abenteuer, die Ron Lawrence und sein Schlittenhund Yukon auf ihren Streifzügen durch die Wildnis Kanadas zu bestehen haben. Gemeinsam erkunden sie ein Land von grandioser Schönheit, in dem aber Kälte, Einsamkeit und gewaltige Stürme dem Menschen das Äußerste abverlangen. Doch immer wieder kommt Yukon seinem Herrn zu Hilfe, der ohne den Mut und die erstaunliche Auffassungsgabe des treuen Tieres in den Wäldern des Nordens verloren wäre.

SEIN feindseliger Blick aus gelben Augen bohrte sich in den meinen, und mit einem drohenden Knurren zog er die Lefzen so weit zurück, daß die großen, spitzen Fangzähne und die feuchte Mundhöhle sichtbar wurden. Er war ohne Zweifel der verwahrlosteste, aber auch der größte Schlittenhund, den ich je gesehen hatte. Seine ganze Haltung drückte unverhohlene Feindseligkeit aus, am deutlichsten jedoch verrieten mir die schmalen Wolfsaugen seine wilde Angriffslust; dieser Hund war gefährlich und würde nicht zögern, mir an die Kehle zu springen. Die mächtigen Pfoten fest auf die Ladepritsche des Lieferwagens gestemmt, stand er da und sah mir unentwegt in die Augen. Ein anderer Hund hätte den Blick längst abgewandt! Während wir uns anstarrten, blieb Alfred, der Chippeway-Indianer, der mir den Wolfshund verkaufen wollte, vorsorglich mit einem dicken Knüppel bewaffnet in meiner Nähe.

Ich brauchte einen Leithund für mein Gespann, aber dieses Biest verhieß nichts Gutes – ein wildes Tier, mehr Wolf als Hund, das schon frühzeitig gelernt hatte, den Menschen zu hassen. Nein, dieser Hund war nichts für mich. Ich sah die schwere Kette, die ihn auf dem Lieferwagen gefangenhielt, und die offene Wunde an seiner linken Schulter.

Ich trat näher, um ihn genauer zu betrachten, hütete mich aber, in Reichweite seiner kräftigen weißen Zähne zu kommen. Von diesem Schlittenhund ging etwas aus, das mich beeindruckte. Halb verhungert und offensichtlich seit langer Zeit schon brutal geschlagen und mißhandelt, besaß er dennoch eine gewisse Würde, und in jeder Linie seines Körpers zeigte sich außergewöhnliche Kraft.

Wir sahen einander eine Weile abschätzend an. Dann sagte ich zu ihm, so, als hätte ich einen Menschen vor mir: „Du bist zwar ein gefährlicher Bursche, aber ich glaube, du gefällst mir."

Beim Klang meiner Stimme richtete der Hund die Ohren auf und hob ganz leicht den Schwanz; mir schien, daß in der Bewegung die kaum merkliche Andeutung eines Wedelns lag. Jedenfalls hoffte ich das, denn ich war inzwischen wider alle Vernunft entschlossen, ihn zu kaufen.

Mit dem festen Vorsatz, mich bei dem Handel nicht übers Ohr hauen zu lassen, wandte ich mich an Alfred. „Also eine Schönheit ist er ja nicht gerade . . ., und er sieht aus, als würde er mir eher an die Kehle springen als einen Schlitten ziehen."

„Er ist ein kräftiger Hund, er zieht wirklich gut", hielt Alfred dagegen. „Wenn Sie einen Knüppel bei sich haben, pariert er. Er weiß, wozu ein Knüppel gut ist."

„Wieviel willst du?" fragte ich kurz angebunden.

Alfred, dem ich vor einiger Zeit aus der Klemme geholfen hatte und der seither mein Freund geworden war, wollte den Hund möglichst schnell zu Bargeld machen. „Wären fünfzehn Dollar zuviel?" fragte er.

Ich gab ihm zwanzig, knüpfte aber eine Bedingung daran: Er sollte den Hund selbst von dem Lieferwagen herunterholen und zu einem leerstehenden Schuppen auf meinem Grundstück führen. Es würde zweifellos eines Knüppels bedürfen, ihn dorthin zu bringen, aber der Hund war daran gewöhnt, von dem Indianer nicht besser behandelt zu werden. Ich hoffte, daß es mir eher gelingen würde, sein Vertrauen zu gewinnen, wenn er erst gar nicht einen Knüppel in meiner Hand sah.

Alfred ging, den Stock schwenkend und laut fluchend, zu dem alten Lieferwagen. Mit einem schwungvollen Satz sprang er über die Seitenwand auf die Ladepritsche, hielt dabei aber den Knüppel ständig in Bereitschaft.

Der Hund wich knurrend zurück. Er ließ den Indianer keine Sekunde aus den Augen. Mit drohend erhobenem Knüppel löste Alfred die Kette und fing an, das sich sträubende Tier zu der herabgelassenen hinteren Wagenklappe zu ziehen. Widerwillig fügte es sich der Gewalt des Stockes, leistete aber genügend Widerstand, um zu zeigen, daß es unter Zwang handelte.

Alfred hatte mir bereits gesagt, daß der Hund drei Jahre alt war. Sowohl sein Vater als auch seine Mutter waren eine Kreuzung zwischen Wolf und Hund, und das Wolfserbe zeigte sich deutlich in seinem Aussehen und seinen geschmeidigen Bewegungen. Bevor ich ihn mit eigenen Augen gesehen hatte, dachte ich, der Indianer übertreibe nur, um mein Interesse zu wecken. Jetzt wußte ich, daß er aus Angst, mich vom Kauf des Hundes abzuschrecken, ihn sogar als weniger wild geschildert hatte, als er in Wirklichkeit war.

Alfred dirigierte das Tier zum Rand der Ladepritsche, sprang hinunter und zog es hinterher, wobei er sich rasch nach ihm umdrehte, um ihm noch energischer mit dem Knüppel zu drohen. In sicherem Abstand folgte ich den beiden zum Schuppen und vergewisserte mich, daß der Indianer den Hund ganz fest an einen der starken hölzernen Pfosten kettete. Als dies geschehen war, gingen wir hinaus und verriegelten die Tür. Während wir uns entfernten, hörte ich, wie der Gefangene wütend an seiner Kette zerrte.

Der Indianer wollte gleich wieder losfahren, um einen Teil seines Reichtums unter die Leute zu bringen. Das kam mir sehr gelegen; so konnte ich dem Hund in aller Ruhe Futter geben und ein Weilchen bei ihm bleiben. Wenn ein Tier jemals einen Freund gebraucht hatte, dann war es dieser Wolfshund, dem bisher so übel mitgespielt worden war.

Meine drei anderen Hunde befanden sich in der Scheune. Sie merkten sofort, daß ein Fremder eingetroffen war, hörten zweifellos sein Knurren und witterten seinen scharfen Geruch. Während ich Alfreds Lieferwagen nachsah, der rumpelnd um die Ecke verschwand, drang ein ohrenbetäubender Lärm aus der Scheune; die Rüden jaulten, und die Colliehündin bellte hysterisch. Sie beruhigten sich erst, als ich ihnen eine zusätzliche Ration Futter brachte.

Nachdem der Friede wiederhergestellt war, konnte ich in Ruhe die Mahlzeit für den neuen Hund zubereiten: einige Brocken rohes Elchfleisch, ein paar große Markknochen, Haferflocken und eine reichliche Portion gekochter Innereien. Außerdem mischte ich eine doppelte Dosis Wurmmittel unter das Fressen, denn der Neuankömmling war bestimmt voller Parasiten.

Als ich den Schuppen betrat, lag der Wolfshund ausgestreckt da. Sein breiter Kopf ruhte auf den Vorderpfoten, er hatte die Ohren nach vorn gespitzt und hielt die Augen fest auf die Tür geheftet; er rührte sich nicht, bis seine scharfe Nase den Geruch des Futters wahrnahm. Erwartungsvoll sprang er auf, verharrte dann aber argwöhnisch, als befürchte er eine böse Überraschung. Ich näherte mich ihm ganz ruhig, blieb einen halben Meter vor ihm stehen und schob ihm die Schüssel zu. Als sie in seine Reichweite kam, zitterte er am ganzen Leib. Der arme Kerl war völlig ausgehungert!

Aber trotz seines Heißhungers fiel er nicht über das Fressen her, wie es ein Haushund getan hätte. Statt dessen beschnüffelte er es ein paar Sekunden lang mißtrauisch, dann packte er einen der Knochen mit den Zähnen und zog sich in eine Ecke zurück. Dort ließ er den Knochen fallen, beroch ihn abermals, leckte daran, dann trottete er wieder zur Schüssel. Er beachtete mich nicht weiter, warf mir nur ein- oder zweimal einen kurzen Blick zu, um sich zu vergewissern, daß ihm keine Gefahr während des Festmahls drohte.

Ich sah ihm aufmerksam zu und fragte mich, wie lange es wohl dauern würde, bis er mir genügend vertraute, um mich seine Verletzungen behandeln zu lassen. Denn das war bitter nötig. Eine schorfige Stelle am Bein schien zu eitern, und die tiefe, offene Wunde an seiner Schulter sah entzündet aus und mußte so bald wie möglich desinfiziert werden. Sein Fell war schmutzig und steckte sicherlich voller Flöhe und Zecken. Wenn er erst einmal gründlich gesäubert und gut genährt war, würde er einen großartigen Leithund abgeben. Aber ich mahnte mich, Geduld mit ihm zu haben. Sicher wird noch viel Zeit vergehen, bis er soweit ist, sagte ich mir.

Als er seine Mahlzeit beinahe beendet hatte, ging ich hinaus, um einen Eimer Wasser zu holen. Bei meiner Rückkehr hatte er die Schüssel restlos geleert und bearbeitete jetzt mit seinem kräftigen Gebiß den großen Knochen, den er sich ganz zu Anfang geholt hatte. Ich stellte den Eimer ab und trat näher, um die Schüssel wegzunehmen. Er hatte sie zu sich hingezogen, und sie stand jetzt etwa zwei Meter von der Stelle entfernt, wo er an seinem Knochen nagte. Ich bückte mich und streckte die Hand aus, um nach ihr zu greifen. Er reagierte unglaublich schnell! Noch ehe meine Finger die Schüssel berührten, hatte er meinen Handballen gepackt, und ohne überhaupt richtig zu begreifen, was vor sich ging, sah ich, wie mir seine Fangzähne ins Fleisch drangen. Ich konnte nicht glauben, daß es tatsächlich geschah, und nur deshalb geriet ich nicht in Panik. Ich stand wie erstarrt, und vermutlich war genau das mein Glück. Wäre er auf Widerstand gestoßen, hätte er sicher an meiner Hand gerissen oder noch einmal zugebissen. So aber ließ er von mir ab und zog sich knurrend in die Ecke zurück. Zweifellos rechnete er damit, gleich eine ordentliche Tracht Prügel zu beziehen.

Ein plötzliches Gefühl sagte mir, daß es jetzt darauf ankam, weder Feindseligkeit noch Angst zu zeigen. Statt zurückzuweichen, wie es die Vernunft gebot, richtete ich mich auf, trat näher an ihn heran und sah ihm fest in die Augen.

„Das ist das erste und letzte Mal, daß du mich beißt, hörst du!" Ich sprach in scharfem Ton, hob aber nicht die Stimme. Regungslos stand er da und starrte mich an. Ich nahm die Schüssel und ging hinaus.

Im Haus wusch ich die verletzte Hand und goß Jod auf die Wunde, die die Fangzähne verursacht hatten. Ich hatte gute Lust, einen Knüppel zu holen und den Hund gründlich durchzuprügeln, aber dieses häßliche Rachegefühl legte sich, sobald der Schmerz in meiner linken Hand nachließ. Als ich mich wieder beruhigt hatte, ging ich in die Vorratskammer, schnitt drei Stücke Elchfleisch ab und brachte sie in den Schuppen.

Der Hund hatte sich wieder hingelegt. Das Fleisch in der rechten Hand haltend, näherte ich mich ihm unter behutsamem Zureden bis auf zwei Meter. Er blieb, wo er war, beobachtete mich aber aufmerksam. Ich streckte die verwundete Hand aus. Meine Handfläche zeigte nach oben, so daß er meine friedliche Absicht erkennen konnte.

„Siehst du das?" Ganz bewußt verlieh ich meiner Stimme einen scharfen Beiklang.

Sein Ausdruck veränderte sich nicht. Er blickte auf meine Hand, schnüffelte in ihre Richtung, verlor aber schnell das Interesse daran. Offenbar hatte er das Elchfleisch gewittert. Seine spitzen Ohren waren steil aufgerichtet, und er sah jetzt voller Erwartung auf meine andere Hand. Dann stand er auf und trat einen Schritt auf mich zu. Ich sprach jetzt wieder in sanftem Ton zu ihm. Es fiel mir schwer, nicht zurückzuweichen. Schließlich warf ich ihm alle drei Fleischstücke in einem hohen Bogen zu, und mit einem mächtigen Sprung schnappte er sich eines davon aus der Luft. Als er die Leckerbissen gefressen hatte, drehte er sich um, ging in seine Ecke und legte sich nieder. Es war das erste Mal, daß er mir voll den Rücken zugewandt hatte. Er legte den Kopf auf den Boden zwischen seine Vorderpfoten, leckte sich über die Schnauze, gähnte und schloß die Augen. Ich murmelte noch ein paar lobende Worte, dann ging ich hinaus.

MEINEM Tagebuch entnehme ich, daß ich den Hund am 12. November 1955 von Alfred erstand. Damals waren knapp elf Monate vergangen, seit ich mich in den einsamen Wäldern des nördlichen Ontario niedergelassen hatte, nachdem ich weitere sieben Monate zuvor von England nach Kanada ausgewandert war. Während des ersten halben Jahres meines Aufenthalts in der Neuen Welt hatte mein Leben unerwartet schnell in einen bedrückenden Alltagstrott gemündet. Der anfängliche Reiz des Unbekannten war bald verflogen, und an einem besonders öden Herbstabend wurde mir plötzlich klar, daß meine Auswanderung aus Europa ihren eigentlichen Zweck verfehlt hatte. Mit meiner Übersiedlung von London nach Toronto hatte ich lediglich die eine Großstadt gegen eine andere eingetauscht. Aber meine innere Ruhelosigkeit und die unüberwindliche Abneigung gegen Menschenmengen quälten mich nach wie vor. Toronto war voller Hektik und Unruhe; hier würde ich nie die Ruhe finden, nach der ich mich seit meiner Jugend sehnte.

Aufgewachsen war ich in Spanien, wo mein Vater als Journalist arbeitete. Als 1936 der Bürgerkrieg ausbrach, wurde ich in ein militärisches Ausbildungslager gesteckt, obwohl ich noch keine vierzehn Jahre alt war. Rund dreieinhalb Jahre später bescherte mir der Zweite Weltkrieg erneut eine Uniform und den Kampf ums nackte Leben. Als Achtzehnjähriger war ich mir bereits sicher, daß die Menschheit vollkommen verrückt geworden war. Nach dem Krieg versuchte ich, in London seßhaft zu werden. Ich bekam eine Stellung als Reporter, humpelte durch die Straßen der Stadt – ich war als Soldat von einem Granatsplitter getroffen worden – und schrieb die von mir geforderten belanglosen Berichte und Artikel. Schließlich gelangte ich zu der Einsicht, daß es an der Zeit war, in einem neuen Land noch einmal ganz von vorne zu beginnen. 1954 kehrte ich dem Lärm und Gestank Londons den Rücken, mußte mir aber ein halbes Jahr später ernüchtert eingestehen, daß ich in Toronto keine Spur glücklicher war.

An jenem Herbstabend, als mir dies zu Bewußtsein kam, ging ich in meine Wohnung zurück, verstaute meine wenigen Habseligkeiten im Wagen und machte mich auf den Weg in den bereits verschneiten Norden. Nach drei Tagen und zweitausend Kilometer Fahrt durch ein faszinierendes Land stellte ich mein Auto vor einer mannshohen Schneewehe ab, um ein Schild, das an den Zaunpfosten eines verlassenen Blockhauses genagelt war, näher zu studieren. ZU VERKAUFEN, las ich und wußte sofort, daß dies der Ort war, nach dem ich gesucht hatte. Das Grundstück war achtzig Hektar groß, fünfzehn davon gerodet, während die ganze restliche Fläche bewaldet war und in die Wildnis Kanadas überging. Die nächste menschliche Behausung war gut zwei Kilometer entfernt und die nächste größere Ortschaft gar knapp fünfundvierzig. Hier gab es kein Telefon, keinen Anschluß an ein Stromnetz, dafür aber grenzenlosen Frieden.

Auf dem Schild stand keine Adresse, doch in der Gemischtwarenhandlung eines sechs Kilometer entfernten Weilers erfuhr ich, wo der

Besitzer zu finden war. Kurz darauf unterzeichnete ich in einer Anwaltskanzlei einen Kaufvertrag, bezahlte die geforderten achthundert Dollar und hatte mich noch vor Weihnachten auf dem alten Gehöft häuslich eingerichtet.

Der Winter kam, und mit ihm brach für mich eine Zeit großer Geschäftigkeit an. Es galt, für Nahrung und Holzvorräte zu sorgen, und ich streifte oft tagelang mit Axt und Jagdgewehr durch das schneebedeckte Land. Es gab Morgendämmerungen, wie ich sie noch nie erlebt hatte, und Nächte von tiefem, traumlosem Schlaf. Die Wildnis übt einen ungeheuren Einfluß auf einen Menschen aus, der erst kürzlich aus der Zivilisation gekommen ist. Der eine kann die Abgeschiedenheit, den Mangel an Komfort nicht ertragen. Er ist zu eng mit der Stadt verbunden und hält deshalb nicht durch. Ein anderer wiederum geht zu weit in die entgegengesetzte Richtung und wird zum Menschenfeind. Aber zwischen diesen beiden Menschentypen gibt es denjenigen, dem die Wildnis dazu verhilft, endlich zu sich selbst zu finden. Er entdeckt neue Werte und erkennt, daß die Natur eine geduldige Lehrmeisterin ist. So wirkte die Wildnis auf mich.

Und dann lief mir Susie zu, eine magere, halbverhungerte Colliehündin, die herrenlos umherstreifte. Sie erschien eines Tages von nirgendwoher und kratzte winselnd an der Hintertür. Als ich die Tür öffnete, kam sie herein, als wäre es das Selbstverständlichste der Welt. Nachdem sie gefressen hatte, rollte sie sich vor dem Kamin zusammen, schlug zweimal dankbar mit dem Schwanz auf den Boden und sank in einen tiefen Schlaf, aus dem sie erst nach vier Stunden wieder aufwachte. Sie war mein erster Hund und eine gute Gefährtin.

Als nächstes kaufte ich Rocky, einen Eskimohund. Er war ein echtes Kind des Nordens, zäh, wolfartig, vierzig Kilo schwer und ein kräftiges Zugtier, das für mich weit mehr wert war als die fünfunddreißig Dollar, die es gekostet hatte. Dann besorgte ich mir einen Schlitten, ein schweres Fahrzeug aus ausrangierten Armeebeständen. Sein Gewicht machte einen dritten Hund erforderlich, und so kam Sooner hinzu. Ich hatte gehofft, er würde der Leithund sein; er war älter und schien klüger zu sein als Rocky, wenn er auch nicht ganz so groß war. Aber wie sich herausstellte, zog er das Fressen der Arbeit vor. Alles in allem war es ein bunt zusammengewürfeltes und äußerst mäßiges Gespann, und deshalb begann ich mich gegen Ende des folgenden Sommers nach einem geeigneten Leithund umzusehen.

Nun hatte ich mich also für den großen Wolfshund entschieden, aber am Abend jenes Novembertages war ich keineswegs sicher, das gefunden zu haben, wonach ich suchte. Während ich nach dem Abendessen mit meiner unverletzten Hand abwusch, stand mir deutlich vor Augen, wieviel Arbeit mich in den nächsten Wochen erwartete: Ich mußte das Brennholz für die kalte Jahreszeit herbeischaffen, ein Hühnerhaus bauen und dann den Winter hindurch Bäume fällen, um das Holz an die Papierfabrik in der Stadt zu verkaufen. Dies war zunächst meine einzige Einkommensquelle, und die Hälfte des Geldes wollte ich für den Erwerb von Fallen verwenden. Mit etwas Glück konnte ich im Frühjahr durch den Verkauf der erbeuteten Felle zu weiteren Einkünften gelangen. Ich hatte mir also mehr als genug Arbeit aufgeladen – jetzt kam auch noch die Aufgabe hinzu, den wilden Hund zu zähmen.

Nachdem das Geschirr gespült war, saß ich eine Weile da, trank Kaffee und überlegte mir die nächsten Schritte. Da hatte ich plötzlich eine Idee: Vielleicht war es hilfreich, die Nacht bei dem neuen Hund zu verbringen? Ich schüttete den restlichen Kaffee in eine Thermosflasche, holte eine Tüte selbstgebackener Hafermehlkekse, meinen Schlafsack und eine Kerosinlampe und ging hinüber in den Schuppen.

In dem gelben Schein der Lampe wirkte der große Hund wild und unheimlich, aber er zeigte keine Feindseligkeit, als ich hereinkam. Seine Augen waren starr auf mich geheftet, während ich knapp außerhalb seiner Reichweite meinen Schlafsack ausbreitete. Ich setzte mich darauf und lehnte mich mit dem Rücken gegen die Wand. Dann schenkte ich eine Tasse Kaffee ein, aß ein paar Kekse und sprach hin und wieder mit dem Hund. Er konnte sich offensichtlich nicht erklären, was hier vor sich ging. Dies war sicherlich das erste Mal, daß ein Mensch so dicht bei ihm saß, ohne ihm zu drohen. Ich warf ihm einen Keks zu; er roch daran und fraß ihn, und noch während er ihn hinunterschluckte, stand er auf und kam näher. Ich gab ihm noch drei weitere Kekse, während ich den Kaffee austrank.

Etwa eine Stunde lang blieb ich ganz ruhig so sitzen und paffte meine Pfeife. Ich wußte, daß ich nicht mehr mit dem Hund zu reden brauchte; wir hatten uns aufeinander eingestellt. Hin und wieder suchten seine gelben Augen meinen Blick, aber der feindselige Ausdruck war aus ihnen verschwunden. Die Novembernacht wurde klirrend kalt. Um mich zu wärmen, schlüpfte ich in den Schlafsack. Als mir die Lider schwer wurden, rutschte ich tiefer hinein und vergrub mich wie ein Tier in seiner Höhle.

ZUERST glaubte ich zu träumen. Schlaftrunken wunderte ich mich, warum ich eben ganz deutlich eine Berührung an meiner Schulter gespürt hatte. Ich wußte ja, daß ich mich allein mit dem Hund im Schuppen befand. Als ich den Kopf aus dem Schlafsack steckte, wurde meine Schulter erneut geschüttelt. Auf den Anblick, der sich mir bot, war ich nicht vorbereitet: Die dicht behaarten Beine und die breite Brust des Hundes waren ganz nah bei mir, und als ich aufblickte, sah ich seinen gewaltigen Schädel. Mit seinen Zähnen konnte er mich nicht erreichen, denn die Kette war bereits aufs äußerste gespannt, aber mit seinen Pfoten gelang es ihm. Als ich mich bewegte, hob er ein Vorderbein und berührte mich abermals, und er winselte! Ich mußte mich im Schlaf umgedreht haben und war dadurch mit meinem Schlafsack viel dichter an ihn herangekommen, als ich es in wachem Zustand gewagt hätte.

Man muß bedenken, daß ich gerade aus tiefem Schlaf erwacht war und daß dieser riesige Hund mich vor noch nicht langer Zeit schmerzhaft gebissen hatte. Instinktiv wälzte ich mich schnell von ihm fort, worauf er zurücksprang und knurrte. Meine ruckartige Bewegung hatte ihn erschreckt und seinen Argwohn geweckt. Er wirkte nicht so feindselig wie am Tag zuvor, schien aber mit einem Angriff zu rechnen, als ich, mittlerweile hellwach, leise redend auf ihn zukroch. Ohne sich zu rühren, stand er dicht an der Wand und knurrte in tiefen Tönen. Ich war wütend auf mich, weil ich die einzigartige Gelegenheit verpaßt hatte, das Vertrauen des Hundes zu gewinnen. Es war wohl besser, erst einmal zu frühstücken und später mit einer Schüssel Fleisch zu ihm zurückzukehren. Vielleicht konnte ich dann das Versäumte nachholen.

Es war heller Tag, als ich mit dem Fressen für ihn wieder in den Schuppen kam. Der Hund nahm sofort den Geruch der Nahrung wahr; er stand auf, schnupperte und wedelte zaghaft mit dem Schwanz, als wäre es ihm peinlich, eine Gemütsbewegung zu zeigen. Ich näherte mich ihm, stellte die Schüssel auf den Boden und ging schweigend hinaus.

Die anderen Hunde waren ebenfalls hungrig. Außerdem wollte ich nach den Hühnern sehen, denn in der Nähe trieb sich ein Luchs herum, der schon einmal versucht hatte, den Hahn zu reißen. Während ich den Hunden ihr Fressen gab, kam mir ein Gedanke. Sobald ich mit der morgendlichen Arbeit fertig war, würde ich Susie in den Schuppen bringen, damit sie und der Neuankömmling sich kennenlernten, denn

Rüden greifen fast nie ein Weibchen an. Danach würde ich dem großen Hund ganz bewußt vor Augen führen, wie Susie mir vertraute und wie sehr sie es genoß, von mir liebkost zu werden.

Während ich beim Melken der Kuh über meinen Plan nachdachte, wurde mir plötzlich klar, daß der neue Hund keinen Namen hatte. Alfred hatte ihn mir als einen großartigen Schlittenhund beschrieben, und ich dachte unwillkürlich an Schnee und die Berge im fernen Norden Kanadas. Obgleich ich noch nie im Yukon-Territorium gewesen war, kamen mir die Fotos, die ich gesehen hatte, in den Sinn. Yukon . . . der Name paßte zu ihm; er war so wild wie der Norden und so rauh wie die Berge.

Eine Weile später ging ich zur Scheune hinüber, holte Susie heraus und führte die Hündin zum Schuppen. Sie schnupperte aufgeregt, während ich die Tür öffnete, dann flitzte sie begierig hinein. Ich folgte ihr und sah erfreut, daß sie und Yukon einander bereits Nase an Nase gegenüberstanden. Susies Gebaren ließ deutlich erkennen, daß sie sich für diesen zerzausten Fremden kein Bein ausreißen würde. Sie war aber doch kokett genug, um seine Aufmerksamkeit auf sich ziehen zu wollen. Yukon hatte sich mächtig vor ihr aufgebaut und wedelte kräftig mit dem hoch aufgerichteten Schwanz. Seine Ohren waren steil nach vorne gestellt, und ich hätte schwören können, daß er ein dümmliches Lächeln aufgesetzt hatte. Er blickte nicht in meine Richtung, sondern tänzelte vor der Hündin umher und schoß wiederholt nach vorn, wurde aber jedesmal von seiner Kette ruckartig gebremst. Susie, das kokette Ding, wedelte gelassen mit dem Schwanz, während Yukon winselte und an der Kette riß, bis er buchstäblich einen Hustenanfall bekam.

Ich trat zurück an die andere Wand und rief Susie. Wie immer kam sie sofort zu mir. Ich rieb ihr zärtlich den Bauch, und der sanfte Ton, in dem ich zu ihr sprach, war diesmal auch für Yukon bestimmt.

Susie war sichtlich beglückt über meine Zärtlichkeit, aber der große Tolpatsch tobte umher, als habe er es darauf abgesehen, sich zu erdrosseln. Er keuchte, zerrte verzweifelt an der Kette und versuchte durch flehentliches Winseln, die Colliehündin zu sich zu locken.

Als nächstes tat ich etwas, was mir selbst ein wenig grausam vorkam. Aber ich hatte das Gefühl, daß es das richtige war.

Susie immer noch streichelnd, ging ich mit ihr hinaus, ließ aber die Tür offen und achtete sorgsam darauf, in Yukons Blickfeld zu bleiben. Ich forderte Susie zum Spielen auf, und sie rannte im Kreis um mich herum, bellte freudig und kam von Zeit zu Zeit herbei, um sich wieder liebkosen zu lassen. Plötzlich stieß Yukon einen lauten Klageruf aus: Es war das Heulen des Wolfes, das mit einem tiefen Baßton beginnt, langsam ansteigt und in einer hohen Tonlage wehmütig ausklingt. Susie blieb einen Augenblick wie angewurzelt stehen, dann flitzte sie in den Schuppen zurück. Inzwischen stimmten Rocky und Sooner in das Geheul des großen Hundes ein, und bald nahm auch Susie daran teil. Das schaurige Konzert hielt einige Minuten an.

Dann verstummten Yukon und Susie. Die Hündin drängte sich jetzt an den großen Wolfshund und ließ sich eingehend beschnüffeln. Als ich in den Schuppen kam, war Yukon viel zu beschäftigt, um mir seine Aufmerksamkeit zu widmen. Erneut rief ich Susie zu mir, und Yukon veranstaltete das gleiche Theater wie zuvor. Zusammen mit Susie schob ich mich näher an ihn heran. Dann stand ich dicht vor ihm – der nächste Schritt würde mich in die Reichweite seiner Fangzähne bringen. Mit klopfendem Herzen ging ich das Risiko ein und war unsäglich erleichtert, als Yukon seinen Kopf vertrauensvoll an meine Hand schmiegte. Ich kraulte und streichelte beide Hunde, aber mein Blick war auf Yukon geheftet. In diesem Augenblick wußte ich, daß ich mich nicht mehr vor ihm zu fürchten brauchte.

2

DA YUKON so viel von einem Wolf an sich hatte, erfuhr ich durch ihn viel über die Verhaltensweisen und Vorzüge seiner wilden Vorfahren. Für den Wolf steht das Rudel an erster Stelle; es hat eine feste Ordnung, die allen nützt und jedem Tier einen bestimmten Platz zuweist. Natürlich gibt es unter den Angehörigen eines Rudels manchmal Wettkämpfe um den Rang, aber diese verlaufen nahezu unblutig und führen selten zur Tötung. Der Verlierer wird durch die Niederlage nicht etwa zum geächteten Außenseiter, sondern er kehrt ganz unbehelligt zu seinem Platz innerhalb der Rangordnung zurück.

Bis zu dem Morgen, an dem Yukon seinen großen Kopf an meine Hand schmiegte, hatte er sich nie dem Führungsanspruch eines anderen Lebewesens gebeugt. Er war immer sein eigener Herr gewesen und hatte mich wie alle anderen Menschen lediglich als eine Bedrohung empfunden; und er war entschlossen gewesen, nicht zu kapitulieren. Er wollte die Prügel hinnehmen, sich die Wunden lecken und geduldig auf eine Gelegenheit zur Flucht oder zum Gegenangriff warten. Dann wurden ihm plötzlich Freundlichkeit und Güte entgegengebracht, und er war verwirrt. Zorn und Brutalität konnte er verstehen, aber dies war etwas, das sein Begriffsvermögen überstieg.

Wenn diese Erklärung seines Verhaltens stimmt, wurde der Wettstreit um die Führerschaft wahrscheinlich während jener ersten Nacht von mir gewonnen, als ich bei ihm saß und die Kekse mit ihm teilte. Zweifellos kam er sich hinterher, als ich mich in meinen Schlafsack verkrochen hatte, einsam und verlassen vor. Vermutlich hatte er mich deshalb gegen Morgen mit der Pfote berührt. Zwar war durch meine schreckhafte Reaktion sein Argwohn wieder geweckt worden, als er aber bei Susie sah, wie sehr sie mir vertraute, schloß sich Yukon freiwillig unserem „Rudel" an und machte mich zu seinem „Leittier".

Während ich die beiden Hunde streichelte, war ich zunächst so erfüllt von der Freude, Yukons Freundschaft gewonnen zu haben, daß ich an nichts anderes dachte. Bald stieß ich aber mit den Fingern auf ungewöhnlich große, vollgesogene Hundezecken, die mich an Yukons erbarmungswürdigen Zustand erinnerten. Ich mußte ihn von dem Ungeziefer befreien und mich um seine Wunden kümmern. Jetzt stand ich vor einer wichtigen Entscheidung. Konnte ich es wirklich schon riskieren, ihm eine derartige Gelegenheit zum Angriff zu bieten? Es blieb mir keine Wahl. Ohne Rücksicht auf meine Sicherheit mußte ich sein eben gefaßtes Vertrauen bedingungslos erwidern. Er würde sehr schnell jeden Vorbehalt spüren.

Ich hockte mich zwischen die zwei Hunde, lehnte den Kopf an Yukons Hals und schlang den Arm um seine Schulter. Er drängte sich fest an mich. Susie, die ein wenig eifersüchtig war, leckte mir das Gesicht. Während ich leise sprach und beide Tiere abwechselnd streichelte, stand ich wieder auf, löste Yukons Kette von dem hölzernen Pfosten und näherte mich der Tür. Yukon ging neben mir, ohne auch nur ein einziges Mal an der Kette zu ziehen. Susie hielt sich dicht an seiner Seite. Ich führte sie beide zum Haus.

An der offenen Tür zögerte Yukon einen Augenblick, ehe er Susie nach drinnen folgte. Ich schloß die Tür und rief Susie, die bereits schnüffelnd vor dem Küchenherd stand. Dann nahm ich Yukon das schwere Lederhalsband ab und ging ins Wohnzimmer.

Beide Hunde liefen hinter mir her. Yukon merkte plötzlich, daß er von dem lästigen Lederband befreit war. Vor lauter Freude begann er, sich auf dem Boden zu wälzen, und streckte alle viere in die Luft. Susie hielt das für eine Einladung zu einem lustigen Spiel und sprang bellend über ihn hinweg. Dann rasten beide wie verrückt zwischen der Küche und dem Wohnzimmer hin und her. Susie stieß dabei ab und zu gegen einen Stuhl, aber ihr neuer Gefährte wich mit einer außergewöhnlichen Geschmeidigkeit jedem Hindernis geschickt aus.

Als sich der Übermut der beiden Hunde etwas gelegt hatte, ging ich daran, mich um Yukon zu kümmern. Ich hoffte, er würde mir jetzt erlauben, ihn zu säubern und seine Verletzung zu behandeln.

Während ich die nötigen Vorbereitungen traf, lag Yukon lang ausgestreckt da, beobachtete mich und klopfte hin und wieder mit dem Schwanz auf den Boden. Es schien ihn nicht sonderlich zu interessieren, als ich mich mit einer Schüssel Antiseptikum und einem großen Wattebausch näherte. Sein scharfer Geruchssinn sagte ihm, daß die Schüssel kein Futter enthielt.

Glücklicherweise lag Yukon auf dem Bauch, so daß die verletzte Schulter leicht zu erreichen war. Ich setzte mich neben ihn, sprach ihm gut zu und streichelte seinen Kopf; dann fuhr ich mit der Hand über seine breite Brust und langsam auf die Wunde zu. Er hob seinen großen Kopf, aber er war nur neugierig und aufmerksam. Ich berührte sanft die Ränder der tiefen Wunde und schob sie vorsichtig zusammen. Dabei leckte Yukon meine Hand, dann leckte er die Wunde. Ich beträufelte sie mit Antiseptikum. Yukon leckte abermals, doch der beißende Geschmack ließ ihn sofort innehalten. Danach verhielt er sich ruhig, während ich ein ums andere Mal seine Wunde benetzte.

Als nächstes kamen die Zecken an die Reihe. Überall in seinem Fell stieß ich auf sie. In den riesigen Wäldern abseits der Städte Kanadas, wo diese unangenehmen Schmarotzer besonders häufig zu finden sind, hat praktisch jeder seine eigene Methode, sie zu entfernen. Meiner Meinung nach geht es am besten, wenn man ihnen die Luft nimmt, denn Zecken brauchen Sauerstoff zum Leben. Wenn man sie reichlich mit Butter, Lederfett oder Achsenschmiere einreibt, müssen sie innerhalb von ein oder zwei Minuten von ihrem Opfer ablassen. Bei Yukon Butter zu verwenden hatte keinen Sinn; er hätte sie sofort abgeleckt. Ich besaß jedoch eine fettige Salbe, die bei den anderen Hunden schon gute Dienste geleistet hatte.

Diesmal protestierte Yukon gegen die Behandlung. Er knurrte leise und fletschte die Zähne, aber ich ließ mich davon nicht einschüchtern.

Ich *wußte,* er würde nicht beißen. Es war wundervoll: Gestern hätte er mich noch in Stücke gerissen; heute murrte er zwar, versuchte jedoch nicht, nach mir zu schnappen. Ich war gerührt über das Vertrauen, das er mir entgegenbrachte.

Als die letzte Zecke beseitigt war, machte ich mich daran, ihn gründlich zu säubern. Er ließ die Prozedur mit sichtlichem Wohlbehagen über sich ergehen und duldete sogar, daß sein Schwanz gekämmt und gebürstet wurde. Dabei beschnüffelte er neugierig die großen Knäuel von verfilztem Haar, die auf dem Boden herumlagen. Dann trat ich einen Schritt zurück, um das Resultat meiner Arbeit zu begutachten.

Yukon war kaum wiederzuerkennen! Sein vordem schmutziges, struppiges Fell war jetzt glatt und glänzend. Die dichte Mähne aus schwarzem Haar hob sich prachtvoll von seinem übrigen Fell ab, und seine weiße Brust leuchtete fast schon silbern; seine Rute wirkte jetzt buschig und sah doppelt so groß aus wie zuvor. Mit hoch erhobenem Kopf kam er auf mich zu, und seine Augen waren voller Lebenslust.

Er blieb vor mir stehen, stellte sich rasch auf die Hinterbeine und legte die großen Vorderpfoten auf meine Schultern. Noch ehe ich Zeit fand, richtig zu erschrecken, war er mir schon mit seiner langen rosa Zunge quer übers Gesicht gefahren.

Während der folgenden Woche behielt ich Yukon, wenn ich nicht mit Susie und ihm unterwegs war, bei mir im Haus. Ich fragte mich, wie er wohl reagieren würde, wenn der Augenblick gekommen war, ihn zu den anderen Hunden in die Scheune zu bringen, aber der Gedanke bereitete mir keine allzu großen Sorgen. Nach so kurzer Zeit schon hatte ich das Gefühl, daß Yukon jeder Anforderung gewachsen war. Außerdem war ich während jener ersten Tage ständig mit ihm zusammen, und mit jedem neuen Erlebnis vertiefte sich unser gegenseitiges Vertrauen. Wir taten alles gemeinsam, und es war erstaunlich zu sehen, wie schnell er sich auf meinem Anwesen heimisch fühlte. Als ein Specht kam, um an einer Lärche hinter der Scheune zu hämmern, setzte Yukon seinen ganzen Ehrgeiz darein, den frechen Eindringling aus seinem Revier zu verjagen.

Dann war es an der Zeit, Yukon den anderen Hunden vorzustellen. Ich wollte es den Tieren selbst überlassen, sich richtig miteinander bekannt zu machen, und beschränkte mich darauf, die Scheunentür zu öffnen. Yukon stieß mich beiseite und preschte mit erhobenem Schwanz hinein. Ich folgte ihm, wurde aber nicht beachtet. In der

Mitte der Scheune stand Yukon – kraftvoll, hellwach, den Schwanz zu der festen Spirale gedreht, die Überlegenheit und die Bereitschaft ausdrückte, sich jeder Herausforderung zu stellen.

Die anderen drei betrachteten den Neuankömmling aus sicherem Abstand. Susie wedelte mit dem Schwanz, um zu bestätigen, daß sie Yukon nach wie vor freundlich gesinnt war. Sooner, der kleinste der drei Rüden, stand mit eingezogenem Schwanz und zurückgelegten Ohren da. Er war ein träger Bursche, der nicht den Ehrgeiz hatte, an einem Wettstreit um die Führerschaft teilzunehmen.

Rocky hingegen war von ganz anderer Natur: Er war kräftig, unerschrocken und daran gewöhnt, die anderen zu beherrschen. Von einem Neuankömmling wollte er sich seine Vorherrschaft nicht streitig machen lassen. Susie und Sooner schlichen langsam zur Seite, um den Kampfplatz freizugeben. Die Lefzen zurückgezogen, die Nackenhaare gesträubt, gingen die Rivalen in einiger Entfernung voneinander in Stellung. Ich sah zu, ohne mich zu rühren, machte mir aber Sorgen. Es bestand kein Zweifel, wer der Sieger sein würde. Selbst wenn Yukon sich noch nicht völlig von den früheren Mißhandlungen erholt hatte, war er doch ein furchterregendes Tier, das Rocky allein schon an Gewicht um fast zehn Kilo übertraf.

Würde er Rocky töten, wenn man ihm nicht Einhalt gebot? Ich gelangte zu dem Schluß, daß ich eingreifen mußte. Doch dafür war es bereits zu spät. Kaum hatte Rocky einen Schritt nach vorn getan, da stürmte Yukon auf ihn zu und warf sich mit solcher Gewalt gegen die Schulter seines Gegners, daß der Eskimohund mit einem dumpfen Aufprall gegen die Scheunenwand flog. Yukons Angriffstaktik war ebenso einfach wie wirkungsvoll. Sie zielte darauf, den Kampf zu beenden, noch ehe er richtig begonnen hatte.

Aber Rocky war keineswegs bereit, sich so leicht geschlagen zu geben. Mit einem wütenden Aufheulen rappelte er sich hoch, stürzte sich auf Yukon und versuchte, ihm die Zähne in den Hals zu schlagen. Fast wäre es ihm auch gelungen, aber Yukon konnte eben noch ausweichen, so daß Rockys kräftiger Biß nur ein Büschel Haare von der Schulter des Wolfshundes riß. Rocky wollte erneut zubeißen, doch Yukon duckte sich plötzlich und bäumte sich im nächsten Moment ruckartig auf, wodurch sein Angreifer in die Luft gewirbelt wurde. Er fiel auf den Rücken, und noch ehe er wieder auf die Füße kam, war Yukon über ihm, packte ihn mit seinen kräftigen Zähnen am Hals und preßte ihn knurrend zu Boden.

Zuerst knurrte Rocky ebenfalls, aber als er sich nicht aus der Umklammerung befreien konnte, wurde sein Knurren zu einem hysterischen Jaulen. Schließlich hörte er auf sich zu wehren und lag still da. Ich erkannte, daß Yukon nicht vorhatte, ihn zu töten. Das erstaunte mich, aber ich wußte damals noch nichts von der angeborenen Tötungshemmung, die Tiere daran hindert, einen ihrer Artgenossen umzubringen.

Yukon ließ langsam von Rocky ab. Er hörte jetzt ebenfalls auf zu knurren, aber er hielt den Kopf gesenkt und den Blick fest auf seinen Rivalen geheftet, bereit, wieder zuzubeißen, falls dieser nicht aufgab. Daraufhin wälzte sich Rocky auf den Rücken und bot dem neuen Leithund seine völlig ungeschützte Kehle dar – die äußerste Geste der Unterwerfung. Yukon war besänftigt. Er sah sich noch einmal herausfordernd in der Scheune um, dann ging er zu Sooner, der schnell zurückwich und sich hinter mir zu verstecken suchte.

Yukon nahm es befriedigt zur Kenntnis und wandte sich Susie zu. Die zwei tändelten eine Weile miteinander herum, ehe der neue Anführer sichtlich stolz zu mir herkam und die Nase an meiner Hand rieb.

„Also gut, jetzt bist du der Boß. Wie wär's mit einem *Spaziergang?*" Ich betonte das letzte Wort, denn ich wußte, daß alle vier Hunde seine Bedeutung kannten. Im nächsten Augenblick schon war ich von einer freudig bellenden Meute umringt, und Yukon verlor etwas von seiner Würde, als er mit seinem Rudel ins Freie hinaustollte.

Nach diesem Tag fing ich an, die Hunde auf die Zusammenarbeit als Gespann abzurichten. Die Schlittenhunde des Nordens sind die reinsten „Muskelmaschinen", über viele Generationen hinweg auf Ausdauer und Arbeitswillen gezüchtet. Typisch für sie sind verhältnismäßig kurze Stehohren, eine lange, buschige Rute und ein ungewöhnlich dichtes Fell. In der Hauptsache unterscheidet man drei verschiedene Rassen: den *Malamute* Alaskas, den Eskimo-Husky oder Elchhund und den sibirischen Husky. Die Malamutes und Eskimohunde sind groß, wiegen zwischen sechsunddreißig und dreiundvierzig Kilo. Die sibirischen Hunde sind kleiner, und ihr Gewicht liegt zwischen zwanzig und siebenundzwanzig Kilo. Alle drei Rassen haben die Zähigkeit, die Intelligenz und die scharfen Sinne des Wolfes, gepaart mit dem muskulösen Körperbau der größeren Haushunde. Ein guter Schlittenhund kann das Doppelte seines eigenen Gewichtes ziehen.

Nach der Arbeit des Tages wurden die Hunde eine Stunde lang an der Leine abgerichtet; hinterher erhielten sie zur Belohnung einen Leckerbissen und durften herumtoben. Wenn die Zeit zum Spielen vorüber war, brachte ich Susie, Sooner und Rocky in die Scheune zurück, während Yukon mit mir ins Haus kam. Er wurde immer noch bevorzugt behandelt, selbst gegen den Rat der Einheimischen, die glaubten, daß Arbeitshunde verdorben würden, wenn man ihnen seine Zuneigung zu erkennen gibt. Ich habe mich damals über diese Ansicht hinweggesetzt und kann heute mit voller Überzeugung sagen, daß offen gezeigte Liebe zu weit größerem Erfolg führt als die Peitsche.

3

SCHON ehe Yukon zu mir kam, hatte ich mir angewöhnt, täglich die Wildnis zu durchstreifen, Pfade zu bahnen, Wildwechsel und günstige Fangplätze zu kennzeichnen und Fallen nach einem ausgeklügelten System an erfolgversprechenden Stellen anzubringen. Jetzt fing ich an, Yukon auf diese Ausflüge mitzunehmen. Ich hielt ihn an der Leine, weil ich befürchtete, er könne etwas Interessantes wittern und fortlaufen, machte ihn aber auf dem Rückweg in der Nähe des Hauses los, damit er vor der Nacht noch etwas Auslauf hatte. Wir befanden uns auf einer dieser Wanderungen, als sich der Zwischenfall mit dem Elchbullen ereignete.

Es wäre denkbar, daß der Elch mich keineswegs angreifen wollte, sondern in seiner Raserei lediglich in die falsche Richtung lief, aber der unerwartete Anblick des gespensterhaften Geschöpfes, das geradewegs auf mich zu stürmte, ließ mir das Blut in den Adern gefrieren. Ich stand wie angewurzelt da und starrte auf den grotesken, taumelnden Riesen.

Vergessen war das Jagdgewehr, das an einem Riemen über meiner Schulter hing; und vergessen war auch der Hund, der an seiner Leine zerrte. Ich konnte an nichts anderes denken als an den zottigen, ausgemergelten Koloß, der mit aufgerissenen Augen, den Kopf erhoben und nach hinten gebogen, weiter auf mich zu lief. Er war ganz offensichtlich krank, hatte aber noch genügend Kraft, sich krachend einen Weg durch das Jungholz zu bahnen, wobei er die kleineren Stämme wie Streichhölzer knickte.

Jetzt war er schon bis auf zehn Meter an mich herangekommen, und in wenigen Sekunden würden die Hufe des rasenden Tieres über mich hinwegtrampeln. Noch immer war ich wie gelähmt und tat nichts zu meiner Rettung.

Yukon war zum Glück aus härterem Holz geschnitzt. Er machte einen Satz vorwärts, riß mir dabei die Leine aus der Hand und stieß einen tiefen, knurrenden Ton aus. Dann ging er zum Angriff über. Genau im richtigen Augenblick schnellte er wuchtig vom Boden ab und flog – den Körper voll ausgestreckt – wie ein Torpedo durch die Luft. Er prallte gegen den Elchbullen und schlug seine Fangzähne in die Nase des rasenden Tieres. In einem Knäuel von um sich schlagenden Gliedern stürzten Hund und Elch zu Boden.

In diesem Augenblick erwachte ich endlich aus meiner Betäubung. Blitzschnell riß ich das Gewehr von der Schulter und legte an, konnte jetzt aber nicht schießen, ohne den Hund zu gefährden. Durch den Sturz war die Nase des Bullen Yukons Zähnen entglitten, aber der Hund verbiß sich sofort in den Hals seines Gegners und hinderte ihn daran, wieder auf die Füße zu kommen. Das gepeinigte Tier schlug wild um sich. Ich fing an, mir Sorgen um Yukon zu machen. Die Hufe des Elchs sind vernichtende Waffen. Der Hund war in Gefahr, von ihnen tödlich getroffen zu werden.

Ich versuchte, ihn zurückzurufen, aber selbst wenn er mich hörte, sein Urtrieb war stärker. Ich stand beinahe über den Tieren, bereit zu schießen, sobald sich die Möglichkeit bot. Dann bäumte sich der Bulle mit äußerster Kraft auf und schüttelte heftig den Kopf. Yukon wurde fortgeschleudert.

Mit großen Sätzen kam er herangeschossen, um erneut anzugreifen, und im selben Augenblick hob ich das Gewehr und drückte ab. Der Elch sank wie vom Blitz gefällt zu Boden. Der Schuß hatte ihn ins Gehirn getroffen. Yukon hatte bereits zum entscheidenden Sprung angesetzt und flog über das tote Tier hinweg. Er landete in einiger Entfernung, kam aber sogleich zurückgestürmt, um seinen gefallenen Gegner an der Kehle zu packen.

Ganz unbedacht tat ich einen Schritt nach vorn, um Yukons Leine aufzuheben. In letzten Zuckungen schlugen die Beine des Elchs wild aus. Einer der spitzen Hufe streifte meinen linken Oberschenkel, schürfte mir ein Stück Haut ab und warf mich rückwärts zu Boden. Yukon hingegen wich den Schlägen mit unglaublicher Behendigkeit aus.

Dann tat er etwas, was mich erstaunte und bewegte: Statt sich auf
das tote Tier zu stürzen, kam er zu mir, um mir das Gesicht zu lecken
und um mich herumzutänzeln, während ich aufstand. Nachdem ich
seine Leine wieder an mich genommen hatte, führte ich ihn ein Stück
weit weg und band ihn trotz seines Zerrens und aufgebrachten Bellens
an einen Baum. Als siegreicher Jäger wollte er zu seiner Beute zurückkehren, um sich einen Happen von ihrem Fleisch zu holen. Aber das
durfte ich ihm nicht erlauben, denn der Elch war augenscheinlich
krank gewesen.

Ich ging zu dem toten Bullen zurück und untersuchte ihn sorgfältig.
Er war jämmerlich mager, sein dunkles Fell trocken und struppig und
die Behaarung an vielen Stellen abgeschürft. Eine Geweihschaufel war
abgebrochen, so daß nur noch ein kurzer Stumpf aus seinem Schädel
ragte. Dies bewies ganz deutlich, daß das Tier in seiner Qual gegen
Bäume oder Felsen gestürmt sein mußte. Der Körper und die Läufe
waren mit vielen Wunden bedeckt. Er bot einen mitleiderregenden
Anblick, und ich war froh, daß die Kugel ihn erlöst hatte.

Als ich mir überlegte, was dem Tier gefehlt haben mochte,
erinnerte ich mich, daß ein Nachbar mir erzählt hatte, Elche könnten
sich eine Vergiftung zuziehen, indem sie eine bestimmte Sorte Wicken
fraßen. Diese Pflanze, auch als Narrenkraut bekannt, führe mit der
Zeit zu einer Gehirnkrankheit, die sich in wahnwitzigem Verhalten
äußere. Das schien eine zutreffende Erklärung für den Koller des
Bullen. Dennoch bückte ich mich, um ihn mir genauer anzusehen.
Fragen dieser Art faszinierten mich. Ich hatte in England Biologie
studiert und interessierte mich immer noch lebhaft dafür. Das
erbärmliche Aussehen des Elchbullen ließ mich daran zweifeln, daß er
tatsächlich an einer Vergiftung gelitten hatte. Vielmehr vermutete ich
eine Viruskrankheit oder einen Befall durch Parasiten als Ursache
seiner Qualen. Wenn mein Verdacht stimmte, bedeutete der Elch für
eine Vielzahl von Tieren eine Gefahr. Ich konnte nicht mit gutem
Gewissen fortgehen und zulassen, daß andere Tiere das infizierte
Fleisch fraßen – erst recht nicht, nachdem ich gesehen hatte, wie
schrecklich der Elch von der mysteriösen Krankheit geplagt worden
war. Ich beschloß, den Kadaver zu verbrennen.

Aber zuerst mußte ich Yukon nach Hause bringen. Und ich
brauchte auch Gefäße für die Gewebeproben, die ich dem toten Tier
entnehmen wollte, um sie zu Hause unter dem alten Mikroskop zu
untersuchen, das ich aus England mitgebracht hatte.

Die Stelle, wo der Bulle lag, war etwa fünf Kilometer von meinem Haus entfernt. Es vergingen mehr als zwei Stunden, bis ich mit einer Handsäge, Gläsern für die Proben und Sezierbesteck dorthin zurückkehrte. Als erstes zersägte ich genügend Brennholz, um den Elch zu bedecken. Dann nahm ich Gewebeproben aus der Muskulatur, den Eingeweiden und dem Gehirn. Nachdem das getan war, schichtete ich Holz um den Kadaver herum auf, setzte es in Brand und blieb bei dem Scheiterhaufen, bis die Flammen erloschen.

Die Dämmerung hatte sich wie ein riesiger Schleier über die Wildnis gelegt, als ich wieder zu Hause anlangte, wo Yukon inzwischen eifrig damit beschäftigt war, die Beine des Küchentischs in Sägemehl zu verwandeln. Zum Glück ging er dabei nicht streng systematisch vor. Er hatte jedes Bein an mehreren Stellen angenagt, statt sich auf ein einziges zu konzentrieren. So stand der Tisch noch, wenn auch alle vier Beine reichlich mitgenommen aussahen.

„He! Du Nichtsnutz! Was hast du dir dabei gedacht!"

Yukon war nicht im geringsten beeindruckt. Freudig mit dem Schwanz wedelnd, kam er auf mich zugerannt und sprang ein ums andere Mal an mir hoch. Mein Ärger verschwand augenblicklich, und obgleich ich einen weniger stürmischen Empfang vorgezogen hätte, war ich glücklich, daß er da war, um mich zu begrüßen.

Um ihm meine Freude zu zeigen, versetzte ich ihm einen leichten Stoß mit der Faust, von dem ich wußte, daß er eine wilde Balgerei auslösen würde. Yukon versuchte auszuweichen, drehte sich dann aber rasch um und warf sich mir entgegen. Er packte mein Hosenbein und zog mich unter heftigem Knurren in der Küche umher.

Solche spielerischen Rangeleien hatten sich in den ersten Tagen unserer Freundschaft entwickelt und waren inzwischen für uns beide zur Gewohnheit geworden. Sobald es Yukon gelang, mich umzustoßen, packte er irgendeinen Teil meiner Kleidung, der ihm gerade zwischen die Zähne kam, und ließ erst los, wenn ich die Arme um ihn schlang und ihn zu mir herunterzog. Dies war sein Lieblingsspiel. Er wehrte sich mit aller Macht, stieß mit den Hinterbeinen und spannte jeden Muskel seines Körpers an, um sich aus der Umklammerung zu befreien.

An diesem Abend war ich müde und gab mich geschlagen, indem ich eine Reihe von leisen wolfsähnlichen Heultönen ausstieß. Dies ließ Yukon stets sofort innehalten. Er zog sich zurück, saß mit sichtlich besorgter Miene da und sah mir tief in die Augen. Er zeigte sich regelrecht bekümmert und brach selbst in lautes Klagen aus, worauf ich jedesmal sogleich die Arme ausbreitete und ihn zu mir rief. Wenn er dann kam, legte ich den Kopf an sein zottiges Fell, und wir blieben eine Weile ganz friedlich so liegen. Aber diesmal fuhr ich nicht mit dem Heulen fort, sondern lockte ihn statt dessen mit dem Zauberwort „Abendessen". Während er fraß, ging ich hinaus, um den Rest meiner bunt zusammengewürfelten Hundefamilie zu versorgen.

Am nächsten Tag machte ich mich voller Neugier daran, die Gewebeproben zu untersuchen, die ich dem kranken Elch entnommen hatte. Ich schob ein Deckglas mit Muskelgewebe unter mein Mikroskop, konnte aber nichts Ungewöhnliches entdecken. Die erste Scheibe Gehirngewebe jedoch bescherte mir eine Überraschung: In der Gewebeprobe entdeckte ich ganz unverkennbar nicht weniger als sieben winzige Rundwürmer! So etwas war mir neu. Schlauchwürmer in den Eingeweiden von Tieren sind nichts Außergewöhnliches – aber im *Gehirn?*

Ich verbrachte den ganzen Nachmittag und Abend über meiner ziemlich umfangreichen biologischen Fachliteratur. Aber nirgends war von „Gehirnwürmern" die Rede. Am ehesten ließ sich meine Beobachtung noch mit der Beschreibung eines Schmarotzers in Einklang bringen, dem *Pneumostrongylus,* der in den Lungen von Wild- und Haustieren vorkommt.

War es möglich, fragte ich mich, daß Pneumostrongylen irgendwie aus den Lungen des Elches in sein Gehirn gelangt waren?

Zehn Jahre später sollte ich erfahren, daß ich mich mit meiner Vermutung auf der richtigen Fährte befunden hatte. Wissenschaftliche Untersuchungen in Ontario ergaben, daß Pneumostrongylen in der Tat jenen Koller auslösen, wie ich ihn bei dem Elch gesehen hatte! Narrenkraut hat überhaupt nichts damit zu tun.

NACH dem Zwischenfall mit dem Elch verbrachten Yukon und ich einige beschauliche Tage, an denen wir, mit Proviant und Werkzeug bepackt, die Fallenstrecken abgingen. Es wurde kälter, und der Himmel war bewölkt; aber der Schnee blieb aus, was in einem Land, wo nicht selten schon Mitte September die ersten Flocken fallen, sehr ungewöhnlich war. Täglich erwartete ich, frühmorgens beim Aufwachen einen tiefverschneiten Wald zu sehen, und ich freute mich auf die ruhige Zeit, in der die Natur unter einer dicken weißen Decke zu schlafen scheint.

Jener November 1955, der sich nun seinem Ende entgegenneigte, hatte mir den Beginn einer Freundschaft gebracht, die im Lauf der Zeit mein ganzes Leben verändern sollte. Ich hätte es nie für möglich gehalten, daß ein zotteliges, scheinbar bösartiges Tier solch einen Einfluß auf einen Menschen ausüben könnte. Und trotzdem, hätte ich gründlich darüber nachgedacht, wäre mir vielleicht klargeworden, daß dem Zusammenspiel von Mensch und Hund, das sich seit Urzeiten entwickelt hat, tatsächlich eine Kraft innewohnt, der sich beide Seiten nicht entziehen können. In der Wildnis wurde mir Yukon zu einem unentbehrlichen Gefährten. Wir streiften gemeinsam durch die Wälder, und wir schenkten einander Freundschaft und eine Art von Liebe, die nicht in Worte gefaßt werden kann.

Yukon trug jetzt seinen Teil der Lasten, denn ich hatte ihm aus zähem Leinen und den Riemen eines alten Pferdegeschirrs einen Tragsack angefertigt. Dieses Kunstwerk wurde ihm so über den Rücken gelegt, daß an beiden Seiten je eine Tragtasche hing. Als Yukon erstmals eine Last trug, wurde deutlich, daß die Arbeit ihm eine gewisse Zielstrebigkeit verlieh, als *wüßte* er, daß er etwas Nützliches und Notwendiges tat.

Bei unserer Heimkehr an diesem Abend wollte er sich den Tragsack nicht abnehmen lassen und wich mir immer wieder aus. Ich ließ ihm seinen Willen und überlegte mir, daß es ihm vielleicht Spaß machen würde, den anderen Hunden seine Tragtaschen vorzuführen. Seine Bereitwilligkeit, Lasten zu tragen, konnte sogar als ein gutes Vorbild für Rocky und Sooner dienen, die so etwas noch nie getan hatten.

Als wir die Scheune betraten, begrüßte Susie Yukon mit der gewohnten Freundlichkeit. Sie zeigte wenig Interesse für seine Tragtaschen und kam schließlich zu mir, um sich streicheln zu lassen. Sooner, immer begierig, alles zu untersuchen, was Futter enthalten könnte, vergaß die Regeln des Rudels und trabte zu Yukon hin, um die Tragvorrichtung zu beschnuppern. Als der Wolfshund zornig knurrte, wurde sich Sooner seines Fehltritts bewußt und wich erschrocken zurück.

Jetzt kam Rocky herbei. Fasziniert von dem neuen Gegenstand, den Yukon auf dem Rücken trug, vergaß auch er seine Manieren. Er näherte sich frech und ohne die gebührenden Höflichkeitsbezeigungen. Yukons Mähne sträubte sich, und er gab ein drohendes Knurren von sich. Rocky ließ die Warnsignale außer acht, und sofort entspann sich ein Kampf. Yukon fiel über Rocky her, schlug ihm die Zähne in die rechte Schulter und schüttelte ihn so heftig, daß der Eskimohund quer durch die Scheune geschleudert wurde. Als Rocky sich erneut auf seinen Angreifer stürzte, packte Yukon ihn an der Schnauze und preßte ihn mit einer wütenden Drehung gegen den Boden. Der arme Rocky kapitulierte sehr schnell.

Der Kampf hatte kaum mehr als zehn Sekunden gedauert, aber Rocky hatte eine klaffende Wunde an der Schulter und einen Riß am Ohr davongetragen. Bei Yukon war auch diesmal nicht der geringste Kratzer zu entdecken.

Schuld an dem Kampf war jedoch ich. Da ich Yukon die meiste Zeit von seinen Arbeitsgefährten fernhielt, hatten die Hunde keine Gelegenheit gehabt, sich den Regeln des Rudels anzupassen. Yukon mußte sich an seine Rolle als Leithund gewöhnen, und Rocky und die anderen mußten lernen, sich führen zu lassen. In Zukunft würde Yukon mehr Zeit in der Scheune verbringen müssen. Bereits am selben Abend brachte ich ihn für die Nacht zu den anderen Hunden.

Am nächsten Morgen erkannte ich, daß ich meine zur Neige gehenden Fleischvorräte auffüllen mußte. So machte ich mich mit Yukon auf den Weg, nachdem die täglichen Arbeiten erledigt waren. Die Tragtaschen des Hundes waren vollgestopft mit Fallen. Ich beabsichtigte, sie auszulegen und danach ein wenig zu jagen. Ein größerer Elch würde genügen, mich für den ganzen Winter von der Sorge um Fleisch zu befreien.

Während wir durch den Wald gingen und die Fallen verteilten, hielt ich aufmerksam Ausschau nach Spuren, fand jedoch nicht eine einzige Elchfährte. Als wir nach Hause kamen, war mir klar, daß ich weiter draußen suchen mußte, zwischen den Fichten und kleinen Seen, wo sich die Elche sicherlich aufhielten. Allerdings würde das Heimschaffen der Beute wegen der großen Entfernung sehr erschwert werden – bei einem ausgewachsenen Elch galt es immerhin, dreihundert Kilo Fleisch zu transportieren. Kein Wunder also, daß ich mir sehnlichst Schnee herbeiwünschte, weil ich dann den Schlitten und das Hundegespann für den Transport des Fleisches verwenden konnte.

Anfang Dezember war es mir immer noch nicht gelungen, einen Elch zu schießen, und ich machte mir Sorgen. Als es kälter wurde und der Schnee ausblieb, zogen sich die Elche in ihre Verstecke zurück und hinterließen kaum noch Spuren auf der gefrorenen Erde. Tag für Tag brach ich beim Morgengrauen zur Jagd auf. Ich ging allein, denn Yukon würde mich nur behindern – zumindest glaubte ich das damals. Wenn ich bei Einbruch der Dunkelheit entmutigt und mit leeren Händen zurückkehrte, gönnte ich mir nichts weiter als einen Teller gekochter Bohnen mit ein paar Speckwürfeln. Was noch an Fleisch in der Speisekammer übrig war, wurde für die Hunde gebraucht.

Doch nicht allein die erfolglose Jagd bereitete mir Sorgen, sondern auch der Zeitdruck, unter dem ich mich befand. Die ausgelegten Fallen mußten regelmäßig kontrolliert werden, und ich hatte mich vertraglich verpflichtet, einer etwa hundert Kilometer südlich gelegenen Papierfabrik fünfzig Klafter gesägtes Fichtenholz zu liefern. Der letzte Termin war der 31. Januar: Es blieben mir also nicht einmal mehr zwei Monate. Da der Holzverkauf meine einzige Einkommensquelle für den Erwerb von Lebensmitteln während des Winters war, konnte ich es mir nicht leisten, vertragsbrüchig zu werden. Auch bei diesem Vorhaben brauchte ich die Hunde und den Schlitten für den Transport. Und es schneite immer noch nicht.

Die Ruhe vor dem Sturm ist im Norden Kanadas keine leere Redensart. Für gewöhnlich kommt der Schnee verstohlen und mitten in der Nacht, und mit ihm kommt auch die große Kälte. Kurz bevor das Unwetter losbricht, verstummen die vertrauten Stimmen der Wildnis, und von einem Augenblick zum andern wird es vollkommen still. Die Tiere, naturverbunden und instinktsicher, spüren die Veränderung in der Atmosphäre und reagieren darauf, indem sie selbst die leisesten Geräusche zu vermeiden suchen. Wenn kein Laut mehr die Stille durchbricht, ist es, als hielte die Natur den Atem an. Alles Leben scheint aus der Wildnis verschwunden zu sein.

Die Ruhe vor dem Sturm kam zwischen der Stunde des Abendessens und der Schlafenszeit am Ende eines Tages, an dem ich wieder einmal erfolglos gejagt hatte. Kurz ehe ich mich zu meiner dürftigen Mahlzeit niedersetzte, ging ich hinaus, um Brennholz zu holen. Das Thermometer zeigte zwanzig Grad unter Null. Nach dem Essen saß ich zwei Stunden mit einem Buch neben dem Ofen, dann stand ich auf, um weitere Holzscheite von draußen zu holen.

Sobald ich die Tür öffnete, fiel mir auf, wieviel kälter es geworden war. Auf der Veranda spürte ich die absolute Stille und sah die blaugrünen Lichter, die sich wellenartig an dem mit hellen Sternen übersäten Firmament bewegten. Für ein paar Augenblicke beobachtete ich das Schauspiel; ich werde es nie müde, das Nordlicht zu sehen.

Dann ging ich zum Thermometer. Die Quecksilbersäule war jetzt auf sechsundvierzig Grad unter Null gefallen. Ich konnte es kaum glauben; einen solch extremen Temperaturrückgang hatte ich noch nie erlebt.

In dieser Nacht kam der *Keewatin* – so nennen die Indianer im Westen der Hudsonbay den Nordwind. Er brachte mildere Temperaturen und trieb dicke Schneewolken vor sich her. Der Keewatin entfesselt den Blizzard und tobt oft vier oder fünf Tage lang über das Land. Schneemassen dringen in jede Ritze und in jeden Winkel des Waldes, selbst dort, wo die Fichten und Zedern sich dicht aneinanderdrängen und einen Wall aus Ästen und Stämmen bilden, unter dem die Tiere der Wildnis Unterschlupf suchen. Eng zusammengerollt trotzen sie der Gewalt der Schneestürme und warten, bis der Keewatin sich beruhigt hat und dorthin zurückkehrt, woher er gekommen ist.

Am nächsten Morgen war die Temperatur auf zehn Grad unter Null gestiegen, aber ich mußte nach draußen gehen, um das Thermometer sehen zu können, denn vor den Fenstern hatte sich eine dicke Schneeschicht angehäuft. Ich blieb in der Verandatür stehen und schaute hinaus auf die Lichtung. Nie hätte ich mir träumen lassen, daß es so viel Schnee geben könnte! Die ganze Welt war in Weiß gehüllt. Ich lief zur Scheune und fütterte die Hühner, dann holte ich die Hunde zu deren großer Freude zum Frühstück ins Haus. Solange sie mit Fressen beschäftigt waren, ging alles gut, aber sobald die Mahlzeit beendet war, erwachte ihr Tatendrang, und sie jagten wild durch die Zimmer. Schließlich mußte ich sie in die Scheune zurückbringen, ehe ich mich meinem eigenen Frühstück widmen konnte.

Der Blizzard hielt zwei Tage an. Die fallenden Schneeflocken wurden kurz über der Erde von einer gewaltigen Luftströmung erfaßt und in rasendem Wirbel heftig nach oben gerissen. Es schien, als sei draußen die Hölle losgebrochen. Ich ging zweimal auf die Lichtung hinaus, nachdem ich den Hunden ihre Morgenmahlzeit gegeben hatte. Aber beide Male kehrte ich rasch um und flüchtete mich halb blind und mit einem aufkommenden Gefühl von Panik in den Schutz des Hauses, denn es war schon öfter vorgekommen, daß sich ein Bewohner dieser Gegend nur wenige Meter von seinem Zuhause entfernt im Blizzard verirrt hatte. Nach dem zweiten Versuch gab ich es auf und begnügte mich damit, aus dem Fenster zu sehen und in meinen Biologiebüchern zu lesen.

Am Spätnachmittag des zweiten Tages flaute der Keewatin ab. Bis zum Abend hatte sich der Wind gelegt, und gegen Mitternacht hörte es auch auf zu schneien. Ich ging zu Bett, aber mein Schlaf war ruhelos. Beim Morgengrauen wachte ich auf, kleidete mich an und ging hinaus. Die Schneeschuhe hatten seit März auf der Veranda gehangen. Ich zog sie an.

Meine Schritte waren jetzt lautlos, und die Netze der Schneeschuhe sanken etwa zehn Zentimeter tief in den hüfthoch liegenden Schnee ein. Aber im Wald herrschte wieder Leben. Der schrille Ruf eines Schopfspechts drang zwischen den Bäumen hindurch. Ich sah ihn, wie er mit seinen ruckartigen Flügelschlägen über die kleine Lichtung flog. Meisen zwitscherten leise, während sie nach Insekten suchten.

Bald stieg die Sonne über den Bäumen auf, und die Wildnis war in goldenes Licht getaucht. Zufrieden verbrachte ich einige Zeit damit, einen festen Pfad zwischen der Scheune und dem Haus zu treten, wobei mein Stampfen vom Bellen der Hunde begleitet wurde, die zu mir herausgelassen werden wollten. Ich bereitete ihre Morgenmahlzeit zu, und während sie fraßen, fütterte ich die Hühner, sammelte drei hartgefrorene Eier ein, kehrte danach ins Haus zurück und gönnte mir ein ausgiebiges Frühstück. Eine Stunde später zog ich, das Gewehr über die Schulter gehängt, los, ohne mich weiter um das vorwurfsvolle Geheul der eingesperrten Hunde zu kümmern. Ich mußte nun endlich einem Elch auf die Spur kommen.

Ich töte nicht gern. Heute jage ich nicht mehr. Ich habe sofort damit aufgehört, als ich es mir leisten konnte, Fleisch zu kaufen, das von Tieren stammte, die jemand anders getötet und geschlachtet hatte. Töten ist eine blutige, barbarische Angelegenheit, die mir zutiefst widerstrebt. Wenn ich jagte, zwang ich mich deshalb zu äußerster Zielstrebigkeit. Ich verschloß mein Gemüt gegen die Schönheit der Natur und konzentrierte mich ausschließlich darauf, Fährten zu suchen, den Wind zu prüfen und ans Wild heranzupirschen.

An diesem Tag hatte ich Glück, aber es vergingen sechs Stunden zwischen dem Augenblick, als ich die ersten frischen Elchspuren entdeckte, und dem tödlichen Schuß. Dann dauerte es eine weitere Stunde, bis ich das Tier ausgenommen und seine Eingeweide verbrannt hatte, damit die darin hausenden Parasiten nicht auf Aasfresser übergehen konnten. Als das erledigt war, wand ich meine Jagdbeute mit einem eigens dafür mitgebrachten Flaschenzug vom Boden hoch – so war sie fürs erste in Sicherheit. Dem folgte ein zweistündiger Marsch nach Hause, der zu einem Wettlauf mit der hereinbrechenden Dunkelheit wurde. Dann holte ich die Hunde aus der Scheune und spannte sie vor den Schlitten. Yukon führte das Gespann zum ersten Mal über den Schnee.

Es war eine wilde, fast lautlose Fahrt. Ich stand auf den Enden des Schlittens und lauschte auf das Wispern der Kufen, die über den Schnee glitten. Kann es ein aufregenderes Erlebnis geben?

Es war finstere Nacht, als wir mit fast dreihundert Kilo Fleisch, einem riesigen Fell und einem grotesken Elchkopf, von dem die Geweihschaufeln abgeworfen waren, nach Hause zurückkehrten.

An diesem Abend speisten wir wie die Fürsten. Die Hunde bekamen eine gewaltige Portion gekochter Leber, Lunge und Herz, dazu eine doppelte Menge Haferflocken; und ich selbst genehmigte mir ein großes, zartes Steak, auf das ich so lange verzichtet hatte.

4

Es WAR der letzte Tag des alten Jahres. Während ich draußen vor dem Haus stand und auf den Wald blickte, verflog die Niedergeschlagenheit, die ich beim Aufstehen um Viertel vor fünf in der Dunkelheit meines kalten Schlafzimmers empfunden hatte. Ganz gleich, wie meine Stimmung war, die Wildnis übte stets eine heilsame Wirkung auf mein Gemüt aus. Von der Scheune drang das verhaltene Kläffen der Hunde herüber; sie wußten, daß ich mich in ihrer Nähe aufhielt. Ein paar Vögel zwitscherten leise – es waren schläfrige Töne, ohne viel Begeisterung hervorgebracht. Abgesehen davon war die Umgebung noch in die Stille des frühen Morgens gehüllt.

Seit einigen Monaten hatte ich es mir zur Gewohnheit gemacht, täglich zu dieser Stunde ein paar Minuten lang die Wildnis zu betrachten, um die Stimmung und die Atmosphäre der Natur in mich aufzunehmen. Danach war ich bereit, dem Tag entgegenzusehen.

An diesem 31. Dezember hatte ich beim Aufwachen festgestellt, daß das Feuer im Ofen während der Nacht ausgegangen war. Die Außentemperatur betrug fünfundzwanzig Grad unter Null; drinnen war es lediglich zehn Grad wärmer. Es gibt wahrhaftig Angenehmeres, als unter solchen Bedingungen den Tag zu beginnen. Später, als ich das Feuer wieder entfacht hatte, ging ich hinaus, um Wasser aus dem Brunnen zu holen. Das Seil zerriß, und der Eimer fiel in den sechs Meter tiefen Schacht. Es dauerte eine Viertelstunde, ihn herauszuangeln. Die Kälte kroch mir fast bis ins Mark. Ich fühlte mich niedergeschlagen und elend, und die Versuchung, wieder ins Bett zu kriechen, war nahezu unwiderstehlich. Nach einer Tasse heißen Kaffees ging es mir dann etwas besser, und der am Abend zuvor gefaßte Entschluß, den Tag über Holz für die Fabrik zu schlagen, trug dazu bei, mein Pflichtgefühl anzuspornen.

In letzter Zeit hatte ich meinen Tag in Holzfällen und Fallenstellen aufgeteilt. Als ich jedoch am vergangenen Abend die Resultate meiner Arbeit für die Papierfabrik zusammengezählt hatte, war mir klargeworden, daß ich den kommenden Monat ausschließlich dem Holzschlagen widmen mußte, wenn ich den Liefertermin Ende Januar einhalten wollte. So beschloß ich, vor Jahresende noch einen Klafter zu fällen, am Neujahrstag die Fallen einzusammeln und mich dann ausschließlich auf die Arbeit mit Axt und Säge zu konzentrieren, bis ich mein Soll erfüllt hatte.

Das Gebiet, in dem die Bäume gefällt wurden, war rund sechs Kilometer vom Haus entfernt. Für gewöhnlich ging ich zu Fuß dorthin, nicht nur, weil ich den einstündigen Spaziergang genoß, sondern auch, weil es mir rücksichtslos erschienen wäre, mich von den Hunden eine so kurze Strecke ziehen zu lassen und sie dann den ganzen Tag draußen am Holzplatz angebunden zu halten. Wenn es eine Ladung zu transportieren gab, nahm ich die Hunde mit; sonst waren sie in der Scheune besser aufgehoben.

Nachdem ich die Tiere gefüttert hatte, machte ich mich mit Schneeschuhen auf den Weg. Im Freien war die Sicht einigermaßen gut, aber innerhalb des Waldes herrschte ein ungewohnt diffuses Licht. Am Abend zuvor war ein starker Wind aufgekommen und hatte stellenweise fast meterhohe Schneewehen aufgetürmt. Der Pfad war verschwunden, und ich hatte Mühe, zum Holzplatz vorzudringen. Schweißgebadet kam ich dort an und bereute bereits, nicht gleich zu Anfang wieder umgekehrt zu sein.

Obgleich die Morgendämmerung schon einige Stunden zurücklag, war noch immer alles in düsteres Zwielicht getaucht. Der Himmel war bedeckt, aber es sah nicht nach Schnee aus. Es blieb windstill, und die Temperatur stieg an. Ich machte mich eifrig an die Arbeit, kam gut in Schwung und konnte nach zwei Stunden mit dem Ergebnis sehr zufrieden sein. Doch man soll den Tag nicht vor dem Abend loben. Ich schwang die Axt, um eine Fichte einzukerben; das Blatt traf auf einen in der Nähe befindlichen Ast und lenkte den Schlag ab. Mit fast unverminderter Wucht prallte der Axtstiel gegen den Baumstamm und zerbrach wie ein Streichholz. Ich hätte daraufhin Schluß machen sollen, statt dessen hetzte ich jedoch trotzig nach Hause zurück, um mir eine neue Axt zu holen. Diesmal spannte ich die Hunde vor den Schlitten und machte mich schleunigst wieder auf den Weg zum Holzplatz.

Die Tiere waren ausgeruht und voll überschüssiger Kraft. Ich stand auf den Enden der Kufen, ließ Yukon das Tempo angeben und beobachtete, wie das Gespann sich zu dem fließenden, raumgreifenden Galopp steigerte, der den Schlitten auf dem harten Schnee dahinflitzen ließ. Als wir unser Ziel erreichten, war ich enttäuscht, daß die Fahrt so schnell vorüber war, und den Hunden ging es ebenso. Sie wären allzu gerne weiter dahingejagt.

Entschlossen, den Zeitverlust aufzuholen, legte ich mich mit der neuen Axt jetzt mächtig ins Zeug. Die Hunde hatte ich abgeschirrt und mit ihren Leinen an Bäume gebunden. Sie rollten sich, den buschigen Schwanz über die Schnauze gelegt, im Schnee zusammen. Bald war ich so in meine Arbeit vertieft, daß ich die Zeit vergaß. Während des Spätnachmittags bemerkte ich einen scharfen Wind, der durch die Bäume fuhr und graupeligen Schnee vor sich hertrieb. Aber in meinem Eifer scherte ich mich weiter nicht darum.

Ich weiß nicht, wieviel Zeit noch verging, bis Yukon mich auf den Sturm aufmerksam machte, indem er mich laut ankläffte und den eindringlichen, hohen Ruf ausstieß, den er sich für wichtige Angelegenheiten aufsparte. Ich unterbrach meine Arbeit und sah, daß er aufgesprungen war und an seiner Leine zerrte. Die anderen Hunde standen ebenfalls auf, beobachteten ihren Anführer und gaben deutlich ihr Unbehagen zu erkennen. Noch ehe ich Zeit hatte, mich über ihre Ruhelosigkeit zu wundern, schlugen mir Massen treibenden Schnees ins Gesicht und brannten auf meiner Haut. Während ich mich rasch umdrehte, um meine Wangen zu schützen und mir die Tränen aus den Augen zu wischen, wurde mir bewußt, daß ein Blizzard herannahte.

Es kam mir nicht in den Sinn, an Gefahr zu denken. Selbst wenn wir bei diesem Wetter für unseren Heimweg doppelt so lang wie gewöhnlich brauchten, waren wir immer noch in einer halben Stunde zu Hause. Auf jeden Fall, sagte ich mir, führt der Rückweg größtenteils durch dichten Wald, der uns Schutz bietet, auch wenn der Blizzard sehr heftig werden sollte.

Zwar wollte ich gleich aufbrechen, aber ich sah keinen Anlaß zu übertriebener Eile.

Sobald ich den Schlitten umgedreht hatte, fing Yukon an, ungeduldig um mich herumzuhüpfen, als könne er es nicht erwarten, sich auf den Weg zu machen. Während Sooner, Rocky und Susie angeschirrt wurden, geriet der Leithund fast außer sich vor Eile, seinen Platz einzunehmen. Ich achtete nicht auf sein Verhalten, denn er war immer darauf erpicht zu laufen. Das Anschirren der Hunde dauerte nicht lange, aber noch ehe ich losfahren konnte, hatte der Blizzard uns erreicht.

Der Wind wurde plötzlich stärker und trieb laut heulend große tanzende Schneeflocken durch den Wald, der jetzt in einen wogenden weißen Schleier gehüllt war. Es schien unfaßbar, aber binnen einiger Sekunden waren die Umrisse von Bäumen, die nur wenige Meter entfernt standen, wie ausgelöscht. Ich wußte, daß der Pfad bald völlig zugeschneit sein würde. Statt auf dem Schlitten mitzufahren, wie ich zuerst vorgehabt hatte, würde ich vor den Hunden hergehen und einen Weg bahnen müssen. In der Hast glitt mir das Leitseil aus den Händen, als ich Yukon damit an mich binden wollte, und ich mußte mich bücken, um es aufzuheben. Unser Aufbruch verzögerte sich dadurch sicher nur um ein paar Sekunden, aber schon dieser kleine Zeitverlust brachte mich nahezu aus der Fassung.

In diesem Teil des Waldes mit seinem Torfmoorboden wuchs nur eine Art von Bäumen: Schwarzfichten. Im Umkreis von vielen Kilometern reihte sich in erstaunlicher Gleichförmigkeit Fichte an Fichte. Solche Wälder sind wie Labyrinthe. Die Bäume stehen dicht beisammen und bilden ein Dach über dem Boden, durch das fast kein Sonnenstrahl dringt. An trüben Sommertagen kann es leicht passieren, daß sich ein unerfahrener Holzfäller in diesen Wäldern verirrt. Im Winter ist es für gewöhnlich nicht schwer, den Weg zu finden; man braucht nur seine eigenen Spuren zurückzuverfolgen. Aber bei einem Blizzard verschwinden diese unter immer neuen Schneemassen.

Mir war endlich klargeworden, was geschehen könnte, wenn ich den Weg verlor, und ich fing an, mir Sorgen zu machen. Die Dämmerung brach rasch herein, und der alles verhüllende Schnee erschwerte noch zusätzlich die Sicht. Als wir die kleine Lichtung verließen, war der Pfad nach Hause bereits kaum mehr zu erkennen. Zu allem Überfluß begann Yukon auch noch verrückt zu spielen, zog fortwährend nach links und riß an der Leine, die ich mir um die Taille gebunden hatte. Allmählich verlor ich die Geduld mit ihm. Ich hatte wahrhaftig schon genug Sorgen. Unser Heimweg würde uns geradewegs dem Blizzard entgegenführen, und der Pfad verschwand immer mehr unter zahllosen Schneeverwehungen, die den Sanddünen einer Wüste glichen.

Gegen einen wild tobenden Schneesturm anzukämpfen stellt äußerste Anforderungen an Körper und Psyche. Der Schnee schneidet schmerzhaft ins Gesicht und sticht in die Augen, so daß sie zu tränen beginnen. Während der vom Blizzard überraschte Mensch mit den körperlichen Torturen fertig zu werden versucht, schleichen sich Angst und Panik in die Gedanken ein und gaukeln der Phantasie Schreckensbilder vor, bis der Mund trocken wird und die Gedärme rebellieren.

Nach wenigen Minuten schon mußte ich stehenbleiben, um mein Taschentuch in drei Streifen zu reißen. Ich knotete sie zu einem Schal zusammen und band sie zum Schutz gegen den Sturm um Hals und Kinn. Ich sah auf die Hunde. Ihr Fell war mit einer dicken Schneekruste überzogen. Als der Schlitten haltmachte, hatten sie sich hingelegt, um dem Peitschen des Blizzards zu entgehen, aber sie sprangen rasch auf, als ich mich anschickte, den Heimweg fortzusetzen.

Eine Weile später sah ich mich gezwungen, keuchend nach Luft zu schnappen; mein Körper war an manchen Stellen feuchtkalt und klebrig und an anderen unangenehm heiß. Das letzte Tageslicht war verschwunden. Ich hatte beschlossen, wieder haltzumachen, um eine Ruhepause einzulegen, aber in diesem Augenblick gelangten wir an eine Biegung des Pfades, die mir völlig fremd war. Und gleich danach wurden wir von einem Wall aus umgestürzten Baumstämmen jäh zum Anhalten gezwungen. Selbst in der Dunkelheit konnte ich erkennen, daß dieses sperrige Hindernis schon seit langem dagelegen haben mußte. Ich hatte mich verirrt. Wir hatten die richtige Spur verloren und waren irgendwo in einen schmalen Wildpfad eingebogen, der jetzt hier endete. Mein Herz hämmerte, und mir war elend zumute. Wo hatte ich bloß den richtigen Weg verlassen? Wie sollte es jetzt weitergehen? Ich spürte den Drang, blind voranzustürmen, in wilder Raserei über die Baumstämme zu setzen, bis ich den verlorenen Pfad wiedergefunden hatte.

In dieser Lage ist es schwer, die Nerven zu behalten. Die nackte Angst kroch in mir hoch, und mich überkam das unsinnige Gefühl, schon immer in diesem erbarmungslosen, heulenden Sturm gestanden zu haben. Wärme, Behaglichkeit, Sicherheit – mir schien, als hätte es all dieses nie gegeben. Der Blizzard, die Dunkelheit und die Angst waren die grausame Wirklichkeit.

Eine endlos lange Zeit stand ich wie betäubt da. Dann war Yukon plötzlich neben mir; er preßte seinen großen Kopf an meinen Schenkel und stieß mich mehrmals mit der Schnauze an. Wie soll ich die grenzenlose Erleichterung beschreiben, die ich empfand, als dieser wundervolle Hund kam, um mir zu zeigen, daß ich nicht allein war? Er gab mir Mut. Ich weiß, daß er meine Angst spürte. Er war immer imstande, meine Gefühle zu erfassen. Ich hockte mich neben ihn, umarmte ihn und legte den Kopf an seine eisbedeckte Schulter. So verharrte ich eine Weile, und Yukons Nähe half mir, wieder zur Vernunft zu kommen. Ich befahl mir, ruhig zu bleiben – alles würde nur schlimmer werden, wenn ich kopflos umherirrte.

Aus unserer heiklen Situation konnten wir uns nur befreien, wenn es gelang, die Strecke zwischen Holzplatz und Haus wiederzufinden. Aber zuerst mußte der Schlitten auf dem schmalen Pfad umgedreht werden. Ich spannte so schnell wie möglich die Hunde aus, was bei dem Sturm schwierig genug war. Dann wendete ich unter Aufbietung all meiner Kräfte den Schlitten, und sobald die Hunde wieder angeschirrt waren, setzten wir uns in Bewegung. Ich ging langsam vor dem Gespann her und versuchte, unsere alte Fährte wiederzufinden.

Eine Stunde später irrte ich immer noch verzweifelt herum. Anfangs war es mir gelungen, unsere Spuren auszumachen, aber als es noch dunkler wurde, bildeten die undeutlichen Umrisse der Bäume, die sich immer enger zusammenzudrängen schienen, meine einzigen Anhaltspunkte. Ich blieb oft stehen, bückte mich und tastete mit der bloßen Hand nach den harten Furchen, die die Schlittenkufen im Schnee hinterlassen haben mußten. Es war vergeblich. Yukon gebärdete sich wieder störrisch und leistete spürbaren Widerstand. Der Blizzard beunruhigte ihn wahrscheinlich nicht weniger als mich selbst, sagte ich mir. Ich konnte ihm nicht böse sein.

Als der Pfad so schmal wurde, daß er kaum mehr Platz für den Schlitten bot, wußte ich, daß ich den Rückweg zum Holzplatz verfehlt hatte. Ich hatte keine Ahnung, wo wir uns befanden, und ich war erschöpft. Meine Beine zitterten vor Schwäche, und meine Lungen schmerzten. Wenn ich nicht bald eine Pause einlegte, brach ich zusammen. Umkehren konnte ich nicht – denn dazu hätte ich wissen müssen, wo vorn und wo hinten war. Es hatte keinen Sinn, das Gespann auf gut Glück weiterzuführen.

Seltsamerweise wurde ich jetzt, da wir uns tatsächlich in äußerster Gefahr befanden, vollkommen ruhig. Mir war klar, daß meine körperliche Verfassung in dieser Lage von größter Wichtigkeit war; wenn ich zusammenbrach, gab es keine Hoffnung mehr. Die Hunde machten noch einen erstaunlich frischen Eindruck, ja, sie schienen sogar begierig zu sein, sich wieder in Bewegung zu setzen. Ich beschloß, mich auf die Kufen zu stellen und die Tiere weiterziehen zu lassen. Ihr Instinkt würde ihnen helfen, jedem Hindernis auszuweichen.

Dies war der Augenblick, in dem Yukon die Initiative ergriff. Plötzlich stürmte er nach links, ungeachtet des Widerstands der Fußbremse, die ich automatisch in den Schnee hinunterdrückte. Er war nicht aufzuhalten, und da ich mir sagte, daß wir ohnehin nichts mehr zu verlieren hatten, ließ ich ihn gewähren. Außerdem hatte er so zielstrebig eine bestimmte Richtung eingeschlagen, daß ich anfing, Hoffnung zu schöpfen. Kannte er den Rückweg? Welche geheimnisvollen Sinne besaß er, die ihn möglicherweise befähigten, in finsterer Nacht und in völlig unbekanntem Gelände den Weg nach Hause zu finden?

Jetzt, da ich nichts zu tun hatte, ordnete ich meine Gedanken. Ich wußte, daß ich die aufkeimende Angst nur im Zaum halten konnte, wenn ich meine Aufmerksamkeit konkreten Aufgaben zuwandte. Tatsächlich gelang mir der Versuch, im An- und Abschwellen des Sturmes eine Gesetzmäßigkeit zu erkennen. Dann konzentrierte ich mich auf Einzelheiten und typische Merkmale im Gelände. Trotz Dunkelheit und wirbelndem Schnee zwang ich mich, unentwegt in den Wald zu spähen, und ganz allmählich kam eine seltsame Heiterkeit über mich. Einmal lachte ich sogar leise vor mich hin, als mir einfiel, wie sehr ich mich in öden Stunden am Schreibtisch meines Londoner Büros nach herzerfrischenden Abenteuern gesehnt hatte. Abenteuer sind wohl nur dann verlockend, sagte ich mir, wenn man bequem im warmen Zimmer sitzt und das Ganze jemand anderem widerfährt.

Danach beobachtete ich die Hunde, deren Umrisse gut zu sehen waren. Yukon leistete natürlich den schwersten Teil der Arbeit, denn er mußte den Weg für die anderen bahnen. Immer mehr gelangte ich entgegen aller Logik zu der Überzeugung, daß er genau wußte, wohin er lief. Sein Orientierungssinn war ebenso vorzüglich ausgeprägt wie

der eines Wolfes. Mit hoch erhobenem Kopf stapfte er unermüdlich durch den Schnee. Ich staunte über seine Ausdauer.

An jenem Abend führte uns Yukon so sicher zurück, als wäre er mit einem unsichtbaren Seil an das Gehöft gebunden. Als wir aus dem Wald auf unsere Lichtung kamen, sprang ich vom Schlitten und fiel in den tiefen Schnee. Nachdem ich mich wieder aufgerappelt hatte, lief ich hinter dem Gespann her. Ich stolperte und schwankte, war aber so glücklich und erleichtert, daß ich meinen Gefühlen körperlich Luft machen mußte.

Es dauerte nur wenige Minuten, die Lichtung zu überqueren, aber an dieser ungeschützten Stelle traf uns der Blizzard mit voller Wucht, und jetzt erst spürte ich, wie steif und durchfroren ich war. Der Wind war eisig, und mein Gesicht schmerzte, als träfen mich tausend Nadelstiche. Ein Glück, daß der Weg über die Lichtung nur kurz war; sonst hätte ich es wohl kaum bis zum Haus geschafft.

Als ich die Hunde ausgespannt und versorgt hatte, war ich am Ende meiner Kraft. Den Tieren hingegen schien das Erlebnis kaum etwas ausgemacht zu haben. Sie scharten sich erwartungsvoll um mich und wedelten energisch mit dem Schwanz, als ich ihnen ihr Futter in die Scheune brachte. Ich stellte die Schüsseln auf den Boden, dann wagte ich mich noch einmal hinaus, stemmte mich gegen den heulenden Sturm und stürzte schließlich ins Haus. Endlich waren die Strapazen überstanden.

Trotz meiner Erschöpfung bereitete ich mir an diesem Abend zu später Stunde noch ein Festmahl: Es gab gebratenes Waldhuhn, Reis mit gedörrten Aprikosen und Mohrrüben mit Speck. Um Mitternacht schenkte ich mir einen Whisky ein und trank auf das neue Jahr. Was würde es mir wohl bringen?

NACH einem langen, strengen Winter war tausendfach neues Leben in die Wildnis eingekehrt. An Büschen und Sträuchern leuchteten zarte Blätter in der Frühlingssonne und verschmolzen mit dem frischen Grün der Nadelbäume zu hell schimmernder Pracht. Der Wald war jetzt ein üppiger Garten, der Yukon und mich zu Streifzügen einlud. Überall trafen wir auf die Spuren des Frühlings: milde, reine Luft, junge Triebe, kleine Eier, die vorsorglich unter Gräsern und Zweigen versteckt lagen. Ich hatte die verjüngenden Eigenschaften des Frühlings nie wirklich zu schätzen gewußt; dazu hatte ich erst einen Winter in den Wäldern des Nordens erleben müssen.

An diesem herrlichen Morgen im Mai genossen Yukon und ich, jeder auf seine Art, diese schöne Jahreszeit. Yukon, den ich von der Leine befreit hatte, war mit einem jener fesselnden Gerüche beschäftigt, an denen Hunde so viel Vergnügen finden. Ohne festes Ziel streunten wir durch die Arkaden des Waldes. Würzig duftende Zedern umringten uns, und unter ihnen tollten Schneehasen umher, denen der Frühling zu Kopf gestiegen war.

Nach einiger Zeit kamen wir zu einer Lichtung, auf der ich mich besonders gerne aufhielt – eine kleine Erhebung aus Granitstein, die mit Blaubeerbüschen und hellgrünen Flechten bewachsen war. Als wir dort eintrafen, war es bereits Mittag, und ich verspürte Hunger. Ich setzte mich hin, streckte die Beine aus und nahm den Rucksack ab. Yukon stand schwanzwedelnd vor mir und wartete begierig auf den Knochen, den er immer bekam, ehe ich meine belegten Brote aß.

Während ich zufrieden kaute, schweifte mein Blick über die Landschaft. Wie bei den meisten Bewohnern der Wildnis hatte sich meine Zeitrechnung inzwischen verändert. Ich maß das Jahr nicht mehr entsprechend dem Kalender von Januar bis Dezember, sondern vielmehr von einem Frühling zum nächsten. So gesehen war das alte Jahr gut gewesen. Sicher hatte es mir zahlreiche Beschwernisse und Ungewißheiten gebracht, aber es hatte mich auch vieles gelehrt und mich erkennen lassen, wie wenig ich wußte. Viele meiner früheren Wertvorstellungen waren ins Wanken geraten. Dinge, die ich als selbstverständlich betrachtet hatte, erschienen mir jetzt entweder als ein besonderer Luxus oder aber als völlig überflüssig. Mit meiner Abreise aus Toronto waren Elektrizität und Wasserleitung ebenso aus meinem Leben verschwunden wie Theater, Bibliotheken, Telefon und tausend andere Dinge. Von den zahlreichen Errungenschaften der Zivilisation vermißte ich lediglich Bibliotheken, Theater und – mehr als alles andere – ein bequem zu erlangendes heißes Bad.

Andererseits brachte die Erfüllung von verhältnismäßig unkomplizierten, aber wichtigen Aufgaben eine große Befriedigung mit sich. Und ich hatte wieder gelernt, ganz einfache Dinge zu schätzen. Wenn ich eine Zeitung in die Finger bekam – meist schon eine Woche alt –, las ich sie ganz langsam von der ersten Seite bis zur letzten und warf sie danach nicht etwa weg, sondern bewahrte sie für andere Zwecke auf. Eine Fahrt in die nächstgelegene Ortschaft wurde jetzt zum Höhepunkt eines ganzen Monats – zu einem ungeduldig erwarteten Festtag, an dem ich mit Freunden, die ich nur selten sah, bei einem

Glas Bier einen Schwatz halten konnte. Wenn ich mit meinem alten Chevrolet langsam über die ungeteerte Landstraße holperte, erfüllte mich manchmal solche Zufriedenheit, daß ich die ganze Welt hätte umarmen mögen.

Yukon hatte mein Leben verändert, indem er mir seine Anhänglichkeit und Kameradschaft schenkte und mir Kenntnisse vermittelte, die ich ohne ihn nicht hätte erwerben können. Jetzt lag ich bequem ausgestreckt auf dem Granitstein und betrachtete ihn. Er war mit seinem Knochen fertig, lag da, den Kopf auf die Vorderpfoten gelegt, und beobachtete mich. Als unsere Blicke sich begegneten, wedelte er mit dem Schwanz. Er war im Frieden mit sich und der Welt.

Aber mir wurde plötzlich klar, daß ich es nicht war. Obwohl mir mein Leben in der Wildnis gut gefiel, gab es eine Sorge, die mir immer mehr zu schaffen machte.

Es war der Gedanke an die Felle, der mich beunruhigte. Ich hatte mich gewissenhaft um die Fallenstrecke gekümmert, hatte täglich jede einzelne Falle überprüft und sofort die unglückseligen Geschöpfe entfernt, die in ihre eisernen Klauen geraten waren. Bald würde der Pelzverkauf beginnen. Während ich darüber nachdachte, wie viele Tiere ich für diesen Zweck getötet hatte, mußte ich mir eingestehen, daß das Fallenstellen die Ursache meiner Bedrücktheit war. Das verwirrte mich, denn ich betrachtete mich als einen nüchtern und klar kalkulierenden Menschen, dem jede Gefühlsduselei fremd war. Dennoch ließ sich nicht leugnen, daß es mir von Tag zu Tag schwerer fiel, die Fallen aufzustellen und die blutige Beute daraus zu entfernen.

Ich legte mir allerhand Argumente zurecht, um mein Gewissen zu beruhigen: Ich brauchte Geld, und zwar mehr, als ich allein mit Holzschlagen verdienen konnte. Neben der Waldarbeit schien Fallenstellen die einzige Möglichkeit zu sein, mir meinen Lebensunterhalt zu sichern. Und viele Pelzjäger fingen weitaus mehr Tiere als ich. Aber diese Überlegungen änderten nichts an meinen Schuldgefühlen. Mir wurde klar, daß ich aufhören mußte, Tiere nur ihres Pelzes wegen zu töten.

Am besten, ich zog gleich die Konsequenzen aus diesem Entschluß. Sobald ich meine Rast beendet hatte, ging ich mit Yukon los und fing an, die Fallen zu entfernen. Und statt sie nach Hause zu karren, um sie verkaufen zu können, warf ich sie in einen See. Allmählich fragte ich mich, ob ich wirklich ein so nüchtern denkender Mensch war, wie ich geglaubt hatte.

In den vergangenen Monaten war ich so beschäftigt gewesen, daß ich keine Zeit zum Schreiben gefunden hatte. Jetzt konnte ich jeden Tag einige Stunden der Arbeit an meiner Schreibmaschine widmen. Langfristig wollte ich mir mein Leben ohnehin so einrichten, daß ich einen Teil meines Geldes mit Schreiben verdiente. Aber zunächst nahm ich mir vor, ein Pferd zu kaufen, um künftig mehr Holz fällen und transportieren zu können. Außerdem wollte ich mir noch hundert Hühner und ein halbes Dutzend Ferkel zulegen. Wenn ich Eier und Schweinefleisch verkaufte, konnte ich auf das Fallenstellen verzichten.

Schon eine Woche später trafen die Ferkel und ein fünf Jahre alter Apfelschimmel bei mir ein. Nicht lange danach erhielt ich von der Papierfabrik einen Auftrag über weitere fünfundzwanzig Klafter Fichtenholz. Einen Monat lang war ich voll ausgelastet und dachte nicht mehr über die Sache mit den Fallen nach.

Dann hatte Yukon in der zweiten Juniwoche einen Kampf mit einem Bären. Es geschah gegen Abend, als es bereits zu dämmern begann.

Ich saß an meiner Schreibmaschine. Yukon lag an der Küchentür. Plötzlich sprang er auf, kratzte mit der Pfote an der Tür und sah mich an. Ich begriff, daß draußen etwas Ungewöhnliches vorging, auf das er mich aufmerksam machen wollte. Als ich ihn beim Halsband nahm und die Tür öffnete, zerrte er mich sofort hinüber zu den Schweinen. Ich hatte innerhalb der Umzäunung eine kleine Blockhütte für sie gebaut. Auf ihrem Dach stand ein großer Bär, der eifrig damit beschäftigt war, die Teerpappe abzureißen, um zu den Ferkeln zu gelangen.

Ohne einen Augenblick zu überlegen, ließ ich den wild knurrenden Hund frei. Der Bär hörte uns. Er richtete sich auf, dann drehte er sich hastig um und kletterte vom Dach, als der Hund gerade in großen Sprüngen bei der Hütte ankam. Yukon schlug einen Bogen und griff den Bären geradewegs an. Ich rannte ins Haus zurück, um das Gewehr zu holen. Als ich wieder herauskam, waren die zwei verschwunden, aber aus dem Unterholz am Rand der Lichtung drang lautes Rascheln und Krachen herüber.

Kein Hund kann es mit einem ausgewachsenen Bären aufnehmen. Selbst Wölfe gehen ihnen aus dem Weg, es sei denn, sie müssen ihre Jungen verteidigen. Einem ganzen Rudel gelingt es für gewöhnlich, einen Bären zu verjagen, wobei jedoch oft einige der Wölfe auf der Strecke bleiben. Der Bär kommt meistens ungeschoren davon.

Während ich in Richtung der rasch schwächer werdenden Geräusche rannte, wußte ich, daß Yukon den Räuber verfolgen würde, bis sich dieser entweder auf einen Baum rettete oder zum Kampf stellte. Wenn der Bär tiefer in den Wald hinein flüchtete, hatte ich wenig Aussicht, die Tiere zu finden. Ich war zu besorgt um Yukon, um mir zu überlegen, in welche Gefahr ich selbst geraten könnte. Bei Tageslicht kann es gelingen, mit einem Lee-Enfield einen Bären zu töten, wenn der Schütze mit dem Gewehr umzugehen weiß. In einem nahezu dunklen Wald kann der Schütze sein Ziel nicht anvisieren. Er ist fast völlig auf sein Gespür angewiesen. Ein Schuß, der den Bären verwundet, kann ihn dazu treiben, sich rasend vor Schmerzen auf seinen Angreifer zu stürzen. Aber an diese Gefahren verschwendete ich keine Gedanken, während ich durch den düsteren Wald stolperte und immer wieder nach Yukon rief.

Als es zu dunkel war, um ohne Taschenlampe noch etwas erkennen zu können, kehrte ich nach Hause zurück und überlegte, was jetzt zu tun sei. Auf keinen Fall hatte ich die Absicht, die Suche aufzugeben.

Ich tauschte das Gewehr gegen meine Schrotflinte ein, lud sie mit grobem Schrot und befestigte eine Taschenlampe auf dem Lauf. Dann nahm ich Rocky an die Leine und machte mich wieder auf den Weg. Ich hoffte, daß es dem Eskimohund gelingen würde, Yukons Fährte aufzunehmen. Unermüdlich spornte ich ihn an, und er führte mich immer tiefer in die Wildnis hinein.

Es war eine erbarmungslose Strecke, über die ich in jener Nacht gezerrt wurde. Äste und Gestrüpp zerkratzten mir Gesicht und Hände. Meine Kleidung wurde zerrissen, und ein Fichtenzweig hätte mir fast ein Auge ausgestochen. Aber erst später bemerkte ich die Schnitte und Kratzer. Meine ganze Aufmerksamkeit galt allein dem Ziel, Yukon wiederzufinden. Während der ersten Stunden pfiff und rief ich fast unaufhörlich; dann wollten meine Lippen mir nicht mehr gehorchen. Ich schoß die Flinte ab in der Hoffnung, daß der wohlbekannte Knall Yukon zurückbringen würde. Schließlich konnte ich mich vor Erschöpfung kaum noch auf den Beinen halten. Und dann wurde es Tag.

Entgegen meinem Willen mußte ich nach Hause zurückkehren. In meiner Hast und Angst hatte ich vergessen, die anderen Hunde zu füttern. Mir selbst raubte die Sorge um Yukon den Appetit, aber die Tiere waren sicher völlig ausgehungert. Außerdem brauchte ich eine Ruhepause. Aber als ich umkehren wollte, widersetzte sich Rocky dem Zug der Leine und ging in der gleichen Richtung weiter. Ich hatte wenig Hoffnung, beschloß jedoch, ihn noch eine halbe Stunde suchen zu lassen.

Ein paar Minuten später fand Rocky die Stelle, wo Yukon und der Bär gekämpft hatten. Auf einer kleinen Lichtung war das Gras ringsum niedergetrampelt. Büschel von zottigem schwarzem Bärenfell lagen auf dem Boden verstreut. Und ich sah Blutspuren; an manchen Stellen nur ein paar Tropfen, an anderen große schmierige Flecken, als ob ein verwundeter Körper sich auf dem Boden gewälzt hätte. Ich suchte auf Händen und Knien nach weiteren Spuren und erkannte, daß der Kampf abgebrochen worden war. Der Bär war, von Yukon verfolgt, geflüchtet. Von welchem der beiden Tiere stammte das Blut? Ich setzte Rocky abermals auf die Fährte. Die Spur führte zu einem kleinen See und verlor sich. Anscheinend war der Bär ins Wasser geflohen, und Yukon war ihm gefolgt. Wo war er jetzt?

Rocky und ich suchten drei Tage lang. Am Abend des dritten Tages gab ich auf. Entweder war Yukon getötet worden, oder er war so weit in die Wildnis gelaufen, daß er nicht mehr zurückkehren würde. Yukon war fort.

Bereits mit vierzehn, als der Spanische Bürgerkrieg meinen unbeschwerten Jugendjahren ein jähes Ende setzte, war ich gezwungen gewesen, mich mit dem Verlust von Verwandten und Freunden abzufinden. Während des Zweiten Weltkriegs lernte ich dann endgültig, gegen Schmerz und Trauer abzustumpfen, damit ich all das Elend um mich ertragen konnte. Mehr und mehr wurde ich zu einem Menschen, der gegen alle Gefühlsregungen gewappnet war. Nie wieder sollte mir jemand so nahekommen, daß sein Verlust mir etwas anhaben konnte. Freundschaften wurden in der Gegenwart genossen, Liebesaffären waren ein interessantes Erlebnis des Augenblicks, das rasch vergessen war, wenn es endete. In gewisser Weise war ich unfähig geworden, echte Zuneigung zu einem anderen Menschen zu empfinden; aber das störte mich nicht. Tatsächlich war es mir lieber so. In letzter Zeit hatte jedoch ein kaum merklicher Wandel in meinen Gefühlen mich gelegentlich beunruhigt.

Während ich im Wohnzimmer saß und an Yukon dachte, wurde mir bewußt, daß eine Veränderung mit mir vorgegangen war. Zum ersten Mal in meinem Leben als Erwachsener hegte ich ein echtes, tiefes Gefühl – für einen Hund! Ich verwarf den Gedanken sofort. Das war Unsinn. Ich war einfach müde von der Suche. Morgen würde ich anders darüber denken. Ich holte mir die Whiskyflasche. Es war noch ungefähr ein Drittel übrig. Ich trank. Zwei Stunden später war die Flasche leer, und ich war zornig, schrecklich zornig. Am liebsten hätte ich alles in Stücke geschlagen. Ich ging umher und trat nach allem, was mir in den Weg kam. Ich wußte, daß ich betrunken war; und doch war ich stocknüchtern. Ich hörte die Hunde jaulen und stürmte hinaus, um sie anzubrüllen, damit sie mir nicht auf die Nerven fielen. Das hatte ich noch nie getan. Die Hunde verkrochen sich in den hinteren Teil der Scheune. Ins Haus zurückgekehrt, wankte ich die Treppe hinauf und warf mich aufs Bett. Ohne richtig zu wissen, warum, fing ich an zu weinen, bis ich schließlich in einen unruhigen Schlaf fiel.

Als ich am nächsten Morgen mit einem wohlverdienten Brumm-schädel aufwachte, wurde mir klar, daß ich der Wirklichkeit nicht zu entrinnen vermochte. Yukon war fort, aber ich konnte den Schmerz über sein Verschwinden nicht einfach beiseite schieben. Also fing ich an, meinen Kummer zu akzeptieren. Ich brachte den Hunden ihr Frühstück. Sie begrüßten mich überschwenglich, aber obgleich ich jeden von ihnen streichelte, war ich zu niedergeschlagen, um bei ihnen zu bleiben und mit ihnen zu spielen.

Bemüht, mich von meinen Problemen abzulenken, machte ich eine Einkaufsliste und setzte mich in meinen Chevrolet, um ins Dorf zu fahren. Unterwegs besann ich mich anders und besuchte Old Alec, einen achtzigjährigen Schweden, den ich kurz nach meiner Ankunft in der Wildnis kennengelernt hatte. Während wir zusammen in seinem sauberen kleinen Blockhaus saßen, Schach spielten und Aquavit tranken, erzählte ich ihm von Yukon. Am Ende faßte er meine Situation in wenigen Worten zusammen.

„Sie sind einfach verliebt, Ron. Nicht nur in Ihren Hund, sondern ins Leben. Du meine Güte! Sie haben wahrhaftig lange gebraucht, um liebenzulernen! Ein Glück für Sie, daß Sie jetzt mehr als nur sich selbst lieben können. Das ist gut! Seien Sie froh darüber." Er schenkte mir noch einen Aquavit ein, füllte sein eigenes Glas und forderte mich zu einer weiteren Partie Schach auf.

Als ich bei Einbruch der Dunkelheit nach Hause kam, wußte ich, daß in letzter Zeit tatsächlich eine Veränderung mit mir vorgegangen war. Meine innere Erstarrung hatte sich gelöst, und zum ersten Mal seit vielen Jahren hatte ich ein anderes Wesen in mein Herz geschlossen. Ich wußte, daß ich Yukon nie vergessen konnte, aber ich hoffte, daß es nicht allzu lange dauern würde, bis der Schmerz über sein Verschwinden erträglich wurde.

Als die anderen Hunde an diesem Abend ihre Mahlzeit beendet hatten, nahm ich sie mit ins Haus, denn mir war bewußt, daß ich sie in den zurückliegenden Tagen sehr vernachlässigt hatte. Während ich mit ihnen spielte, erkannte ich, daß ich sie alle mehr liebte, als ich vor Yukons Verschwinden je zugegeben hätte. Und Yukon hatte mir noch viel mehr bedeutet als sie.

Nachdem ich die Hunde wieder in die Scheune gebracht hatte, holte ich mir John Steinbecks Roman „Wonniger Donnerstag" aus dem Regal. Ich kannte das Buch schon fast auswendig, wurde es aber nie leid, immer wieder darin zu lesen. Als etwas am Wohnzimmerfenster kratzte, war ich so vertieft in meine Lektüre, daß es eine Weile dauerte, ehe das Geräusch in mein Bewußtsein drang. Aber als ich schließlich aufblickte und sah, was sich dort draußen befand, überkam mich ein Glücksgefühl, das stärker war als alles, was ich je zuvor empfunden hatte.

Die Vorderpfoten auf den Fenstersims gestützt, blickte Yukon zu mir herein. Ich sprang auf und lief zur Tür, aber meine Freude wich tiefer Besorgnis, als ich ihn aus der Nähe sah. Sein ganzer Kopf war mit geronnenem Blut bedeckt, und eine seiner Lefzen hing tief herab. Erschreckt stellte ich fest, daß sein Fang bis hinter den Kieferknochen aufgeschlitzt war.

Winselnd vor Freude preßte sich Yukon an mich. Ich wollte seine Wunden untersuchen, konnte aber nicht umhin, ihn zu umarmen, und er veranstaltete ein Mordsspektakel, um mir seine Zuneigung zu beweisen. Sein Fell war schmutzig und verfilzt. Er war mager, aber er war wieder da! Alles andere war unwichtig.

WAS sich tatsächlich zwischen Yukon und dem Bären abgespielt hat, wird ein Geheimnis bleiben. Ich konnte nur Vermutungen anstellen, wie die schreckliche Wunde an seinem Fang zustande gekommen war. Der Riß war so tief, daß die Wunde auseinanderklaffte und sämtliche Backenzähne entblößt lagen. Die Verletzung konnte nicht von einem Biß stammen; möglicherweise hatte der Bär mit einem gewaltigen Tatzenhieb Yukon derart zugerichtet.

Der nächste Tierarzt wohnte über hundert Kilometer weit weg, aber ich hätte, wenn nötig, einen zehnmal so weiten Weg zurückgelegt. Ich wußte, daß es zu spät war, um die Ränder der Wunde zusammenzunähen. Yukon mußte betäubt werden, und man mußte das abgestorbene Gewebe wegschneiden, bis man auf gesundes Fleisch stieß, das dann zusammengezogen und vernäht werden konnte.

Der Tierarzt bestätigte meine Ansicht, setzte jedoch hinzu, daß dieses Verfahren Yukons Maul verzerren und ihm mehr Unbehagen verursachen würde, als wenn man die Wunde von selbst heilen ließ. Sein Fang werde zwar immer ein wenig schief wirken, aber das sei besser, als durch einen Eingriff zu riskieren, daß Yukon künftig Schmerzen beim Fressen hat.

5

SIE wußte, daß ich sie töten würde. Ihre Augen sagten es in jenen wenigen Sekunden, während denen ich direkt auf ihre Stirn zielte. Dann kam der scharfe Knall, und Susie war tot. Ich hielt die Augen geschlossen, als ich das Gewehr sinken ließ, aber ich mußte sie öffnen, um mich zu vergewissern, daß sie von ihren Qualen erlöst war – von entsetzlichen Qualen. Susie war in die eisernen Klauen einer Bärenfalle geraten.

Als ich hinsah, waren ihre anklagenden Augen geschlossen. Die gewaltige Falle, von einem Unbekannten aufgestellt, lag ein paar Meter von ihrem verstümmelten Körper entfernt. Auf dem Gras davor war eine Pfütze von geronnenem Blut. Ich hatte Susie erst nach vielen Stunden aus der Falle befreien können.

Die Septembersonne war noch nicht über den Bäumen aufgetaucht, als ich mich von dem Hund abwandte und mich auf den Weg zurück zum Gehöft machte. Mein Zuhause lag etwa anderthalb Kilometer südlich von der verlassenen Farm, wo die Bärenfalle aufgestellt worden war. Aber selbst über diese Entfernung hinweg konnte ich noch das Heulen der anderen Hunde in der Scheune hören.

Es war dieses Geheul gewesen, das mich an diesem Tag kurz vor dem Morgengrauen geweckt hatte; anhaltende Klagelaute, die mich veranlaßten, aus dem Bett zu springen, mich hastig anzuziehen und hinauszugehen. Während ich auf die Scheune zuging, hörte ich von fern das gepeinigte Jaulen. Es war nur schwach vernehmbar und wurde fast von den anderen Hunden übertönt, aber ich wußte sofort, daß Susie etwas zugestoßen sein mußte.

Sie hatte vor vier Wochen Junge bekommen – Yukons Nachkommen. In ihrem Wunsch, ungestört zu sein, war Susie von außen unter den Scheunenboden gekrochen und hatte dort unten einen geschützten Bau gefunden, in dem sie ihre Kleinen säugen konnte. Aus diesem Grund ließ ich sie frei laufen, aber sie zeigte kein Verlangen, den Hof zu verlassen. Ich wußte nicht, wieviel Welpen sie geworfen hatte; um zu ihnen zu gelangen, hätte ich den Holzboden durchsägen müssen. Aber ich hörte oft das Fiepen der Kleinen, während ich auf dem Boden der Scheune hockte und belustigt Yukon beobachtete, der genau über seiner Nachkommenschaft Wache hielt. Der große Hund war kaum von seinem Posten auf dem Bretterboden wegzubekommen. Endlos konnte er dort sitzen und lauschen, und er spitzte bei jedem Geräusch, das die Jungen von sich gaben, aufmerksam die Ohren. Hin und wieder winselte er leise, als ob er mit ihnen spräche.

Etwa eine Woche nach der Geburt der Welpen versuchte Yukon, in den Bau zu kriechen. Aber Susie, seine einst so liebevolle Gefährtin, knurrte derart wütend, daß der neugierige Erzeuger sich zurückzog. Dennoch war er, wie alle Wölfe, ein guter und besorgter Vater. Yukon fraß jetzt sogar nicht einmal mehr die Knochen, die ich ihm gab, sondern brachte sie zum Eingang des Baus und ließ sie dort für Susie liegen – ein Opfer, das ich rührend fand. Und Susie holte sich jeden Tag Yukons Spende.

Soweit ich es beurteilen konnte, wurde sie irgendwann im Juni trächtig, bald nach Yukons Genesung von seiner Verletzung am Fang. Ich wurde mir zum erstenmal ihres Zustands bewußt, als ich bemerkte, daß Yukon plötzlich überaus eifersüchtig auf die anderen Rüden war und sie verscheuchte, sobald sie sich Susie zu nähern versuchten. Eines Tages sah ich, daß Susies Bauch rundlicher geworden war. Ich rief sie zu mir, um ihren Leib zu befühlen, und Yukon kam ebenfalls, stieß mit der Nase energisch meine Hand fort und bedeutete mir, die Finger von ihr zu lassen. Ich respektierte seinen Wunsch. Mitte Juli dann, als Susies Trächtigkeit schon deutlich sichtbar war, wurde das Gehöft vom Unglück heimgesucht.

Den ganzen Tag über war es drückend heiß gewesen. Trotz einer dichten Wolkendecke blieb es unangenehm schwül, und kein Lüftchen regte sich. Am frühen Morgen hatte ich das Pferd vor den Pritschenwagen gespannt und war zu einem Holzplatz im Wald gefahren, um Zaunpfähle aus Zedernholz zu sägen. Obwohl ich das Fell des Apfelschimmels mit einem Insektenspray besprüht hatte, setzten ihm die Fliegen und Mücken arg zu. Das Pferd stampfte, schüttelte den Kopf und schlug unaufhörlich mit dem Schwanz. Mir erging es kaum besser als ihm. Die Mischung aus Schweineschmalz und Karbolineum, mit der ich mich eingerieben hatte, verursachte mir selbst ein fast ebenso großes Unbehagen wie den Plagegeistern, gegen die die Mixtur gerichtet war.

Bis gegen Mittag hatte ich restlos genug von der Schinderei. Ich lud die zurechtgesägten Pfähle auf, und wir kehrten nach Hause zurück. Später, nachdem ich mich gewaschen hatte, führte ich das Pferd zum Tränketrog. Wir waren gerade auf dem Rückweg zum Stall, als einer meiner Nachbarn mit seinem Pferdegespann vorfuhr. Er war gekommen, um sich nach einer Kuh zu erkundigen, die ihm entlaufen war. Da mein Pferd angesichts des fremden Gespanns unruhig wurde, band ich es an einen Baum, während ich mit dem Nachbarn sprach. Ein paar Minuten später fuhr der Mann fort, und ich lief eilig ins Haus, um das Eintopfgericht, das ich zuvor auf den Herd gestellt hatte, nicht anbrennen zu lassen.

Nachdem ich es vom Feuer genommen hatte, gönnte ich mir noch eine kleine Verschnaufpause, in der ich in Ruhe meine Pfeife stopfen und anzünden konnte. Um meinen Apfelschimmel machte ich mir weiter keine Sorgen – was sollte ihm hier in der Nähe des Hauses schon geschehen?

In diesem Augenblick hörte ich ein Geräusch, das wie das Rattern eines Eilzuges klang. Neugierig trat ich ans Fenster.

Ein rötlichschwarzer Vorhang bedeckte den westlichen Himmel. Die Bäume neigten sich mir entgegen, als ob eine gewaltige unsichtbare Kraft versuchte, sie zu Boden zu drücken. Zuerst konnte ich mir nicht erklären, was dort draußen vor sich ging; aber als ich sah, wie große Baumwipfel abgerissen und buchstäblich in die Höhe geschleudert wurden, während gleichzeitig das Getöse anschwoll, wußte ich, daß es ein Tornado sein mußte. Und das Toben des Wirbelsturms wurde immer heftiger! Wie gebannt beobachtete ich das furchterregende Schauspiel, ehe ich mich an das Pferd erinnerte.

Ich stürzte hinaus – mitten hinein in die Raserei der entfesselten Elemente. Es war, als ob eine riesige Pranke nach mir gegriffen hätte. Kaum hatte ich ein paar Schritte zurückgelegt, wurde ich urplötzlich hochgerissen und gegen den Brunnen geschleudert. Als ich aufstehen wollte, fühlte ich einen stechenden Schmerz in der Seite. Ich mußte eine Rippe gebrochen haben.

Mit all meiner Kraft klammerte ich mich an den Brunnen und machte mich so klein wie möglich, um nicht erneut von dem Wüten des Tornados erfaßt zu werden. Welch ein Inferno! Äste und Zweige wurden durch die Luft gewirbelt, und ringsum herrschte ohrenbetäubendes Getöse. Der brüllende Wirbelsturm entriß den Bäumen wahnwitzige Akkorde, die sich mit dem Krachen und Splittern der Äste zu einem wahren Höllenlärm vereinten. Zum Glück bewahrte mich das Haus davor, von umherwirbelnden Gegenständen verletzt zu werden.

Unmittelbar nach dem Wirbelsturm kam der Regen: warme, schwere Tropfen, die auf den Boden schlugen und klatschend auf das Dach fielen. Mit einem Mal wurde es so finster, als wollte jetzt schon die Nacht hereinbrechen. Zwar hatte der Wind sich inzwischen gelegt, aber noch immer übertönte das ferne Brüllen des davonziehenden Tornados alle anderen Geräusche.

Ich versuchte aufzustehen, sank aber sogleich mit einem Schmerzensschrei zurück. Als ich vorsichtig meine rechte Seite betastete, merkte ich, daß beim Aufprall auf den Brunnenrand mindestens drei Rippen einen Schlag abgekriegt hatten. Ich preßte den rechten Arm fest an meinen Körper und rappelte mich langsam hoch. Meine Seite tat höllisch weh, aber der Schmerz war erträglich, wenn ich ganz vorsichtig atmete. Demnach waren die Rippen wahrscheinlich nur schwer geprellt, nicht gebrochen. Plötzlich war es auf dem Gehöft völlig still geworden. Es erstaunte mich, daß ein so heftiger Sturm so schnell kommen und abziehen konnte; er hatte kaum länger als zehn Minuten gewütet. Doch diese zehn Minuten hatten meinem Pferd das Leben gekostet.

Der Apfelschimmel hatte sich, rasend vor Angst, immer wieder um den Baum gedreht, an dem er festgebunden war. Schließlich hatte ihn das Seil erwürgt. Mir bot sich ein schauriger Anblick. Die Augen des unglücklichen Geschöpfes waren weit aus ihren Höhlen getreten, und sein Maul grinste gespenstisch. Zutiefst geschockt stand ich da und starrte auf das schreckliche Bild, bis mir übel wurde; dann zog ich das Messer aus meinem Gürtel, um das Seil zu durchtrennen. Die Schlinge war so straff zusammengezogen, daß ich sie mühselig durchsäbeln mußte.

Ich handelte wie in Trance und konnte keinen klaren Gedanken mehr fassen. Das Bellen der Hunde, die noch in der Scheune waren, brachte mich schließlich zur Besinnung. Ich ging zu ihnen und streichelte sie, wobei jede Bewegung mir einen schmerzhaften Stich in der Seite verursachte. Als sie sich beruhigt hatten, kehrte ich ins Haus zurück und klebte mir vor dem Spiegel einen Heftpflasterverband um die Rippen. Das linderte sofort die Schmerzen. Nachdem ich mich wieder angezogen hatte, ging ich zu meinem Nachbarn, dessen Hof etwa eineinhalb Kilometer entfernt lag. Der Sturm hatte bei ihm nicht viel Schaden angerichtet, und er war bereits dabei, wieder Ordnung zu schaffen. Ich bat ihn, mir seine Pferde und eine längere Kette zu leihen, damit ich den Schimmel in den Wald schleppen konnte. Mit dieser traurigen Arbeit ging der Tag zu Ende. Nachdem ich das Gespann zurückgebracht hatte, machte ich mich in der Dunkelheit erschöpft und niedergeschlagen auf den Heimweg.

Der verheerende Tornado kennzeichnete den Beginn einer schlimmen Zeit, einer Zeit der Mißerfolge, Geldsorgen und Seelenqualen, in der ich immer wieder versucht war, alles stehen- und liegenzulassen, um in eine bewohntere Gegend zu fliehen. Kaum waren meine Rippen geheilt, da brach erneut ein Unglück herein. Diesmal traf es die jungen Hühner, die bis dahin scheinbar gut gediehen und bereits von ansehnlicher Größe waren. Als ich eines Morgens in den Stall kam, um sie zu füttern, waren dreiundzwanzig von ihnen tot, und viele von den anderen hockten apathisch am Boden. Später erfuhr ich, daß Geflügelcholera die Ursache war, aber bis dahin waren schon hundert Hühner der tückischen Seuche erlegen.

Nicht lange nach diesem zweiten Schlag gebar Susie ihre Jungen, und ich mußte die Hündin frei herumlaufen lassen. Wäre meine finanzielle Lage nicht so trostlos gewesen, hätte ich mir vielleicht die Zeit genommen, die Kleinen unter der Scheune hervorzuholen und sie und ihre Mutter an einem geeigneteren Platz unterzubringen. Aber so, wie die Dinge lagen, war ich durch den Verlust des Pferdes und der Hühner dazu gezwungen, ununterbrochen zu schuften, um mich finanziell notdürftig über Wasser zu halten. Und während dieser Zeit geriet Susie in die Bärenfalle.

Ich habe keine Ahnung, weshalb sie sich von ihren Jungen entfernte, und ich habe nie herausbekommen, wer die Bärenfalle aufgestellt hatte. Nachdem ich Susie begraben hatte, holte ich die Falle und warf sie in den See. Nach dem Zustand des mörderischen Eisens zu urteilen, hatte es schon mindestens ein Jahr lang dort gestanden. Irgendein verantwortungsloser Dummkopf hatte es aufgestellt und danach vergessen oder war zu faul gewesen, es wieder wegzuschaffen.

Am Nachmittag dieses Tages durchsägte ich den Scheunenboden und holte die Jungen heraus. Es waren drei, aber das kleinste von ihnen war tot. Vielleicht hatte sich Susie deshalb auch vom Bau entfernt. Die beiden anderen Welpen waren in guter Verfassung und sahen genauso aus wie ihr Vater. Nichts erinnerte an ihre Colliemutter. Sie waren dunkelgraue, rundliche, flaumige Wolfswelpen mit keck aufgerichteten Ohren und großen, breiten Pfoten.

Ich versuchte, sie mit Büchsenmilch und einem feinen Hackfleischgemisch aufzuziehen, aber sie starben bald darauf kurz nacheinander. Heute, nachdem ich zahllose verwaiste Jungtiere großgezogen habe, weiß ich, was ich falsch gemacht hatte. Die Nahrung war zu fett gewesen und hatte zu Durchfall geführt.

In den folgenden Wochen erschien mir mein Leben grau und trostlos. Vergeblich versuchte ich mich durch anhaltende schwere Arbeit von meiner düsteren Stimmung zu befreien. Die Hunde bekamen ihr Futter, aber im übrigen kümmerte ich mich nicht um sie. Sie konnten mein verändertes Verhalten nicht begreifen und suchten meine Nähe. Schließlich war es Yukon, der mich erkennen ließ, wie töricht und unfair ich mich verhielt.

Es war etwa einen Monat nach dem Tod der Jungen. Eine dichte Schneedecke lag über dem Land, und die Nächte wurden allmählich bitter kalt. Ich kehrte eines Abends spät nach Hause zurück, und es war bereits neun Uhr, als ich das Fressen für die Hunde zubereitete. Auf dem Weg zur Scheune blieb ich einen Augenblick stehen, um den Himmel zu betrachten. Der Mond schien, und unzählige Sterne glitzerten am Firmament. Ich war mir der Schönheit des Anblicks bewußt, fand aber keine Freude daran.

Als ich den Hunden die Schüsseln hinstellte, wollte Yukon nicht fressen. Es war das erste Mal seit seiner Ankunft auf dem Gehöft, daß er die Nahrung verweigerte. Nachdem Rocky seinen Napf geleert hatte, näherte er sich verstohlen Yukons Schüssel und begann zu fressen. Der große Hund nahm keine Notiz davon. Ich jagte Rocky fort und hielt Yukon das Fressen unter die Nase. Er würdigte es mit keinem Blick. Statt dessen winselte er laut, stellte sich auf die Hinterbeine und leckte mir die Wange. Ich war so gerührt, daß mein Selbstmitleid augenblicklich verflog. Erleichtert kraulte ich Yukons Fell. Rocky und Sooner kamen ebenfalls herbeigestürmt. Die drei Hunde umringten mich wie in früheren Zeiten und drängten sich mit unverhohlener Freude an mich.

Ich führte sie nach draußen, wir liefen über die verschneite, mondbeschienene Lichtung und tollten ausgelassen umher. Der Gedanke, die empfindsamen Tiere so lange vernachlässigt zu haben, bedrückte mich. Sicher hatte Yukon nach Susies Tod seine Gefährtin schmerzlich vermißt. Um so grausamer war es gewesen, daß ich mich gerade in dieser Zeit von ihm zurückgezogen hatte. Die Gefühle der Wölfe mögen anders sein als die der Menschen, aber sie sind fähig zu lieben und Kummer zu fühlen. Ein Glück nur, daß Yukon mich endlich aus meiner Lethargie gerissen hatte.

Am nächsten Tag spannte ich die drei Hunde vor den Schlitten, und wir unternahmen eine flotte, ausgedehnte Fahrt, von der wir erst bei Einbruch der Dunkelheit zurückkehrten. Sie tat uns allen gut. Die Hunde, nicht mehr an körperliche Anstrengung gewöhnt, waren müde, als wir nach Hause kamen, aber sie hatten es sichtlich genossen, wieder Auslauf zu haben. Heißhungrig verschlangen sie die besonders große Mahlzeit, die ich ihnen gab. Während ich später mein eigenes Abendbrot verzehrte, lag Yukon friedlich dösend unter dem Tisch. Er schlief in dieser Nacht neben meinem Bett.

6

VOR dem tiefen Blau des Himmels zogen einzelne weiße Wolken wie eine Flotte stolzer Segelschiffe langsam nach Nordosten. Die Prärie lag im goldenen Schein der Sonne und erstreckte sich in sanften Wellenlinien bis zum Horizont. Es war ein warmer Maitag, und Yukon und ich befanden uns in der Provinz Saskatchewan. Am Tag zuvor hatten wir frühmorgens das Gehöft verlassen. Nach einem harten Winter war ich gezwungen gewesen, meine Zelte dort abzubrechen, weil ich nicht bereit war, mir durch Pelztierjagd meinen Lebensunterhalt zu verdienen.

Jetzt stand ich an den Wagen gelehnt und betrachtete die herrliche Umgebung. Hummeln erfüllten die Luft mit ihrem geschäftigen Summen und lenkten meinen Blick auf die bläulichvioletten Luzernenblüten. Ganz in der Nähe erklang der Gesang eines Wiesenstärlings. Ich entdeckte den Vogel auf einem Zichorienstengel, aber als ich den Feldstecher hob, bemerkte ich eine Bewegung am Himmel und sah hinauf. In einiger Entfernung nach Süden zu schwebte ein Falke von einer Art, die mir unbekannt war.

Neugierig geworden, verfolgte ich seinen Flug, und diesen Augenblick nutzte Yukon, um auf Entdeckungsreise zu gehen. Ein Loch am unteren Ende des hohen Maschendrahtzaunes, der parallel zur Straße lief, begünstigte seinen Tatendrang. Der Hund kroch rasch hindurch, schoß davon und war kurz danach schon hinter einer kleinen Anhöhe verschwunden. Ich rief ihn, und als er nicht reagierte, pfiff ich. Schließlich beschloß ich, ihm nachzugehen, denn ich nahm an, daß er in einen Privatbesitz eingedrungen war.

Der Zaun war sehr stabil und hoch, anders als alle Viehzäune, die ich bisher gesehen hatte. Auf unserer Fahrt von Moose Jaw nach Süden waren wir an einem Militärflugplatz vorbeigekommen. Jetzt fragte ich mich, ob dieser Teil der Prärie ebenfalls zu einem militärischen Sperrbezirk gehörte. Dann empfahl es sich, auf der Straße zu bleiben. Andererseits mußte ich aber Yukon möglichst schnell zurückholen. Kurz entschlossen kletterte ich über das Drahtgeflecht und machte mich auf die Suche nach Yukon. Als ich etwa fünfzig Meter vom Zaun entfernt war, erschien er plötzlich auf dem kleinen Hügel. Er jagte in äußerstem Tempo dahin, weit schneller, als er fortgelaufen war. Gleich darauf wurde mir der Grund für seine Eile erschreckend deutlich.

Sieben Bisonkühe, so riesenhaft und bedrohlich wie kaum eine andere Tierart, stürmten über die Anhöhe hinweg hinter Yukon her. Als der flüchtende Wolfshund mich erblickte, änderte er die Richtung und steuerte geradewegs auf mich zu. Seine wutentbrannten Verfolger wechselten ebenfalls den Kurs. Außerhalb eines Zoos hatte ich bis dahin noch nie Bisons gesehen, und jetzt wäre mir weitaus wohler zumute gewesen, wenn sich daran nie etwas geändert hätte.

Yukon raste an mir vorbei und entkam durch das Loch im Zaun, das ihm als Durchschlupf genügte, für mich aber viel zu klein war. Jetzt konnten sich die zornigen Bisons ganz auf mich konzentrieren. Noch nie war mir ein Zaun so unerreichbar erschienen. Während ich dicht hinter mir die donnernden Hufe der Bisonkühe hörte, lief ich buchstäblich um mein Leben. Zu allem Überfluß ließ ich mich auch noch dazu hinreißen, wertvolle Sekunden zu vergeuden, indem ich mich kurz nach meinen Verfolgern umsah. Aber vielleicht war ebenjener kurze Blick über die Schulter meine Rettung. Als ich die wuchtig stampfenden Ungetüme mit ihren mächtigen Schädeln und kurzen, gekrümmten Hörnern keine zehn Meter von mir entfernt sah, gelang es mir, meine Geschwindigkeit noch erheblich zu steigern. Yukon lief

außerhalb des Zaunes auf und ab und bellte aus Leibeskräften. Jetzt, da
er sich in Sicherheit wußte, führte er sich so schneidig auf, als hätte er
die Bisons keinen Moment lang gefürchtet. Jedenfalls war es ihm
prächtig gelungen, die Angreifer an mich weiterzureichen – vielleicht
wollte er mir dafür nun zu Hilfe kommen. Die Angst verlieh mir
Flügel. Ich erreichte gerade noch rechtzeitig den Zaun, griff hastig
nach dem Drahtgeflecht und zog mich hinauf. Ich sah mich erst wieder
um, als ich hinter meinem Auto in Deckung gegangen war.

Die großen Kühe standen ziemlich ratlos am Zaun; sie schnaubten
ein wenig, wirkten jedoch abgesehen davon nicht bedrohlicher als eine
Herde zahmer Hereford-Rinder. Yukon kam gelassen zum Wagen, als
hätte ihn die ganze Angelegenheit nicht im geringsten berührt. Aber er
konnte mir nichts vormachen! Die Bisonkühe hatten ihn ganz schön
auf Trab gebracht, so peinlich ihm das jetzt auch sein mochte. Es war
das erste und letzte Mal, daß ich ihn vor etwas davonlaufen sah, aber es
bestand kein Zweifel: Er hatte die Flucht ergriffen!

Nach den unglücklichen Ereignissen auf dem Gehöft, von denen ich
bereits berichtet habe, hatten weitere Rückschläge während des
Herbstes und Winters mich dazu gezwungen, den Wäldern Ontarios
den Rücken zu kehren. Nicht lange nach der Tragödie mit Susie ließ
ich meine Schweine nach Winnipeg transportieren, um sie dort auf
dem Schweinemarkt zu Bargeld zu machen. Als die Tiere jedoch in
Winnipeg eintrafen, waren die Preise für Schweinefleisch eben auf
einen Tiefpunkt gesunken. Und kurz nachdem ich der Papierfabrik
das Holz geliefert hatte, erfuhr ich, daß das Werk seine Produktion
einschränkte und keine weiteren Aufträge an einzelne Zulieferer
vergab. Ich versuchte, Käufer für Zaunpfähle aus Zedernholz zu
finden, aber es gelang mir nicht. Schließlich besaß ich noch knapp
sechshundert Dollar. Damit konnte ich höchstens bis zum Sommer
durchhalten. Mir war klar, daß ich das Gehöft verlassen mußte.

Eines Tages im März entdeckte ich in einer soeben vom Dorf
mitgebrachten Zeitung ein Stellenangebot. Das Tageblatt einer
kleinen Stadt in British Columbia suchte einen Lokalredakteur. Dieses
Angebot kam mir mehr als gelegen. Am selben Tag noch setzte ich ein
Bewerbungsschreiben auf und erhielt bald eine Antwort: Mitte Juni
sollte ich mit der Arbeit beginnen.

Meine Hunde konnte ich natürlich nicht mitnehmen.

Auf der Suche nach einem guten Heim für sie ging ich zu Old Alec,
und er erzählte mir von einem Bekannten, einem ausgesprochenen

Tierfreund, der einen Hundezwinger unterhielt. Ich suchte diesen Mann auf und überzeugte mich davon, daß Rocky und Sooner bei ihm in besten Händen waren. Yukon brachte ich jedoch nicht dorthin; nichts hätte mich damals bewegen können, mich von dem Wolfshund zu trennen.

Yukon und ich waren danach allein auf dem Gehöft. Da es fast nichts mehr zu tun gab, verbrachten wir die Zeit damit, die Wälder zu durchstreifen und hin und wieder Wild für unsere Nahrung aufzustöbern. Trotz meiner Sorgen um die Zukunft war dies ein idyllisches Leben, das ich nur ungern aufgab, als der April sich seinem Ende näherte.

Ich putzte das Haus, verkaufte ein paar Sachen und lud dann Werkzeuge und meine persönlichen Habseligkeiten in den Wagen. Schließlich hievte ich mein Kanu auf den Dachgepäckträger und schnürte es fest. Schweren Herzens machte ich mich auf die Reise, aber bald schon zog mich das Abenteuer, einem neuen Ziel entgegenzufahren, in seinen Bann; Yukon saß kerzengerade neben mir auf dem Beifahrersitz. Wir mußten vier kanadische Provinzen durchqueren, um zu unserem Bestimmungsort zu gelangen.

Der Zwischenfall mit den Bisonkühen ereignete sich am zweiten Tag unserer Fahrt. Wir hatten in der Provinz Saskatchewan eine kurze Mittagspause eingelegt. Ich wußte nicht, daß es hier Bisons gab, und erfuhr erst später, daß die Tiere in einem Naturschutzgebiet lebten. Hätte sich Yukon nicht auf seine Entdeckungsreise begeben, wäre ich vermutlich ahnungslos an ihnen vorbeigefahren.

Die Bisonkühe bekamen es bald satt, weiter am Zaun herumzustehen; eine nach der anderen wandte sich ab und verschwand hinter der Anhöhe. Da ich mir diese seltenen Tiere gern etwas näher ansehen wollte, ließ ich Yukon im Wagen zurück und ging ein Stück die Straße entlang. Dann blieb ich stehen, vergewisserte mich, daß ich unbeobachtet war, und kletterte erneut über den Zaun.

Meinen Feldstecher um den Hals, schlich ich vorsichtig über die Prärie. Nach einer Weile sah ich die Kälber der Herde, sechs an der Zahl, die sich vergnügt in einer Mulde tummelten. Die Kühe waren inzwischen wieder bei ihnen. Eine säugte ihr Kalb, zwei andere lagen friedlich im Gras; der Rest meiner alten Bekannten starrte auf die für Bisons typische Art scheinbar ausdruckslos ins Leere. In einiger Entfernung standen zwei bedächtig wirkende Bullen.

Mutig geworden, wagte ich mich näher heran, war jedoch bereit, mich bei der ersten feindseligen Bewegung eines der großen Tiere aus dem Staub zu machen. Etwa dreißig Meter von der nächsten Kuh entfernt, blieb ich stehen. Sie sah zu mir her, ließ sich aber nicht weiter stören, während sie mit langsamen seitlichen Bewegungen ihrer Kinnbacken wiederkäute. Es fiel mir schwer, diese beschauliche Szene mit dem zornigen Angriff in Verbindung zu bringen, der zehn Minuten zuvor stattgefunden hatte.

Durch meinen Feldstecher konnte ich die Tiere genau betrachten, und ich staunte über ihren grotesken, aber zweckmäßigen Körperbau, der so gut dafür geschaffen war, dem strengen nordischen Winter zu widerstehen.

Beim Anblick der kleinen Herde stand mir deutlich vor Augen, wie übel diesen edlen Wildrindern bei der Besiedlung Nordamerikas mitgespielt worden war. Zu Anfang des vorigen Jahrhunderts noch waren sie in schier endlosen Herden über die Prärien gezogen. Ihre Zahl reichte weit in die Millionen, ehe ein ebenso planmäßiger wie beschämender Ausrottungsfeldzug innerhalb ganzer siebzig Jahre den Bestand auf knapp tausend Tiere schrumpfen ließ. 1907 ergriffen die amerikanische und die kanadische Regierung endlich energische Schutzmaßnahmen. Zum Glück waren sie erfolgreich, und so gelang es in letzter Minute, die Bisons vor dem Aussterben zu bewahren. Insgesamt leben heute in Schutzgebieten Nordamerikas wieder rund 30 000 Vertreter dieser Tierart.

Während ich die Bisons betrachtete, ging mir all dies durch den Kopf. Ich genoß die Faszination, die von ihnen ausging, und plötzlich fühlte ich etwas, das ich heute als eine Berufung bezeichnen will. Ich erkannte, daß es mich glücklich machen würde, mein Leben dem Studium der Natur zu widmen, um zum Schutz und Gedeihen der zahllosen Geschöpfe beizutragen, die in der Wildnis zu finden sind. Und ich wußte, daß die Jahre auf dem Gehöft nur eine Vorbereitung dafür gewesen waren, eine Zeit des Lernens und der Prüfung.

Jener Frühlingstag in der Ebene von Saskatchewan gab meinem Leben eine neue Richtung, und er wies mir den Weg zu einer reizvollen Aufgabe, der ich später mit großer Freude nachging.

ERHABEN und eindrucksvoll türmten sich die steilen Hänge der Rocky Mountains links und rechts der schmalen Straße, die sich in zahllosen Windungen zur Paßhöhe hinaufschlängelte. Die Prärie hatte mich durch ihren weiten Himmel und das Gefühl von Unendlichkeit beeindruckt; danach hatte mich die Landschaft Albertas mit ihrem Wechsel von ländlicher Idylle und zerklüfteter Wildnis begeistert. Doch die majestätische Schönheit der Gebirgswelt, die sich jetzt vor mir auftat, übertraf alles, was mir bisher auf der Reise begegnet war.

Während Yukon und ich zum Paß hinauffuhren, hatte ich jedoch kaum ein Auge dafür, denn die steile Straße mit ihren engen Kurven nahm meine ganze Aufmerksamkeit in Anspruch. So war ich, als wir die Paßhöhe erreicht hatten, überwältigt von dem Panorama, das sich unvermittelt meinen Blicken bot. Ich fuhr auf einen kleinen Rastplatz neben der Straße und parkte. Als Yukon und ich den Wagen verließen, erging es uns wie Kindern, denen man erlaubt hat, sich nach Herzenslust in einem Spielwarenladen zu tummeln. Wir wußten nicht, wohin wir uns als erstes wenden sollten.

Der Hund lief einen sanft ansteigenden Hang hinauf und schnüffelte begierig an den Felsbrocken, Büschen und Gräsern. Ich folgte ihm und stellte entzückt fest, daß ich von hier einen ungehinderten Ausblick auf das herrliche Tal jenseits der Paßhöhe hatte. Etwa zwei Kilometer entfernt lag, blaugrün und glitzernd, ein kleiner See mit einer flachen Stelle am anderen Ufer, die ausreichend Platz für unser Zelt bot. Noch ehe ich den Feldstecher sinken ließ, sah ich uns im Geist schon mit dem Boot über den See fahren und drüben das Lager aufschlagen. Ich rief Yukon, streichelte ihm den Kopf und deutete auf den See.

„Siehst du das Wasser? Dort werden wir die Nacht verbringen. Vielleicht sogar ein paar Tage. Und wir werden uns schöne, dicke Forellen angeln!" Yukon wedelte als Antwort mit dem Schwanz, streckte sich und gähnte genüßlich.

Ich kletterte von meinem Aussichtspunkt wieder hinab zum Wagen. Es war Anfang Juni, und ich schätzte, daß wir seit unserer Abreise vom Gehöft über dreitausend Kilometer zurückgelegt hatten. Bald würde ich wieder in einer Redaktionsstube sitzen und am Schreibtisch über Artikeln brüten. Ich versuchte, den Gedanken abzuschütteln, während wir unserem vorerst letzten Lagerplatz in freier Natur entgegenfuhren.

Trotz meiner gedrückten Stimmung verbrachten wir an dem kleinen See drei herrliche Tage. Das Wasser war kristallklar und kalt, es gab Forellen in Hülle und Fülle, und ab und zu konnte ich sogar Fischadler bei ihrer Jagd nach Beute beobachten.

Ein schmaler Kiesweg hatte uns von der Straße fast bis zum Rand des Wassers geführt. Ich hob das Kanu vom Wagendach, packte das

Zelt und ein paar andere Dinge hinein und schob es ins Wasser. Yukon saß wie eine übergroße Galionsfigur kerzengerade am Bug. Mit kräftigen Paddelschlägen näherte ich mich dem anderen Ufer, hatte innerhalb einer Viertelstunde das Zelt aufgeschlagen und stach gleich darauf wieder „in See", um das Abendessen zu angeln.

Nachdem ich vier prächtige Regenbogenforellen aus dem Wasser gezogen hatte, konnte ich die Angelrute getrost beiseite legen. Während die letzten Strahlen der Sonne das Wasser in rötliches Licht tauchten, paddelte ich auf dem stillen See umher. Hier ließ es sich ungestört träumen, und erst der Hunger trieb mich wieder ans Ufer.

Die Forellen schmeckten fabelhaft! Ich röstete meinen Anteil langsam über dem Feuer. Yukon machte sich weniger Umstände. Er fraß seine Portion roh und schien den ungewohnten Leckerbissen sichtlich zu genießen. Müde von der langen Fahrt, kroch ich an diesem Abend früh in meinen Schlafsack und war mit dem Hund an meiner Seite binnen weniger Minuten fest eingeschlafen. Aber schon nach kurzer Zeit wurde ich von dem nahen Heulen eines Wolfes geweckt. Es war Yukon. Nachdem es mir gelungen war, ihn zum Schweigen zu bringen, wurde mir klar, warum er seinen sehnsüchtigen Ruf angestimmt hatte: Aus weiter Ferne trug der Wind das zeitlose Lied eines Rudels von Grauwölfen zu uns herüber. Und mein Gefährte hatte ihnen ganz selbstverständlich geantwortet.

Zwei Tage später nahmen wir Abschied von unserem Lagerplatz am See. Danach legten wir nur noch kurze Pausen ein und waren bald an unserem Bestimmungsort in British Columbia angelangt. Mir blieben noch fünf Tage bis zum Beginn meiner neuen Arbeit. Unsere Fahrt hatte sechs Wochen gedauert, und mein Kapital war auf siebenundfünfzig Dollar zusammengeschrumpft; bis zur ersten Gehaltszahlung in genau zwanzig Tagen mußte ich damit auskommen. Es war also gar nicht daran zu denken, ein Zimmer oder eine Wohnung zu mieten. Daher wollte ich mich nach einer Bleibe in der freien Natur umsehen, wo Yukon wenigstens genügend Auslauf hatte.

Zum Glück war die Stadt von Wildnis umgeben. Ich fand einen geeigneten Platz rund zehn Kilometer außerhalb in einem kleinen Tal, das nur über eine holprige, ungeteerte Straße erreichbar war. Als ich das Gelände näher untersuchte, entdeckte ich die Reste einer alten Blockhütte – kein ungewöhnlicher Anblick in einer Gegend, in der sich früher viele Goldsucher aufgehalten hatten.

Nachdem ich das Zelt neben der verfallenen Blockhütte aufgebaut hatte, machte ich mich daran, unser provisorisches Lager für einen längeren Aufenthalt herzurichten. Ich schleppte Steine herbei und schichtete sie zu einer Feuerstelle auf. Dann schuf ich mit einer Zeltbahn ein Sonnendach und bastelte ein Brettergestell, auf dem ich das Kanu mit dem Kiel nach oben aufbewahren konnte. Da ich Yukon während meiner Abwesenheit nicht frei herumstreunen lassen konnte, schlug ich unter dem Sonnendach einen Eisenpflock in den Boden, um ihn an die Kette legen zu können. Ich wußte, daß er nicht sehr glücklich darüber sein würde. Aber er mußte sich damit abfinden, ebenso wie ich mich mit der langweiligen Arbeit als Redakteur einer kleinen, unbedeutenden Zeitung abfinden mußte.

Als ich mich für die Stellung entschied, hatte ich mir ernsthaft vorgenommen, längere Zeit dort auszuhalten. Jetzt, da ich mich dem täglichen Einerlei der Büroarbeit gegenübersah, wurde mir klar, daß ich für eine solche Tätigkeit nicht geschaffen war. Ich hatte es schon immer gehaßt, den ganzen Tag in ein Zimmer eingesperrt zu sein. Deshalb hatte ich fast nur als Reporter gearbeitet, selbst wenn ich dabei weniger verdiente. Die Berichterstattung gab mir die Möglichkeit zu schreiben – meine einzige Leidenschaft –, ohne dabei in einem Büro hocken zu müssen. Aber jetzt konnte ich es mir nicht leisten, wählerisch zu sein.

Trotz aller guten Vorsätze glaubte ich nach zwei Wochen bereits, vor Langeweile umkommen zu müssen. Ich war entschlossen, nur so lange zu bleiben, bis ich genügend Geld beisammenhatte, um mindestens ein Jahr lang mit Yukon sorglos durch die Wildnis ziehen zu können. Das Ziel, das ich mir gesetzt hatte, waren dreitausend Dollar. Da es in der Redaktion immer an Arbeitskräften fehlte, machte ich jede Menge Überstunden. Nebenbei arbeitete ich freiberuflich für eine Nachrichtenagentur und schrieb Artikel für verschiedene Zeitschriften. Um soviel wie möglich zu sparen, lebte ich völlig zurückgezogen. Meine Kollegen bei der Zeitung hielten mich wohl für einen Menschenfeind, womit sie vermutlich nicht ganz unrecht hatten.

Ende Juli hatte ich das Glück, ein kleines Haus mieten zu können, das abseits der Stadt an einem See lag. Zwar war es ziemlich heruntergekommen, aber es kostete nur dreißig Dollar im Monat. Natürlich gab es dort weder Strom noch fließendes Wasser, doch dieser Nachteil fiel angesichts eines guten Brunnens und der idyllischen Umgebung mit Kirsch- und Apfelbäumen nicht weiter ins

Gewicht. Im Schuppen fand ich einige Rollen Maschendraht, mit denen ich einen großzügig bemessenen Zwinger für Yukon anlegen konnte. Wir besaßen sogar einen eigenen kleinen Strand am Seeufer, und jeden Abend konnte ich auf das Wasser hinauspaddeln, um Regenbogenforellen und die besonders wohlschmeckenden Binnenlachse zu angeln.

Als der Winter kam, genossen Yukon und ich, daß die Jahreszeit in diesen Breitengraden weit weniger streng war als in den Wäldern Ontarios. Dennoch war keiner von uns beiden völlig zufrieden, denn wir fühlten uns eingeengt durch den täglichen Trott. Die Tage und Wochen schleppten sich dahin, und wir wurden mißmutig und ruhelos. Nicht einmal mehr unsere gemeinsamen Streifzüge am Wochenende konnten uns richtig Freude bereiten.

Bis Ende Februar hatte ich die erhofften dreitausend Dollar zusammengespart und teilte meinem Arbeitgeber mit, daß ich in zwei Wochen abreisen würde. Diese letzten Tage waren am schwersten zu ertragen! Jeden Morgen hakte ich einen weiteren Tag auf dem Kalender ab, und jeden Abend packte ich ein paar weitere Sachen ein.

Dann war es soweit: Endlich erlöste uns die Abreise von einem Leben voll unliebsamer Zwänge.

7

YUKON lag zusammengerollt auf dem Sitz neben mir, leckte sich die Pfote und achtete nicht auf die Landschaft, die der Vollmond in silbriges Licht tauchte. Es war etwa eine Stunde vor dem Morgengrauen. Die Bäume warfen dunkle Schatten auf den Schnee. Auf der Straße herrschte kein Verkehr. Wir wußten nicht, wohin wir fuhren, und es kümmerte uns nicht. Es genügte, daß wir Kurs nach Norden genommen hatten. Ich hatte keine Eile. Es gab keinerlei Termine, die eingehalten werden mußten, und kein bestimmtes Ziel.

Am Morgen des dritten Tages befanden wir uns in unmittelbarer Nähe der Cariboo Mountains von British Columbia, wo der Winter dem Frühling noch Widerstand leistete. Es war nicht sehr kalt, aber überall lag hoher Schnee, und die Wasserläufe waren zugefroren.

Zum ersten Mal seit unserer Abreise zog ich eine Landkarte zu Rate und wählte auf gut Glück ein Ziel. Die Karte zeigte ein ausgedehntes Waldgebiet am Rand des Fraser-Plateaus, an dessen Südseite eine

Schotterstraße von Williams Lake nach Westen zur Pazifikküste führte. Irgendwo in dieser Region hoffte ich einen geschützten Lagerplatz zu finden, wo wir etwa einen Monat bleiben und die Wildnis beobachten konnten, während wir auf den Frühling warteten. Wir machten uns wieder auf den Weg und erreichten nach etwa neunzig Kilometern Williams Lake. Dort bog ich auf die Schotterstraße ein, und im Laufe des Vormittags kamen wir zu einer Ortschaft namens Riske Creek. Die Gegend gefiel mir, und ich begann, nach einem geeigneten Platz für unser Lager Ausschau zu halten.

Riske Creek war damals noch ein kleiner Ort, kaum mehr als eine Handvoll Blockhütten und Holzhäuser, die beiderseits der Landstraße errichtet worden waren. In einer Gemischtwarenhandlung erfuhr ich von einem Weg für Holzfuhrwerke, der ein paar Kilometer westlich des Flusses tief in den Wald hineinführte. Dort, sagte man mir, würde ich zahlreiche gute Plätze zum Zelten finden.

Wie sich herausstellte, war der Weg schmal und uneben. Nach einigen Kilometern wurde er praktisch unbefahrbar, weil mein Wagen in den Schneeverwehungen über einem weichen, lehmigen Untergrund steckenzubleiben drohte. Zu meiner Erleichterung fand ich eine Wendestelle mit felsigem Boden, bei dem nicht die Gefahr bestand, daß er später, wenn das Tauwetter einsetzte, zu Morast wurde. Nachdem ich den Schnee weggeschaufelt hatte, war das Lager schnell errichtet. Ich wollte es als Stützpunkt für unsere Streifzüge benutzen, bis wir einen Platz gefunden hatten, an dem wir für längere Zeit kampieren konnten.

In dieser Nacht schliefen wir ruhig und behaglich und wachten erst auf, als die Sonne am Himmel stand. Beim Frühstück im Freien vor einem knisternden Lagerfeuer gesellten sich fünf Schwarzkopfhäher zu uns, die um Nahrung bettelten. Sie schienen keine Angst vor Yukon zu haben. Er seinerseits beachtete die Vögel kaum, bis einer von ihnen, der besonders vorwitzig war, sich auf meiner Schulter niederließ. Fast im gleichen Augenblick erhielt ich einen so heftigen Schlag auf den Rücken, daß ich von meinem Klappstuhl fiel.

Wie ich später begriff, hatte Yukon offenbar seine Eifersucht nicht beherrschen können, als er sah, daß ich die Hand mit Brotkrumen für den Vogel in die Höhe hielt.

Der erschrockene Häher flog laut kreischend davon. Ich selbst war nicht weniger erschrocken und wollte eben wieder aufstehen, als Yukon zu mir kam, um sich zu entschuldigen. Erst da wurde mir klar, daß *er* mich vom Stuhl gestoßen hatte. Im ersten Moment war ich äußerst erzürnt über den Schreck, den er mir eingejagt hatte, und als er mir reuevoll die Hand lecken wollte, schlug ich nach ihm. Noch nie zuvor hatte ich ihn im Zorn geschlagen. Er wich winselnd zurück, sah mich durchdringend an, dann drehte er sich rasch um und lief in den Wald. Ich rief ihn, aber er reagierte nicht.

Jetzt war es an mir, Reue zu zeigen, vor allem, als ich mich an die seltenen Gelegenheiten erinnerte, bei denen ich ihm versehentlich weh getan hatte. Er hatte sich nie zu einer unbeherrschten Reaktion hinreißen lassen. Zwar hatte er geknurrt und nach mir geschnappt, aber nie zugebissen, und jedesmal war seinem Zorn sofort ein Freundschaftsbeweis gefolgt.

Zwei Stunden später war er immer noch fort. War es möglich, daß ein einziger unbesonnener Schlag unsere Freundschaft zerstört hatte? Ich versuchte, diesen Gedanken zu verdrängen, konnte aber meine Sorgen nicht abschütteln, denn ich wußte nur allzu gut, wie empfindsam Yukon schon immer gewesen war. Sicher hatte ich ihn zutiefst verletzt. Trotz all des Leids, das ihm von Menschen zugefügt worden war, hatte er mir sein volles Vertrauen geschenkt. Es war durchaus denkbar, daß er sich jetzt betrogen fühlte und wieder zu dem menschenfeindlichen, mißtrauischen Tier wurde, das ich damals auf Alfreds Lastwagen gesehen hatte. Außerdem bestand auch die Möglichkeit, daß er in seinem aufgebrachten Zustand versuchen würde, zu dem über dreitausend Kilometer entfernten Gehöft zurückzukehren. Eine Reihe ähnlich bedrückender Gedanken ließen mir den Vormittag zur Qual werden.

Als Yukon bis Mittag nicht zurückgekommen war, hielt ich es nicht mehr aus und beschloß, seiner Spur zu folgen. Ich packte Nahrung für ihn und mich in einen kleinen Rucksack, schnallte die Schneeschuhe an und machte mich auf den Weg.

Zuerst war es nicht schwer, Yukons Fährte zu verfolgen. Er war fast genau nach Westen gegangen. Aber als ich nach einer halben Stunde auf offenes Gelände kam, das voller Schneehasenspuren war, mußte ich große Geduld aufbringen, um seine Fährte ausmachen zu können. Offenbar hatte er hier gejagt und seine Beute dabei auf einen Wald von Fichten und Zedern zu getrieben. Im Schutz einer großen Zeder fand ich die Überreste eines Hasen, den er schließlich doch zu fassen bekommen hatte. Von hier aus liefen Yukons Spuren weiter in Richtung Westen.

Ich pfiff und lauschte, aber ich hörte nur ein leises, stetiges Rauschen, das von einem Wasserlauf herrühren mußte. Yukons Fährte schien geradewegs dorthin zu führen, und während ich ihr folgte, wurde ich allmählich zuversichtlicher und sagte mir, daß er bestimmt heute noch zum Lagerplatz zurückkehren würde. Ein einziger gedankenloser Schlag konnte unmöglich all das zunichte machen, was uns miteinander verband.

Ich war mir ziemlich sicher, daß Yukon sich nicht verirren würde, aber dennoch bangte ich um ihn. Es konnte ein böses Ende nehmen, wenn Yukon die Witterung eines Bären aufnahm und in eine Höhle tapste. Außerdem drohte ihm auch große Gefahr, falls er einen Bach oder See überqueren wollte. Die trügerische Eisdecke brach jetzt nur allzu leicht, und in dem lähmend kalten Wasser würde er unweigerlich den Tod finden.

Das Gelände fiel jetzt leicht ab, und an den Spuren im Schnee sah ich, daß Yukon in langen Sprüngen auf eine Stelle zu gejagt war, wo sich die Nadelbäume zu lichten begannen. Das Rauschen des Wassers hatte sich inzwischen zu einem Crescendo gesteigert. Ich zwängte mich durch Büsche und Sträucher und trat auf eine Wiese hinaus, die sich bis zum Ufer eines breiten Baches erstreckte. Das klare Wasser strömte über einen Felsvorsprung und stürzte in ein tieferliegendes Becken. Dieses Geräusch hatte ich die ganze Zeit gehört. Ich blickte mich um und sah, daß auf der kleinen Lichtung kaum noch Schnee lag. Die warme Märzsonne hatte ihn schmelzen lassen, und das Gras war schon erstaunlich trocken.

Diese sonnige Lichtung wäre ein traumhaft schöner Lagerplatz, ging es mir durch den Kopf. Hier konnten Yukon und ich herrliche Tage verbringen.

Erst da wurde mir klar, daß ich in der Begeisterung über meine Entdeckung Yukons Verschwinden vollkommen vergessen hatte.

„Wo steckst du denn bloß, Yukon?" rief ich beinahe flehentlich.

Plötzlich hatte ich das Gefühl, beobachtet zu werden. Ich drehte mich um und durchforschte mit den Augen den Wald hinter mir. Es war nichts zu sehen. Noch einmal suchte ich alles ab. Wieder nichts. Offenbar hatte ich es mir nur eingebildet. Ich machte mich auf den Rückweg, war jedoch noch keine zehn Schritte gegangen, da hörte ich Yukons freudiges Heulen. Grenzenlos erleichtert wandte ich mich um und sah meinen schmerzlich vermißten Hund mit großen Sprüngen heranstürmen. Ganz außer sich vor Glück, sprang er heftig an mir hoch, warf mich dabei flach auf den Rücken und stellte sich mit den Vorderbeinen auf meine Brust, um mir das Gesicht zu lecken. Meine eigene Wiedersehensfreude ließ mich die feuchten Liebkosungen geduldig ertragen, zumal sie deutlich bewiesen, daß Yukon mir meine Unbeherrschtheit verziehen hatte.

Am nächsten Tag gab es viel zu tun. Viermal gingen wir zwischen dem Zelt und der Lichtung am Bach hin und her und beförderten unsere Ausrüstung und Vorräte mit Hilfe eines eilig zusammengebastelten primitiven Transportschlittens zu unserem künftigen Lagerplatz. Als es dunkel wurde, hatten wir unser neues Quartier am Waldrand in der Nähe des Baches schon behaglich eingerichtet und konnten uns zufrieden zur Ruhe begeben.

Unser Lager am Südostrand des Fraser-Plateaus lag in einem regelrechten Naturparadies. Das Plateau, das sich zwischen den Bergketten der Cariboo Mountains und der Coast Mountains erstreckt, ist noch weitgehend unberührt. Durch das Tafelland windet sich der schnell dahinfließende Fraser, der schließlich bei Vancouver in den Pazifischen Ozean mündet. Eine Woche nachdem wir auf die Lichtung umgezogen waren, schrieb ich in mein Reisetagebuch:

> WELCH eine zauberhafte, wundervolle Gegend! Kein menschlicher Laut dringt an das Ohr, und bisher ist mir noch keine Menschenseele begegnet. Ringsum ist reine, unberührte Wildnis. Ferne Gebirge begrenzen das Fraser-Plateau, aber das Gebiet ist bei weitem nicht so eben, wie sein Name vermuten läßt. Es gibt sanfte Anhöhen, kleinere Hügelketten und mindestens einen hohen Berg, den wir von unserer Wiese aus sehen können.
>
> Bisher haben wir die Wildnis im Umkreis von dreißig Kilometern erforscht. Wir befinden uns in einer Übergangszeit zwischen Winter und Frühling, und das macht das Gehen mühsam und schwierig. Trotzdem sind wir bereits auf mehrere Elche, einen Fuchs, einen Fichtenmarder, zwei Präriewölfe sowie einen Rotluchs gestoßen, der sein Zögern bei unserem Anblick beinahe mit dem Leben bezahlt hätte. Wie von einer Feder geschnellt, jagte Yukon auf ihn zu und hätte ihn ums Haar erwischt.

Sieben Wochen lang durchstreiften Yukon und ich diese schier endlose Wildnis. Wir zogen kreuz und quer durch die Gegend und kehrten dabei nicht jeden Abend zum Zelt zurück. Bei größeren Touren suchten wir uns ein Schutzdach in freier Natur, unter dem wir unbesorgt die Nacht verbringen konnten. Langsam, Tag um Tag, wich der Winter dem Frühling. Schließlich war das Land von Schnee und Eis befreit, und die Zugvögel kehrten zurück.

Eines Morgens im April weckte mich das Schreien von Kanadagänsen, und als ich aus dem Zelt trat, sah ich sie in großen Keilformationen über unsere Wiese fliegen. Drei Tage später kamen die Seetaucher; sie schnatterten die ganze Nacht hindurch, und Yukon begleitete sie mit seinem gespenstisch anmutenden Geheul.

Dann kam der Mai und mit ihm eine unerwartete Hitzewelle, die Schnaken und Schwärme von Kriebelmücken brachte. Abends saß ich auf der Wiese am Bach und sah das Wasser ruhig und zielstrebig dahinfließen. Es war Zeit, wieder auf die Wanderschaft zu gehen, in neue Gegenden vorzustoßen und sie zu erkunden.

8

Von Riske Creek kehrten wir nach Williams Lake zurück und fuhren in nördlicher Richtung nach Prince George. Dort bog ich nach Westen in die Yellowhead-Route ein, die an der Pazifikküste endet.

In New Hazelton erfuhr ich, daß es eine Art Privatstraße gab, die einer Holzverarbeitungsgesellschaft gehörte und von der Ortschaft Terrace nach Norden zum Nass River führte. „Da können Sie direkt am Vulkan vorbeifahren", lautete die Auskunft.

Ein Vulkan? Das interessierte mich. Ich wollte unbedingt Genaueres wissen. Der Vulkan werde als erloschen angesehen, sagte man mir, und es gebe dort ein ausgedehntes Lavagebiet, durch das die kleine Straße führte. Im übrigen sei es zweifelhaft, ob ich die Genehmigung erhalten würde, die Straße zu dieser Jahreszeit zu benutzen. Sie sei jetzt schlammig und kaum befahrbar.

Als ich wieder im Wagen saß, studierte ich aufmerksam meine Landkarte. Tatsächlich war der Vulkan darin eingezeichnet, und auch das Lavabett, durch das der Nass fließt. „Das müssen wir auf jeden Fall gesehen haben, Yukon, und wenn wir das Kanu die ganze Strecke schleppen müssen", sagte ich zu meinem Begleiter.

Offenbar war er damit einverstanden, denn er wedelte unternehmungslustig mit dem Schwanz.

Wir verbrachten die Nacht in Terrace. Früh am nächsten Morgen ging ich ins Büro der Holzverarbeitungsgesellschaft und erhielt die Erlaubnis, die Straße auf eigene Verantwortung zu benutzen. Ich wurde jedoch so eindringlich vor der Fahrt gewarnt, daß ich drauf und dran war, mein Vorhaben aufzugeben. Aber in diesem Augenblick kam der Fahrer eines Holztransporters ins Büro, der eben aus Aiyansh, einem Indianerdorf am Nass, zurückgekehrt war. Bis dorthin sei die Straße ganz gut befahrbar, berichtete er. An seinen Kollegen gewandt, fügte er hinzu: „Die Kerzenfische ziehen den Nass herauf."

Auf meine Frage erfuhr ich folgendes: Die Kerzenfische sind eine dem Lachs verwandte Unterart der Stinte. Jeden Frühling schwimmen sie zum Laichen die Flüsse aufwärts. Die kleinen Fische, zwanzig bis fünfundzwanzig Zentimeter lang und silbergrau, sind außerordentlich reich an Öl, und ihre Verwertung brachte einst einen ganzen Industriezweig hervor. Die Küstenindianer ließen das Fischfett aus und verkauften es an die Eingeborenen im Binnenland. Im Jahr 1877 gründete die kanadische Regierung Grease Harbour, eine Fabrik für Kerzenfischöl am Nass. Die Fabrik ist heute nicht mehr in Betrieb, aber die *grease trails* – die „Fettpfade" –, die den Indianern als Handelswege dienten, sind an manchen Stellen noch befahrbar.

Nun war meine Neugierde erst recht geweckt, und ich wollte mich so schnell wie möglich auf den Weg nach Grease Harbour machen, um die Laichwanderung der Kerzenfische nicht zu versäumen. Danach würde ich zurückkehren und mit Muße den Vulkan und seine Lavahänge auskundschaften.

DER Holzweg war nicht so schlecht, wie der Mann im Büro ihn geschildert hatte, wenngleich die Räder meines Wagens an einigen Stellen tief in den Schlamm einsanken. In vielen Windungen schlängelte sich die Route durch den Wald, und nach zwei Stunden kamen wir zum Lava Lake, einem schmalen, langgezogenen Gewässer, dessen Nordufer zum Teil aus Lava bestand. Von dort aus sind es fünfzehn Kilometer zum Nass und zu der Ortschaft Aiyansh.

Die Straße war jetzt besser, weil sie über Lava führte, aber als wir zum Nass kamen, erfuhr ich von einer Gruppe halbwüchsiger Indianer, daß die Strecke weiter nördlich wesentlich schlechter wurde. Außerdem sei der Pfad nach Grease Harbour zu schmal für den Wagen. Die drei Jungen, Niska-Indianer aus Aiyansh, kamen eben mit Säcken voller Kerzenfische vom Fluß zurück. Ich schickte mich an, aus dem Wagen zu steigen, um mir ihren Fang anzusehen, da begann Yukon zu knurren und die Zähne zu fletschen, was bei ihm ganz ungewöhnlich war. Vorsichtshalber band ich ihn mit der Leine ans Lenkrad, ehe ich aus dem Wagen klctterte.

Die jungen Niska waren schüchtern, aber sehr freundlich. Einer von ihnen, Jimmy, den ich auf fünfzehn schätzte, erbot sich, mir zu zeigen, wie sie fischten. Ich nahm sein Angebot bereitwillig an. Aber vorher mußte ich Yukon beruhigen.

Ich holte ihn aus dem Wagen und redete ihm gut zu, doch er war nicht bereit, sich mit Jimmy anzufreunden. Aber zumindest konnte ich ihn dazu bringen, daß er aufhörte zu knurren und sich mit der Gegenwart des Jungen abfand. Da Yukon sich noch nie zuvor so feindselig verhalten hatte, gelangte ich zu dem Schluß, daß vermutlich die Erinnerung an Alfred, den Indianer, der ihn mir verkauft hatte, diese Reaktion bei ihm auslöste.

Jimmy war nicht sehr gesprächig. Er lächelte viel und gab einsilbige Antworten, wenn man ihn etwas fragte, aber von sich aus sagte er nichts. Während wir zum Fluß gingen, bemühte ich mich, ihm ein paar Informationen über Land und Leute aus der Nase zu ziehen.

„Wie viele Leute leben in Aiyansh?" fragte ich ihn.

„Einige."

„Gehst du in die Schule?"

„Nein."

„Arbeitest du?"

„Ja."

„Was tust du?"

„Fallen stellen. Fischen."

Erst nachdem er mir abends geholfen hatte, das Lager aufzuschlagen, und am nächsten Morgen kam, um Holz zu hacken, fing Jimmy zu reden an. Danach hörte er überhaupt nicht mehr auf. Außerdem zeigte er mir, wie man Kerzenfische fing. Es war keine große Kunst. Tausende und aber Tausende glitzernder Fische bevölkerten den Nass von einem Ufer zum anderen. Seite an Seite zogen sie stromaufwärts, ein endloses, nie abreißendes Silberband. Es war ein Kinderspiel, sie einfach mit der Hand aus dem Wasser zu schaufeln. Und genau so machte es Jimmy. Binnen fünf Minuten hatten wir etwa drei Dutzend Fische gefangen. Danach kehrten wir zum Wagen zurück und errichteten ein provisorisches Lager. Ich lud den Indianerjungen zum Abendessen ein; es gab Kerzenfische, die wir über dem Feuer brieten. Yukon fand sichtlich Geschmack an den fettigen kleinen Fischen. Er fraß vierzehn auf einen Sitz – roh natürlich.

Als Jimmy am nächsten Morgen eintraf, hielt sich Yukon ein wenig abseits, während der Junge Holz hackte und aufstapelte. Hinterher gingen wir wieder zum Nass hinunter, und Jimmy fing an, Kerzenfische aus dem Wasser zu holen. Während er sich damit vergnügte, blickte ich nachdenklich auf den Fluß und überlegte, wie es jetzt weitergehen sollte.

Da wir den Vulkan auskundschaften wollten und auch den See, Lava Lake, noch nicht richtig gesehen hatten, beschloß ich, dorthin zurückzufahren und ein oder zwei Wochen in der Nähe des Sees zu zelten. Jimmy wollte gern mitkommen und mir bei den täglichen Arbeiten helfen. Aber von seinem Zuhause in Aiyansh bis zum nördlichen Ende des Sees waren es fünfzehn Kilometer.

„Du kannst unmöglich zweimal am Tag so weit marschieren", gab ich zu bedenken.

„Hab ein Fahrrad", erklärte Jimmy, und damit war die Sache entschieden. Für einen Lohn von drei Dollar pro Tag radelte er allmorgendlich zu uns herüber und machte sich nützlich. Ich brauchte ihn nicht, aber ich hatte das Gefühl, daß er uns brauchte. Wir waren ein ungewöhnliches Ereignis in seinem jungen Leben. Und ganz gewiß brauchte er das Geld. Er und Yukon wurden während der zehn Tage, die wir in der Nähe des Sees kampierten, recht gute Freunde.

DER kleine Fluß, der sich in den nördlichen Zipfel des Lava Lake ergießt, kommt von einem Berg herunter, dessen Gipfel sich acht Kilometer westlich des Fahrwegs erhebt. Dort, wo der Fluß in den See mündet, hat er ein kleines Becken aus dem Vulkangestein gewaschen, das mit kristallklarem Wasser gefüllt ist. Aus ihm ragen skurril anmutende Gebilde aus Lava, auf denen Farne, wilde Gräser und die verschiedensten Moose und Pilze wachsen. Kein Gärtner der Welt könnte sich etwas Schöneres ausdenken als dieses von der Natur geschaffene Wasserbecken, das von Sonnenstrahlen erhellt wird, die schräg durch dichtbelaubte Bäume fallen.

Jedes der Lavagebilde hat eine andere Form: ein Hundekopf – oder es könnte auch der eines Wolfes sein; ein grob geformter Reiher, auf einem Bein stehend, der Schnabel ein wenig dick und verkürzt. Das tanzende Licht und das langsam dahinfließende Wasser verleihen den Formen Bewegung, so daß sie tatsächlich zu leben scheinen.

An unserem ersten Tag am See saß ich eine Stunde an diesem wunderschönen Becken und hing meinen Gedanken nach, während

Yukon und Jimmy, die inzwischen Waffenstillstand geschlossen hatten, Brennholz herbeischleppten. Wir hatten für die Fahrt vom Nass hierher Jimmys Fahrrad hinten an den Wagen gebunden und den Jungen auf dem Rücksitz mitgenommen. Dann hatte ich ein festes Abkommen mit ihm getroffen. Im Lauf der nächsten Wochen wollte ich mit Yukon die Quelle des Nass erforschen. Wir würden mit dem Kanu flußaufwärts fahren und den Wagen in Jimmys Dorf zurücklassen. Für zehn Dollar im voraus und weitere zehn bei unserer Rückkehr sollte der Indianerjunge mein Auto bewachen. Aber zuerst wollte ich noch einige Zeit am Lava Lake bleiben. Dann würde ich vor unserem Aufbruch nach Terrace fahren, um uns mit Lebensmittelvorräten bis zum Frühling einzudecken, denn möglicherweise würden wir den Winter in den Bergen verbringen.

Nachdem sich Jimmy an diesem Abend verabschiedet hatte, machte ich mich mit Yukon auf den Weg zum Vulkan. Gemächlich stiegen wir bergan, der Stelle entgegen, von der man in den schwarzen Rachen des Kraters hinabblicken konnte.

Der Vulkan erwies sich als nicht besonders eindrucksvoll. Vermutlich war er es nicht einmal zu der Zeit gewesen, als er noch Feuer und Asche gespien hatte. Dennoch hatte er es fertiggebracht, seine Lavamassen über eine Fläche von rund zweihundertfünfzig Quadratkilometern zu ergießen.

Fast ein Jahrhundert ist seither vergangen. Etwa fünfzig Prozent des Lavagesteins sind inzwischen mit Vegetation bedeckt: Weiden, Fichten und Lärchen, dazu einige Kiefern und Birken. In weniger als hundert Jahren, eine winzige Zeitspanne im Verhältnis zur Geschichte unseres Planeten, hat das Grün einen großen Teil des Bodens zurückerobert.

EINTRAGUNG IM REISETAGEBUCH: Nacht. Pechschwarze Nacht, nur vom Flackern des Lagerfeuers belebt. Dunkelheit unter einem Vulkan; kein Wind. Kaum ein Laut, abgesehen vom Gemurmel des ruhelosen Flusses. Satt und zufrieden sitze ich am Feuer, trinke Kaffee, genieße den Frieden der Wildnis und denke an morgen und den fünfzehn Kilometer langen Fußmarsch hinüber nach Aiyansh, um Jimmy zu treffen und vielleicht noch ein paar Kerzenfische zu fangen.

Am nächsten Morgen stand die Sonne strahlend am tiefblauen Himmel. Zum Frühstück gab es Kaffee und gebratenen Speck, von dem ich drei Scheiben an Yukon abtrat. Um acht Uhr brachen wir auf und marschierten querfeldein in Richtung Nass. Wir hätten auch im Wagen zum Indianerdorf am Fluß fahren können, aber ich wollte nicht schon wieder auf der holprigen Straße durchgerüttelt werden. Nach zwei, drei Stunden Fußmarsch kamen wir zu einer großen Wiese an einem Berghang, auf der Felsbrocken verstreut lagen. Es war ein einladender Platz, und ich beschloß, eine Weile zu bleiben, um eine Pfeife zu rauchen, während ich mich im Gras ausruhte.

Yukon, der neben mir lag, sprang plötzlich auf und jagte auf eine Geröllhalde am Rand der Wiese zu. Wenige Sekunden später sah ich, was ihn so in Fahrt gebracht hatte: Ein großes Waldmurmeltier lief ebenfalls in Richtung der Halde, wo sich vermutlich sein Bau befand.

Fast im selben Moment noch bemerkte ich aus den Augenwinkeln einen dunklen Schatten, der zu meiner Linken am Himmel auftauchte. Es war ein Adler. Ich blickte durch den Feldstecher. Zu meiner Überraschung und Freude stellte sich heraus, daß es ein Steinadler war, der erste, den ich in Kanada zu sehen bekam. Tatsächlich habe ich in den vierundzwanzig Jahren meiner Streifzüge durch die Wildnis insgesamt nur sechs dieser prachtvollen Vögel beobachten können.

Der Adler, der jetzt in nur dreißig Meter Höhe über der Wiese kreiste, hatte es ganz offenbar auf das Murmeltier abgesehen; er nahm keine Notiz von Yukon. Der Hund, der mit geschmeidigen Bewegungen dahinjagte, erkannte, daß der Adler im Begriff war, ihm die Beute wegzuschnappen. Während das zu Tode geängstigte Murmeltier in gerader Richtung auf die Geröllhalde zurannte, setzte der Adler, der eine Flügelspannweite von mehr als zwei Metern hatte, zum Sturzflug an. Yukon steigerte seine Geschwindigkeit und lief jetzt so schnell, daß seine Beine kaum noch den Boden zu berühren schienen.

Der Adler stieß herab. Plötzlich schnellten die großen, krallenbewehrten Fänge nach vorn, und mit einem dumpfen Aufprall traf der gewaltige Raubvogel auf seine Beute. Ein Schrei des Murmeltiers gellte über die Wiese. Sein heftig zuckendes Opfer fest in den Klauen, kauerte der Adler im Gras.

Yukon hetzte auf ihn zu, war jetzt nur noch etwa zwanzig Meter entfernt. Ich fürchtete, er würde den Adler töten oder von dessen messerscharfen Krallen zerrissen werden. Der Vogel richtete sich auf und hob, ungestüm mit den großen Flügeln schlagend, das sich immer noch wehrende Nagetier in die Luft. Gleich mußte Yukon ihn erreicht haben! Der Adler, mit dem Gewicht des Waldmurmeltiers belastet, gewann nur ganz langsam an Höhe. Mit einem letzten großen Satz

war Yukon heran und schnellte senkrecht nach oben. Einen Moment schien er in der Luft zu hängen, und ich sah seine Zähne aufblitzen. Nur um Haaresbreite verfehlten sie ihr Ziel. Der Adler trug seine Beute davon und war bald in der Ferne verschwunden.

Yukon trottete niedergeschlagen zu mir zurück. Als wir weitergingen, fragte ich mich, was wohl passiert wäre, wenn der große Adler sein gewagtes Spiel nicht gewonnen hätte.

AM FRÜHEN Morgen des 7. Juni traten wir unsere Reise nach Norden zur Quelle des Nass an. Ich hatte den Wagen in Jimmys Dorf abgestellt, und der Junge war gekommen, um beim Beladen des Kanus zu helfen. Er hatte einen schmutzigen Proviantbeutel um den Hals hängen. Ich ließ das Kanu ins Wasser und verstaute die Vorräte und Ausrüstungsgegenstände, die Jimmy herbeischleppte. Als wir alles eingeladen hatten, war das Boot mit über dreihundert Kilo Gewicht fast bis zur Höchstgrenze beladen. Es blieb gerade noch genügend Platz für Yukon und mich. Jimmy löste die Vertäuung, dann öffnete er ein wenig verlegen seinen Proviantbeutel und reichte mir schüchtern ein in braunes Papier gewickeltes Päckchen.

„Lachs. Geräuchert. Für Sie", murmelte er.

Gerührt über die Geste, dankte ich ihm. Er stieß wortlos das Kanu vom Ufer ab und sah zu, wie ich den Bug stromaufwärts richtete. Dann winkte ich mit dem Paddel und rief: „Auf Wiedersehen!" Yukon, der mir in nichts nachstehen wollte, hob den Kopf und heulte.

Wir legten die Strecke bis Grease Harbour in drei Stunden zurück – eine Durchschnittsgeschwindigkeit von acht Kilometern in der Stunde. Wenn es uns gelang, dieses Tempo beizubehalten, sagte ich mir, konnten wir die Quelle des Nass in fünf, höchstens sechs Tagen erreichen; aber ich hatte mir keine bestimmte Frist gesetzt. Das war völlig überflüssig; wir hatten viel Zeit und waren reichlich mit Vorräten versehen.

In Grease Harbour wollte ich haltmachen, um mir die Fabrik für Kerzenfischöl anzusehen. Aber als wir uns auf dem Fluß dem Dorf näherten, stürmte eine Meute knurrender, kläffender Hunde zum Ufer. Zwei Niska-Indianer folgten ihnen. Ich winkte, doch statt meinen Gruß zu erwidern, sahen mich die Männer nur finster an, und so fuhr ich weiter. Am Spätnachmittag errichteten wir unser Lager auf einer kleinen Insel mitten im Fluß.

An diesem Abend machte ich Pläne für die nächste Zukunft. Ich war jetzt entschlossen, den Winter in der Wildnis zu verbringen. Dazu mußte ich ein kleines Blockhaus errichten, doch wenn wir Glück hatten, fanden wir vielleicht eine verlassene Hütte, die man bewohnbar machen konnte. Ich hoffte, mich zum großen Teil von den Gaben der Natur ernähren zu können, wußte jedoch aus Erfahrung, daß man bei dieser Lebensweise nie sicher sein kann, ob einem der nächste Tag ein üppiges Festmahl oder einen leeren Magen beschert. Zunächst einmal versuchte ich herauszufinden, welche Gegend sich am besten zum Überwintern eignete. Gleichzeitig überlegte ich mir, wieviel Lebensmittel ich in einem Versteck irgendwo längs der Route zurücklassen sollte, damit wir auf unserem Rückweg im nächsten Frühling notfalls auf eine Reserve zurückgreifen konnten.

Während ich neben einem stark qualmenden Feuer saß, das dazu bestimmt war, die Stechmücken fernzuhalten, wandten sich meine Gedanken dem Leben in der Wildnis zu. Heute ist es kein Problem, in menschenleere Gebiete vorzudringen, sofern man über genügend Geld für eine Chartermaschine und einen Piloten verfügt. Es ist jedoch etwas völlig anderes, auf die eigene Kraft zu vertrauen und mit einem Kanu die Wildnis zu durchqueren, in dem ständigen Bewußtsein, daß vielleicht schon eine kleine Unachtsamkeit, ein unter anderen Umständen harmloses Mißgeschick mit dem Leben bezahlt werden muß.

Das Gebiet, in das Yukon und ich in jenem Juni eindrangen, war nicht etwa völlig unerforscht. Ich hatte Landkarten zur Hand, die mir in groben Zügen verrieten, was vor uns lag. Davon abgesehen besaß ich aber ein solch großes Vertrauen zu Yukon, daß ich diese Fahrt wahrscheinlich auch ohne Karten unternommen hätte. Mit ihm an meiner Seite fühlte ich mich immer sicher; ohne ihn hätte ich wohl kaum den Mut aufgebracht, mich in ein Gebiet zu wagen, in dem ich keinem anderen Menschen begegnen würde.

Ich frage mich manchmal, ob ich ihn führte oder er mich. Mir war ständig bewußt, wie sehr wir aufeinander angewiesen waren. Yukon war mein „Hilfsmotor", wenn wir das Boot samt Inhalt um Stromschnellen, über Sandbänke oder um Sümpfe herum transportieren mußten. Er sträubte sich nie dagegen, sich das Geschirr anschnallen zu lassen und eine Ladung nach der anderen über Land zu befördern. Des Nachts schlief er bei mir im Zelt. Er war ständig auf der Hut und bereit aufzuspringen, wenn sich ein Tier auf der Suche nach Nahrung unserem Lager näherte. Nicht nur einmal machte er mich auf die gefährliche Nähe von Bären aufmerksam, so daß ich sie noch rechtzeitig mit ein paar Gewehrschüssen verjagen konnte.

In dieser und auch in vielerlei anderer Hinsicht war Yukon für mich, was seine Vorfahren für die Pioniere in der Wildnis Kanadas und Alaskas gewesen waren. Er war eine lebende Erinnerung an den großen Schlittenhund des Nordens, jene halbwilde Rasse, die den Pelztierjägern bei ihrer Arbeit half und ohne deren Einsatz weder Nansen die arktische Eiswüste bezwungen noch Amundsen den Südpol erreicht hätte.

WIR errichteten das Vorratslager etwa einhundert Kilometer nördlich von Aiyansh am Ufer eines kleinen Flusses. Danach kehrten wir zum Nass zurück und setzten gemächlich unseren Weg fort. Ich hatte inzwischen jedes Zeitgefühl verloren. Es muß wohl ein paar Tage später gewesen sein, als wir auf einen anderen kleinen Fluß trafen, der Damdochax heißt. Dies ist die Stelle, wo der Nass seinen Lauf ändert und sich von Nordosten nach Nordwesten wendet. Wir fuhren etwa fünfzehn Kilometer weit diesen kleinen Fluß hinauf und erreichten bald einen See, den Damdochax Lake.

Dort erwartete uns eine Überraschung. An der Stelle, wo der Fluß in den See mündet, standen zwei Blockhütten. Sie befanden sich in einem so guten Zustand, daß ich annahm, sie gehörten einem Wildhüter, der wohlhabende Touristen zum Jagen und Angeln hierherbrachte.

„Hör zu, Yukon, dies wird für eine Weile unser Zuhause sein. Wenn der Besitzer auftaucht und uns rausschmeißt, suchen wir uns etwas anderes."

Yukon drehte sich um und kam vom Bug her über die Ladung hinweg auf mich zugestürmt, wobei er in seinem Eifer das Kanu fast zum Kentern gebracht hätte. Ich hatte gute Lust, ihn zurechtzuweisen, aber es war nichts geschehen, und so ließ ich seine Zärtlichkeiten widerspruchslos über mich ergehen. Nachdem er mir freudig über das Gesicht geleckt hatte, paddelte ich die letzten paar Meter zu einem etwas wackeligen, aber brauchbaren Landungssteg. Yukon sprang sofort an Land und lief davon, um unsere künftige Behausung zu untersuchen.

Sobald das Kanu festgemacht war, folgte ich ihm, und wir betraten die größere der beiden Hütten. Drinnen gab es zwei Schlafstellen, einen Tisch, vier schlichte Holzbänke und einen massiven gußeisernen

Ofen. An der Wand stand ein Schrank mit allerlei Töpfen und Pfannen, einigen Blechtellern sowie Messern und Gabeln. Auf dem Tisch lag ein verblichenes Stück Packpapier mit einer Nachricht darauf: „Willkommen. Machen Sie es sich ruhig bequem, aber hinterlassen Sie die Hütte so, wie Sie sie vorgefunden haben." Das Ganze war mit „W.H." unterschrieben. Kein Datum, kein Hinweis auf den Aufenthaltsort des Besitzers.

„Vielen Dank, W.H., wer auch immer Sie sein mögen", murmelte ich.

Die Hütte maß fünf auf acht Meter und war ganz aus Rundholz gezimmert. In die Ostseite, die den See überblickte, war ein Fenster eingelassen, aber das Glas war mit Sperrholz abgedeckt, um Tiere fernzuhalten. Die Luft im Inneren war stickig, überall lag dicker Staub, aber das kleine Häuschen bedeutete für uns ein Geschenk des Himmels.

Nach zwei Tagen hatte ich alles blitzblank geputzt und meine sämtlichen Vorräte und Ausrüstungsgegenstände im Innern verstaut.

Angesichts der Hitze und der Tatsache, daß die Blaubeeren sich dunkel färbten, nahm ich an, daß es Anfang Juli war. Ich wählte auf gut Glück den dritten und kreuzte dieses Datum auf dem Kalender an, den ich mitgebracht, aber bisher nie benutzt hatte.

Bis Ende des Monats hatten Yukon und ich viele Kilometer der Wildnis im Umkreis unserer Hütte durchstreift. Wir waren auf Schwarzbären, Grizzlybären und Elche gestoßen und hatten einen Stammplatz von Wölfen entdeckt, wo die fünf Jungen des Rudels warteten, bis sie kräftig genug waren, um mit den Großen umherzuziehen. Zwischen unseren Ausflügen baute ich eine Räucherkammer, die ich mit Stengeln und Blättern von Rohrkolben abdeckte, durch die der Rauch langsam hinausdringen konnte. Als sie fertig war, zimmerte ich zwei Gestelle für das Fleisch und die Fische, die ich als Vorrat für den Winter räuchern wollte.

Ich benutzte jetzt die kleinere Hütte als Lagerhaus für die Vorräte an Mehl, Haferflocken und Bohnen sowie für die geräucherten Fische. Sobald unsere Nahrungsmittel vor räuberischen Tieren sicher waren, machten wir Ausflüge, die mehrere Tage dauerten. Wir wanderten mit leichtem Gepäck, oft ohne Zelt, und lagerten am Ende des Tages an einem Feuer unter freiem Himmel.

Nachdem wir die nähere Umgebung ausgekundschaftet hatten, machten wir uns auf den Weg zu dem kleinen See, aus dem der Nass entspringt. Wegen einer Reihe von reißenden Stromschnellen brauchten wir fünf Tage, um die hundert Kilometer mit dem unbeladenen Kanu zurückzulegen. Aber obwohl die Hin- und Rückfahrt insgesamt zwölf Tage dauerte, war es für mich eine ungeheure Befriedigung, zur Quelle des Nass vorgedrungen zu sein.

Als nächstes erforschten wir einen großen Teil des Telegraph Trail, jener Strecke entlang der ersten Fernsprechleitung von der Küste ins Binnenland. Der Telegraph Trail verläuft eine Zeitlang parallel zum Nass. Etwa dreizehn Kilometer nördlich von der Stelle, wo er sich vom Fluß entfernt, stießen wir auf eine halbverfallene Blockhütte; nichts hätte mich dazu bewegen können, mich ihr zu nähern, wenn ich geahnt hätte, was sich dort ereignen würde.

Eine ganze Weile bevor ich die Hütte entdeckte, fing Yukon an, unruhig zu werden. Um zu verhindern, daß er weglief, nahm ich ihn rasch an die Leine. Ein paar Minuten später bemerkte ich die Hütte. Je mehr wir uns ihr näherten, um so erregter wurde Yukon.

Die Hütte war in einem erbärmlichen Zustand, mit auseinanderklaffenden, morschen Balken und gähnenden Löchern, wo einst Fenster und Tür gewesen waren. Und ich bemerkte auch noch etwas anderes: einen schrecklichen Gestank, den süßlichen, widerwärtigen Geruch der Verwesung. Als wir nahe bei der Türöffnung waren, zog Yukon heftig an der Leine. Ich war nicht sonderlich erpicht darauf, die Ursache des gräßlichen Gestanks zu erforschen; aber wenn nun ein unglückseliger Mensch tot in dieser Hütte lag? Ich *mußte* hineingehen. Sehr widerwillig ließ ich mich von Yukon zum Eingang zerren, aber noch ehe wir dort angelangt waren, kam ein graues Tier aus dem dunklen Inneren herausgestürmt. Ich erschrak derart, daß ich die Leine fallen ließ.

Es war ein Kojote. Yukon stürzte sich sofort auf ihn, und die Geräusche eines wilden Kampfes dröhnten mir in den Ohren. Das hysterische Gekläff kam vom Kojoten. Yukon war wie üblich still und zielstrebig. Seine Zähne bohrten sich in den Nacken des kleineren Tieres. Das Winseln des Kojoten wurde schwächer. Keuchend begann er, sich heftig hin und her zu werfen. Yukon ließ nicht von ihm ab, er biß sogar noch fester zu. Dann hob er den Kojoten hoch, warf ihn auf den Rücken und schlug ihm die Fangzähne in den Hals. Ich hatte geglaubt, ihn in jeder Gemütsverfassung erlebt zu haben, aber jetzt lernte ich ihn von einer neuen Seite kennen – er legte eine erschreckende, leidenschaftliche Mordgier an den Tag, die ich noch nie zuvor an ihm beobachtet hatte. Ich schrie ihn an, ging so dicht heran, wie ich es wagte, und versuchte, die Leine zu fassen zu kriegen. Sie hing zwischen seinen Beinen, aber es war mir zu gefährlich, mit der Hand dorthin zu greifen.

Plötzlich war der Kampf vorüber; der Kojote wurde still, sein Körper zuckte, dann wurde er schlaff. Seine Augen starrten mich an – vorwurfsvoll, wie mir schien.

Yukon fing an, den Kadaver fortzuzerren, aber ich trat hinter ihn und hob die Leine auf.

Ohne auf seinen Widerstand zu achten, schrie ich ihn an: „Hör auf! Du Bestie!"

Er ließ seine Beute los, wedelte mit dem Schwanz und sah mich treuherzig wie immer an. Ich war verwirrt – gleichermaßen erregt über die unnötige Tötung des Kojoten wie über die Veränderung, die in Yukon vorgegangen war. Und jetzt, da der ganze Tumult vorüber war, wurde ich mir wieder des schrecklichen Verwesungsgeruchs bewußt.

Ich band Yukon an einen Baum, kehrte zur Hütte zurück und zwang mich hineinzugehen. Der Gestank war unerträglich. Ich hielt die Luft an und trat ein wenig näher an eine dunkle Masse heran, die auf dem Boden lag.

Es war ein Bär, der schon seit Tagen tot sein mußte. Offenbar war der Kojote so sehr in sein Festmahl vertieft gewesen, daß er unser Näherkommen nicht rechtzeitig bemerkt hatte. Während ich eilig wieder ins Freie trat, wunderte ich mich, woran der Bär wohl gestorben sein mochte.

Im übrigen erfuhr ich Jahre später, daß Wölfe die erbittertsten Feinde des Kojoten sind. Selten lassen sie einen Kojoten ungeschoren, wenn sich ihnen Gelegenheit bietet, ihn zu töten.

EINTRAGUNG IM REISETAGEBUCH: Die durchgestrichenen Tage im Kalender zeigen, daß morgen Weihnachten ist. Die Zeit vergeht hier wie im Flug! Zumindest, wenn jeder Tag etwas Interessantes und Fesselndes bietet. Als ich beschloß, den Winter hier zu verbringen, fragte ich mich, ob ich mich wohl langweilen würde. Ich habe einige Bücher mitgenommen, die ich je nach Laune lese. Besonders oft beschäftige ich mich mit Steinbecks „Wonniger Donnerstag", Darwins „Die Entstehung der Arten" und Platons „Der Staat". Manche mögen dies für eine seltsame Mischung halten; für mich ist sie genau richtig. Und ich habe Yukon als Freund, Gefährten und Gesprächspartner. Er hört aufmerksam zu, wenn ich ihm Auszüge aus meiner Lektüre vorlese. Und er widerspricht mir nie.

Mein Weihnachtsmenü: gebratene Kanadagans mit Haferflocken, Rosinen und Blaubeeren gefüllt; gekochte Lilienknollen anstelle von Kartoffeln und wilde Zwiebeln; dazu Gerstenbrot. Der Nachtisch besteht aus Reispudding nach Art des Hauses: Reis mit Milchpulver, Rosinen und Zucker zubereitet. Dann Kaffee und zwei Gläschen Whisky. Yukon teilte alles mit mir, außer dem Whisky und dem Kaffee; hinterher machten wir einen Verdauungsspaziergang.

Ich habe vergessen, ein Thermometer mitzunehmen, und habe daher keine Ahnung, wie kalt es ist; aber die Haare in meiner Nase gefrieren, also muß es etwa zwanzig Grad unter Null sein. Es liegt hoher Schnee. Yukon hat Mühe, sich hindurchzukämpfen. Er unternimmt immer noch kurze Ausflüge auf eigene Faust, wenn ich ihn allein hinauslasse. Zur Zeit tue ich es nicht; es gibt zwei Wolfsrudel in dieser Gegend. Die Tiere sind groß, einige von ihnen größer als Yukon. Letzte Woche war eines der Rudel auf unserem See. Yukon wurde sehr unruhig und wollte hinaus, aber ich band ihn am Tischbein fest. Wir haben beide Rudel des öfteren gesehen, doch sie laufen jedesmal vor uns davon.

Wir sind jetzt seit sechs Monaten fern jeder Zivilisation. Ich vermisse sie nicht; und Yukon hat sie nie gemocht. Was für ein großartiger Hund! Anfang September, als es noch wenig Schnee im Tal, aber eine ganze Menge auf den Bergspitzen gab, stiegen wir auf den Blackwater Mountain, der direkt hinter uns liegt. Auf halbem Weg nach oben begann Yukon plötzlich aufgeregt zu schnüffeln und zog mich zu einer etwas abseits gelegenen Schlucht, die mit Felsbrocken übersät war. Yukons Benehmen veranlaßte mich, das Gewehr von der Schulter zu nehmen und zu laden. Das Klicken des Laufes scheuchte eine junge Bergziege auf, die ich mühelos erlegen konnte. Yukon sah mich an und bellte zweimal kurz, als wollte er sagen: „Ein guter Schuß. Aber ohne mich wärst du ahnungslos an ihr vorbeigegangen."

Das Bergland weinte Sturzbäche an jenem Tag, an dem die ersten Kanadagänse über den Damdochax Lake flogen und unser Tal mit dem uralten Frühlingsruf erfüllten. Riesige Eisschollen knirschten und ächzten auf dem dunklen Wasser des Sees, und hinter unserer Hütte rauschten reißende Wildbäche die Hänge des Blackwater Mountain herab und ergossen ihr eiskaltes Wasser in den Fluß. Meinem Kalender zufolge war es der 14. April.

Yukon war in letzter Zeit ungewöhnlich ruhelos gewesen. Zuerst war ich erstaunt über sein Verhalten und beobachtete ihn aufmerksam. Er hatte während der vergangenen Wochen oft des Nachts geheult. Und dreimal innerhalb von zwei Wochen hatte er einen Teil seines Futters vor meinen Füßen erbrochen. Das hatte er bisher nur bei zwei früheren Gelegenheiten getan, und es war – wenn auch ziemlich abstoßend für menschliches Empfinden – ein Beweis seiner Zuneigung und Treue. Es war der Wolf in ihm, der ihn dazu trieb, seine Mahlzeit mit mir zu teilen. Wölfe versorgen auf diese Weise die schwächeren Rudelmitglieder. Wenn sie ein Wild erlegt haben, fressen sie sich voll, dann kehren sie zurück, um die Nahrung für die Daheimgebliebenen wieder von sich zu geben.

Während ich über diese Vorgänge nachdachte, erkannte ich, daß das nächtliche Geheul der Wölfe Yukon jedesmal tief beeindruckte. Anscheinend litt er unter Frühlingsgefühlen. Er wollte in die Wildnis laufen, um eine Gefährtin zu finden. Einige der Wölfe interessierten sich offensichtlich auch für ihn, denn ich hatte in letzter Zeit Spuren vor unserer Tür entdeckt. Ob sie Yukon als mögliche Beute betrachteten oder in ihm einen Artgenossen erkannt hatten war unmöglich festzustellen. So vergewisserte ich mich vorsichtshalber, daß er dicht neben mir blieb, wenn wir zusammen ausgingen.

Wir waren sehr gut durch den Winter gekommen. Ich hatte im Herbst genügend Kleinwild gejagt, um nicht tagtäglich auf Elchfleisch angewiesen zu sein. Es gelang mir, aus einem Schwarm von Kanadagänsen, der auf unserem See landete, fünf Vögel abzuschießen. In den Wäldern des Tieflands jagten wir Schneehasen und Waldhühner, während wir in größeren Höhen zahlreiche Schneehühner aufstöberten. Ich wußte, wenn wir die strengsten Winterwochen überstehen wollten, in denen das Wild sich ins schützende Unterholz zurückzieht, brauchten wir einen reichlichen Vorrat an Fleisch.

Mein Speiseplan wurde um Lilienknollen und Rohrkolbenwurzeln bereichert, die beide einen guten Ersatz für Kartoffeln abgaben. Später, als das Land mit Schnee und Eis bedeckt war und ich uns kein frisches Gemüse mehr beschaffen konnte, machte ich es mir zum Prinzip, zweimal in der Woche eine kleine Fichte zu fällen. Ich entfernte die Rinde vom Stamm und kratzte die Kambiumschicht ab; die breiige Masse, die reich an Vitamin C ist, aß ich roh als Schutz gegen Skorbut. Und da ich mir sagte, daß es ihm auf keinen Fall schaden würde, mischte ich auch regelmäßig eine Portion davon unter Yukons Nahrung. Ich hatte einen ausreichenden Vorrat an Rosinen und Dörräpfeln mitgebracht, aber ich beschränkte mich vorsichtshalber darauf, sie nur als Nachspeise oder als eiserne Ration auf längeren

Ausflügen zu verwenden. Viel Bewegung im Freien, ausreichende Nahrung und natürliches Vitamin C verschafften mir eine gute körperliche Verfassung, und ich zog mir den ganzen Winter über keine Erkältung zu. Yukon war ohnehin kerngesund und jeder Anforderung gewachsen.

Mittlerweile konnte jeder von uns beiden die leisesten Regungen des andern deuten und sein Verhalten im voraus abschätzen. Das zeigte sich besonders während der Jagd. Wenn Yukon einen Hasen aufstöberte, wußte er, daß ich sofort schoß, sobald das Tier in mein Blickfeld kam. Er wartete auf den Schuß, dann rannte er los, um zu apportieren. Wenn ich schlecht zielte, versuchte er, meinen Fehler durch energisches Nachsetzen wettzumachen, und war oft erfolgreich, wo ich versagt hatte.

Als der Winter vorrückte und das Wild sich zurückzuziehen begann, wurde Yukons Geschicklichkeit im Jagen immer wichtiger für uns. Unsere Fleischvorräte nahmen infolge unseres guten Appetits erschreckend ab, und wir mußten fast täglich jagen. Manchmal streiften wir stundenlang umher, ohne etwas Größeres als Mäuse oder Eichhörnchen zu entdecken. Ohne Yukon hätte ich viele der jagdbaren Tiere, die, durch ihre Umgebung getarnt, regungslos im Gebüsch hockten, überhaupt nicht bemerkt. Aber die feine Nase des Hundes nahm unweigerlich ihre Witterung auf.

Wenn wir nicht jagten, erkundeten wir zusammen die Gegend, und ich erfuhr vieles über die Wildnis und ihre zahlreichen Lebensformen, was ich dann abends beim Licht der Kerosinlampe ausführlich niederschrieb. Es sollte viele Jahre erfordern, all diese Beobachtungen richtig zu deuten und Einsicht in die komplizierten Gesetze der Natur zu gewinnen. Heute bin ich immer noch mit dieser Aufgabe beschäftigt und habe den Erfahrungen jener unvergeßlichen Monate, die Yukon und ich in der Wildnis im Norden British Columbias verbrachten, noch vieles hinzugefügt.

Als das letzte Eis schmolz und die Wasserwege wieder frei wurden, kamen die Insekten – wahre Heerscharen von Stechmücken, Fliegen und Ungeziefer aller Art, die mir klarmachten, daß es Zeit zum Aufbruch sei. Der letzte im Kalender angestrichene Tag war der 15. Mai. Am nächsten Morgen belud ich das Kanu, schrieb ein paar Zeilen für W.H. und hinterließ ihm einen Vorrat an Bohnen und Haferflocken. Als das getan war, ging ich hinaus, schloß die Tür und vergewisserte mich, daß sie fest verriegelt war. Dann blieb ich ein paar

Minuten stehen und blickte auf die Berge, die grünen Bäume und den stillen See, in dem sich der blaue Himmel mit ein paar weißen Federwolken spiegelte. In der Nähe des anderen Ufers hüpfte ein Seetaucher auf und ab. Rings um die Hütte sangen die Vögel. Es war nicht leicht, gerade im Frühling dieses herrliche Fleckchen Erde zu verlassen, doch die Zeit war reif.

WIR begegneten den Kerzenfischen wenige Kilometer nördlich von Grease Harbour. Es schien unvorstellbar, daß ein ganzes Jahr vergangen war, seit ich zum letztenmal diese Prozession der Fische zu ihren Laichplätzen gesehen hatte. Wir fuhren mit unserem Kanu an der kleinen Ortschaft vorbei, und wieder kam eine Meute bellender Hunde ans Ufer gestürmt. Zwanzig Minuten danach sah ich am Rande des Flusses eine Gruppe von jungen Niska im Wasser stehen. Sie fingen Kerzenfische. Wenige Augenblicke später entdeckte ich Jimmy.

Der Junge hatte seine Fangmethode allem Anschein nach weiterentwickelt, denn in der rechten Hand hielt er einen Kescher, der bis oben hin mit zappelnden, glitzernden Fischen gefüllt war. Er blickte in unsere Richtung und winkte. Ich erwiderte seinen Gruß, dann steuerte ich aufs Ufer zu. Yukon sprang aus dem Boot und begrüßte Jimmy wie einen alten Freund, indem er ihn umwarf und sich auf ihn stellte, um ihm das Gesicht zu lecken. Aber als die anderen Niska näher kamen, nahm er eine drohende Haltung an und knurrte. Die Jungen zogen sich hastig zurück. Jimmy platzte fast vor Stolz. Die bevorzugte Behandlung, die ihm der große Hund zuteil werden ließ, verlieh ihm eine Sonderstellung, um die ihn die anderen Indianerjungen sichtlich beneideten.

„Was macht der Wagen, Jimmy?"

„Wagen in Ordnung. Hab aufgepaßt, daß alle ihre Finger davon lassen."

Jimmy hatte seine Aufgabe offensichtlich sehr ernst genommen. Der alte, verbeulte Chevrolet stand an der Stelle, wo ich ihn zurückgelassen hatte; bei meiner Abreise war er voller Schmutz und Dreck gewesen, doch jetzt glänzte und blitzte die Karosserie, soweit der mitgenommene Lack es zuließ. Jimmy hatte sich alle Mühe gegeben und seinen Lohn redlich verdient.

Während Yukon und ich das Fahrzeug musterten, hörte ich, wie Jimmy in seinem flüssigen und melodischen Stammesdialekt den anderen Jungen Anweisungen erteilte. Ich nahm an, daß er ihnen befahl, unsere Vorräte auszuladen und zum Wagen zu bringen. Und so war es.

Als sie fertig waren, gab ich Jimmy seine zehn Dollar für die Beaufsichtigung des Wagens. Seine Freunde erhielten je einen Dollar und all meine restlichen Vorräte an Rosinen und Dörräpfeln.

Als wir losfuhren, standen die Jungen, ihre Beutel und Tüten umklammernd, am Straßenrand. Sie winkten und riefen Yukons Namen. Der große Hund saß würdevoll auf dem Beifahrersitz und blickte stur geradeaus. Aber schließlich gewann seine Neugier die Oberhand, und er steckte den Kopf aus dem Fenster, um sich nach den jungen Niska umzusehen.

Auf demselben Weg, den wir gekommen waren, kehrten wir in bewohnte Gefilde zurück. Wir fuhren am Lava Lake vorbei und trafen kurz vor Einbruch der Dunkelheit in Terrace ein. Wir verspeisten unsere Abendmahlzeit im Wagen, vor einer jener Imbißstuben, die fettige Brathähnchen und knochentrockene Pommes frites verkaufen. Es war alles sehr seltsam nach einem Jahr der Abwesenheit von den üblichen Aufenthaltsorten der Menschheit – seltsam und erbärmlich im Vergleich zu der ungetrübten Schönheit der Wildnis. Ich kaufte eine Zeitung, sah auf das Datum und stellte fest, daß ich mit meiner Zeitrechnung um ganze neun Tage hinterherhinkte.

Als ich versuchte, mich nach einer Pause von mehr als einem Jahr zum erstenmal wieder über die aktuellen Ereignisse zu informieren, fand ich wenig Gefallen daran und stopfte schon nach fünf Minuten die Zeitung in den nächsten Mülleimer. Ich ging zum Wagen zurück, setzte mich neben Yukon und fragte mich ein wenig ratlos, wohin die Reise nun führen sollte. Der Hund fing bereits an, unruhig zu werden. Ich holte die Brieftasche heraus und zählte mein Geld. Es war mehr, als ich erwartet hatte – fast dreihundertfünfzig Dollar –, aber nicht annähernd genug, um uns aus den Klauen der Zivilisation zu befreien.

Plötzlich fühlte ich den unwiderstehlichen Drang, diese Stadt zu verlassen und irgendwohin zu fahren, wo es Bäume und grüne Felder gab. Ohne lange zu überlegen, fuhr ich rückwärts aus dem Parkplatz, wandte mich nach Osten und ließ Terrace hinter mir zurück.

Siebzehn Tage danach trafen wir in Winnipeg ein. Ich war mutlos und enttäuscht. Wir waren von einem Ort zum anderen gefahren, und ich hatte überall gerade lange genug haltgemacht, um herauszufinden, daß keine der Zeitungen ein neues Redaktionsmitglied brauchte. Während dieser zermürbenden Fahrerei von Stadt zu Stadt wirkte Yukon sehr niedergeschlagen, und ich hatte großes Mitleid mit ihm. Mir selbst fiel es schon schwer genug, mich mit diesem jähen Sprung ins städtische Leben abzufinden. Für ihn mußte es beinahe unerträglich sein.

Als wir in Winnipeg ankamen, war meine Barschaft auf einhundertfünfunddreißig Dollar zusammengeschrumpft, und ich war entschlossen, entweder in dieser großen Stadt eine Stellung zu finden oder auf das Gehöft zurückzukehren und mich als Holzfäller zu verdingen. Das bot die Möglichkeit, wieder in der Wildnis zu leben, aber als Holzfäller würde ich gerade nur soviel verdienen können, wie wir für unseren Unterhalt benötigten. Eine Stellung in der Stadt hingegen brachte den Vorteil, auch freiberuflich arbeiten zu können und damit zu Nebeneinnahmen zu kommen. Ich wußte, daß ich das Stadtleben so lange ertragen konnte, wie ich brauchte, um uns unsere Unabhängigkeit zu erkaufen; aber Yukon würde mehr zu leiden haben als in British Columbia, denn in Winnipeg bestand keine Aussicht, eine Unterkunft in freier Natur zu finden.

Ich hielt an einer Tankstelle, ging in den Waschraum und zog städtische Kleidung an. Man hätte meine Aufmachung bestenfalls als bescheiden bezeichnen können; aber sie war immer noch besser als die abgetragenen, derben Klamotten, die ich in der Wildnis getragen hatte. So ausstaffiert, ließ ich Yukon im Wagen vor dem Bürogebäude der *Tribune*, der großen Tageszeitung von Winnipeg, und ging hinauf, um ein Gespräch mit dem Chefredakteur zu führen.

Er war freundlich, machte mir aber nicht viel Hoffnungen, als er den Grund meines Besuches erfuhr. Und als ich ihm erzählte, daß ich mir ein Jahr freigenommen hätte, um Kanada kennenzulernen, sanken meine Chancen auf den Nullpunkt. Dennoch zeigte ich ihm einige Artikel, die ich während dieser Zeit verfaßt hatte, und schließlich stellte sich heraus, daß wir gemeinsame Bekannte unter den Journalisten hatten. Dies schien die Unterhaltung in glücklichere Bahnen zu lenken. Jedenfalls bekam ich die gewünschte Anstellung als Reporter.

Draußen wies mir ein Polizist den Weg zu einem Teil der Stadt, wo ich hoffen konnte, eine billige Unterkunft für Yukon und mich zu finden. Fünfmal wurde ich abgewiesen, sobald die Vermieter den Hund erblickten. Entmutigt durch die wiederholten Mißerfolge, wäre ich fast an dem sechsten Schild mit der Aufschrift ZIMMER ZU VERMIETEN vorbeigefahren. Das Haus sah aus, als könne es jeden Augenblick einstürzen; vielleicht lag diesem Besitzer besonders daran, einen Mieter zu finden? Auf mein Klopfen hin erschien eine Frau, die bei jedem Maskenball eine prächtige Hexe abgegeben hätte: Ihr Gesicht war runzlig wie eine gedörrte Pflaume, sie hatte eine dicke Schicht Rouge auf den Wangen und eine Zigarette zwischen den verkniffenen Lippen.

„Wenn Sie ein Zimmer wollen, müssen Sie den Hund im Hof lassen. Hab keine Zeit, Hundedreck aufzuwischen. Und es kostet Sie drei Dollar pro Woche extra."

Ich war sprachlos vor Erstaunen, aber es gelang mir zu nicken. Damit war die Sache erledigt, und die Frau erklärte sich sogar bereit, den Hund abends zu füttern, wenn ich nicht rechtzeitig nach Hause kommen konnte.

Mein Zimmer, das neun Dollar pro Woche kostete, war keine Spur besser, als man es für diesen Preis erwarten durfte. Es lag auf der Rückseite des Hauses, mit einem einzigen Fenster zum Hof hin, das mir aber immerhin erlaubte, ein Auge auf Yukon zu haben. Und obwohl die Wirtin in vielerlei Hinsicht ein gräßliches Weib war, mit einem Mundwerk, das jeden Bierkutscher zum Schweigen gebracht hätte, war ich ihr dankbar. Sie war im Grunde gutmütig, und ihr Haus bot Yukon und mir für einige Monate eine annehmbare Bleibe.

Als Reporter bei der *Tribune* verdiente ich erheblich mehr als bei der kleinen Zeitung in British Columbia. Um möglichst viel Geld zurücklegen zu können, mied ich jeden geselligen Umgang und benutzte meine freie Zeit für freiberufliche Arbeit. Wenn ich am Wochenende keinen Dienst hatte, fuhr ich mit Yukon zum Zelten und Angeln an einen der zahlreichen Seen in Manitoba oder Ontario. Wir lebten beide auf diese Ausflüge hin, ganz besonders der bedauernswerte Yukon.

Nachdem einige Wochen verstrichen waren, stellte ich zu meiner eigenen Verwunderung fest, daß eine Veränderung mit mir vorging. Trotz meines Entschlusses, mich von anderen Menschen fernzuhalten, fühlte ich mich mehr und mehr zu einer jungen Frau hingezogen, die im Archiv der Zeitung arbeitete. Ihr Name war Joan Gray.

Joan war dunkelhaarig, munter, klug und charmant. (Natürlich kann meine Einschätzung wegen Befangenheit angezweifelt werden, aber andere würden das gleiche von ihr sagen.) Sie war hochgewachsen und praktisch veranlagt, wie die meisten Frauen, die auf einer Farm aufgewachsen sind. Und sie ließ sich durch nichts unterkriegen. Sie konnte zupacken, wo es nötig war, konnte ein feuriges Pferd reiten und ein Kanu paddeln. Dennoch war sie sehr weiblich und besaß überdies jene bemerkenswerte Eigenschaft, die ich über alles schätze: einen ausgesprochenen Sinn für Humor.

Ich spürte, daß sie meine Zuneigung erwiderte, und im Laufe des Sommers entwickelte sich eine enge Freundschaft zwischen uns. Mir war klar, daß ich vor einem schwierigen Problem stand. Ich liebte Joan, doch ich wußte, daß ich es keiner Frau zumuten konnte, so zu leben, wie Yukon und ich gelebt hatten. Andererseits konnte ich es aber auch Yukon nicht antun, zum Leidtragenden des Stadtlebens zu werden, das sich jetzt für meine Zukunft abzeichnete. Was sollte ich tun?

Ich verfolgte keinen bestimmten Zweck, als ich Joan einlud, Yukon und mich auf einem unserer Angelausflüge zu begleiten. Freilich muß ich zugeben, daß ich hoffte, Unternehmungen dieser Art würden ihr gefallen. Sie hatte noch nie geangelt und war damals noch nicht mit der Wildnis vertraut.

Der Ausflug machte ihr mehr Spaß, als ich zu hoffen gewagt hatte, aber es dauerte einige Zeit, ehe sie dem Zauber der Wildnis so vorbehaltlos verfiel, wie ich ihm verfallen war.

Unterdessen wurde Yukon immer ruheloser. Als ich erkannte, daß ich den ernsthaften Wunsch hatte, eine feste Bindung einzugehen, war mir klar, daß es mit dem Vagabundenleben, das er und ich geführt hatten, ein Ende haben mußte.

Lange Zeit wurde ich von widersprüchlichen Gefühlen hin und her gerissen. Ich wollte mit Joan zusammensein, wollte für sie und unsere gemeinsame Zukunft arbeiten; aber ich wollte auch Yukon nicht missen, der mir in all der Zeit ein unvergleichlich guter Gefährte gewesen war. Er war kein zahmer Haushund, der sich mit Spaziergängen an der Leine zufriedengeben konnte. Ich wußte nicht, was ich tun sollte. Woche um Woche drückte ich mich vor einer klaren Entscheidung.

Joan reiste über Weihnachten zu ihren Eltern, während ich in der Stadt blieb, in der Redaktion arbeitete und den Weihnachtstag mit Yukon in meinem Zimmer verbrachte. Was für ein Gegensatz zu unserem letzten frohen Weihnachtsfest in der Hütte am Damdochax Lake!

ABGESEHEN von dem Schnee in der Einfahrt, lag das Gehöft genauso vor uns, wie wir es fast drei Jahre zuvor verlassen hatten. Es war ein milder, sonniger Tag Mitte Januar, als Yukon und ich den Wagen verließen und uns durch den sechzig Zentimeter hohen Schnee einen Weg zum Haus bahnten. Der Hund war außer sich vor Freude, wieder in den Wäldern von Ontario zu sein. Meine eigenen Gefühle waren bei weitem verworrener – eine Mischung aus Nostalgie, Besorgnis und Selbstanklage; Selbstanklage deshalb, weil ich glaubte, in den letzten Wochen versagt zu haben.

Während der sechsstündigen Fahrt von Winnipeg hierher hatte ich mir das Gehirn zermartert, um einen Ausweg aus dem Dilemma zu finden, dem wir uns alle gegenübersahen; aber sosehr ich mich auch bemühte, mir fiel nichts ein, was unsere Schwierigkeiten behoben hätte. Bei jeder Möglichkeit, die ich erwog, stieß ich letztlich auf die eine unumgängliche Tatsache, die ich nicht wahrhaben wollte: Ich mußte Yukon aufgeben – oder Joan. Man wird leicht verstehen, wie grausam mir diese Wahl erscheinen mußte.

So war ich auf der Suche nach einer Eingebung zum Gehöft zurückgekehrt.

Ich ließ Yukon draußen und machte mich daran, im Herd und im Kamin das Feuer anzuzünden. Wir waren hierhergekommen, um Ruhe und Frieden zu finden, und wir hatten drei Wochen vor uns, um gemeinsam die Wälder zu durchstreifen. Sicherlich, sagte ich mir, wird sich in dieser Zeit irgendeine Lösung bieten.

Ich trat ans Fenster, um Ausschau nach Yukon zu halten, der beglückt durch den hohen Schnee watete und dabei dem Wald zustrebte. Ich war im Begriff, zur Tür zu gehen und ihn zurückzurufen, aber eine Stimme in meinem Inneren sagte: „Laß ihn gehen. Laß ihn laufen, wohin er auch immer will; er hat ein wenig Freiheit verdient."

In seinem Benehmen lag jener Ausdruck von Entschlossenheit, den man oft an Hunden wahrnimmt, wenn sie sich mit einer bestimmten Absicht auf den Weg machen und zielstrebig dahintraben, ohne stehenzubleiben, um zu schnüffeln oder das Bein zu heben. Sein Weg würde ihn in eine Gegend führen, die einer Vielzahl von Tieren

Unterschlupf bot. Vielleicht wollte er jagen oder alte vertraute Plätze wiederentdecken. Er war endlich aus dem trostlosen Hof meiner Hauswirtin befreit und konnte zum erstenmal seit Monaten tun und lassen, was er wollte.

Während ich ihm mit den Blicken folgte, kam ich erneut ins Grübeln. Das Entscheidende an meinem Problem war Yukons Wesen und Abstammung. Er war nicht wie andere Hunde; er war *wild*. Wenn man versuchte, seine Wildheit zu bändigen, würde man damit gerade die Eigenschaften unterdrücken, die ihn zu einem so außergewöhnlichen und prachtvollen Tier machten.

Aus reinem Wunschdenken hatte ich mir zuerst eingeredet, daß er lernen könnte, mit Joan und mir in der Stadt zu leben, in einem Haus mit einem großen Garten zum Beispiel; aber in Wirklichkeit wußte ich von Anfang an, daß er es nicht konnte, daß er die Wildnis brauchte, um so zu bleiben, wie er war.

Die Zivilisation war Yukon fremd; er verstand sie nicht und konnte sie nicht akzeptieren. Er würde sie bekämpfen und wieder mißtrauisch und gefährlich werden.

Tatsächlich war er bereits gefährlich geworden! Vor fünf Tagen hatte er in Winnipeg einen Betrunkenen angegriffen, der gegen den Zaun des Hofes getorkelt war. Zum Glück war ich zu Hause und konnte hinauslaufen, um ihm Einhalt zu gebieten; anderenfalls hätte er möglicherweise den Mann getötet, oder die Schreie seines Opfers hätten die Polizei alarmiert, die Yukon zweifellos erschossen hätte.

Ich war gerade von einem späten Auftrag nach Hause gekommen und hatte wie immer einige Zeit mit Yukon im Hof verbracht, ehe ich in mein Zimmer ging. Er hatte sich sehr zurückhaltend gegeben und wenig Lust zu ausgelassenen Spielen an den Tag gelegt. Sein Verhalten machte mir Sorgen, aber ich tröstete mich mit dem Gedanken, daß er vermutlich nur ruheloser als gewöhnlich war.

Etwa fünfzehn Minuten nachdem ich in mein Zimmer gegangen war, hörte ich das Geschrei, ein angsterfülltes, hysterisches Kreischen, das mir sofort sagte, daß Yukon jemanden angegriffen hatte. Ich war dessen so sicher, daß ich mich nicht damit aufhielt, aus dem Fenster zu sehen, sondern eilig hinauslief und, drei Stufen auf einmal nehmend, die Treppe hinunterrannte.

Yukon hatte seine Zähne in den Unterarm des Mannes geschlagen und schüttelte sein unglückseliges Opfer ungestüm hin und her. Sein grimmiges Schweigen wirkte noch bedrohlicher angesichts der gellenden Schreie des Mannes, den er bereits halb über den Zaun gezerrt hatte.

Ich lief, so schnell ich konnte, über den Hof auf Yukon zu, griff nach seinem Halsband und bog seinen Kopf zur Seite, so daß er den Arm des Mannes loslassen mußte. Widerwillig fügte er sich, aber für einen Augenblick fürchtete ich, er würde nun mich angreifen. Ich packte ihn fester und sprach ihm zu.

„Schluß jetzt. Ruhig, Yukon, ganz ruhig."

Er erkannte mich. Aber ich konnte ihn nicht loslassen, sonst hätte er den Mann wieder angegriffen. Ich mußte ihn wegzerren und an die Kette legen, bevor ich seinem Opfer helfen konnte.

Nach einer Weile gelang es mir, den Mann so weit zu beruhigen, daß ich seinen stark blutenden Arm provisorisch abbinden konnte. Schließlich trafen die Polizei und ein Krankenwagen ein, der Mann wurde in die Klinik gebracht, und ich mußte eine Menge schwieriger Fragen beantworten. Später erfuhr ich, daß die Bißwunden des Mannes mit dreiundzwanzig Stichen vernäht werden mußten. Zum Glück hatte er wenigstens keine bleibenden Schäden am Arm oder an der Hand davongetragen.

Am nächsten Tag erklärte ich meinem Chef, daß ich aus persönlichen Gründen ein paar Wochen Urlaub nehmen müsse; dann besprach ich die Angelegenheit mit Joan.

„Ich finde, du bist gegenüber Yukon nicht fair", sagte sie. „Er braucht Bewegungsfreiheit. Du weißt ja selbst am besten, daß er kein Stadthund ist."

Natürlich hatte sie recht, aber ich konnte es nicht ertragen, mir ein Leben ohne den Wolfshund vorzustellen.

Am Tag darauf verließ ich mit Yukon die Stadt und machte mich auf den Weg zum Gehöft. Während der ganzen Fahrt suchte ich verzweifelt nach einer Lösung. Ich wollte Joan zur Frau haben *und* Yukon bei mir behalten; ich mußte in der Stadt wohnen und arbeiten und wünschte mir zugleich ein ungebundenes Dasein in der Wildnis. Ich wußte, es war unmöglich.

Während ich zusah, wie Yukon freudig durch den tiefen Schnee sprang, fragte ich mich laut: „Was zum Teufel soll ich tun?"

NACHDEM Yukon in den Wald gelaufen war, blieb er zwei Tage und drei Nächte fort. Am Morgen des dritten Tages weckte er mich, indem er an der Tür kratzte. Es ist nicht schwer, sich vorzustellen, was für Qualen ich während seiner Abwesenheit ausstand. Ich hatte bei unserer Ankunft Wolfsspuren im Schnee gesehen, jede Nacht hatten die Wölfe in verschiedenen Teilen des Waldes geheult. Demnach mußten sich mehrere Rudel in unserer Gegend aufhalten. Ich vertraute auf Yukons Fähigkeit, sich in acht zu nehmen, machte mir aber trotzdem große Sorgen.

Jetzt begrüßte er mich wie üblich, indem er an mir hochsprang und sich an mir rieb. Nachdem seine Wiedersehensfreude sich gelegt hatte, brachte ich ihm eine große Portion Futter. Er schnüffelte daran, verschmähte es jedoch. Er hob lediglich einen Knochen auf und trug ihn, dankbar mit dem Schwanz wedelnd, zu seinem Lieblingsplatz neben der Tür. Dort ließ er sich plumpsend zu Boden fallen, kaute ein wenig lustlos auf dem Knochen herum und schlief bald darauf ein.

Ich sah ihn mir genauer an. Er war in glänzender Verfassung und offensichtlich nicht hungrig. Sein Fell war ein wenig verfilzt, aber abgesehen davon sah er gut aus. Ich überlegte mir, warum er wohl so lange weggeblieben war, und fragte mich, ob er bei seinem Ausflug vielleicht einer läufigen Wölfin begegnet war.

Eine leise Hoffnung regte sich in mir. War dies vielleicht die Lösung, nach der ich gesucht hatte? Würde Yukon imstande sein, sein eigenes Rudel zu bilden und den Rest seiner Tage frei in der Wildnis zu leben?

Zuerst verwarf ich diesen Gedanken. Das wäre zu gefährlich. Er könnte in eine Falle geraten oder von einem anderen Tier getötet werden, und ich würde niemals erfahren, was mit ihm geschehen war. Ich zwang mich, ganz nüchtern mit der Möglichkeit zu rechnen, daß er eine wilde Gefährtin gefunden hatte. Es war durchaus denkbar. Yukon selbst war ein Beweis dafür, daß Hunde und Wölfe sich bisweilen in freier Wildbahn miteinander paaren. Nach längerem Nachdenken gelangte ich zu dem Schluß, daß ich ihm allein die Entscheidung über seine weitere Zukunft überlassen mußte.

Ich ging zum Kamin, um noch etwas Brennholz aufzulegen, und Yukon wachte auf. Er gähnte lautstark, dann stand er auf, reckte sich und kam zu mir. Ich streichelte ihm den Kopf und kraulte ihn eine Weile an der Brust. Danach trabte er zur Tür und kratzte mit der Pfote daran. Als ich sie öffnete, mußte ich mir selbst verbieten, ihn zu begleiten; ich wußte, daß er bei mir geblieben wäre. Aber ich ließ ihn gehen. Ich konnte ihm nicht verweigern, wonach er sich seit langem sehnte.

ZWISCHEN Mitte Januar und Anfang März, je nach Breitengrad und Wetterlage, kommt Bewegung in das System von Beziehungen innerhalb der Wolfsrudel. Nach und nach entstehen Paare, die sich etwas abseits halten, um sich auf die Fortpflanzungsperiode in der zweiten Märzhälfte vorzubereiten. In den ersten Monaten des Jahres werden die Tiere immer ruheloser, heulen oft und legen weite Strecken zurück.

Oft verläßt ein Wolfspaar während dieser Zeit sein Rudel, um nach der Geburt von Jungen, rund neun Wochen nach der Paarung, ein eigenes Rudel zu bilden.

An dem Abend, als Yukon zum zweitenmal im Wald verschwand, schnallte ich meine Schneeschuhe an und machte eine Wanderung durch die vom Vollmond erhellte Wildnis. Dabei dachte ich an Yukons Beziehung zu Susie, seine Besorgnis um sie und sein Interesse für die Jungen. Ich erinnerte mich an das traurige Ende der Geschichte, an jenen schrecklichen Augenblick, als ich Susie erschießen mußte, und an den Tod ihrer Jungen. Als ich zu dem flachen Granithügel kam, wo Yukon und ich in früheren Jahren während des Sommers so oft Rast gemacht hatten, stand mir deutlich vor Augen, wie wir das letzte Mal zusammen hiergewesen waren. Im Geist sah ich wieder die herrliche Szenerie dieser Landschaft zur Sommerzeit, mit all ihrer Schönheit, die sich unauslöschlich in mein Gedächtnis eingegraben hat.

Ich vernahm das Heulen eines einzelnen Wolfes. Seine wehmütige Stimme drang von Westen herüber. Zwei Wölfe antworteten auf das Solo, aber ihr Geheul ertönte hinter mir, dort, wo auch das Gehöft lag. Eine Weile blieb alles still. Die Wildnis, in silbern schimmerndes Licht gehüllt, schien auf eine Fortsetzung des sehnsuchtsvollen Gesangs zu warten. Unmittelbar über mir funkelte der Polarstern am Firmament, und der Große Bär wirkte so nah, daß man fast glaubte, ihn mit Händen greifen zu können. Die zwei fernen Stimmen erhoben sich abermals zu einem langgezogenen Heulen, das unendlich weit über das tiefverschneite Land hallte – ein geisterhaftes Duett, dessen Eindringlichkeit mich erschauern ließ und mit Ehrfurcht vor den Geschöpfen der Natur erfüllte.

Vier Tage nachdem er zum zweitenmal fortgegangen war, kehrte Yukon bei Einbruch der Dunkelheit zurück, aber diesmal wollte er nicht hereinkommen. Mit dem Schwanz wedelnd und leise winselnd lief er auf der Veranda umher, bis ich zu ihm hinausging. Dann stellte er sich auf die Hinterbeine und leckte mir über das Gesicht. Ich holte den Feldstecher und musterte aufmerksam den Wald am Rande der Lichtung. Yukons Spur war im Schnee leicht zu erkennen. Er saß jetzt neben mir und sah mich aufmerksam an, dann blickte er auf den sich verdunkelnden Wald. Plötzlich heulte er; es war ein langgezogener, volltönender Ruf, der hoch anstieg und dann langsam in tiefere Lagen überging. Unmittelbar darauf drang vom Rande des Waldes die Antwort herüber: eine einzelne Stimme, ein wenig höher im Ton, die glockengleich über der Lichtung ertönte.

Yukon wandte sich mir zu und winselte. Er stand auf und ging zu seiner Spur im Schnee. Dort blieb er stehen, sah sich um und winselte abermals. Er konnte sich offenbar nicht entschließen, aber es war deutlich zu erkennen, daß er gehen wollte. Jetzt war mir klar, daß er tatsächlich eine Gefährtin gefunden hatte.

Yukons Platz war dort draußen im Wald, bei der von ihm erwählten Wölfin. Ich hingegen gehörte jetzt in die Stadt, an Joans Seite. Das war richtig und gut so. Er war ein Geschöpf der freien Natur, und ich durfte ihm nicht das Recht versagen, in der Wildnis, die ihn hervorgebracht hatte, zu leben – oder zu sterben. Liebe, erkannte ich, ist nur vollkommen, sofern sie den anderen auch freigeben kann.

„Geh, Yukon. Geh zu deiner Liebsten."

Sein Kopf wandte sich mir zu, und als er meine Stimme hörte, hob er langsam die buschige Rute und rollte sie zu einer dichten Spirale. Dann ging er fort. Bald war er in der Dunkelheit verschwunden.

Ich blieb auf der Veranda und lauschte. Wenige Minuten später vereinten sich zwei Stimmen im Wolfsgesang.

Icн habe Yukon nie wiedergesehen. Aber während der restlichen Zeit meines Aufenthalts hörte ich häufig den Ruf von ihm und seiner Gefährtin. Mehrmals erkannte ich morgens an seinen Spuren, die sich infolge einer alten Verletzung an einer Pfote von allen anderen unterschieden, daß er während der Nacht am Haus gewesen war. Die kleineren, zarteren Spuren seiner Gefährtin vermischten sich mit den seinen bis an die Hintertür. Einmal, als ich durch den Wald ging, hatte ich das Gefühl, daß mir jemand folgte. Ich drehte mich rasch um und glaubte, ohne mir ganz sicher zu sein, ein paar Meter hinter mir eine Bewegung wahrzunehmen. Später, auf dem Rückweg, sah ich im Schnee die Spuren von Yukon und seiner Gefährtin. Offensichtlich suchte er immer noch meine Nähe, aber wahrscheinlich wagte sich die

Wölfin nicht dichter heran. Sie übte jetzt einen stärkeren Einfluß auf ihn aus als ich.

Am nächsten Morgen machte ich mich bei Sonnenaufgang auf den Weg, um Yukons Spur zu suchen und ihr zu folgen; ich hoffte insgeheim, daß er zu mir kommen würde, redete mir jedoch ein, daß ich mich lediglich vergewissern wollte, ob es ihm gutging. Zuerst traf ich auf ein verwirrendes Durcheinander von Spuren, die kreuz und quer durch den Wald liefen. Doch dann entdeckte ich in einer dichten Zederngruppe eine eindeutige Fährte, die mich, als ich ihr folgte, immer tiefer in den Wald führte. Bis zum frühen Nachmittag befand ich mich in einer Gegend, in der ich nie zuvor gewesen war. Anscheinend wanderten die beiden unter Yukons Führung zielstrebig nach Norden.

Um drei Uhr gab ich es auf, ihnen zu folgen. Mir war klar, daß sie das Gebiet verließen, um sich einen eigenen Bereich fern von den anderen Rudeln und fern von den Wohnungen der Menschen zu suchen. Auf dem Rückweg zum Gehöft befiel mich lähmende Traurigkeit. Sosehr ich mich auch bemühte, ich konnte mich nicht damit abfinden, daß Yukon fort war. Die Gewißheit, daß wir nie wieder gemeinsam durch die Wildnis streifen würden, bedrückte mich zutiefst.

Während der letzten Woche meines Aufenthalts wurden Yukons Spuren von Neuschnee bedeckt. Sie wurden ausgelöscht, als ob er und seine Gefährtin niemals die Lichtung überquert hätten. Im Wald blieb es jetzt still; die Paarungszeit war vorüber.

Yukon war fort. Ich war froh für ihn, als ich in den Wagen stieg, um nach Winnipeg zurückzufahren. Aber ich war auch traurig. Ich würde ihn immer vermissen, doch ich wußte, daß ich das Richtige getan hatte, denn er war jetzt endlich frei. Yukon würde weiterhin in meiner Erinnerung leben als ein großartiger, tapferer Gefährte, ohne den jene Jahre in den Wäldern des Nordens unendlich viel ärmer gewesen wären.

Foto: Ray Erichson

Ron D. Lawrence

Ehe Ron Lawrence in der Wildnis Kanadas eine neue Heimat fand, war sein Leben unstet gewesen – geprägt von dem Gefühl, nirgendwo richtig zu Hause zu sein. Aufgewachsen war er in Spanien, wo er bereits als Vierzehnjähriger mit den blutigen Auseinandersetzungen des Bürgerkriegs konfrontiert wurde.

Wie der Autor in *Ich nannte ihn Yukon* andeutet, hatten ihn die schmerzlichen Erlebnisse seiner Jugend in einen Menschen verwandelt, der sich allen tieferen Empfindungen zu verschließen suchte. „Erst Yukon ermöglichte mir, mich aus meiner Verbitterung zu befreien, und in der Natur fand ich den ersehnten inneren Frieden. Seit jener Zeit kann ich immer wieder feststellen, welch heilsame Wirkung die Wildnis auf mich ausübt."

Um so glücklicher durfte Ron sich schätzen, daß seine Frau Joan schon bald seine Leidenschaft für die Wildnis und deren Geschöpfe teilte. Nach der Heirat zog sie mit ihm in ein altes Farmhaus im Süden Ontarios, zu dem ein riesiges Stück Land gehörte. Ron übernahm die Leitung einer kleinen Zeitung in einer nahe gelegenen Stadt und widmete sich verstärkt seiner Arbeit als Schriftsteller. Dennoch fand er mit Joans Unterstützung noch Zeit genug, sich intensiv um die Pflege und Aufzucht zahlloser wilder Jungtiere zu kümmern. „Allmählich sprach es sich herum, daß wir ein Herz für Tiere hatten. Die Leute brachten von überall her verletzte oder verwaiste Jungtiere zu uns. Zeitweise glich unser Gehöft einem kleinen Zoo, mit allerhand Vögeln, mit jungen Luchsen und Wolfswelpen."

1969 fand dieses idyllische Dasein mit Joans plötzlichem Tod ein jähes Ende. Erneut suchte Ron die Einsamkeit der Wildnis, um seinen inneren Frieden wiederzugewinnen. Monatelang reiste er in einem Motorboot entlang der Küsten Kanadas und Alaskas und erforschte das Verhalten von Walen und Delphinen.

Heute lebt Ron Lawrence mit seiner zweiten Frau Sharon in Norland, einer kleinen Stadt bei Toronto. Jedoch wird man ihn meist nur im Winter dort antreffen, denn noch immer nutzt der Autor die warme Zeit des Jahres zu ausgedehnten Streifzügen durch die Wildnis des Nordens.